원전으로 읽는 우리 고전 4

이씨 집안 이야기

이씨세대록 7

원전으로 읽는 우리 고전 4

이씨 집안 이야기

이씨세대록 7

장시광 옮김

이담북스

역자 서문

　<쌍천기봉>을 2020년 2월에 완역했는데 이제 그 후편인 <이씨세대록>을 번역해 출간한다. <쌍천기봉>을 완역한 그때는 역자가 학교의 지원을 받아 연구년제 연구교수로 유럽에 가 있을 때였다. 연구년은 역자에게 부담 없이 번역에만 전념할 수 있는 환경을 만들어 주었다. 덕분에 역자는 <쌍천기봉>의 완역 이전부터 이미 <이씨세대록>의 번역 작업을 동시에 수행할 수 있었다. 이 번역서 2부의 작업인 원문 탈초와 한자 병기, 주석 작업은 그때 어느 정도 되어 있었다. <쌍천기봉>의 완역 후에는 <이씨세대록>의 번역 작업에 박차를 가했다. 당시에 유럽에 막 퍼지기 시작한 코로나19는 작업에 속도를 내도록 했다. 한국에 우여곡절 끝에 귀국한 7월 중순까지 전염병 덕분(?)에 집안에만 틀어박혀 있을 기회가 많았기 때문이다.

　<쌍천기봉>이 역사적 사실에 허구를 덧붙인 연의적 성격이 강한 소설이라면 <이씨세대록>은 가문 내의 부부 갈등에 초점을 맞춘 가문소설이다. 세세한 갈등 국면은 유사한 면이 적지 않지만 이처럼 서술의 양상은 차이가 난다. 조선 후기의 독자들이 각기 18권, 26권이나 되는 연작소설을 흥미롭게 읽을 수 있었던 데에는 이처럼 작품마다 유사하면서도 특징적인 면이 있기 때문이었을 것으로 짐작된다.

　역자가 대하소설에 흥미를 가지게 된 것도 이러한 면과 무관하지 않다. 흔히 고전소설을 천편일률적이라고 알고 있는데 꼭 그렇지만

은 않다. 같은 유형인 대하소설이라 해도 <유효공선행록>처럼 형제 갈등이 두드러진 작품이 있는가 하면, <완월회맹연>이나 <명주보월빙>처럼 종법제로 인한 갈등을 다룬 작품도 있다. 또한 <임씨삼대록>처럼 여성의 성욕이 강하게 부각되어 있는 작품도 있다. <쌍천기봉> 연작만 해도 전편에는 중국의 역사적 사실을 토대로 군담이 등장하고 <삼국지연의>와의 관련성도 서술되는 가운데 남녀 주인공이 팔찌를 매개로 하여 갖은 갈등 끝에 인연을 맺는 과정이 펼쳐져 있다면, 후편에는 주로 가문 내에서 발생할 수 있는 다양한 부부 갈등이 등장함으로써 흥미의 제고와 함께 가부장제 사회의 질곡이 더욱 적나라하게 드러나게 하는 효과를 내고 있다.

대하소설의 번역 작업은 이 분야에 몸담고 있는 연구자들은 잘 알겠지만 매우 지난한 일이다. 우선 작품의 방대한 분량이 거대한 장벽으로 다가오지만 더욱 큰 작업은 국문으로 되어 있으나 대부분 한자어로 구성된 본문을 제대로 이해하는 일이다. 이 때문에 작업을 하다 보면 차라리 논문을 쓰는 것이 낫겠다고 생각한 것이 한두 번이 아니다. 번역 작업은 심지어 연구비 수혜도 받기가 힘들다. 이는 역자가 직접 체험한 일이다. 번역보다 논문 한 편을 더 높이 평가하는 것이 지금 학계의 현실이다. 축하받아야 할지도 모르는 번역서의 머리말에 이런 넋두리를 하는 것은 토대 연구를 홀대하는 현실이 바로잡혔으면 하는 간절한 바람에서이다.

<쌍천기봉>을 작업할 때와 마찬가지로 이 작업도 여러 분에게서 도움을 받았다. 해결되지 않은 병기 한자와 주석을 상당 부분 해결해 주신 황의열 선생님께 고마운 마음을 전한다. <쌍천기봉> 작업 때도 많은 도움을 주셨는데 어려운 작업임에도 한결같이 아무 일 아니라는 듯이 도움을 주셨다. 연구실의 김민정 군은 역자가 해외에

있을 때 원문을 스캔해 보내 주고 권20 등의 기초 작업을 해 주었고, 대학원생 남기민, 한지원 님은 권21부터 권26까지의 기초 작업을 해 주었다. 감사드린다. 대학원 때부터 역자를 이끌어 주신 이상택 선생님, 한결같이 역자를 지켜봐 주시고 충고를 아끼지 않으시는 정원표 선생님과 박일용 선생님께는 늘 빚진 마음을 지니고 있다. 못난 자식을 묵묵히 돌봐 주시고 늘 사랑으로 대해 주시는 양가 부모님께 감사드린다. 끝으로 동지이자 아내 서경희에게 사랑과 감사의 마음을 전한다.

차례

제1부

현대어역

•••

이씨세대록 권13

이경문이 위홍소에 대한 애정이 깊어 놀림을 받고
이경문 부부는 조여구 때문에 한바탕 곤경을 겪다

이때 예부 흥문이 최 숙인이 전하는 말을 듣고 그윽이 기뻐해 이 날 밤에 잠을 안 자고 문득 일어나 상서가 자는 곳으로 갔다. 상서가 마침 자지 않고 등불 아래에서 『효경』을 읽으며 깊이 생각하고 있다가 예부를 보고는 놀라서 말했다.

"형님이 무슨 까닭으로 심야에 분주하신 것입니까?"

예부가 웃으며 말했다.

"내가 이 밤에 분주한 것은 또 하나 기이한 광경을 얻었기 때문이다. 아우는 행여 내가 다사스러운 것을 비웃지 마라."

말을 마치고 태부의 행동을 옮겨 전하고는 크게 웃었다. 이에 상서가 미소 짓고 말했다.

"이보가 예전의 신랑이 아니니 그런 일이 그 무슨 대단히 가소로운 일이라고 형님이 이토록 기이한 일로 삼으시는 겁니까?"

예부가 웃으며 말했다.

"이보가 매양 정대한 체하는 모습이 미워서 한바탕 보채려 하는 것이다."

그러고서 즐겁게 웃으며 함께 누워 잤다.

이튿날 문안에 들어가니 태부가 또한 의관을 가다듬고 자기 항렬에서 어른들을 모시고 앉아 있었다. 기운이 늠름하고 안색이 가을 하늘 같아서 어젯밤의 일들이 거짓말처럼 들렸다. 예부가 미소하고 눈으로 태부를 한참을 보다가 자리에 하남공이 있으므로 감히 놀리는 말을 하지는 못했다. 그런데 이때 급한 명패(命牌)[1]가 내려 흥문이 바삐 일어났다.

이에 최 숙인이 참지 못해 웃고 부인에게 고했다.

"태부 상공의 기색이 너무 엄숙하시니 사실(私室)에서 소저를 대해도 저러시는지 알지 못하겠습니다."

유 부인이 웃으며 말했다.

"경문이의 기색이 평소에 저러한데 사실에서는 바뀌는지 이 어미[2]는 알지 못하겠구나."

말을 이어 소부가 말했다.

"경문아, 너에게 묻겠다. 내 누이의 말이 네 생각에는 어떠하냐?"

태부가 공손히 두 손을 잡고 대답했다.

"소손이 본디 사람 일에 민첩하지 못해 원래 기색이 이러하니 정이 깊은 아내를 대한들 기색을 바꾸기가 쉽겠나이까?"

말이 끝나기도 전에 숙인이 손뼉을 쳐 크게 웃으며 말했다.

"허무하고 허무한 것은 이 소매로구나. 상공이 정말로 소저를 마주해 이런 기색을 했나이까?"

태부가 두 눈을 비스듬히 떠 숙인을 보고 미소하며 말했다.

"할머니가 제 규방의 일을 얼마나 잘 아시나이까? 할머니가 한마디 거짓말을 꾸미려 해 이처럼 하시는 것 같습니다."

1) 명패(命牌): 임금이 벼슬아치를 부를 때 보내던 나무패. '命' 자를 쓰고 붉은 칠을 한 것으로, 여기에 부르는 벼슬아치의 이름을 써서 돌림.
2) 어미: 최 숙인이 유 부인의 양녀이므로 이와 같이 말한 것임.

숙인이 크게 웃고 말했다.

"다른 말은 말고 상공이 어젯밤에 위 소저를 대해 장기를 두자 한 것도 거짓말이며 바둑을 두자고 한 것도 허언이며 글을 짓자고 한 것도 꾸며낸 것입니까?"

태부가 이 말을 듣고는 미소하고 대답하지 않았다. 그러자 숙인이 다시 웃으며 전날 밤의 일을 일일이 고하는데 온갖 가지로 꾸며 위 소저에게 글 지으라 하며 태부가 위 소저를 높이 찬양하더라 하니 자리에 있던 사람들이 모두 크게 웃었다. 소부도 크게 웃고 생을 보채 글을 내놓으라 하니 태부가 웃으며 대답했다.

"최 할머니의 실성한 말씀에 변명은 안 하겠나이다. 그런데 글 지은 일이 원래 없었으니 할아버님의 명령이 있으시나 무엇을 내놓겠나이까?"

연왕이 또한 천천히 웃으며 말했다.

"아주머니가 허언하기로는 젊어서부터 본디 잘하시는 일이니 곧 이들으시는 숙부님도 옳지 않으십니다. 경문이가 나이가 어려 경박함이 있어도 위 씨 며느리는 그 뜻을 좇을 자가 아닙니다. 숙부님처럼 총명하신 분이 어찌 그것을 알지 못하십니까?"

소부가 웃으며 말했다.

"누이가 허언할 때는 해도 혹 진실을 말할 때는 한다. 경문이에게 물어서는 이르지 않을 것이니 위 씨에게 물어야겠다."

말을 마치고는 위 씨를 향해 즐거운 낯빛을 하고 물었다.

"그대는 어른을 속이지 않을 것이니, 경문이가 어젯밤에 그대를 향해 그렇게 굴었더냐?"

위 씨가 오늘 이 자리에 있는 사람들이 다 웃음을 짓고 있으니 속으로 태부를 그윽이 한스러워해 다만 머리를 숙여 머뭇머뭇할 따름이었다. 이에 태부가 미소 짓고 말했다.

"소손이 그런 행동을 했어도 젊은 여자가 어른들 앞에서 그 일을 말하지 못할 것인데, 소손은 아무 잘못이 없어 억울한 것이 백옥처럼 분명하니 자기가 어찌 알겠습니까?"

소부가 웃고 그런가 여겼으나 숙인은 말이 능란하다고 꾸짖었다.

이윽고 문안을 파하고 상서 형제가 서당으로 돌아갔다.

날이 늦어 예부 홍문이 붉은 도포에 옥띠를 하고 여 한림, 위 시랑 등을 모아 데리고서 서당으로 왔다. 상서는 예부의 다사스러움을 속으로 웃을 따름이요 태부는 알지 못했으므로 다만 예부가 벗들과 함께 담소하려 하는 줄로 알아 기쁜 낯빛을 하고 자리를 정했다. 인사를 다 마치지도 않아서 예부가 태부를 향해 허허 웃고 말했다.

"아우야, 내가 웃는 뜻을 아느냐?"

태부가 홀연히 깨달아 속으로 불쾌해 이에 미소하고 대답했다.

"제가 어찌 형님이 웃으시는 뜻을 알겠습니까?"

예부가 웃고 말했다.

"내가 웃는 것은 곡절이 심상치 않아서다. 이보가 부끄러워하지 않는다면 모든 사람들에게 말을 하랴?"

태부가 웃고 말했다.

"이는 또 형님이 저를 보채려고 허언을 꾸미려 하시는 것이니 아무렇게나 하소서. 저는 저지른 곡절이 없나이다."

예부가 쇄금선(瑣金扇)[3]을 쳐 낭랑히 크게 웃고 말했다.

"네가 아무리 조급히 굴어도 이 일은 알지 못할 것이다."

그러고서 태부의 전날 밤 행동을 일일이 본 듯이 말했다. 예부가

---

3) 쇄금선(瑣金扇): 가는 금박을 입힌 부채.

본디 언어와 구변이 좋은데 이 일은 근본 있는 것이라 붉은 입술과 옥 같은 이 사이로 바다를 기울이고 구슬을 뿜듯이 옥을 부수는 듯한 소리가 낭랑했다. 가뜩이나 우스운 말을 예부가 보탰으니 그 가소로움이 이를 것이 있겠는가. 사람들이 박장대소하며 일시에 태부를 기롱하니 태부는 안색이 여전한 채 웃으며 말했다.

"이 일을 저질렀어도 부끄럽지 않은데 더욱 억울한 것이 분명함에랴?"

예부가 웃고 꾸짖어 말했다.

"모진 놈이 겉으로는 사람들을 대해 기색을 지으나 위 씨 제수 앞에서는 한 더운 떡이 되어 가지고서 이토록 거만한 체하는 것이냐?"

위 어사 중량이 말했다.

"전날 이보가 누이에게 옥동을 낳아 달라고 청하더란 말을 들은 후에 누이가 혹 아들 낳기를 어찌할 도리 없이 바랐다네. 그러나 끝내 그럴 기미가 아득하므로 우리가 교자를 대령해 누이가 쫓겨나는 것을 기다렸더니 오늘날 이런 미담이 있을 줄 알았겠는가?"

태부가 웃으며 대답하지 않으니 여 한림이 또한 웃고 말했다.

"우리는 헤아리기를 위 부인이 쫓겨나시는 날을 당하면 한 장의 상소를 천자께 올리려 했네. 문자를 다듬어 썩은 글귀를 끄적여 한 편의 상소를 이루어 잘못을 따지려 했더니 이젠 그런 수고를 안 해도 되겠네."

태부가 다만 미미히 웃을 따름이요 어지럽게 변명하지 않으니 예부가 또 웃고 말했다.

"모두 하도 옳은 말들을 하니 네 자공(子貢)⁴⁾의 구변이 있다 한

---

4) 자공(子貢): 중국 춘추시대 위나라의 유학자(B.C.520?-B.C.456?). 성은 단목(端木), 이름은 사(賜). 공자(孔子)의 제자로서 언어에 뛰어난 것으로 전해짐.

들 해명할 수 있겠느냐? 날랜 혀와 가벼운 입이 한낱 벙어리가 되었구나."

태부가 웃고 대답했다.

"형님이 이치에 맞게 하시는 말씀이 하도 적당하니 제가 다투려 하면 도리어 같은 사람이 될 것이므로 입을 다물어 말을 하지 않고 형님의 행동만 볼 뿐입니다."

이에 사람들이 크게 웃고 예부는 간사하다고 꾸짖었다.

위 시랑 등이 들어가 누이를 보고는 집에 돌아가 부모에게 자신들이 들은 말을 고했다. 이때 위 공은 광록연(光祿宴) 때 태부가 예전 일을 들추어 말한 것에 노해 연왕에게 이르려 했는데 이 말을 듣고는 크게 기뻐 성난 마음이 다 풀어졌다.

태부가 이후에 위 씨와 화평하게 즐기고 마음이 맞는 것이 있어 깊은 사랑이 태산과 같았다. 그러나 조 씨에게는 돌아보아 생각하는 것이 없었다.

조 씨가 이미 태부의 신선 같은 풍채를 자나깨나 잊지 못했으나 혼인한 지 오래지 않아서 멀리 이별하고 태부를 그리워하는 한 마음에 무창석(武昌石)5)이 될 뻔했다. 그러다 요행히 태부가 돌아오자 매우 기뻐하며 날로 얼굴을 다듬고 단장을 치레해 태부로부터 사랑받기를 원했다. 태부가 우환 가운데 있어 위 씨도 찾지 않았으므로 적이 마음을 놓았더니, 근래에는 태부가 봉성각에 출입해 부부 사이의 화락함이 두터워 교칠보다 더한 것을 보고 크게 투기해 심술궂은 마음이 일어나는 것을 이기지 못했다. 그러나 시가에 온 지 오래되

---

5) 무창석(武昌石): 망부석(望夫石)을 이름. 중국 호북성 무창 북산(北山)에 사람이 서 있는 형상의 바위가 있는데, 한 여자가 병역(兵役)을 나가는 남편을 아들과 함께 전송하고 남편이 가는 것을 바라보다가 돌로 변했다는 전설이 있음.

지 않았고 시부모가 엄격했으므로 감히 좋지 않은 내색을 못 하고 다만 그 숙모 조 씨에게 자신의 불쌍한 사정을 일렀다.

대조 씨는 비록 적이 깨달음이 있었으나 백거이(白居易)[6]가 이른 바, 타고난 자질은 버리지 못한다[7]고 했으니 사람에게 지극히 어려운 것은 천성을 버리지 못하는 것이다. 이때를 맞아 자기의 지극한 형세가 난처하고 부끄러운 줄 잊고 교만하게 태부의 어른인 체해, 태부를 보면 눈물을 뿌리고 가슴을[8] 두드리며 슬피 여구의 불쌍한 사정을 이르고 여구를 잘 대우해 줄 것을 권했다. 태부는 지극한 효자였으므로 대조 씨의 괴이한 경계를 조금도 싫어함이 없이 은근히 여구를 찾아 잠자리를 함께 했다.

이때 공의 서녀(庶女) 빙주의 나이가 열일곱이었다. 연왕이 중요하지 않게 여겨 사위를 가리는 일이 없더니, 상서 등이 힘써 남편감을 가려 빙주를 태중태부 성연의 소실로 삼았다. 성 태부는 나이가 겨우 스물다섯 살로 일찍이 아내를 잃고 첩을 구하던 중이었다. 태부가 빙주의 절세한 자태에 크게 혹해 다시 아내를 얻을 마음이 없어 세 명의 자녀를 빙주에게 맡겼다. 빙주가 그 어미의 어진 마음과 연왕의 바다 같은 도량을 닮아 적실 자녀를 정성으로 어루만져 사랑하고 태부를 어질게 인도하니 태부가 깊이 사랑해 잠시도 빙주 곁을 떠나지 않았다. 위란이 이따금 이르러 딸을 볼 때면 무수한 남녀 종들이 위란을 태부인이라 하며 지극히 존경했다. 위란의 유복함이 이에 더했으니 교란이 부러워하는 마음은 헤아릴 수 없었다.

---

6) 백거이(白居易): 중국 당나라 때의 시인. 원문에는 사마상여로 나오나 사실에 맞지 않으므로 수정함.
7) 타고난~못한다: 원래는 백거이가 <장한가(長恨歌)>에서 양귀비의 아름다움을 말하기 위해 썼음.
8) 가슴을: 원문에는 없으나 문맥을 고려해 삽입함.

연부에서 빙주를 혼인시키고서 낭문과 벽주를 바삐 혼인시키려 했다. 그런데 성안에 귀와 눈이 있는 사람이라면 누가 조 씨를 모르겠는가. 딸 둔 집에서 매파가 낭문을 천거하는 말을 들으면 눈을 감고 머리를 흔들며 손을 저어 말했다.

"무서운 말도 듣겠소. 딸을 홀로 늙히는 것은 옳거니와 차마 그런 흉한 사람의 며느리로 삼게 하겠소?"

이처럼 아무도 혼인하자고 하는 사람이 없으므로 이씨 집안 사람들이 그윽이 우울해했다.

하루는 여 한림이 이르러 이씨 집안에서 낭문의 혼처를 못 얻는 것을 보고 이에 말했다.

"영제(令弟)의 인물과 재주가 뛰어난데 어찌 혼인길이 이처럼 험한 겐가? 그나저나 부모가 없고 가난해도 문벌과 처녀만 보아 혼인시킬 수 있겠는가?"

상서가 대답했다.

"작은 일도 운수니 하물며 인륜과 같은 큰일에 있어서랴? 내가 불초하나 한 아우는 넉넉하게 살도록 할 것이니 빈부는 헤아리지 않고 문벌과 규수만 보고 가리려 하네."

여 한림이 기뻐하며 말했다.

"그렇다면 내 한 규수를 소개하겠네.[9] 나의 처족 전임 원외랑 오공이 일찍 죽고 일곱 명의 딸을 두었는데 위로 셋은 혼인하고 넷째 규수가 올해 나이가 열다섯 살이라네. 용모가 세상에서 극히 뛰어나 칭찬하는 소리가 원근에 자자하다네. 그 혼인을 우리 장인이 주관하는데 현보가 불쾌하게 여기지 않는다면 내가 힘써 주선해 보겠네."

---

9) 내-소개하겠네: 원문에는 없으나 문맥을 고려해 삽입함.

상서가 다 듣고는 기뻐하며 말했다.

"형의 말이 이처럼 믿음직하니 내 마음으로는 참으로 마땅하다고 생각하나 아버님께 아뢴 후에 다시 말해 주겠네."

여생이 응낙하고 돌아간 후 상서가 내당에 들어가 부친에게 고하고 그 뜻을 물으니 왕이 말했다.

"요사이 들으니 도성 사람 중에 입 달린 사람마다 잠자코 있지 않아서 낭문의 어미를 손가락질하며 비웃는다 하니 너희가 무슨 사람이 되었느냐? 아무 데라도 빨리 혼인시켜 안팎의 시비를 막으라."

상서가 두 번 절해 명령을 듣고 물러나 중매를 보내 오 시랑 집에 구혼했다.

원래 오 시랑 하는 여박의 장인이었다. 오 시랑이 일단의 자비로운 마음이 적지 않아 오 원외의 여러 딸과 그 부인 심 씨를 데려다가 잘 대우해 주고 혼례를 극진히 차려 위로 세 딸을 혼인시켰다. 넷째딸 경아의 자는 초온이니 타고난 기질이 매우 비범하고 자태가 빼어나 절세미인이었다. 오 시랑이 이미 경아를 사랑해 한 명의 남편감을 가렸으나 누가 저 근본 없는 가난한 집의 딸을 아내로 삼으려 하겠는가. 이러므로 자연히 혼인길이 늦어졌다.

하루는 그 사위 여 한림이 이르러 낭문의 재주가 출범(出凡)함을 일컫고 혼인 맺을 것을 권하니 오 공이 말했다.

"종제(從弟)가 일찍이 허다한 자녀를 내게 맡기고 죽었으니 나는 그 딸들을 혼인시켜 일생을 편하게 해 구천에 돌아가 종제를 볼 낯이 있게 하려 한 것이네. 연왕의 자녀가 아름다운 것은 이르지 않아도 알겠으나 대강 그 어머니의 소행이 요사이에는 어떠하던가?"

여 한림이 웃고 말했다.

"조 부인이 잘못을 뉘우치신 것은 심상치 않고, 제 누이가 이 현

보의 아내이므로 그 소문을 자세히 들었는데 대강 어진 부인이 되었
는가 싶습니다."

오 공이 또한 웃고 마음을 결정하고 이씨 집안에 구혼하려 했다.
그런데 홀연 이씨 집안에서 매파를 보내 구혼하는 것이었다. 오 공
이 흔쾌히 허락하고 즉시 길일을 택해 낭문을 맞았다.

이날 이부 성문 등이 행렬을 극진히 차려 낭문을 데리고 오씨 집
안으로 갔다. 신랑이 전안(奠雁)[10]을 마치고 신부를 호송해 돌아오
려 하니, 낭문은 눈썹 사이가 맑고 옥 같은 얼굴이 가을 달 같아, 비
록 두 형의 빛나는 풍채를 따르지는 못했으나 빼어나게 아름다운 선
비였으므로 심 부인과 오 공이 기쁨을 이기지 못했다.

이씨 집안에 이르러 두 신랑 신부가 쌍으로 교배를 마치고 신부가
시부모에게 폐백을 드렸는데 신부의 안색이 참으로 절대가인이었다.
매우 아름다운 자태가 얌전하고 깔끔해 봄에 삼색 복숭아꽃이 이슬
을 머금어 아침 볕에 빛나는 듯하고 붉은 복숭아나무 한 가지가 바
람에 흔들리는 듯하며 별 같은 눈망울과 붉은 입시울을 가졌으니 이
는 그림으로 그려도 모사하기 어려울 정도였다. 자리에 있던 모든
사람들이 크게 놀라 일제히 소리 내어 칭찬하고 조 씨는 바란 것보
다 넘쳤으므로 매우 기뻐했으며 연왕이 역시 기뻐했다.

하남비로부터 모든 부인이 일제히 입을 열어 조 씨에게 치하하자,
조 씨가 몸을 굽혀 대답하는 말이 매우 온순하니 이전과는 다른 사
람이 되어 있었다.

석양에 잔치를 마치고 신부 숙소를 벽오당에 정하니 이곳은 곧 벽
서당 곁이었다. 낭문 공자가 신부를 보고 마음에 차고 소원에 합해

---

10) 전안(奠雁): 혼인 때 신랑이 신부 집에 기러기를 가져가서 상위에 놓고 절하는 예.

깊은 사랑이 비길 데가 없었고 상서 형제도 더할 나위 없이 더욱 기뻐했다.

오 씨는 얼굴뿐만 아니라 성품과 행실이 매우 어질었다. 사족(士族)의 맑은 뜻을 가져 남편을 어질게 인도하고 시어머니를 정성으로 봉양하니 조 씨의 사랑은 말할 것도 없고 연왕이 지극히 사랑했다. 또 소후가 사랑하는 것이 위 씨 등에게 지지 않았으니 오 씨 또한 지극한 효성으로 소후를 섬기는 것이 친시어머니보다 덜하지 않았다.

연왕이 낭문을 장가보내고서 벽주를 위해 사위를 가리려 했다. 왕이 일찍이 일주를 깊은 궁궐에 보낸 후에 딸을 혼인시킨 적이 없었다. 하물며 벽주의 아름다운 자태를 깊이 사랑했으므로 벽주와 어울리는 쌍을 얻어 슬하의 재미를 삼으려 했다. 그러나 그 어미의 소행이 그러해 번거롭게 혼인을 구하지 않았는데, 자연히 그 어미를 아는 이가 많아 아들 둔 이는 혹 매파가 벽주를 천거하면 한결같이 소리를 엄정히 해 크게 꾸짖으며 말했다.

"천하 흉악한 여자의 딸을 얻어 사당을 뒤엎고 후사를 끊으랴?"

그러면서 아무도 혼인을 구하는 이가 없고 왕이 또한 마음에 둔 사람이 있어 친구들을 대해도 사위를 일컫지 않았다.

연왕이 마음에 둔 이는 다른 사람이 아니었다. 이에 앞서 유 공을 관에 고소한 최생의 이름은 연이니 본디 인물이 강직하고 곧은 절개가 소나무와 잣나무 같아 많은 선비가 우러러보는 인물이었다. 그 아내 노 씨는 성품과 행실이 어질었다. 임사(姙姒)[11]와 번희(樊姬)[12]

---

11) 임사(姙姒): 중국 고대 주(周)나라 문왕(文王)의 어머니 태임(太姙)과, 문왕의 아내이자 무왕(武王)의 어머니인 태사(太姒)를 아울러 이르는 말로 이들은 현모양처로 유명함.

12) 번희(樊姬): 중국 춘추시대 초(楚)나라 장왕(莊王)의 비(妃). 장왕이 사냥을 즐기자 간하였으나 듣지 않자 고기를 먹지 않으니 왕이 잘못을 바로잡아 정사에 힘씀. 왕을 위해 첩들을 모아 주고 왕이 현인(賢人)으로 일컫은 우구자(虞丘子)가 현인의 진로를 막는다고 간함. 초 장왕이 이 말을 우구자에게 전하자 우구자가 부끄러워하고 손숙오(孫叔敖)를 추천하니 손숙오가 영윤(令

의 풍모가 있어 최생의 가난을 조금도 한스러워하지 않고 침선과 방적에 힘써 부부 사이의 즐거움을 다했다. 그런데 불행히도 노 씨가 유 공이 핍박하는 욕을 만나 목을 매13) 자결했다. 최생이 원한을 품고 그 아들 백만을 업고 달아나 금주에 이르러 이름을 고치고 그럭저럭 살아갔다. 그러다 연왕이 우연히 백만의 기이한 풍채를 보고 사랑해 제자로 삼았다. 유 공이 형벌을 받을 때에 최생이 등문고를 쳐 죽은 아내의 한을 갚았다. 그러고서 경사에 머물러 백만을 연왕에게서 수학하도록 하고서 고향에 이따금 다녀왔다. 지금도 남창에 간 지 대여섯 달이 되었으나 아직 돌아오지 않았다.

백만의 자는 인석이니 올해 나이가 열다섯 살이었다. 관옥(冠玉) 같은 풍채가 무리 중에서 빼어나 매우 아름다웠으며 한 쌍의 가을 물결 같은 눈이 맑고 깨끗했으며 단사(丹沙) 같은 입은 절대가인이 연지를 칠한 듯했다. 겸해 재주와 학문이 빼어나고 위인이 공손하고 행동을 삼갔으니 이씨 집안의 형제가 동기처럼 사랑했다. 연왕이 백만을 평소에 매우 사랑해 월주가 어린 것을 한스러워하다가 벽주를 의외에 얻어 벽주의 용모와 기질이 매우 아리따우므로 백만의 천정배필이라 속으로 기뻐하며 최생이 돌아오기를 기다렸다.

여름 사월에 최 공이 돌아와 연왕을 보고 크게 반겨 피차 이별의 회포를 이르며 한나절을 대화했다. 그러다가 최 공이 홀연 탄식하고 유 공의 행동을 이르며 말했다.

"예부터 악한 자가 그 응보를 받는 것이 떳떳했으나 어찌 오늘날 유영걸의 모습에 비길 수 있겠습니까? 그 모습이 한낱 걸인만도 못하니 만생(晩生)14)이 전날의 원한을 도리어 잊고 탄식하는 줄을 깨

尹)이 되어 삼 년 만에 장왕을 패왕(霸王)으로 만듦.
13) 목을 매: 참고로 앞부분에는 스스로 칼로 찔러 죽은 것으로 나옴.

닫지 못했습니다.”

왕이 또한 탄식하고 말했다.

“유 공이 구태여 사나움이 지나친 것이 아니라 전후에 몸을 그릇 가져 그 지경에 이른 것이니 후인을 징계함 직하오.”

왕이 술이 얼큰해지자 혼사를 이르니 최생이 크게 놀라고 기뻐 급히 사례하며 말했다.

“소생은 이 한낱 한미하고 천한 가문의 선비입니다. 대왕께서 해와 달 같은 덕으로 천한 자식을 자기 자식처럼 어루만져 사랑해 주시므로 그 큰 덕을 마음속에 새기고 있었는데 오늘날 천금 같은 소저로 붉은 끈15)을 맺게 해 주시니 복을 잃을까 두렵습니다.”

왕이 기쁜 낯빛을 하고 웃으며 말했다.

“피차 유학의 한 줄기요, 더욱이 공이 높은 지기를 갖고 있고 영랑이 옥 같은 풍채를 지니고 있어 내 더러운 딸이 영랑의 시첩(侍妾) 되기도 같잖거늘 이런 말을 하시는 것이오?”

최 공이 다시 사양하지 못하고 일이 바란 것보다 넘쳤으므로 매우 기뻐해 흔쾌히 허락하고 택일했다. 이부 등이 최 공자의 옥 같은 얼굴과 버들 같은 풍채를 매우 사랑하다가 최 공자가 누이의 짝으로 정해지자 매우 기뻐했다.

길일이 다다르자 백만이 무릇 행렬을 거느려 연왕부에 이르러 기러기를 올리고 신부가 가마에 오르기를 기다렸다. 소후가 조 씨와 함께 소저의 예복을 갖추어 띠를 두르고 비단주머니를 채워 주며 경계해 가마에 올렸다. 최생이 가마를 다 봉하고서 말머리를 돌렸다.

---

14) 만생(晩生): 자신을 낮추어 이르는 말.
15) 붉은 끈: 부부의 인연을 맺는 것. 월하노인(月下老人)이 포대에 붉은 끈을 가지고 다녔는데 월하노인이 이 끈으로 혼인의 인연이 있는 남녀의 손발을 묶으면 그 남녀는 혼인할 운명에서 벗어나지 못한다고 함.

예부 등 네 명과 이부 등이 일시에 함께 요객(繞客)16)이 되어 최씨 집안에 이르렀다. 두 사람이 교배를 마치고서 신부가 금련(金蓮)17)을 돌려 최 공에게 폐백을 올리니 최 공이 바삐 눈을 들었다. 신부의 자색이 극히 곱고 아름다워 옥을 다듬은 듯한 이마와 복숭아꽃 같은 보조개며 나비눈썹과 별 같은 눈이 두루 기기묘묘하니 천하의 절색이었다. 이에 최 공이 크게 기뻐 눈물을 흘리고 말했다.

"아들이 강보(襁褓)를 면하지 못한 나이에 그 어머니를 참혹히 이별했는데 요행히 장성해 맞이한 신부가 이처럼 아름다우니 구천에 있는 죽은 넋이 보지 못하는 것이 서럽구나. 빨리 사당에 배현(拜見)해 산 낯을 뵙는 것처럼 하라."

백만이 이 말을 듣고 눈물을 뿌리며 소저와 함께 가묘에 올라 차와 과일을 벌여 놓고 지전(紙錢)을 태우며 절하고 예를 갖추었다. 효자의 마음이 새로이 매우 슬퍼 흐르는 눈물이 옷깃을 적셨다. 백만이 소리를 삼키며 우니, 소저가 또한 두루 환난을 겪은 사람이라 슬피 낯빛을 고쳤다.

예를 마치자 다시 당에 이르러 최 공을 뵈었다. 최 공이 본디 노씨를 잃은 후 희첩(姬妾)도 얻은 일이 없고 친척이 다 남창에 있으므로 이곳에는 한 명의 친척이 없어 최 공만 홀로 있었다. 최 공이 이 예부 등을 청해 자리를 베풀고 신부를 어루만져 기쁨을 이기지 못하고 죽은 아내의 참혹한 환난을 일컬으며 눈물을 흘렸다. 이에 사람들이 그 사정을 슬퍼해 좋은 말로 위로했으나 홀마 사마 경문만 머리를 숙이고 말을 안 했다.

날이 저물자 사람들이 흩어지고 신부가 숙소로 돌아가니 최 공자

___

16) 요객(繞客): 혼인 때에 가족 중에서 신랑이나 신부를 데리고 가는 사람.
17) 금련(金蓮): 금으로 만든 연꽃이라는 뜻으로, 미인의 예쁜 걸음걸이를 비유적으로 이르는 말.

가 이에 들어와 신부의 용모에 푹 빠져 사랑하는 정이 비길 곳이 없었다.

이날 이씨 집안에서는 소저를 시집보낸다고 남공 등이 오운전에 모여 있었다. 최생의 풍채를 공들이 소리 내어 칭찬하고 왕이 또한 기쁜 빛을 머금으니 소부가 미소하고 잠잠히 있다가 행렬이 움직여 가자 소부가 연왕을 향해 웃으며 말했다.

"의부(義父)도 의녀(義女)의 혼사에 기뻐하는 것이냐?"

연왕이 웃고 대답했다.

"숙부님은 잊지도 않고 계십니다. 이런 기괴한 말씀을 하십니까?"

소부가 웃으며 말했다.

"실로 조화가 기이하니 설사 하룻밤 동침을 했다 한들 저 기특한 두 아이가 생길 줄 어찌 알았겠느냐? 조카는 그 가운데의 조화를 이르라."

왕이 미소하고 말이 없으니 개국공이 또한 웃고 물었다.

"형님이 조 씨 형수가 낳으신 자녀는 이처럼 귀하게 여기시면서 형수님에게만 홀로 매몰차십니까?"

왕이 눈물을 머금고 탄식해 말했다.

"아우는 이리 이르지 마라. 어미 사나운 연좌를 자식에게 쓰겠느냐? 저 두 아이가 나의 하나뿐인 아들과 손자라 해도 조 씨 여자의 죄악이 그만해서는 내 어찌 그 여자를 용서하겠느냐?"

소부가 웃고 기롱하며 말했다.

"저만치 굳은 마음이 저 두 아이 생기던 날은 귀신이 앗아 갔던가? 그것이 어찌 된 일이더냐?"

왕이 다만 미소하고 말이 없었다.

최 공이 본디 경사에 집이 없고 또 남의 집을 빌려 들어가 있었다.

그래서 연왕이 중간에 값을 주고 집을 사 주었으나 최 공의 성품이 세속을 벗어나 있었으므로 집안일을 돌보지 않고 두루 노닐며 백만을 이씨 집안에 두었다. 이제 신부를 얻었으나 그 나이가 어린 것을 꺼려 삼 일 후에 친정으로 돌려보내며 나이가 찬 후에 집안일을 이루겠다 하니 연왕이 자못 기뻐했다. 벽주 소저가 친정에 돌아가 남편이 자신을 태산처럼 소중하게 대우하고 부모, 형제와 즐기니 온갖 염려가 사라졌다.

이때 태부가 조 씨의 명령을 거역하지 않으려 여구의 침소에 억지로 들어갔으나 진실로 은정이 없어 침상에서 정을 주는 일이 없었다. 그런데 위 씨 침소에 가는 날은 갈수록 새로 만난 듯해 은정이 태산 같았다. 이에 여구가 야속하게 여기며 분노하고 위 씨는 마음이 매우 불편했으나 태부는 사람이 본디 기상이 호탕하고 안색이 단엄했으므로 위 씨가 무익한 간언(諫言)을 하지 않았다.

여구가 날이 오래되자 문득 여자의 행실을 잊고 한밤중에 봉성각으로 달려가 저 부부의 깊은 정을 엿보려 했다. 그러나 일찍이 봉성각을 몰랐으므로 갈 방법이 없어 다만 그 숙모를 붙들고 서럽다며 보챘다. 대조 씨가 점점 방자해 태부를 보면 불평하는 말이 그치지 않았다. 이에 태부는 다만 온화하게 사죄하고 조 씨 침소에 드나들었으나 위 씨 침소에는 한 달에 이십여 일을 갔다.

여구가 초조해 하루는 위 씨가 문안하러 왔다가 일어나 가므로 따라 봉성각에 이르니 너른 당과 무수한 방들이 겹겹이 있고 집들이 크고 화려하며 광활해 가볍게 신선이 되어 날아갈 듯했다. 집들이 높이 학의 날개를 편 듯하고 화려한 문과 난초 문양의 창문에 옥으로 만든 난간과 조각한 용마루가 아름다워 눈이 부셨다. 조 씨가 크게 놀라 넋을 잃고 두루 구경하는 데 겨를이 없으니 소저가 정성스레 청해 자리를 정하고 말했다.

"벌써부터 부인을 청해 회포를 풀려고 했으나 첩의 위인이 졸렬하고 약해 행하지 못하고 있었습니다. 그런데 오늘 빛나게 와 주셨으니 잠깐 앉으셔서 첩을 가르쳐 주시는 것을 아끼지 마소서."

조 씨가 겨우 정신을 진정해 앉으며 다시 눈을 들어서 보니 백옥 현판에 금자(金字)로 '봉성각'이라 써 있으니 놀라서 말했다.

"부인 계신 곳을 채봉각이라 하더니 이제 다른 것은 어째서입니까?"

소저가 말했다.

"이곳이 누대가 깊이 들어 그윽한데 집의 모양이 무늬 있는 봉황 같다 해 채봉각이라고도 합니다."

조 씨가 이에 소리쳐 말했다.

"나나 부인이나 다 한가지 정실인데 양춘당은 이곳만 못하니 그것이 어찌 된 일입니까?"

소저가 몸을 굽혀 말했다.

"첩이 이 가문에 들어온 지 오래되지 않았으니 이런 일을 어찌 자세히 알겠습니까?"

조 씨가 갑자기 분노한 빛으로 말했다.

"부인이 간사합니다. 상공의 은정이 교칠 같은데 어찌 알지 못하겠습니까?"

소저가 이 사람의 무지함을 실로 괴롭게 여겨 묵묵히 있었다.

이때 홀연 태부가 금관(金冠)을 기울이고 조복(朝服)을 끌어 이에 들어왔다. 소저는 눈을 낮춰 일어서고 조 씨는 그 시원한 풍채가 볼수록 기이해 정신을 놓고 바라보니 마치 고기를 본 고양이 같고 밥을 바라는 개 같았다. 태부가 눈을 사뭇 들지 않았으나 곁눈질로 보고 자못 불쾌해 기운이 더욱 엄숙하니 조 씨가 문득 내달아 말했다.

"아침에 숙모님이 첩을 박대하지 말라고 경계하셔서 순순히 응대하시더니 또 이곳에 들어온 것은 어인 마음에서입니까?"

태부가 그 외람하고 방자한 말에 어이없어 정색하고 말했다.

"여자가 말이 어찌 이처럼 무례하오? 이곳은 나의 의복과 기물을 둔 곳이고 아내가 있으니 이곳에 들어오는 것이 무엇이 괴이하기에, 여자가 감히 지아비의 거취를 결정해 말이 이처럼 난잡한 것이오?"

말을 마치자 위 씨를 향해 정색하고 꾸짖었다.

"부인이 나의 정실이 되어 부실을 감히 이곳에 데려와 난잡한 행동을 하게 하는 것이오? 부모님이 아신다면 부인의 죄가 어디에까지 미칠 수 있겠소?"

그러고서 시녀를 불러 조 씨를 밀어 양춘당으로 보내니 눈썹 사이에 성난 기색이 은은해 사방의 벽에 찬 기운이 쏘였다.

위 씨는 몸을 굽혀 들을 따름이요, 조 씨는 무료하고 분해 급히 벽서정으로 가 숙모를 보고 가슴을 두드리며 울고 말했다.

"숙모님! 천지 사이에 서러운 일도 있습니다. 이 조카가 아까 우연히 봉성각에 가니 위 씨가 욕하고 꾸짖기를, '이씨 가문의 법도에 부실은 정실이 있는 곳에 그리 쉽사리 못 가 네 숙모가 저 숙현당에 발그림자도 비칠 수 없는데 네 어찌 이곳에 온 것이냐?'라고 하더니, 낭군이 들어와 위 씨의 말을 듣고 꾸짖어 말하기를, '네 아주머니가 본디 정실을 해쳤더니 네가 또 이곳에 자주 왕래해 위 씨를 해치려 하는 것이냐?'라고 하며 저를 쫓아 내쳤습니다."

대조 씨가 다 듣고 크게 노해 급히 태부와 위 씨를 불렀다. 두 사람이 명령을 받들어 정신없이 이르자 대조 씨가 급히 태부를 붙잡고 발악했다.

"내 비록 어리석어 사리에 밝지 못하나 네 데려다가 나를 어미로 대접하는 마당에 조카딸을 대해 내 욕을 한 것은 무슨 마음에서냐?"

태부가 별 생각이 없다가 이 말을 듣고 놀라움을 이기지 못해 바삐 관을 벗고 고개를 조아려 말했다.

"제가 어찌 감히 어머님을 욕한 일이 있었겠습니까? 대개 어머님이 어디에서 이런 근거 없는 말을 들으신 것입니까?"

조 씨가 꾸짖었다.

"너희 부부가 말할 때 내가 들은 것이니 어찌 변명을 하느냐?"

태부가 문득 섬돌 아래로 내려가 머리를 두드리고 울며 고했다.

"제가 차마 하늘을 이고서 어머님을 이처럼 업신여겨 깔보겠습니까? 다만 하교가 이처럼 명백하셔서 한갓 망극할 뿐이니 무거운 꾸지람을 받기를 원합니다."

대조 씨가 또 위 씨를 가리키며 꾸짖었다.

"경문이가 전날에는 그렇지 않더니 그대가 요사이에 참언(讒言)18)을 놀려 경문이가 나를 박대하니 여자의 도리에 이런 일이 옳으냐?"

소저가 빨리 자리를 떠나 엎드려 죄를 청하고 한마디 해명하는 일이 없었다. 낭문이 이르러 이 광경을 보고 매우 놀라 나아가 까닭을 묻고 크게 울며 말했다.

"우리 모자가 구사일생으로 오늘 부귀하고 하늘의 해를 본 것이 다 둘째형 덕분인데 모친이 무슨 까닭으로 표매(表妹)의 참소를 듣고 이런 일을 하십니까? 아버님이 아신다면 큰일이 날 것입니다. 하물며 형의 효성이 증자(曾子)19)와 왕상(王祥)20)을 업신여길 정도인

---

18) 참언(讒言): 거짓으로 꾸며서 남을 참소함. 또는 그런 말.
19) 증자(曾子): 증삼(曾參, B.C.505-B.C.43년)을 높여 부른 이름. 중국 춘추시대 노(魯)나라의 유학자. 자는 자여(子輿). 효성이 깊은 인물로 유명함.
20) 왕상(王祥): 중국 동한(東漢), 위(魏), 서진(西晉)의 삼대에 걸쳐 살았던 인물(184-268). 자는 휴

데 그런 말을 했겠습니까?"

대조 씨가 이 말을 듣고 묵묵히 있으니 태부가 낭문을 돌아보며 천천히 말했다.

"내가 불초해 모친이 꾸짖으시는 것이 떳떳하니 아버님이 이 일을 아신다고 어미가 자식의 죄를 꾸짖은 것을 시비하시겠느냐?"

낭문이 눈물을 흘리며 말했다.

"모친이 아버님에게서 사랑을 많이 받는 분이시라 해도 형을 이처럼 못 할 것인데 전에 아버님이 모친을 집안에 두는 것을 불쾌해 하심에랴? 그러니 모친은 고요하게 계시는 것이 옳습니다. 그런데 표매가 자기 일생을 위해 모친이 이런 괴이한 행동을 하시도록 하니 정당 모친21)이 들으신들 기뻐하시겠습니까?"

말이 끝나지 않아서 벽주가 이르러 이 사연을 듣고 크게 놀라 급히 모친에게 간했다.

"저희는 모친 신세를 생각하면 진실로 동기에게도 말하기 싫거늘 모친은 무슨 위엄이 있고 인심을 얻었다 하시고 적자(嫡子)를 꾸짖으시는 것입니까? 오라버니에게 죄가 있어도 경솔히 꾸짖지 못할 터인데, 더욱이 그 큰 은혜를 주고 효도하는 사람에게 오늘의 행동은 크게 옳지 않으시니 모친은 살피소서. 둘째오라버니가 예전에 슬픈 일과 환난을 겪은 사람이라 하셔서 정당 모친과 아버님이 사랑하시는 것이 상서 오라버니보다도 위인데 만일 아버님이 이 일을 들으신다면 저희에게 죄가 돌아올 것입니다. 모친은 표형(表兄)이 비록 중

징(休徵). 위나라에서의 벼슬은 사공(司空), 태위(太尉)까지 올랐고, 진나라에서는 태보(太保) 벼슬까지 이름. 계모에 대한 효성이 깊은 인물로 유명함. 계모 주 씨를 섬긴 여러 일화 가운데, 주 씨가 겨울에 생선을 먹고 싶다고 하자 옷을 벗고 얼음 위에 누웠는데 이는 체온으로 얼음을 녹이려 한 것임. 이에 갑자기 얼음이 갈라지며 잉어 두 마리가 나와 주 씨에게 바친 일이 민간에 전해짐.

21) 정당 모친: 이몽창의 정실인 소후, 즉 소월혜를 말함.

요하나 저희는 돌아보지 않으시는 것입니까?"

말을 마치고는 조 씨를 꾸짖었다.

"표형이 무슨 까닭으로 저희와 모친에게 재앙을 얻어 주려 해 이런 어지러운 말을 해 화를 빚어 내려 합니까? 남편 잡는 여자는 강상의 죄인이니 표형이 참으로 무슨 법을 당하려 하는 것입니까?"

말을 마치고 노기가 등등해 소리를 높여 모친에게 간하니 대조 씨는 자녀들이 두려움을 느끼도록 한 말을 잠깐 이치에 맞는다 여겨 묵묵히 있었다. 태부는 누이가 높은 소리와 매서운 말로 어른을 꺼리지 않는 데 놀라고 의아해 낯빛이 바뀌어 이에 정색하고 말했다.

"모친께서 자식을 꾸짖는 것은 당당한 도리다. 누이가 조용히 간하는 것은 옳으나 이처럼 무례하게 굴어서야 되겠느냐?"

그러고서 머리를 두드려 대조 씨에게 죄를 청하고 벽주를 어리석고 무례하다며 꾸짖었다. 대조 씨가 이에 노기가 풀어져 도리어 태부를 위로하고 또 경계해 이후에나 조카를 박대하지 말라고 하니 태부가 절하고 물러났다.

이날 밤에 태부가 양춘당에 이르니 조 씨가 웃음을 머금고 일어나 맞았다. 태부가 기운이 엄숙해 다만 평안히 자고 새벽에 나가려 할 때 억지로 참아 조 씨와 잠깐 관계를 맺으니 여구가 매우 기뻐해 자신이 밤낮으로 태부를 끼고 있기를 원했다. 그러나 태부는 효행이 하늘이 낸 사람이라 대조 씨의 뜻을 받드느라 자기 뜻을 무너뜨려 운우지락(雲雨之樂)[22]을 이뤘으나 그 마음이야 조 씨를 사모하는 것이 무엇이 있겠는가. 다만 여러 날을 계속해 양춘당을 숙소로 하니

---

22) 운우지락(雲雨之樂): 구름과 비를 만나는 즐거움이라는 뜻으로, 남녀의 정교(情交)를 이르는 말. 중국 초나라의 회왕(懷王)이 꿈속에서 자신을 무산(巫山)의 여자라 소개한 여인과 잠자리를 같이했는데, 그 여인이 떠나면서 아침에는 구름이 되고 저녁에는 비가 되어 양대(陽臺) 아래에 있겠다고 했다는 고사에서 유래함.

조 씨가 매우 기뻐 다시 대조 씨에게 참소를 안 했다.

10여 일 후 태부가 달빛 드는 밤을 틈타 봉각에 들어가니 소저가 놀라고 의아해 일어나 맞았다. 태부가 또한 묵묵히 말을 안 하고 단정히 앉아 있다가 시녀를 불러 이불을 펴라 했다. 소저가 이에 옷깃을 여미고 나직이 간했다.

"시어머님이 상공에게 명령해 조 부인 침소에 있으라 당부하셨거늘 상공이 어찌 첩이 있는 곳에 이르신 것입니까? 이는 참으로 옳지 않은 일입니다."

태부가 다 듣고 정색하며 말했다.

"학생이 비록 불초하나 여자에게 제어당할 사람이 아니오. 더욱이 이 말은 사리를 모르는 말이니 벽서정 모친이 조 씨를 박대하지 말라고 하셨을지언정 그대를 박대하라고 하셨소? 이 말은 참으로 괴이하니 그대의 생각을 듣고 싶소."

말을 마치자 소저가 용모를 단정히 하고 눈을 낮춰 감히 대답하지 못했다. 생이 또한 다시 묻지 않고 소저를 이끌어 침상에 나아가 함께 잠드니 새로운 은정이 산이 낮고 바다가 얕을 정도였다. 소저가 불편한 마음을 이기지 못하고 일이 어지럽게 될 줄 짐작했다.

이날 밤에 소조 씨는 태부가 자기 침소에 들어오지 않은 것을 보고 마음이 조급해 급급히 봉성각으로 가 방을 엿보았다. 두 사람의 기이한 모습이 등불 아래 절승하니 이는 참으로 천정배필인 줄 알 수 있었다. 태부가 소저와 함께 침상에 나아가 아끼고 사랑하는 정이 가볍지 않은 것을 보자 이를 매우 싫어했는데 부러운 마음도 끝이 없었다.

'위 씨가 이처럼 잘생긴 사내를 하룻밤이나 처소를 가지고 다투고 싶겠는가? 낭군이 자기의 깊은 정은 다 위 씨에게 두고 나에게는 겉으로만 친한 척하고 속으로는 소원하니 내 마땅히 계교로 저 사람에

게 받은 치욕을 씻어야겠다.'

이렇게 생각하고 그대로 달음박질을 해 벽서정으로 갔다. 낭문과 벽주는 다 침소에서 쌍으로 누워 있고 대조 씨만 홀로 긴 밤에 잠을 못 자고 춘정을 이기지 못해 근심하는 빛으로 앉아 있었다. 그러다가 조카를 보고 놀라서 물었다.

"네 어찌 심야에 이른 것이냐?"

여구가 두 눈에서 눈물을 일천 줄이나 흘리고 발을 구르고 가슴을 치며 말했다.

"낭군이 숙모 앞에서는 공손한 척하고 순순히 응대하더니 아까 요망한 년의 침소에 가서는 부부 두 사람이 아끼고 사랑하는 정이 바다가 뽕나무밭이 되어도 변치 않을 정도였습니다. 이 조카는 속절없이 깊은 규방에 있으면서 운명이 기박할 뿐이니 어찌 서럽지 않나이까? 숙모는 원컨대 낭군을 깊이 꾸짖으셔서 조카의 일생을 구제해 주소서."

조 씨가 다 듣고는 역시 눈물을 흘리며 말했다.

"슬프구나, 조카야! 박복한 이 아주머니를 닮기도 많이 닮았구나. 내 초년에 상공의 박대를 서러워해 잘못을 저질러 재앙이 일어나 오늘날까지 상공이 용서하지 않는 것이 이 지경에 미쳤다. 조카의 사정이 비록 슬프나 경문이가 나를 구사일생 가운데 건져 돌아와 은혜가 지극히 깊은데 내가 무엇이 존귀하다고 그 아이를 심하게 꾸짖겠느냐? 왕이 안다면 너는커녕 내가 쫓겨나는 화를 면치 못할 것이다."

여구가 말했다.

"비록 그래도 태부 같은 효성을 가진 사람이 숙모의 허물을 드러낼 자가 아니니 내일 제가 지금 알려 드리는 대로 하소서."

대조 씨가 계교를 듣고는 그럴듯하게 여겨 허락했다.

이튿날 태부와 위 씨가 문안하는 때를 타 대조 씨가 태부에게 말했다.

"내 근래에 병이 있어 기거를 마음대로 못하고 있다. 그런데 오 씨는 낭문이 갓 만나 떨어져 있는 것을 매우 어렵게 여기므로 내 곁에 두지 못하고 너는 나이가 낭문보다 더하고 위 씨와 만난 지 오래되었으니 네 위 씨를 노모의 곁에 두도록 허락할 수 있겠느냐?"

태부가 급히 꿇어 대답했다.

"모친께서 하려고 하신다면 어찌 소자에게 묻고 하시겠습니까?"

말을 마치고서 눈을 들어 소저를 보아 말했다.

"오늘부터 이곳에서 어머니를 모시고 자면서 효성으로 봉양하기를 게을리하지 마시오."

소저가 옷깃을 여미고 명령을 들었다. 이에 조 씨가 즐거운 낯빛으로 웃고는 이불을 옮겨 오라 하고 또 눈물을 흘리며 태부에게 말했다.

"이 말을 너에게 하는 것이 온당하지 않으나 또한 모자의 지극한 의리로써 무엇을 감추겠느냐? 내 열다섯에 혼인했다 하나 지금까지 몸은 처녀로 있으니 다른 사람 가운데 운명이 기박한 사람에 대해서는 불쌍히 여기는 마음을 이기지 못한다. 하물며 그 지친(至親)에 이르러서랴? 이제 조카의 운명이 기박한 것을 내 차마 보지 못하니 너는 오늘부터 양춘각을 숙소로 하거라. 조카에게 자녀 하나나 끼치고서 네가 조카를 박대한다 한들 설마 어찌하겠느냐? 네가 나를 어미로 안다면 이 말을 잊지 마라."

태부가 눈길을 낮추어 다 듣고 이에 자약히 웃고 온화한 목소리로 대답했다.

"어머님이 이렇게 안 하셔도 소자가 어찌 까닭 없이 처자를 박대하겠나이까? 더욱 요사이엔 날을 이어 계속해 조 씨와 함께 부부의 도리를 온전히 했거늘 박대 두 글자는 참으로 억울한가 하나이다. 마땅히 하교를 간과 폐에 새기겠습니다."

대조 씨가 이에 재삼 당부했다.

이후에 대조 씨가 위 씨를 자기 앞에 두어 마음대로 오가지 못하게 굴었으나 위 씨는 조금도 싫어하거나 괴로워하는 내색이 없는 것은 말할 것도 없고 효성이 세상에서 뛰어났다. 태부는 여구의 사주인 줄 짐작하고 괘씸해했으나 타고난 효성이 범상치 않았으므로 행여 대조 씨의 허물이 연왕의 귀에 들어갈까 두려워했다. 또 대조 씨가 아까 하던 말을 다른 사람이 들었다면 절도할 것이었으나 태부는 도리어 그 사정을 슬피 여겼다.

이날 밤에 양춘각에 가 잠을 자니 조 씨의 정은 기뻐 미칠 듯했다. 태부가 싫은 마음을 억지로 참았는데 여구의 음탕한 행동은 남자의 굳센 기운을 빼앗는 것이 있었다.

그래서 태부가 서당에 나와 피를 토하고 기운이 아니꼬아 더욱 여구를 증오해 미우(眉宇)[23]를 찡그리고 저물도록 죽침에 기대 있었다. 상서가 이를 괴이하게 여겼으나 그 이유를 묻지 않았다.

저녁이 되자, 대조 씨가 시녀를 시켜 태부의 자취를 찾아 양춘각으로 들어가기를 재촉하니 태부가 미우에 시름을 띤 채 즉시 일어났다. 상서가 바야흐로 기미를 알고 태부의 효성을 새로이 기특하게 여겼으나 위 씨가 벽서정에 간 것은 알지 못했다.

태부가 양춘각에 들어가 또 한 번 구토해 속을 다 비워 내고 의관을 입은 채 원앙베개에 기대었다. 여구가 이에 놀라고 근심해 나아

---

23) 미우(眉宇): 이마의 눈썹 근처.

가 병을 묻고 손발을 주무르는데 그 음탕한 행동은 이루 헤아릴 수 없을 정도였다. 태부가 잠자코 누워서 그러지 말라고 하지는 않았으나 새로이 위 씨의 높은 뜻을 생각하고 이 사람에 비하면 하늘과 땅처럼 차이가 나는 것을 탄식했다.

이후에는 태부가 날마다 양춘각에 깃들이니 매양 의관을 입은 채 밤을 지내 잠깐도 부부의 즐거움을 이루지 않았다. 여구가 초조해하고 근심했으나 그래도 사람이 염치가 있어서 다시는 운명이 기박하다는 말을 못 하고 태부가 병이 들어 그렇다 여기며 태부의 병이 낫기를 기다렸다.

이때 벽주 등이 위 씨가 벽서정에 있는 것을 괴이하게 여겨 모친에게 연고를 물으니 대조 씨가 말했다.

"경문이가 내가 적적한 것을 생각해 요사이 위 씨를 시켜 날 시침(侍寢)하도록 한 것이다."

두 사람이 믿지 않아 태부를 보고 연고를 물으니 태부가 웃고 말했다.

"위 씨가 며느리의 도리로써 모친을 시침하는 것이 옳고, 어머니가 적적하신 것을 염려해 내 이따금 가서 모시라고 한 것이다. 너희 수씨(嫂氏)가 나를 싫어해 아주 거기에 있으려 한다 하던데 그런다고 모친께서 매양 두시겠느냐?"

두 사람이 그제서야 그런 줄 여겨 잠잠해졌다.

원래 태부는 남자로서 아내에게 구구하지 않아 효를 세웠으니 대개 기특하다 하겠다. 그러나 위 씨는 한낱 어린 여자로서 시아비가 버린 시어미에게 정성이 대단한 것이 이를 것이 없을 정도였다. 대조 씨가 비록 예전보다 나아졌다고 하나 그 순하지 않고 시기심 많은 성격이 어디 가겠는가. 위 씨의 공손함을 더욱 미워해 틈만 나면 꾸짖고 호령해 위 씨가 잠시라도 봉성각에 가 쉬지도 못하게 했다. 그래서 위 씨가 옷 갈아입을 틈이 없어 속옷을 다시 입지 못했다. 본디 삼 일에 한 번씩 갈아입던 버릇으로 이런 상태를 견디지 못할 것이었으나 한결같이 온화한 모습을 하고서 행여 시부모가 아실까 걱정하니 어찌 기특하지 않은가.

난혜가 분노를 참지 못해 하루는 조용히 태부를 보고 그 사연을 자세히 고하고 소저가 참는 것이 단단함을 애달파하니 태부가 정색하고 말했다.

"유제(乳弟)가 어찌 어머님의 허물을 나에게 이르는 것이냐? 행실이 참으로 한심하니 이후에 이런 말을 입밖에 내어 다른 사람이 알게 한다면 그 죄가 가볍지 않을 것이다."

이에 난혜가 황공해 물러났다.

태부가 비록 입으로는 이렇게 일렀으나 위 씨의 행실에 대해 더욱 마음으로 복종했다. 그러나 조금도 위 씨를 그리워하는 내색이 없고 상서에게도 이르는 일이 없었으니 일가 사람들이 이 일을 전혀 알지 못했다.

그런데 여 씨가 이 일을 잠깐 알고는 조용히 상서에게 이르며 위 씨의 괴로움을 일컬었다. 상서가 다 듣고는 놀라서 어이없어 잠자코 시비(是非)를 안 했다. 그리고 여 씨에게 당부해 입밖에 내지 말라 하고 태부에게도 알은체하지 않았으나 태부의 위인과 위 씨의 행동을 더욱 기특하게 여겼다.

하루는 위 씨가 숙현당에 가 문안하고 돌아오다가 중당에 이르러 태부를 만났다. 이때 태부가 바로 안으로 들어오다가 소저와 길이 마주쳐 눈을 들어서 소저를 보니 소저가 붉은 치마에 문채 나는 적삼 차림으로 눈길을 낮추고 서 있는 것이었다. 태부가 위 씨를 한 번 보자 반가운 마음을 이기지 못해 몸을 굽혀 일렀다.

"부인은 잠깐 앉아 학생의 말을 들으소서."

소저가 억지로 참아 대답했다.

"시어머님이 찾으실까 두려우니 훗날 명령을 받들겠습니다."

생이 좌우를 살펴보니 난혜 한 사람뿐이라 소저에게 나아가 소매를 당기며 앉으라 청했다. 소저가 마지못해 단정히 앉으니 난혜가 주군의 행동을 보고 난간 밖으로 나갔다.

태부가 드디어 자리를 가까이하고 소리를 나직이 해 말했다.

"부인은 어머님을 모셔 별 일이 없거니와 학생은 큰 우환을 맞았으니 걱정을 이기지 못하겠소."

소저가 몸을 낮춰 말했다.

"군자께서 조정 대신으로서 시름이 없으실 터인데 별다른 우환이 있음은 무슨 일 때문입니까?"

태부가 웃으며 말했다.

"이 일은 부인에게 이름 직하지 않으나 또한 부부 사이에 무엇을 감추겠소?"

그러고서 조 씨의 음탕한 행동을 이르고 자기는 병들었음을 말하며 실소했다. 소저가 진실로 귀를 막고 싶었고 남편이 번다하게 말하는 것에 기분이 좋지 않아 말을 안 했다. 그런데 이때는 초가을 열흘께였다. 늦더위를 견디지 못할 정도였는데 태부가 장성한 기골로 소저 가까이 앉아 있으니 소저가 더운 것을 이기지 못해 옥 같은 얼굴에 땀이 물 흐르듯 했다. 태부가 친히 땀을 닦아 주며 비단 부채를 들어 바람을 내 더운 것을 진정시켰다. 그리고 소저의 부드러운 손을 잡아 연연해하며 대답을 재촉하니 소저가 마지못해 대답했다.

"부부 사이의 사사로운 말을 다른 사람에게 누설하는 것이 옳지 않으시니 상공은 진중하소서. 그런데 옛사람이 말씀하시기를, 예가 아니면 보지 말고 예가 아니면 듣지 말라[24]고 경계하셨습니다. 첩이 비록 어리석으나 이를 명심하고 있으니, 이런 말씀 듣는 것을 원하지 않는데 답하는 말이 있을 수 있겠나이까?"

말을 마치고 일어나려 하니 생이 급히 머무르게 하고 또 웃고 말했다.

"부인이 이렇게 여길 줄 처음부터 알았으나 조 씨의 행동이 기괴함을 참지 못해 그런 것이오. 원컨대 부인은 여기에 머물러 나와 대화하는 것을 아끼지 마오."

그러고서 자리에서 조금 떨어져 앉아 온화한 말을 베푸니 소저가 억지로 이따금 대답했다. 마침 상서가 내당으로 들어가다가 태부가 소저와 자리를 나란히 한 것을 주렴 안에서 잠깐 거들떠보고 마음이 불안해 도로 나왔다. 한참 지난 후에 들어가니 태부가 그저 앉아 있으나 소저와 자리를 멀리하고 있으므로 마음을 놓고 주렴을 들치고 난간에 올랐다. 소저와 태부가 이에 급히 일어나 상서를 맞으니 상서가 다만 미소하고 정당으로 들어갔다. 소저가 이때 몸을 빼 벽서정으로 갔다.

이때 조 씨의 시녀 선매가 동녘 굽이진 난간 뒤에서 피서하다가 태부가 소저와 문답하는 말과 태부가 소저를 깊이 사랑하는 광경을 보고 돌아가 조 씨에게 일렀다. 조 씨가 이에 크게 분노해 생각했다.

'저희 둘이 모두 내 허물을 말했으니 내 또 고이 두지 않을 것이다.'

그러고서 급급히 벽서정으로 가 대조 씨를 보고 급히 들이달아 펼

---

24) 예가~말라: 공자(孔子)가 한 말로, 『논어』, 「안연(顔淵)」에 있는 문장. 원문은 "예가 아니면 보지 말고, 예가 아니면 듣지 말며, 예가 아니면 말하지 말고, 예가 아니면 행동하지 마라. 非禮勿視, 非禮勿聽, 非禮勿言, 非禮勿動."임.

쩍 뛰고 울면서 말했다.

"숙모님이 저 때문에 오늘날 참혹한 욕을 보셨습니다. 제가 들으니 간담이 부숴지는 듯했습니다."

대조 씨가 크게 놀라 말했다.

"누가 나를 욕하더냐?"

소조 씨가 목 놓아 통곡하며 말했다.

"아까 태부와 위 씨가 중당에 모여 한낮에 손을 잡고 몸을 접해 숙모의 사나움을 한하면서 위 씨가 숙모를 죽여 버리겠다고 일렀습니다. 그러자 태부가 말하기를, '조 씨가 저렇게 사나운 줄 알았다면 내가 무엇하러 데려와 우리 부부 사이에 견우와 직녀의 이별이 있게 했겠소? 죽이는 것은 천천히 도모하고 먼저 아버님께 고해 출부(黜婦)[25]가 되게 하고 낭문과 벽주를 아울러 제거할 것이오.'라고 했습니다. 이에 위 씨가 어서 도모하라 당부하고 이곳을 가리켜, '원수 조녀야, 조녀야.'라고 하며 '네가 지금은 나에게 심하게 굴지만 오래되지 않아 출부가 되고 네 두 자식이 내 손에 어육이 될 것이다.'라 했습니다. 제가 이 말을 들으니 뼈가 시리고 마음이 차서 급히 돌아온 것입니다."

말을 마치고는 무수히 많은 꾸며낸 말로 태부 부부를 참혹히 모해했다. 대조 씨가 다 듣지 않아서 낯빛이 파래져 손등을 두드리며 크게 꾸짖어 말했다.

"내가 경문이를 효자로 알았더니 어찌 구밀복검(口蜜腹劍)[26]의 사람인 줄 알았겠느냐? 내 내일 쫓겨나는 재앙을 만나더라도 이 일은

---

25) 출부(黜婦): 시가에서 쫓겨난 여자.
26) 구밀복검(口蜜腹劍): 입에는 꿀이 있고 배 속에는 칼이 있다는 뜻으로, 말로는 친한 듯하나 속으로는 해칠 생각이 있음을 이르는 말.

결코 그저 두지 못할 것이다."

말이 끝나지 않아서 위 소저가 이에 이르니 조 씨가 두 개의 흉한 눈을 모질게 떠 위 씨를 보며 큰 소리로 꾸짖었다.

"그대가 차마 사람의 형상을 하고서 시어미를 모의해 죽이고 어디로 가려 하는가?"

소저가 이 말을 듣고는 놀라고 의아해 빨리 자리에 꿇어 죄를 청했다. 대조 씨가 이에 바로 분노를 드러내려 했다.

이때 태부 형제가 홀연히 어깨를 나란히 해 이곳으로 오는 것이었다. 대조 씨가 태부를 한번 보자 노한 기운이 하늘 같아 옳고 그름을 구분하지 않고 태부에게 달려들어 띠를 잡고 머리를 부딪치며 가슴을 두드려 대성통곡하며 말했다.

"네 어찌 차마 처자와 함께 나를 죽이려 꾀한 것이냐? 내가 이처럼 피폐하고 미미하나 네 어미라는 이름이 있거늘 차마 저 두 동생과 나를 죽이려 하느냐? 내 시원하게 너의 계교가 미치지 않아서 네 띠끈에 목을 맬 것이다."

태부가 별 생각이 없는 가운데 이 변을 만나 매우 놀라서 급히 대조 씨가 잡은 손을 풀고 엎드려 울며 말했다.

"저에게 죄가 있으면 시원하게 시노(侍奴)를 시켜 꾸짖고 때리시는 것이 옳지 이처럼 사람의 자식으로서 듣지 못할 망극한 말씀을 하시는 것입니까? 자식이 되어 어미를 죽이고서 천지간에 설 수 있겠나이까?"

대조 씨가 다시 달려들어 옥연적(玉硯滴)을 들어 그 머리를 치며 크게 꾸짖었다.

"왕망(王莽)[27]이 밖으로는 겸손하나 안으로 반역하려는 마음을 품은 것처럼 네가 지금은 겸손하고 온순한 말이 이와 같으나 돌아서면 엉큼한 마음이 한층 더해질 것이니 내가 네 말을 어찌 곧이든 겠느냐?"

상서가 또 이 광경을 보고 크게 놀라 나아가 대조 씨의 손을 붙들고 간했다.

"어머님이 분노하시는 곡절은 소자가 알지 못하나 둘째에게 죄가 있다면 곡직(曲直)을 명백히 일러 죄를 주시고 매로 때리시는 것이 옳습니다."

말을 마치고 시노(侍奴)를 불러 태부를 잡아 섬돌 아래에 내리라 하고 부인을 위로하고 마음을 풀어 주며 곡절을 물었다. 조 씨가 상서의 온순한 말과 사리에 맞는 말을 들으니 분이 적이 풀어져 다만 손으로 가슴을 치고 울며 말했다.

"내 외로운 인생을 살다가 경문이의 큰 덕을 입고 이곳에 이르러 한 목숨을 지탱하니 너희의 대접이 내가 바란 것을 넘었으므로 내가 생각하기를 진심인가 했다. 그런데 내 요사이 병이 있어 위 씨를 잠깐 데려와 구호하게 하고 경문이를 대해 조카를 박대하지 말 것을 권했다. 이는 한갓 구구히 사사로운 정을 참지 못해 한 것인데 오늘 위 씨와 경문이 모여 은밀한 말로 나와 두 아이를 죽이려 한다 하니 내 어찌 서럽지 않겠느냐? 너는 그저 조카를 박대하나 내가 무엇이라 할 것이라고 구태여 죄 없는 두 아이를 참혹히 욕하니 내가 살아 무엇하겠느냐?"

말을 마치고 크게 우니 상서가 엎드려 다 듣고는 절하고 말했다.

"사람의 윤리 중에 부모가 가장 크시니 둘째아우가 비록 불초하나 이런 망극한 말이야 어찌 했겠나이까? 이는 잠깐 중간에 어긋남

---

27) 왕망(王莽): 중국 전한(前漢)의 정치가(B.C.45-A.D.23). 자는 거군(巨君). 자신이 옹립한 평제(平帝)를 독살하고 제위를 빼앗아 국호를 신(新)으로 명명함. 한(漢)나라 유수(劉秀)에게 피살됨.

이 있는가 하오니 밝히 살피소서."

대조 씨가 큰 소리로 말했다.

"내가 친히 들었는데 이처럼 말하니 내가 경문이를 잡는다는 말이냐?"

그러고서 손바닥을 두드리며 발을 구르고 목 놓아 통곡했다. 상서가 뼈가 저리고 넋이 놀랐으나 체면에 마지못해 이에 시노에게 명령해 매를 가져오라 해 태부를 꾸짖어 말했다.

"네 어찌 모친의 명령을 어겨 불효를 자임하는 것이냐? 모친께 염려를 끼친 죄가 매우 중하니 어서 벌을 받으라."

태부가 고개를 조아려 사죄하고 의관을 풀고 엎드려 맞으니 상서가 몸을 돌려 아뢰었다.

"얼마를 치면 되겠습니까?"

대조 씨가 말했다.

"30대를 맹타하라."

상서가 명령을 듣고 난간 가에 앉아 시노에게 명령해 태부를 때리도록 했다. 20여 대에 이르러는 난혜가 슬픔과 분함을 이기지 못해 급히 낭문과 벽주를 찾아 전말을 전했다.

이에 두 사람이 낯빛이 변해 급히 벽서정으로 갔다. 태부가 매를 맞는 것을 보고 낭문이 크게 울고 매를 멈추게 하고는 머리를 두드리며 말했다.

"오늘 광경을 보니 모친과 소자가 집을 하직할 때인 것 같습니다. 둘째형님이 무슨 죄가 있다 하고 매를 때리시며 큰형님은 어찌 간하지 않으시고 모친의 뜻을 받들어 죄 없는 형을 쳐 저에게 아버님으로부터 죄를 얻게 하려 하신 것입니까?"

상서가 천천히 말했다.

"둘째아우의 불초한 죄가 평범하지 않으니 잠깐 다스린 것이다. 그러니 어찌 아버님이 아셔서 네가 벌 받을 일이 있겠느냐?"

낭문이 태부를 붙들고 울며 말했다.

"형이 매 맞은 것이 다 표매(表妹) 때문이니 제가 대신 맞기를 원합니다. 형이 설사 죽을죄가 있어도 아버님께 고하고 치시는 것이 옳은데 하물며 죄 없는 것이 분명함에 있어서이겠습니까?"

대조 씨가 낭문의 말을 듣고 드디어 태부를 용서해 낭문을 시켜 태부를 붙들어 여구의 침소로 데리고 가라 했다. 그러자 태부가 다시 의관을 정돈하고 고개를 조아려 절한 후 돌아갔다.

대조 씨는 상서가 정말로 자기를 위해 태부를 다스렸는가 여기고 이에 위 씨를 가리켜 꾸짖었다. 상서에게 위 씨가 덕이 없음을 말하며 위 씨를 다스려 줄 것을 물었다. 이에 상서가 자리를 피해 말했다.

"제수씨가 불초한 일을 하셨으나 아버님과 친어머님이 아직 이 일을 알지 못하시니 어머님은 큰 덕을 드리우셔서 다음에는 그러지 말라고 경계하시고 곁에 두시기를 바라나이다."

대조 씨가 다 듣고는 노해서 울고 말했다.

"내가 반드시 요망한 여자 손에 죽을 것이다."

드디어 통곡소리를 내려 하니 상서가 급히 죄를 청하고 말했다.

"장차 부모님 모르시게 제수씨에게 어찌 죄를 다스리겠나이까?"

대조 씨가 말했다.

"시원하게 태장 이십을 치라."

상서가 이 말을 듣고 하도 어이없어 눈길을 낮추고 깊이 생각했다. 벽주가 시종 말을 안 하다가 이에 탄식하고 말했다.

"오늘 모친의 행동은 소녀를 죽게 하시는 것입니다. 산동 한 노인의 종이 되었다가 오늘 부귀영화를 누리게 된 것이 누구 덕입니까?

친아들이라도 효성이 그만하다면 가볍게 대접하지 못할 것인데 오라버니는 적자(嫡子)요, 아버님과 정당 모친께서 깊이 사랑하시는 사람입니다. 이제 오라버니를 치시고 올케언니를 곁에서 부리는 시녀를 치듯 하려 하시니 아버님이 아신다면 모친은 마땅히 출화를 보실 것입니다. 그때 부끄러운 모습을 볼 것인데 살아 무엇하겠나이까?"

말을 마치자, 서너 치 되는 하얀 칼날이 가슴을 향했다. 위 씨가 마침 곁에 앉아 있었으므로 급히 소저를 안고 상서와 대조 씨가 매우 놀라 미처 말을 못 하는 가운데 소저가 소리를 내지 못할 정도로 슬피 울고는 피를 토하고 혼절했다. 대조 씨가 뉘우치고 정신이 없어 크게 울 뿐이요, 상서는 놀라움을 이기지 못해 다만 대조 씨를 위로하고 회생약을 풀어 소저의 입에 붓고 구호했다.

한참 후에 소저가 겨우 정신을 차려 옷과 띠를 정돈해 일어나 앉았다. 대조 씨는 놀란 가슴이 벌떡여 말을 못 이루고 상서가 이에 정색하고 꾸짖어 말했다.

"누이가 구사일생으로 온갖 고초를 겪는 가운데도 죽지 않고 돌아와 평안한 시절을 맞아 마음에 불편한 작은 일을 보고서 죽는 것을 가볍게 여기니 이 무슨 도리냐? 운명이 기박한 여자라도 칼을 뽑아 자결하는 것은 인륜의 죄인이 할 일이요, 성인의 가르침에서 벗어난 일이거늘 누이가 어찌 이런 괴이한 노릇을 한 것이냐? 이 일을 아버님이 아신다면 큰일이 날 것이니 두 번 다시는 이런 일을 저지르지 마라."

벽주가 다만 근심하고 탄식하며 말을 안 했다. 상서가 재삼 경계한 후에 나왔다.

이때 태부가 양춘각에 이르러 소조 씨를 크게 미워해 헤아리기를, '다른 일은 따지지 않겠으나 제 어찌 모자 사이에 차마 못할 말을

한 것인가?'

라고 해 기운을 엄숙히 한 채 죽침(竹枕)을 베고 누웠다. 낭문이 상처를 주무르며 탄식하기를 이기지 못하니 태부가 웃으며 말했다.

"어머님이 자식을 치시는 것은 떳떳한 일이고 하물며 내 대단히 맞지 않았으니 너는 너무 염려 마라. 너의 마음으로 보건대 정당 모친은 너를 못 치실 것이다."

낭문이 탄식하더니 조 씨는 모르는 체하고 물었다.

"낭군이 누구에게 죄를 입으셨습니까?"

낭문이 정색하고 말했다.

"표매가 이런 재앙을 빚어내 두고서 어찌 모르는 체하는 것이냐?"

이에 여구가 문득 낯을 붉히고 낭문을 꾸짖으려 하더니 홀연 상서가 들어와 모두 일어나 맞았다. 상서가 다만 조심해 조리하라 할 뿐이요 여느 말은 안 하다가 일어났다. 대강 상서의 마음은 두루 환난을 겪은 동생이 죄가 없는데 또 쳤으니 뼈가 시릴 정도였으나 겉으로 말을 꺼내 이르는 것은 조 부인을 원망하는 것이라 마침내 한 말도 입 밖에 내지 않은 것이다.

태부가 기미를 알고 더욱 몸을 닦아 공손해 대조 씨의 행동을 원망하기는커녕 행여 다시 죄를 얻을까 두려워 이후에는 양춘각에만 매양 있고 위 씨를 꿈속에서도 생각하지 않았다.

이렇게 되자 대조 씨가 다시 태부 부부를 보챌 계책이 없었다. 소조 씨는 기뻐했으나 태부의 기색이 전과 차이가 매우 커서 엄숙한 것이 겨울 하늘의 찬 달 같고 엄정한 것이 섣달에 내리는 눈 같아서 매양 의관을 입은 채로 침상에서 밤을 지내고 나가니 소조 씨가 초조하고 다급했으나 아직 조용히 있으면서 틈이 나기를 기다렸다.

태부가 심하게 맞지는 않았으나 20여 대의 매가 또한 가볍지 않앉으므로 신음이 나오는 것을 참을 수 없었다. 그러나 끝까지 몸이 좋지 않은 내색을 하지 않고 하루 네 번 문안을 때에 맞게 하니 모두 태부가 병든 줄 알지 못하고 소후와 연왕도 아득히 몰랐다.

난혜는 그 주인들의 운수가 기괴한 것을 탄식하고 대조 씨의 행동을 밉게 여겨 연왕의 귀에 이 일이 들리도록 하고 싶었으나 태부와 상서를 두려워해 하루는 어미를 보러 간다 핑계하고 위씨 집안에 갔다. 승상에게 전말을 다 고하고 잘 처리해 주기를 청하니 승상이 매우 놀라 말했다.

"딸과 사위가 겨우 화란에서 벗어났는데 어찌 이런 일이 있을 줄 알았겠느냐? 내 마땅히 계교를 쓸 것이니 너는 물러가라."

난혜가 이에 절하고 돌아갔다.

승상이 대조 씨를 괘씸하게 여겨 말했다.

"참으로 사나운 여자가 소년 시절에 적자(嫡子) 한 명을 죽이고 적국(敵國)과 남편을 해쳐서 온갖 고초를 겪다가 또 구렁 가운데서 자기를 건져낸 적자(嫡子)에게 심하게 구는 것인가? 내 마땅히 천자께 이 일을 고할 것이다."

부인이 정색하고 말했다.

"상공이 외간 남자로서 남의 여자를 공공연히 모욕 주는 것이 가당치 않은 것은 이를 것도 없고 이생에 대한 말을 들으니 그 효성이 범상치 않아 조 씨를 논핵하는 날에는 딸아이가 이 태부에게 질책을 당하게 될 것입니다. 그러니 상공은 부질없는 말을 그치시고 이리이리 처리해서 그만한 가운데 그 여자를 제어하소서."

공이 그럴듯하게 여겨 이날 수레를 밀어 이씨 집안에 갔다. 마침 연왕은 조정에 가고 태부가 홀로 있다가 맞아 예를 마치니 위 공이 또한 내색하지 않고 고사(故事)와 예악(禮樂)을 의논해 서로 화답했다. 위 공의 소견이 맑고 높으며 커서 옛사람과 나란히 할 만한 것은 이를 것도 없고 태부의 응답이 하수를 기울이고 장강(長江)을 헤치는 듯해 도도히 궁하지 않았다. 이에 승상이 새로이 사랑해 한나절을 대화하다가 홀연 물었다.

"내 딸아이를 보고 가려 하네."

태부가 이에 마지못해 시녀를 시켜 소저를 청해 오도록 했다. 이때 위 씨는 벽서정에서 조 씨에게 시달리고 있었다. 그래서 시비가 돌아와 위 씨에게 연고가 있어 못 나온다고 고하니 승상이 잠깐 웃고 말했다.

"또 매를 맞는 것이 아니냐?"

태부가 이 말을 듣고 놀라서 이에 정색하고 말했다.

"장인께서 이 무슨 말씀입니까? 위 씨가 누구에게 매를 맞겠습니까?"

승상이 웃고 말했다.

"너는 나를 어둡게 여기지 마라. 네가 매 맞았다는 말도 거짓말이냐?"

태부가 다 듣고는 정색하고 말했다.

"합하께서 무슨 까닭으로 남의 집안 일을 알은체하시며 어디로부터 그런 허언을 들으신 것입니까?"

승상이 다만 웃고 일어나니 태부가 마음속으로 깊이 우려했다.

승상이 이날 연왕을 못 보고 돌아가 우울했는데 이튿날 마침 연왕이 왔다. 공이 기뻐하며 연왕을 맞이해 말하다가 술이 얼큰해지자 홀연히 무릎을 모아 몸을 단정히 하고 말했다.

"학생이 한 말을 대왕에게 고하려 하니 당돌함을 용서해 주시겠는가?"

왕이 물었다.

"무슨 일인가?"

위 공이 웃으며 말했다.

"이 일은 대왕의 집안일이네. 학생이 간예하는 것이 옳지 않으나 딸아이와 사위의 위태한 형세가 달걀을 쌓아 놓은 듯해 참지 못하겠네. 그런데 대왕은 이보의 귀에 내가 한 말이라고 하지 않을 수 있겠는가?"

왕이 놀라서 말했다.

"우리 집안이 고요해 여느 일이 없거늘 이 어찌 된 말인가?"

공이 웃으며 말했다.

"이 참으로 등불 밑이 어두운 격이네."

드디어 자기가 들은 말을 일일이 옮겨 이르고 슬피 말했다.

"딸아이의 팔자가 험해서 남에게 없는 화란을 두루 겪고 무사한 시절을 겨우 만났으나 또 남 모르는 재앙을 얻었네. 험한 일을 하는 시비(侍婢)가 매 맞는 것 같은 일을 만났으니 비록 맞지는 않았으나 그 욕됨과 인생의 기구함이 지극하네. 그러니 대왕은 내 딸아이를 마땅히 돌려보내게. 내가 일생을 거느리고 살려 하네."

왕이 다 듣고 매우 놀라서 말했다.

"내 어리석고 사리에 어두워 집안에 괴이한 변이 일어났어도 알지 못했으니 어디에서 이 말을 들은 겐가?"

위 공이 드디어 난혜에게서 전해 들은 말인 줄 이르고 말했다.

"내 사사로운 정으로 이 말을 했으나 그 실은 매우 불가한 일이네. 형은 조 부인께 추호도 좋지 않은 내색을 말고 잘 처리해 주게."

왕이 억지로 참고 웃으며 말했다.

"내가 또 살필 것이니 어찌 어설프게 하겠는가?"

말을 마치고 선뜻 일어나 수레를 타고 집안으로 돌아갔다. 조 씨의 행동에 어이가 없어 속으로 크게 노해 조 씨를 매우 괘씸하게 여겼다.

이날 마침 여 씨가 위 씨가 잠시도 쉴 새가 없는 것을 불쌍히 여겨 중당에 모든 시누이와 동서를 청해 한담했다. 사람들이 붉은 치마를 끌고 문채 나는 적삼을 입고서 봉관(鳳冠)을 숙이고 옥패(玉佩)를 울리며 가지런히 벌여 있으니 새롭게 빛나는 자태가 옥난간에 빛나 요지(瑤池)28) 선녀가 채색 구름 속에 모여 있는 듯했다. 이에 좌우의 사람들이 새로이 기이하게 여겼다.

여 씨가 유모에게 명령해 옥쟁반과 금그릇에 풍성한 안주와 맛있는 술을 담아 앞마다 벌여 놓게 해 담소했다. 연왕의 둘째딸 월주 소저가 이때 아홉 살이니 문득 웃고 물었다.

"임 언니는 요사이 어찌 온화한 기색이 없는 것이어요?"

임 씨가 미처 대답하지 않아서 화소가 내달아 말했다.

"우리 아버님이 작년부터 모친을 찾지 않으시자 모친이 밤이면 우셔서 저런 상이 되신 것이니 숙모님은 묻지 마소서."

말이 끝나지 않아서 임 씨가 독한 눈을 부릅뜨고 화소를 치려 하니 화소가 여 씨 앞으로 달려들었다. 그러자 임 씨가 화소를 치지 못하고 꾸짖어 말했다.

"저런 몹쓸 자식이 어디에 있는고?"

월주가 낭랑히 웃고 말했다.

"어린아이가 생각 없이 한 말을 누가 곧이들을 것이며 또 곧이듣는다 해도 동기 사이에 관계가 있겠나이까?"

---

28) 요지(瑤池): 중국 곤륜산(崑崙山)에 있다는 연못으로 서왕모(西王母)가 사는 곳으로 전해짐.

임 씨가 정색하고 말했다.

"아이가 말을 말답지 않게 하니 상서가 듣는다면 첩을 어찌 더럽게 여기지 않겠습니까?"

조 씨가 홀연히 웃으며 말했다.

"임 형님은 서방님의 박대를 한스러워하시나 요사이 위 소저가 숙모를 곁에서 모시고 태부를 떠나 있어 태부를 그리워해 병이 들었으니 이는 가소로운 일이 아니겠습니까?"

말을 마치자 여 씨는 알고 있는 일이라 눈길을 낮추고, 위 씨는 옷깃을 여미고 용모를 가다듬어 못 듣는 사람처럼 있었다. 월주가 그 말에 묘맥이 있음을 놀라고 의아해 문득 낭랑히 웃고 조 씨 속을 끄집어내려 말했다.

"조 모친이 무슨 일로 위 형에게 곁에서 모시라 한 것이어요?"

조 씨가 참으로 일의 체면을 모르고 자신이 총애 받는 것을 자랑하며 위 씨를 폄하하려 해 허허 웃고 손을 비비며 말했다.

"우리 숙모님이 나의 운명이 기박한 것을 슬퍼하셔서 상공을 경계하시고 위 씨를 침당에 두셨으니 위 씨가 춘정을 차마 못 견뎌 숙모를 죽이자고 했다 합니다."

월주가 다 듣고는 한 끝을 들어 다 짐작하고 크게 놀라 갑자기 정색하고 비단 소매를 떨쳐 들어갔다. 여 씨 등이 짐작하고 그윽이 염려하며 흩어졌다.

소저가 정당으로 들어가다가 중당에 이르러 부왕을 만나니 급히 나아가 용포에 휘감겨 일렀다.

"아버님! 기괴한 말을 들으소서."

그러고서 드디어 사람들의 말을 처음부터 이르고서 근본을 깨닫지 못하니 왕이 또 들은 말이 있으므로 더욱 노해 기색이 엄숙해진

채 바로 숙현당으로 들어갔다.

소후가 마침 승상부에서 이리 오다가 월주의 말을 잠깐 듣고 매우 불쾌해 함께 숙현당으로 돌아갔다. 왕이 난간에 자리를 정하고 자녀를 부르려 하더니 문득 아들과 며느리 들이 연이어 들어와 왕의 부부를 모시고 앉았다. 그런데 왕의 기색이 좋지 않아 미우에 서린 묵묵한 기운이 북녘바람과 찬서리 같았다. 아들들이 그 까닭을 몰라 두려워했는데 한참 지난 후 왕이 위 씨와 태부를 나아오라 해 물었다.

"근래 너희 부부의 기색이 안 좋으니 병이 있는 것이냐?"

태부가 꿇어 대답했다.

"제가 몸이 무사하니 각별히 아픈 데는 없나이다."

왕이 낯빛을 바꾸고 말했다.

"아이가 이처럼 말이 교활해 아비 속이기를 능사로 아니 그 무슨 도리냐?"

말을 마치고 태부를 나오게 해 무릎에 엎드리라 하고 상처를 보니 푸르기가 청화(靑華)[29] 같고 상처가 대단히 부어 있었다. 왕이 낯빛이 변해 말했다.

"네 어떤 사람에게 매를 맞았느냐?"

태부가 고개를 조아려 대답하지 못했다. 상서가 이때 자리에서 부친 기색을 보니 황공해서 죽으려 해도 죽을 곳이 없었다. 태부를 치는 날 훗날 벌을 받을 줄 알았으므로 빨리 섬돌 아래에 내려가 고개를 조아려 말했다.

"제가 둘째아우를 때렸습니다."

왕이 듣고 기운이 서리 같아 말했다.

---

29) 청화(靑華): 중국에서 나는 푸른 물감의 하나.

"내 비록 용렬하나 내 목숨이 세상에 있은 후에는 자식을 다스리는 일은 거의 네 소임이 아닐 것이다. 설사 경문이에게 죄가 있어 네게 그렇게 보일지라도 내게 아뢰고 다스리는 것이 네 도리와 인사에 옳다. 경문이가 네게 무슨 잘못으로 죄를 얻었는지 내 알지 못하나 네가 아비 몰래 경문이를 두드린 것은 참으로 예법을 잃은 짓이다. 내 일찍이 6척의 어린 임금으로 백 리 땅의 운명을 맡기지[30] 않았으며 임종에 네 여러 아우를 의탁한 일이 없으니 오늘 일은 지극한 변고라 이 어찌 역신(逆臣)과 다름이 있겠느냐? 네 아비가 비록 용렬하나 세상에 머무는 한 이런 도리에 어긋난 일에는 결단코 그저 있지 않을 것이다. 그러니 전후에 일어난 일을 한마디도 숨기지 말고 바로 고해 벌을 받으라."

상서가 무릎을 꿇은 채 다 듣고서 크게 놀라고 두려워 땀으로 등이 젖었으나 차마 바로 고하지 못해 다만 머리를 두드려 말했다.

"제가 사리에 밝지 못한 것은 아버님 말씀이 맞습니다. 그러니 빨리 형벌을 받기를 원하나이다."

왕이 얼굴빛이 변해 말했다.

"네가 불초한 것은 네가 이르지 않아도 내가 다 안다. 다만 경문이 매 맞은 이유를 이르라."

상서가 이 말에 다다라서는 머리를 숙이고 묵묵히 있었다. 왕이 이에 갑자기 크게 노해 말했다.

"이 아이가 어찌 이토록 불초한가?"

말을 마치고 분연히 사내종을 불러 벽서정, 양춘각, 봉성각 시비

---

30) 6척의-맡기지: 『논어』, 「태백(泰伯)」에 나오는 증자(曾子)의 말을 인용한 것임. 즉, 증자(曾子)가 "6척의 어린 임금을 맡길 수 있고 1백 리의 명운을 맡길 수 있으며, 큰일에 임하여 뜻을 빼앗을 수 없다면 군자다운 사람인가? 군자다운 사람이다."라고 함. 이몽창이 자신을 6척의 어린 임금으로 비유한 것임.

를 다 잡아 내라 하고 밖으로 나가 크게 다스리려 했다. 태부가 이에 관을 벗고 의대를 풀어 섬돌 아래로 내려가 고개를 조아리고 피눈물을 흘리며 말했다.

"소자가 사리에 밝지 못하고 우애가 도탑지 못해 큰형이 꾸짖은 일이 있었으나 동기 사이에 조금 때린 것을 아버님이 알은체하셔서 한쪽만 사랑하고 한쪽은 편벽되게 미워하시는 것입니까? 하물며 외당은 궁관과 하리(下吏)들이 가득히 모인 곳입니다. 집안의 소소한 일을 드러내시는 것이 무익하니 아버님은 살피소서."

왕이 정색하고 노해 말했다.

"네 아비가 평소에 자식을 가르치는 것이 엄하지 못해 너희가 이처럼 교활하게 나를 희롱하는구나. 내 비록 어리석으나, 성문이 사나워 너를 쳤는데 네가 죄가 있어 맞았거나 죄가 없이 맞았거나 그 본심으로 너를 쳤으면 너희가 이렇게 굴지는 않을 것이다. 너희가 다시금 말을 진실되게 하지 않을 것이냐?"

말이 끝나지 않아서 모든 시노(侍奴)가 벽서정, 봉성각, 양춘각 시녀를 결박해 앞에 데려왔다. 왕이 먼저 난혜를 신문해 소저가 어느 날 봉성각을 떠났으며 그사이에 보채던 곡절을 물으니 난혜가 문득 낯빛을 엄정히 하고 대답했다.

"주모께서 주군의 명령으로 조 부인 곁에서 모셨으니 이는 며느리의 도리에 마땅한 일이라 별다른 곡절은 제가 알지 못하나이다."

왕이 어이없어 벽서정 으뜸시비 채란에게 엄한 형벌로 신문해 실상을 물었다. 위엄이 서릿발 같았으니 채란이 두려워 조 씨의 전후 악행을 일일이 고했다. 왕이 크게 노해 또 양춘각 시비를 신문해 태부가 위 씨와 함께 조 씨를 죽이려 의논한 것을 누가 들었는지 물으니 선매가 즉시 대답했다.

"어느 날 태부 어른과 위 부인이 이러이러한 말씀을 하시기에 제가 그대로 주모에게 전했는데 주모가 큰 차이가 나게 말을 꾸며 조부인께 고했나이다."

왕이 다 듣고는 더욱 노해 모든 시비를 다 궁관에게 내려 40대씩 맹타하라 했다. 그리고 먼저 시노에게 명령해 상서를 묶어 꿇리게 하고 죄를 하나하나 따져 말했다.

"무릇 효란 것은 세울 곳이 있는 데 세우는 법이다. 낭문의 어미는 본디 네 아비와 불공대천지원수지만 일의 형세가 마지못해 집안에 머무르게 한 것이다. 너희가 동생의 낯을 보아 어미로 대접하는 것은 옳으나 낭문의 어미가 범사에 무례하고 바르지 못하면 너희가 알아듣도록 타이르고 만일 듣지 않는다면 내게 고해 처리하도록 하는 것이 옳았다. 그런데 너는 무슨 까닭으로 그 실성한 행동과 미친 거동을 도와 죄 없는 아우를 친 것이냐? 경문이가 본디 화란과 풍상을 두루 겪어 구사일생한 몸이라 내 항상 가장 불쌍히 여겼다. 네가 또 그 천륜의 나눔이 있으니 경문이에게 죄가 있어 낭문의 어미가 내치려 해도 간하는 것이 옳다. 그런데 경문이가 죄 없는 것이 분명하고 당치 않은 일에 피를 토하는 병이 깊거늘 네가 조금도 살피지 않아 사리에 어둡고 도리를 무너뜨리는 의모(義母)의 말을 들어 짐짓 핑계를 얻은 듯이 경문이를 중히 치고 위 씨를 태벌(笞罰)하려고 계교했으니 네가 20년 경서를 읽은 것은 무엇을 하기 위한 것이었느냐? 친부모가 무도해 그런 행동을 해도 죽기로 간해 도리에 맞게 하는 것이 옳으니 너의 죄는 가볍지 않다. 시원하게 맞아 경문이 친 죄를 갚으라."

말을 마치자 소리가 엄정하고 맹렬해 기운이 서리 같았다. 좌우 사람들이 두려워했으나 상서는 조금도 안색을 변치 않은 채 의관을 벗어 섬돌 아래로 내려가고 한마디 말을 해 그 잘잘못을 해명하지 않으니 진실로 기이한 사람이었다.

태부가 부친의 위엄을 보고 크게 놀라 급히 관을 벗고 고개를 조아려 말했다.

"소자가 불초해 형이 소자에게 작은 태장을 더한 것이 문득 아버님께 죄를 얻었으니 제가 무슨 낯으로 세상에 설 수 있겠나이까? 아버님은 너그러운 은전을 드리워 주시기를 바라나이다."

왕이 정색하고 말했다.

"불초 아이가 원래 요사이에 소행이 괴이해 규방에 은정을 편협하게 두었으니 두루 죄가 가볍지 않다. 그러니 오늘 매 맞는 것은 피하지 못할 것이다."

말을 마치고 치기를 재촉했다. 위 씨가 이때 자리에 있었는데 자기 부부 때문에 상서가 벌을 받게 되니 황공해서 죽을 곳이 없을 정도였다. 이에 관을 벗고 왕의 앞에 꿇어 옥 같은 목소리를 나직이 해, 상서가 태부를 친 것은 본심이 아니나 도리에 마땅하고, 자기가 시어머니에게 시침한 것은 외람된 일이 아니요, 더욱 맞지 않은 태벌로 상서를 치려 하니 자기가 몸 둘 곳이 없음을 세세히 고했다. 도도한 말은 삼협(三峽)에 눈물이 떨어지는 듯했고 이치에 맞는 말은 옥쟁반의 구슬이 쟁쟁거리는 듯했다. 말에 윤리가 있고 이해와 곡절이 분명해 일생 경서를 익힌 자라도 능히 하지 못할 정도였다. 왕이 다 듣고는 크게 심복하고 더욱 사랑해 묵묵히 낯에 기쁜 빛을 띠어 시노에게 명령해 상서의 맨 것을 풀어 주라 하고 다시 호되게 꾸짖었다.

"너의 죄가 자못 무거우나 며느리의 간쟁(諫爭)[31]이 족히 너의 있는 죄를 없게 했으므로 너를 용서한다. 그러나 이후에 이런 일이 있다면 결코 용서하지 않을 것이다. 또 규방에서 편협한 행동을 다시 하라. 그러면 마땅히 처치가 있을 것이다."

상서가 고개를 조아려 사죄하고 올라와 시좌하니 감히 아버지의 낯을 우러러보지 못했다.

왕이 또 양춘각 사지시비(事知侍婢)[32]를 불러 엄히 경계해 조 씨가 이후 문안에 참여하지 말고 잘못을 뉘우치도록 전하라고 분부했다.

그리고 낭문을 불렀다. 낭문이 앞에 이르자 기운을 엄숙히 하고 말했다.

"네 어미가 예전에 지은 죄악이 칠거(七去)[33]를 넘고 강상 윤리를 범해 하늘과 귀신이 함께 노해 마침내 무궁한 고초를 겪고 그 나머지 재앙이 너희에게 미쳐 너희도 화란을 두루 겪었다. 그런 후에 고향에 돌아왔으니 내 네 어미에게 조그마한 원망이 있으나 너희의 낯을 보아 집안에 머무르게 했다. 네 어미가 조금이라도 사람의 염치가 있다면 머리를 움츠리고 심규(深閨)에 들어 인륜을 사절하고 사람들의 모임에 나다니지 않는 것이 옳을 것이다. 그런데 갈수록 실성한 정신과 미친 기운을 이기지 못해 동서로 분주히 다니면서 놀라운 행동을 하는 것이 족히 볼 것이 없는데도 네 끝까지 한 말을 토해 일러 고치게 하지 않았다. 경문이가 나이 20에 내게 둘도 없는 사람이고 벼슬이 금자(金紫)[34] 대각(臺閣) 대신(大臣)이니 친히 낳은 어미라도 다스려 꾸짖는 것을 마음대로 못 할 것이다. 그런데 네 어미는 요행 나 덕분에 헛된 명호를 얻어 경문이 등이 어미로 부르고

---

31) 간쟁(諫爭): 어른이나 임금에게 옳지 못하거나 잘못된 일을 고치도록 간절히 말함.
32) 사지시비(事知侍婢): 일을 맡은 시비.
33) 칠거(七去): 예전에, 아내를 내쫓을 수 있는 이유가 되었던 일곱 가지 허물. 시부모에게 불손함, 자식이 없음, 행실이 음탕함, 투기함, 몹쓸 병을 지님, 말이 지나치게 많음, 도둑질을 함 따위.
34) 금자(金紫): 금인(金印)과 자수(紫綬)라는 뜻으로, 존귀한 사람을 비유적으로 이르는 말.

있으나 예전 일을 생각하면 무엇이 흐뭇하고 시원하며 몸이 대단하다고 조카딸에게 부부의 정을 권하며 위 씨를 앗아다가 감추고 또 경문이에게 태벌을 더하며 위 씨를 치려고 계교할 수 있겠느냐? 이는 모두 네가 어리석고 약해 강단이 없어, 네 어미가 실성한 기운에 더욱 남을 이기려는 마음과 미친 증세가 겸해 나타난 것이다. 사람들의 말이 사방에 회자하니 네가 무슨 면목으로 세상에 다닐 수 있겠느냐? 내가 시원하게 이런 괴이한 자취를 집안에서 없애려 했으나 스스로 네 어미가 부끄러워할까 봐서 하지 않았으니 이는 또 내가 약해서 그런 것이다. 만일 이후에 다시 이런 모습이 있다면 네 내 생전에는 눈에 보이지 못하게 할 것이다."

말을 마치니 준엄한 기운이 한 방을 움직였다. 낭문이 다만 목이 쉴 정도로 울고 물러났다.

왕이 또 구취를 불러 명령을 내렸다.

"위씨 집안의 승상과 태부인이 너를 이곳에 보내신 것은 소저를 보호하게 하려 하신 것이다. 그런데 네 소저가 벽서정에 가 고초를 겪고 있었는데 그대는 왜 끝까지 내게 아뢰지 않았는가? 이후에 이런 일이 있으면 내게 고하고 행하도록 하라. 그렇지 않으면 죽을죄를 내릴 것이다."

구취가 황공해 절하고 물러났다.

왕이 새로이 위 씨와 태부를 불쌍히 여겨 소저를 나오게 해 곁에 앉히고 쓰다듬어 흐뭇해하며 사랑하는 마음을 이기지 못하고 또 그 격렬하고 간절한 말을 칭찬했다. 그러고서 몸을 돌려 소후를 보니 소후는 단정히 한 가에 앉아서 시사(詩詞)를 뒤적이며 전혀 이 일을 모르는 사람처럼 있었다. 왕이 속으로 웃고 심복했으나 일부러 정색하고 말했다.

"후는 사람의 어미가 되어 그 괴로움을 살피지 않으시니 장차 무엇으로 그 시어미 소임을 하며 내 집의 내상(內相)이 되려 하시오?"

후가 천천히 책을 덮고는 정색하고 얼굴을 가다듬어 말했다.

"사람이 나면서 어미라 하기를 사람마다 절로 못 하니 어미와 자식의 이름이 있은 후에야 어미가 자식을 치는 것이 괴이하겠습니까? 이 일은 예사로운 것이니 첩은 전하의 행동을 괴이하게 여기나이다."

왕이 어이없어 낯빛을 고치고 소매를 떨쳐 나갔다.

후가 이에 월주를 불러 엄히 경계했다.

"무릇 여자는 단정하고 묵묵한 것이 그 도리다. 그런데 너는 어찌 의모(義母)의 허물을 왕에게 일러바쳐 오늘날의 일이 있게 한 것이냐? 이후에 이런 일이 있다면 너를 잘 대우하지 않을 것이다."

소저가 사죄하고 낭랑히 웃으며 말했다.

"소녀가 언제 조 모친의 허물을 아버님께 고했나요? 조 형의 말이 하도 패악해서 우연히 아버님께 고한 것이니 사단(事端)35)이 이리 크게 일어날 줄 알았겠어요?"

태부는 원래 연왕이 들은 것이 위 공이 전한 말 때문인 줄로 알았다가 이 말을 듣고는 누이의 말이 경솔해 그런 줄로 알고 위 공을 좋지 않게 생각하던 낯빛이 풀어져 미소하고 상서는 탄식했다.

상서가 이후에는 마지못해 임 씨를 찾아 전날의 일을 경계하고 옛정을 이으니 임 씨가 겉으로는 말을 안 하나 속으로 냉소했다.

이날 태부가 소저와 봉성각에 돌아가 새롭게 편 은정이 산과 바다 같았으나 끝까지 지난 일을 제기하지 않고 소저 또한 여느 말을 안 했다.

---

35) 사단(事端): 사고나 탈.

낭문이 벽서정에 이르러 부친의 처치와 부친이 자기를 꾸짖던 말을 옮겨 고하고 눈물을 흘리며 말했다.

"제가 이럴 줄 알고 처음부터 간했던 것입니다. 모친이 다시 그런 행동을 하신다면 제가 대청 아래에서 죽기를 원하나이다."

조 씨가 다 듣고는 크게 놀라고 두려워 감히 입을 벙긋도 못 했다. 벽주가 또한 울며 들어와 사리(事理)로 간하거늘, 조 씨가 끝까지 입으로 말은 안 했으나 속은 시원하지 않아 또 무슨 사단을 지으려 했다.

소조 씨는 당초 위 씨를 벽서정에 깊이 두고 태부를 홀로 차지해 밤낮으로 대하니 기쁨과 즐거움을 이기지 못했다. 그러다가 왕의 처치를 불의에 만나 갑자기 연왕이 우레같이 엄히 경계하는 것을 보니, 크게 놀라 감히 입으로 말을 못 하나 속으로는 크게 분하게 여겼다.

이날 저녁에 태부가 자기 처소에 안 들어오자, 더욱 노해 이튿날 밤에는 가만히 봉성각으로 가 엿보았다. 소저가 홀로 등불 아래 앉아 있더니 이윽고 태부가 멋스러운 넓은 소매를 부치며 들어왔다. 이에 소저가 자연스레 일어나 맞으니 태부가 절로 진중한 낯빛이 열리며 급히 나아가 소저의 옥 같은 손을 이끌어 함께 앉아 사랑하는 기색이 눈에 어렸다. 조 씨가 이 모습을 보고는 대로해 성난 기운이 불이 일어나듯 해 참지 못하고 들이닥쳐 일을 내려 했다.

그러다가 홀연 한 생각을 하고 급히 침소로 돌아가 시비 형옥과 춘옥을 불러 측간에 가 진똥을 큰 그릇에 퍼 오게 해 똥을 들려 봉성각으로 갔다. 태부는 벌써 옷을 벗고 베개에 기대 이불을 덮고 당건(唐巾)[36]을 반만 벗어 몽롱한 눈으로 소저가 누울 것을 재촉하나

---

36) 당건(唐巾): 예전에, 중국에서 쓰던 관(冠)의 하나.

소저는 쉬 누우려 하지 않았다.

조 씨가 더욱 분노와 한이 가득해 급히 창을 한 발로 차고 들이닥쳐 똥물을 침상을 향해 던졌다. 태부가 별 생각이 없는 가운데 이 변을 당해 크게 놀라 급히 머리를 들어서 보니 조 씨가 눈을 부릅뜨고 서 있는 것이었다. 속으로 어이없어 천천히 일어나 앉으니 이불과 베개, 옷에 다 똥물이 묻어 악취가 사방에 진동하고 하나의 옷도 남아 있는 것이 없었다. 소저는 이미 나는 듯이 협실로 들어가고 없으니 그 영리하고 날램이 이와 같았다.

태부가 좌우의 사람들을 불러 다른 옷을 가져오라 했다. 이렇게 굴적에 봉성각이 떠들썩해 백여 명의 시비가 발이 땅에 붙지 않고 조 씨는 악악37)거리며 태부와 위 씨를 욕하며 좌우의 기물을 두드렸다. 난혜가 협실에 들어가 상자 속의 옷을 내어 오니 태부가 몸을 일으켜 좌우 시비를 불러 조 씨를 끌어내라 하니 조 씨가 대로해 말했다.

"너 도적놈이 나를 이토록 박대하느냐? 요망한 년이 요괴로운 술법을 가져서 어느새 그림자도 없으니 내 어찌 따라 들어가지 못하겠는가?"

그러고서 협실 문을 열고 들어가려 하니 난혜가 문을 막아서 조 씨를 밀치고 사나운 소리로 말했다.

"투기하는 여자가 누구를 범하려 하는가?"

드디어 크게 소리를 질러 말했다.

"구랑은 어디에 있기에 모든 시녀를 불러 이 사람을 끌어내도록 하지 않는가?"

말이 끝나지 않아서 구취가 10여 명의 시녀를 데리고 들어와 조

---

37) 악악: 억지를 부리고 고함을 지르며 떠들썩거림.

씨를 우김질로 끌어내 양춘각으로 쫓아냈다. 태부가 난간으로 나와 시비에게 명령해 어지러운 것을 치우라 하고 소저를 청했다.

소저는 매사가 어지럽고, 오늘 밤의 일은 천한 사람들의 질투하는 모습이라 마음이 서늘하고 뼈가 놀라는 듯했다. 눈결에 조 씨의 모습을 잘 알아보아 요행히 피했으나 사나운 냄새가 코를 찌르니 그윽이 태부를 한스러워했다. 이때 태부가 자신을 청한다는 말을 듣고 정색하고 움직이지 않았다.

상서가 마침 채성각으로 들어갔다가 봉성각이 요란한 것을 듣고 놀라서 급히 이에 오니 태부가 난간 가에 앉았다가 일어나 맞이했다. 이에 상서가 물었다.

"무슨 일이 있기에 이토록 떠들썩한 것이냐?"

태부가 미소하고 연고를 고하니 상서가 어이없어 이윽히 잠자코 있다가 일렀다.

"이는 규방의 큰 변이다. 제후의 귀한 법도 있는 집안에 이런 일이 생겼으니 한심하지 않으냐? 마땅히 조 모친께 고하고 다스려 훗날을 경계하라."

태부가 절하고 명령을 들었다.

상서가 돌아간 후에 태부가 다시 방 안으로 들어가 취침하려 하니 소저가 협실에서 자고 끝까지 나오지 않았다. 이에 태부가 친히 들어가 소저를 보고 말했다.

"악한 여자의 모습이 참으로 놀라우나 특별히 부끄러운 일이 없거늘 부인이 무슨 까닭으로 학생을 원망하는 것이오?"

소저가 슬픈 빛으로 한참을 있다가 나직이 사죄해 말했다.

"첩이 어리석고 사리에 어두워 변란이 오늘날에 미쳤으니 스스로 한 몸을 돌아보면 부끄러워 죽으려 해도 죽을 땅이 없을 정도입니다.

낯을 들어 태양을 보는 것이 부끄러우니 남을 어찌 한하겠습니까?"

생이 정색하고 말했다.

"부인의 이 말은 생을 한하는 것이오. 생이 저 악독한 질투하는 여자를 조금도 박대한 일이 없는데 그 여자가 이와 같이 변란을 일으켰으니 이것이 학생의 탓이겠소?"

말을 마치고 소저의 손을 잡아 협실에서 나갈 것을 재촉했으나 소저는 끝까지 움직이지 않았다. 태부가 이에 분노해 낯빛을 엄정히 하고 순종하지 않음을 꾸짖으니 소저가 천천히 대답했다.

"방 안에 더러운 내가 아직도 없지 않을 것이니 군자는 외당으로 나가 취침하소서."

생이 말했다.

"내 또 이 마음이 있으나 밤기운이 깊어 움직이기가 어렵소. 협실이 누추해 취침할 곳이 아닌데 그대의 뜻이 이러하다면 앉아서 밤을 새우려 하는 것이로구려."

그러고서 난혜에게 등불을 밝히라 하고 술을 가져오라 해 두어 잔을 먹고 제철 과일을 내어 소저에게 권했다. 소저가 비록 겉으로는 기색을 온화하게 했으나 어찌 음식을 먹고 싶은 뜻이 있겠는가. 소저가 사양하고 음식을 먹지 않으니 생이 구태여 두어 개를 먹은 후에 그릇을 물렸다. 그리고 죽침을 내오게 해 베고 소저의 옥 같은 손을 어루만져 새로이 사랑하는 마음을 이기지 못해 그 정이 무르녹고 소저를 아끼는 마음이 과도했다. 소저가 본디 속에에 부부가 너무 사랑하는 것이 길하지 않다는 말을 들었으므로 태부의 이러한 모습을 더욱 기뻐하지 않아 미우를 찡그린 채 묵묵히 말이 없으니 생이 한참 동안 소저의 낯을 우러러보다가 말했다.

"전날에는 화란 가운데도 근심하는 낯빛을 못 보았더니 근래에는 기색이 슬퍼 괴이하게 복 없이 구니 그것이 어찌 된 까닭이오?"

소저가 묵묵부답하다가 문득 정신이 아득해 그릇을 나오게 해 구토하고 자리에 엎어졌다. 이에 태부가 황망히 소저를 붙들어 눕히고 구호했다.

이윽고 닭이 새벽을 알리니 태부가 의관을 갖추고 정당에 들어가 아침 문안을 하고 위 씨에게 병이 있음을 고했다. 왕이 놀라 생에게 명령해 위 씨를 떠나지 말고 있으며 기거를 살피라 하고 자신은 승상부에 가 문안했다.

난혜가 여구의 행동에 분노를 이기지 못해 가만히 글월을 닦아 위씨 집안으로 보내 승상이 이씨 집안에 이르러 연왕에게 따지라고 썼다.

생이 아버지의 명령을 듣고 봉성각으로 들어가니 소저는 혼곤히 잠들어 있었다. 또한 태부가 밤을 새워 기운이 소진했으므로 원앙 베개에 기대 소저의 옥 같은 손을 잡고 잤다.

날이 밝자, 연왕 등 다섯 명과 예부 등이 이어서 봉성각에 모여 문병하려 했다. 난혜가 이에 나아가서 태부가 잠을 못 자다가 잠깐 잠들었다고 고했다. 남공 등이 벌여 앉아서 말하고 예부 등이 시립하고 있더니 이윽고 예부가 참지 못해 자리에 화소가 있으므로 작은 소리로 일렀다.

"네 숙부가 깨었는지 들어가서 보고 오너라."

화소가 명령을 듣고 들어갔다가 나와 낭랑히 일렀다.

"숙부가 이불에 몸을 던져 노곤해 누워 있는데 또 숙모의 손을 잡고서 단잠이 한창이었어요."

예부가 이 말을 듣고 우스움을 참지 못했으나 아버지와 숙부가 자리에 있으므로 다만 고개를 숙여 미소하고 남공과 연왕도 잠시 웃었다. 이때 개국공 등 세 명이 가장 크게 웃으며 말했다.

"경문이가 원래 아내를 사랑하는 것이 너무 병이 되어 마침내는 어린아이에게까지 시비를 듣는구나."

말이 끝나지 않아서 태부가 놀라 깨어 아버지와 숙부들이 이른 것을 알고 급히 의관을 여미고 나와서 시좌했다. 그윽이 부끄러워하는 빛이 옥 같은 얼굴에 어렸으니 왕이 물었다.

"우리 며느리가 밤 사이에 어디가 불편한 것이냐?"

태부가 꿇어 전날 밤의 일을 고했다. 그리고 위 씨가 놀라서 신음한다 고하고 조 씨를 다스려 주기를 청했다. 이에 왕이 어이없어 말했다.

"이는 네가 다스릴 일이니 내 어찌 알겠느냐? 그런데 우리 며느리가 혹 잉태한 일이 있더냐?"

태부가 문득 부끄러운 빛을 띠고 머뭇거리다가 대답했다.

"일찍이 알지 못하나이다."

말이 끝나지 않아서 위 승상과 위 어사 등이 일시에 이르러 벌여 앉았다. 위 승상이 난혜의 편지를 보고는 조 씨를 괘씸해하고 조훈을 밉게 여겨 연왕을 보고 시원하게 말을 하려 했더니, 태부가 이곳에 있고 또 밤사이 일을 자기가 아는 것이 딸아이가 말을 전한 것으로 보일 것 같아서 다만 일렀다.

"아까 들으니 딸아이에게 병이 있다 하니 지금은 어떠한가?"

왕이 말했다.

"며느리가 잠들었다 해서 아직 들어가 보지 못했으니 알지 못하겠네."

또 시녀에게 위 씨가 깨었는가 물으니 그저 잔다고 하므로 공들이 앉아서 말했다.

홀연 대궐에서 명패(命牌)[38]가 내려와 위 승상, 연왕, 남공을 명초 (命招)[39]하시니 세 공이 일어나고 개국공 등이 또 침소로 돌아갔다.

위 어사가 드디어 태부를 향해 웃으며 말했다.

"이보가 오늘 밤을 어찌 지냈는고?"

태부가 크게 웃고 예부가 혀를 차며 말했다.

"대장부가 집안 다스리기를 용렬히 해 그 더러운 것을 쓰고 그곳 에서 위 씨 제수를 이끌어 잠만 자니 그것이 어찌 된 일이냐?"

태부가 말했다.

"투기하는 여자가 난을 일으켜 잠을 못 잤다가 아침 문안을 하고 돌아와 잠깐 잠들었다고 형은 그것을 또 흉보십니까?"

예부가 말했다.

"너는 말을 하지 마라. 위 씨 제수께서 몸이 좋지 않은 때 보채지 않고 버려두는 것이 아니라 허리를 안고 두 손을 잡아 행여 잠들었 을 때 달아날까 두려워하니 너의 행동이 해괴망측하구나."

태부가 박장대소하며 말했다.

"형님이 이렇듯 거짓말을 즐기시니 제가 유구무언입니다."

예부가 또 웃고 말했다.

"내가 본 것이 아니라 화소에게서 들은 것이니 화소에게 물어봐 야겠다."

그리고 드디어 좌우 사람을 시켜 화소를 부르도록 했다.

화소는 이때 다섯 살이었다. 위 시랑 등이 있는 것을 보고 휘장 안에 숨고 안 나왔다. 위중량이 휘장을 들치고 들어가 화소를 안고

---

38) 명패(命牌): 임금이 벼슬아치를 부를 때 보내던 나무패. '命' 자를 쓰고 붉은 칠을 한 것으로, 여기에 부르는 벼슬아치의 이름을 써서 돌림.
39) 명초(命招): 임금의 명으로 신하를 부름.

나오자 화소가 크게 울며 말했다.

"아버님, 이 어떤 미친 사람이오?"

상서가 웃고 말했다.

"그 사람은 내 형제 같은 벗이니 네게는 숙부다. 절하고 무례히 굴지 마라."

화소가 즉시 절하고 상서에게 안기며 말했다.

"부친이 명령하셔서 마지못해 했으나 그 손님이 미우니 절하고 싶지 않았나이다."

좌우 사람들이 웃고 예부가 나오게 해 화소를 안고 물었다.

"네 숙부가 아까 참말로 위 숙모의 손을 잡았으며 얼마만큼 가까이 누워 있더냐?"

화소가 대답했다.

"숙부가 숙모의 손을 잡고 낯을 대 누워 계셨으니 그 가까운 것은 묻지 않아도 아실 것입니다. 그런데 또 물으시는 것은 어찌 된 일입니까?"

사람들이 박장대소하고 예부가 꾸짖어 말했다.

"네가 이제도 변명할 것이냐?"

태부가 천천히 웃으며 말했다.

"화소는 어린아이라 그 말을 믿고 곧이들을 수 있겠습니까?"

화소가 내달아 말했다.

"숙부가 나를 어찌 아이라고 업신여기는 것입니까?"

그러고서 자기의 낯을 상서의 낯에 대며 말했다.

"숙부가 정말로 이렇게 하지 않으셨나이까? 이만한 일을 변명해서 무엇합니까?"

사람들이 크게 웃고 말했다.

"젊지 않은 것이 아이라고 업신여겨 말이 시원하나 본래의 자취가 더욱 드러나는구나. 화소의 말 같으면 낯이 아니고 몸을 접했다 해도 관계없겠구나."

예부가 말했다.

"관계는 없어도 그 아내를 사랑하는 것이 괴이하니 이르는 말이다. 저 쑥대머리에 귀신의 얼굴을 위 씨 제수의 옥 같은 얼굴에 대었으니 제수씨가 어찌 안 놀라셨겠느냐?"

사람들이 크게 웃고 위생 등이 화소를 보니 밝은 눈과 그림 같은 눈썹이 아름다워 상서의 딸인 줄을 알 수 있었다. 위 어사가 이에 웃으며 말했다.

"현보의 평소 기색으로 저 자식이 생긴 것이 실로 괴이하구나."

상서가 미소하고 대답하지 않으니 위 학사 후량이 상서를 향해 말했다.

"내 외람되나 큰아들이 여섯 살이니 영애(슈愛)의 좋은 짝으로 삼는 것이 어떠한가?"

상서가 잠시 웃고 말했다.

"이 우환 중에 혼인 말이 부질없네."

태부가 웃으며 말했다.

"그대 개돼지 같은 아들이 어찌 내 조카의 쌍이 될 수 있겠는가?"

말이 끝나지 않아서 소저가 깨어 급히 앓는 소리가 났다. 후량 등이 급히 태부와 함께 들어가니 소저가 낯빛이 찬 재 같은 채 아파하고 있었다. 위 학사가 급히 물었다.

"어디가 아픈 것이냐?"

소저가 대답했다.

"복통이 가장 심합니다."

태부가 문득 의심이 생겨 곁에 나아가 소저의 손을 빼어 맥을 보니 이는 곧 태맥(胎脈)이요, 뱃속의 아이는 떨어져 있었다. 매우 놀라서 낯빛이 찬 재 같아 나직이 물었다.

"부인이 잉태했던 것이 아니오?"

소저가 정신이 없는 중에 이 말을 듣고 크게 부끄러워 정신을 진정해 대답하지 않으니 위 학사 등이 또 물었다.

"이는 부끄럽다고 해 숨길 것이 아니니 자세히 일러 약을 짓게 하라."

소저가 자약히 대답했다.

"그런 일이 없으니 요란하게 굴지 마소서."

태부가 정색하고 말했다.

"부인이 어린아이가 아닌데 이처럼 고집을 부리는 것이오?"

말이 그친 사이에 연왕과 위 승상이 이에 이르러 바로 병소(病所)로 들어왔다. 태부가 맥이 괴이함을 아뢰니 왕이 크게 놀라 친히 맥을 보았다. 과연 의심이 없으므로 놀라움을 이기지 못하고 위 공이 놀라 낯빛이 사라진 채 친히 소저를 붙들어 구했다. 남공 등이 우연한 감기로 알았다가 어지럽게 모여 약을 다스려 서너 첩을 썼으나 효험이 없었다. 왕의 놀라고 참혹한 기색과 태부의 초조해하는 모습이며 상서와 소후의 놀라운 모습을 더욱 헤아릴 수 있겠는가.

위 공이 갑갑하고 초조함을 차마 못 견뎌 소저가 앓는 모습을 보지 못하고 꼼짝도 못 한 채 혹 상황이 진정되기를 바랐다. 석양에 소저가 기절하며 사태(死胎)⁴⁰)를 낳으니 소저가 잉태한 지 여덟 달이 되었으나 집안사람들이 알기는커녕 태부도 몰랐던 일이었다. 한 명

---

40) 사태(死胎): 배 속에서 이미 죽어서 나온 태아(胎兒).

의 덩이 같은 남자가 불의에 죽어서 나오니 사람들이 놀라움을 금치 못하고 왕과 후는 멍한 듯하고 위 공은 혼비백산해 눈물을 계속 흘리며 말했다.

"딸아이가 어찌 운명이 기박한 것이 이와 같아 혼인한 지 일곱 해에 겨우 잉태했다가 이렇게 되었단 말인가? 만일 이럴 줄 알았다면 내 집에 데려다가 보호할 것을……"

말을 마치자, 목이 쉬도록 울며 소저를 구했다. 식경 후에 소저가 겨우 정신을 차려 눈을 뜨고 아버지가 슬퍼하는 모습을 보고는 위로하며 말했다.

"이는 다 운명이니 아버님은 무익하게 번뇌하지 마소서."

공이 탄식하고 딸을 편히 눕혔다. 그리고 난간에 나와서 낳은 아이를 비단에 싸 급히 선산으로 내어 보내고서 눈물이 흰 도포의 소매를 적셨다. 왕이 역시 낯빛이 매우 슬프고 태부는 서당에 누워 들어오지 않았다.

남공이 위로해 말했다.

"오늘의 광경이 비록 참담하나 저들 부부가 이제야 열여덟이니 아이를 낳는 것이 무엇이 어렵다고 위 형이 이토록 번뇌하는 것인가?"

승상이 탄식하고 말했다.

"남은 주접떤다고 여길 것이나 저는 하나뿐인 딸과 여러 해 헤어져 딸의 생사 거처를 몰라 슬퍼했습니다. 그러다가 딸이 환난을 두루 겪고 요행히 모였으므로 저들 부부가 사이좋게 잘 지내는 모습을 볼까 했으나 이제 불쌍한 광경을 목도하게 되었습니다. 딸아이의 운명이 이처럼 험난하니 어찌 한탄하지 않겠습니까?"

왕이 이어 탄식하고 말했다.

"이것이 역시 운액이니 한스러워해 무엇하겠는가? 며느리의 몸이 무사하니 그것이 다행한 일이네. 그러니 형은 너무 염려하지 말게."

승상이 탄식하고 눈물을 흘리며 차마 마음을 진정하지 못했다.

승상이 이곳에 있으면서 딸을 붙들어 구호하고 태부는 위 씨의 모습을 보고 헤아릴 수 없이 안타깝고 가슴이 아파 서당에 가 누워 있었더니 예부 흥문이 이르러 웃으며 소란스럽게 재촉하며 말했다.

"제수씨가 기절해 계시니 네 들어가서 보라."

태부가 들은 체하지 않으니 남 학사가 이르러 웃으며 말했다.

"자식 죽인 어른이 심란해하는데 성보 형은 희롱이 웬일이오? 이 일이 어찌 된 일인가? 시운이 불행해서인가, 시절을 만나지 못해서인가?"

태부가 소매로 낯을 덮고 누워 또한 대답하지 않았다. 예부가 크게 웃고 말을 하려 하더니 위 어사 등이 나오며 일렀다.

"아버님이 하도 슬퍼하시니 우리가 걱정이 많네. 이보가 나이가 젊으나 목전에 참혹한 모습을 보았으니 마음이 오죽할 것이라고 형들이 위문도 안 하고 철없는 희롱을 하는 것은 어째서인가?"

예부가 웃으며 말했다.

"제 이제 입에서 아직도 젖비린내가 나는 나이인데 또 아이를 못 낳을 것이라고 낙태한 것으로 다 슬픔을 삼을 수 있겠는가? 그 모습이 하도 가소로워 웃은 것이네."

태부가 바야흐로 일어나 앉으며 말했다.

"형님은 보소서. 제가 울고 있나이까?"

위 어사가 웃으며 말했다.

"자식 죽이고 운다 해도 큰일이 아니다."

태부가 평안한 모양으로 미소했다.

그리고 소매를 떨쳐 벽서정에 들어가 조 부인에게 여구의 전후 악한 일을 자세히 고하고 다시 절해 말했다.

"사람이 죄가 있어도 사람 목숨은 지극히 중요한데, 뱃속의 아이는 저의 골육으로 조녀가 한 짓 때문에 참혹히 죽었으니 참으로 가슴이 아픕니다. 삼가 모친 허락을 기다려 조녀를 다스리려 하나이다."

조 씨가 다 듣고는 크게 놀라 말했다.

"내 비록 사사로운 정이 있으나 이런 일에야 내가 어찌 알겠느냐? 너는 마음대로 하거라. 그 아이 때문에 내가 네 부친에게 더 죄를 얻게 되었으니 내가 이제는 어찌 알겠느냐?"

태부가 사례하고 물러났다. 당초에 조 씨 마음으로는 무슨 변고를 이루려고 했으나 이 말을 듣고는 놀라고 끔찍하게 여겨 흉악한 생각을 그쳤다.

태부가 외당에 나와 사내종과 관아의 종들을 모으고 양춘당 시비를 다 잡아 내 먼저 봉성각에 간 이를 물었다. 시비들이 태부가 가을 하늘 같은 안색에 성난 기운이 뚜렷해 자기들을 한 매에 죽이려고 하는 마음을 두고 있음을 보고 크게 두려워 떨면서 형옥과 춘옥을 가리켰다. 태부가 이에 두 사람을 형판(刑板)에 결박하라 하고 사내종들을 호령해 한 말도 묻지 않고 이백여 장을 치도록 하니 두 시비가 매를 맞고 죽었다.

드디어 두 시비를 끌어 내치고 조 씨 유모를 잡아 내어 또한 한마디도 안 하고 쳐 죽이려 하니 누가 그 뜻을 돌리겠는가. 군관 소연이 급히 꿇어 간했다.

"춘옥 등은 봉성각을 범한 죄로 죽여도 싸지만 이 사람은 무죄한 것이 분명하거늘 어찌 죽이실 수 있겠나이까? 한 번에 세 사람을 죽이는 것은 너무 심하니 어르신은 살피소서."

태부가 눈길을 낮추고 못 듣는 사람처럼 있으면서 그저 매를 잡은 종을 꾸짖어 때리라 하니 연이 초조해 급히 상서를 찾아 고했다. 상서가 마지못해 동자에게 말을 전해 유모를 용서하라 하니 태부가 태산 같은 노기를 참아 유모를 끌어 내치라고 했다.

양춘당에 이르러 난간에 서서 모든 시녀에게 명령해 여구를 밀어 심당(深堂)에 가두고 큰 자물쇠를 점고해 잠근 후에 소매를 떨쳐 나갔다. 조 씨가 크게 발악하려 했으나 태부의 기상이 추상같아 소리가 스스로 나지 않아 주저하는 사이에 몸이 벌써 심당에 넣어지니 땅을 두드려 통곡할 뿐이었다.

소후는 집 안에 변란이 일어나 이처럼 요란한 것을 탄식하고 위 씨가 낙태한 것을 참혹하게 여겨 식음을 폐하고 번뇌했다.

소저가 날로 병이 위중해져 온 집안이 어지러운데 태부는 이따금 남과 같이 들어가 문병할 따름이고 눈을 들어 그 얼굴을 보지도 않았다.

10여 일 후에 소저가 적이 평소와 같아지니 위 공이 마음이 많이 풀어져 돌아갔다.

그리고 조 씨를 괘씸하게 여겨 다음 날 임금 앞에서 아뢰었다.

"현 태자태부 병부상서 이경문의 처는 신의 딸인데, 시랑 조훈의 딸이 경문의 재실입니다. 신의 딸이 잉태한 지 여덟 달에 조훈의 딸이 몹쓸 짓을 해 제 딸이 며칠 전에 사태를 낳고 병이 위중합니다. 조녀를 사형에 처하는 것이 참으로 옳으니 성상께서는 살피소서."

말을 마치고 처음부터 끝까지 전말을 자세히 아뢰고 조훈이 자식 못 가르친 죄를 논핵(論劾)[41]했다. 천자께서 놀라 즉시 조훈을 삭탈관직하고 문외출송(門外黜送)[42]하시니 위 공이 속으로 기뻐 다시 조

---

41) 논핵(論劾): 잘못이나 죄과를 논하여 꾸짖음.
42) 문외출송(門外黜送): 죄지은 사람의 관작(官爵)을 빼앗고 도성(都城) 밖으로 추방하던 형벌.

씨를 다스려 주시기를 청하자 임금이 말씀하셨다.

"이는 그 시가에서 다스릴 일이다. 큰일과 달라 국가 처분이 미치지 못할 것이니 경은 안심하고 염려하지 말라."

승상이 이에 기분이 좋지 않은 채 사은하고 물러났다.

태부가 반열(班列)에서 위 승상이 아뢰는 말을 듣고 속으로 위 승상의 말이 경솔함을 개탄했다. 집으로 돌아오니 아직 위 공과 형제들이 조회에서 오지 않았으므로 모친을 뵙고 봉성각으로 갔다. 위씨가 비단 이불에 빠져 누워 있다가 억지로 참아 일어나 태부를 맞이하니 태부가 천천히 정색하고 말했다.

"부인이 임신을 했으면 미리 일러 친정으로 나가서 조리하지 않고 오늘날 불쌍한 일을 스스로 저지르게 한 것이오?"

소저가 원래 나이가 젊고 천성이 활발하지 못하므로 매우 부끄러워했다. 부끄러워 묵묵히 있으니 생이 다시 정색하고 말했다.

"부끄러워할 때도 곡절이 있는 법이오. 부인이 학생과 혼인한 지 여섯 해가 되었거늘 해가 깊어질수록 부끄러움이 더하니 용렬한 인물이구려."

소저가 고개를 숙여 대답하지 못하니 생이 그 모습을 보고 하릴없어 한참 후에 물었다.

"오늘은 기운이 어떠하오?"

소저가 머뭇거리다가 대답했다.

"구태여 대단하지 않은 일에 그토록 너무 염려들을 하시니 첩이 황송해 깊은 연못과 얇은 얼음을 대한 듯합니다. 첩의 아픈 것은 오늘은 다 나았나이다."

태부가 다 듣고 빙그레 웃으며 말했다.

"사람이 어찌 이토록 용렬한 것이오? 그대 이제 약질로 사태를 낳고 더욱 병이 있으니 어찌 염려하지 않겠소? 학생과 혼인한 지 여섯 해째 겨우 임신했다가 바람에 날려 버리고서 그 아깝고 불쌍한 줄을 모르니 부인은 진실로 흙덩이로다. 오늘 아침에 장인이 임금 앞에서 조 씨의 일을 아뢰셨으니 참으로 애달프오. 저 소인을 문외출송시켜 성나게 한 것은 또한 작은 일이니 구태여 대수롭지 않고 훗날 그 해를 받으실 것이라 어찌 한스럽지 않겠소?"

소저가 다 듣고 십분 놀라 말을 하려 하는데 위 공이 비단 도포에 옥띠를 하고 휘장을 들고 들어오는 것이었다. 태부가 일어나 맞이해 자리를 정하자 승상이 묵묵히 있다가 태부에게 말했다.

"사람이 내일 죽어도 입을 닫고 말을 참는 것은 내가 원하는 것이 아니네. 조금 전에 한 자네 말을 내가 실로 괴이하게 여기네."

태부가 두 손을 맞잡고 사죄하며 말했다.

"다 각각 성품이 다르니 같으라 한 것이 아닙니다. 범사에 말이 경솔한 것은 옳지 않습니다. 조훈이 한때 벼슬이 갈렸으나 황후가 안에서 도우시니 훗날 필시 원한을 갚고 그칠 것입니다. 그때 학생에게 그 죄가 연루될까 근심하는 것입니다."

위 공이 한참을 생각하다가 말했다.

"과연 내가 잘못했네. 그러나 작은 일도 운수니 설마 어찌하겠는가?"

태부가 웃으며 대답하지 않았다.

그러고서 위 공이 태부가 소저에게 한 말에 기뻐하며 웃고 말했다.

"흉악한 사람이 난을 지어 자네가 아들을 보는 경사를 뒤집어 슬픔을 만들었으니 참으로 통탄할 만한 일이네. 그런데 자네는 집안을 잘못 다스려 두고서 어찌 딸아이를 꾸짖는 것인가?"

태부고 미소하고 대답했다.

"구태여 꾸짖는 것이 아니라 그 느슨함을 이른 것입니다."

공이 웃으며 말했다.

"딸아이가 원래 천성이 그러하니 꾸짖어 고쳐질 것이 아니네."

그러고서 소저에게 말했다.

"내가 또 너를 이렇게 여기니 미리 알았다면 내 집에 데려왔을 것이다."

그리고 그 옥 같은 손을 잡고 머리를 쓰다듬어 사랑하는 것이 갓난아이 같으니 태부가 웃으며 말했다.

"장인께서 이렇게 하시는데 위 씨는 자식 귀한 것을 어찌 모르는 것입니까?"

공이 크게 웃고 말했다.

"제 머리가 백발이 된다 해도 내 사랑과 어여삐 여기는 것이야 어디 가겠는가?"

태부가 이에 미소했다.

10여 일 후에 소저가 쾌차해 일어나 정당의 시부모에게 문안했다. 일가 사람들이 각각 말을 베풀어 위로하니 소저가 부끄러워 머리를 숙이고 '예예'라고 말할 뿐이었다.

소저가 바야흐로 조 씨가 갇히고 두 시비가 죽은 것을 알고 크게 놀라고 마음이 좋지 않아 속으로 태부가 너무 모질고 인정 없는 것을 한스러워했다. 그리고 그 일이 옳지 않음을 간하려 했으나 태부의 위인을 밝게 알아 태부가 한 번 뜻을 정한 후에는 천 사람이 권하고 만 사람이 달래도 듣지 않고 다만 그 부모가 한마디 말을 하면 명령을 듣는 것을 보았으므로 무익하게 입을 열지 않았다. 태부가 자못 이러한 기미를 알았으나 알은체하지 않고 다만 은정이 매우 깊을 따름이었다.

이후에 소저가 다시 회임하기를 일가 사람들이 바랐으나 마침내

기미가 없으니 시부모가 크게 실망하고 태부가 속으로 탄식했다.

조 씨가 이때 별 생각이 없는 중에 위 씨가 낙태하자 크게 기뻐하다가 자기의 두 시녀가 죽고 자신은 심당에 갇히니 낙담하고 넋이 나가 머리를 부딪치고 밤낮으로 울며 죽으려 했으나 시비들이 지키고 있어 자결하지도 못했다. 세월이 점점 오래되어 적이 뉘우치는 마음이 있으니 이는 참으로 아름다운 징조였으나 요망한 사람의 간사한 계교가 참혹해 마침내 몸을 보전하지 못하니 어찌 안타깝지 않은가.

원래 이씨 집안이 여러 십 년을 높은 벼슬을 많이 누렸다. 예부 홍문이 온갖 행실이 미진한 데가 없는 데다 일찍이 과거에 급제해 소년 시절에 벼슬이 높고 부귀를 당시에 겨룰 이가 없었으나 조물주가 시기심이 많아 노 씨 여자가 가운데에서 내달아 천 가지 변화를 지어 이씨 집안을 뒤엎으려 하고 백문은 한 어리석은 귀머거리와 소경이 되어 골육지친에게 큰 화를 보게 하니 하늘의 뜻이 어찌 무심하지 않겠는가. 이 가운데 경문, 홍문 등 뭇 사람의 화란이 일어나 집안이 크게 어지러워 재앙이 참혹하니 이는 한바탕 기이한 모습이 아니겠는가. 다음 권을 나누어 보라.

••

이씨세대록 권14

노 씨는 얼굴을 바꿔 화채옥의 시녀가 되고
이백문은 화채옥을 박대해 풍파를 일으키다

차설. 하남공의 다섯째아들 진문의 자는 숙보니 주비(朱妃) 소생이요, 여섯째아들 윤문의 자는 흥보니 장 씨 소생이다. 나이가 열다섯, 열넷에 이르자, 두 아이의 얼굴이 기이해 훌륭한 금과 흰 옥 같고 풍채가 영롱하고 수려해 뜰 앞의 연꽃과 물속의 보름달 같았다. 조부모가 매우 사랑하고 하남공이 사랑해 이해 가을 9월에 진문을 오 씨에게 장가들게 하고 겨울 10월에는 윤문을 조 씨에게 장가들게 했다. 두 신부의 얼굴이 수려하고 태도가 얌전해 달 속의 항아(姮娥)가 강림한 듯했으니 시부모가 매우 기뻐하고 사람마다 부러워해 주비와 장 씨에게 치하하는 빛이 있었다.

연왕의 셋째아들 백문의 자는 운보니 정궁 소 씨 소생이다. 타고난 풍채가 빼어나고 옥 같은 얼굴과 봉황의 눈이 빛나고 신이했다. 풍채가 늠름하고 시원해 가을 하늘에 보름달이 뜬 것 같고 두 팔은 무릎을 지나고 단사(丹沙)처럼 붉은 입은 각이 졌다. 신장이 칠 척 오 촌이니 비록 큰형의 좋고 높은 기질과 둘째형의 빛나는 풍모를 따르지는 못했으나 보통 사람은 백문을 따르지 못했다. 재주가 기이해 조자건(曹子建)[43]의 칠보시(七步詩)[44]와 이청련(李靑蓮)[45]의 술 한 말을 마시고 시 백 편을 짓는 재주[46]를 우습게 여겼으니 그 능력이 이와 같았다.

　백문의 얼굴과 재주가 이러했으나 한 가지 단점이 있었다. 성품이 술을 즐기고 미색을 좋아했으며 말이 풍성하고 방자해 일대의 풍류 랑이요 교만한 탕자였다. 그래서 왕이 크게 근심해 어려서부터 엄히 가르치고 때리는 벌을 자주 내렸으며, 두 형이 밤낮으로 힘써 바른 도로써 인도했으나 벌써 이씨 집안이 어지러워지려 하고 백문이 때 에 응해서 났으므로 백문이 어찌 사람이 되겠는가.

　나이 열셋에 이르자 문득 능란하게 남을 속이려는 생각이 나서 마 음을 가다듬고 기운을 낮추어 아버지와 형들 앞에서는 수행하는 군 자인 척했으나 나가서는 어린 시녀들을 다 더럽히고 술을 훔쳐 먹고 궁노(宮奴)들과 장기 두고 투전했다. 은자(銀子)를 차고 전방에 가 내기하고 장난치며 조금이라도 기분이 나쁘면 두 주먹으로 나이의 많고 적음을 헤아리지 않고 두드리니 궁관(宮官)과 궁노가 매우 원 망했으나 백문이 왕부의 부귀한 공자인 것을 두려워해 감히 말을 못 했다. 왕과 소후가 이런 사실을 까맣게 몰랐을 뿐만 아니라 두 형이 나랏일로 분주했고 공자가 틈을 타 능숙하게 놀았으므로 형들도 이 런 일을 알지 못했다. 그러나 부모와 형들이 원래 백문의 호방한 것 을 근심했으므로 백문이 집에 든 뒤에는 앞을 떠나지 않도록 했다.

---

43) 조자건(曹子建): 조식(曹植, 192-232)을 이름. 자건은 조식의 자. 중국 삼국시대 위나라 조조의 셋째아들로 문장이 뛰어났음.

44) 칠보시(七步詩): 조식이 지은 시. 형 문제(文帝)가 일곱 걸음을 걷는 사이에 시 한 수를 짓지 못하면 대법(大法)으로 다스리겠다고 하자, 곧바로 다음과 같은 칠보시를 지었다 함. "콩을 삶 기 위하여 콩대를 태우니, 콩이 가마 속에서 소리 없이 우는구나. 본디 한 뿌리에서 같이 났거 늘 서로 괴롭히기가 어찌 이리 심한고."

45) 이청련(李靑蓮): 이백(李白, 701-762)을 말함. 청련은 이백의 호이고 본명은 이태백(李太白)임. 시성(詩聖) 두보(杜甫)에 대하여 시선(詩仙)으로 칭하여짐.

46) 술-재주: 두보(杜甫, 712-770)가 <음중팔선가(飮中八仙歌)>에서 이백을 두고 한 말로 원문에는 일두시백편(一斗詩百篇)이라 되어 있음. "한 말 술에 시 백 편을 짓는 이백, 장안의 저자 주막 에서 잠을 자는구나. 李白一斗詩百篇, 長安市上酒家眠."

하루는 태부가 한 봄에 꽃이 피는 때를 맞아 진문과 윤문을 데리고 공주궁의 화원에 올랐다. 두 생이 아내를 얻은 지 해가 지나 태부를 모시고 만화대에 올라 사면을 바라보았다. 원래 이 화원 뒤에 큰 길이 있는데 이씨 집안에서 대궐로 가는 길은 아니었다. 태부가 우연히 내려다보니 10여 명의 사내가 벌여 앉아 장기를 두고 있었다. 거기에 백문도 앉아 있으므로 태부가 한번 보고는 매우 놀라서 가만히 숨어 서서 그 나중을 보려 했다. 백문이 여러 판 장기를 두다가 지자 허리춤에서 은을 내어 세어 주었으나 은이 모자랐다. 사내가 더 달라고 하자 공자가 말했다.

"내 마침 가져온 것이 없으니 가져다가 주마."

그러자 사내가 성을 내 말했다.

"너를 왕부의 공자라 해 전에도 믿었더니 너는 매양 나를 속였다. 이번에는 옷을 벗어 주고 가라."

백문이 이 말을 듣고 대로해 달려들어 그 사람을 무수히 쳤다. 태부가 이를 보고 놀라움을 이기지 못해 급히 서당으로 돌아가 서동에게 명령해 백문을 부르려 했다. 그런데 어느새 백문이 달려오는 것이었다. 태부가 이에 물었다.

"아우가 어디에 갔었느냐?"

공자가 대답했다.

"승상부에 갔었습니다."

태부가 어이없어 꾸짖었다.

"내 네가 어찌 차마 길가에 가서 무뢰배와 장기를 두고, 은전을 가지고서 내기할 줄 알았겠느냐? 그것들의 말이 아버님에 대한 욕이 가볍지 않으니 이제 아버님께 고해 너를 다스리시게 해야겠다."

백문이 문득 정색하고 말했다.

"누가 그런 거짓말을 형님께 고했나이까? 저는 듣던 중 처음입니다."

태부가 어이가 없어서 대답했다.

"내 아까 계양궁 동산에 가 네가 그렇게 행동하는 것을 보았으니 누가 나에게 일렀겠느냐?"

백문이 그제야 변명할 말이 없어 아버지에게 고하지 말 것을 불쌍한 모습으로 빌었다.

태부가 또한 아버지가 안다면 백문을 매우 칠 것을 헤아리고 백문을 데리고 들어가 어머니에게 고하고 이후에는 집에서 내보내지 말 것을 청했다. 소후가 이 말을 듣고 어이없어 말했다.

"이 아이가 반드시 이씨 집안의 이름난 가풍을 떨어뜨려 버리겠구나. 그런데 너의 약함이 괴이하구나. 셋째의 행동이 부모를 욕 먹이고 제 몸은 무뢰배, 악소년과 벗했으니 그 죄가 족히 죽을 만한데 어찌 다스리지 않을 수 있겠느냐?"

말을 마치자 가을 물결 같은 눈에 노기가 등등했다. 그리고 사람들을 시켜 공자를 묶게 해 왕에게 보내며 말했다.

"첩이 여러 자녀를 두었는데 행실이 이를 만하지 않아 밤낮으로 죄를 가문에 얻을까 했습니다. 그런데 과연 백문이의 소행이 한심하고 놀라워 죽으려 해도 죽을 곳이 없을 정도입니다. 시원하게 다스려 맑은 가문에 욕이 미치지 않게 하소서."

왕이 다 듣고는 매우 놀라고 분노해 이에 대답했다.

"자식을 가르치지 못한 것은 아비에게 책임이 있으니 어찌 부인이 죄를 일컬으시는 것이오? 부인은 염려하지 마시오."

말을 마치고 서동에게 명령해 공자를 꿇리고 매를 때리도록 하니 죄를 하나하나 따져 말했다.

"아이가 행동이 패악(悖惡)47)한 것은 이를 것도 없고 크게 외입했으니 네 장래를 알 수 있다. 노년의 부모에게 불효를 끼칠 것이니 이제 시원하게 죽이는 것이 옳다. 네가 참으로 전날의 과오를 뉘우치고 마음을 다잡아 수행한다면 천만다행이겠지만 그렇지 않다면 내가 죽지 않은 한에는 큰 처치가 있을 것이다."

그러고서 죄를 물으며 30여 대를 맹타했다. 공자가 비록 기골이 숙성했으나 열세 살 어린아이였다. 낯빛이 찬 재 같고 호흡이 그쳐지니 태부가 연왕 앞에 이르러 머리를 두드리며 간했다. 왕이 이에 백문을 용서해 끌어 내치도록 했다.

태부가 백문을 붙들어 서당에 돌아가 약으로 구호하니 한참 지난 후에 백문이 정신을 차렸다. 태부가 이에 크게 꾸짖어 훗날을 경계하니 공자가 사죄했다.

공자가 병이 빨리 나아 10여 일 후에 일어나 부모에게 죄를 청하니 왕이 크게 꾸짖고 이후에는 공자를 제어하는 것이 더해졌다. 공자가 또한 적이 뉘우쳐 전날의 잘못을 버리고 진중하고 정대한 사람이 되려고 힘썼다.

공자가 비록 열세 살이었으나 신장과 행동거지가 건장한 대장부의 모습이었다. 그래서 화 공이 한시가 바빠 혼인을 재촉하니 왕이 말했다.

"내 아이가 열세 살이지만 영애는 열두 살이니 일찍 혼인하는 것은 좋지 않네. 내년을 기다리는 것이 좋겠네."

이에 화 공이 감히 억지로 청하지 못했다.

이때 이 숙비는 심궁에 있으면서 세월을 보내며 부모를 그리워해

---

47) 패악(悖惡): 사람으로서 마땅히 하여야 할 도리에 어그러지고 흉악함.

슬퍼했다. 그러나 태자의 깊은 은정이 산과 바다 같아 잠시도 숙비 곁을 떠나지 않으시니 숙비가 더욱 괴로이 여겨 입을 열어 화답하는 일이 없었다.

하루는 태자가 이곳에 와 식사를 하려 하셨는데 마침 음식에 돌이 들어 있었다. 태자가 매우 노해 조 씨와 가 씨 두 상궁을 추고(推 考)[48]하시고 음식을 장만한 시녀를 감옥에 넣으라 하고 밥상을 물리시니 엄숙하고 위엄 있는 모습이 바람 속에 든 용 같았다. 비가 놀라고 마음이 편하지 않았다. 모든 궁인이 벌 받은 것을 민망히 여겨 이에 옷깃을 여미고 자리에서 내려가 죄를 청하니 태자가 놀라서 말씀하셨다.

"현비(賢妃)가 이 무슨 행동이시오?"

비가 고개를 조아려 말했다.

"첩이 사리에 어두워 오늘 용체(龍體)를 불안하시게 했으니 이는 다 첩의 죄입니다. 그런데 애매한 궁녀가 벌을 받았으니 첩이 이 때문에 안심하지 못하겠나이다."

태자가 다 들으시고는, 숙비가 자기를 만난 지 삼 년 만에 처음으로 입을 연 것을 보시고 크게 칭찬해 말씀하셨다.

"궁인 무리가 정신이 없어 음식을 살피지 못한 것이 괘씸해 이를 다스리려 한 것인데 현후가 홀로 감당하시려는 것은 무슨 뜻이오? 만일 이를 다스리지 않는다면 기강이 무너질 것이니, 현비는 밝게 가르쳐 주시오."

비가 머리를 두드리며 사죄해 말했다.

"옛날에 당요(唐堯)[49]는 섬돌은 석 자의 흙이요, 지붕의 띠풀을

---

48) 추고(推考): 허물을 추문해서 고찰함.
49) 당요(唐堯): 중국의 요(堯)임금을 달리 이르는 말. 당(唐)이라는 땅에서 봉(封)함을 받은 데서

가지런히 자르지 않았어도[50] 성군(聖君)이 되어, 목동이 강구(康衢)[51]에서 노래하고 백성이 배불리 먹고 배를 두드리며 격양 놀이를 하면서 <격양가>[52]를 불렀습니다. 그러니 어찌 한 궁녀를 다스린다고 기강이 더 서겠나이까? 전하께서 만일 너그러운 은혜를 베푸셔서 궁녀를 용서해 주신다면 정말 다행이겠나이다. 또 조 씨와 가 씨 두 상궁은 황후 마마의 명령을 받던 사람들로서 황명을 받들어 신을 도와 주는 사람들입니다. 그런데 하루아침에 추고(推考)를 당하게 되었으니 첩이 어찌 편안하겠나이까?"

태자가 다 듣고는 그 옥 같은 목소리가 도도하고 말이 격렬한 것을 마음으로 복종해 기쁜 낯빛을 하고 사례해 말했다.

"과인(寡人)이 잠시 살피지 못해 예의를 어긴 것이 많았는데 만일 현비가 바로잡아 주지 않았다면 깨달을 수 있었겠소?"

그러고서 드디어 궁인들을 다 풀어 주시니 조 씨와 가 씨 두 상궁은 이를 것도 없고 모든 궁녀가 만세를 부르며 죽음으로써 비에게 은혜를 갚을 뜻을 두었다.

태자가 매우 통쾌해 조용히 비와 문답을 했다. 비의 입에서 나오는 말들이 다 성인과 현인의 말이라 태자가 비를 매우 공경하고 소중히 여겨 감히 장난스러운 빛을 뵈지 못하고 비를 예로 대접하셨다. 태자가 이후에 잠시도 비를 떠나지 않으시니 비가 그윽이 기뻐하지 않았으나 입을 열지 않았다,

하루는 비가 양비에게 문안하고 조용히 아뢰었다.

─────────────

유래함.
50) 섬돌은~않았어도: 중국 요임금의 검소함을 형용한 말로 『태평어람(太平御覽)』에 나오는 표현임.
51) 강구(康衢): 사방으로 두루 통하는 번화한 큰 길거리.
52) <격양가>: 요임금 때 어느 노인이 불렀다는 노래. "해가 뜨면 일어나고 해가 지면 쉬고, 우물 파서 물 마시고 밭을 갈아서 밥 먹으니, 임금이 나에게 힘써 준 것이 무엇이 있는가! 日出而作, 日入而息, 鑿井而飮, 耕田而食, 帝力於我何有哉"

"신이 본디 몸에 병이 있어서 기거를 잘 못 할 듯싶습니다. 마마가 성상께 아뢰셔서 신이 서너 달 조용한 곳에서 병을 조리하게 해주신다면 천은을 입어 회복할까 하나이다."

양비가 놀라서 말씀하셨다.

"그렇다면 태의를 시켜 병을 살펴 고치도록 하는 것이 옳을까 하나이다."

숙비가 머리를 두드리며 아뢰었다.

"마마가 해와 달 같으신데 어찌 알지 못하시나이까? 신의 병은 서너 달 후에 나을 것이니 당장 간사한 사람의 해를 피하려 하는 것입니다."

양비가 홀연히 의심해 숙비의 곁에 가 배를 만져 보시니 잉태한지 일고여덟 달인 줄 알 수 있었다. 양비가 크게 기뻐해 가만히 축하하며 말씀하셨다.

"마마가 이런 어린 나이에 기린몽을 꿈꾸는 경사가 생겼으니 이는 나라에 큰 행운입니다. 이 기미를 간사한 사람이 안다면 마마를 해칠까 두려우니 해산 전에는 출입하지 마시고 신중하고 신중하소서. 멀리 헤아리는 것이 마땅하니 제가 어찌 마마의 뜻을 좇지 않겠나이까?"

숙비가 부끄러움을 띠어 사례해 하직하고 물러났다.

양비가 이에 임금이 들어오시는 때를 타 숙비에게 병이 있으므로 조리시킬 것을 아뢰니 임금이 기쁜 낯빛으로 허락하셨다.

그리고 태자를 불러 이 일을 이르고 서궁에 가지 말라고 하셨다. 태자가 매우 괴이하게 여겼으나 임금의 명령이 있으셨고 서궁 문을 이미 태감이 절월(節鉞)53)을 잡아 지키고 있으므로 위엄이 지극한 몸으로서 구차한 행동을 못 해 동궁에 가 조용히 지내며 조비를 찾지 않으셨다.

조비는 원한이 날로 더했으나 숙비가 잉태한 줄은 알지 못했다. 조비가 만일 알았다면 그 해를 헤아릴 수 있겠는가마는 숙비가 총명해 그 속을 벌써 알고서 그 해를 막고 조용히 들어앉아 있었다.

이해 가을 8월에 숙비가 원손을 낳으니 원손이 태어날 때 상서로운 구름이 방에 가득하고 상서로운 별이 나왔다. 조 씨와 가 씨 두 상궁이 놀라움과 기쁨을 이기지 못해 급히 임금께 고하니 임금이 크게 기뻐하셨다. 태자의 기쁨도 지극해 도리어 멍한 듯하셨다.

임금이 이에 태의와 의녀를 시켜 숙비를 간병하도록 하시고 내외에 이 사실을 반포하셨다. 이에 조정의 백관이 대궐에 모여 원손의 장수를 빌며 진하(進賀)54)를 마치니 임금이 조서를 내려 말씀하셨다.

'짐이 이제 나이가 늙고 태자가 스물두 살이 되었으나 저사(儲嗣)55)가 없어 밤낮으로 근심을 이기지 못했다. 그런데 이제 숙비 이 씨가 아들을 낳았으므로 숙비를 책봉해 정비로 삼을 것이다. 흠천감(欽天監)56)이 택일하고 예부에서 거행하라.'

신하들이 이에 춤추는 의식을 하고 물러났다.

조비가 천만뜻밖에 이 모습을 보고 대경실색해 취한 듯하고 어린 듯해 발을 구르고 애달파했다. 그런들 어찌 할 수 있겠는가.

삼 일 후에 태자가 작은 가마를 타고 서궁에 가 비를 보셨다. 비가 급히 의상을 정돈하고 일어나 맞으니 태자가 바삐 원손을 안아 한번

---

53) 절월(節鉞): 절부월(節斧鉞). 관리가 지방에 부임할 때에 임금이 내어 주던 물건. 절은 수기(手旗)와 같이 만들고 부월은 도끼와 같이 만든 것으로, 군령을 어긴 자에 대한 생살권(生殺權)을 상징함.
54) 진하(進賀): 나라에 경사가 있을 때에 벼슬아치들이 조정에 모여 임금에게 축하를 올리던 일.
55) 저사(儲嗣): 원래 제후국에서, 임금의 자리를 이을 임금의 아들을 가리키나 여기에서는 태자의 아들을 이름.
56) 흠천감(欽天監): 천문·역수(曆數)·점후(占候) 따위를 맡아보던 관아.

눈을 들어 보았다. 원손은 우뚝 솟은 왼쪽 이마에 봉황의 눈에 누에 눈썹을 하고 몸이 빛나고 기이했으니 이는 참으로 만세의 군왕이 될 것임을 알 수 있었다. 태자가 매우 기뻐해 비를 향해 칭찬하셨다.

"현비가 어린 나이에 어찌 이런 경사가 있을 줄 알았겠소? 잉태하신 줄을 과인이 알지 못하고 염려했더니 중간에 큰 기쁜 일이 있을 줄은 생각지도 못했소. 이로부터 현비는 만세의 국모가 될 것이오."

비가 부끄러워 머리를 낮추고 아름다운 눈썹을 낮추어 감히 대답하지 못했다.

비가 바야흐로 병을 핑계하고 깊이 들어 있으면서 무사히 원손을 낳았으니 태자가 그 멀리까지 생각하는 것이 깊은 줄을 헤아리시고 더욱 탄복하고 비를 사랑하셨다. 그리고 종일토록 원손을 희롱하며 만사에 무심하셨다.

칠 일 후에 황제와 황후가 정전에 앉아 비를 부르셨다. 비가 단장을 하고 아들을 거느려 들어가 조회하니 임금이 친히 안아 그 기골이 비상한 것을 매우 기뻐하시고 조 씨와 가 씨 두 상궁에게 크게 상을 주셨다. 이날은 또 길일이라 절월 잡은 상궁이 꿇어 옥책(玉册)[57]을 읽고 예복을 드렸다. 비가 황제와 황후에게 네 번 절해 사례하고 모든 후궁이 예를 행했다. 조비를 봉해 귀비로 삼으시니 조비가 크게 노하고 한스러워했으나 임금 앞이라 자기가 무엇이라고 다투겠는가. 한갓 원망을 품고 한을 서리담아 물러났다.

임금이 드디어 천하에 크게 사면을 내리시니, 태부가 온 마음에 유 공을 잊지 못하고 있었으므로 각로 양세정에게 가 보고서 사정을 애걸하며 도모해 주기를 빌었다. 양 공이 그 의리와 어진 마음에 감

---

57) 옥책(玉册): 제왕이나 후비(后妃)의 존호를 올릴 때에 그 덕을 기리는 글을 새긴 옥 조각을 엮어서 만든 책.

동해 말했다.

"이 늙은이가 마땅히 폐하 앞에서 아뢰어 유 공을 풀어 북경으로 돌아오게 할 것이니 그대는 염려하지 말게."

태부가 이에 크게 기뻐해 칭송하고 돌아왔다.

이튿날 백관이 조회를 하니 중서(中書)[58]가 13성에 내릴 반포문을 써서 올렸다. 이에 양 공이 일일이 보다가 아뢰었다.

"전임 승상 유영걸이 작은 죄 때문에 시골에 내쳐진 지 오래되었습니다. 그 죄에서 풀어 주는 것이 자못 가볍지 않고 오늘은 원손이 탄생하셔서 천하의 죄인을 놓아 주는 날이니 유영걸을 풀어 주어 경사로 돌아오게 하소서."

임금이 윤종(允從)[59]하시고 크게 상을 내려 이씨 집안으로 보내셨다. 그러자 연왕이 상소해 상을 사양하고 끝까지 받지 않았다.

임금이 원손 얻은 것을 축하해 잔치를 베푸셨다. 황친, 국척(國戚)[60]과 공경(公卿), 명부(命婦)가 다 들어갔으나 소후는 끝까지 병을 핑계해 나가지 않았다. 그러자 비가 놀라서 수서(手書)로 이런 기회에 모녀가 반기자 하니 소후가 답서를 보냈다.

'마마가 비록 천명이지만 남을 내리치고 몸이 존귀하게 된 후에 그 축하하는 예를 내 차마 보지 못하니 마마는 신(臣)을 생각하지 마소서.'

한편 태부는 믿음직한 가정(家丁)과 서제 취문을 보내 유 공을 데려왔다. 십 리 장정(長亭)[61]에 가 유 공을 진심으로 반기고 유 공을

---

58) 중서(中書): 중국 한나라 이후에, 궁정의 문서·조칙(詔勅) 따위를 맡아보던 벼슬.
59) 윤종(允從): 남의 말을 좇아 따름.
60) 국척(國戚): 임금의 인척(姻戚).
61) 장정(長亭): 먼 길을 떠나는 사람을 전송하던 곳. 과거에 5리와 10리에 정자를 두어 행인들이 쉴 수 있게 했는데, 5리에 있는 것을 '단정(短亭)'이라 하고 10리에 있는 것을 '장정'이라 함.

옛 집에서 봉양하기를 게을리하지 않았다. 연왕 등이 연이어 이르러 은혜를 사례하니 유 공이 스스로 속으로 부끄러워 감히 대답할 말을 알지 못했다.

위 승상이 또한 사위의 마음을 받아 유 공에게 가서 보고 맛있는 음식을 보냈다. 위 씨가 화려한 가마를 타고 이에 이르러 뵈니 유 공이 눈물을 흘려 말했다.

"전날에 내 아득히 어리석어 부인과 이보를 괴롭게 했더니 오늘날 이보가 나를 건져 구사일생으로 영화를 보게 하고 부인이 또한 귀한 가마를 낮춰 와 이 쓸모없는 인생을 보니 감격을 이기지 못하겠구나."

소저가 이에 옷깃을 여며 사례하고 태부가 옆에서 모시고 담소하며 자식으로서의 도리를 했다.

며칠 후에 소저가 돌아가고 태부가 자주 왕래해 유 공을 지극히 섬기니 경성의 사대부들이 이 태부의 의리를 칭찬하지 않는 이가 없었으나 최생과 백만은 그윽이 좋아하지 않았다.

차설. 이에 앞서 노 씨가 혜선 비구니를 따라 종남산으로 들어가니 이씨 집과는 인연이 끊어졌다. 그래도 조금의 원한이 없지 않아 밤낮으로 이씨 집안을 해칠 계교를 의논했는데 혜선이 말했다.

"아직 운수가 이르지 않았으니 소저는 참으소서."

이에 노 씨가 괴로이 머리를 움츠리고 한을 서리담아 세월을 보내니 어느덧 광음이 순식간에 흘러 7년이 되었다.

혜선이 하루는 민가에 나가 다녀와 말했다.

"소저는 원래 정목간(井木犴)62)이란 별과 인연이 있습니다. 소승이 천신만고 끝에 들어보니 정목간이 연왕 이몽창의 셋째아들 백문이 되었다고 합니다. 소저는 마땅히 인간세상에 내려가 저를 맞이해 백 년을 즐기소서."

이에 노 씨가 놀라서 말했다.

"저 백문은 이제야 겨우 열셋이요, 나는 스물세 살이라 나이 차이가 너무 큰데 이런 불가한 노릇을 할 수 있겠습니까?"

혜선이 웃으며 말했다.

"소저가 나이가 많으나 빈도(貧道)가 도술로 소저를 아이로 만들 수 있을 것이요, 소저의 인연이 속한 데가 백문이 아니면 마땅하지 않습니다. 빈도가 어찌 작을지언정 안 될 일이라면 소저에게 권하겠나이까? 이제 정목간이 이부시랑 화진의 딸과 정혼했으니 혼인이 내년에 있습니다. 소저가 마땅히 계교를 베풀어 이씨 집안에 들어가 그때 이흥문을 죽게 해 옛날의 원한을 갚으면 될 것입니다."

노 씨가 그럴듯하게 여겨 혜선의 말을 좇겠다고 했다. 혜선이 상자에서 한 환약을 내어 노 씨를 먹이고 진언(眞言)63)을 염하며 입으로 김을 내어 부니 키 큰 노 씨가 변해 오륙 척은 하고 열서넛은 되어 보이는 어린 여자가 되었다. 가증스럽던 골격이 도로 돌아가서 가늘기가 바람에 부쳐질 듯하고 굵은 뼈가 변해 수정과 얼음처럼 되었다. 이에 혜선이 웃고 말했다.

"이흥문에게 아홉 개의 눈이 있어도 이를 어찌 알아볼 수 있겠습니까?"

또 작은 호리병을 열고 알 수 없는 피를 쏟아 노 씨 팔 위에 앵혈(鶯血)64)처럼 찍고 진언하니 아무리 씻어도 없어지지 않았다. 또 붓

---

62) 정목간(井木犴): 정목안. 정목한이라고도 함. 별의 일종. 남방7수 중 정수(井宿)에, 칠요(七曜) 중 목(木)과 동물인 안(犴, 용의 일종)이 결합해 만들어진 글자.
63) 진언(眞言): 진실하여 거짓이 없는 말이라는 뜻으로, 비밀스러운 어구를 이르는 말.
64) 앵혈(鶯血): 순결의 표식. 장화(張華)의 『박물지』에서 그 출처를 찾을 수 있음. 근세 이전에

에 찍어 가늘게 쓰기를, '하늘의 복숭아꽃이 떨어지니 노씨 집안의 경사로다. 이름을 몽도라 하고 자(字)를 취희라 하노라.'라고 했다. 노 씨가 매우 기뻐해 부모에게 이 일을 알리고 훗날 쓸 계교를 알려 주었다.

그러고서 혜선과 함께 여염에 나가 화 시랑 집에 이르렀다. 혜선이 문지기에게 말했다.

"나는 먼 지방의 여승인데 잠깐 어른을 뵙고 매매할 일이 있네."

문지기가 즉시 화 시랑에게 고하니 화 공이 바로 불렀다. 혜선이 팔을 맞잡아 만복(萬福)을 일컫고 말했다.

"저는 먼 지방의 여승으로 경사의 풍경을 구경하려 천 리를 걸어 이르렀더니 양식이 끊겨 천한 조카를 귀한 댁에 팔려고 해 특별히 뵙나이다."

화 공이 놀라 말했다.

"원래 이런 연고가 있었구나. 어서 네 조카를 부르라."

혜선이 이에 손뼉을 쳐 노 씨를 불렀다. 노 씨가 나는 듯이 대청 아래에 다다르니 옥 같은 얼굴이 탐스럽고 화장한 눈썹이 가냘퍼 달 속의 항아(姮娥)가 인간세상을 희롱하는 듯하고, 교태를 머금고 머리를 조아려 절하니 조비연(飛燕)[65]이 수정 쟁반 위에서 나는 듯했다. 화 공이 크게 놀라서 말했다.

"네 어떤 사람이기에 이렇듯 자색이 특출해 시골 백성의 태가 없는 것이냐?"

나이 어린 처녀의 팔뚝에 찍던 처녀성의 표시를 말하는 것으로 도마뱀에게 주사(朱沙)를 먹여 죽이고 말린 다음 그것을 찧어 어린 처녀의 팔뚝에 찍으면 첫날밤에 남자와 잠자리를 할 때에 없어진다고 함.
65) 조비연(趙飛燕): 중국 전한(前漢) 때 성제(成帝)의 후궁(皇后). 절세의 미인으로 몸이 가볍고 가무(歌舞)에 능해 본명 조선주(趙宜主) 대신 '나는 제비'라는 뜻의 비연(飛燕)으로 불림.

노 씨가 목소리를 청아하게 해 대답했다.

"소인은 소주 사람으로 일찍이 부모님이 다 돌아가시고 아주머니를 따라 사방으로 돌아다니며 협객 생활을 하고 있습니다. 마침 경사에 이르니 귀부(貴府)에서 천금 같은 소저를 위해 시녀를 뽑으신다 하기에 스스로 모셔 일생을 규방에 묻고자 합니다."

말이 청아하고 옥 같은 소리가 낭랑하니 화 공이 총명하나 조마경(照魔鏡)[66]이 아니니 저 요술로 바뀐 요망한 사람을 어찌 알아보겠는가. 화 공이 매우 의롭게 여겨서 말을 듣고는 어여삐 여겨 일렀다.

"네 뜻이 이처럼 아름다우니 어찌 천금을 아끼겠느냐? 과연 내 딸이 나이가 열두 살이요, 내년에 혼인시키려 하는데 재주와 용모를 갖춘 시녀를 뽑으려 했다. 천행으로 네 얼굴과 모습을 보니 여종 가운데 의리를 지닌 아름다운 사람이라 기쁨을 이기지 못하겠구나."

드디어 일을 맡은 종을 불러 백금을 내어다가 혜선에게 주도록 하고 명문(明文)[67]을 만들었다. 혜선이 머리를 조아려 사례하고 소저와 거짓으로 눈물을 뿌려 이별하고 날래게 떠나갔다.

화 공이 노 씨를 데리고 내당으로 들어가 부인 소 씨를 보고 자초지종을 일렀다. 이에 소 씨가 노 씨의 모습을 보고 기뻐하며 말했다.

"이는 참으로 딸아이의 시녀가 될 만하니 어찌 기쁘지 않습니까? 그런데 네 이름은 무엇이냐?"

노 씨가 용모를 가다듬어 대답했다.

"천한 이름은 화도이고 나이는 열셋입니다."

부인이 웃으며 말했다.

"딸아이보다 일 년 많구나."

---

66) 조마경(照魔鏡): 마귀의 본성을 비추어서 그의 참된 형상을 드러내 보인다는 신통한 거울.
67) 명문(明文): 명백하게 기록된 문구.

말을 마치고 시녀에게 소저를 부르라 했다.

원래 화 소저의 이름은 채옥이요 자는 홍설이니 부인이 꿈에 붉은 구름이 어려 있는 모습을 보고 괴이하게 여겨 곰곰이 생각하는 사이에 한 도인이 운관무의(雲冠舞衣)[68]로 앞에서 말하기를,

"벽옥(璧玉) 선녀가 옥제께 큰 죄를 짓고 인간세상에 내려오게 되어 부인에게 맡기니 조심해 길러 이씨 집안에 몸을 허락하라. 그러나 전생의 죄가 깊어 초년 운수가 참혹하니 그 몸을 보전하기가 어려울 것이다. 부인은 힘써 도가(道家)에 공을 들여 그 목숨을 이으라."

라고 하니, 부인이 놀라 깨어 괴이하게 여겼다.

그러고서 잉태해 소저를 낳으니 소저가 나면서부터 기질이 옥 같고 얼음 같으며 온 몸에 기이한 향기가 가득했다. 화 공 부부가 매우 사랑했으나 행여 오래 살지 못할까 두려워해 부인이 청운사 여관(女冠)[69]에게서 부적 받는 것을 일삼았다.

소저가 꽃다운 나이 열두 살에 이르자 복숭아가지가 화려한 듯하고 달에 핀 옥연꽃 같았다. 탐스러운 용모는 눈 속에 핀 매화 같고 하늘에 뜬 상월(霜月)[70] 같았으며 기이한 안색이 한 조각 옥을 아름답게 다스린 듯 수정처럼 맑고 깨끗했다. 두 눈이 맑아 샛별 같고 몸가짐이 두터워 한 걸음, 한 말이 예법을 벗어난 것이 없었다. 굳세고 냉담한 것이 얼음 위에 눈을 더한 듯했으니 화 공 부부가 매우 사랑했으나 그 온화한 기운이 적어 부덕(婦德)이 부족한 것을 경계했다. 그래도 소저가 이를 고치지 못했다.

소저가 이날 침소에서 시사(詩詞)를 읊고 있다가 부인의 명령을

---

68) 운관무의(雲冠舞衣): 신선들이 쓰는 관과 옷. '운관'은 모자와 같은 모양을 본떠 덮개가 위쪽에 있는 관이고, '무의'는 가볍고 부드러우며 나부끼는 아름다운 옷.
69) 여관(女冠): 여자 도사.
70) 상월(霜月): 서리가 내리는 밤의 달.

들자 책을 덮고 천천히 정당으로 갔다. 공과 부인이 웃는 낯으로 소저를 나아오라 해 시녀 산 연고를 이르고 또 말했다.

"저 시녀의 재주와 용모가 저렇듯 세상에 으뜸이니 얻기 어려운 자다. 너는 모름지기 규방의 사우(師友)[71]로 삼아 등한하게 대접하지 말거라."

소저가 사례하고 잠깐 눈을 들어 노 씨를 보고는 놀라고 의아해 부모에게 말했다.

"이런 기이한 여자를 소녀에게 주시니 황공하오나 다만 이 사람의 얼굴이 순하지 않으니 소녀가 가까이 못하겠습니다."

이에 공이 놀라서 말했다.

"네가 어찌 너무 지레짐작하는 것이냐? 젊은 여자가 생각이 없어 작은 어리석음이 있다 해도 네가 잘 인도한다면 어찌 네 소견과 같지 못할까 근심하겠느냐? 그러니 너는 괴이한 생각을 먹지 말거라."

소저가 이에 미소하고 대답하지 않았다.

소저가 속으로는 마음이 편하지 않았으나 부모의 명령이라 두 번 사양하지 못하고 화도를 데리고 침소로 돌아왔다. 노 씨가 가까이에서 소저를 보니 용모가 달 같아서 자기가 바랄 바가 아니었다. 시기심이 크게 나서 속으로 미워해 막 삼킬 듯했으나 안색을 공손히 하고 한 가에 꿇어 명령을 기다렸다.

소저가 두 눈을 둘러 이윽히 보고 한참을 생각하다가 물었다.

"네 원래 어디 사람이며 이름이 무엇이냐?"

노 씨가 옷깃을 여며 대답했다.

"첩은 성은 노요, 이름은 화도요, 나이는 열세 살이니 절강 소주

---

71) 사우(師友): 스승으로 삼을 만한 벗.

사람입니다."

소저가 잠시 웃고 말했다.

"내 잠깐 보니 너의 행동이 조금도 천한 사람의 모습이 없으니 의심컨대 사족(士族) 여자가 떠돌아다니는 일이 있는가 한다. 너는 속이지 말고 자세히 이르라."

노 씨가 소저가 자신을 알아보는 것을 크게 두려워해 담을 크게 하고 대답했다.

"첩은 본디 양민의 자식이니 어찌 이런 일이 있겠나이까? 소저가 알아보신 것이 잘못된 것인가 하나이다."

소저가 미소하고 말했다.

"훗날 네 이 말이 온전하지 않아 어긋나면 어찌하려 하느냐?"

노 씨가 고개를 숙이고 대답하지 못했다.

소저가 또한 다시 묻지 않고 다른 시녀와 함께 자기 옆에서 일하도록 했다. 노 씨가 밤낮으로 칼을 삼킨 듯해 어서 소저를 없애고 싶었으나 꾹 참고 때가 되기를 기다렸다. 노 씨가 수선에 능하지 않은 곳이 없고 문장에 달통하니 소저가 그 인물은 심복하지 않았으나 그 재주를 매우 사랑해 자연히 노 씨를 칭찬하고 믿게 되었다. 이에 노 씨가 화 소저의 행동 하나하나를 모르는 것이 없게 되었다.

슬프다! 노 씨가 사문(斯文)[72]의 여자로서 육례(六禮)[73] 백량(百

---

72) 사문(斯文): 이 학문, 이 도(道)라는 뜻으로, 유학의 도의나 문화를 이르는 말.

73) 육례(六禮): 『주자가례』를 따른 혼인의 여섯 가지 의식. 곧 납채(納采)·문명(問名)·납길(納吉)·납징(納徵)·청기(請期)·친영(親迎)을 말함. 납채는 신랑 집에서 청혼을 하고 신부 집에서 허혼(許婚)하는 의례이고, 문명은 납채가 끝난 뒤에 남자 집의 주인(主人)이 서신을 갖추어 사자를 여자 집에 보내어 여자 생모(生母)의 성(姓)을 묻는 의례며, 납길은 문명한 것을 가지고 와서 가묘(家廟)에 점쳐 얻은 길조(吉兆)를 다시 여자 집에 보내어 알리는 의례고, 납징은 남자 집에서 여자 집에 빙폐(聘幣)를 보내어 혼인의 성립을 더욱 확실하게 해주는 절차이며, 청기는 성혼(成婚)의 길일(吉日)을 정하는 의례이고, 친영은 신랑이 신부 집에 가서 신부를 맞이하여 신랑 집에 돌아오는 의례임.

兩)74)으로 이 예부75)에게 시집가 적국(敵國)76)을 모해하다가 출부
(黜婦)77)가 되어 산간에 들어가 엎드려 있다가 요망한 중과 마음을
같이해 남의 집 노예가 되어 끝내는 시아주버니를 음간하게 되니 그
요괴롭고 더러움이 천고에 없는 나쁜 여자라 어찌 한스럽지 않은가.

세월이 살 같아서 어느 사이에 해가 바뀌었다. 화 공이 택일해 이
씨 집안에 알리니 혼인날은 봄 이월 열흘께였다.

두 집안에서 혼인 용품을 성대히 준비해 길일이 이르자 이 공자
백문이 행렬을 거느려 화씨 집으로 갔다. 전안(奠雁)78)을 마치고 신
부가 가마에 오르기를 기다리니 자리에 있던 사람들이 바삐 눈을 들
어 신랑을 보았다. 관옥(冠玉) 같은 얼굴이 윤기를 다투고 해와 달이
빛을 잃으니 천고의 호걸이요 옥 같은 신랑이었다. 이에 자리에 있
던 사람들이 칭찬하지 않는 이가 없고 화 공이 크게 기뻐해 신랑의
손을 잡고 일렀다.

"우리 사위는 사람 중에 기린이니 딸아이가 감당하지 못할까 두
렵네. 신랑의 최장시(催裝詩)79)는 본디 떳떳하니 한번 붓을 놀려 좌
중의 눈을 시원하게 하는 것이 어떠한가?"

공자가 미처 대답하지 않아서 태자태부 병부상서 이경문이 옥띠
를 돋우고 각모를 가다듬어 대답했다.

"최장시 짓는 것은 노래하는 사람이나 재주 부리는 사람이 할 짓
입니다. 제 아우의 행실이 군자의 도리가 없으나 제수씨는 숙녀의
맑은 덕을 잡아 합증시(合蒸詩)80)를 짓지 않으실 것이니 대인께서는

---

74) 백량(百兩): 신부를 맞아 오는 일. 백 대의 수레로 신부를 맞이한다 하여 이와 같이 씀.
75) 이 예부: 이흥문을 이름. 전편 <쌍천기봉>에서 노 씨, 즉 노몽화가 이흥문에게 시집간 바 있음.
76) 적국(敵國): 남편의 다른 처나 첩을 부르는 표현.
77) 출부(黜婦): 시가에서 쫓겨난 여자.
78) 전안(奠雁): 혼인 때 신랑이 신부 집에 기러기를 가져가서 상위에 놓고 절하는 예.
79) 최장시(催裝詩): 신부에게 옷을 입기를 재촉하는 시.

짐작하소서."

화 공이 웃으며 말했다.

"병부의 말이 옳으니 어찌 따르지 않겠는가?"

사람들이 이에 다 태부의 정대한 말에 깨닫는 바가 있어 낯빛을 고쳤다.

이윽고 신부가 칠보단장을 갖춰 교자에 오르니 신랑이 가마를 다 봉해 행렬을 이끌고 이씨 집안으로 갔다. 신부가 홀로 앉아 시부모에게 폐백을 올릴 적에 신부의 옥처럼 부드러운 얼굴과 화장한 눈썹이 탐스럽고 엄숙하며 냉담하고 굳세 푸른 하늘에 흰 달이 홀로 밝은 듯하고 눈 위에 매화가 차게 핀 듯했다. 깨끗한 것이 눈 가운데 옥연꽃 같고 맑은 것이 얼음과 수정 같아 참으로 경국지색이었다. 위 씨, 여 씨와 비교하면 두 사람의 무궁히 시원하고 수려한 자태와 차분하고 얌전한 모습으로도 화 씨를 바라보지 못할 정도였다. 왕이 마음속으로 기뻐하지 않아 온화한 기운이 사라지니 이는 곧 집안에 재앙이 일어날 줄 자못 알았기 때문이었다. 또한 승상과 남공 등이 기미를 알았으나 흥문에게 재앙이 돌아갈 줄이야 꿈에나 생각했겠는가.

석양에 잔치를 마치고서 신부 숙소를 운성각에 정하니 소후가 시녀 20여 명과 온갖 기물을 갖추어 편안하게 지내도록 했다.

백문이 신부의 타고난 미색을 보았으나 문득 기쁜 줄을 잊고 서당으로 돌아왔다. 예부 등 모든 형제가 등불을 켜고 남은 술과 안주를 가져와 밤에 담소하고 있다가 예부가 백문을 보고 웃으며 말했다.

"아우가 어찌 신방에 가지 않고 이곳에 이른 것이냐?"

---

80) 합증시(合蒸詩): 신랑과 신부가 술을 주고받을 때 짓는 시.

백문이 눈썹을 찡그리고 사나운 소리로 일렀다.

"제가 오늘 화 씨를 보니 왕소군(王昭君)[81]처럼 복이 없는 상이었습니다. 저를 필시 잡아먹을 것이니 보기가 싫습니다."

예부가 크게 놀라 말을 그치고 이부를 돌아보아 말했다.

"한심하다, 운보여! 숙부의 밝은 교훈이 이 사람에게 와 잊혀지겠구나."

상서가 바삐 꿇어 사죄해 말했다.

"이는 다 저희가 불초하기 때문입니다."

그리고 몸을 공자에게 돌려 일렀다.

"아우의 말과 생각이 매우 통쾌하니 다른 곳에 가 말을 베풀고 이곳에 있지 마라."

말을 마치자 기색이 겨울 하늘에 뜬 찬 달 같았다. 공자가 크게 황공해 낯을 붉히고 일어나서 들어가니 예부가 이윽히 잠자코 있다가 말했다.

"아우야, 백문이의 행동이 집안의 명성을 추락시킬 것임을 아느냐?"

상서가 슬피 대답했다.

"작은 일도 운수입니다. 셋째의 기골이 저러하고 위인이 참으로 어리석으니 형님은 백문이의 말마다 반드시 살피셔서 끝이 어찌 될지 보실 뿐입니다."

예부가 고개를 끄덕이고 또한 탄식했다.

공자가 담을 크게 하고 운각에 들어가니 소저가 홑옷과 붉은 치마를 입고 등불 아래에 단정히 앉아 있다가 자약히 일어나 공자를 맞

---

81) 왕소군(王昭君): 중국 전한 원제(元帝)의 후궁(?-?). 이름은 장(嬙)이고 소군은 그의 자(字). 기원전 33년 흉노와의 화친 정책으로 흉노의 호한야선우(呼韓邪單于)와 정략결혼을 하였으나 자살함.

이했다. 탐스러운 얼굴이 흰 달 같아서 방에 밝으니 공자가 또한 기이하게 여겨 나아가 손을 잡고 웃으며 말했다.

"소저는 계수나무 궁의 항아요, 요지(瑤池)[82]의 선녀니 나 백문의 목숨을 짧게 할 징조요. 그나저나 잔치 자리에서 선생 명으로 최장시를 지었으니 이에 소저의 합증시를 기다리오."

소저가 이 사람이 취해 바라보는 눈이 방탕하고 행동이 무례한 것을 보고 크게 놀라 바삐 손을 뿌리치고 물러앉으니 생이 웃으며 말했다.

"소저가 학생을 더럽게 여기는 것이 아니오? 그러나 합증시 짓는 것은 마지못할 것이오."

그러고서 연갑(硯匣)[83]을 열고 붓을 잡아 이에 소저의 손에 쥐여 주고 소저를 핍박했다. 소저가 기운이 엄숙해 글을 짓기는커녕 추상 같은 안색이 저의 화려함을 용납하지 않았다. 생이 무료하고 노해 붓을 던지고 갑자기 낯빛을 바꿔 침상에 가 잠깐 누워 새벽닭이 울기를 기다렸다가 몸을 뒤집어 밖으로 나갔다. 이에 소저의 유모 계씨가 생의 행동을 괴이하게 여기고 염려했다.

소저가 이로부터 시가에 머무르며 시부모 섬기는 예와 시누이와 화목하게 지내는 행실이 법도에 딱 맞았다. 백희(伯姬)[84]가 불에 타 죽은 일을 기꺼이 감수하려는 고집이 있고 성품이 냉담해 온화한 기운이 적으니 시부모가 더욱 사랑했으나 이것을 흠으로 삼았다. 그래도 알은체하지 않고 여 씨, 위 씨 등도 화 소저를 지극히 사랑해 같

---

82) 요지(瑤池): 중국 곤륜산(崑崙山)에 있다는 연못으로 서왕모(西王母)가 사는 곳으로 전해짐.
83) 연갑(硯匣): 벼루, 먹, 붓, 연적 따위를 넣어 두는 납작한 상자.
84) 백희(伯姬): 중국 춘추시대 노(魯)나라 선공(宣公)의 딸로 송(宋)나라 공공(共公)의 부인이 되어 공희(共姬) 또는 공백희(恭伯姬)라고도 불림. 공공이 죽은 후 수절하다가 경공(景公) 때에 궁전에 불이 났을 때 좌우에서 피하라고 권하였으나 백희는, 부인은 보모와 함께가 아니면 밤에 당 아래로 내려가지 않는다 하며 불에 타 죽음.

은 배에서 난 형제 같았다.

공자가 홀로 부부가 함께 즐기는 낙이 없어 친영(親迎)[85]한 지 네다섯 달에 신부를 들이밀어 보지도 않았다. 두 형이 아무리 엄히 경계해도 듣지 않을 뿐만 아니라 조용히 앉아 있다가도 상서와 태부가 화 씨를 박대하는 것이 옳지 않음을 이르면 휙 일어나 밖으로 나갔다.

이에 두 사람이 할 수 없이 모친에게 고하고 잘 처리해 주기를 청했다. 소후가 크게 놀라고 의아해 급히 공자를 불러 크게 꾸짖으며 화 씨 박대하는 까닭을 물었다. 그러자 공자가 문득 슬픈 낯빛을 하고 온화한 기운이 없어져 말했다.

"제가 운수가 괴이해, 저 화 씨의 기이함을 모르지 않으나 자연히 마음이 놀라고 그 고운 용모를 보면 사악해 보이니 차마 함께 있을 마음이 없나이다."

부인이 더욱 놀라고 염려해 낯빛을 바꿔 말했다.

"아이가 실성한 것이 이 지경에 미쳤으니 어찌 한심하지 않으냐? 네가 만일 어미가 있는 줄 안다면 마음을 가다듬어 오늘부터 운각에서 깃들여 있으라."

생이 절하고 물러나 서당에 가 자고 운각에는 들어가지 않았다.

소후가 홍아를 시켜 엿보게 해 그 사실을 알고 어이없어 낭문을 불러 조용히 왕에게 이런 연고를 고하라고 했다. 낭문이 서헌에 이르러 연왕에게 소후의 말이라 하며 백문의 행동거지가 괴이함을 고했다.

왕이 이에 십분 놀라 사람들을 시켜 상서와 태부를 부르도록 했다. 상서는 기운이 편치 않아 서당에서 조리하느라 일찍감치 침상에

---

85) 친영(親迎): 육례의 하나로, 신랑이 신부의 집에 가서 신부를 직접 맞이하는 의식.

누워 있다가 급히 일어나 옷을 입고, 태부는 봉성각에 들어가 자려 하다가 동자가 이르러 왕의 명령을 고하므로 급히 일어나 오운전으로 갔다. 상서가 아직 오지 않았으므로 왕이 한참을 생각하며 말을 안 했다. 이윽고 상서가 들어오니 머리카락이 흐트러지고 옷을 급히 입은 모습이었다. 왕이 이에 정색하고 말했다.

"너희가 젊은 선비로서 이리도 일찍 자 행실을 무너뜨리는 것이냐?"

상서가 두 번 절하고 사죄해 말했다.

"마침 찬 바람을 맞고 뜨거운 열에 몸이 상해 일찍 누웠더니 아버님의 말씀을 들으니 황공합니다."

왕이 한참을 잠자코 있다가 말했다.

"너희가 백문이의 소행을 일찍이 알고 있었느냐?"

상서가 고개를 숙이고 말했다.

"셋째가 요사이에 아내를 박대하는 무식한 행실이 크게 이를 만하지 않아 저희가 밤낮으로 근심을 이기지 못해 셋째를 꾸짖었습니다. 그런데 저희의 말을 듣지 않을 뿐만 아니라 우습게 여기므로 할 수 없이 아침에 어머님께 고해 꾸짖으시게 했더니 명령을 받들었는지는 알지 못하겠습니다."

왕이 정색하고 말했다.

"백문이의 괘씸한 행동을 매양 나에게 이르지 않고 네 어미에게 먼저 아뢰니 그 무슨 도리냐?"

상서가 두 번 절해 사죄해 말했다.

"제가 또한 불가한 줄을 알고 있으나 아버님 앞에서 당돌히 고하는 것이 송구해 어머님께 고해 아버님께 아뢰도록 하려 했던 것입니다."

왕이 말했다.

"사람이 부부 사이가 소원한 것이 괴이하지 않고 운액이지만 백문이는 여색에 무심하지 않은 위인으로 이런 행동이 있으니 어찌 놀랍지 않으냐? 내 성품이 자식이라도 부정한 것과는 말을 하지 않는다. 너희가 내 명령으로써 일러 만일 듣지 않는다면 다시 고하라. 내 시원하게 다스릴 것이다.”

상서와 태부가 명령을 듣고 물러와 백문을 찾으니 동쪽 소당에서 시녀 수옥을 데리고 단잠이 깊이 들어 있다고 하는 것이었다. 두 사람이 괘씸함을 이기지 못해 백문을 깨워 불러오게 했다. 백문이 의관은 흐트러지고 망건은 벗어 버린 채 어지럽게 취한 눈으로 들어오니 상서가 정색하고 말했다.

“아침에 어머님이 너에게 무엇이라 하시더냐?”

공자가 머리를 숙이고 잠잠히 있다가 대답했다.

“모친께서 무엇이라 하셨는지 생각이 나지 않습니다.”

상서가 이에 발끈 낯빛을 바꿔 말했다.

“네 어찌 이토록 사리에 어두운 것이냐? 사람의 자식이 되어 옳지 않은 일이라도 부모님이 명령하시는 일은 거역하지 않는 것이 옳다. 그런데 어머님이 부부가 좋은 짝이 되어 잘 어울려 지내라 이르셨거늘 그 말씀을 깃털처럼 듣고 천한 종을 어여뻐해 추잡하게 잠을 자니 그것이 무슨 도리냐? 아까 아버님이 너의 소행을 들으시고 한심하게 여기셔서 꾸짖으셨으니 이제 장차 어찌하려 하느냐?”

공자가 낮을 붉히고 머뭇거리니 태부가 낯빛이 변해 말했다.

“큰형님은 이렇게 이르지 마소서. 셋째아우는 부모 동기도 모르는 사람이니 무익하게 사리로 이르는 것이 부질없지 않겠습니까? 마침 아버님의 명령이 있으셨으니 전할 따름입니다. 우리가 이 사람을 타이르는 것이 어찌 욕된 일이 아니겠습니까?”

공자가 둘째형의 엄정히 꾸짖는 말을 듣고 크게 부끄러워 문득 일렀다.

"저 화 씨의 얼굴이 비구니 상 같아서 두 형수의 온화하심과 달라 내 목숨을 길게 하려 해 화 씨와 동침을 하지 않으려 했더니 부모님과 형님들이 나서서 이처러 구시니 꿈 같구나. 그래 죽으나 사나 어디 들어가 보자."

이렇게 말하고 안으로 들어가니 두 사람이 어이없어 서로 보고 도리어 웃고 서당으로 가 잤다.

백문이 운각에 이르니 소저는 벌써 침상에 누워 자고 시녀들도 다 잠들어 있었다. 생이 무작정 달려들어 소저의 곁에 누웠다. 행동이 조용하지 않았으므로 소저가 놀라 깨달으니 생이 자기 곁에 눕는 것이었다. 소저가 크게 놀라 바삐 몸을 일으켜 앉으려 하니 생이 소저를 단단히 안고 팔 아래 껴 일렀다.

"내 그대를 이렇게 안 한다 하고 그대가 원망하므로 부모님이 나를 그릇 여기시니 오늘은 시험 삼아 그대 뜻을 좇으려 하는데 일어나는 것은 어째서요?"

소저가 백문이 음탕하고 도리에 어그러진 말을 하는 것을 듣고는 담이 차고 넋이 뛰놀아 발끈 일어나 손을 뿌리치니 생이 짐짓 놓아 버리고 분노해 말했다.

"그대가 일부러 장부가 비는 모습을 보려고 이렇듯 행동하나 나는 세상의 어리석은 남자가 아니네."

소저가 또한 대답하지 않고 의상을 정돈하고 멀리 가 단정히 앉았다. 생이 또한 본 체 않고 혼자 소저의 자리에서 누워 자고 새벽에 나가니 부모와 형들이 아무 말도 안 했다.

생이 아버지의 명령 때문에 모처럼 운각에 한 번 들렀다가 나온 후에는 다시 들어가지 않았다.

이러구러 10여 일이 되었다. 왕이 바야흐로 백문이 도리에 어그러진 행동을 하는 것을 괘씸하게 여겨 백문을 안전에 불러 크게 꾸짖고 종을 불러 태벌(笞罰)하려 했다. 이에 생이 크게 두려워 머리를 두드리며 후에는 명령을 받들 것이라고 애걸하니 왕이 이에 그치고 백문을 꾸짖어 물리쳤다.

생이 부친의 엄정함을 두려워해 이후에는 운각에 가 밤낮으로 있으나 부부의 즐거움은 없어 소저를 완전히 길 가는 사람 보듯 하고 밤에는 멀리하는 것이 천 리 같았다. 그러니 부모라 한들 어찌 이루 다 이를 수 있겠는가.

소저가 원래 생을 만나던 날부터 생을 싫어하는 것이 뱀과 전갈 같고 미워하는 것이 원수 같아서 생의 얼굴 보는 것을 무서워하고 소리 듣는 것을 끔찍하게 여겼다. 그래서 생이 침소에 안 들어오는 것을 다행으로 여기고 생이 같은 이불에 같은 자리에 있는 것을 멀리하는 것을 역시 기뻐했다. 그런데 근래에는 침소에 밤낮 있으면서 때 없는 술을 먹고 늘어져서 발은 창 앞에 걸고 가슴을 헤치고서 혹 좌우의 그릇을 두드려 주정하며 곡절 없는 시구를 읊조리니 그 행실의 패악함은 얼굴이 아깝고 선비 두 글자가 더러울 정도였다.

소저가 생의 얼굴 대하는 것을 아니꼽게 여겨 낮에는 생을 피해 아무 데나 가 있으니 생이 역시 시원하게 여겨 소저를 찾지 않았다. 문안 때에는 생이 의관을 단정히 하고 걸음과 말을 꾸며 다니니 형제들은 생이 그토록 하는 줄은 알지 못하고 소저의 침소에 가 있는 줄만 알아 기뻐했다.

이때 노 씨가 협실에서 백문의 풍채가 기이한 것을 보고 크게 기뻐해 음란한 마음이 동했다. 생이 이에 들어온 지 사나흘은 되어 유모 계 씨가 병으로 바깥 집으로 나가 있고 소저가 신임하는 시녀 영대와 조대는 소저를 모시고 다녔으며 그 나머지 여러 시녀가 멀리 있었다. 생의 술 시중을 계 씨가 들다가 계 씨가 병들어 나가 있으므로 술 시중을 들 다른 시녀가 아무도 없었다.

노 씨가 매우 기뻐해 백문이 술 찾는 때를 맞아 얼굴을 아름답게 다듬고 옥잔에 술을 부어 나아갔다. 생이 취한 눈을 흘려뜨며 술을 받다가 노 씨의 경국지색을 보고는 매우 놀라 술을 놓아 버리고 물었다.

"너는 어떤 사람이냐?"

노 씨가 교태를 머금고 아리따이 대답했다.

"저는 화 씨 집안의 종이니 소저의 시녀입니다."

생이 말했다.

"네가 소저의 시녀라면 내가 어찌 보지 못한 것이냐?"

노 씨가 대답했다.

"소저가 투기가 심해 저를 깊이 감춰 두셨으므로 감히 상공께 드러내 보이지 못했나이다."

생이 웃으며 말했다.

"부인의 투기는 예삿일이니 어찌 따지겠느냐? 그러나 너의 기질을 보니 내가 평생 원하던 여자다. 네가 첩으로서 작은 집을 빛내는 것이 어떠하냐?"

노 씨가 미미히 웃고 대답하지 않았다. 생이 저의 섬섬한 기질을 보고 벌써 마음이 크게 동했으니 어찌 참을 수 있겠는가. 또 하늘의 운수가 벌써 정해졌으니 집안이 크게 어지러울 것임이 분명했다. 백문이 기쁜 빛으로 웃고 함께 누워 희롱했다. 사방에 아무도 없어 대낮에 음란한 광경이 놀랄 만했으나 누가 알고 이를 금하겠는가.

생이 노 씨와 정을 맺으니 뜻이 무르녹고 생각이 어릿해 이후에는 날마다 소저의 방에서 함께 즐겼다. 그러나 소저는 이런 일에 무심해 대강 아무 데도 생각이 미치지 못하고 생의 행동만 한심하게 여겨 새벽닭이 울면 일어나 아침 문안을 하고는 봉성각에 있거나 채성각에 가 있거나 해 자기 침소에는 들이밀어 보지 않았으니 이 일을 까마득히 몰랐다.

하루는 문안을 마치고 침소에서 꺼낼 것이 있어 마지못해 운각에 이르러 문을 열었다. 그런데 생이 옷을 다 풀어 헤치고 관을 벗어 버리고서 술에 크게 취해 시녀 화도를 옆에 끼고 누워 부부의 일을 행하고 있는 것이었다. 그 더럽고 참혹한 모습은 차마 보지 못할 정도였으므로 소저가 대경실색해 바삐 문을 닫고 걸음을 돌렸다. 영대와 조대가 괴이하게 여겨 문 틈으로 그 광경을 보고 역시 놀라 낯빛이 바뀌었다. 그래서 급히 달려들어 발작하려 하니 소저가 정색하고 그들을 이끌어 데리고 정당으로 들어갔다.

소후가 며느리들을 불러 앞에 벌여 두고 장기와 바둑, 투호를 하며 종일을 보내도록 하고 등불을 이어 소저들이 승부를 겨뤄도 끝나지 않았다. 그래서 자연히 밤이 반이나 한 후에나 흩어질 적에 월주가 말했다.

"오늘은 오라버니가 저녁 문안을 하고 서실로 가셨으니 언니를 모시고 밤을 지내고 싶어요."

화 소저가 흔쾌히 소저의 손을 이끌고 침소로 갔다.

방 안에 등불이 밝았으므로 소저는 혹 낮에 본 것 같은 광경을 볼까 두려워 쉬 문에 들지 않고 월주가 먼저 휘장을 들었다. 생이 취한 눈이 몽롱한 채 화도의 손을 잡고 소저의 이불을 덮고서 거만하게 침상 위에 둘이 쌍으로 누워 있는 것이었다. 소저가 나이 어리고 본디 부부의 잠자는 모습을 보지 못했으므로 낯빛이 변해 급히 내달아 화 소저를 붙잡고 말했다.

“괴이하고 괴이해요. 오라버니가 이상한 짓을 하고 계셔서 차마 못 들어갈 것이니 도로 정당으로 가셔요.”

화 씨가 이 말을 들으니 뼈가 저리고 넋이 놀라 급히 월주의 손을 이끌고 중당에 와 정당에 가려 하지 않고 머물러 앉았다. 그러자 소저가 말했다.

“어찌 이곳에 앉아 계셔요?”

화 씨가 말했다.

“첩이 구태여 투기가 없다고 하려 하는 것이 아니라 영형(令兄)의 모습이 스스로 부끄러워 낯 둘 곳이 없으니 차마 말 끝에 올림 직하지 않습니다. 소저는 규방의 분수를 지켜 시부모님께 고하지 마소서.”

월주가 다 듣고는 절하고 말했다.

“오늘 오라버니의 행동을 보니 제가 언니를 볼 면목이 없어요. 언니의 통달하신 소견이 이와 같으니 어찌 따르지 않겠어요? 오라버니의 방탕함도 놀라우나 화도가 어찌 행실이 저럴 줄 알았겠어요?”

소저가 미소해 대답하지 않고 그곳에서 밤을 새워 새벽에 침소로 돌아와 화도를 거두어 밖으로 내치니 이는 참으로 화도의 소원을 좇은 것이었다. 생이 비록 실성한 미친 마음을 지녔으나 소저가 혹 아는 것이 있는가 부끄러워 이에 물었다.

“화도가 내당 시녀인데 무고히 밖으로 내친 것은 어째서요?”

소저가 원래 저와 말하는 것을 더럽게 여겼으므로 추파를 낮춰 대답하지 않았다. 이에 생이 웃으며 말했다.

“이는 내가 가까이할까 의심해서 그런 것이구려.

소저는 냉담한 빛으로 대답하지 않고 영대가 분해서 말했다.

“주군께서 선비의 식견을 가지고 정실의 침소에서 대낮에 헤아리지 않고 천한 종과 음란한 행동을 하시니 소저의 높고 맑은 마음으로 뼈가 저리고 넋이 놀라셔서 화도를 밖으로 내치신 것이니 이는 화도의 지극한 소원을 좇으신 것입니다. 그러니 상공께서는 소저를 너무 어둡게 여기지 마소서."

생이 다 듣고 매우 놀라고 부끄러웠으나 겉으로는 안색을 엄숙히 해 크게 꾸짖었다.

"천한 종년이 어찌 주군을 모함하는 것이냐? 마땅히 오형(五刑)[86]으로 다스릴 것이다."

소저가 눈을 맵게 떠 영대를 보니 영대가 다시 말을 못 하고 묵묵히 물러났다.

생이 소매를 떨쳐 밖에 나와 노 씨를 찾아 보았다. 노 씨는 참으로 소저에게 내쳐진 것이 저의 소원에 맞았으므로 기뻐서 날뛰다가 생을 보고 진정을 펴 말했다.

"첩은 과연 사족의 규수로 어려서 부모를 잃고 화 시랑의 거두심을 입어 소저를 좇아 이곳에 온 것입니다. 그런데 뜻밖에도 상공의 거두심을 입게 되었으니 비록 상공의 지우(知遇)[87]에는 감격하나 주인을 저버렸습니다. 이제 남자 옷으로 갈아입고 사방을 돌아다니며 부모를 찾으려 하나이다."

말을 마치고서 소매를 걷어 붉은 색으로 쓴 글과 앵혈을 내어 뵈며 말했다.

"이것이 부모님을 찾을 증험입니다. 상공의 많은 은정을 물리친 것은 이것이 미흡해서였기 때문입니다."

---

86) 오형(五刑): 다섯 가지 형벌. 묵형(墨刑), 의형(劓刑), 월형(刖刑), 궁형(宮刑), 대벽(大辟)을 이르는데, 묵형은 죄인의 이마나 팔뚝 따위에 먹줄로 죄명을 써넣던 형벌이고 의형은 코를 베는 형벌이며 월형은 발꿈치를 자르는 형벌이고, 궁형은 생식기를 자르는 형벌이며, 대벽은 목을 베는 형벌임.
87) 지우(知遇): 남이 자신의 인격이나 재능을 알고 잘 대우함.

생이 다 듣고 급히 절하고 말했다.

"일찍 알지 못해 무례하게 군 것이 많으니 용서하소서. 마땅히 방법을 찾아 소저의 부모와 만나도록 할 것입니다. 다만 나이 몇에 존택을 떠났으며 작은 일이라도 그때 일을 잊지 않는 것이 있나이까?"

노 씨가 눈물을 뿌리며 말했다.

"첩을 판 늙은 비구니가 매양 이르기를, '산서 하북 땅에서 얻었다.'라 하고 그때 나이는 다섯 살이라서 다른 일은 알지 못하나 모친은 부인이라 하고 부친은 태수라 했으며 위로 형제가 번성했으니 나머지는 생각이 나지 않나이다."

생이 깊이 생각하다가 말했다.

"소저의 팔에 있는 주표와 소저의 용모, 목소리를 기록해 한 방(榜)에 써서 종로 거리에 붙이고 소저의 부모가 경사에 계시다면 소식을 알 수 있을 것입니다. 소저가 부모를 찾으신 후에는 소생의 정을 어찌하려 하십니까?"

노 씨가 울며 사례해 말했다.

"군자께서 만일 이렇게 해 부모님을 찾게 해 주신다면 마땅히 뼈를 빻아 은혜를 갚을 것이니 어찌 죽을 때까지 은혜를 잊겠나이까?"

생이 그 슬픈 듯한 자태를 더욱 사랑해 손을 잡고 웃으며 말했다.

"낭자가 규방의 재상가 여자라도 내 그물에 걸려 같이 지낸 지 열흘이 되었으니 의리상 저버리지 못할 것이오. 처음에는 화 씨의 시녀로 알아 첩의 항렬을 빛내려 했더니 이제 근본을 들었으니 백량(百兩)88)으로 소저를 맞아 부부의 즐거움을 이뤄 백 년을 함께 살려고 하니 소저는 이를 어떻게 여기오?"

---

88) 백량(百兩): 신부를 맞아 오는 일. 백 대의 수레로 신부를 맞이한다 하여 이와 같이 씀.

노 씨가 슬피 교태를 머금어 말했다.

"상공께서 만일 저를 버리지 않으신다면 어찌 이를 사양하겠나이까?"

생이 크게 기뻐해 훗날 만날 것을 언약하고 긴 팔을 내어 노 씨를 옆에 껴 사랑하는 마음이 무궁하니 노 씨가 만사가 뜻과 같이 되었으므로 음탕한 마음으로 생을 좇았다.

백문이 즉시 방을 써 큰 길가에 붙이자 노 부사가 이미 딸과 말을 맞췄으므로 급히 이씨 집안으로 가 연왕과 인사를 마친 후에 눈물을 뿌리며 말했다.

"제가 전날 산서 하북 태수로 갔을 때 네 살짜리 딸아이를 잃고 이제 10년이 되었으나 소식을 얻어 듣지 못했습니다. 그러던 중 아까 십자가를 지나다가 이 방이 붙어 있으므로 삼가 존부(尊府)에 와 딸아이를 찾나이다."

왕이 놀라고 의아해서 방을 보니 다음과 같이 써져 있었다.

'예전 하북에서 잃은 소녀 몽도는 피눈물을 흘려 부모님께 고하니 팔에 주표로 쓴 것이 있고 자는 취희입니다. 남의 여종이 되어 고초를 심하게 겪고 있으니 부모님이 만일 경사에 계시다면 소녀를 연왕부로 찾으러 오소서.'

왕이 다 보고 매우 놀라 말했다.

"내 집 안에는 일찍이 몽도란 시녀가 없으니 이 어찌 된 일입니까?"

백문이 자리에 있다가 즉시 대답했다.

"화 씨의 시녀 화도가 요사이 화 씨에게 죄를 얻어 밖에 내쳐졌더니 이것인가 싶나이다."

왕이 놀라 말했다.

"대강 이러했구나. 명공이 마땅히 그곳에 가 친히 보아 천륜의 정을 펴소서.”

부사가 사례하고 즉시 월랑(月廊)[89]에 가 노 씨를 보고는 거짓으로 붙들고 통곡하며 말했다.

“이는 진짜 내 딸이로다. 어찌 이곳까지 떠돌아온 줄 알았겠느냐?”

부녀가 한바탕 크게 울고 교부(轎夫)를 갖추어 돌아갔다. 백문은 잃은 것이 있는 듯했고 왕은 매우 괴이하게 여겨 내당에 들어가 화 씨를 불러 물었다.

“내 일찍 알지 못했더니 너의 시녀 화도는 어떤 사람이냐?”

소저가 엎드려 대답했다.

“접때 어떤 여승이 집에 와 팔기에 가친께서 많은 돈을 주시고 사셨나이다.”

왕이 고개를 끄덕이고 다시 묻지 않았다.

노 씨가 집에 돌아간 지 수삼 일 만에 노 부사가 연왕을 보러 왕부에 왔다. 마침 연왕은 장인 소 상서를 보러 가고 상서는 이씨 집안에 갔으므로 태부가 혼자 있다가 맞이했다. 인사를 마친 후에 부사가 말했다.

“이 늙은이가 오늘 이리 온 것은 연왕 전하를 뵙고 드릴 말씀이 있어서니 전하가 이제 어디로 가셨는고?”

태부가 공수(拱手)해 대답했다.

“가친께서는 외조부를 뵈러 가셨습니다만 어르신께서 무슨 말씀을 하려 하십니까? 소생에게 이르시면 받들어 전해 드리겠습니다.”

부사가 거짓으로 슬피 탄식하고 말했다.

“접때 내 딸아이가 귀부(貴府)에 와 있었는데 백문이 연이어 희롱

---

89) 월랑(月廊): 예전에, 대문 안에 죽 벌여서 지어 주로 하인이 거처하던 방.

한 일이 있다 하네. 딸아이가 겨우 주표를 보전했으나 다른 가문에 가기를 원하지 않으니 이제 딸이 감히 백문의 수건과 빗 받들기를 원하네."

태부가 다 듣고 뼈가 저리고 넋이 놀라 손을 꽂고 사례해 말했다.

"불초 아우가 본디 행실이 볼 것이 없어 끝내는 이런 일이 있게 되었으니 어찌 한심하지 않습니까? 이제 시원하게 어르신이 보시는 데서 죄를 다스릴 것입니다."

말을 마치고 시노를 불러 공자를 잡아 내라 하고 스스로 자리를 떠나 부사에게 사죄해 말했다.

"소생 등이 불초해 아우를 잘 인도하지 못해 아우가 어르신의 천금 같은 규수를 업신여겼으니 그 죄를 잠깐 다스리려 합니다. 어르신은 당돌함을 용서하소서."

그러고서 시노를 꾸짖어 공자를 치라 했다. 이에 부사가 급히 말리며 말했다.

"이는 홀로 영제의 죄가 아니요, 딸아이의 운수가 기구하고 이롭지 않아서 그랬던 것이니 명공은 분노를 삭이게."

태부가 정색하고 대답했다.

"아우의 몸이 선비 무리에 있거늘 정실의 시비를 도적했으니 그 행실은 이를 만하지 않습니다. 그러니 왕 교랑과 신생[90]을 족히 이르겠습니까? 합하께서는 또한 일국의 재상으로서 영녀의 시운이 불행해 잘못해서 제 제수씨의 시비가 되었으나 영녀는 고고한 절개와 맑은 마음을 지녀 사문(斯文) 규수의 태도가 있을 것입니다. 그런데

---

90) 왕 교랑과 신생: 중국 원나라 송매동(宋梅洞)이 지은 소설 『교홍전』과 명나라 맹칭순(孟稱舜)이 개편한 희곡 『교홍기(嬌紅記)』에 나오는 여주인공과 남주인공. 신생은 곧 서생 신순(申純). 이종사촌 사이인 두 사람이 사랑해 정을 통했으나 부모에게서 혼인을 허락받지 못해 함께 죽는다는 내용임. 여기에서는 이종사촌 사이에 정을 통한 것을 비판한 것임.

저 탕자에게 욕을 보신 것이 놀라워 영녀를 위해 다스리려 하니 괴이하게 여기지 마소서."

부사가 이 태부의 말이 자신을 부끄럽게 하는 말인 줄을 모르고 친히 섬돌 아래에 내려가 백문을 붙잡고 말렸다. 태부가 더욱 괘씸하게 생각했으나 체면에 마지못해 또한 당에서 내려가 읍(揖)하고 말했다.

"대인께서는 진중하소서. 소생이 불초한 아우를 용서할 것입니다."

말을 마치고 부사를 밀어 함께 당에 올라 자리를 잡았다. 부사가 말마다 딸의 절의(節義)를 일컬으며 딸을 재취로 삼을 것을 구했다. 태부가 더욱 놀라 낯빛을 거두고 준엄한 빛으로 일렀다.

"가친이 엄하셔서 사사로운 정을 용납하지 않으실 뿐 아니라 더욱이 예법에 어긋난 일은 잘 용납하지 않으실 것입니다. 저 불초한 아우가 비록 사리에 어긋난 행실을 했어도 영녀가 몸을 잘 감췄다면 한수(韓壽)가 향(香)을 도적(盜賊)하는 일[91]이 있었겠습니까? 예로부터 바람이 불지 않으면 나무가 움직이지 않으니 이제 영녀와 불초 아우의 행실이 기괴합니다. 만일 아버님이 들으신다면 아우의 목숨이 아버님 앞에서 남아나지 않을 것이니 선생은 입을 닫고 말씀하지 마소서. 하물며 불초 아우는 나이 어린 유생입니다. 우리 가문이 대대로 번화하고 사치한 것을 구하지 않고 여러 형제가 금자옥대(金紫玉帶)[92]로 대각대신으로 있으나 여러 부인이 없는 것은 잘 아실 것입니다. 아우의 몸이 청운에 오른 후 세세히 도모해 혹 기회를 얻어

---

91) 한수(韓壽)가-일: 한수는 중국 진(晉)나라 사람으로서, 가충(賈充)의 딸 오(午)와 몰래 정을 통하였는데 오(午)가 그 아버지의 향을 한수에게 훔쳐다 주었고, 후에 그 아버지가 한수에게서 나는 향 냄새를 맡고 두 사람을 결혼시킴.

92) 금자옥대(金紫玉帶): 금자(金紫)는 금인(金印)과 자수(紫綬)로, 금인은 관직의 표시로 차고 다니던 금으로 된 조각물이고 자수는 고위 관료가 차던 호패(號牌)의 자줏빛 술임. 옥대는 임금이나 관리의 공복(公服)에 두르던, 옥으로 장식한 띠임.

영소저가 이씨 집안에 들어오도록 하시는 것이 옳습니다. 그러니 대인께서는 영소저를 경계하셔서 유순하고 정대할 것을 힘쓰라 하소서. 영소저가 급히 우리 집안에 오고 싶어하셔도 그렇게 안 될 것이니 대인께서는 재삼 살펴 후에 뉘우치지 마소서."

노 부사가 다 듣고는 크게 부끄러워 묵묵히 사례하고 돌아가 노 씨에게 일렀다. 노 씨가 놀라고 실망해 태부를 뜯어먹고 싶은 마음이 있었으나 자기들이 하는 일이 참혹했으므로 또한 다시 급히 서두르지 않고 잠깐 참아 때가 되기를 기다렸다.

태부가 노 공을 엄정하고 혹독히 일러 보낸 것은 백문이 노 씨와 음란한 행동을 한 일을 잠깐 듣고는 노 공을 시원하게 비난해 보내면서, 한편으로는 백문을 크게 꾸짖으려 해서였다. 태부는 이에 백문의 행실을 참으로 애달파했다. 백문이 또한 자기 일이 자못 그르고 부친을 또한 두려워했으므로 한 말도 못 하고 물러났다. 태부가 또한 이런 말을 입 밖에 내는 일이 없었으나 마음속으로 깊은 염려가 끝이 없었다.

백문이 이후에는 화 씨의 침소에 가지 않고 밤낮으로 서당에서 글 읽기에 힘쓰니, 이는 곧 그해 팔월에 알성과(謁聖科)[93]가 있으므로어서 급제해 노 씨를 아내로 맞으려 해서였다. 이에 왕이 잠깐 기뻐했으나 태부는 잠시 그 뜻을 짐작하고 더욱 근심했다.

이때 임 씨의 장자 취문이 장성하니 노 부사가 그 첩의 딸로 구혼했다. 왕이 전날의 일은 생각하지 않고 또한 취문의 혼사를 중요하지 않게 여겼으므로 혼인을 허락하고 예를 올리니 신부는 곧 취옥이

---

93) 알성과(謁聖科): 황제가 문묘에 참배한 뒤 실시하던 비정규적인 과거 시험.

었다. 신랑이 신부를 데리고 집으로 돌아왔는데 그 흉한 모습을 차마 바로 보기 무서웠으니 어찌 다 묘사해 이르겠는가. 잠깐 형용하면 두 눈은 검은 고리눈에 큰 입은 귀까지 돌아갔으며 낯은 검은 것이 먹을 칠한 듯하고 검은 혹이 스무 개나 돋아 한 곳도 반반한 곳이 없고 몸통은 열 아름이나 했다. 사람은 분명 저렇지 않을 것이니 반드시 영소전(靈宵殿)[94]의 아귀(餓鬼)[95] 대신(大臣)이 아니면 수정궁(水晶宮)[96]의 야차(夜叉)[97]요, 흉악하고 사납게 생긴 것이 금강(金剛)[98] 오악신(五嶽神) 같았다. 일가 사람들이 크게 놀라 그 중 약한 사람은 달아나고 기절했다. 왕이 역시 놀랍게 여겼으나 임 씨는 조금도 개의치 않고 신부를 지극히 사랑하고 취문을 경계해 신부를 박대하지 말라고 했다.

취문이 그 어미의 너른 마음을 배워 마음이 참으로 무던했으므로 스스로 웃고 사람들에게 일렀다.

"고운 아내를 얻은들 그리 좋을까?"

그러고서 부부 사이의 정이 지극했다. 다만 취문은 열여섯이요, 취옥은 스물이라 일가 사람들이 그 나이 차이가 크게 나는 것을 더욱 괴이하게 여기지 않는 이가 없었다. 이에 개국공이 웃으며 말했다.

"형님은 어떻게 여기십니까? 흥문이가 저 귀신 같은 얼굴을 보았

---

94) 영소전(靈宵殿): 옥황상제가 사는 궁전. 중국 명나라 허중림(許仲琳)의 『봉신연의(封神演義)』에 등장함.

95) 아귀(餓鬼): 계율을 어기거나 탐욕을 부려 아귀도에 떨어진 귀신으로, 몸이 앙상하게 마르고 배가 엄청나게 큰데, 목구멍이 바늘구멍 같아서 음식을 먹을 수 없어 늘 굶주림으로 괴로워한다고 함.

96) 수정궁(水晶宮): 중국 명나라 허중림(許仲琳)의 『봉신연의(封神演義)』에 나오는, 동해용왕 오광(吳廣)이 사는 궁전.

97) 야차(夜叉): 모질고 사나운 귀신의 하나.

98) 금강(金剛): 금강신. 여래의 비밀 사적을 알아서 오백 야차신을 부려 현겁(賢劫) 천불의 법을 지킨다는 두 신. 절 문 또는 수미단 앞의 좌우에 세우는데, 허리에만 옷을 걸친 채 용맹스러운 모습을 하고 있음. 왼쪽은 밀적금강으로 입을 벌린 모양이며, 오른쪽은 나라연금강으로 입을 다문 모양임.

다면 장가가려고 했겠습니까?"

남공이 미소하고 말했다.

"취문이가 기특해 이처럼 미색을 가볍게 여기고 덕을 취하니 새로이 흥문이를 한스러워한다."

공이 크게 웃고 말했다.

"사람마다 취문이처럼 비위 좋기가 쉽겠습니까? 흥문이가 저런 모습을 보았다면 머리를 깎는 것이 쉬웠을 것입니다."

남공이 잠시 웃고, 흥문은 새로이 싫어하고 흉하게 여겨 취문을 비위 더러운 것이라 논박하니 취문이 말했다.

"그렇다고 전하와 어미가 가려서 맡기시는 것을 어찌하겠습니까?"

상서가 웃으며 말했다.

"취문이는 참으로 군자니 형님은 쌀쌀하게 대하지 마소서."

흥문이 말했다.

"아무리 천한 소생인들 그것과 함께 거처하는 것이 개짐승과 무엇이 다르냐? 취문을 볼 때면 10년 전 먹은 것을 다 토할 지경이다."

한편, 위 씨가 매양 조 씨를 구하려 해도 시부모가 입을 열지 않고 태부의 기상이 엄숙했으니 겉으로 말을 내지는 않았으나 이러한 상황을 매우 민망하게 여겼다.

하루는 좌우가 조용한 틈을 타 소후에게 이해로 고해 조 씨 놓아 줄 것을 청했다. 소후가 다 듣고는 그 어진 마음을 기특하게 여겨 말했다.

"내 또한 알지 못하는 것이 아니다. 조 씨가 혹 잘못을 뉘우치지 않았다면 훗날이 두려우므로 아들에게 이르지 않았던 것이다. 며느리의 어진 뜻이 이와 같으니 내 마땅히 타일러 보겠다."

소저가 사례하고 물러났다.

소후가 이에 태부를 불러 조 씨를 놓아 주라 하니 태부가 불쾌해 이에 나직이 고했다.

"조 씨는 참으로 악독한 여자라 뉘우치는 마음이 없습니다. 풀어 놓는다면 훗날이 두려울 것이라 제가 끝까지 저를 보지 않을 것입니다. 그러니 모친께서는 간여하지 마시기를 바라나이다."

이에 소후가 기뻐하지 않아 정색하고 말했다.

"내 네 어미라서 불가한 일에 간여하는 것이니 네 이처럼 떨떠름하게 생각하면 내 입을 잠글 것이다."

태부가 급히 고개를 두드려 사죄하고 웃으며 말했다.

"오늘 말씀이 어머님의 본심이 아니신 줄 알고 있으니 누가 모친을 사주했나이까?"

소후가 정색하고 말했다.

"내 이제 젖먹이 어린아이가 아닌데 남의 사주를 받고 자식을 가르치겠느냐? 네 행동이 참으로 한심하니 물러가라."

태부가 다시 묻지 못하고 물러나 봉성각으로 돌아가 소저를 대해 물었다.

"아까 어머님이 조 씨를 풀어 놓으라고 말씀하셨으니 이는 부인이 조언한 것일 터요. 사람의 행동이 자식에게 박한 것은 금수도 하지 않는 행실이니 학생이 그 뜻을 듣고 싶소."

소저가 저의 말이 이러한 것을 듣고 고했다고 하기도 어렵고 안 했다고 하기도 거짓인 듯해 고개를 숙이고 묵묵히 있었다. 이에 태부가 정색하고 말했다.

"어머님의 명령 때문에 조 씨를 풀어 준다면 풀어 주겠으나 이후에 만일 괴이한 화란이 일어난다면 그대가 알 것이라 이를 미리 이르오."

소저가 비로소 나직이 일렀다.

"조 부인 천성이 본디 순종하지 않는 것이 아닌데 좌우에서 돕는 이가 어질지 않아 한 번 체면을 잃었던 것입니다. 그런데 이제 잘못을 뉘우친 지 오래되었다 하니 구태여 한 가지 과실로 책망할 수 있겠나이까?"

태부가 마음이 편치 않아 눈으로 소저를 보며 말했다.

"부인 말이 학생을 사납게 여기고 저 사람을 착하다고 하는 것이오? 그대 말이 이렇듯 정녕하니 만일 이후에 어려운 일이 있게 된다면 생이 용렬하나 그때 처치가 있을 것이오."

소저가 사례하니 태부가 드디어 조 씨를 놓아 옛 침소로 가라고 했다.

이때 조 씨가 갇힌 지 해 지나고 봄이 바뀌어 여름이 되었다. 스스로 전날의 잘못을 뉘우치는 가운데 심당의 그림자를 벗으며 처량한 마음이 날로 더해 한스러움을 이기지 못했다. 그러던 중에 꿈 속에서 태부가 용서하자 기쁘고 부끄러우며 다행스러워 급히 정당에 가 시부모에게 잘못을 빌었다. 시부모가 조 씨가 근심하며 뉘우치는 모습을 보고 어여삐 여겨 위로하며 경계하니 조 씨가 근심하는 모습으로 사례하고 물러났다. 그리고 위 씨를 보고 깊이 사례하니 위 씨가 자약히 일렀다.

"전날의 일은 피차 다 별 생각이 없는 중에 예의를 잃은 것이니 그것이 무슨 대단한 허물이 되겠습니까? 다만 가군의 다스림이 자못 투박해 부인이 몇 년 동안 고초를 겪으셔서 첩이 참으로 부끄러워하는데 부인이 도리어 이런 말씀을 하시는 것입니까?"

조 씨가 더욱 감격해 재삼 사례했다. 소저가 이후에 조 씨를 정도

(正道)로 일마다 가르치니 조 씨가 크게 깨달아 지극히 맑고 착한 부인이 되었다. 그러나 태부는 끝까지 기색이 엄숙해 아득히 자취를 끊어 조 씨에 대해 묻지도 않으니 조 씨가 그윽이 슬퍼하고 대조 씨는 감히 태부에게 권하지도 못했다.

각설. 나라에서 과거를 베풀어 인재를 뽑으시니 과거일은 8월이었다. 사방에서 과거 보려는 사람이 구름이 모이듯 하니 이씨 집안에서는 진문, 유문, 원문, 낭문 등이 들어갔다. 이때 왕이 백문에게 명령해 말했다.

"너는 나이가 어리고 학문이 깊지 않으니 과거가 바쁘지 않다. 마땅히 고요히 들어앉아 글에 힘써 폐하를 도울 재주가 조금이나 있게 된 후에 과거에 응하도록 하라."

백문이 다 듣고는 놀라고 실망해 급히 꿇어 대답했다.

"제가 이번 과거에 구태여 뽑힐지 어찌 알겠나이까? 다만 과거장을 구경하려 하는 것입니다."

왕이 다 듣고는 분노해 꾸짖었다.

"네 이제 아직 젖비린내가 가시지 않은 어린아이를 면치 못했거늘 범사에 마음대로 하려 도모하니 이 무슨 도리냐? 너의 미치고 실성한 기운으로 요행히 썩은 글귀로 과거에 급제하는 일이 있다 해도 더욱 그 방탕하고 화려한 행동 때문에 내 집을 망하게 하고 그칠 것이다. 그러니 과거는 네 아비가 죽은 후에 아무렇게나 하라."

말을 마치자 봉황의 눈에 노기등등하니 백문이 두려워 물러났다.

이날 새벽에 모든 형들이 어지럽게 과거장에서 쓸 도구를 차려 과거장에 들어가니 생이 마음을 다잡지 못해 생각했다.

'내 남의 자식이 되어서 아무리 해도 매 맞는 것을 면할 수 있겠

는가. 급제한 후에는 죽어도 관계없다.'

그러고서 한 무리에 섞여 대궐로 들어갔다. 백문의 소행이 구태여 이렇지 않을 것이나 이씨 집이 크게 어지럽게 되려고 백문이 때에 응해 내달은 것이다.

백문이 과거장에 나아가니 날이 밝은 후 원문 등이 바야흐로 백문인 줄 정신을 차려서 보고 놀라서 말했다.

"숙부님이 너에게 들어오지 말라고 하셨는데 네가 어찌 여기에 온 것이냐?"

백문이 웃으며 말했다.

"아버님이 저를 지나치게 의심하셔서 과거 보는 것을 허락하지 않으시니 차마 답답하고 궁금해 참다 못해 왔나이다."

원문이 어이없어 말했다.

"숙부께서 엄정하신 것이 다른 사람과 다르신데 네 이렇게 하고서 나중에 어찌하려 하느냐"

백문이 대답하지 않고 엉덩이에 맨 주머니에서 붓을 빼고 명지(名紙)[99]를 내어 펼치며 말했다.

"형이 알 바 아닙니다. 제가 급제한다면 볼 만할 것이니 시비하는 것이 부질없습니다. 형에게만 재주가 있습니까? 부친 말씀 외에 형들은 모습도 보기 싫습니다. 자기 글이나 지을 것이지 잔말은 해 무엇합니까?"

원문이 다 듣고는 노해 말했다.

"우리가 비록 불초하나 네게는 장형(長兄) 두 글자가 있는데 이처럼 말이 교만하고 으스대니 그대가 무슨 죄를 얻고 싶은가? 숙부께

---

99) 명지(名紙): 과거 시험에 쓰던 종이.

고할 것이다."

백문이 하늘을 우러러보며 크게 노해 말했다.

"그렇게 하소서. 누가 형을 치던가? 아무리 아우인들 할 말도 못 하며, 죄가 있다면 칠 것이지 잔말을 하면 시원한가? 과거장에 든 선비를 치고 하늘로 오르실까, 땅으로 들어가실까? 부친께 고하겠다 위협하지 말고 바로 고할 것이지 이렇게 으르면 더 좋은가? 내 마땅히 시관께 하소연하리라."

말을 마치고 성난 모습으로 명지(名紙)를 휘말아 옆에 끼고 전(殿) 앞으로 빨리 달려가려 하니 유문이 급히 붙들고 말했다.

"홍문관 태학사와 칠 각로가 다 숙부의 벗인데 네가 이러한 행동을 하고 어찌하려 하느냐? 조용히 앉아 글을 지어 바치자."

최백만이 또한 한심하게 여겨 사리로 타일렀으나 낭문은 머리를 숙이고 한 말도 안 했다.

백문이 그제야 노기를 진정하고 앉아 손으로 붓을 빼 한 붓에 내리그으니 벌써 명지에 글이 자욱했다. 사람들이 모두 명지를 바치고 점심을 먹을 적에 백문이 원문 등의 그릇에 든 술을 다 마시고 밥만 주니 유문이 말했다.

"우리가 목을 축이려 하는데 한 잔씩만 준다면 네 덕일까 한다."

백문이 말했다.

"나는 술을 즐기니 형네는 밥이나 착실히 먹을 것이지 밥은 안 먹고 이 술 서너 병을 앗으려 하니 그 심술이 바르지 않도다."

말을 마치고 술을 서너 번에 다 마시니 진문이 노해 말했다.

"네가 과거장에 들어와 집에서 궁노들에게 하던 버릇을 부리려 하니 이 무슨 도리냐? 우리가 먹고 주거든 먹는 것이 네 도리다."

최생이 또 꾸짖어 말했다.

"그만큼 마실 것이면 너도 큰 솥 같은 속을 채우게 술을 가져오지 않고 남의 것을 빼앗아 무례히 구니 금수보다 심하구나. 네 큰형에게 저렇게 하고 나가서 이부 등에게 무엇이라고 하려 하느냐?"

백문이 대로해 한 쌍 봉황의 눈을 뚜렷이 뜨고 술병을 들어 최생의 낯에 술을 뿌리며 크게 꾸짖었다.

"너 작은 짐승이 남창의 거지로서 마침 누이의 운수가 이롭지 않은 때를 만나 네게 시집갔다 한들 너만 놈이 어사인 체하고 감히 나 어르신을 성나게 하는 것이냐?"

최생이 또한 대로해 벌떡 일어나 백문을 잡고 크게 꾸짖었다.

"네가 정말 이렇게 하려 하느냐? 내 어찌해 거지였느냐?"

백문이 뿌리치고 주먹으로 최생을 치려 하니 낭문이 천천히 나아가 백문의 소매를 잡아 말리며 말했다.

"나 같은 약한 형이 너에게 말하기 무서우니 나를 치고 최 형을 치지 마라."

백문이 비록 취한 가운데였으나 그 형에게는 대들지 못해 힘을 빼며 말했다.

"백만 짐승놈이 오늘은 내 주먹을 면했지만 훗날 보자."

이렇게 말을 마치고 잠을 자니 코 고는 소리가 우레와 같았다.

최생은 본디 너그러운 장부라 백문의 무지한 말에 노할 것은 아니었으나 스스로 탄식해 말했다.

"장인의 밝은 교훈이 이 사람에게는 미치지 못했구나."

그리고 스스로 이씨 집안을 위해 아까워하고 진문 등이 불쾌해 말했다.

"저런 몹쓸 것이 이씨 집안을 욕먹이려 났으니 숙부께 고해 꾸중을 듣도록 해야 할 것이다."

백문이 비록 제 운액으로 지금 포악하고 사나우나 제 장래에는 긴 복이 끝이 없고, 명지 위의 글이 구마다 시원하고 글자마다 뛰어났으니 시관의 눈이 멀지 않는 한 어찌 몰라보겠는가. 시관이 일일이 명지를 평가해 장원을 호명하니 전두관(殿頭官)[100]이 붉은 도포를 돋우고 오사모(烏紗帽)[101]를 바르게 해 구층 백옥섬돌 위에서 소리 높여 외쳤다.

"장원은 금주 사람 이백문이요, 아비는 연왕 이몽창이라."

연왕이 반열(班列)[102]에서 이 소리를 듣고 속으로 크게 놀라고 분노했으나 내색하지 않고 그 행동을 보았다. 원문 등이 이 소리를 듣고 놀라고 기뻐 급히 백문을 깨웠으나 백문이 들은 체하지 않고 잤다. 대궐에서 부르는 소리가 급하니 생들이 초조해 모두 백문을 들어 억지로 끌어 일으켜 앉히니 백문이 취한 눈이 몽롱한 채로 일렀다.

"이 어인 일인가?"

진문이 급히 백문을 흔들어 말했다.

"네가 갑과(甲科)에 뽑혔으니 대궐에서 부르는 소리를 들으라."

백문이 고개를 끄덕이고 또 자빠져 자니 사람들이 민망해 또 백문을 끌어 일으켜 앉히고 일렀다.

"네가 아무리 취중이라 한들 이렇게 할 수 있느냐?"

말이 끝나지 않아서 집사와 아전들이 모두 백문의 저 모습을 보고 일시에 백문을 끌고 가 섬돌 아래 이르렀다.

연왕이 보니 전두관이 목이 터지도록 외치고 소리가 다하도록 불러도 백문이 응함이 없고 집사가 사방으로 분주하다가 장원이란 것

---

100) 전두관(殿頭官): 궁전에서 임금의 명을 받아 널리 알리거나 일을 하는 내시.
101) 오사모(烏紗帽): 벼슬아치들이 관복을 입을 때에 쓰던 모자로, 검은 사(紗)로 만들었음.
102) 반열(班列): 품계나 신분, 등급의 차례대로 벌여 있음.

을 모셔 왔는데, 구름 같은 머리카락이 어지러워 낯을 덮고 의관은 다 풀어져 가슴이 드러났으며 크게 취해 양옆으로 비틀거리며 고개를 끄덕거리고 눈을 반만 떴다가 옥계(玉階)에 이르러서는 섬돌 위에 몸을 얹어 엎어져 자는 것이었다. 왕이 대경실색해 관을 벗고 의대를 풀어 섬돌 아래에 내려가 머리를 두드리며 죄를 청해 말했다.

"신이 사리에 어두워 자식을 가르치지 못했습니다. 오늘 알성과를 베풀어 어진 선비를 택하시는 날 협객 탕자가 뽑힌 사람 중에 들어 형상이 추악하고 놀라우니 이런 자는 죽여도 쌉니다. 폐하는 원컨대 신에게 죄를 주시고 시관을 추고(推考)[103]하셔서 저런 괴이한 것에게 장원을 주어 금방(金榜)[104]에 올린 죄를 물으소서."

황제가 또한 백문의 행동을 내려다보시고 문득 의아해 말씀하셨다.

"열네 살 아이가 그 무슨 허물이 되겠는가? 글을 잘해 시관이 눈이 밝아서 뽑은 것이니 시관을 책망할 일이 아니로다."

그러고서 사람들에게 명령해 백문을 깨우라고 하셨다. 모든 관원이 곁에 가 아무리 흔들어도 또한 응하지 않으니 왕이 더욱 황공해 죽으려 해도 죽을 땅이 없어 다시 고개를 조아려 말했다.

"저 괴이한 사내를 차마 장원이라 함이 나라를 욕하는 것이니 파면하시고 장원을 다시 선택하시기를 바라나이다."

임금이 웃으며 말씀하셨다.

"경은 사양 말라. 속어에 잠을 즐기는 이는 복이 많다고 했으니 이제 그 자는 잠을 거스를 것이 아니요, 백문의 문장이 좋아 짐이 사랑하니 경은 경솔히 굴지 말라."

그러고서 또 재촉해 깨우라 하시니 모든 사람이 백문의 귀에 대고

---

103) 추고(推考): 허물을 추문해서 고찰함.
104) 금방(金榜): 과거에 급제한 사람의 이름을 써서 거리에 붙이던 글.

외쳐 말했다.

"장원 어른, 이곳은 황극전입니다. 잠잘 곳이 아니니 깨소서."

백문이 이에 눈을 떠 보고 문득 대로해 말했다.

"네 어떤 요괴이기에 내 잠을 깨우는 것이냐?"

그러고서 발로 박차 거꾸러뜨리고 또 엎어져 잤다. 왕이 마음이 급해 아뢰었다.

"신이 불초자의 잠을 깨어 오겠나이다."

임금이 허락하시니 왕이 즉시 옥당에 앉아 장원을 데려오라 하고 사람들에게 큰 매를 가져오라 했다. 그리고 왕이 소리를 나직이 해 한 매에 죽도록 치라 했다. 백문이 일생 두려워하는 사람이 부친이라 문득 이 소리를 듣고 눈을 떠 보니 왕이 붉은 도포에 옥띠를 하고 낯빛이 찬 재 같아 성난 눈을 내려떠 자기를 보고 있는 것이었다. 백문이 크게 놀라 급히 죄를 청해 말했다.

"제가 과연 아버님을 속이고 과거를 보았으나 집에나 가 맞겠습니다."

왕이 또 소리를 가만히 해 일렀다.

"네가 속인 죄는 지금 다스릴 것이 아니니 다만 폐하 앞에서 이 무슨짓이냐? 이러고서 폐하의 신하가 될 수 있겠느냐? 그 죄로 맞으라."

말을 마치고 30대의 곤장을 쳐 빨리 폐하 앞에서 명령에 복종하라 했다. 장원이 부친이 소리를 가만히 할수록 더욱 넋을 잃어 허겁지겁 명령을 듣고 나는 듯이 관복을 입고 잰걸음으로 나아가 옥계에 이르러 네 번 절해 사은숙배(謝恩肅拜)[105]했다. 그 아픈 것을 잊은 채 절하는 모습이 30대 곤장을 맞은 사람 같지 않으니 좌우의 사람

---

105) 사은숙배(謝恩肅拜): 임금의 은혜에 감사하며 공손하고 경건하게 절을 올림.

들이 떠들썩하게 일컬어 말했다.

"연왕 전하의 엄하심이 진실로 찬 서리로 푸른 잎을 죽이시는 것 같구나. 그토록 적셨던 잠이 어디로 갔는고?"

임금이 또한 백문의 모습이 아까와 달리 두 사람이 되어 있는 것을 보시고 크게 웃으며 말씀하셨다.

"자식은 아비 없이는 안 되겠도다. 네 아까 어인 잠이 그토록 깊이 들었더냐?"

장원이 땅에 엎드려 대답했다.

"신이 본디 나이 어리고 혈기가 안정되지 않았는데 형들이 술을 먹으면서 권하기에 마지못해 두어 잔 술을 먹었나이다. 그런데 한 몸이 술에 잠겨 폐하 앞에서 실례한 죄는 만 번 죽어도 오히려 가볍나이다."

임금이 웃으시고 명령해 차례로 급제자를 불러들이셨다. 둘째는 최백만이요, 셋째는 이원문이요, 넷째는 이낭문이요, 다섯째는 이유문이요, 여섯째는 이진문이요, 일곱째는 이부시랑 화진의 아들 화순이었다. 다 당대의 재주 있는 사람들로서 옥 같은 얼굴과 헌걸찬 풍채가 하안(何晏)[106]과 반악(潘岳)[107] 같았다. 그런데 백문의 웅장하고 빼어난 풍채가 크게 뛰어나 자리의 사람들이 빛을 잃고 빛나는 광채가 대궐에 빛났다. 임금이 이에 크게 사랑하셔서 연왕에게 특별히 사주(賜酒)해 말씀하셨다.

"경은 아들마다 이처럼 기특하도다. 국가에 훌륭한 신하를 두었으

---

106) 하안(何晏): 중국 삼국시대 위(魏)나라 사람(196-249)으로 자(字)는 평숙(平叔). 조조(曹操)의 의붓아들이자 사위. 반하(潘何)라 하여 서진(西晉)의 반악(潘岳)과 함께 잘생긴 남자의 대명사로 불림.
107) 반악(潘岳): 중국 서진(西晉)의 문인(247-300)으로 자는 안인(安仁), 하남성(河南省) 중모(中牟) 출생. 용모가 아름다워 낙양의 길에 나가면 여자들이 몰려와 그를 향해 과일을 던졌다는 고사가 있음.

니 어찌 기쁘지 않은가?"

왕이 분노를 참고 임금의 이러하신 말씀에 두 번 절해 사은했다. 임금이 또한 진문을 나아오라 하셔 눈물을 머금고 말씀하셨다.

"할머님이 계셨다면 어찌 기뻐하지 않으셨겠느냐? 황숙의 큰 뜻과 넓은 덕으로 너희 세 명이 한결같이 용계(龍階)를 밟았으니 참으로 기쁘도다."

또 낭문과 최생에게 각별히 사주하고 말씀하셨다.

"너희가 황이(皇姨)[108]의 아들과 사위[109]인가? 참으로 아름답구나."

사람들이 이에 고개를 조아리고 절해 사례했다.

임금이 이에 특지(特旨)로 백문을 한림학사에 임명하고 원문을 시어사(侍御史)에 임명하고 진문을 박사(博士)에 임명하고 유문을 홍문직사(弘文直司)에 임명하셨다. 최생을 저작(著作)에 임명하고 낭문을 중서사인(中書舍人)에 임명하고 화순을 홍문수찬(弘文修撰)에 임명하셨으니 일곱 사람이 고개를 조아려 사은하고 물러났다.

이때 세문은 공부상서요, 기문은 예부시랑이요, 중문은 호부시랑이었다. 연왕이 아들과 조카 들을 거느려 집으로 돌아올 적에 문에 다다라 백문을 들이지 않으며 말했다.

"너는 내 알지 못하는 급제를 했으니 아무 데나 가 있다가 내가 찾는 날을 기다리라."

그러고서 낭문 등만 데리고 바로 대서헌으로 가 승상을 뵈었다.

승상이 회보(回報)를 먼저 들었으므로 손자들이 관옥 같은 얼굴에 계화를 꽂고 쌍쌍이 들어오는 모습을 보고 기쁨을 이기지 못하는 가운데 백문이 없는 것에 놀라 연고를 물으니 연왕이 대답했다.

---

108) 황이(皇姨): 황후의 자매. 여기에서는 조제염을 이름.
109) 아들과 사위: 이낭문은 조제염의 아들이고 최백만은 사위이므로 이와 같이 말한 것임.

"백문이 소자의 명령을 거역해 득의했으니 어찌 안전에 두겠나이까?"

승상이 말했다.

"비록 그러나 이제 만조백관이 다 모일 것이니 부자 사이의 일을 남에게 알게 하는 것이 옳지 않다. 그러니 훗날 그 죄를 다스리고 오늘은 불러 자리에 참여하게 하라."

왕이 감히 명령을 거역하지 못해 사람들을 시켜 장원을 불렀다. 이로부터 만조백관이 다 모여 서헌이 가득했는데 남공 등이 일제히 자리를 정하자 모두 일시에 하남공 등 세 명을 보고 치하했다. 각각 그 장인은 사위의 손을 잡고 매우 기뻐했는데 화 시랑은 더욱 백문의 손을 잡고 등을 두드리며 왕에게 고했다.

"우리 사위가 사람 가운데 기린이요 까마귀와 까치 가운데 봉황인 줄을 알았으나 어찌 오늘날 어린 나이에 경사가 있을 줄 알았겠는가? 학생이 한 사위를 얻어 통쾌하니 남의 열 사위를 부러워하지 않네."

연왕이 억지로 겸손히 사양했다. 화 공은 백문이 그토록 사리에 밝지 못한 줄을 몰랐으므로 그 얼굴과 재주를 크게 사랑해 섬돌 아래로 내려오게 해 일등 미인과 함께 춤을 추라고 했다. 장원이 아까 매를 갓 맞고 지금 부친이 불쾌함을 이기지 못하고 있으나 이를 다 잊어버리고 일생 호방한 마음을 지니고서 오늘 만조백관이 다 모여 있고 악기와 춤추는 사람으로 떠들썩한데 미인을 자기와 함께 춤추라 하니 어찌 좋아하지 않겠는가. 기녀 초옥의 손을 이끌어 춤추고 명령하지 않은 노래를 불러 유희하니 노랫소리가 빼어나고 곡조가 맑고 기이했다. 이에 사람들이 다투어 칭찬했으나 이씨 집안의 형제들은 한심하게 여겨 눈을 들지 않고 왕은 소매로 귀를 가렸으나 손님들은 생의 재주를 보느라 이를 미처 살피지 못했다. 화 공이 그 사위의 호방한 기운이 출중한 것에 크게 기뻐해 더욱 사랑하고 칭찬하기를 마지않았다.

석양에 잔치를 파해 헤어지고 생들이 내당에 들어가 모친을 뵈었다. 하남공의 아내들인 주비(朱妃)와 장 부인이 그 영화를 기뻐하고 조 씨는 그 아들과 사위가 득의한 것에 기쁨을 감추지 못해 행동이 예의를 잃을 정도였다. 그러나 소 부인은 끝내 입을 열지 않고 눈을 들어 백문을 보지 않으니 그 위엄 있는 모습이 연왕의 위였으므로 왕이 더욱 마음으로 복종했다.

최생이 한 아들을 이렇게 길러 신부가 아름답고 아들이 연부에 의탁한 것도 과분하게 여기다가 아들이 급제를 하게 되자 슬픔과 기쁨의 감정이 섞였다. 아들을 데리고 사당에 올라 부자가 목 놓아 통곡했다. 벽주 소저가 집으로 가 무릇 물건을 갖추어 성대히 잔치를 열어 최생에게 영화를 고하니 최생이 또한 말리지 않았다. 최생이 잔치를 받은 후에 즉시 아들과 소저를 다 연부로 보내 살림을 살도록 하니 아들과 며느리가 감히 거역하지 못하고 연왕은 더욱 기뻐했다. 아, 최생이 어찌 오늘날이 있을 것이라 생각했으며 유 공이 지금 큰집에서 태부의 효도를 극진히 받으나 한 점 골육이 없는 것과 같겠는가.

최생이 벼슬에 나아가니 인물이 정직하고 의지와 기개가 맑고 높으니 당시 사람들이 칭찬하고 태자가 매우 사랑해 말마다 희롱하며 황이(皇姨)의 남편110)이니 각별히 사랑한다고 하셨다.

연왕이 백문의 죄를 그러려니 하고 그 행동을 보려 했다. 백문이

---

110) 황이(皇姨)의 남편: 황후나 태자비 자매의 남편. 여기에서는 최백만이 태자비 이일주의 동생 이벽주의 남편이므로 이와 같이 표현함.

삼일유가(三日遊街)[111]를 마치고 집에 돌아오니 동자가 한 통의 편지를 가만히 주었다. 생이 괴이하게 여겨 사람 없는 데 가서 펴 보니 이는 곧 노 씨의 서간이었다. 대강 급제한 것을 치하하고 어서 길일을 택해 자기를 맞으라 한 내용이었다. 생이 반기고 기뻐 편지를 접어 소매에 넣고 답서를 쓰려 하다가 날이 밝으므로 어두워지기를 기다렸다.

이날 밤에 마침 상서는 아들이 병들어서 채성각에 가고 태부는 봉성각에 들어가 서당이 비어 있었다. 백문이 기뻐해 고요히 앉아 종이에 가득 편지를 써 바로 봉하려 하는데 홀연 신 소리가 나며 넷째 공자 창문이 이르러 문을 여는 것이었다. 이에 한림이 급히 글을 거두어 소매에 넣었다. 창문은 이때 여덟아홉 살이었는데 영리하기가 유다르고 성품이 온중해 왕이 매우 사랑했다. 이날 그 형의 눈치를 보고 낭랑히 웃으며 말했다.

"형이 저를 보고서 무엇을 감추시는 것입니까? 형제 사이에 숨길 것이 없습니다."

한림이 웃으며 말했다.

"우연히 고풍(古風) 시를 지은 것이다."

"그렇다면 제가 한번 얻어 보고 싶습니다."

한림이 말했다.

"보아 무엇하겠느냐? 내일 보라."

창문이 더욱 수상하게 여겨 백문의 소매를 잡고 편지를 보자고 보챘다. 한림이 다만 웃고 뿌리치니 공자가 다만 어지럽게 소리를 내보채며 소매를 잡고 날뛰니 자연히 방 안이 요란했다.

---

111) 삼일유가(三日遊街): 과거 급제자가 삼 일 동안 시험관과 선배 급제자, 친척을 방문하던 일.

이렇게 굴 적에 연왕이 오운전에서 내전으로 들어가 잠을 자려 하는데 가는 길이 서당을 지났다. 그런데 아들이 어지럽게 날뛰며 소리치는 소리가 들리는 것이었다.

"형이 필시 정을 둔 사람이 있어 편지를 쓰다가 감춘 것입니다."

왕이 다 듣고는 백문이 또 무슨 해괴한 행동을 하는 줄 알고 문을 열었다. 그러자 두 아들이 놀라 정신 없이 일어나 맞으니 왕이 물었다.

"너희가 무슨 일로 한밤중에 지저귀는 것이냐?"

창문이 내달아 연고를 고하니 왕이 눈으로 백문을 보며 말했다.

"동생과 같은 친한 이에게 무슨 비밀스러운 일이 있기에 속이는 것이냐? 아비와 같이 지극히 친한 사람에게도 보여 주지 못하겠느냐?"

백문이 황공해 낯을 붉히고 말했다.

"소자가 무슨 비밀스러운 일이 있겠나이까? 아우가 짐짓 희롱해 아뢴 것입니다."

왕이 분노해 말했다.

"내 비록 현명하지 못하나 너의 희롱하는 말에 속지 않을 것이니 어쨌거나 네 소매에 있는 것을 다 내어 보아라."

백문이 문득 소매로부터 종이 맨 것을 내니 왕이 거두어 일일이 보았으나 특별히 볼 만한 것이 없었다. 이에 낯빛을 바꿔 말했다.

"이것은 아니다. 또 내어 보아라."

백문이 문득 소매를 다 떠는 체해 다 내니 이는 곧 벗들의 편지 대여섯 장이었다. 왕이 깊이 생각하다가 일렀다.

"네 내 곁으로 나아오라. 내가 찾아 보겠다."

백문이 왕의 엄함을 두려워했으나 왕이 그 서간을 본다면 노 씨와의 인연이 가망 없을 줄로 알아 죽기를 각오하고 몸을 일으켜 달아

나려 했다. 왕이 대로해 빨리 손을 잡아 곁에 오게 해 소매를 뒤지니 두 장의 서간이 빠졌다. 바야흐로 생을 놓고 서간을 거두어 불빛에 보니 한 장의 내용은 다음과 같았다.

'모년 모일에 박명한 사람 몽도는 피눈물을 머금고 정을 품어 장원 이 한림 책상 앞에 올립니다. 슬프다, 첩이 전생에 죄가 중해 어려서 부모를 잃고 화 씨의 시녀가 되어 몸이 천하고 욕이 매우 심하니 시원하게 자결해 설움을 잊으려 했습니다. 그러나 차마 부모의 안부를 모르고 자결하지 못해 주저하던 차에 낭군이 첩의 비루한 자질을 더럽다 하지 않으시고 가까이해 마음을 허락하시고 신기한 계책으로 부모를 찾아 주셨으니 이는 참으로 죽은 나무에 풀이 난 격입니다. 무사히 돌아와 화려한 집에 부귀가 족하나 돌이켜 생각하면 첩은 문에 기대어 밖을 바라보는 과부 신세가 되었습니다. 아버님이 존택에 나아가 영존대왕을 보아 구혼하려 했는데 영형 태부공이 막아 고하지 못하게 하고 도리어 아버님을 꾸짖어 물리치고 첩의 빙옥 같은 절개를 조롱했다 하니 이는 곧 화씨 집 요망한 여자가 사주한 것이라 서럽지 않나이까? 벼슬하지 않은 선비에게 두 아내가 옳지 않다고 했다 하는데 낭군이 이제 청운에 오른 지 오래 되었으나 매파를 보내 좋은 날짜를 알리는 일이 없고 육례(六禮)112) 백량(百兩)113)을 차리는 일이 없습니다. 이처럼 저를 중요하지 않게 여긴다

---

112) 육례(六禮): 『주자가례』를 따른 혼인의 여섯 가지 의식. 곧 납채(納采)·문명(問名)·납길(納吉)· 납징(納徵)·청기(請期)·친영(親迎)을 말함. 납채는 신랑 집에서 청혼을 하고 신부 집에서 허혼 (許婚)하는 의례이고, 문명은 납채가 끝난 뒤에 남자 집의 주인(主人)이 서신을 갖추어 사자를 여자 집에 보내어 여자 생모(生母)의 성(姓)을 묻는 의례며, 납길은 문명한 것을 가지고 와서 가묘(家廟)에 점쳐 얻은 길조(吉兆)를 다시 여자 집에 보내어 알리는 의례이고, 납징은 남자 집에서 여자 집에 빙폐(聘幣)를 보내어 혼인의 성립을 더욱 확실하게 해주는 절차이며, 청기는 성혼(成婚)의 길일(吉日)을 정하는 의례이고, 친영은 신랑이 신부 집에 가서 신부를 맞이하여 신랑 집에 돌아오는 의례임.
113) 백량(百兩): 신부를 맞아 오는 일. 백 대의 수레로 신부를 맞이한다 하여 이와 같이 씀.

면 처음에 무슨 일로 저의 일생을 방해해 빈 규방에서 간장이 끊어지게 하고 푸른 등불을 대해 슬퍼하게 하는 것입니까? 빨리 한 말을 해 평생을 결정하소서.'

왕이 다 보고는 갑자기 낯빛이 바뀌었다. 또 한 장을 보니 다음과 같았다.

'손을 나눈 지 네다섯 달에 경사와 시골이 나뉘지 않았으나 외진 땅이 막혀 있고 서로의 거리가 관산(關山)[114]이 가리지 않았으나 파랑새가 편지를 전하지 않으니 약수(弱水)[115] 삼천 리에 어린 백문의 간장이 몇 고비나 끊어졌겠소. 옥 같은 얼굴을 하직하고 손을 한 번 나누자 그림자가 아득하니 그대의 가을 물결 같은 눈은 생을 보는 듯하고, 복숭아꽃 보조개와 앵두 입술에 흰 이가 스스로 열리니 백문의 마음을 멍하게 했소. 섬섬옥수로 나의 팔을 어루만지며 구름 같은 머리칼로 나의 무릎에 엎드려 정사(情事)를 고하던 일이 온갖 모양으로 눈에 벌여 있으니 시시(時時)로 넋이 놀라고 생각이 흩어져 죽어 넋이 낭자 있는 곳에 가기를 바랐소. 그러다가 천만뜻밖에도 옥찰(玉札)[116]을 받드니 평생에 행운이라 어두운 날이 밝아진 것 같구려. 아! 조물주는 그대를 내어 내 눈에 보이게 하시고 인연을 없게 하신 것이오? 편지에서 깊이 꾸짖으신 것은 스스로 마땅히 감수할 것이니 입술을 놀리겠소? 고요한 집에서 대낮에 몸을 나란히 해 함께 누웠으나 미흡하던 정으로써 벌써 손을 나눈 지 몇 달이 되었는지 모르겠소. 형님이 예의로써 영웅(令翁)의 구혼을 물리치신 것은 정당하신 일이니 화 씨가 어느 사이에 사주했겠소? 밤낮으로 글

---

114) 관산(關山): 국경이나 주요 지점 주변에 있는 산.
115) 약수(弱水): 신선이 살았다는 중국 서쪽의 전설 속의 강. 길이가 3,000리나 되며 부력이 매우 약하여 기러기의 털도 가라앉는다고 함.
116) 옥찰(玉札): 편지를 높여 이르는 말.

을 힘써 해 아버님이 과거를 보지 말라고 하시는 것을 속이고 본 것은 실로 그대를 위한 것이었소. 만일 그대가 아니었다면 나 왕부의 공자로서 사치와 부귀가 지극하니 무엇이 부족해 어지러운 벼슬길을 분주히 다니겠소? 요행히 과거에 급제했으나 그대를 맞는 것은 내 뜻이 아니니 그대는 영웅께 고해 말 잘하는 중매를 보내 가친께 구혼하도록 하시오. 내 어찌 그대의 정과 얼굴을 잊겠소? 그대를 만나지 못한다면 상사하는 넋이 구천에 놀 것이니 길이 살피소서.'

그 아래 구구한 사연과 음란한 말이 끝이 없었다.

왕이 다 보지 않고 눈을 내려떠 크게 꾸짖었다.

"불초자가 항상 도리에 어긋난 짓을 하는 것은 안 지 오래되었으나 이토록 할 줄이야 어찌 다 알았겠는가?"

말을 마치고서 소매를 떨치고 안으로 들어가 사람을 시켜 화 씨를 불렀다. 소저가 명령을 받들어 앞에 다다르니 왕이 물었다.

"내 일찍 묻지 못했더니 네가 전날 시녀 화도를 무슨 일로 밖에 내쳤던 것이냐?"

소저는 시아버지가 갑자기 묻는 상황을 만나자 일생 성품이 맑고 소박함을 으뜸으로 했으므로 시아버지를 속이는 것도 옳지 않고 바로 고하려 해도 차마 혀가 돕지 않아 빨리 공손히 일어났다가 앉은 채 묵묵히 있었다.

왕이 두어 번 재촉하다가 즉시 화 씨 시녀 조대를 불러 생의 행동거지를 물었다. 조대가 즉시 생이 낮에 화도와 몸을 나란히 해 누워 있던 모습을 고하니 말이 끝나지 않아서 월주가 놀라서 말했다.

"밤에도 괴이한데 낮에 더욱 그렇게 있었던가? 그날 밤에 오라버니가 화도와 함께 언니 침상 위에서 언니의 이불을 덮고 누워 있으니 소녀가 참혹함을 이기지 못해 즉시 부모님께 고하려 했는데 화

언니가 이리이리 이르렀으므로 지금까지 함구하고 있었어요."

왕이 이 말을 들으니 더욱 놀라 도리어 자기가 화 씨 보기도 부끄러웠다. 개연히 탄식하고 태부를 부르니 태부가 즉시 들어왔다. 이에 왕이 말했다,

"내가 일찍이 알지 못했더니 노 부사가 그 딸로써 백문에게 구혼하더라 하니 부사가 언제 왔더냐?"

태부가 말했다.

"접때 와서 구혼하기에 제가 준엄하게 일러 물리쳤으니 하교는 어찌 된 일입니까?"

왕이 그 서간을 던져 주며 말했다.

"이것을 보아라."

태부가 두 손으로 받들어 반은 보다가 문득 보지 않고 사양해 말했다.

"제가 비록 어리석으나 이런 서간을 보니 한심함을 이기지 못하겠나이다."

왕이 잠시 웃고 말했다.

"나와 너희가 도리를 알지 못해 백문이의 행실이 이와 같은 것이니 그 서간이 그리 대수롭겠느냐?"

드디어 태부와 화 씨를 물러가라 하고 밤이 새도록 걱정하며 잠을 이루지 못했다.

연왕이 이튿날 승상부 문안에 참여하니 백문이 자리에 있으므로 왕이 비위가 크게 상해 좌우 사람을 돌아보아 말했다.

"이 자는 청명한 일월(日月) 아래에서 인륜을 모르는 죄인이니 잡아 초실에 내려 내 명령을 기다리게 하라."

말을 마치자, 백문이 황공해 물러났다. 좌우에서 괴이하게 여겨

연고를 물으니 왕이 대답하지 않다가 이윽고 원문을 불러 나아오라 해 말했다.

"한 해라도 백문보다 더 나이 먹고서 가뜩이나 몹쓸 것에게 술을 많이 먹여 어전에서 실례하게 만든 것이냐?"

원문이 두 번 절하고 말했다.

"제가 어찌 그렇게 한 일이 있겠나이까? 백문이가 그리 아뢰었나이까?"

왕이 고개를 끄덕여 말했다.

"그렇다."

어사가 웃으며 대답했다.

"저희가 진실로 백문이를 아끼나 이 말은 마지못해 고합니다. 숙부께서 백문이에게 죄를 주시기로 정하신 지 오래니 백문이에게 이 죄도 함께 일러 주시기를 바라나이다."

그러고서 백문이 과거장에 들어가 하던 행동을 갖추어 옮기고 백문에게 속은 줄을 자세히 고했다. 왕이 더욱 놀라 잠자코 있으니 기운이 매우 엄숙했다.

소년들이 이윽고 물러난 후에 왕이 승상 앞에 나아가 백문의 죄상을 고하고 말했다.

"이런 자식을 두었다가는 문호에 큰 욕이 미칠 것이니 사사로운 정을 끊어 죽이는 것이 어떠합니까?"

승상이 또한 놀라며 말했다.

"원래 백아의 행동이 한 번 고생하기를 마지못할 것이니 운수가 되어 가는 것만 볼 뿐이다. 그러니 어찌 공연히 자식을 죽이겠느냐?"

왕이 네 번 절해 말했다.

"가르치심이 마땅하시나 백문이의 미간에 살기가 등등해 사람마다 제 해를 입을 듯싶으니 이 아이를 죽여서 집안의 해가 없도록 하소서."

승상이 잠시 웃고 말했다.

"이 말은 너무 준엄한 의견이다. 너는 아비 말대로 약간 쳐서 내치고 나중을 보라. 백아가 그리 고단하지 않을 것이요, 또 매양 어리석지는 않을 것이다."

왕이 두 번 절해 사례하고 물러나 자리를 정하니 소부가 웃으며 말했다.

"백문이는 아비를 닮았으니 꾸짖지 말고 상을 주는 것이 옳다."

왕이 웃으며 대답했다.

"숙부는 대단한 말씀을 마소서. 제가 설마 저 괴이한 것에 비할 수 있겠나이까?"

소부가 크게 웃고 말했다.

"이르지 마라. 누구를 아비라 하기도 어렵고 아들이라 하기도 어렵구나. 등잔 밑이 어둡다고 백문이는 안에 시녀를 머무르게 하고 그랬으나 대낮에 규방의 규수와 언약하고 온 이는 더 어떠하며 아버지에게 고하지 않고 혼인한 행실은 더 나으며 혼서를 찾고 백량으로 초례한 정실을 개가하라 한 것117)은 나은 것이냐?"

왕이 옥 같은 얼굴을 숙이고 잠깐 웃고 대답하지 않으니 소부가 말했다.

"백문이 너와 마치 같으나 나은 곳이 또 있으니 듣고 싶으냐?"

왕이 웃으며 대답했다.

"이르신다면 듣는 것을 사양하겠나이까?"

---

117) 대낮에-것: 모두 전편 <쌍천기봉>에서 이몽창이 소월혜에게 한 행위를 말한 것임.

소부가 말했다.

"백문이가 네게 고하지 않고 과거를 본 것은 네가 형님에게 고하지 않고 소 씨를 아내로 맞이한 것과 같고 화 씨를 박대한 것은 네가 옥란의 참소를 듣고 소 씨를 박대한 것과 같고 노 씨와 사통한 것은 네가 옥란과 사통한 것과 같다. 다만 노 씨에게 쓴 편지에 중매로 네게 구혼하라고 한 것이 정대하고 위를 두려워하는 행동이니 너보다 나은 곳이 하나요, 저는 화 씨를 참소하거늘 백문이는 벗겨 놓으니 그 총명함은 너보다 낫다. 백문이 비록 방자하나 너보다 나은 듯하거늘 네 무슨 기운으로 백문이를 다스리려 하느냐?"

왕이 소부의 언변이 능한 것을 보고 눈에 미미히 웃음을 머금어 대답했다.

"숙부 말씀이 진실로 옳으시니 아비가 그럴수록 자식이나 사람이 되게 하는 것이 옳습니다. 제가 도리에 밝지 못하니 자식에게나 위엄을 자랑하려 하나이다."

이에 좌우의 사람들이 모두 웃었다.

왕이 이에 오운전으로 가 좌우의 문을 점고해 잠그고 백문을 결박해 꿇렸다. 심복 사내종 대여섯 명에게 명령해 형장(刑場)을 배설하라 하고 소리를 매섭게 해 생에게 일렀다.

"불초자가 죄를 아느냐?"

생이 낯을 우러러 말했다.

"제가 혹 죄가 있어도 아버님은 천륜의 자애로운 정으로써 조용히 꾸짖으시는 것이 옳을 것입니다. 그런데 이토록 중벌로 다스리시는 것은 실로 소자가 뜻하지 않은 것입니다."

왕이 다 듣고는 참으로 어이없어 도리어 크게 웃고 말했다.

"아이가 실성한 것이 이와 같으니 또한 책망하는 것이 부질없다.

몸이 선비로서 무고히 아내를 박대하는 것은 무슨 마음에서냐?"

생이 즉시 대답했다.

"일부러 그렇게 한 것이 아닙니다. 스스로 마음이 찬 재 같아서 저 사람을 대하면 넋이 놀라고 마음이 떨리니 정말 인력으로는 못 하겠습니다."

왕이 또 물었다.

"대낮에 정실의 시비와 통간해 그 방 안에서 음란한 행동을 하고 정실이 눕는 침상 위에서 동침하니 그것도 마음대로 못 하며 인력으로 못 하더냐?"

생이 또 대답했다.

"소자가 한때의 춘정으로 화도를 희롱한 일이 있으나 그토록 했겠나이까?"

왕이 분노해 말했다.

"불초자가 교활한 말로 내 말에 대답하니 너희는 빨리 매를 내어오라."

한 소리 호령이 나며 매를 잡은 종들이 달려들어 백문을 쳤다. 왕이 매마다 고찰해 열을 치고 또 한 가지를 물었다.

"네 처음에 남의 규수인 줄 모르고 희롱했으나 그 근본을 들은 후에는 즉시 예를 갖춰 사죄하고 예로 돌려보내야 했다. 그런데 함께 음란한 행동을 하고 일을 도모해 돌려보내니 그것도 인력으로 못 하더냐?"

생이 정신을 차려 대답했다.

"그 사람이 사족인 줄 안 후에는 특별히 친하게 군 적이 없고 그 부모를 찾아 준 것은 비례(非禮)가 아닙니다."

왕이 분노해 말했다.

"너는 비례가 아니라 하나 내 생각에는 비례니 또 맞으라."

이렇게 또 고찰해 열을 치니 피가 낭자하게 흘렀다. 왕이 또 물었다.

"내가 당초에 너에게 과거를 보지 말라고 했는데 누가 너에게 보라고 하기에 과거장에 들어간 것이냐?"

생이 대답했다.

"소자가 본디 왕발(王勃)[118]의 등왕각서(滕王閣序)[119]를 낮게 여기고 조자건(曹子建)[120]의 칠보시(七步詩)[121]와 이청련(李靑蓮)[122]의 청평사(淸平詞)[123]를 업신여기는 재주가 있거늘 아버님이 과거를 보지 말라고 하시니 우울해서 아버님을 속인 죄를 입을지언정 한번 이름을 드러내려 했나이다."

왕이 더욱 노해 말했다.

"네 말이 다 옳거니와 아비 말을 듣지 않은 것은 반역한 신하와 마찬가지니 그 죄가 가볍지 않다."

또 열 대를 친 후에 말했다.

"과거는 답답해서 보았다 치자. 원문이는 네 큰형인데 말이 교만하고, 술병으로 매부를 친 것은 어찌 된 일이냐?"

---

118) 왕발(王勃): 중국 당(唐)나라의 문학가(650 또는 649-676). 자(字)는 자안(子安). 양형(楊炯), 노조린(盧照鄰), 낙빈왕(駱賓王)과 함께 초당사걸(初唐四杰) 중의 한 명으로 불림. 대표작으로 <등왕각서(滕王閣序)>가 있음.

119) 등왕각서(滕王閣序): 중국 당나라 왕발의 작품.

120) 조자건(曹子建): 조식(曹植, 192-232)을 이름. 자건은 조식의 자. 중국 삼국시대 위나라 조조의 셋째아들로 문장이 뛰어났음.

121) 칠보시(七步詩): 조식이 지은 시. 형 문제(文帝)가 일곱 걸음을 걷는 사이에 시 한 수를 짓지 못하면 대법(大法)으로 다스리겠다고 하자, 곧바로 칠보시를 지었다 함. "콩을 삶기 위하여 콩대를 태우니, 콩이 가마 속에서 소리 없이 우는구나. 본디 한 뿌리에서 같이 났거늘 서로 괴롭히기가 어찌 이리 심한고. 煮豆燃豆萁, 豆在釜中泣. 本是同根生, 相煎何太急."

122) 이청련(李靑蓮): 이백(李白, 701-762)을 말함. 청련은 이백의 호이고 본명은 이태백(李太白)임. 시성(詩聖) 두보(杜甫)에 대하여 시선(詩仙)으로 칭하여짐.

123) 청평사(淸平詞): 이백이 지은 사(詞). 당 현종(唐玄宗)이 침향정(沈香亭)에 작약(芍藥)을 심어 놓고 양 귀비(楊貴妃)와 함께 만발한 꽃을 구경하다가 당시 한림학사(翰林學士)였던 이백(李白)을 불러 악부를 짓게 하자 이백이 청평조사(淸平調詞) 3편을 지어 올림.

백문이 이때 태장에 정신을 잃어 눈을 감고 대답하지 못하자 왕이 재촉해 물으니 대답했다.

"이는 술 마신 후에 미친 마음이 일어나 그런 것이니 그 죄를 입겠나이다."

왕이 명령해 열 대를 친 후에 또 말했다.

"백만을 치고 원문을 욕한 것은 술 취한 후 미친 마음에서 일어난 것이라 치자. 어전에서 자고 옥계에서 거꾸러졌던 것은 어찌 된 까닭이냐?"

백문이 수십 대를 맞아 흐르는 피가 옷을 적시고 정신이 하나도 없었으나 다시금 억지로 말했다.

"술은 사람을 미치게 하는 약이라 했으니 술 마신 후에 실례한 것을 다 죄로 삼을 수 있겠나이까?"

왕이 노해서 꾸짖었다.

"술을 누가 먹으라 하더냐?"

백문이 문득 시원하게 대답했다.

"누가 먹이며 권했겠나이까? 형들이 안 주는 것을 앗아서 먹었나이다."

왕이 웃으며 말했다.

"네 말이 시원하니 시원한 대로 맞으라."

그리고 명령해 열 대를 고찰해 치고 이에 죄를 따져 말했다.

"네 몸이 선비의 무리에 있으니 저 여자가 비록 음란하나 네 예법으로 거절해야 옳았다. 그런데 무슨 까닭에 구구한 말이 적힌 추악한 서간을 자주 왕래해 저 음란하고 악독한 사람을 집안으로 들여오려는 생각을 한 것이냐? 또 내 명령을 거역해 과거를 보고, 신하가 되어 어전에서 천고에 듣지 못하던 행동을 했으니 그 죄는 참으로 죽을 만하다. 남의 규수와 함께 음란한 말이 적힌 놀라운 서간을 몰래 주고받아 가문을 욕먹였다. 너 같은 패륜의 자식을 살려 두어 쓸데 없으니 죽일 만하다."

말을 마치고는 다시 묻지 않고 노자를 호령해 매마다 고찰하며 60여 대를 때렸다. 생이 혼절해 인사를 모르니 바야흐로 생을 끌어 내치도록 하고 상서와 태부를 불러 경계했다.

"내 백문이에게 부자의 정이 적은 것이 아니나 백문이가 잘못을 뉘우치는 것을 중요하게 여겨 백문이에게 박절한 낯빛을 내었으니 너희도 백문이를 보지 말고 취문이에게 병을 구완하도록 하라."

두 사람이 절해 명령을 듣고 물러나 소당에 이르러 백문을 보았다. 옥 같은 눈에 빛이 없고 흐르는 피가 맺혀 한낱 주검이 되어 있었다. 두 사람이 이를 보고 목이 쉬도록 울고 눈물을 흘리며 말했다.

"네다섯 개 기러기 항렬이 무사하지 못해 셋째아우가 오늘날 이러한 모습이 되었으니 시운이 불리해서인가, 너의 운액이 기괴해서인가?"

말을 마치자 눈물이 샘솟듯 해 약을 퍼서 넣고 구호했다. 백문이 한나절 만에 정신을 차리니 두 사람이 매우 기뻐해 이에 백문의 손을 잡고 말했다.

"아우가 항상 총명해 우리가 미치지 못하더니 그토록 죄를 지어 아버님으로부터 꾸지람을 받아 몸이 이 지경에 이르렀단 말이냐?"

생이 한숨을 짓고 돌아누워 대답하지 않으니 두 형이 백문이 오히려 뉘우치는 마음이 없는 것을 보고 꾸짖으려 했다. 그런데 아버지가 부르는 명령이 급해 일어나 나오면서 취문에게 당부해 백문을 떠나지 말고 구호하라 했다.

서헌에 이르러 명령을 들으니 왕이 자신의 명을 거역한 것을 크게 꾸짖으니 두 사람이 황공해 사죄했다.

두 사람이 물러나 내당에 들어가니 소후가 얼굴빛이 여전해 백문의 거처를 묻지 않았다. 두 사람이 백문의 일을 고하자 소후가 정색하고 말했다.

"내 원래 그런 자식은 죽는 것이 낫다고 여긴다. 그런데 그런 자식을 살려서 내친 것은 네 부친이 약해서다."

두 사람이 이 말을 듣고 두려워 물러났다.

두 사람이 중당에 이르니 화 소저가 빛이 없는 의복을 하고 한 가에서 말을 하려 했으나 부끄러운 빛이 얼굴에 가득해 머뭇거리므로 태부가 알아보고 팔을 밀어 말했다.

"제수씨가 무슨 까닭에 주저하시나이까? 아무 말씀이라도 이르시기를 바라나이다."

드디어 서로 자리를 정하자 화 소저가 옷깃을 여미고 꿇어 말했다.

"첩이 어리석은 기질로 존귀한 가문에 의탁하니 하나도 볼 만한 행동이 없음은 아주버니들께서 다 알고 계실 것이라 부질없이 아뢰지는 않겠나이다. 오늘 가군이 죄 입은 것은 다 첩 때문이니 어서 소당으로 가 가군의 병을 구호하려 하나이다."

상서가 공손히 듣고 말했다.

"제수씨의 마음이 이러하신 것은 옳으나 아우가 제수씨 때문에 죄를 입었겠습니까? 아우의 불초한 죄가 한두 가지가 아니니 아버님에게서 책망을 받은 것은 스스로 얻은 것입니다."

태부가 말을 이어 말했다.

"제수씨의 말씀이 사람의 이치에 당연하나 가친이 들으실 리 없고 아우의 외입이 지극하니 제수씨의 큰 덕에 감동할 리가 없습니다. 그러니 제수씨는 조용히 계시면서 훗날 풍운의 좋은 때를 기다리소서.”

소저가 얼굴에 슬픈 빛을 띠어 눈물이 줄줄 흐르니 비췻빛 적삼을 들어 눈물을 씻으며 오열해 말했다.

“첩의 시운이 그만 해서 그런 것이니 어찌 남을 한하겠나이까? 여자가 되어 가군의 병을 살피지 않는 것은 자못 그른 일입니다. 첩이 구태여 아첨해서 그 뜻을 따르려 해서가 아니라 스스로 도리를 차리고 싶어서 그런 것입니다.”

상서가 칭찬해 말했다.

“제수씨의 지극하신 뜻을 소생 등이 어찌 모르겠습니까? 마땅히 아버님께 아뢰겠으나 얻기 어려운 것은 하늘의 운수라 제수씨는 일이 되어 가는 모습만 보시고 지레 슬퍼 마소서.”

화 씨가 사례하고 일어나니 두 사람이 화 씨의 사정을 슬퍼하고 아우의 어리석음을 탄식했다.

이에 부친에게 가 화 씨의 일을 고하니 왕이 즉시 내전에 들어가 화 씨를 불러 위로하며 말했다.

“아들이 도리에 어긋난 짓을 해 내가 다스렸으나 그것이 어찌 너 때문이겠느냐? 너의 약한 몸을 내가 매우 아끼니 어찌 밖에 나가 몸을 쓰게 시키겠느냐? 아들이 비록 죄를 입었으나 여러 동기가 구호하고 있으니 근심할 일이 아니다. 그러니 너는 염려하지 말고 편히 있거라.”

소저가 이에 감히 다시 청하지 못하고 물러났다. 왕이 그 팔자를 탄식해 한참을 생각하며 묵묵히 있더니 시녀가 아뢰었다.

“밖에 손님이 오셨다 하나이다.”

왕이 바삐 나오니 노 부사가 와 있었다, 왕이 그윽이 불쾌해 서로 예를 마친 후에 부사가 말했다.

"전날에 제 딸이 귀부에 왔을 적에 영랑 백문이 희롱해 정절을 앗았으니 딸을 차마 다른 데 보내지 못할 것입니다. 이에 이르러 고하니 태의(台意)[124] 어떠하십니까?"

왕이 듣고는 빙그레 미소해 말했다.

"과인은 미미한 몸으로 외람되게 성은을 입어 천승의 제후가 되었으나 성품이 번화한 것을 숭상하지 못해 자식에게 여러 아내를 두지 못하게 하니 존형은 행여 괴이하게 여기지 말게."

부사가 놀라서 말했다.

"대왕의 큰 덕으로 말씀이 이에 이른 것은 뜻하지 못했습니다. 딸아이의 열넷 청춘을 장차 어찌해야 하겠습니까? 제 절개가 소나무와 잣나무 같아 주표(朱標)를 온전히 했으나 딸아이는 규방에서 늙기를 원합니다. 만생이 무슨 팔자로 장녀는 산문(山門)으로 돌아가고 작은딸의 팔자도 이러하단 말입니까? 이것이 서럽습니다."

왕이 듣고 한참을 생각하다가 말했다.

"존형의 마음이 그러한 것은 당연하네. 내 또 아들의 괘씸함을 꾸짖을지언정 영녀는 죄 없는 절부로 알고 있더니 명공은 이를 보게. 과인이 용렬하나 창녀보다 더 심한 여자를 초례(醮禮) 백량(百兩)[125]으로 슬하(膝下)에 두기를 원하지 않으니 스스로 살피고 과인을 용렬히 여기지 말게."

부사가 놀라서 말했다.

"딸아이가 잘못해 시운이 불행한 것을 만나 영랑에게 잡혀 희롱당하는 것을 면치 못했으나 딸아이가 창녀보다 심하다 하신 것은 참으로 원통하고 억울한 일입니다. 대왕처럼 분명하고 엄정하신 분이

---

124) 태의(台意): 상대방의 의견을 높여 이르는 말.
125) 백량(百兩): 신부를 맞아 오는 일. 백 대의 수레로 신부를 맞이한다 하여 이와 같이 씀.

차마 이런 말씀을 하시나이까? 딸아이가 삼 척의 작은 여자로 저 장대한 장부의 겁탈을 어찌 면할 수 있었겠습니까? 이제 딸은 심규에서 늙고 존문에 오기를 원하지 않습니다. 그러나 만생이 부모의 마음으로 그 젊은 것이 규방에서 헛되이 세월을 보내는 것을 차마 보지 못해 대왕의 너그럽고 큰 도량을 믿고 혹 대왕이 영랑의 자리 옆을 허락하실까 해 어설픈 말을 내었던 것입니다. 그런데 대왕이 허락하지 않으시는 것은 옳으나 이토록 의외의 말씀으로 딸을 모함하실 줄은 뜻하지 않았습니다."

말을 마치자 기운이 어지러우니 왕이 웃으며 말했다.

"현형은 아우를 엄히 꾸짖지 말게. 과인이 비록 현명하지 못하나 영녀의 없는 허물을 꾸며내는 일이 있겠는가? 이 서간을 보면 참으로 영녀의 잘못을 알 것이네."

말을 마치자 미우가 엄숙해 겨울 하늘에 뜬 찬 달 같았다. 노 부사가 부끄러운 얼굴로 한참 뒤에 서간을 펴 보니 이 문득 딸의 필적으로 백문에게 부친 서간이었다. 말이 음란해서 보는 사람으로 하여금 침 뱉는 것을 면치 못하게 할 정도였다. 담(膽)이 말만 한들 이를 보면 무슨 말이 나겠는가. 두 눈을 뚜렷이 뜨고 멍한 듯이 앉았다가 차마 혀가 돕지 않아 서간을 몰아서 가지고 정신이 나간 듯한 모습으로 밖으로 나갔다. 왕이 비록 진중했으나 그 모습을 보고 가소로움을 이기지 못해 미미히 웃었다.

예부 흥문이 이곳에 왔다가 노 공과 서로 마주치니 괴이하게 여겨 연왕에게 연고를 물었다. 왕이 자초지종을 이르자 흥문이 눈썹을 찡그리고 불쾌한 빛으로 말했다.

"자기 딸을 저에게 주어 집을 망하게 할 뻔하고 또 음란한 사람을 숙부 안전에 보내려 하니 그 하는 일이 참으로 한심합니다. 숙부는 끝까지 허락하지 마소서."

왕이 고개를 끄덕이며,

"조카의 말이 참으로 옳으니 어떻게 될지 알고 그런 음란한 사람과 혼인을 이루겠느냐?"

라고 말했다.

제2부

주석 및 교감

니시셰딕록(李氏世代錄) 권지십삼(卷之十三)

•••

1면

어시(於時)의 녜부(禮部) 흥문이 최 슉인(淑人)의 뎐어(傳語)를 듯고 그윽이 깃거 추야(此夜)의 줌을 아니 자고 믄득 니러나 샹셔(尙書) 자는 곳의 니르니, 샹셰(尙書ㅣ) 마춤 자디 아니ᄒ고 쵹하(燭下)의셔 『효경(孝經)』을 줌심(潛心)ᄒ다가 녜부(禮部)를 보고 놀라 글오디,

"형댱(兄丈)이 므슴 연고(緣故)로 심야(深夜)의 분주(奔走)ᄒ시ᄂᆞ뇨?"

녜뷔(禮部ㅣ) 우어 왈(曰),

"나의 분주(奔走)ᄒ믄 ᄯ 흔 가지 긔관(奇觀)126)을 어든 연괴(緣故ㅣ)라. 현뎨(賢弟)는 힝혀(幸-) 다ᄉ(多事)127)ᄒ믈 웃디 말라."

셜파(說罷)의 태부(太傅)의 거동(擧動)을 옴겨 니르고 대쇼(大笑)ᄒ니 샹셰(尙書ㅣ) 미쇼(微笑) 왈(曰),

"이뵈 어제 신낭(新郎)이 아니어늘 그 거죄(擧措ㅣ) 긔 므슨 대단이 가쇼(可笑)로온 일이라 형댱(兄丈)이 뎌대도록 긔ᄉ(奇事)를 삼아 계시ᄂᆞ뇨?"

녜뷔(禮部ㅣ) 쇼왈(笑曰),

"이뵈 미양 졍대(正大)흔 톄ᄒ는 냥(樣)이 심하(心下)의 믜온 고(故)로 흔바탕 보채고져 ᄒ미니라."

---

126) 긔관(奇觀): 기관. 보기 드문 기이한 광경.
127) 다ᄉ(多事): 다사. 보기에 쓸데없는 일에 간섭을 잘하는 데가 있음.

인(因)ᄒ야 희쇼(喜笑)ᄒ여 흔가지로 누어 자고,

이튼날 문안(問安)의 드러가니 태뷔(太傅ㅣ) ᄯ혼 의관(衣冠)을 슈렴(收斂)ᄒ야 항녈(行列)의 시좌(侍坐)ᄒ야시니 긔위(氣威)[128] 늠늠(凜凜)ᄒ고 안식(顔色)이 츄텬(秋天) ᄀᆞᄐᆞ야 쟉야(昨夜) ᄉᆞ에(辭語ㅣ) 거즛말 ᄀᆞᄐᆞ야 들리ᄂᆞᆫ디라. 녜뷔(禮部ㅣ) 미쇼(微笑)ᄒ고 눈으로 닉이 보더니 좌샹(座上)의 하람공(--公)이 잇ᄂᆞᆫ디라 감히(敢-) 희언(戱言)을 여디 못ᄒ다가 급(急)혼 명패(命牌)[129] ᄂᆞ려 총망(恩忙)이 니러나ᄂᆞᆫ디라. 최 슉인(淑人)이 춤디 못ᄒ야 웃고 부인(夫人)긔 고왈(告曰),

"태부(太傅) 샹공(相公)이 너모 긔식(氣色)이 싁싁ᄒ시니 ᄉᆞ실(私室)의 쇼져(小姐)를 딕(對)ᄒ셔도 뎌러ᄒᆞ신가 아디 못ᄒᆞᆯ소이다."

뉴 부인(夫人)이 쇼왈(笑曰),

"문ᄋᆞ(-兒ㅣ) 평싱(平生) 긔식(氣色)이 뎌러ᄒᆞ니 ᄉᆞ실(私室)의ᄂᆞᆫ 고티ᄂᆞᆫ가 노뫼(老母ㅣ) 아디 못ᄒᆞ리로다."

말ᄉᆞᆷ을 니어 쇼뷔(少傅ㅣ) ᄀᆞᆯ오ᄃᆡ,

"경문아, 가(可)히 뭇ᄂᆞ니 누의 말이 네 ᄠᅳᆺ의 엇더뇨?"

태뷔(太傅ㅣ) 공슈(拱手)[130] 딕왈(對曰),

"쇼손(小孫)이 본ᄃᆡ(本-) 인식(人事ㅣ) 블

---

128) 긔위(氣威): 기위. 기상과 위엄.
129) 명패(命牌): 임금이 벼슬아치를 부를 때 보내던 나무패. '命' 자를 쓰고 붉은 칠을 한 것으로, 여기에 부르는 벼슬아치의 이름을 써서 돌림.
130) 공슈(拱手): 공수. 절을 하거나 웃어른을 모실 때, 두 손을 앞으로 모아 포개어 잡음. 또는 그런 자세.

···

3면

민(不敏)ᄒ야 본(本) 긔ᄉᆡᆨ(氣色)이 이러ᄒ니 졍듕(情重)ᄒᆫ 부부(夫婦)를 ᄃᆡ(對)ᄒᆫᄃᆞᆯ 고티기 쉬오리오?"

언미필(言未畢)의 슉인(淑人)이 손벽 텨 대쇼(大笑) 왈(曰),

"허무(虛無)코 허무(虛無)ᄒᆞᆯᄉᆞᆫ 이 ᄉᆞ매로다. 샹공(相公)이 일뎡(一定)[131] 쇼져(小姐)를 ᄃᆡ(對)ᄒ야 뎌 기ᄉᆡᆨ(氣色)을 ᄒ시ᄂᆞ니잇가?"

태뷔(太傅ㅣ) ᄡᅡᆼ안(雙眼)을 빗겨 슉인(淑人)을 보며 미쇼(微笑) 왈(曰),

"조뫼(祖母ㅣ) 나의 규방(閨房) ᄉᆞ어(辭語)를 언마나 잘 아ᄅᆞ시ᄂᆞ뇨? ᄒᆫ ᄆᆞᄃᆡ 허언(虛言)을 주츌(做出)[132]ᄒ려 ᄒ고 이러ᄐᆞᆺ ᄒᄂᆞᆫ도다."

슉인(淑人)이 대쇼(大笑) 왈(曰),

"다ᄅᆞᆫ 말은 말고 샹공(相公)이 쟉야(昨夜)의 위 쇼져(小姐)를 ᄃᆡ(對)ᄒ샤 쟝긔(將棋) 두쟈 ᄒ기도 거즛말이며 바독 두쟈 ᄒ기도 허언(虛言)이며 글 짓쟈 ᄒ기도 주쟉(做作)[133]ᄒ미니잇가?"

태뷔(太傅ㅣ) ᄎᆞ언(此言)을 듯고 미쇼(微笑) 브답(不答)ᄒ니 슉인(淑人)이 다시 우ᄉᆞ며 쟉야ᄉᆞ(昨夜事)를 일일히(一一-) 고(告)ᄒᄃᆡ 빅(百) 가지로 ᄭᅮ며 위 쇼져(小姐) 글 짓너라 ᄒ며 태뷔(太傅ㅣ) 놉히 찬양(讚揚)ᄒ더라 ᄒ니 일좨(一座ㅣ) 대쇼(大笑)ᄒ고 쇼

---

131) 일뎡(一定): 일정. 반드시.
132) 주츌(做出): 주출. 없는 사실을 꾸며 만듦. 주작(做作).
133) 주쟉(做作): 주작. 없는 사실을 꾸며 만듦.

•••

4면

뷔(少傅ㅣ) 크게 웃고 싱(生)을 보채여 글을 닉라 ᄒᆞ니, 태뷔(太傅ㅣ) 쇼이딕왈(笑而對曰),

"최 조모(祖母)의 실셩(失性)ᄒᆞᆫ 말숨을 발명(發明)은 아니ᄒᆞᄋᆞᆸ거니와 글 지은 일이 본딕(本-) 업ᄉᆞᆸ거ᄂᆞᆯ 조뷔(祖父ㅣ) 명(命)이 계시나 므어ᄉᆞᆯ 닉리잇가?"

연왕(-王)이 ᄯᅩᄒᆞᆫ 완완(緩緩)이 우어 ᄀᆞᆯ오딕,

"아ᄌᆞ미 허언(虛言)ᄒᆞ기ᄂᆞᆫ ᄌᆞ시(自少)로 본딕(本-) 소댱(所長)이니 고디드ᄅᆞ시ᄂᆞᆫ 슉뷔(叔父ㅣ) 올티 아니ᄒᆞ시이다. 경문이 비록 년쇼(年少) 경박(輕薄)ᄒᆞ미 이셔도 위 현부(賢婦)ᄂᆞᆫ 그 ᄯᅳᆺ을 조ᄎᆞᆯ 재(者ㅣ) 아니라, 슉뷔(叔父ㅣ) 춍명(聰明)ᄒᆞ시므로 엇디 아디 못ᄒᆞ시ᄂᆞ뇨?"

쇼뷔(少傅ㅣ) 쇼왈(笑曰),

"누의 허언(虛言)ᄒᆞᆯ 제ᄂᆞᆫ ᄒᆞ여도 혹(或) 실언(實言)ᄒᆞᆯ 제ᄂᆞᆫ ᄒᆞᄂᆞ니 경문ᄃᆞ려 므러ᄂᆞᆫ 니ᄅᆞ디 아닐 거시니 위 시(氏)ᄃᆞ려 무ᄅᆞ리라."

셜파(說罷)의 위 시(氏)를 향(向)ᄒᆞ야 흔연(欣然) 문지(問之) 왈(曰),

"그ᄃᆡᄂᆞᆫ 가(可)히 어룬을 소기지 아니ᄒᆞ리니 경문이 쟉야(昨夜)의 그ᄃᆡ를 향(向)ᄒᆞ야

더러틋 구더냐?"

위 시(氏) 금일(今日) 만좌(滿座)의 우음을 니르혀매 심하(心下)의 태부(太傅)를 그윽이 흔(恨)호야 다만 운환(雲鬟)을 수겨 유유(儒儒)[134]홀 뜬롬이니 태뷔(太傅ㅣ) 미쇼(微笑) 왈(曰),

"쇼손(小孫)이 그 거조(擧措)를 호여셔도 져믄 녀지(女子ㅣ) 존전(尊前)의 파셜(播說)티 못호올딩 이믜[135]호미 빅옥무하(白玉無瑕)[136]호거늘 제 엇디 알리잇고?"

쇼뷔(少傅ㅣ) 웃고 그런가 너기딩 슉인(淑人)은 언능(言能)[137]호다 쑤짓더라.

이윽고 문안(問安)을 파(罷)호고 샹셔(尙書) 형뎨(兄弟) 셔당(書堂)의 도라왓더니 날이 느즈매 녜뷔(禮部ㅣ) 홍포옥딩(紅袍玉帶)로 녀 한님(翰林), 위 시랑(侍郎) 등(等)으로 모화 드리고 이에 오는디라. 샹셔(尙書)는 그 다亽(多事)호믈 심니(心裏)의 우을 뜬롬이오, 태부(太傅)는 아디 못호는디라 다만 붕우(朋友)로 더브러 한화(閑話)호려 호므로 아라 흔연(欣然)이 좌(座)를 일우고 한훤(寒暄)[138]을 뭇지 못호여셔 녜뷔(禮部ㅣ) 태부(太傅)를 향(向)호야 흔흔(欣欣)이 웃고 골오딩,

"현뎨(賢弟)

---

134) 유유(儒儒): 모든 일에 딱 잘라 결정을 내리지 못하고 어물어물한 데가 있음.
135) 이믜: 아무 잘못 없이 꾸중을 듣거나 벌을 받아 억울함.
136) 빅옥무하(白玉無瑕): 백옥무하. 백옥에 아무런 티나 흠이 없다는 뜻으로, 아무런 흠이나 결점이 없음 또는 그런 사람을 이르는 말.
137) 언능(言能): 언능. 말이 능란함.
138) 한훤(寒暄): 날씨의 춥고 더움을 말하는 인사.

야, 우형(愚兄)의 웃는 뜻을 아는다?"

태뷔(太傅ㅣ) 홀연(忽然) 씨드라 심하(心下)의 블열(不悅)ᄒ야 이에 미쇼(微笑) 딕왈(對曰),

"쇼뎨(小弟) 엇디 형댱(兄丈)의 우스시는 뜻을 알리오?"

녜뷔(禮部ㅣ) 쇼왈(笑曰),

"우스미 곡졀(曲折)이 심샹(尋常)티 아니ᄒ미라 이뵈 민망(憫惘)ᄒ야 아니면 모든 딕 파셜(播說)ᄒ랴?"

태뷔(太傅ㅣ) 쇼왈(笑曰),

"이 쏘 형댱(兄丈)이 쇼뎨(小弟)를 보채려 허언(虛言)을 꾸미고져 ᄒ시미니 아모리나 ᄒ쇼셔. 쇼졔(小弟)는 저즌 곡졀(曲折)이 업ᄂ이다."

녜뷔(禮部ㅣ) 쇄금션(鎖金扇)139)을 텨 낭낭(朗朗)이 대쇼(大笑)ᄒ고 굴오딕,

"네 아모리 챡급(着急)140)ᄒ야ᄒ여도 츠언(此言)은 아디 못ᄒ리로다."

인(因)ᄒ야 태부(太傅)의 쟉야(昨夜) 거동(擧動)을 일일히(一一) 본 드시 파셜(播說)ᄒ니, 녜뷔(禮部ㅣ) 본딕(本) 언어(言語)와 구변(口辯)이 본딕(本) 됴커늘 츠언(此言)은 근본(根本) 잇는 말이라 단슌옥치(丹脣玉齒)141) 스이로 바다흘 거후로며142) 구슬을 쏨듯시 쇄

---

139) 쇄금션(鎖金扇): 쇄금선. 가는 금박을 입힌 부채.
140) 챡급(着急): 착급. 매우 급함.
141) 단슌옥치(丹脣玉齒): 단순옥치. 붉은 입술과 옥처럼 흰 이.
142) 거후로며: 기울이며.

옥셩(碎玉聲)이 낭낭(朗朗)ᄒ니 ᄎᄌ득 우은 말을 녜뷔(禮部ㅣ) 조언
(助言)ᄒ엿거든

그 가쇼(可笑)롭기ᄅᆞᆯ 니ᄅ리오. 졔인(諸人)이 박댱대쇼(拍掌大笑)ᄒ
며 일시(一時)의 태부(太傅)ᄅᆞᆯ 긔롱(譏弄)ᄒ니 태뷔(太傅ㅣ) 안싁(顏
色)이 여젼(如前)ᄒ야 쇼왈(笑曰),

"ᄎᄉᆞ(此事)ᄅᆞᆯ 저즈러셔도 붓그럽디 아닐딕 더옥 익미ᄒ미 쇼연
(昭然)ᄒᆞᆷ가?"

녜뷔(禮部ㅣ) 웃고 ᄭᅮ지저 왈(曰),

"완만(頑慢)143)ᄒᆞᆫ 놈이 거ᄎᄉ로 딕인(對人)ᄒ야 긔싁(氣色)을 지으
나 위슈(-嫂) 안젼(眼前)의ᄂᆞᆫ ᄒᆞᆫ 더온 ᄶᅥ기 되야 가지고 뎌대도록 능
(能)ᄒᆞᆫ 톄ᄒᄂ냐?"

위 어ᄉᆞ(御使) 듕냥이 글오딕,

"당일(當日) 이뵈 미ᄌᆞ(妹子)ᄃᆞ려 옥동(玉童)을 나하 두라 쇼쳥(訴
請)144)ᄒ더란 말을 드른 후(後)ᄂᆞᆫ 미ᄌᆡ(妹子ㅣ) 혹(或) 싱산(生産)키
ᄅᆞᆯ 속슈(束手)ᄒ고 ᄇᆞ라다가 죵시(終是) 망연(茫然)ᄒ니 우리 등(等)
이 교ᄌᆞ(轎子)ᄅᆞᆯ 딕령(待令)ᄒ야 미ᄌᆞ(妹子)의 츌화(黜禍)145)ᄅᆞᆯ 등딕
(等待)146)ᄒ더니 오ᄂᆞᆯ날 이런 미담(美談)이 이실 줄 알리오?"

태뷔(太傅ㅣ) 쇼이브답(笑而不答)ᄒ니 녀 한님(翰林)이 ᄯ오ᄒ 웃고

---

143) 완만(頑慢): 성질이 모질고 거만함.
144) 쇼쳥(訴請): 소청. 하소연하여 청함.
145) 츌화(黜禍): 출화. 시가에서 내쫓기는 화.
146) 등딕(等待): 등대. 미리 준비하고 기다림.

왈(曰),

"우리는 혜아리기를 위 부인(夫人)이 츌화(黜禍) 보시는 날을 당(當)ᄒᆞ야 혼

•••
8면

댱(張) 소봉(小封)을 텬안(天案)의 올리기를 혜아리고 문ᄌᆞ(文字)를 다ᄃᆞ마 셕은 글귀(-句)를 쯧겨겨[147] 혼 편(篇) 샹소(上疏)를 일워 논힉(論劾)고져 ᄒᆞ엿더니 이제는 슈고를 아니 드리리로다."

태뷔(太傅ㅣ) 다만 미미(微微)히 우술[148] ᄯᆞ름이오, 어ᄌᆞ러이 변빅(辨白)[149]ᄒᆞ미 업스니 녜뷔(禮部ㅣ) ᄯᅩ 쇼왈(笑曰),

"모다 하 올흔 말 ᄒᆞ니 네 ᄌᆞ공(子貢)[150]의 구변(口辯)이 이신들 발명(發明)ᄒᆞᆯ소냐? 그러므로 늘난 혀와 가ᄇᆞ야온 입[151]이 ᄒᆞᆫ낫 벙어리 되엿도다."

태뷔(太傅ㅣ) 웃고 ᄃᆡ왈(對曰),

"형댱(兄丈)의 니언(理言)[152]ᄒᆞ신 말ᄉᆞᆷ이 하 졀당(切當)[153]ᄒᆞ시니 쇼뎨(小弟) ᄃᆞ토려 ᄒᆞ매 도로혀 ᄀᆞ튼 고(故)로 함구무언(緘口無言)ᄒᆞ고 그 거동(擧動)만 볼 ᄲᅮᆫ이로소이다."

---

147) 쯧겨겨: '끄적여'의 뜻으로 보이나 미상임.
148) 우술: [교] 원문에는 '웃고'라 되어 있고 '고' 위에 삭제 표시가 되어 있어 규장각본(13:7)과 연세대본(13:8)을 따름.
149) 변빅(辨白): 변백. 옳고 그름을 가려 사리를 밝힘.
150) ᄌᆞ공(子貢): 자공. 중국 춘추시대 위나라의 유학자(B.C.520?-B.C.456?). 성은 단목(端木), 이름은 사(賜). 공자(孔子)의 제자로서 언어에 뛰어난 것으로 전해짐.
151) 입: [교] 원문과 규장각본(13:7), 연세대본(13:8)에 모두 '힘'으로 되어 있으나 문맥을 고려해 이와 같이 수정함.
152) 니언(理言): 이언. 말을 이치에 맞게 함.
153) 졀당(切當): 절당. 사리에 꼭 들어맞음.

좌위(左右 |) 대쇼(大笑)ᄒ고 녜부(禮部)ᄂᆞᆫ 간샤(奸邪)타 꾸짓더라.

위 시랑(侍郞) 등(等)이 드러가 미즈(妹子)ᄅᆞᆯ 보고 도라가 부모(父母)긔 드ᄅᆞᆫ 말을 고(告)ᄒ니, 이째 위 공(公)이 광녹연(光祿宴)의 태부(太傅)의 말이 쵹

휘(觸諱)154)ᄒᆞᆷᄅᆞᆯ 노(怒)ᄒᆞ야 연왕(-王)ᄃᆞ려 니ᄅᆞ고져 ᄒᆞ더니 츠언(此言)을 듯고 크게 두굿겨 온심(慍心)155)이 다 프러디더라.

태븨(太傅 |) 이후(以後) 위 시(氏)로 관관(關關)156)ᄒᆞᆫ 화락(和樂)이 종고(鍾鼓)157)의 합(合)ᄒ미 이셔 졍듕(情重)ᄒᆞᆫ 은인(恩愛) 태산(泰山) ᄀᆞᆮ나 됴 시(氏)ᄅᆞᆯ 도라 념(念)ᄒ미 업ᄉᆞ니,

됴 시(氏) 임의 태부(太傅)의 신션(神仙) ᄀᆞᆮᄐᆞᆫ 풍치(風采) 오미(寤寐)의 미쳐 셩녜(成禮)ᄒᆞ연 디 오라디 아니ᄒᆞ여셔 원별(遠別)ᄒ고 샹ᄉᆞ(相思) 일념(一念)이 무챵셕(武昌石)158)이 되고져 ᄒᆞ더니 요힝(僥倖) 도라오매 희츌망외(喜出望外)159)ᄒᆞ야 날로 얼골을 다ᄃᆞᆷ고 단장(丹粧)을 티레160)ᄒᆞ야 툥(寵)을 요구(要求)ᄒᆞ되, 태븨(太傅 |) 우환

---

154) 죡휘(觸諱): 촉휘. 꺼리는 일을 말함.
155) 온심(慍心): 성난 마음.
156) 관관(關關): '물수리가 끼룩끼룩 우는 소리'라는 뜻으로, 부부 사이가 좋음을 비유하는 말. 『시경』, <관저(關雎)>에 나오는 말.
157) 종고(鍾鼓): 종고. '쇠북과 북'이라는 뜻으로 부부 사이가 좋음을 비유하는 말. 『시경』, <관저(關雎)>에 나오는 말.
158) 무챵셕(武昌石): 무창석. 무창의 돌. 망부석(望夫石)을 이름. 중국 호북성 무창 북산(北山)에 사람이 서 있는 형상의 바위가 있는데, 한 여자가 병역(兵役)을 나가는 남편을 아들과 함께 전송하고 남편이 가는 것을 바라보다가 돌로 변했다는 전설이 있음. 『태평어람(太平御覽)』 권48.
159) 희츌망외(喜出望外): 희출망외. 바라는 것보다 넘쳐 기뻐함.
160) 티레: 치레. 잘 손질하여 모양을 냄.

(憂患) 듕(中) 이셔 위 시(氏)도 춫디 아니매 져기 방심(放心)ᄒ더니 근간(近間) 태뷔(太傅ㅣ) 봉셩각(--閣)의 츌입(出入)ᄒ야 늉늉(隆隆)161)ᄒᆫ 화락(和樂)이 교칠(膠漆)의 넘으믈 보고 크게 투긔(妬忌)ᄒ야 용심162)을 이긔디 못ᄒ나 구가(舅家)의 완 디 오라디 아니ᄒ고 구괴(舅姑ㅣ) 엄졍(嚴正)

* * *

10면

ᄒ니 감히(敢-) ᄉ싴(辭色)을 블슌(不順)이 못 ᄒ고 다만 그 슉모(叔母) 됴 시(氏)로 익긍(哀矜)163)ᄒᆫ 졍ᄉ(情事)를 니ᄅ매,

됴 시(氏) 비록 져기 ᄭᅴ닷ᄂᆫ 일이 이시나 ᄉ마댱경(司馬長卿)164)의 니ᄅᆫ바 텬싱녀질난ᄌ기(天生麗質難自棄)165)라 ᄒ니 사ᄅᆷ이 지극(至極)히 어려온 거슨 텬셩(天性)을 ᄇ리디 못ᄒ미라. 당시(當時)ᄒ야 ᄌ긔(自己) 지극(至極)ᄒᆫ 형셰(形勢) 서의(鉏鋙)166)코 븟그러온 줄 닛고 언연(偃然)167)이 태부(太傅)의 존댱(尊長)인 톄ᄒ야 태부(太傅)를 본죽 눈믈을 ᄲ리 가슴을168) 두ᄃ리고 슬피 여구의 잔잉ᄒᆫ 졍ᄉ

---

161) 늉늉(隆隆): 융융. 두터움.
162) 용심: 남을 시기하는 심술궂은 마음.
163) 익긍(哀矜): 애긍. 불쌍하고 가엾음.
164) ᄉ마댱경(司馬長卿): 사마장경. 중국 전한(前漢)의 성도(成都) 사람인 사마상여(司馬相如, B.C. 179-B.C.117)를 이름. 장경은 그의 자(字). 부(賦)를 잘 지었는데 특히 <자허부(子虛賦)>로 한 무제(武帝)의 눈에 들어 그 시종관이 됨. 탁왕손(卓王孫)의 과부 딸 탁문군(卓文君)을 사랑하여 함께 도피한 일화로 유명함.
165) 텬싱녀질난ᄌ기(天生麗質難自棄): 천생여질난자기. 타고난 아름다운 자질은 스스로 버리기 어려움. 백거이(白居易)의 <장한가(長恨歌)>에 나오는 구절임. <이씨세대록>에서 작가를 사마상여(司馬相如)라 한 것은 오류로 보임. <장한가>의 해당 시구는 양귀비(楊貴妃)의 아름다움에 대해 말하는 내용이므로 맥락에도 맞지 않음.
166) 서의(鉏鋙): 서어. 틀어져서 어긋남.
167) 언연(偃然): 거드름을 피우며 거만함.
168) 가슴을: 원문에는 없으나 문맥을 고려해 삽입함.

(情事)를 니룬고 듕딕(重待)[169]ᄒᆞ믈 권(勸)ᄒᆞ니 태부(太傅)ᄂᆞᆫ 극(極)
ᄒᆞᆫ 효ᄌᆡ(孝子ㅣ)라 됴 시(氏)의 고이(怪異)ᄒᆞᆫ 경계(警戒)를 죠곰도 염
고(厭苦)[170]ᄒᆞ미 업서 은근(慇懃)이 여구를 ᄎᆞ자 침셕(寢席)을 ᄒᆞᆫ가
지로 ᄒᆞ더라.

이ᄯᆡ 공(公)의 셔녀(庶女) 빙쥬의 년(年)이 십칠(十七)이라. 연왕(-
王)이 ᄆᆞ음의 블관(不關)이 너기매 ᄐᆡ셔(擇壻)ᄒᆞ미 업더니, 샹셔(尙
書) 등(等)이 힘뻐 가랑(佳郎)을 ᄀᆞᆯ

ᄒᆞ여 태듕태우(太中太夫) 셩연의 쇼실(小室)을 삼으니 셩 태위(太夫
ㅣ) 년(年)이 겨유 이십오(二十五) 셰(歲)오, 일죽 샹쳐(喪妻)ᄒᆞ야 쳡
(妾)을 구(求)ᄒᆞ던디라 빙쥬의 졀셰아미(絕世蛾眉)[171]를 대혹(大惑)
ᄒᆞ야 다시 ᄌᆡ쵀(再娶)의 ᄠᅳᆺ이 업고 삼(三) 개(個) ᄌᆞ녀(子女)를 맛디
니 빙쥬 그 어믜 어딘 ᄠᅳᆺ과 연왕(-王)의 바다 ᄀᆞᄐᆞᆫ 도량(度量)을 습
(習)ᄒᆞ야 뎍실(嫡室) ᄌᆞ녀(子女)를 졍셩(精誠)으로 무휼(撫恤)[172]ᄒᆞ고
태우(太夫)를 어디리 인도(引導)ᄒᆞ니 태위(太夫ㅣ) 듕ᄋᆡ(重愛)ᄒᆞ야
슈유블니(須臾不離)[173]ᄒᆞ고 위란이 잇다감 니르러 ᄯᆞᆯ을 볼 적이면
무수(無數) 녀로남복(女奴男僕)[174]이 태부인(太夫人)이라 ᄒᆞ야 존경
(尊敬)ᄒᆞ미 극(極)ᄒᆞ니 위란의 유복(有福)ᄒᆞ미 이에 더은디라 교란의

---

169) 듕딕(重待): 중대. 매우 소중히 대우함.
170) 염고(厭苦): 싫어하고 괴롭게 여김.
171) 졀셰아미(絕世蛾眉): 절세아미. 아름다운 눈썹을 지닌 뛰어난 미녀. 아미(蛾眉)는 누에나방의
     눈썹이라는 뜻으로, 가늘고 길게 굽어진 아름다운 눈썹을 이르는 말. 미인의 눈썹을 이름.
172) 무휼(撫恤): 어려운 처지에 있는 사람을 불쌍히 여겨 위로하고 물질로 도움.
173) 슈유블니(須臾不離): 수유불리. 잠시도 떨어져 있지 않음.
174) 녀로남복(女奴男僕): 여로남복. 여자종과 남자종.

블워ᄒᆞ미 측냥(測量) 업더라.

연부(-府)의셔 빙쥬를 혼인(婚姻)ᄒᆞ매 냥문과 벽쥬를 밧비 셩가(成嫁)ᄒᆞ려 ᄒᆞᆯᄉᆡ 셩듕(城中) 귀, 눈 잇ᄂᆞ니야 뉘 됴 시(氏)를 모ᄅᆞ리오. ᄯᆞᆯ 둔 집의셔 미파(媒婆)

●●●
12면

의 냥문 쳔거(薦擧)ᄒᆞᄂᆞᆫ 말을 드른죽 눈을 곰고 머리를 흔들며 손을 저어 왈(曰),

"무셔온 말도 듯거다. ᄯᆞᆯ을 홀로 늙힐 시ᄂᆞᆫ 올커니와 ᄎᆞ마 그런 흉인(凶人)의 며ᄂᆞ리를 삼으리오?"

ᄒᆞ니 아모도 더브러 혼인(婚姻)ᄒᆞ쟈 ᄒᆞ리 업ᄂᆞᆫ디라 니부(李府) 듕(中)이 그윽이 민울(悶鬱)[175]ᄒᆞ더니,

일일(一日)은 녀 한님(翰林)이 니ᄅᆞ러 니부(李府)의 냥문의 혼쳐(婚處) 못 어더 ᄒᆞᆯ믈 보고 이에 ᄀᆞᆯ오ᄃᆡ,

"녕뎨(令弟) 인믈(人物) 지홰(才華ㅣ) 툐츌(超出)[176]ᄒᆞᄃᆡ 어이 혼인(婚姻) 길히 뎌리 머흐뇨[177]? 연(然)이나 부뫼(父母ㅣ) 업고 빈한(貧寒)ᄒᆞ여도 문미(門楣)[178]와 쳐녀(處女)만 보와 혼인(婚姻)ᄒᆞ려 ᄒᆞᄂᆞ냐?"

샹셰(尙書ㅣ) 뒤왈(對曰),

"져근 일도 텬쉬(天數ㅣ)니 ᄒᆞᆯ믈며 인륜(人倫) 대관(大關)[179]이니

---

175) 민울(悶鬱): 안타깝고 답답함.
176) 툐츌(超出): 초출. 뛰어남.
177) 머흐뇨: 험난한가.
178) 문미(門楣): 가문의 지위와 명망.
179) 대관(大關): 크고 중요한 일.

잇가? 쇼뎨(小弟) 블쵸(不肖)ᄒ나 흔 아은 유여(裕餘)이 살게 ᄒ리니 빈[180]부(貧富)ᄂ 혜디 아니ᄒ고 문미(門楣)와 규슈(閨秀)만 글희ᄂᄂ이다."

녀 한님(翰林)이 희왈(喜曰),

"연(然)즉 나의

13면

쳐족(妻族) 젼임(前任) 원외랑(員外郎) 오 공(公)이 조세(早逝)ᄒ고 칠(七) 녀(女)를 두어 우흐로 세흔 셩가(成嫁)ᄒ고 넷재 규쉬(閨秀ㅣ) 금년(今年)이 십오(十五) 셰(歲)오 ᄋᆡ용(愛容)[181]이 극(極)히 관셰(冠世)[182]ᄒ야 예셩(譽聲)이 원근(遠近)의 들리ᄂᄂ니 그 혼인(婚姻)을 우리 악뷔(岳父ㅣ) 쥬관(主管)ᄒᄂᄂ디라 현뵈 블쾌(不快)히 아니 너기거든 닉 힘뼈 쥬관(主管)ᄒ리라."

샹셰(尙書ㅣ) 텽파(聽罷)의 희왈(喜曰),

"형(兄)의 말이 이러텃 신실(信實)ᄒ니 쇼뎨(小弟) ᄆᆞ음은 극(極)히 맛당ᄒ나 야야(爺爺)긔 췌품(就稟)[183]ᄒ야 회보(回報)ᄒ리라."

녀싱(-生)이 응낙(應諾)고 도라간 후(後) 샹셰(尙書ㅣ) 닉당(內堂)의 드러가 부친(父親)긔 고(告)ᄒ고 그 뜻을 뭇ᄌᆞ온대 왕(王)이 글오딕,

"요ᄉᆞ이 드르니 도셩(都城) 사름은 입 드니마다 줌줌(潛潛)코 잇들

---

180) 빈: [교] 원문과 규장각본(13:11), 연세대본(13:12)에 모두 '빙'으로 되어 있으나 오기로 보아 이와 같이 수정함.
181) ᄋᆡ용(愛容): 애용. 사랑스러운 용모.
182) 관셰(冠世): 관세. 세상에서 으뜸임.
183) 췌품(就稟): 취품. 웃어른께 나아가 여쭘.

아냐 낭문의 어미를 지쇼(指笑)[184]흔다 흐니 너희 뉘(類ㅣ) 므슴 사름이 되엿ᄂᆞ뇨? 아모 디라도 셜리 셩친(成親)흐야 듕외[185](中外) 시비(是非)를 막으라."

샹셰(尙書ㅣ) 지비(再拜) 슈명(受命)흐고 믈러나

• • •
14면

듕ᄆᆡ(仲媒)로 오 시랑(侍郞) 집의 구혼(求婚)흐니,

원ᄅᆡ(元來) 오 시랑(侍郞) 하ᄂᆞᆫ 녀박의 악공(岳公)이오 오 원외(員外)ᄂᆞᆫ 오 시랑(侍郞)이 일단(一端) ᄌᆞ비지심(慈悲之心)이 젹디 아냐 그 여러 ᄯᆞᆯ과 오 원외(員外) 부인(夫人) 심 시(氏)를 두려다가 무휼(撫恤)흐고 셩혼(成婚)을 극진(極盡)이 흐야 우흐로 삼(三) 녀(女)를 셩가(成嫁)흐고 뎨ᄉᆞ녀(第四女) 경아의 ᄌᆞ(字)ᄂᆞᆫ 초온이니 ᄉᆡᆼ셩(生成)흐매 긔질(氣質)이 극(極)히 비범(非凡)흐고 ᄐᆡ되(態度ㅣ) ᄲᅢ혀나 졀ᄉᆡᆨ가인(絶色佳人)이라. 오 시랑(侍郞)이 임의 ᄉᆞ랑흐야 흔 낫 가랑(佳郞)을 ᄐᆡᆨ(擇)흐디 뉘 뎌 무소한쳔(無所寒賤)[186]흔 집 여러 ᄯᆞᆯ을 ᄎᆔ(娶)코져 흐리오. 이러므로 ᄌᆞ연(自然) 혼인(婚姻)길히 느졋더니,

일일(一日)은 그 사회 녀 한님(翰林)이 니ᄅᆞ러 낭문의 인ᄌᆡ(人材) 츌범(出凡)흐믈 일ᄏᆞᆺ고 결친(結親)[187]흐믈 권(勸)흐거ᄂᆞᆯ 오 공(公)이 골오ᄃᆡ,

"죵뎨(從弟) 일죽 수다(數多) ᄌᆞ녀(子女)를 기티고 죽으매 닉게 일

---

184) 지쇼(指笑): 지소. 손가락질하며 비웃음.
185) 외: [교] 원문에는 '의'로 되어 있으나 문맥을 고려해 규장각본(13:12)과 연세대본(13:13)을 따름.
186) 무소한쳔(無所寒賤): 무소한천. 근본이 없고 한미하고 천함.
187) 결친(結親): 혼사를 맺음.

싱(一生)을 편(便)히 셩인(成姻)ᄒ야 구원(九原)의 도라

●●●
15면

가 볼 ᄂᆞ치 잇고져 ᄒ미라. 연왕(-王)의 ᄌᆞ녜(子女ㅣ) 아름다오믄 니
ᄅᆞ디 아냐도 알녀니와 대강(大綱) 그 모시(母氏) 소ᄒᆡᆼ(所行)이 요ᄉᆞ
이 엇더ᄒᆞ엿ᄂᆞᆄ?"

녀 한님(翰林)이 웃고 ᄀᆞᆯ오ᄃᆡ,

"됴 부인(夫人)의 ᄀᆡ과(改過)ᄒ시믄 심샹(尋常)티 아니ᄒ고 샤ᄆᆡ
(舍妹) 니(李) 현보의 쳔(妻ㄴ) 고(故)로 그 소문(所聞)을 ᄌᆞ시 드러시
니 대강(大綱) 어딘 부인(夫人)이 되엿는가 시브더이다."

오 공(公)이 ᄯᅩᄒᆞᆫ 웃고 ᄯᅳᆺ을 결(決)ᄒ야 구혼(求婚)코져 ᄒᆞ더니 홀
연(忽然) 니부(李府)의셔 믜파(媒婆)ᄅᆞᆯ 보ᄂᆡ여 구혼(求婚)ᄒ거늘 쾌
허(快許)ᄒ고 즉시(卽時) 길일(吉日)을 틱(擇)ᄒ야 낭문을 마ᄌᆞ니,

이날 니부(吏部) 등(等)이 위의(威儀)ᄅᆞᆯ 극진(極盡)히 출혀 낭문을
ᄃᆞ리고 오부(-府)의 니ᄅᆞ러 뎐안(奠雁)[188]을 ᄆᆞᆺ고 신부(新婦)ᄅᆞᆯ 호송
(護送)ᄒ야 도라올ᄉᆡ 낭문이 미위(眉宇ㅣ) 쳥슈(淸秀)ᄒ고 옥면(玉面)
이 ᄀᆞ을 둘 ᄀᆞᄐᆞ야 비록 냥형(兩兄)의 뎐일지풍(天日之風)[189]을 ᄯᅩᆯ오
디 못ᄒᆞ나 극(極)ᄒᆞᆫ 가ᄉᆡ(佳士ㅣ)라 심 부인(夫人)과 오 공(公)이

---

188) 뎐안(奠雁): 전안. 혼인 때 신랑이 신부 집에 기러기를 가져가서 상위에 놓고 절하는 예.
189) 뎐일지풍(天日之風): 천일지풍. 하늘의 태양처럼 빛나는 풍채.

깃브믈 이긔디 못ᄒ더라.

니부(李府)의 니ᄅ러 냥(兩) 신인(新人)이 **썅썅**(雙雙)이 교ᄇᆡ(交拜)를 ᄆᆞᆺ고 구고(舅姑)긔 폐ᄇᆡᆨ(幣帛)을 나오며 신부(新婦)의 안ᄉᆡᆨ(顔色)이 진짓 졀ᄃᆡ미인(絶代美人)이라 쳔ᄐᆡ만염(千態萬艷)[190]이 뎡뎡교교(貞靜皎皎)[191]ᄒ야 삼츈(三春) 삼ᄉᆡᆨ도홰(三色桃花ㅣ) 이슬을 머금어 됴양(朝陽)의 ᄯᅥᆯ틴 듯, 홍도(紅桃) ᄒᆞᆫ 가지 ᄇᆞ람의 흔드기ᄂᆞᆫ 듯, 별 ᄀᆞ튼 눈ᄲᅵ[192]와 블근 입시울이 그림을 그려도 모샤(模寫)ᄒ기 어려오니 만좌(滿座ㅣ) 크게 놀라 졔셩(齊聲) 칭찬(稱讚)ᄒ고 됴 시(氏) 대열과망(大悅過望)[193]ᄒ며 연왕(-王)이 역시(亦是) 깃거ᄒ더라.

하람비(--妃)로브터 모든 부인(夫人)이 일졔(一齊)히 입을 여러 됴 시(氏)긔 티하(致賀)ᄒ니 됴 시(氏) 몸을 굽혀 답언(答言)이 극(極)히 평슌(平順)ᄒ니 이젼(以前)보다가 다른 사ᄅᆞᆷ이 되엿더라.

셕양(夕陽)의 파연(罷宴)ᄒ고 신부(新婦) 슉소(宿所)를 벽오당(--堂)의 뎡(定)ᄒ니 이 곳 벽셔당(--堂) 겨치러라. 낭문 공ᄌᆡ(公子ㅣ) 신인(新人)을 보고 ᄯᅳᆺ의 ᄎ

고 원(願)의 합(合)ᄒ야 은ᄋᆡ(恩愛) 딘듕(鎭重)ᄒ미 비길 곳 업고 샹

---

190) 쳔ᄐᆡ만염(千態萬艷): 천태만염. 매우 아름다운 자태.
191) 뎡뎡교교(貞靜皎皎): 정정교교. 얌전하고 깔끔함.
192) 눈ᄲᅵ: 눈망울.
193) 대열과망(大悅過望): 바란 것보다 넘쳐 매우 기뻐함.

셔(尙書) 형뎨(兄弟) 더옥 깃거ᄒᆞ미 비길 곳 업더라.

오 시(氏) 얼골분 아냐 셩ᄒᆡᆼ(性行)이 극(極)히 어디러 ᄉᆞ족(士族)의 ᄆᆞᆰ은 ᄯᅳᆺ을 가져 가부(家夫)를 어디리 인도(引導)ᄒᆞ고 고모(姑母)¹⁹⁴⁾를 졍셩(精誠)으로¹⁹⁵⁾ 봉양(奉養)ᄒᆞ니 됴 시(氏)의 ᄉᆞ랑은 니ᄅᆞ도 말고 연왕(-王)이 극(極)히 ᄉᆞ랑ᄒᆞ며 소휘(-后ㅣ) 무익(撫愛)¹⁹⁶⁾ᄒᆞ미 위 시(氏) 등(等)의 디디 아니ᄒᆞ니 오 시(氏) ᄯᅩᄒᆞᆫ 지효(至孝)로 셤기미 친고모(親姑母)긔 ᄂᆞ리디 아니ᄒᆞ더라.

연왕(-王)이 낭문을 혼츄(婚娶)ᄒᆞ매 벽쥬를 위(爲)ᄒᆞ야 가셔(佳壻)를 골힐ᄉᆡ 왕(王)이 일즉 일쥬를 심궁(深宮)의 ᄌᆞᆷ으고 녀ᄋᆞ(女兒)를 셩혼(成婚)ᄒᆞ니 업ᄉᆞᆫ디라. ᄒᆞ믈며 벽쥬의 쳔교빅미(千嬌百美)¹⁹⁷⁾를 심익(深愛)ᄒᆞᄂᆞᆫ 고(故)로 ᄀᆞᄐᆞᆫ ᄡᅡᆼ(雙)을 어더 슬하(膝下)의 ᄌᆞ미를 삼고져 ᄒᆞ되 그 어믜 소ᄒᆡᆼ(所行)이 그러ᄒᆞ매 번거히 구친(求親)키를 아니ᄒᆞ나 ᄌᆞ연(自然) 알 리 만하 아

●●●
18면

ᄃᆞᆯ 두엇ᄂᆞ니ᄂᆞᆫ 혹(或) 미패(媒婆ㅣ) 벽쥬를 쳔거(薦擧)ᄒᆞ면 흔굴ᄀᆞ티 졍셩(正聲) 대매(大罵) 왈(曰),

"텬하(天下) 발부(潑婦)¹⁹⁸⁾의 ᄯᆞᆯ을 어더 종(宗)을 업티고 ᄉᆞ(嗣)를 졀(絕)ᄒᆞ랴?"

---

194) 고모(姑母): 시어머니.
195) 으로: [교] 원문에는 '을'로 되어 있으나 문맥을 고려해 규장각본(13:15)과 연세대본(13:17)을 따름.
196) 무익(撫愛): 무애. 어루만지며 사랑함.
197) 쳔교빅미(千嬌百美): 천교백미. 매우 아리따움.
198) 발부(潑婦): 흉악하여 도리를 알지 못하는 여자.

ᄒᆞ니 아모도 구친(求親)ᄒᆞᄂᆞ니 업고 왕(王)이 ᄯᅩᄒᆞᆫ 유의(留意)ᄒᆞᆫ 고디 이셔 제비(儕輩)199)ᄅᆞᆯ 딕(對)ᄒᆞ야도 사회ᄅᆞᆯ 일ᄏᆞᆮ디 아니ᄒᆞ더라.

연왕(-王)의 유의(留意)ᄒᆞᆫ 곳은 다ᄅᆞ니 아니라, 션시(先時)의 뉴 공(公)을 고관(告官)ᄒᆞᆫ 최ᄉᆡᆼ(-生)의 명(名)은 연이니 본디(本-) 인믈(人物)이 강개(慷慨)ᄒᆞ고 딕졀(直節)200)이 숑빅(松柏) ᄀᆞᄐᆞ니 다ᄉᆞ(多士)의 츄앙(推仰)ᄒᆞᄂᆞᆫ 배러라. 기쳐(其妻) 노 시(氏) 셩ᄒᆡᆼ(性行)이 어디러 임ᄉᆞ(姙姒)201) 번희(樊姬)202)의 풍(風)이 이셔 최ᄉᆡᆼ(-生)의 간고(艱苦)ᄅᆞᆯ 죠곰도 흔(恨)티 아니ᄒᆞ고 슈션(修繕) 방젹(紡績)을 힘뼈 ᄒᆞ야 봉비(葑菲)203)의 즐거오믈 다ᄒᆞ더니 블ᄒᆡᆼ(不幸)ᄒᆞ야 뉴 공(公)의 핍박(逼迫)ᄒᆞᄂᆞᆫ 욕(辱)을 만나 결항(結項)204) 티ᄉᆞ(致死)ᄒᆞ니 최ᄉᆡᆼ(-生)이 원(怨)을 품고 기ᄌᆞ(其子) 빅만을 업고 ᄃᆞ라나 금쥐(錦州) 니

•••

19면

ᄅᆞ러 셩명(姓名)을 고치고 뇨ᄉᆡᆼ(聊生)205)ᄒᆞ더니 연왕(-王)이 우연(偶

---

199) 제비(儕輩): 제배. 동년배.

200) 딕졀(直節): 직절. 강직한 절개.

201) 임ᄉᆞ(姙姒): 임사. 중국 고대 주(周)나라 문왕(文王)의 어머니 태임(太姙)과, 문왕의 아내이자 무왕(武王)의 어머니인 태사(太姒)를 아울러 이르는 말로 이들은 현모양처로 유명함.

202) 번희(樊姬): 중국 춘추시대 초(楚)나라 장왕(莊王)의 비(妃). 장왕이 사냥을 즐기자 간하였으나 듣지 않자 고기를 먹지 않으니 왕이 잘못을 바로잡아 정사에 힘씀. 왕을 위해 첩들을 모아 주고 왕이 현인(賢人)으로 일컬은 우구자(虞丘子)가 현인의 진로를 막는다고 간함. 초 장왕이 이 말을 우구자에게 전하자 우구자가 부끄러워하고 손숙오(孫叔敖)를 추천하니 손숙오가 영윤(令尹)이 되어 삼 년 만에 장왕을 패왕(霸王)으로 만듦. 유향, 『열녀전(列女傳)』, <초장번희(楚莊樊姬)>.

203) 봉비(葑菲): '순무와 무'라는 뜻으로 부부 사이의 애정을 표현한 말. 순무와 무는 잎과 뿌리를 다 먹을 수 있는 채소로, 뿌리가 간혹 쓰다고 해서 잎을 버려서는 안 되는 것처럼 부부가 안 좋은 상황이 온다 해도 서로 버려서는 안 된다는 말임. 『시경(詩經)』 "패풍(邶風)" <곡풍(谷風)>의 "순무를 캐고 무를 캐는 것은 뿌리만을 위한 것이 아니네. 采葑采菲 無以下體"라는 구절에서 유래함.

204) 결항(結項): 목숨을 끊기 위하여 목을 매어 닮.

205) 뇨ᄉᆡᆼ(聊生): 요생. 생계를 꾸림.

然)이 빅만의 긔이(奇異)흔 풍도(風度)206)룰 보고 스랑ᄒ야 뎨ᄌ(弟子)룰 삼앗더니 뉴 공(公)이 당형(當刑)207) 시(時)의 최싱(-生)이 격고등문(擊鼓登聞)ᄒ야 망쳐(亡妻)의 흔(恨)을 갑고 인(因)ᄒ야 경ᄉ(京師)의 머므러 빅만을 연왕(-王)긔 슈흑(修學)ᄒ고 인(因)ᄒ야 고향(故鄕)의 잇다감 ᄃᆞᆫ녀오더니 즉금(卽今)도 남챵(南昌)의 간 디 다엿 돌이로ᄃᆞ 아직 오디 아냣더라.

빅만의 ᄌ(字)ᄂᆞ 닌셕이니 금년(今年)이 십오(十五) 셰(歲)라. 관옥(冠玉) ᄀᆞᆮ튼 풍되(風度ㅣ) 졀뉸가려(絶倫佳麗)208)ᄒ며 흔 ᄡᅡᆼ(雙) 츄슈명목(秋水明目)209)이 딩딩(澄澄)210)이 발월(發越)211)ᄒ고 단사(丹沙) ᄀᆞᆮ튼 입은 졀ᄃᆡ미인(絶代美人)이 연지(臙脂)룰 스손212) ᄃᆞᆺᄒ거늘 겸(兼)ᄒ야 ᄌᆡ흑(才學)이 ᄲᅡ혀나고 위인(爲人)이 겸공근신(謙恭謹愼)213)ᄒ니 니부(李府) 형뎨(兄弟), 동긔(同氣) ᄀᆞ티 ᄉᆞ랑ᄒ고 연왕(-王)이 샹시(常時) 심(甚)히 흠ᄋᆡ(欽愛)214)ᄒ야 월쥬의 어리믈 흔(恨)ᄒ다가 벽쥬룰 의

•••
20면

외(意外)예 어드매 용모(容貌) 긔질(氣質)이 극(極)히 교염(嬌艷)215)

---

206) 풍도(風度): 풍채와 태도.
207) 당형(當刑): 형벌을 당함.
208) 졀뉸가려(絶倫佳麗): 절륜가려. 무리 중에서 매우 뛰어나게 아름다움.
209) 츄슈명목(秋水明目): 추수명목. 가을 물결처럼 맑은 눈.
210) 딩딩(澄澄): 징징. 매우 맑음.
211) 발월(發越): 용모가 깨끗하고 훤칠함.
212) 스손: 닦은.
213) 겸공근신(謙恭謹愼): 겸손하고 공손하며 삼감.
214) 흠ᄋᆡ(欽愛): 흠애. 흠모하며 사랑함.
215) 교염(嬌艷): 아리따움.

ᄒᆞ니 빅만의 텬뎡가위(天定佳偶ㅣ)라 심하(心下)의 깃거 최싱(-生)의
도라오믈 기두리더니,

하ᄉᆞ월(夏四月)의 최 공(公)이 도라와 연왕(-王)을 보고 크게 반겨
피ᄎᆞ(彼此ㅣ) 별회(別懷)를 닐러 반일(半日) 슈작(酬酌)ᄒᆞ다가 최 공
(公)이 홀연(忽然) 탄식(歎息)고 뉴 공(公)의 거동(擧動)을 닐러 왈
(曰),

"녜브터 악재(惡者ㅣ) 보복(報復)을 바드미 덧덧ᄒᆞ나 엇디 오늘날
유영걸의 거동(擧動)의 비기리오? 그 경샹(景狀)이 ᄒᆞᆫ낫 걸인(乞人)
만도 못ᄒᆞ니 만싱(晚生)이 젼원(前怨)²¹⁶⁾을 도로혀 닛고 차악(嗟
愕)²¹⁷⁾ᄒᆞ믈 이긔디 못ᄒᆞ리러라."

왕(王)이 역탄(亦嘆) 왈(曰),

"뉴 공(公)이 구ᄐᆞ야 사오나오미 과(過)ᄒᆞᆫ 거시 아니라 젼후(前後)
의 몸을 그릇 가져 그 디경(地境)의 니른니 후인(後人)을 딩계(懲誡)
ᄒᆞ염 죽ᄒᆞ도다."

ᄒᆞ더라.

왕(王)이 쥬감(酒酣)²¹⁸⁾의 혼ᄉᆞ(婚事)로ᄡᅥ 니른대 최싱(-生)이 대경
대희(大驚大喜)²¹⁹⁾ᄒᆞ야 년망(連忙)이 칭

•••
21면

샤(稱謝)ᄒᆞ야 글오ᄃᆡ,

---

216) 젼원(前怨): 전원. 전날의 원망.
217) 차악(嗟愕): 몹시 놀람.
218) 쥬감(酒酣): 주감. 술이 얼큰해짐.
219) 대경대희(大驚大喜): 매우 놀라면서도 기뻐함.

"쇼싱(小生)은 이 흔낫 한쳔(寒賤)[220]흔 가문(家門)의 포의한시(布衣寒士ㅣ)[221]라. 대왕(大王)이 일월지덕(日月之德)으로 쳔(賤)흔 ᄌ식(子息)을 무익(撫愛)[222]ᄒ샤미 긔츌(己出)[223] ᄀᄐ시니 대덕(大德)을 심골(心骨)의 사기더니 오늘날 쳔금(千金) 쇼져(小姐)로 젹승(赤繩)[224]을 밋게 ᄒ시니 손복(損福)[225]홀가 두리ᄂᆞ이다."

왕(王)이 흔연(欣然) 쇼왈(笑曰),

"피치(彼此ㅣ) 스문(斯文)[226] 일믹(一脈)이오, 더옥 공(公)의 놉흔 디개(志槪)[227]와 녕낭(令郞)의 곤옥(崑玉)[228] ᄀᄐ 풍도(風度)로ᄡ ㅓ 더러온 녀이(女兒ㅣ) 시쳡(侍妾) 되기도 블ᄉ(不似)[229]ᄒ거늘 이런 말을 ᄒ시ᄂᆞ뇨?"

최 공(公)이 다시 ᄉ양(辭讓)티 못ᄒ고 희츌망외(喜出望外)[230]ᄒ야 쾌허(快許)ᄒ고 틱일(擇日)ᄒ니 니부(吏部) 등(等)이 최 공ᄌ(公子)의 옥면뉴풍(玉面柳風)[231]을 심(甚)히 ᄉ랑ᄒ다가 믹ᄌ(妹子)의 가우(佳偶)[232]를 뎡(定)ᄒᄆᆯ 심(甚)히 깃거ᄒ더라.

길일(吉日)이 다ᄃᆞ르매 빅만이 믈읏 위의(威儀)를 거ᄂᆞ려 왕부(王

---

220) 한쳔(寒賤): 한천. 한미하고 천함.
221) 포의한시(布衣寒士ㅣ): 포의한사. 베옷을 입은 가난한 선비.
222) 무익(撫愛): 무애. 어루만지며 사랑함.
223) 긔츌(己出): 기출. 자기 소생.
224) 젹승(赤繩): 적승. 붉은 끈. 부부의 인연을 맺는 것. 월하노인(月下老人)이 포대에 붉은 끈을 가지고 다녔는데 월하노인이 이 끈으로 혼인의 인연이 있는 남녀의 손발을 묶으면 그 남녀는 혼인할 운명에서 벗어나지 못한다고 함. 중국 당나라의 이복언(李復言)이 지은 『속현괴록(續玄怪錄)』에 나오는 이야기.
225) 손복(損福): 복을 잃음.
226) 스문(斯文): 사문. 유학자의 경칭(敬稱).
227) 디개(志槪): 지개. 의지와 기개.
228) 곤옥(崑玉): 곤륜산의 옥. 곤륜산은 중국에 있다는 전설상의 산으로 아름다운 옥이 많이 난다고 전해짐.
229) 블ᄉ(不似): 불사. 서로 비슷하지 않음.
230) 희츌망외(喜出望外): 바란 것보다 넘쳐 매우 기뻐함.
231) 옥면뉴풍(玉面柳風): 옥면유풍. 옥 같은 얼굴과 버들 같은 풍채라는 뜻으로 남자의 아름다운 외모를 비유한 말.
232) 가우(佳偶): 아름다운 짝.

府)의 니르러 기러기롤 뎐(奠)ᄒ고 신부(新婦)의 샹교(上轎)롤 기

ᄃ릴ᄉᆡ 소휘(-后ㅣ) 됴 시(氏)로 더브러 쇼져(小姐)의 녜복(禮服)을 ᄀ초아 씌 씌이고233) 금낭(錦囊)을 치오며 경계(警戒)ᄒ야 빅냥(百 兩)234)의 올리니 최ᄉᆡᆼ(-生)이 봉교(封轎)ᄒ기롤 ᄆᆞᆺ고 몰머리롤 두로 혀매,

녜부(禮部) 등(等) ᄉ(四) 인(人)과 니부(吏部) 등(等)이 일시(一時) 의 ᄒᆞᆫ가지로 요긱(繞客)235)이 되야 최부(-府)의 니르러 냥인(兩人)이 교ᄇᆡ(交拜)롤 ᄆᆞᆺ고 신뷔(新婦ㅣ) 금년(金蓮)236)을 두로혀 최 공(公)의 게 폐ᄇᆡᆨ(幣帛)을 나오니 최 공(公)이 밧비 눈을 들매 신뷔(新婦ㅣ) ᄌᆞᆺᆨ(姿色)이 극(極)히 염녀(艶麗)237)ᄒ야 옥(玉) ᄀᆞᆺ온238) 니마와 도 화(桃花) 보ᄃᆞ개며 나븨눈셥과 별눈이 ᄀᆞ초 긔긔묘묘(奇奇妙妙)ᄒ니 텬하졀ᄉᆡᆨ(天下絕色)이라. 최 공(公)이 크게 깃거 눈믈을 흘리고 ᄀᆞᆯ오 ᄃᆡ,

"ᄋᆞᄌᆡ(兒子ㅣ) 강보(襁褓)롤 면(免)티 못ᄒ여셔 ᄌᆞ모(慈母)롤 참별 (慘別)239)ᄒ고 요힝(僥倖) 댱셩(長成)ᄒ야 신뷔(新婦ㅣ) 이러ᄐᆞᆺ 아ᄅᆞᆷ

---

233) 씌이고: 두르고.
234) 빅냥(百兩): 백량. 100대의 수레라는 뜻으로 신부를 맞아들임을 말함. '양(兩)'은 수레의 의미. "저 아가씨 시집갈 적에, 백 대의 수레로 맞이하네. 之子于歸, 百兩御之."라는 구절이 『시경 (詩經)』, <작소(鵲巢)>에 보임.
235) 요긱(繞客): 요객. 혼인 때에 가족 중에서 신랑이나 신부를 데리고 가는 사람.
236) 금년(金蓮): 금련. 금으로 만든 연꽃이라는 뜻으로, 미인의 예쁜 걸음걸이를 비유적으로 이르 는 말. 중국 남조(南朝) 때 동혼후(東昏侯)가 금으로 만든 연꽃을 땅에 깔아 놓고 반비(潘妃) 에게 그 위를 걷게 하였다는 고사에서 유래함.
237) 염녀(艶麗): 염려. 곱고 아름다움.
238) ᄀᆞᆺ온: 쌓아올린.
239) 참별(慘別): 참혹히 이별함.

다오니 구원(九原)의 망녕(亡靈)이 보디 못ᄒᆞᆷ믈 셜워ᄒᆞ

•••
23면

리로다. 샐리 ᄉᆞ당(祠堂)의 비현(拜見)ᄒᆞ야 산녯츨 봄ᄀᆞ티 ᄒᆞ라."

빅만이 ᄎᆞ언(此言)을 듯고 누슈(淚水)를 ᄲᅳ리며 쇼져(小姐)로 더브러 가묘(家廟)의 올나 다과(茶果)를 버리고 지젼(紙錢)을 술오며 비례(拜禮)ᄒᆞ매 효ᄌᆞ(孝子)의 ᄆᆞ음이 새로이 비졀통도(悲絕痛悼)[240]ᄒᆞ야 흐르는 눈믈이 옷기슬 젹셔 튼셩톄읍(吞聲涕泣)[241]ᄒᆞ니, 쇼졔(小姐ㅣ) ᄯᅩᄒᆞᆫ ᄀᆞ초 비환(悲患)을 겻근 배라 츄연(惆然)이 녓비츨 고티더라.

녜파(禮罷)의 다시 당(堂)의 니르러 최 공(公)긔 뵐ᄉᆡ 최 공(公)이 본ᄃᆡ(本-) 노 시(氏)를 상(喪)ᄒᆞᆫ 후(後) 희쳡(姬妾)도 어든 일 업고 친쳑(親戚)이 다 남챵(南昌)의 이시니 이곳은 ᄒᆞᆫ 낫 친권(親眷)[242]이 업는 고(故)로 최 공(公)이 홀노 이에 이셔 니(李) 녜부(禮部) 등(等)을 쳥(請)ᄒᆞ야 좌(座)를 베프고 신부(新婦)를 어르ᄆᆞᆫ져 두굿기믈 이긔디 못ᄒᆞ고 망쳐(亡妻)의 참난(慘難)[243]을 일ᄏᆞ라 눈믈을 흘리니 졔인(諸人)이 그 졍ᄉᆞ(情事)

---

240) 비졀통도(悲絕痛悼): 비절통도. 매우 슬퍼하며 애도함.
241) 튼셩톄읍(吞聲涕泣): 탄성체읍. 소리를 삼키며 눈물을 흘림.
242) 친권(親眷): 아주 가까운 권속.
243) 참난(慘難): 참혹한 환난.

룰 참연(慘然)호야 됴흔 말로 위로(慰勞)호딕 홀로 스마(司馬) 경문 이 머리룰 수기고 말을 아니호더라.

날이 져믈매 제인(諸人)이 흐터디고 신뷔(新婦ㅣ) 슉소(宿所)의 도 라오매 최 공직(公子ㅣ) 이에 드러와 신인(新人)의 용모(容貌)룰 과 혹(過惑)호야 견²⁴⁴)권(繾綣)²⁴⁵) 이정(愛情)이 비길 곳 업더라.

ᄎ일(此日) 니부(李府)의셔 쇼져(小姐)룰 셩가(成嫁)호야 보닉노라 남공(-公) 등(等)이 오운뎐(--殿)의 모닷더니 최싱(-生)의 풍모(風貌) 룰 제공(諸公)이 칙칙(嘖嘖)²⁴⁶) 칭찬(稱讚)호고 왕(王)이 쏘흔 희식 (喜色)을 먹음으니 쇼뷔(少傅ㅣ) 미쇼(微笑)호고 즘즘(潛潛)호엿다가 위의(威儀) 휘동(麾動)²⁴⁷)흔 후(後) 쇼뷔(少傅ㅣ) 연왕(-王)을 향(向) 호야 쇼이문왈(笑而問曰),

"의부(義父)도 의녀(義女)의 길ᄉ(吉事)의 깃거ᄒᆞᄂᆞ냐?"

왕(王)이 웃고 딕왈(對曰),

"슉부(叔父)ᄂᆞ 닛도 아녀 계시이다. 이런 긔괴지언(奇怪之言)을 ᄒᆞ 시ᄂᆞᇇ뇨?"

쇼뷔(少傅ㅣ) 우어 왈(曰),

"실노(實-) 조홰(造化ㅣ) 긔이(奇異)ᄒᆞ니 셜ᄉ(設使) ᄒᆞ로밤 동쳐 (同處)ᄒᆞ엿신들 뎌 긔특(奇特)흔

---

244) 견: [교] 원문과 규장각본(13:21)과 연세대본(13:24)에 모두 '권'으로 되어 있으나 뜻을 더욱 명확히 하기 위해 이와 같이 수정함.
245) 견권(繾綣): 생각하는 정이 두터워 서로 잊지 못하거나 떨어지지 못함.
246) 칙칙(嘖嘖): 책책. 떠들썩함.
247) 휘동(麾動): 지휘해 움직임.

냥익(兩兒ㅣ) 삼길 줄 엇디 알리오? 딜ᄋ(姪兒)는 그 가온대 조화(造化)를 니ᄅᆞ라."

왕(王)이 미쇼(微笑) 무언(無言)ᄒᆞ니 긔국공(--公)이 ᄯᅩᄒᆞᆫ 웃고 문왈(問曰),

"형댱(兄丈)이 됴수(-嫂)의게 나흐신 바 ᄌᆞ녀(子女)는 뎌러툿 귀(貴)ᄒᆞ야 ᄒᆞ시며 수시(嫂氏)의게 홀로 미몰ᄒᆞ시ᄂᆞ뇨?"

왕(王)이 함누(含淚) 탄왈(歎曰),

"현뎨(賢弟)는 이리 니ᄅᆞ디 말라. 어믜 사오나온 년좌(連坐)를 ᄌᆞ식(子息)의게 쓰며 뎌 냥익(兩兒ㅣ) 나의 독ᄌᆞ독손(獨子獨孫)이라도 됴녀(-女)의 죄악(罪惡)이 그만ᄒᆞ여는 닉 엇디 용샤(容赦)ᄒᆞ리오?"

쇼뷔(少傅ㅣ) 웃고 긔롱(譏弄) 왈(曰),

"뎌만치 구든 ᄆᆞ음이 뎌 냥ᄋ(兩兒) 삼기던 날은 귀신(鬼神)이 아사 갓던가? 긔 엇던 일이러뇨?"

왕(王)이 다만 미쇼(微笑) 무언(無言)이러라.

최 공(公)이 본딕(本-) 경ᄉᆞ(京師) 집이 업고 ᄯᅩ 눔의 집을 비러 드럿더니 연왕(-王)이 듕간(中間)의 갑슬 주고 사 주어시나 셩품(性品)이 믈외(物外)예 버셔난 고(故)로 가ᄉᆞ(家事)를 출히디 아니코 두로

쇼유(逍遊)ᄒᆞ고 빅만은 니부(李府)의 두엇던디라. 이제 신부(新婦)를 어드나 그 나히 어리믈 혐의(嫌疑)ᄒᆞ야 삼(三) 일(日) 후(後) 본부(本

府)의 도라보니여 나히 춘 후(後) 가스(家事)를 일우려 ㅎ니 연왕(-
王)이 주못 깃거ㅎ고 벽쥬 쇼졔(小姐ㅣ) 친당(親堂)의 도라와 가부
(家夫)의 듕딕(重待) 구산(丘山) 곳고 부모(父母) 형뎨(兄弟)로 희락
(喜樂)ㅎ니 만념(萬念)이 무흠(無欠)[248]ㅎ더라.

어시(於時)의 태뷔(太傅ㅣ) 됴 시(氏)의 명(命)을 역(逆)디 아니ㅎ
려 여구의 침소(寢所)의 강잉(强仍)ㅎ야 드러가나 진실로(眞實-) 은
졍(恩情)이 믹믹[249]ㅎ야 침셕(寢席)의 졍(情)을 머므르미 업고 위 시
(氏) 침소(寢所)의 가는 날은 가지록 새로 만난 듯ㅎ야 은익(恩愛)
태산(泰山) 굿트니 여귀 앙앙(怏怏)[250] 분노(憤怒)ㅎ고 위 시(氏)는
심(甚)히 블평(不平)ㅎ딕 태뷔(太傅ㅣ) 사름이 론디[251] 긔상(氣像)이
호호(浩浩)ㅎ고 안식(顔色)이 단엄(端嚴)ㅎ니 무익(無益)혼 간언(諫
言)을 아니ㅎ더니,

여귀 날이 오라매 믄득 녀힝(女行)을 닛고

●●●
27면

혼야(昏夜)의 봉셩각(--閣)으로 분주(奔走)ㅎ야 뎌의 부부(夫婦) 듕졍
(重情)을 엿고져 ㅎ딕 일즉 봉셩각(--閣)을 모르는디라 인연(因緣)홀
길히 업서 다만 그 슉모(叔母)를 울쏫고[252] 셜워라 보채니, 됴 시(氏)
졈졈(漸漸) 방주(放恣)ㅎ야 태부(太傅)를 본죽 블평지언(不平之言)이
굿디 아니ㅎ니 태부(太傅)는 다만 온화(溫和)히 샤죄(謝罪)ㅎ고 됴

---

248) 무흠(無欠): 흠이 없음.
249) 믹믹: 맥맥. 기운이 막혀 감감함.
250) 앙앙(怏怏): 매우 마음에 차지 아니하거나 야속함.
251) 론디: 본디.
252) 울쏫고: '하소연하고'의 뜻으로 보이나 미상임.

시(氏) 침소(寢所)의 나드러돈니나 위 시(氏) 침소(寢所)를 일삭(一朔)의 이십여(二十餘) 일(日)식은 가는디라.

여귀 초조(焦燥)ᄒ야 일일(一日)은 위 시(氏) 문안(問安)ᄒ라 왓다가 니러 가거늘 쓸와 봉각(-閣)의 니ᄅ매 너른 당(堂)과 무수(無數)ᄒᆫ 방새(房舍ㅣ) 듕듕(重重)ᄒ고 누듕(樓中)이 굉녀(宏麗)ᄒ고 광활(廣闊)ᄒ야 표연(飄然)이 등션(登仙)ᄒᆯ 둣ᄒ며 아아(峨峨)[253]히 학(鶴)의 눌개를 편 둣ᄒ야 슈달난챵(繡闥蘭窓)[254]과 옥난됴밍(玉欄雕甍)[255]이 의의(猗猗)[256]ᄒ야 눈의 븨이더라. 됴 시(氏) 크게 놀나 넉슬 일코 두

• • •

28면

로 완경(玩景)[257]키를 겨를티 못ᄒ거늘 쇼졔(小姐ㅣ) 은근(慇懃)이 쳥(請)ᄒ야 좌뎡(坐定)ᄒ고 ᄀᆞᆯ오ᄃᆡ,

"블셔브터 부인(夫人)을 쳥(請)ᄒ야 회포(懷抱)를 쇼헐(消歇)[258]코져 ᄒᄃᆡ 쳡(妾)이 위인(爲人)이 졸약(拙弱)[259]ᄒ야 능히(能-) 힝(行)티 못ᄒ엿더니 금일(今日) 빗ᄂᆡ 니ᄅ시니 져근덧[260] 안ᄌᆞ샤 ᄀᆞᄅ치믈 앗기디 마ᄅᆞ쇼셔."

됴 시(氏) 겨유 졍신(精神)을 뎡(定)ᄒ야 안ᄌᆞ며 다시 눈을 드러

---

253) 아아(峨峨): 높은 모양.
254) 슈달난챵(繡闥蘭窓): 수달난창. 화려하게 단청한 문과 난초 무늬의 창문.
255) 옥난됴밍(玉欄雕甍): 옥란조맹. 옥으로 만든 난간과 조각한 용마루.
256) 의의(猗猗): 아름다운 모양.
257) 완경(玩景): 경치를 구경함.
258) 쇼헐(消歇): 소헐. 풀어 없앰.
259) 졸약(拙弱): 옹졸하고 약함.
260) 져근덧: 잠깐.

보니 빅옥(白玉) 현판(懸板)의 금ᄌᆞ(金字)로 봉셩각(--閣)이라 ᄒᆞ엿거늘 놀라 왈(曰),

"부인(夫人) 계신 곳을 치봉각(彩鳳閣)이라 ᄒᆞ엿더니 이제 다ᄅᆞᆫ 엇디오?"

쇼제(小姐ㅣ) 왈(曰),

"이곳이 누듸(樓臺) 심팀(深沈)[261]ᄒᆞ고 그윽ᄒᆞ듸 집 졔되(制度ㅣ) 치봉(彩鳳) ᄀᆞᆺ다 ᄒᆞ야 치봉각(彩鳳閣)이라도 ᄒᆞᄂᆞ니이다."

됴 시(氏) 이에 히아쳐[262] 굴오듸,

"니나 부인(夫人)이나 다 ᄒᆞᆫ가지 졍실(正室)이어늘 양츈당(--堂)은 이곳만 못ᄒᆞ니 긔 엇던 일이니잇고?"

쇼제(小姐ㅣ) 몸

* * *

29면

을 굽혀 굴오듸,

"쳡(妾)이 셩문(盛門)의 드러완 디 오라디 아니ᄒᆞ니 이런 일을 엇디 ᄌᆞ시 알리잇고?"

됴 시(氏) 홀연(忽然) 노ᄉᆡᆨ(怒色) 왈(曰),

"부인(夫人)이 간ᄉᆞ(奸邪)ᄒᆞ다. 샹공(相公) 은ᄋᆡ(恩愛) 그듸로 교칠(膠漆) ᄀᆞᆺ거늘 엇디 아디 못ᄒᆞ리오?"

쇼제(小姐ㅣ) 뎌의 무디(無知)ᄒᆞ믈 실로(實-) 괴로이 너겨 믁믁(默默)이러니,

---

261) 심팀(深沈): 심침. 깊숙하고 조용함.
262) 히아쳐: '폐쳐'의 의미로 보이나 미상임.

홀연(忽然) 태뷔(太傅ㅣ) 금관(金冠)을 기우리고 됴복(朝服)을 씌어 이에 드러오니, 쇼제(小姐ㅣ) 눈을 ᄂ초와 ᄂ려셔고 됴 시(氏)ᄂ 그 쇄락(灑落)흔 풍되(風度ㅣ) 볼ᄉ록 긔이(奇異)ᄒ야 정신(精神)이 어려 ᄇ라보니 마치 고기 본 괴263) ᄀᆺ고 밥 ᄇ라ᄂ 개 ᄀᆺᄐ디라. 태뷔(太傅ㅣ) 명목(明目)을 ᄉ못 드디 아니ᄒ나 투목(投目)으로 보고 ᄌ못 블열(不悅)ᄒ야 긔운이 더옥 싁싁ᄒ더니 됴 시(氏) 믄득 닉ᄃ라 굴오디,

"아춤 슉뫼(叔母ㅣ) 첩(妾)을 박디(薄待)티 말라 경계(警戒)ᄒ시니 슌슌(順順) 응디(應對)ᄒ더니 ᄯ 이곳의 드러오믄 어인 ᄯᆺ이니잇가?"

태

• • •

30면

뷔(太傅ㅣ) 그 우람방ᄌ(愚濫放恣)264)ᄒ믈 어히업서 정싴(正色) 왈(曰),

"녀ᄌᆡ(女子ㅣ) 엇디 말ᄉᆷ이 이러ᄐᆺ 무례(無禮)ᄒ뇨? 이곳은 나의 의건즙믈(衣巾什物)265)을 둔 곳이오, 쳐ᄌᆡ(妻子ㅣ) 이시니 드러오미 고이(怪異)ᄒ관디 녀ᄌᆡ(女子ㅣ) 감히(敢-) 지아븨 거췌(去就)ᄅ 논단(論斷)ᄒ야 말ᄉᆷ이 이러ᄐᆺ 브잡(浮雜)266)ᄒ리오?"

셜파(說罷)의 위 시(氏)ᄅ 향(向)ᄒ야 정싴(正色) 칙왈(責曰),

"부인(夫人)이 나의 정실(正室)이 되야 부실(副室)을 감히(敢-) 이

---

263) 괴: 고양이.
264) 우람방ᄌ(愚濫放恣): 우람방자. 어리석고 외람되며 방자함.
265) 의건즙믈(衣巾什物): 의건집물. 옷, 수건 등 집에서 쓰는 온갖 물건.
266) 브잡(浮雜): 부잡. 경망스러우며 추잡함.

곳의 두려와 거죄(擧措ㅣ) 난잡(亂雜)ᄒ뇨? 부뫼(父母ㅣ) 아ᄅ실딘대 부인(夫人)의 죄(罪) 어딘 미첫ᄂ뇨?"

인(因)ᄒ야 시녀(侍女)를 블러 됴 시(氏)를 미러 양츈당(--堂)으로 보ᄂ니 미우(眉宇)의 노ᄉᆡᆨ(怒色)이 은은(隱隱)ᄒ야 ᄉ벽(四壁)의 츤 긔운이 ᄡᅩ이ᄂ디라.

위 시(氏)ᄂ 몸을 굽혀 드를 ᄯᆞ름이오, 됴 시(氏)ᄂ 무류(無聊)코 분노(憤怒)ᄒ야 급(急)히 벽셔뎡(--亭)의 가 슉모(叔母)를 보고 가슴을 두ᄃ리며 우러 ᄀᆞᆯ오ᄃᆡ,

"슉모(叔母)야, 텬디간(天地間)의 셜

● ● ●
31면

운 일도 잇ᄂ이다. 딜ᄋᆡ(姪兒ㅣ) 앗가 우연(偶然)이 봉셩각(--閣)의 가니 위 시(氏) 즐매(叱罵)²⁶⁷ᄒ딘, '니문(李門) 가법(家法)이 부실(副室)이 졍실(正室)의 곳의 간대로²⁶⁸ 못 오거든 네 슉뫼(叔母ㅣ) 뎌 슉현당(--堂)의 발그림재 님(臨)티 못ᄒ거늘 네 어이 이곳의 왓ᄂ다?' ᄒ더니 낭군(郎君)이 드러와 위 시(氏)의 말을 듯고 ᄭᅮ지져 ᄀᆞᆯ오ᄃᆡ, '네 아ᄌᆞ미 본ᄃᆡ(本-) 졍실(正室)을 해(害)ᄒ엿더니 네 ᄯᅩ 이곳의 빈빈(頻頻)²⁶⁹ 왕ᄂᆡ(往來)ᄒ야 위 시(氏)를 해(害)ᄒ려 ᄒᄂ다?' ᄒ고 ᄯᅩ차 ᄂᆡ티더이다."

됴 시(氏) 텽파(聽罷)의 크게 노(怒)ᄒ야 급(急)히 태부(太傅)와 위 시(氏)를 브ᄅ니 냥인(兩人)이 뎐도(顚倒)히 니ᄅ러 승명(承命)²⁷⁰ᄒ

---

267) 즐매(叱罵): 질매. 꾸짖고 욕함.
268) 간대로: 그리 쉽사리.
269) 빈빈(頻頻): 자주.

매 됴 시(氏) 밧비 태부(太傅)를 붓잡고 발악(發惡)ᄒᆞᄃᆡ,

"닉 비록 블툐무샹(不肖無狀)271)ᄒᆞ나 네 ᄃᆞ려다가 어미로 딕졉(待接)ᄒᆞᄂᆞᆫ 쑷의 딜녀(姪女)를 딕(對)ᄒᆞ야 욕(辱)ᄒᆞᆷ은 어인 쑷이뇨?"

태뷔(太傅ㅣ) 무망(無妄)272)의 ᄎᆞ언(此言)을 듯고 블승차악(不勝嗟愕)273)ᄒᆞ야 밧비 면

• • •

32면

관(免冠) 돈슈(頓首) 왈(曰),

"ᄒᆡ이(孩兒ㅣ) 엇디 감히(敢-) ᄌᆞ당(慈堂)을 욕(辱)ᄒᆞ미 이시리잇고? 대개(大槪) 태태(太太) 어딕로조차 이런 무거(無據)274)ᄒᆞᆫ 말을 드ᄅᆞ시니잇고?"

됴 시(氏) 즐왈(叱曰),

"너희 부뷔(夫婦ㅣ) 여ᄎᆞ여ᄎᆞ(如此如此)홀 제 닉 드른 배라 엇디 발명(發明)ᄒᆞᄂᆞ뇨?"

태뷔(太傅ㅣ) 믄득 계하(階下)의 ᄂᆞ려 머리를 두드려 읍고(泣告) 왈(曰),

"ᄒᆡ이(孩兒ㅣ) ᄎᆞ마 하ᄂᆞᆯ을 이고 부모(父母)를 이러툿 능답(陵踏)275)ᄒᆞ리오마는 하괴(下敎ㅣ) 이러툿 명빅(明白)ᄒᆞ시니 ᄒᆞᆫ갓 망극(罔極)홀 분이라 듕쳑(重責) 닙으믈 원(願)ᄒᆞᄂᆞ이다."

---

270) 승명(承命): 명령을 받듦.
271) 블툐무샹(不肖無狀): 불초무상. 어리석어 사리에 밝지 못함.
272) 무망(無妄): 별 생각이 없이 있는 상태.
273) 블승차악(不勝嗟愕): 불승차악. 놀라움을 이기지 못함.
274) 무거(無據): 근거가 없음.
275) 능답(陵踏): 업신여기어 깔봄.

됴 시(氏), 또 위 시(氏)를 ᄀ릇쳐 즐왈(叱曰),

"경문이 젼일(前日)은 그러티 아니ᄒ더니 그ᄃᆡ 요ᄉᆞ이 춤언(讒言)²⁷⁶⁾을 놀려 날을 박ᄃᆡ(薄待)ᄒ니 녀ᄌᆞ(女子)의 되(道ㅣ) 이러ᄒᆞ미 가(可)ᄒ냐?"

쇼졔(小姐ㅣ) 샐리 돗글 쪄나 부복(俯伏) 쳥죄(請罪)ᄒ고 일언(一言)을 변빅(辨白)²⁷⁷⁾ᄒᆞ미 업더니 낭문이 니르러 이 경ᄉᆡᆨ(景色)을 보고 대경(大驚)ᄒ야 나아가 연고(緣故)를 뭇고 크게

•••

33면

울고 굴오ᄃᆡ,

"우리 모ᄌᆞ(母子ㅣ) 구ᄉᆞ일ᄉᆡᆼ(九死一生)으로 금일(今日) 부귀(富貴)와 텬일(天日) 보미 다 ᄎᆞ형(次兄)의 덕(德)이어늘 모친(母親)이 엇던 고(故)로 표믜(表妹)의 춤소(讒訴)를 드르시고 이런 일을 ᄒᆞ시ᄂᆞ뇨? 야애(爺爺ㅣ) 아르신죽 큰일이 날 거시오 ᄒᆞ믈며 형(兄)의 효의(孝義) 증ᄌᆞ(曾子)²⁷⁸⁾ 왕샹(王祥)²⁷⁹⁾을 묘시(藐視)²⁸⁰⁾ᄒ거늘 뎌런 말을 ᄒᆞ리잇고?"

---

276) 춤언(讒言): 참언. 거짓으로 꾸며서 남을 참소함. 또는 그런 말.
277) 변빅(辨白): 변백. 잘못이나 실수에 대해 그 까닭을 말함. 변명(辨明).
278) 증ᄌᆞ(曾子): 증자. 증삼(曾參, B.C.505-B.C.436?)을 높여 부른 이름. 중국 춘추시대 노(魯)나라의 유학자. 자는 자여(子輿). 효성이 깊은 인물로 유명함.
279) 왕샹(王祥): 왕상. 중국 동한(東漢), 위(魏), 서진(西晉)의 삼대에 걸쳐 살았던 인물(184-268). 자는 휴징(休徵). 위나라에서의 벼슬은 사공(司空), 태위(太尉)까지 올랐고, 진나라에서는 태보(太保) 벼슬까지 이름. 계모에 대한 효성이 깊은 인물로 유명함. 계모 주 씨를 섬긴 여러 일화 가운데, 주 씨가 겨울에 생선을 먹고 싶다고 하자 옷을 벗고 얼음 위에 누웠는데 이는 체온으로 얼음을 녹이려 한 것임. 이에 갑자기 얼음이 갈라지며 잉어 두 마리가 나와 주 씨에게 바친 일이 민간에 전해짐. 다만 『진서(晉書)』에는 얼음 위에 누웠다는 말 대신 '옷을 벗고 얼음을 갈랐다. 解衣剖氷'라고 되어 있음.
280) 묘시(藐視): 업신여겨 깔봄.

됴 시(氏) 추언(此言)을 듯고 믁연(默然)ᄒ거ᄂᆞᆯ 태뷔(太傅ㅣ) 낭문
을 도라보며 안셔(安舒)281)히 글오ᄃᆡ,

"닉 블쵸(不肖)ᄒ매 모친(母親)이 칙(責)ᄒ시미 당당(堂堂)ᄒ니 야
애(爺爺ㅣ) 아ᄅᆞ시다 어미 ᄌᆞ식(子息)을 칙죄(責罪)282)ᄒᄂᆞᆫ 일을 시
비(是非)ᄒ시리오?"

낭문이 읍왈(泣曰),

"모친(母親)이 야애(爺爺)긔 졍듕(情重) 가뫼(家母ㅣ)시라도 형(兄)
을 이러틋 못 ᄒᆞᆯ 거시어ᄂᆞᆯ 당시(當時)의 야애(爺爺ㅣ) 모친(母親)을
부듕(府中)의 두ᄂᆞᆫ 일재(-者ㅣ) 미안(未安)ᄒᆞ야 ᄒᆞ시니 고요히 계시
미 올커ᄂᆞᆯ 표믜(表妹)283) 일싱(一生)을 위(爲)ᄒᆞ야 이런 고이(怪異)ᄒᆫ
거조(擧措)를 ᄒᆞ시

• • •

34면

니 졍당(正堂) 모친(母親)이 드르신들 깃거ᄒᆞ시리오?"

언미필(言未畢)의 벽쥐 니ᄅᆞ러 이 ᄉᆞ연(事緣)을 듯고 대경(大驚)ᄒᆞ
야 년망(連忙)이 모친(母親)을 간왈(諫曰),

"히ᄋᆞ(孩兒) 등(等)은 모친(母親) 신셰(身世)를 싱각ᄒᆞ매 진실로(眞
實-) 동싱(同生)ᄃᆞ려도 말ᄒᆞ기 슬커ᄂᆞᆯ 모친(母親)이 므슴 위엄(威嚴)
과 득듕(得衆)284)이 잇노라 ᄒᆞ시고 뎍ᄌᆞ(嫡子)를 칙(責)ᄒᆞ시며 거게
(哥哥ㅣ) 죄(罪) 이셔도 경칙(輕責)285)디 못ᄒᆞ려든 더옥 그 큰 은혜

---

281) 안셔(安舒): 안서. 편안하고 조용함.
282) 칙죄(責罪): 책죄. 지은 죄를 꾸짖음.
283) 표믜(表妹): 표매. 종사촌. 여기에서는 조제염의 질녀인, 이경문의 재실 조여구를 이름.
284) 득듕(得衆): 득중. 인심을 얻음.
285) 경칙(輕責): 경책. 경솔히 꾸짖음.

(恩惠)와 효의(孝義)로뻐 금일(今日) 거죄(擧措 l) 크게 가(可)티 아
니ᄒ니 모친(母親)은 슬피쇼셔. ᄎ형(次兄)이 당년(當年)의 비환(悲
患) 겻근 사롭이라 ᄒ샤 졍당(正堂) 모친(母親)과 야얘(爺爺 l) 사랑
ᄒ시미 샹셔(尙書) 형(兄)의 우히시어늘 ᄎᄉ(此事)를 드릭실던대 히
ᄋ(孩兒) 등(等)의게 죄척(罪責)이 도라오리니 표형(表兄)이 비록 듕
(重)ᄒ나 히ᄋ(孩兒) 등(等)을 도라보디 아니시ᄂ니잇가?"

셜파(說罷)의 됴 시(氏)를 ᄭ지저 왈(曰),

"표형(表兄)이 므슴

● ● ●
35면

연고(緣故)로 쇼미(小妹) 등(等)과 모친(母親)을 화(禍)를 어더 쥬려
ᄒ고 이런 난언(亂言)[286]을 ᄒ야 화(禍)를 비져 니려 ᄒᄂ뇨? 가부
(家夫) 잡ᄂ 녀ᄌ(女子)ᄂ 강상(綱常) 죄인(罪人)이라 가(可)히 므슴
법(法)을 당(當)ᄒ리오?"

셜파(說罷)의 노긔등등(怒氣騰騰)ᄒ야 고셩(高聲)ᄒ야 모친(母親)
을 간(諫)ᄒ니 대됴(大-) 시(氏) ᄌ녀(子女)의 공동(恐動)[287]ᄒᄂ 말
의 잠간(暫間) 유리(有理)히 너겨 믁연(默然)ᄒ고 태부(太傅)ᄂ 쇼미
(小妹)의 놉흔 쇼릭와 강강(剛剛)ᄒ 말ᄉᆷ으로 존젼(尊前)을 휘(諱)티
아니믈 실식(失色) 경아(驚訝)[288]ᄒ야 이에 졍식(正色) 왈(曰),

"모친(母親)이 ᄌ식(子息)을 쳑(責)ᄒ시미 당당(堂堂)ᄒ 도리(道理)
어늘 쇼미(小妹) 됴용이 간(諫)ᄒᆯ 시ᄂ 올커니와 이대도록 무례(無

---

286) 난언(亂言): 어지러운 말.
287) 공동(恐動): 위험한 말을 하여 두려워하게 함.
288) 경아(驚訝): 놀라고 의아해함.

禮)호뇨?"

인(因)호야 머리를 두드려 청죄(請罪)호야 블쵸(不肖) 무례(無禮)
호믈 칙(責)호니 됴 시(氏) 노긔(怒氣) 프러려 도로혀 위로(慰勞)호고
쏘 경계(警戒)호야 ᄎ휘(此後ㅣ)나 딜녀(姪女)를 박ᄃᆡ(薄待)티 말라
호니 태부(太傅ㅣ) 비샤(拜謝)호고 믈러낫더니,

ᄎ야(此夜)

●●●
36면

의 양츈당(--堂)의 니ᄅᆞ니 됴 시(氏) 우음을 먹음고 니러 마즈매 태
부(太傅ㅣ) 긔운이 싁싁호야 다만 평안(平安)이 자고 계명(雞鳴)의
나가ᄃᆡ 강잉(强仍)호야 잠간(暫間) 친(親)호니 여긔 대희(大喜)호야
스스로 쥬야(晝夜) ᄢᅵ고 잇기를 원(願)호나 태부(太傅ㅣ) 힝혀(幸-)
효힝(孝行)이 츌텬(出天)호야 됴 시(氏)의 ᄠᅳᆺ을 밧노라 ᄠᅳᆺ을 헐워 운
우지락(雲雨之樂)289)을 일우나 그 ᄆᆞ음이야 므어시 경앙(景仰)290)호
미 이시리오마는 년일(連日)호야 양츈당(--堂)의 슉소(宿所)를 호니
됴 시(氏) 대희과망(大喜過望)호야 다시 대됴(大-) 시(氏)의게 하
리291)호기를 아니호더니

시여(十餘) 일(日) 후(後) 태부(太傅ㅣ) 월야(月夜)를 타 봉각(-閣)
의 드러가니 쇼졔(小姐ㅣ) 경아(驚訝)호야 니러 마즈니 태부(太傅ㅣ)

---

289) 운우지락(雲雨之樂): 구름과 비를 만나는 즐거움이라는 뜻으로, 남녀의 정교(情交)를 이르는
    말. 중국 초나라의 회왕(懷王)이 꿈속에서 자신을 무산(巫山)의 여자라 소개한 여인과 잠자리
    를 같이했는데, 그 여인이 떠나면서 아침에는 구름이 되고 저녁에는 비가 되어 양대(陽臺) 아
    래에 있겠다고 했다는 고사에서 유래함. 『문선(文選)』에 실린 송옥(宋玉)의 <고당부(高唐賦)>
    에 나오는 이야기.
290) 경앙(景仰): 덕망이나 인품을 사모하여 우러러봄.
291) 하리: 참소, 허는 말.

쏘흔 믁연(默然)이 말을 아니코 단좌(端坐)ᄒ엿다가 시녀(侍女)를 블러 침금(寢衾)을 포셜(鋪設)ᄒ라 ᄒ니 쇼졔(小姐ㅣ) 이에 졍금(整襟)[292]ᄒ고 ᄂ즉이 간왈(諫曰),

"존괴(尊姑ㅣ) 샹공(相公)을 명(命)

• • •
37면

ᄒ야 됴 부인(夫人) 침소(寢所)의 깃드리믈 당부(當付)ᄒ야 계시거늘 샹공(相公)이 엇디 첩(妾)의 곳의 니ᄅ시니잇고? 그윽이 가(可)티 아니ᄒ도소이다."

태뷔(太傅ㅣ) 텽파(聽罷)의 졍식(正色) 왈(曰),

"흑ᄉᆼ(學生)이 비록 블쵸(不肖)ᄒ나 녀ᄌ(女子)의 교ᄒ(敎下)[293]홀 배 아니오 더옥 ᄎ언(此言)은 ᄉ리(事理)를 모ᄅᄂᆫ 말이니 벽셔뎡(--亭) 모친(母親)이 됴 시(氏)를 박ᄃᆡ(薄待)티 말라 ᄒ실디언뎡 그ᄃᆡ를 박ᄃᆡ(薄待)ᄒ라 ᄒ시더냐? 극(極)히 고이(怪異)ᄒ다라 기간(其間) 쥬의(主義)를 듯고져 ᄒ노라."

셜파(說罷)의 쇼졔(小姐ㅣ) 념용(斂容)ᄒ고 눈을 ᄂ초와 감히(敢-)답(答)디 못ᄒ니 ᄉᆼ(生)이 쏘흔 다시 뭇디 아니ᄒ고 쇼져(小姐)를 잇그러 침상(寢牀)의 나아가 ᄒᆫ가지로 줌들매 새로온 은의(恩愛) 산비ᄒᆡ박(山卑海薄)[294]ᄒ니 쇼졔(小姐ㅣ) 블평(不平)ᄒ믈 이긔디 못ᄒ야 일이 어ᄌ러올 줄 짐쟉(斟酌)ᄒ더라.

ᄎ야(此夜)의 쇼됴(小-) 시(氏) 태부(太傅)의 아니 드러

---

292) 졍금(整襟): 정금. 옷깃을 여미어 모양을 바로잡음.
293) 교ᄒ(敎下): 교하. '제어당함'의 의미로 보이나 미상임.
294) 산비ᄒᆡ박(山卑海薄): 산비해박. 산이 낮고 바다가 얕음.

오믈 보고 툑급(着急:)295) ᄒ야 급급(急急:)히 봉각(-閣)의 와 여어보매
냥인(兩人)의 긔이(奇異) ᄒᆫ 거동(擧動)이 쵹하(燭下)의 졀승(絕勝) ᄒ
야 이 진짓 텬뎡가우(天定佳偶 ㅣ) 줄 알 거시오, 태뷔(太傅 ㅣ) 쇼져
(小姐)로 더브러 샹(牀)의 나아가 견권(繾綣) 익듕(愛重) ᄒ미 가븨얍
디 아니믈 보니 크게 아쳐296) ᄒ고 붋기297) ᄀ이업서 싱각ᄒ딕,

'뎌 ᄀᆞᄐᆞᆫ 옥낭(玉郞)을 ᄒ로밤이나 쳐소(處所)ᄅᆞᆯ 닷ᄒ고져298) 시브
리오? 뎨 듕졍(重情)은 다 위 시(氏)의게 두고 날은 외친ᄂᆡ쇼(外親內
疏)299) ᄒ니 당당(堂堂)이 계교(計巧)로 져ᄅᆞᆯ 셜티(雪恥)300) ᄒ리라.'

ᄒ고 션길301)로 드름을 주어 벽302)셔뎡(--亭)의 가니 낭문과 벽쥬
다 침소(寢所)의셔 빵빵(雙雙)이 깃드럿고 대됴(大-) 시(氏) 홀로 긴
밤의 줌이 업고 춘졍(春情)을 이긔디 못ᄒ야 쵸연(悄然)303)이 안잣다
가 딜ᄋᆞ(姪兒)ᄅᆞᆯ 보고 놀나 문왈(問曰),

"네 엇디 심야(深夜)의 니ᄅᆞ럿ᄂᆞ뇨?"

여귀 두 눈의 눈믈을 일쳔(一千) 줄

---

295) 툑급(着急): 착급. 매우 급함.
296) 아쳐: 싫어함.
297) 붋기: 부럽기. '붋다'는 '부럽다'의 뜻임.
298) 닷ᄒ고져: 다투고자.
299) 외친ᄂᆡ쇼(外親內疏): 외친내소. 겉으로는 친한 체하면서 속으로는 멀리함.
300) 셜티(雪恥): 설치. 부끄러움을 씻음.
301) 션길: 이미 내디뎌 걷고 있는 그대로의 걸음
302) 벽: [교] 원문에는 '병'으로 되어 있으나 앞의 예를 따라 이와 같이 수정함.
303) 쵸연(悄然): 초연. 근심하는 모양.

이나 흘리고 발을 구르고 가슴을 텨 골오디,

"낭군(郎君)이 슉모(叔母) 알픽셔는 공슌(恭順)혼 톄후고 슌슌(順順) 응디(應對)후더니 앗가 요녀(妖女)의 침소(寢所)의 가 부부(夫婦) 냥인(兩人)이 견권(繾綣) 이듕(愛重)후미 하히(河海) 샹뎐(桑田)이 되여도 변(變)티 아닐 거시니 딜ᄋ(姪兒)는 쇽졀업시 심규(深閨)의 박명(薄命)홀 분이라 엇디 셟디 아니리잇가? 슉모(叔母)는 원(願)컨대 낭군(郎君)을 듕칙(重責)후샤 쇼딜(小姪)의 일싱(一生)을 졔도(提導)304)후쇼셔."

됴 시(氏) 텽파(聽罷)의 역시(亦是) 눈믈을 흘려 골오디,

"슬프다, 딜익(姪兒ㅣ)여! 박복(薄福)혼 아즈미롤 달믐도 달믈샤! 닉 쵸년(初年)의 샹공(相公)의 박디(薄待)롤 셜워 그릇 환(患)을 저즈러 오늘날ᄀ디 샹공(相公)의 샤(赦)티 아니미 이에 미처시니 딜녀(姪女)의 졍ᄉ(情事ㅣ) 비록 슬프나 경문이 날을 구ᄉ일싱(九死一生) 가온대 건뎌 도라와 은혜(恩惠) 지듕(至重)후고 닉 무어시 존듕(尊重)후야

뎌롤 졀칙(切責)후리오? 왕(王)이 알딘대 너는커니와 닉 츌화(黜禍)305)롤 면(免)티 못후리라."

---

304) 졔도(提導): 제도. 잡아 이끎.
305) 츌화(黜禍): 출화. 시가에서 내쫓기는 화.

여귀 골오딕,

"비록 그러나 태부(太傅)의 효성(孝誠)이 슉모(叔母) 허믈을 챵누(彰漏)[306] 홀 재(者 |) 아니라 명일(明日) 여츳여츳(如此如此) 호쇼셔."

됴 시(氏) 과연(果然) 호야 허락(許諾) 호고,

이튼날 태부(太傅)와 위 시(氏) 문안(問安) 호는 째롤 타 태부(太傅) 드려 골오딕,

"너 근닉(近來)의 미양(微恙) 이셔 긔거(起居)롤 임의(任意)로 못 호딕 오 시(氏)는 낭문이 굿 만나 써나기롤 듕난(重難)[307]이 너기니 좌와(坐臥)의 두디 못호고 너는 나히 낭문의 더으고 위 시(氏)로 만 난 디 오라니 네 가(可)히 위 시(氏)롤 허(許)호야 노모(老母)의 겨틱 두게 홀소냐?"

태븨(太傅 |) 년망(連忙)이 꾸러 딕왈(對日),

"모친(母親)이 호고져 호실딘대 엇디 쇼즈(小子)드려 뭇고 호시 리오?"

셜파(說罷)의 눈을 드러 쇼져(小姐)롤 보와 골오딕,

"금일(今日)로브터 이곳의 시침(侍寢)호야 효봉(孝奉)[308]호믈 게

●●●

41면

얼리 말라."

쇼졔(小姐 |) 념임(斂衽)[309] 슈명(受命)호니 됴 시(氏) 흔연(欣然)

---

306) 챵누(彰漏): 창루. 드러나 퍼짐.
307) 듕난(重難): 중난. 매우 곤란함.
308) 효봉(孝奉): 효성스럽게 받듦.
309) 념임(斂衽): 염임. 삼가 옷깃을 여밈.

이 웃고 침금(寢衾)을 옴겨 오라 흐고 쏘 타루(墮淚)흐야 태부(太傅)
드려 골오딕,

"이 말을 너드려 흐미 가(可)티 아니나 쏘흔 모즈(母子)의 지극(至
極)흐므로 므어술 은휘(隱諱)흐리오? 닉 십오(十五)의 셩가(成嫁)흐
다 흐나 지금(只今)의 니르히 몸은 쳐녀(處女)로 이시니 타인(他人)
도 박명(薄命)흔 사룸은 잔잉이 너기믈 이긔디 못흐느니 흐믈며 그
지친(至親)가? 이제 딜ᄋ(姪兒)의 박명(薄命)흐믈 닉 츠마 보디 못흐
야 흐느니 네 금일(今日)로브터 양각(-閣)의 슉소(宿所)룰 흐야 즈녀
(子女) 흐나히나 기티고 네 박딕(薄待)룰 흔들 현마 엇디흐리오? 너
는 날로뻐 어미로 알거든 츠언(此言)을 닛디 말라."

태뷔(太傅ㅣ) 츄파(秋波)룰 ᄂ초와 듯기룰 뭇고 이에 즈약(自若)히
웃고 화셩(和聲)으로 딕왈(對曰),

"태태(太太) 이대도록 아니시나

• • •

42면

쇼직(小子ㅣ) 엇디 무고(無故)히 쳐즈(妻子)룰 박딕(薄待)흐오며 더
옥 요ᄉ이 년일(連日)흐야 됴 시(氏)로 깃드려 부부(夫婦)의 도(道)룰
ᄀ죽이 흐거늘 박딕(薄待) 두 즈(字)는 지극(至極) 원민(冤悶)[310]흔가
흐느이다. 당당(堂堂)이 하교(下敎)룰 간폐(肝肺)의 사기리이다."

됴 시(氏) 직삼(再三) 당보(當付)흐더라.

츠후(此後) 됴 시(氏), 위 시(氏)룰 알픽 두어 욕독(欲獨)[311]을 못

---

310) 원민(冤悶): 억울하고 답답함.
311) 욕독(欲獨): 마음대로 행동함.

하게 굴ᄃᆡ 위 시(氏) 죠곰도 염고(厭苦)312)ᄒᆞᄂᆞᆫ ᄉᆞ식(辭色)이 업스믄 니ᄅᆞ도 말고 효셩(孝誠)이 츌딘(出塵)313)ᄒᆞ며 태부(太傅)ᄂᆞᆫ 여구의 쵹(囑)인 줄 짐쟉(斟酌)ᄒᆞ고 통회(痛駭)314)ᄒᆞ나 텬ᄉᆡᆼ대회(天生大孝ㅣ) 심샹(尋常)티 아니ᄒᆞᆫ 고(故)로 ᄒᆡᆼ혀(幸-) 됴 시(氏)의 허믈이 연왕(-王)의 귀예 갈가 두리고 앗가 ᄒᆞ던 말이 타인(他人)이 드ᄅᆞᆯ딘대 졀도(絕倒)ᄒᆞᆯ 거시로ᄃᆡ 태부(太傅)ᄂᆞᆫ 도로혀 그 졍ᄉᆞ(情事)를 츄연(惆然)ᄒᆞ야,

츠야(此夜)의 양각(-閣)의 가 깃드리매 됴 시(氏)의 깃븐 졍(情)은 미칠 ᄃᆞᆺᄒᆞᄃᆡ 태뷔(太傅ㅣ) 슬

•••

43면

ᄒᆞᆫ 졍(情)을 강쟉(强作)ᄒᆞ고 여구의 음탕(淫蕩)ᄒᆞᆫ 거동(擧動)이 남ᄌᆞ(男子)의 댱(壯)ᄒᆞᆫ 긔운을 아ᅀᆞ미 잇ᄂᆞᆫ 고(故)로,

이튼날 셔당(書堂)의 나와 토혈(吐血)ᄒᆞ고 긔운이 아니ᄊᆞ아 더옥 여구를 증염(症厭)ᄒᆞ야 미우(眉宇)를 싱긔고 져므도록 듁침(竹枕)의 비겨시니 샹셰(尙書ㅣ) 고이(怪異)히 너기나 뭇디 아니터니,

져녁이 되매 됴 시(氏) 시녀(侍女)로 태부(太傅)의 자최를 ᄎᆞ자 양각(-閣)으로 드러가기를 브야니 태뷔(太傅ㅣ) 미우(眉宇)의 시름을 ᄢᅴ이고 즉시(卽時) 니러나ᄂᆞᆫ디라 샹셰(尙書ㅣ) 브야흐로 디긔(知機)315)ᄒᆞ고 태부(太傅)의 효셩(孝誠)을 새로이 긔특(奇特)이 너기나

---

312) 염고(厭苦): 싫어하고 괴롭게 여김.
313) 츌딘(出塵): 출진. 세속에서 뛰어남.
314) 통회(痛駭): 통해. 몹시 이상스러워 놀람.
315) 디긔(知機): 지기. 기미를 앎.

위 시(氏) 벽셔뎡(--亭)의 간 줄은 아디 못ㅎ더라.

태뷔(太傅ㅣ) 양각(-閣)의 드러가 쪼 흔 번(番) 구토(嘔吐)ㅎ야 속을 다 브쇠여 닉고 의관(衣冠)을 닙은 재 원침(鴛枕)[316]의 비겨시니 여긔 놀나고 근심ㅎ야 나아가 병(病)을 뭇고 슈족(手足)을 쥐믈너 그 음탕(淫蕩)흔 거

• • •

44면

동(擧動)이 측냥(測量)업스니 태뷔(太傅ㅣ) 줌줌(潛潛)코 누어 말라 ㅎ미 업스나 새로이 위 시(氏)의 놉흔 쯧을 싱각고 추인(此人)으로 비(比)컨대 쇼양(霄壤)[317]이 격졀(隔絕)[318]ㅎ믈[319] 탄식(歎息)ㅎ더라.

추후(此後)는 날마다 양각(-閣)의 깃드리나 믹양 의관(衣冠)을 닙은 재 밤을 디닉여 잠간(暫間)도 부부지락(夫婦之樂)을 일우디 아니ㅎ니 여긔 쵸죠(焦燥) 우민(憂悶)ㅎ나 그려도 사름의 념티(廉恥)라 다시 박명(薄命)홀와 못 ㅎ고 태뷔(太傅ㅣ) 병(病)드러 그러타 ㅎ야 낫기를 기드리더라.

추시(此時) 벽쥬 등(等)이 위 시(氏) 벽셔뎡(--亭)의 이시믈 고이(怪異)히 너겨 모친(母親)긔 연고(緣故)를 무른대 됴 시(氏) 왈(曰),

"경문이 나의 고젹(孤寂)ㅎ믈 념(念)ㅎ야 요ㅅ이 시침(侍寢)ㅎ게 ㅎ미라."

냥인(兩人)이 밋디 아냐 태부(太傅)를 보고 연고(緣故)를 무르니

---

316) 원침(鴛枕): 원앙이 그려진 베개.
317) 쇼양(霄壤): 소양. 하늘과 땅.
318) 격졀(隔絕): 격절. 서로 사이가 떨어져서 연락이 끊어짐.
319) 믈: [교] 원문에는 '믄'으로 되어 있으나 문맥을 고려해 규장각본(14:39)과 연세대본(14:44)을 따름.

태뷔(太傅ㅣ) 웃고 왈(曰),

"위 시(氏) 즈부(子婦)의 도리(道理)로 모친(母親)긔 시침(侍寢)ᄒ
미 올코 닉 그 고

•••
45면

젹(孤寂)ᄒ시믈 념녀(念慮)ᄒ야 잇다감 가셔 뫼와시라 ᄒ니 너히 수
시(嫂氏) 날을 염고(厭苦)ᄒ야 아조 이시려 ᄒ다 ᄒ더라 ᄒ나 모친
(母親)이 ᄆᆡ양 두시랴?"

이(二) 인(人)이 그졔야 과연(果然)ᄒ야 줌줌(潛潛)ᄒ엿더라.

원릭(元來) 태부(太傅)ᄂᆞ 남ᄌᆡ(男子ㅣ)오 쳐ᄌᆞ(妻子)의게 구구(區
區)티 아냐 효(孝)를 셰우니 대강(大綱) 긔특(奇特)다 ᄒ려니와 위 시
(氏)ᄂᆞ 흔낫 쇼녀ᄌᆞ(小女子)로 싀아비 ᄇᆞ린 싀모(媤母)의게 졍셩(精
誠)이 동동(洞洞)320)ᄒᆞᆷ 니ᄅᆞ도 말고 됴 시(氏) 비록 녜과면 낫다
ᄒ나 그 슌편(順便)321)티 아니코 싀험(猜險)322)흔 셩졍(性情)이 어ᄃᆡ
가리오. 위 시(氏)의 공슌(恭順)ᄒᆞᆷ믈 더옥 믜워 시시(時時)의 ᄭᅮ짓고
호령(號令)ᄒ야 잠시(暫時)도 봉각(-閣)의 가 쉬도 못ᄒ게 ᄒ니 옷 ᄀ
라닙을 틈이 업ᄂᆞᆫ 고(故)로 니의(裏衣)를 다시 닙디 못ᄒ니 본ᄃᆡ(本-)
삼(三) 일(日)의 흔 번(番)식 ᄀᆞ던 버릇시 견ᄃᆡ디 못홀 거시로ᄃᆡ 일
향(一向) 화평(和平)ᄒ고 ᄒᆡᆼ혀(幸-)

---

320) 동동(洞洞): 질박하고 성실함. 매우 효성스러움.
321) 슌편(順便): 순편. 마음이나 일의 진행 따위가 거침새가 없고 편함.
322) 싀험(猜險): 시험. 시기심이 많고 엉큼함.

구괴(舅姑ㅣ) 아른실가 민울(悶鬱)323) ᄒ니 엇디 긔특(奇特)디 아니ᄒ
리오.

난혜 블승분연(不勝憤然)324) ᄒ야 일일(一日)은 죠용이 태부(太傅)
를 보고 그 ᄉ연(事緣)을 ᄌ시 고(告)ᄒ고 쇼져(小姐)의 춤으미 든든
ᄒ믈 애드라ᄒ거늘 태뷔(太傅ㅣ) 정식(正色) 왈(曰),

"유뎨(乳弟) 엇디 ᄌ당(慈堂) 허믈을 날드려 니르ᄂ뇨? 힝실(行實)
이 극(極)히 한심(寒心)ᄒ니 ᄎ후(此後) 이런 말을 구외(口外)예 ᄂ겨
타인(他人)이 알게 ᄒᆯ딘대 그 죄(罪) 경(輕)치 아니ᄒ리라."

난혜 황공(惶恐)ᄒ야 믈러나니 태뷔(太傅ㅣ) 비록 입으로 이리 니
르나 더옥 그 힝ᄉ(行事)를 심복(心服)ᄒ믈 이긔디 못ᄒᄃ 죠곰도 ᄉ
렴(思念)ᄒ야 ᄉ식(辭色)ᄒ미 업고 샹셔(尙書)드려도 니르미 업스니
일개(一家ㅣ) 젼연(全然)이 아디 못ᄒᄃ,

녀 시(氏) 잠간(暫間) 알고 죠용히 샹셔(尙書)드려 니르고 위 시
(氏)의 괴로오믈 일ᄏ르니 샹셰(尙書ㅣ) 텽파(聽罷)의 놀라며 어히업
서 ᄌᆷᄌᆷ(潛潛)

코 시비(是非)를 아니ᄒ며 녀 시(氏)를 당보(當付)ᄒ야 구외(口外)예
ᄂ디 말라 ᄒ고 태부(太傅)드려도 아는 톄를 아니ᄒ나 태부(太傅)의

---

323) 민울(悶鬱): 안타깝고 답답함.
324) 블승분연(不勝憤然): 불승분연. 분한 마음을 이기지 못함.

위인(爲人)과 위 시(氏) 힝ᄉ(行事)ᄅᆞᆯ 더 긔이(奇異)히 너기더라.

일일(一日)은 위 시(氏) 슉현당(--堂)의 가 문안(問安)ᄒᆞ고 도라오더니 듕당(中堂)의 니르러 태부(太傅)ᄅᆞᆯ 만나니 태뷔(太傅ㅣ) 졍(正)히 안흐로 드러오다가 쇼져(小姐)로 길히 마조치이매 눈을 드러 보니 쇼제(小姐ㅣ) 홍샹ᄎᆡ삼(紅裳彩衫)325)으로 눈을 ᄂᆞ초고 셧거늘 태뷔(太傅ㅣ) ᄒᆞᆫ번(-番) 보매 반기믈 이긔디 못ᄒᆞ야 흠신(欠身)326)ᄒᆞ야 닐오ᄃᆡ,

"부인(夫人)은 잠간(暫間) 안자 혹ᄉᆡᆼ(學生)의 말을 드르쇼셔."

쇼제(小姐ㅣ) 강잉(强仍) ᄃᆡ왈(對曰),

"존괴(尊姑ㅣ) ᄎᆞᆺ실가 두리오니 훗날(後人-) 명(命)을 밧들리이다."

ᄉᆡᆼ(生)이 좌우(左右)ᄅᆞᆯ 술펴 보니 난혜 ᄒᆞᆫ 사ᄅᆞᆷ ᄲᅮᆫ이어늘 나아가 ᄎᆡ슈(彩袖)327)ᄅᆞᆯ ᄃᆞ릐여 안기ᄅᆞᆯ 쳥(請)ᄒᆞ니 쇼제(小姐ㅣ) 마디못ᄒᆞ야 단좌(端坐)ᄒᆞ니 난혜

• • •

48면

쥬군(主君)의 거동(擧動)을 보고 난간(欄干) 밧긔 나가니,

태뷔(太傅ㅣ) 드듸여 좌(座)ᄅᆞᆯ 갓가이ᄒᆞ고 소ᄅᆡᄅᆞᆯ ᄂᆞ죽이 ᄒᆞ야 ᄀᆞᆯ오ᄃᆡ,

"부인(夫人)은 태태(太太)ᄅᆞᆯ 뫼셔 무양(無恙)ᄒᆞ거니와 혹ᄉᆡᆼ(學生)은 큰 우환(憂患)을 당(當)ᄒᆞ니 우민(憂悶)ᄒᆞᆷ믈 이긔디 못ᄒᆞ리로다."

쇼제(小姐ㅣ) 몸을 ᄂᆞ초와 ᄀᆞᆯ오ᄃᆡ,

---

325) 홍샹ᄎᆡ삼(紅裳彩衫): 홍상채삼. 붉은 치마와 문채 나는 적삼.
326) 흠신(欠身): 공경하는 뜻을 나타내기 위하여 몸을 굽힘.
327) ᄎᆡ슈(彩袖): 채수. 무늬 있는 소매.

"군지(君子ㅣ) 구경지하(九卿之下)[328]의 시름이 업스시니 별단(別段) 우환(憂患)이 므스 일이니잇가?"

태뷔(太傅ㅣ) 쇼왈(笑曰),

"촌언(此言)은 부인(夫人)드려 닐럼 죽디 아니ᄒ나 쏘혼 부부지간(夫婦之間)의 무어슬 은휘(隱諱)ᄒ리오?"

인(因)ᄒ야 됴 시(氏)의 음탕(淫蕩)혼 거조(擧措)를 니르고 즈긔(自己) 병(病)드러시믈 닐러 실쇼(失笑)ᄒ거늘 쇼졔(小姐ㅣ) 진실로(眞實-) 귀를 막고져 ᄒ고 뎌의 번거히 토셜(吐說)ᄒ믈 미온(未穩)ᄒ야 말을 아닛ᄂ 가온대, 촌시(此時) 초츄(初秋) 슌간(旬間)[329]이라, 노염(老炎)[330]이 견디디 못홀 배어늘 태뷔(太傅ㅣ) 쟝셩(壯盛)혼 긔골(氣骨)로 갓가

• • •

49면

이 안자시니 덥기를 이긔디 못ᄒ야 옥면(玉面)의 쏨이 믈 흐르듯 ᄒ니 태뷔(太傅ㅣ) 친(親)히 쏨을 스스며 금션(錦扇)[331]을 드러 부람을 니야 덥기를 진뎡(鎭靜)킈 ᄒ고 옥슈(玉手)를 잡아 년이(戀愛)ᄒ며 디답(對答)을 직쵹ᄒ니 쇼졔(小姐ㅣ) 강잉(强仍)ᄒ야 디(對)ᄒ야 굴오디,

"부부(夫婦) 스어(私語)를 타인(他人)드려 챵누(彰漏)[332]ᄒ시미 가

---

328) 구경지하(九卿之下): 구경의 아래. 구경은 원래 중국 고대 중앙정부에 있던 9개의 고위 관직을 말하고 후에 조정의 대신을 범칭함.
329) 슌간(旬間): 순간. 음력 초열흘께.
330) 노염(老炎): 늦더위.
331) 금션(錦扇): 금선. 비단 부채.
332) 챵누(彰漏): 창루. 드러나 퍼짐.

(可)티 아니ᄒᆞ니 샹공(相公)은 존듕(尊重)ᄒᆞ쇼셔. 연(然)이나 고인(古
人)이 운(云)ᄒᆞ샤ᄃᆡ, 비례믈시(非禮勿視)와 비례믈[333]텽(非禮勿
聽)[334]을 경계(警戒)ᄒᆞ시니 쳡(妾)이 비록 블쵸(不肖)ᄒᆞ나 이ᄅᆞᆯ 명심
(銘心)ᄒᆞᄂᆞ니 이런 말ᄉᆞᆷ 듯기ᄅᆞᆯ 원(願)티 아니커든 답언(答言)이 이
시리오?"

셜파(說罷)의 니러나려 ᄒᆞ니 싱(生)이 급(急)히 머므ᄅᆞ고 ᄯᅩ 웃고
ᄀᆞᆯ오ᄃᆡ,

"부인(夫人)이 이러ᄏᆔ 너길 줄 처엄브터 알오ᄃᆡ 긔괴(奇怪)ᄒᆞᄆᆞᆯ 능
히(能-) 춤디 못ᄒᆞ미라. 원(願)컨대 부인(夫人)은 머므러 슈쟉(酬酌)을

• • •
50면

앗기디 말라."

인(因)ᄒᆞ야 좌(座)ᄅᆞᆯ 믈려 온유(溫柔)[335]ᄒᆞᆫ ᄉᆞ어(辭語)ᄅᆞᆯ 베프니
쇼졔(小姐ㅣ) 강잉(强仍)ᄒᆞ야 잇다감 답(答)ᄒᆞ더니 마츰 샹셔(尙書ㅣ)
ᄂᆡ당(內堂)으로 드러오다가 태부(太傅)의 쇼져(小姐)로 좌(座)ᄅᆞᆯ ᄀᆞᆯ
와시ᄆᆞᆯ 념ᄂᆡ(簾內)[336]로 잠간(暫間) 거두텨보고 블안(不安)ᄒᆞ야 도로
나와 냥구(良久)ᄒᆞᆫ 후(後) 드러가니, 태뷔(太傅ㅣ) 그저 안자시나 좌
셕(座席)을 먼리ᄒᆞ엿는 고(故)로 방심(放心)ᄒᆞ야 쥬렴(珠簾)을 들혀

---

333) 믈: [교] 원문과 규장각본(13:43), 연세대본(13:49)에는 '블'로 되어 있으나 원전의 표기를 고려
해 이와 같이 수정함.
334) 비례믈시(非禮勿視)와 비례믈텽(非禮勿聽): 비례물시와 비례물청. 예가 아니면 보지 말고, 예
가 아니면 듣지 마라. 『논어』, 「안연(顔淵)」에 있는 문장. 원문은 "예가 아니면 보지 말고, 예
가 아니면 듣지 말며, 예가 아니면 말하지 말고, 예가 아니면 행동하지 마라. 非禮勿視, 非禮
勿聽. 非禮勿言, 非禮勿動."임.
335) 온유(溫柔): 온화하고 부드러움.
336) 념ᄂᆡ(簾內): 염내. 주렴 안.

고 난간(欄干)의 오르니 쇼져(小姐)와 태뷔(太傅ㅣ) 급(急)히 니러 마
주니 샹셰(尙書ㅣ) 다만 미쇼(微笑)ᄒᆞ고 졍당(正堂)으로 드러가니 쇼
져(小姐)ᄂᆞᆫ 몸을 쌔혀 벽셔뎡(--亭)으로 가니라.

이쌔 됴 시(氏) 시ᄋ(侍兒) 션미, 동녁(東-) 곡난(曲欄) 뒤히셔 피셔
(避暑)ᄒᆞ다가 태부(太傅)의 문답(問答) 슈어(辭語)와 그 익듕(愛重)ᄒᆞᆫ
경ᄉᆡᆨ(景色)을 보고 도라가 됴 시(氏)ᄃᆞ려 니르니 됴 시(氏) 크게 분
노(憤怒)ᄒᆞ야 싱각ᄒᆞᄃᆡ,

'져히 둘히 모다 닉 허믈을 베펏거니와 닉 또 고이 아니 두리라.'
ᄒᆞ

• • •
51면

고 급급(急急)히 벽셔뎡(--亭)의 가 대됴(大-) 시(氏)를 보고 급(急)히
드리드라 쒸놀며 울고 왈(曰),

"슉뫼(叔母ㅣ) 쇼딜(小姪)로 ᄒᆞ야 오늘날 참혹(慘酷)ᄒᆞᆫ 욕(辱)을 보
시니 딜ᄋᆡ(姪兒ㅣ) 드르매 간담(肝膽)이 부ᄋᆞᄂᆞᆫ 듯ᄒᆞ여이다."

대됴(大-) 시(氏) 대경(大驚) 왈(曰),

"뉘 날을 욕(辱)ᄒᆞ더뇨?"

쇼됴(小-) 시(氏) 방셩통곡(放聲痛哭) 왈(曰),

"앗가 태부(太傅)와 위 시(氏) 듕당(中堂)의 모다 빅듀(白晝)의 휴
슈졉톄(携手接體)337)ᄒᆞ야 모친(母親)의 사오나오믈 혼(恨)ᄒᆞ야 위 시
(氏)ᄂᆞᆫ 시살(弒殺)338)키를 니르니 태뷔(太傅ㅣ) 굴오ᄃᆡ, '됴 시(氏) 뎌

---

337) 휴슈졉톄(携手接體): 휴수접체. 손을 잡고 몸을 닿음.
338) 시살(弒殺): 임금이나 부모를 죽임.

리 사오나온 줄 아던들 닉 므슴ᄒ라 드려와 우리 부뷔(夫婦ㅣ) 우녀(牛女)339)의 니별(離別)이 잇게 ᄒ리오? 시살(弑殺)을 쳔쳔이 도모(圖謀)ᄒ고 몬져 야야(爺爺)긔 고(告)ᄒ야 츌뷔(黜婦ㅣ) 되게 ᄒ고 낭문과 벽쥬를 아오로 젼제(剪除)340)ᄒ리라.' ᄒ니 위 시(氏) 수이 도모(圖謀)ᄒ라 당보(當付)ᄒ고 이곳을 ᄀᄅ쳐, '원슈(怨讎) 됴녀(-女)야, 됴녀(-女)야.' ᄒ며 '네 즉금(卽今) 날

• • •

52면

을 심(甚)히 굴거니와 오라디 아냐 츌뷔(黜婦ㅣ) 되고 네 두 ᄌ식(子息)이 닉 손의 어육(魚肉)이 되리라.' ᄒ니 딜이(姪兒ㅣ) 추언(此言)을 드ᄅ매 쎄 슬히고 ᄆᆞ음이 차 밧비 도라왓ᄂᆞ이다."

셜파(說罷)의 무수(無數) 공교지언(工巧之言)으로 참혹(慘酷)히 모해(謀害)ᄒ니 대됴(大-) 시(氏) 듯기ᄅᆞᆯ 뭇디 못ᄒ여셔 ᄂᆞᆺ빗치 퍼러ᄒ야 손등을 두드리며 대매(大罵)ᄒ야 ᄀᆞᆯ오ᄃᆡ,

"닉 경문 알기ᄅᆞᆯ 효ᄌᆞ(孝子)로 아랏더니 엇디 구밀복검(口蜜腹劍)341)이믈 알리오? 닉 닉일(來日) 츌화(黜禍)342)ᄅᆞᆯ 보나 추ᄉᆞ(此事)ᄂᆞᆫ 결연(決然)이 더뎌 두디 못ᄒ리라."

언미필(言未畢)의 위 쇼제(小姐ㅣ) 이에 니ᄅᆞ매 됴 시(氏) 두 낫 흉(凶)ᄒᆞᆫ 눈을 모디리 써 보며 고셩(高聲) 대매(大罵) 왈(曰),

"그ᄃᆡ 추마 인형(人形)을 ᄢᅵ고 싀어미ᄅᆞᆯ 모살(謀殺)ᄒ고 어ᄃᆡ로 가

---

339) 우녀(牛女): 견우(牽牛)와 직녀(織女).
340) 젼제(剪除): 전제. 잘라 없앰.
341) 구밀복검(口蜜腹劍): 입에는 꿀이 있고 배 속에는 칼이 있다는 뜻으로, 말로는 친한 듯하나 속으로는 해칠 생각이 있음을 이르는 말.
342) 츌화(黜禍): 출화. 시가에서 내쫓기는 화.

랴 ᄒᄂ뇨?"

쇼졔(小姐ㅣ) 츠언(此言)을 듯고 경아(驚訝)ᄒ야 ᄲᆡ리 좌셕(坐席)의 ᄭᅮ러 죄(罪)를 쳥(請)ᄒᆞᆯᄉᆡ, 됴 시(氏) 졍(正)

•••
53면

히 발작(發作)고져 ᄒᆞ더니,

태부(太傅) 형뎨(兄弟) 홀연(忽然) 엇게를 굴와 이에 오ᄂᆞᆫ디라, 됴 시(氏) 흔번(-番) 태부(太傅)를 보매 노(怒)ᄒᆞᆫ 긔운이 하ᄂᆞᆯ ᄀᆞ투야 블분시비(不分是非)343)ᄒᆞ고 나아드러 ᄶᆡ를 잡고 머리를 브드이즈며 가슴을 두드려 대셩통곡(大聲痛哭) 왈(曰),

"네 엇디 츠마 쳐ᄌᆞ(妻子)로 더브러 날을 시살(弑殺)ᄒᆞ기를 ᄭᅬᄒᆞ뇨? 늬 이리 피폐(疲弊)코 미(微)ᄒᆞ나 네 어미라 ᄒᆞ엿거ᄂᆞᆯ 츠마 뎌 두 동ᄉᆡᆼ(同生)과 날을 죽이고져 ᄒᆞ뇨? 쾌(快)히 너의 모계(謀計) 못 미쳐셔 네 ᄶᆡᄭᅵᆫ344)히 목을 미리라."

태뷔(太傅ㅣ) 무망듕(無妄中)345) 이 변(變)을 만나 대경차악(大驚嗟愕)346)ᄒᆞ야 년망(連忙)이 됴 시(氏)의 잡은 손을 플고 믈러 업디여 톄읍(涕泣) 왈(曰),

"ᄒᆞ이(孩兒ㅣ) 죄(罪) 이시면 쾌(快)히 시노(侍奴)로 댱ᄎᆡᆨ(杖責)347) ᄒᆞ시믄 올커니와 이러ᄐᆞᆺ 인ᄌᆞ(人子)의 듯디 못ᄒᆞᆯ 망극지언(罔極之言)을 ᄒᆞ시ᄂᆞ니잇고? ᄌᆞ식(子息)이

---

343) 블분시비(不分是非): 불분시비. 옳고 그름을 구분하지 않음.
344) ᄶᆡᄭᅵᆫ: 띠의 끈.
345) 무망듕(無妄中): 무망중. 별 생각이 없는 상태.
346) 대경차악(大驚嗟愕): 크게 놀람.
347) 댱ᄎᆡᆨ(杖責): 장책. 매로 때리고 꾸짖음.

되야 어미를 시살(弑殺)호고 텬디간(天地間)의 닙(立)호리잇고?"

됴 시(氏) 다시 드라드러 옥연뎍(玉硯滴)을 드러 그 머리를 티며 대즐(大叱) 왈(曰),

"네 왕망(王莽)348)의 밧그로 겸공(謙恭)호고 안흐로 모역지심(謀逆之心)을 품음ㄱ티 네 즉금(卽今) 손슌(遜順)349)훈 말이 여ᄎᆞ(如此)호나 도라셔면 블측지심(不測之心)350)이 층가(層加)351)호리니 뉘 엇디 고디드르리오?"

샹셰(尙書ㅣ) 쏘 이 광경(光景)을 보고 크게 희연(駭然)352)호야 나아가 손을 붓들고 간왈(諫曰),

"ᄌᆞ당(慈堂)의 근노353)호시ᄂᆞᆫ 곡졀(曲折)은 쇼ᄌᆞ(小子ㅣ) 아디 못호옵거니와 ᄎᆞ뎨(次弟) 죄(罪) 이실딘대 곡딕(曲直)을 명빅(明白)히 닐러 수죄(數罪)호시고 댱쳑(杖責)호시미 올흐니이다."

셜파(說罷)의 시노(侍奴)를 블러 태부(太傅)를 잡아 계하(階下)의 ᄂᆞ리오라 호고 부인(夫人)을 위로(慰勞)호며 관회(寬懷)354)호야 곡졀(曲折)을 뭇ᄌᆞ오니 됴 시(氏) 샹셔(尙書)의 온슌(溫順)훈 말숨과 졀당(切當)355)훈 ᄉᆞ어(辭語)를 드

---

348) 왕망(王莽): 중국 전한(前漢)의 정치가(B.C.45-A.D.23). 자는 거군(巨君). 자신이 옹립한 평제(平帝)를 독살하고 제위를 빼앗아 국호를 신(新)으로 명명함. 한(漢)나라 유수(劉秀)에게 피살됨.
349) 손슌(遜順): 손순. 겸손히 순종함.
350) 블측지심(不測之心): 불측지심. 괘씸하고 엉큼한 마음.
351) 층가(層加): 한층 더함.
352) 희연(駭然): 해연. 몹시 이상스러워 놀람.
353) 근노: '분노함'의 의미로 보이나 미상임.
354) 관회(寬懷): 마음을 너그럽게 함.
355) 졀당(切當): 절당. 사리에 꼭 들어맞음.

르매 분(憤)이 져기 느즉ㅎ야 다만 손으로 가슴을 티고 우러 굴오디,

"늬 혈혈(孑孑) 인싱(人生)으로 경문의 대덕(大德)을 닙어 이곳의 니르러 일명(一命)을 지팅(支撑)ㅎ매 너히 등(等)의 디졉(待接)이 브라매 넘으니 늬 뼈 혜오디 진졍(眞情)인가 ㅎ더니 늬 요ᄉᆞ이 미양(微恙)이 이시므로 위 시(氏)를 잠간(暫間) 드려와 구호(救護)ㅎ게 ㅎ고 경문을 디(對)ㅎ야 딜ᄋᆞ(姪兒)의 박명(薄命)을 권(勸)ㅎ미 이에 흔갓 구구(區區)흔 ᄉᆞ졍(私情)을 춤디 못ㅎ미어늘 오늘 위 시(氏)와 경문이 모다 규규밀밀(規規密密)356)흔 ᄉᆞ어(辭語)로 날과 두 아히(兒孩)를 시살(撕殺)357)ᄒᆞ려 ㅎ더라 ㅎ니 엇디 셟디 아니ㅎ리오? 네 그저 딜ᄋᆞ(姪兒)를 박디(薄待)ㅎ나 늬 므어시라 홀 거시라 굿드러358) 무죄(無罪)흔 냥ᄋᆞ(兩兒)를 참혹(慘酷)히 욕(辱)ㅎ니 늬 사라 므엇ㅎ리오?"

셜파(說罷)의 크게 우니 샹셰(尙書ㅣ) 부복(俯伏)ㅎ야 듯기를 뭇고 비사(拜謝) 왈(曰),

"인

지뉸상(人之倫常)359)의 부뫼(父母ㅣ) 막대(莫大)ㅎ시니 ᄎᆞ뎨(次弟)

---

356) 규규밀밀(規規密密): 은밀함.
357) 시살(撕殺): 쳐 죽임.
358) 굿드러: 구태여.
359) 인지뉸상(人之倫常): 인지윤상. 사람의 윤리.

비록 블쵸(不肖)ᄒ나 이런 망극(罔極)ᄒᆫ 말ᄉᆞᆷ이야 어이 ᄒᆞ야시리잇가? 이ᄂᆞᆫ 잠간(暫間) 듕간(中間)의 차실(差失)[360]ᄒᆞ미 잇ᄉᆞᆸᄂᆞᆫ가 ᄒᆞ옵ᄂᆞ니 붉히 술피쇼셔."

됴 시(氏) 고셩(高聲) 왈(曰),

"닉 친(親)히 드럿거늘 그리ᄒᆞ니 닉 경문을 잡ᄂᆞᆫ 쟉가?"

인(因)ᄒᆞ야 손바닥을 두드리며 발을 구르고 방셩통곡(放聲痛哭)ᄒᆞ니 샹셰(尚書ㅣ) 골경신희(骨驚神駭)[361]ᄒᆞ나 톄면(體面)의 마디못ᄒᆞ야 이에 시노(侍奴)를 명(命)ᄒᆞ야 매를 가져오라 ᄒᆞ야 태부(太傅)를 칙왈(責曰),

"네 엇디 모친(母親) 명(命)을 위월(違越)[362]ᄒᆞ야 브효(不孝)를 ᄌᆞ임(自任)ᄒᆞᄂᆞ뇨? 셩녀(盛慮)를 기티온 죄(罪) ᄀᆞ장 듕(重)ᄒᆞ니 쾌(快)히 죄(罪)를 바드라."

태뷔(太傅ㅣ) 돈슈(頓首)[363] 샤례(謝禮)ᄒᆞ고 의관(衣冠)을 그르고 업듸여 마ᄌᆞᆯᄉᆡ 샹셰(尚書ㅣ) 도라 품(稟)ᄒᆞ되,

"가(可)히 언마를 티리잇가?"

됴 시(氏) 왈(曰),

"삼십(三十)을 밍타(猛打)ᄒᆞ라."

샹셰(尚書ㅣ) 슈명(受命)ᄒᆞ야 난간(欄干) ᄀᆞ의

---

360) 차실(差失): 어긋남.
361) 골경신희(骨驚神駭): 골경신해. 뼈가 저리고 넋이 놀람.
362) 위월(違越): 약속 따위를 지키지 않고 어김.
363) 돈슈(頓首): 돈수. 고개를 조아림.

안자 시노(侍奴)로 틱댱(笞杖)ᄒ야 이십여(二十餘) 댱(杖)의 니ᄅ러
ᄂ 난혜 비분(悲憤)ᄒ믈 이긔디 못ᄒ야 급(急)히 낭문과 벽쥬를 츳자
슈말(首末)을 뎐(傳)ᄒ니,

이(二) 인(人)이 실ᄉᆡᆨ(失色)ᄒ야 급(急)히 벽셔뎡(--亭)의 니ᄅ러 태
부(太傅)의 슈댱(受杖)ᄒ믈 보고 낭문이 크게 울고 매를 머추고 머리
를 두ᄃ려 ᄀᆞᆯ오ᄃᆡ,

"금일(今日) 광경(光景)이 모친(母親)과 쇼ᄌᆞ(小子ㅣ) 집을 하딕(下
直)ᄒᆞᆯ 째로소이다. ᄎᆞ형(次兄)이 므슴 죄(罪) 잇다 ᄒᆞ고 틱댱(笞杖)ᄒ
시며 ᄇᆡᆨ형(伯兄)인들 엇디 간(諫)티 아니시고 그 ᄯᅳᆺ을 밧ᄌᆞ와 무죄
(無罪)ᄒᆞᆫ 형(兄)을 텨 쇼뎨(小弟)로 ᄒᆞ여곰 야야(爺爺)긔 득죄(得罪)
ᄒᆞ게 ᄒᆞ려 ᄒᆞ시ᄂᆞ뇨?"

샹셰(尙書ㅣ) 날호여 ᄀᆞᆯ오ᄃᆡ,

"ᄎᆞ뎨(次弟) 블쵸(不肖)ᄒᆞᆫ 죄(罪) 등한(等閑)티 아니ᄒ니 잠간(暫
間) 다ᄉᆞ리미라 엇디 야애(爺爺ㅣ) 아ᄅᆞ시며 현뎨(賢弟) 죄(罪) 입을
일이 이시리오?"

낭문이 태부(太傅)를 븟들고 톄읍(涕泣) 왈(曰),

"형(兄)의 슈댱(受杖)ᄒᆞ미 도시(都是)[364] 표

미(表妹) 연괴(緣故]) 니 쇼제(小弟) 딕신(代身)으로 맛기룰 원(願) ᄒᆞ
ᄂᆞ이다. 형(兄)이 셜ᄉᆞ(設使) ᄉᆞ죄(死罪) 이셔도 야야(爺爺)긔 고(告)
ᄒᆞ고 티시미 올흐니 ᄒᆞ믈며 무죄(無罪)ᄒᆞ미 쇼연(昭然)365) ᄒᆞ니잇가?"

묘 시(氏) 낭문의 말을 듯고 드듸여 샤(赦)ᄒᆞ야 낭문으로 븟드러
여구의 침소(寢所)로 가라 ᄒᆞ니 태뷔(太傅]) 다시 의관(衣冠)을 슈
렴(收斂)366) ᄒᆞ고 돈슈(頓首) 빅샤(拜謝)ᄒᆞᆫ 후(後) 도라가니,

묘 시(氏) 샹셔(尙書)의 진짓 저룰 위(爲)ᄒᆞ야 태부(太傅)룰 다스리
ᄂᆞᆫ가 ᄒᆞ야 이에 위 시(氏)룰 ᄀᆞ르쳐 ᄭᅮ지즈며 샹셔(尙書)ᄃᆞ려 그 브
덕(不德)을 베퍼 다스리믈 무르니 샹셰(尙書]) 돗글 피(避)ᄒᆞ야 ᄀᆞᆯ
오ᄃᆡ,

"수수(嫂嫂)의 블쵸(不肖)ᄒᆞ미 비록 계시나 대인(大人)과 친뫼(親
母]) 아직 아디 못ᄒᆞ시니 태태(太太)ᄂᆞ 셩덕(盛德)을 드리오샤 후일
(後日)을 경계(警戒)ᄒᆞ시고 좌와(坐臥)의 두시믈 ᄇᆞ라ᄂᆞ이다."

묘 시(氏) 텽파(聽罷)의 노(怒)ᄒᆞ야 울고 ᄀᆞᆯ오ᄃᆡ,

"닉 필연(必然) 요녀(妖女)의 손의 죽으리로다."

드듸여

---

365) 쇼연(昭然): 소연. 밝은 모양.
366) 슈렴(收斂): 수렴. 가다듬음.

곡셩(哭聲)을 닉여 노흐려 ᄒ거늘 샹셰(尙書ㅣ) 급(急)히 쳥죄(請罪)
ᄒ고 굴오ᄃᆡ,

"쟝ᄎᆞᆺ(將次ㅅ) 부모(父母) 모ᄅᆞ시게 수시(嫂氏)긔 죄(罪)를 엇디 다
ᄉᆞ리리잇가?"

됴 시(氏) 왈(日),

"쾌(快)히 틱(笞) 이십(二十)을 티라."

샹셰(尙書ㅣ) ᄎᆞ언(此言)을 듯고 하 어히업서 츄파(秋波)를 ᄂᆞ초고
팀음(沈吟)367)ᄒ더니 벽쥬 시죵(始終)이 말을 아니ᄒ다가 이에 탄식
(歎息) 왈(日),

"금일(今日) 모친(母親) 거368)동(擧動)이 쇼녀(小女)를 죽게 ᄒ시
미로다. 산동(山東) 흔 노옹(老翁)의 죵이 되엿다가 금일(今日) 부귀
영홰(富貴榮華ㅣ) 뉘 덕(德)이뇨? 친ᄌᆞ(親子ㅣ)라도 효셩(孝誠)이 그
만흔 후(後) 경(輕)히 ᄃᆡ졉(待接)디 못홀ᄃᆡ 이 뎍ᄌᆞ녜(嫡子女ㅣ)오,
야야(爺爺)와 졍당(正堂) 모친(母親)의 경이(傾愛)369)ᄒ시ᄂᆞᆫ 배어늘
이제 거거(哥哥)를 티시고 져져(姐姐)를 신임(身任) 시ᄋᆞ(侍兒) 틱벌
(笞罰)ᄒᆞ려 ᄒ시니 야야(爺爺ㅣ) 아ᄅᆞ신즉 모친(母親)이 츌화(黜
禍)를 당당(堂堂)이 보실디라 그ᄲᅢ 핀잔되고370) 붓그러오믈 보고 사
라 므엇ᄒ리오?"

셜파(說罷)의

---

367) 팀음(沈吟): 침음. 속으로 깊이 생각함.
368) 거: [교] 원문에는 '긔'로 되어 있으나 문맥을 고려해 연세대본(13:59)을 따름.
369) 경이(傾愛): 경애. 매우 사랑함.
370) 핀잔되고: 부끄럽고.

서너 촌(寸) 셜잉(雪刃)[371]이 가슴을 향(向)ᄒᆞᄂᆞ디라. 위 시(氏) 마춤 겨틔 안잣던 고(故)로 급(急)히 안고 샹셔(尙書)와 됴 시(氏) 대경(大驚)ᄒᆞ야 미처 말을 못 ᄒᆞ여셔 쇼졔(小姐ㅣ) 실셩이읍(失聲哀泣)[372]ᄒᆞ고 피를 토(吐)ᄒᆞ고 혼졀(昏絶)ᄒᆞ니, 됴 시(氏) 뉘웃고 황망(慌忙)ᄒᆞ야 크게 울 분이오, 샹셔(尙書)는 경히(驚駭)[373]ᄒᆞᆷ믈 이긔디 못ᄒᆞ야 다만 됴 시(氏)를 관회(寬懷)ᄒᆞ고 회싱약(回生藥)을 프러 입의 붓고 구호(救護)ᄒᆞ니,

반향(半晌) 후(後) 겨유 인ᄉᆞ(人事)를 출혀 의ᄃᆡ(衣帶)를 슈렴(收斂)ᄒᆞ고 니러 안거늘 됴 시(氏)는 놀난 가슴이 벌쎡여 능히(能-) 말을 못 ᄒᆞ고 샹셰(尙書ㅣ) 이에 정식(正色)고 칙(責)ᄒᆞ야 굴오ᄃᆡ,

"미ᄌᆡ(妹子ㅣ) 구ᄉᆞ일싱(九死一生)ᄒᆞ고 쳔만고초(千萬苦楚) 가온대도 죽디 못ᄒᆞ고 도라와 평안(平安)ᄒᆞᆫ 시졀(時節)의 져근 블평(不平)ᄒᆞᆫ 일을 보고 죽기를 가ᄇᆡ야이 너기니 이 무슴 도리(道理)뇨? 박명(薄命)의 녀ᄌᆡ(女子ㅣ)라도 발검ᄌᆞ결(拔劍自決)[374]은 인뉸(人倫) 죄인(罪人)이

오 셩교(聖敎) 가온대 버셔낫거늘 미ᄌᆡ(妹子ㅣ) 엇디 이런 고이(怪

---

371) 셜잉(雪刃): 설인. 눈처럼 하얀 칼날.
372) 실셩이읍(失聲哀泣): 실성애읍. 목이 쉬도록 슬피 욺.
373) 경히(驚駭): 경해. 뜻밖의 일로 몹시 놀람.
374) 발검ᄌᆞ결(拔劍自決): 발검자결. 칼을 빼 자결함.

異)흔 노륵술 ᄒᆞᄂᆞ뇨? 츠ᄉᆞ(此事)를 야애(爺爺ㅣ) 아륵신죽 큰일이 나리니 두 번(番) 저즈디 말디어다."

벽쥐 다만 읍읍(悒悒) 탄셩(歎聲)ᄒᆞ야 말을 아니ᄒᆞ니 샹셰(尙書ㅣ) 직삼(再三) 경계(警戒)흔 후(後) 나오다.

츠시(此時) 태뷔(太傅ㅣ) 양츈각(--閣)의 니ᄅᆞ매 쇼됴(小-) 시(氏)를 크게 증염(症厭)ᄒᆞ야 혜아리딕, '다른 일은 죡가375)를 아냣거니와 제 엇디 모ᄌᆞ(母子) 수이 츠마 못 홀 말을 ᄒᆞ리오?' ᄒᆞ야 긔운이 싁싁ᄒᆞ야 듁침(竹枕)을 베고 누으매 낭문이 샹쳐(傷處)를 쥐므ᄅᆞ며 탄식(歎息)ᄒᆞ믈 이긔디 못ᄒᆞ거눌 태뷔(太傅ㅣ) 우어 굴오딕,

"ᄌᆞ당(慈堂)이 ᄌᆞ식(子息)을 치시미 덧덧흔 일이오, ᄒᆞ믈며 대단이 맛디 아냐시니 너모 념녀(念慮) 말나. 너의 ᄆᆞ음으로 보건대 졍당(正堂) 모친(母親)은 너룰 못 치시리로다."

문이 탄식(歎息)ᄒᆞ더니 됴 시(氏) 모ᄅᆞ는 톄

●●●
62면

ᄒᆞ고 문왈(問曰),

"낭군(郎君)이 뉘게 죄(罪)를 닙으시냐?"

낭문이 졍식(正色) 왈(曰),

"표미(表妹) 이런 화(禍)를 비저닉여 두고 엇디 모ᄅᆞ는 톄ᄒᆞᄂᆞ뇨?"

여긔 믄득 ᄂᆞᆾ출 븕히고 ᄭᅮ짓고져 ᄒᆞ더니 홀연(忽然) 샹셰(尙書ㅣ) 드러오니 모다 니러 마ᄌᆞ매 샹셰(尙書ㅣ) 다만 조심(操心)ᄒᆞ야 됴리(調理)ᄒᆞ라 홀 분이오 녀ᄂᆞ 말 아니타가 니러나니, 대강(大綱) 샹셔

---

375) 죡가: 다그침. 따짐.

(尙書)의 심즁(心中)은 ㄱ초 비환(悲患) 겻근 동싱(同生)을 무죄(無罪)히 쪼 티니 쎼 슬히딕 거치 닉여 니르미 됴 부인(夫人)을 원망(怨望)ᄒ미라 ᄆᄎᄂᆡ ᄒᆫ 말을 입 밧긔 닉미 업스니,

　태뷔(太傅ㅣ) 디긔(知機)[376]ᄒ고 더옥 슈힝(修行) 공근(恭謹)ᄒ야 됴 시(氏)의 거조(擧措)ᄅᆞᆯ 원망(怨望)ᄒᆞᆫ커니와 힝혀(幸) 다시 득죄(得罪)홀가 두려 ᄎ후(此後)ᄂᆞᆫ 양춘각(--閣)의 ᄆᆡ양 잇고 위 시(氏)ᄅᆞᆯ 몽니(夢裏)의도 뉴렴(留念)티 아니ᄒ니,

　대됴(大-) 시(氏) 다시 보챌 묘단(妙端)[377]이 업고 쇼됴(小-) 시(氏) 깃거ᄒ

• • •

63면

나 태뷔(太傅ㅣ) 긔식(氣色)이 젼(前)과 닉도(乃倒)[378]ᄒ야 싁싁ᄒ미 동텬(冬天) 상월(霜月) ᄀᆞᆺ고 엄졍(嚴正)ᄒ미 납셜(臘雪)[379] ᄀᆞᄐᆞ야 ᄆᆡ양 의관(衣冠)을 입은 재 침금(寢衾)의셔 밤을 디닉고 나가니 초조(焦燥) 탹급(着急)ᄒ나 아직 ᄌᆞᆷᄌᆞᆷ(潛潛)ᄒ야 조각을 기드리더라.

　태뷔(太傅ㅣ) 비록 듕(重)히 맛디 아냐시나 이십여(二十餘) 댱(杖) 댱칙(杖責)이 쪼ᄒᆞᆫ 헐(歇)티 아닌 고(故)로 신음(呻吟)ᄒ믈 이긔디 못ᄒ나 ᄆᆞᄎᆞᆷᄂᆡ 블평지식(不平之色)을 아니코 ᄉᆞ시(四時) 문안(問安)을 ᄶᆡ예 ᄒ니 모다 병(病)든 줄 아디 못ᄒ고 소후(-后)와 연왕(-王)은 아득히 모르더라.

---

376) 디긔(知機): 지기. 기미를 앎.
377) 묘단(妙端): 묘한 계책.
378) 닉도(乃倒): 내도. 차이가 매우 큼.
379) 납셜(臘雪): 납설. 납월, 즉 음력 섣달에 내리는 눈.

난혜 그 쥬인(主人)들의 운익(運厄)이 긔괴(奇怪)ᄒ믈 탄(嘆)ᄒ고 됴 시(氏)의 거조(擧措)ᄅᆞᆯ 믜이 너겨 연왕(-王)의 귀예 가고져 ᄒᄃᆡ 태부(太傅)와 샹셔(尙書)ᄅᆞᆯ 두려,

일일(一日)은 어미 보라 가믈 핑계ᄒ고 위부(-府)의 니르러 승샹(丞相)긔 슈말(首末)을 다 고(告)ᄒ고 션쳐(善處)ᄒ시믈 쳥(請)ᄒ니 승샹(丞相)이 대경(大驚)ᄒ야

●●●
64면

ᄀᆞᆯ오ᄃᆡ,

"녀ᄋᆞ(女兒)와 녀셰(女壻ㅣ) 겨유 화란(禍亂)을 버셔나며 엇디 이런 일이 이실 줄 알리오? ᄂᆡ 당당(堂堂)이 계교(計巧)ᄅᆞᆯ 쓰리라. 너는 믈러가라."

난혜 빈샤(拜謝)ᄒ고 도라가다.

승샹(丞相)이 됴 시(氏)ᄅᆞᆯ 통훈(痛恨)[380]ᄒ야 ᄀᆞᆯ오ᄃᆡ,

"심(甚)ᄒᆞᆫ 사오나온 녀직(女子ㅣ) 쇼년(少年)의 뎍ᄌᆞ(嫡子) 일(一)인(人)을 죽이고 뎍국(敵國)과 가부(家夫)ᄅᆞᆯ 해(害)ᄒ야 쳔단고초(千端苦楚)ᄅᆞᆯ 바다 가지고 ᄯᅩ 구학(溝壑)[381] 가온대 건뎌닌 뎍ᄌᆞ(嫡子)ᄅᆞᆯ 심(甚)히 굴리오? 당당(堂堂)이 탑젼(榻前)의 이 소유(所由)ᄅᆞᆯ 고(告)ᄒ리라."

부인(夫人)이 졍식(正色) 왈(曰),

"샹공(相公)이 외간(外間) 남ᄌᆞ(男子)로 ᄂᆞᆷ의 녀ᄌᆞ(女子)ᄅᆞᆯ 공티(公

---

380) 통훈(痛恨): 통한. 몹시 분하거나 억울하여 한스럽게 여김.
381) 구학(溝壑): 구렁.

耻)382)호미 가(可)티 아니믄 니ᄅ도 말고 니싱(李生)의 말을 드ᄅ니 그 효의(孝義) 심샹(尋常)티 아닌디라 됴 시(氏)ᄅᆞᆯ 논획(論劾)ᄒᆞᄂᆞᆫ 날은 녀이(女兒ㅣ) 니(李) 태부(太傅)의게 견과(見過)383)호미 되리니 샹공(相公)은 브졀업슨 말을 그치시고 여ᄎᆞ여ᄎᆞ(如此如此)ᄒᆞ야 ᄀᆞ만ᄒᆞᆫ 가온대 더ᄅᆞᆯ 젼졔(剪除)ᄒᆞ쇼셔."

공(公)

이 과연(果然)ᄒᆞ야 ᄎᆞ일(此日) 술위ᄅᆞᆯ 미러 니부(李府)의 니ᄅᆞ니 마ᄎᆞᆷ 연왕(-王)은 조당(朝堂)의 가고 태뷔(太傅ㅣ) 홀로 잇다가 마자 녜(禮)ᄅᆞᆯ ᄆᆞᄎᆞ매 위 공(公)이 ᄯᅩᄒᆞᆫ ᄉᆞ식(辭色)디 아니ᄒᆞ고 고ᄉᆞ(故事)와 녜악(禮樂)을 의논(議論)ᄒᆞ야 셔로 화답(和答)ᄒᆞ매 위 공(公)의 소견(所見)이 쳥고(淸高)ᄒᆞ며 활연(豁然)384)ᄒᆞ야 고인(古人)을 병구(竝驅)385)ᄒᆞᆷ든 니ᄅ도 말고 태부(太傅)의 슈답(酬答)이 강ᄒᆞ(江河)ᄅᆞᆯ 거후ᄅᆞ며 댱강(長江)을 혜친 ᄃᆞᆺᄒᆞ야 도도(滔滔)히 궁(窮)티 아니ᄒᆞ니 승샹(丞相)이 새로이 ᄉᆞ랑ᄒᆞ야 반일(半日) 슈작(酬酌)ᄒᆞ다가 승샹(丞相)이 홀연(忽然) 문왈(問曰),

"니 녀ᄋᆞ(女兒)ᄅᆞᆯ 보고 가고져 ᄒᆞ노라."

태뷔(太傅ㅣ) 강잉(强仍)ᄒᆞ야 시녀(侍女)로 쇼져(小姐)ᄅᆞᆯ 쳥(請)ᄒᆞ니 이ᄯᅢ 위 시(氏) 벽셔뎡(--亭)의셔 됴 시(氏)의게 졸리이ᄂᆞᆫ디라 시

---

382) 공티(公恥): 공치. 대놓고 모욕을 줌.
383) 견과(見過): 잘못을 봄.
384) 활연(豁然): 시원한 모양.
385) 병구(竝驅): 나란히 함.

비(侍婢) 도라와 연고(緣故) 이셔 못 나오믈 고(告)ᄒ니 승샹(丞相)이 잠쇼(暫笑) 왈(曰),

"ᄯ 아니 틱벌(笞罰)ᄒ미러냐?"

태뷔(太傅 l) 추언(此言)을 듯고 놀라 이에 정식(正色) 왈(曰),

"악댱(岳丈)

• • •
66면

이 이 엇던 말ᄉᆞᆷ이뇨? 위 시(氏) 뉘게 틱벌(笞罰)ᄒ리오?"

승샹(丞相)이 웃고 왈(曰),

"너는 날을 어둡게 너기디 말디어다. 너의 틱댱(笞杖) 흠도 거즛말이냐?"

태뷔(太傅 l) 텽파(聽罷)의 정식(正色) 왈(曰),

"합해(閣下 l) 엇던 고(故)로 ᄂᆞᆷ의 일가(一家) 수어(辭語)ᄅᆞᆯ 아른 톄ᄒ시며 어듸로조차 뎌런 허언(虛言)을 드릭시뇨?"

승샹(丞相)이 다만 웃고 니러나니 태뷔(太傅 l) 심듕(心中)의 우려(憂慮)ᄒ미 깁더라.

승샹(丞相)이 이날 연왕(-王)을 못 보고 도라가 울울(鬱鬱)ᄒ야ᄒ더니 이튼날 마춤 연왕(-王)이 니릭니 공(公)이 깃거 마자 말ᄉᆞᆷᄒ더니 쥬감(酒酣)[386]의 위 공(公)이 홀연(忽然) 념슬(斂膝)[387]ᄒ고 ᄀᆞᆯ오ᄃᆡ,

"ᄒᆞᆨ싱(學生)이 ᄒᆞᆫ 말ᄉᆞᆷ을 대왕(大王)긔 고(告)코져 ᄒᆞᄂᆞ니 당돌(唐突)ᄒ믈 용샤(容赦)ᄒ시리잇가?"

---

386) 쥬감(酒酣): 주감. 술이 얼큰해짐.

387) 념슬(斂膝): 염슬. 무릎을 모아 몸을 단정히 함.

왕(王)이 문왈(問曰),

"므스 일이뇨?"

위 공(公)이 쇼왈(笑曰),

"이 말이 대왕(大王) 가스(家事ㅣ)라. 혹싱(學生)이 간예(干預)[388] 호미 가(可)티 아니되 녀우(女兒)와 사회 위틱(危殆)흔 형셰(形勢) 누란(累卵)[389] 갓

• • •
67면

투니 춤디 못흐거니와 대왕(大王)이 가(可)히 이보의 귀예 닉 말이라 말려 흐시느니잇가?"

왕(王)이 경왈(驚曰),

"쇼뎨(小弟) 가듕(家中)이 고요흐야 녀느 스괴(事故ㅣ) 업거늘 이 엇디흔 말숨이뇨?"

공(公)이 우어 왈(曰),

"이 진짓 등하블명(燈下不明)[390]이로다."

드되여 드른 말을 일일이(一一) 옴겨 니르고 쳑연(戚然)[391] 왈(曰),

"녀우(女兒)의 팔직(八字ㅣ) 험조(險阻)[392]호미 눔의 업슨 화란(禍亂)을 갓초 겻고 무스(無事)흔 시졀(時節)을 겨유 만나매 또 눔 모르 는 화(禍)를 어더 당하(堂下) 시비(侍婢)의 틱벌(笞罰)흐는 거조(擧

---

388) 간예(干預): 어떤 일에 간섭하여 참여함.
389) 누란(累卵): 계란을 쌓아 놓은 것처럼 위태로운 형세.
390) 등하블명(燈下不明): 등하불명. 등잔 밑이 어두움.
391) 쳑연(戚然): 척연. 슬퍼하는 모양.
392) 험조(險阻): 지세가 가파르거나 험하여 막히거나 끊어져 있음. 여기에서는 운수가 그렇다는 말임.

措)룰 만나니 비록 맛디 아냐시나 그 욕(辱)되옴과 인싱(人生)의 긔
구(崎嶇)ᄒ미 극(極)혼디라 대왕(大王)은 당당(堂堂)이 도라보ᄂᆞ라.
쇼뎨(小弟) 일싱(一生)을 거ᄂᆞ렷고져 ᄒ노라."

왕(王)이 듯기룰 못고 대경대ᄒᆡ393)(大驚大駭)ᄒ야 글오듸,

"쇼뎨(小弟) 블초혼암(不肖昏闇)394)ᄒ야 가간(家間)의 고이(怪異)
혼 변(變)이 니러나나 아디 못ᄒ니 어듸로조차 이 말

•••
68면

을 드럿ᄂᆞ뇨?"

위 공(公)이 드듸여 난혜 뎐엔(傳語ᄂᆞᆯ) 줄 니ᄅᆞ고 글오듸,

"쇼뎨(小弟) 수졍(私情)으로 ᄎᆞ언(此言)을 발(發)ᄒ나 기실(其實)은
크게 블가(不可)혼디라. 형(兄)은 됴 부인(夫人)긔 츄호(秋毫)395)도
블평(不平)혼 일을 말고 션쳐(善處)ᄒ라."

왕(王)이 강잉(强仍) 쇼왈(笑曰),

"닉 ᄯᅩ 술피ᄂᆞ니 엇디 소리(率爾)히396) ᄒ리오?"

셜파(說罷)의 가연이 니러나 술위룰 ᄐᆞ고 부듕(府中)으로 도라올
시 됴 시(氏) 힝ᄉᆞ(行事)룰 어히업서 심하(心下)의 크게 노(怒)ᄒ야
통혼(痛恨)ᄒᆞᆯ 마디아니터라.

이날 마춤 녀 시(氏), 위 시(氏)의 잠시(暫時)도 쉴 ᄉᆞ이 업ᄂᆞᆫ 줄

---

393) ᄒᆡ: [교] 원문에는 '희'로 되어 있으나 문맥에 맞지 않으므로 규장각본(13:59)과 연세대본
(13:67)을 따름.
394) 블초혼암(不肖昏闇): 불초혼암. 어리석고 사리에 어두움.
395) 츄호(秋毫): 추호. 가을철에 털갈이하여 새로 돋아난 짐승의 가는 털이라는 뜻으로 매우 적거
나 조금인 것을 비유적으로 이르는 말.
396) 소리(率爾)히: 솔이히. 서투르게.

잔잉ᄒ야 듕당(中堂)의 모든 슉ᄆᆡ(叔妹)[397] 뎨ᄉ(娣姒)[398]를 쳥(請)ᄒ야 한담(閑談)홀ᄉᆡ 졔인(諸人)이 홍군(紅裙)을 ᄯᅳ으고 치삼(彩衫)을 브티며 봉관(鳳冠)을 수기고 옥패(玉佩)를 울려 졔졔(齊齊)히[399] 버러시니 새로온 셩ᄌᆞ광휘(盛姿光輝)[400] 옥난(玉欄)의 ᄇᆡ이야 요지(瑤池)[401] 션ᄌᆡ(仙子ㅣ) 치운(彩雲) 속의 모닷ᄂᆞᆫ ᄃᆞᆺᄒ니 좌위(左右ㅣ) 새로이 긔이(奇異)히 너기더라.

69면

녀 시(氏), 유모(乳母)를 명(命)ᄒ야 옥반금긔(玉盤金器)[402]예 셩찬호쥬(盛饌好酒)[403]를 담아 압마다 버리고 담쇼(談笑)ᄒ더니 연왕(-王)의 ᄎᆞ녀(次女) 월쥬 쇼졔(小姐ㅣ) 이제 구(九) 셰(歲)라 믄득 웃고 문왈(問曰),

"임 져졔(姐姐ㅣ) 요ᄉᆞ이 엇디 화ᄉᆡᆨ(和色)이 업셔ᄂᆞ니잇고?"

임 시(氏) 미처 답(答)디 못ᄒ여셔 화쇠 니ᄃᆞ라 굴오ᄃᆡ,

"우리 야애(爺爺ㅣ) 져년(-年)으로브터 모친(母親)을 ᄎᆞᆺ디 아니시니 모친(母親)이 밤이면 우ᄅᆞ시기로 뎌 상(相)이 되여 계시니 슉뫼(叔母ㅣ) 뭇디 마ᄅᆞ쇼셔."

언미필(言未畢)의 임 시(氏) 독안(毒眼)[404]을 브릅ᄯᅳ고 화소를 티

---

397) 슉ᄆᆡ(叔妹): 슉매. 시누이.
398) 뎨ᄉ(娣姒): 제사. 손아래 동서와 손위 동서.
399) 졔졔(齊齊)히: 제제히. 가지런히.
400) 셩ᄌᆞ광휘(盛姿光輝): 성자광휘. 화려한 자태와 빛나는 모습.
401) 요지(瑤池): 중국 곤륜산(崑崙山)에 있다는 연못으로 서왕모(西王母)가 사는 곳으로 전해짐.
402) 옥반금긔(玉盤金器): 옥반금기. 옥쟁반과 금그릇.
403) 셩찬호쥬(盛饌好酒): 성찬호주. 풍성한 안주와 맛있는 술.
404) 독안(毒眼): 독살스러운 눈.

려 ᄒ니 화쇠 녀 시(氏) 알프로 ᄃ라드니 임 시(氏) 티디 못ᄒ고 즐지(叱之) 왈(曰),

"뎌런 못쁠 ᄌ식(子息)이 어딕 이시리오?"

월쥐 낭쇼(朗笑) 왈(曰),

"쇼ᄋ(小兒)의 형상(形象) 업슨 말을 뉘 고디드ᄅ며 ᄯ 고디듯다 동긔지간(同氣之間)의 관계(關係)ᄒ리잇가?"

임 시(氏) 졍쇠(正色) 왈(曰),

"말이 아ᄒᆡ(兒孩) 말답디 아니퀴 ᄒ니 샹셰(尙書ㅣ) ᄃ롤

딘대 쳡(妾)을 어이 아니 더러이 너기리오?"

됴 시(氏) 홀연(忽然) 쇼왈(笑曰),

"임 져져(姐姐)ᄂ 슉슉(叔叔)의 박딕(薄待)를 흔(恨)ᄒ시거니와 요ᄉ이 위 쇼졔(小姐ㅣ) 슉모(叔母)의 신임(身任)ᄒ시기로 인(因)ᄒ야 태부(太傅)를 쩌나시니 샹ᄉ(相思)ᄒ야 셩질(成疾)[405]퀴 되여시니 이ᄂ 가쇠(可笑ㅣ) 아니니잇가?"

셜파(說罷)의 녀 시(氏)ᄂ 아ᄂ 일이라 츄파(秋波)를 ᄂ초고 위 시(氏)ᄂ 졍금념용(整襟斂容)[406]ᄒ야 못 듯ᄂ 사름 ᄀ튼디 월쥐 그 언ᄉ(言辭)의 묘믹(苗脈)이 이시믈 경의(驚疑)ᄒ야 믄득 낭연(朗然)이 웃고 그 속을 쏟바 ᄀ로딕,

"됴 모친(母親)이 므스 일로 위 형(兄)을 신임(身任)ᄒ시ᄂ뇨?"

---

405) 셩질(成疾): 셩질. 병이 됨.
406) 졍금념용(整襟斂容): 졍금염용. 옷깃을 여미어 모양을 바로잡고 용모를 가다듬음.

됴 시(氏) 바히 〈톄(事體)407)를 모르고 저의 툥(寵)을 자랑ᄒ며 위 시(氏)를 폄박(貶薄)408)고져 허허 웃고 손을 브븨여 굴오ᄃᆡ,

"우리 슉뫼(叔母ㅣ) 나의 박명(薄命)을 슬허ᄒ샤 샹공(相公)을 경계(警戒)ᄒ시고 위 시(氏)를 침당(寢堂)의 두시니 위 시(氏) 츈졍(春情)을 ᄎᆞ마 못 견ᄃᆡ여 슉모(叔母)를 시살(弑殺)ᄒ쟈 ᄒᆞ

●●●
71면

다 ᄒᆞ더이다."

월쥐 텽파(聽罷)의 ᄒ 긋틀 드르매 다 짐작(斟酌)고 크게 히연(駭然)ᄒ야 블연(勃然)409) 졍ᄉᆡᆨ(正色)고 나슈(羅袖)410)를 썰텨 드러가니 녀 시(氏) 등(等)이 짐작(斟酌)고 그윽이 념녀(念慮)ᄒ야 흐터디니,

쇼졔(小姐ㅣ) 졍당(正堂)으로 드러가다가 듕당(中堂)의 니ᄅ러 부왕(父王)을 만나니 쇼졔(小姐ㅣ) 급(急)히 나아가 농포(龍袍)의 휘감겨 닐오ᄃᆡ,

"야얘(爺爺ㅣ)야, 긔괴지언(奇怪之言)을 드르쇼셔."

드ᄃᆡ여 처엄브터 졔인(諸人)의 말을 니ᄅ고 근본(根本)을 ᄭᆡᄃᆞ디 못ᄒ거늘 왕(王)이 ᄯ오 드른 말이 이시므로 더욱 노(怒)ᄒ야 긔ᄉᆡᆨ(氣色)이 싁싁ᄒ야 바로 슉현당(--堂)으로 드러가니,

소휘(-后ㅣ) 마ᄎᆞᆷ 샹부(相府)로조차 이에 오다가 월쥬의 말을 잠간(暫間) 듯고 ᄀᆞ쟝 블쾌(不快)ᄒ야 ᄒᆞᆫ가지로 슉현당(--堂)의 도라오매

---

407) 〈톄(事體): 사체. 일의 체면.

408) 폄박(貶薄): 남을 헐뜯고 얕잡음.

409) 블연(勃然): 발연. 왈칵 성을 내는 태도나 일어나는 모양이 세차고 갑작스러움.

410) 나슈(羅袖): 나수. 비단 소매.

왕(王)이 난간(欄干)의 좌(座)를 일우고 조녀(子女)를 브루고져 하더니 믄득 데조(諸子), 제뷔(諸婦ㅣ) 니음차411) 드러와 시좌(侍坐)하매 왕(王)의 긔식(氣色)이

• • •

72면

블연(勃然)하야 미우(眉宇)의 믁믁(默默)흔 긔운이 북풍(北風) 한상(寒霜) マ튼디라 제직(諸子ㅣ) 연고(緣故)를 몰나 송연(悚然)412)하더니 냥구(良久) 후(後) 왕(王)이 위 시(氏)와 태부(太傅)를 나아오라 하야 무루디,

"근간(近間) 너의 부뷔(夫婦ㅣ) 긔식(氣色)이 블평(不平)하니 장촛(將次ㅅ) 미양(微恙)이 잇느냐?"

태뷔(太傅ㅣ) 꾸러 디왈(對曰),

"히이(孩兒ㅣ) 신샹(身上)이 무수(無事)하니 각별(各別) 블평(不平)흔 디 업서이다."

왕(王)이 변식(變色) 왈(曰),

"아히(兒孩) 이러툿 언능(言能)413)하야 아비 소기믈 능수(能事)로 아니 긔 므슴 도리(道理)뇨?"

셜파(說罷)의 태부(太傅)를 나호여 무릅히 업디라 하고 샹쳐(傷處)를 보매 프르기 청화(靑華)414) 궃고 대단이 부어시니 왕(王)이 실식(失色)하야 굴오디,

---

411) 니음차: 연이어.
412) 송연(悚然): 송연. 두려워하는 모양.
413) 언능(言能): 말이 능란함.
414) 청화(靑華): 청화. 중국에서 나는 푸른 물감의 하나.

"네 장ᄎᆞᆺ(將次ㅅ) 엇던 사ᄅᆞᆷ의게 ᄐᆡ장(笞杖)ᄒᆞ엿ᄂᆞ뇨?"

태뷔(太傅ㅣ) 고두(叩頭)ᄒᆞ야 답(答)디 못ᄒᆞ니 샹셰(尙書ㅣ) 이ᄣᅢ 좌(座)의셔 부친(父親) ᄀᆡᄉᆡᆨ(氣色)을 보매 황공(惶恐)ᄒᆞ야 욕ᄉᆞ무디(欲死無地)[415]ᄒᆞ고 태부(太傅)ᄅᆞᆯ 티ᄂᆞᆫ 날 타일(他日) 죄(罪)ᄅᆞᆯ 바들 줄로 아

•••

73면

랏ᄂᆞᆫ디라 ᄲᆞᆯ리 계하(階下)의 ᄂᆞ려 고두(叩頭)ᄒᆞ야 ᄀᆞᆯ오ᄃᆡ,

"ᄒᆡᄋᆡ(孩兒ㅣ) ᄎᆞ뎨(次弟)ᄅᆞᆯ 슈댱(授杖)ᄒᆞᆫ 배로소이다."

왕(王)이 텽파(聽罷)의 ᄀᆡ운이 셔리 ᄀᆞᄐᆞ야 ᄀᆞᆯ오ᄃᆡ,

"ᄂᆡ 비록 용녈(庸劣)ᄒᆞ나 목숨이 셰샹(世上)의 이신 후(後)ᄂᆞᆫ ᄌᆞ식(子息)을 다ᄉᆞ리미 거의 네 소임(所任)이 아니오, 셜ᄉᆞ(設使) 경문이 죄(罪) 이셔 네게 블 만ᄒᆞᆯ디라도 ᄂᆡ게 취품(就稟)[416]ᄒᆞ고 다ᄉᆞ리미 네 도리(道理)와 인ᄉᆞ(人事)의 올ᄒᆞᆫ디라. 경문이 네게 득죄(得罪)ᄒᆞᆫ 소실(所失)은 ᄂᆡ 아디 못ᄒᆞ거니와 네 아비ᄅᆞᆯ 몰ᄂᆡ여 두ᄃᆞ리미 크게 실톄(失體)[417]ᄒᆞ엿ᄂᆞᆫ디라. ᄂᆡ 일즉 뉵(六) 쳑(尺)의 고(孤)[418]로 ᄇᆡᆨ(百) 니(里)의 브티미[419] 업고 님죵(臨終)의 네 여러 아ᄋᆞ로 의탁(依託)ᄒᆞ미 업ᄉᆞ니 금일지ᄉᆡ(今日之事ㅣ) 극(極)ᄒᆞᆫ 변괴(變故ㅣ)라 이

---

415) 욕ᄉᆞ무디(欲死無地): 욕사무지. 죽으려 해도 죽을 곳이 없음.

416) 취품(就稟): 취품. 웃어른께 나아가 여쭘.

417) 실톄(失體): 실체. 예의를 잃음.

418) 고(孤): 제후가 자기를 낮춰 부르는 말.

419) 뉵(六) 쳑(尺)의-브티미: 6척의 어린 임금으로 백 리 땅의 운명을 맡긴 일이. 증자(曾子)가 한 말임. 즉, 『논어』, 「태백(泰伯)」에서 증자(曾子)가 "6척의 고아를 맡길 수 있고 1백 리의 명운을 맡길 수 있으며, 큰일에 임하여 뜻을 빼앗을 수 없다면 군자다운 사람인가? 군자다운 사람이다. 可以托六尺之孤, 可以寄百里之命, 臨大節而不可奪也, 君子人與? 君子人也."라고 함. 이몽창이 자신을 6척의 어린 임금으로 비유한 것임.

엇디 역신(逆臣)과 다르미 이시리오? 네 아비 비록 용녈(庸劣)호나 셰샹(世上)의 머믄 젼(前)은 이런 괴려지수(乖戾之事)420)를 결연(決然)이 그저 잇디 못호리니 젼후(前後) 수연(事緣)을 혼 ᄌ(字)

도 은휘(隱諱)티 말고 딕고(直告)호야 죄(罪)를 바드라."

샹셰(尙書ㅣ) 수러 듯기를 므ᄎ매 대경(大驚) 황공(惶恐)호야 한한(汗汗)이 텀비(沾背)421)호디 ᄎ마 바로 고(告)티 못호야 다만 머리를 두두려 굴오디,

"히ᄋ(孩兒)의 무상(無狀)호미 엄교(嚴敎)의 졀당(切當)422)호신디라 ᄲᆞᆯ리 형댱(刑杖)을 바드믈 원(願)호ᄂ이다."

왕(王)이 쟉쉭(作色) 왈(曰),

"너의 블효(不肖)호믄 네 니르디 아냐도 다 아ᄂ니 다만 경문이 틴댱(笞杖)혼 연고(緣故)를 니르라."

샹셰(尙書ㅣ) ᄎ언(此言)의 다ᄃ라ᄂ 머리를 수기고 믁연(默然)호니 왕(王)이 블연(勃然) 대로(大怒) 왈(曰),

"ᄎᄋ(此兒ㅣ) 엇디 이대도록 블효(不肖)호엿ᄂ뇨?"

셜파(說罷)의 분연(奮然)이 챵두(蒼頭)423)를 블러 벽셔뎡(--亭), 양춘각(--閣), 봉셩424)각(--閣) 시비(侍婢)를 다 잡아 ᄂ리라 호고 밧그로 나가 크게 다ᄉ리고져 호거ᄂᆞᆯ 태뷔(太傅ㅣ) 밧비 면관(免冠) 히의디

---

420) 괴려지수(乖戾之事): 괴려지사. 사리에 어그러져 온당하지 않은 일.
421) 텀비(沾背): 첨배. 등을 적심.
422) 졀당(切當): 절당. 사리에 꼭 들어맞음.
423) 챵두(蒼頭): 종살이를 하는 남자.
424) 셩: [교] 원문과 규장각본(13:65), 연세대본(13:74)에 모두 '샹'으로 되어 있으나 앞의 예를 따라 이와 같이 수정함.

(解衣帶)ᄒ고 계하(階下)의 ᄂᆞ려 돈슈(頓首) 혈읍(血泣) 왈(曰),

"쇼ᄌᆡ(小子ㅣ) 블쵸무샹(不肖無狀)ᄒ야 우ᄋᆡ(友愛)

●●●
75면

ᄒ미 도탑디 못ᄒ야 ᄇᆡ시(伯氏) 칙(責)ᄒ미 잇ᄉᆞ오나 동긔(同氣) ᄉᆞ
이 져근 ᄐᆡ댱(笞杖)을 대인(大人)이 아ᄅᆞᆫ톄ᄒ샤 편ᄋᆡ(偏愛)425) 편증
(偏憎)426)을 일편도이 ᄒ시ᄂᆞ뇨? ᄒᆞ믈며 외당(外堂)의 궁관(宮官)과
하리(下吏) ᄀᆞ둑이 모든 고디라 가듕(家中) 쇼쇼(小小)ᄒᆞᆫ 일을 드러
닉시미 무익(無益)ᄒ시니 대인(大人)은 슬피쇼셔."

왕(王)이 졍ᄉᆡᆨ(正色) 노왈(怒曰),

"여뷔427)(汝父ㅣ) 샹시(常時) 훈ᄌᆞ(訓子)의 블엄(不嚴)ᄒ야 너희
등(等)이 이러툿 능휼(能譎)428)ᄒ야 희롱(戲弄)ᄒ니 ᄂᆡ 비록 무샹(無
狀)ᄒ나 셩문이 사오나와 너를 텻거니와 네 블쵸(不肖)ᄒ야 마자시
나 무죄(無罪)ᄒ야 마자시나 그 본심(本心)으로 텨시면 이러티 아니
리니 여등(汝等)이 다시곰 말을 블만(不滿)429)이 ᄒᆞᄂᆞ냐?"

언미필(言未畢)의 모든 시뇌(侍奴ㅣ) 벽셔뎡(--亭), 봉셩430)각(--
閣), 양츈각(--閣) 시녀(侍女)를 결박(結縛)ᄒ야 알ᄑᆡ 니ᄅᆞ매 왕(王)이
몬져 난혜를 져주어431) 쇼졔(小姐ㅣ) 어느 날 봉각(-閣)을 쎠나며 그
ᄉᆞ이

---

425) 편ᄋᆡ(偏愛): 편애. 치우치게 사랑함.
426) 편증(偏憎): 치우치게 미워함.
427) 뷔: [교] 원문에는 '뵈'로 되어 있으나 문맥을 고려해 규장각본(13:65)과 연세대본(13:75)을 따름.
428) 능휼(能譎): 능란하게 속임.
429) 블만(不滿): 불만. 진실되지 않음.
430) 셩: [교] 원문에는 '샹'으로 되어 있으나 앞의 예를 따라 이와 같이 수정함.
431) 져주어: 신문해.

보채던 곡졀(曲折)을 무릭니 난혜 믄득 ㄴㅈ빗츨 졍(正)히 ㅎ고 딕왈(對曰),

"쥬뫼(主母ㅣ) 쥬군(主君)의 녕(令)으로 됴 부인(夫人)긔 신임(身任)ㅎ시니 ㅈ부(子婦)의 도리(道理) 당당(堂堂)흔 일이라 별단(別段) 곡졀(曲折)은 비직(婢子ㅣ) 아디 못ㅎᄂ이다."

왕(王)이 어히업셔 벽셔뎡(--亭) 웃듬시비(--侍婢) 치란을 엄형(嚴刑)으로 져주어 실샹(實狀)을 무릴ᄉㅣ 위엄(威嚴)이 광풍졔월(光風霽月)432) ᄀ튼니 란이 두려 됴 시(氏)의 젼후(前後) 과악(過惡)을 일일히(一一) 고(告)ㅎ니 왕(王)이 대로(大怒)ㅎ야 ᄯ 양츈각(--閣) 시비(侍婢)를 져주어 태뷔(太傅ㅣ) 위 시(氏)로 더브러 시살(弑殺)ㅎ려 의논(議論)ㅎ믈 뉘 드릭고 무릭니 션미 즉시(卽時) 딕왈(對曰),

"모일(某日)의 태부(太傅) 노야(老爺)와 위 부인(夫人)이 여ᄎ여ᄎ(如此如此)흔 말ᄉᆞᆷ ㅎ시거늘 쇼비(小婢) 그딕로 쥬모(主母)긔 뎐(傳)ㅎ니 쥬뫼(主母ㅣ) 닉도(乃倒)433)히 주언(做言)434)ㅎ야 됴 부인(夫人)긔 고(告)ㅎ니이다."

왕(王)이 듯기를 믓고 더옥 노(怒)ㅎ야 모든 시비(侍婢)를 다 궁관(宮官)의게 ᄂ

---

432) 광풍졔월(光風霽月): 광풍제월. 비가 갠 뒤의 맑게 부는 바람과 밝은 달이라는 뜻으로, 마음이 넓고 쾌활하여 아무 거리낌이 없는 인품을 비유적으로 이르는 말.
433) 닉도(乃倒): 내도. 차이가 큼.
434) 주언(做言): 없는 사실을 꾸며 말함.

리와 댱(杖) 수십(四十)식 밍타(猛打)ᄒ라 ᄒ고 몬져 시노(侍奴)를 명
(命)ᄒ야 샹셔(尚書)를 미야 꿀리고 수죄(數罪)435)ᄒ야 굴오ᄃᆡ,

　"믈읫 효의(孝義)란 거시 셰울 고디 잇ᄂᆞ니 낭문의 어미 본ᄃᆡ(本-)
네 아비로 블공ᄃᆡ텬지쉬(不共戴天之讎 ㅣ)436)로ᄃᆡ 수셰(事勢) 마디못
ᄒ야 부듕(府中)의 머믈우고 여듕(汝等)이 동ᄉᆡᆼ(同生)의 ᄂᆞᆺ출 보와
어미로 ᄃᆡ졉(待接)ᄒᆞᆯ 시ᄂᆞᆫ 올커니와 그 범ᄉᆞ(凡事)의 무례(無禮) 브
졍(不正)ᄒ믄 기유(開諭)ᄒ야 듯디 아니커든 닉게 고(告)ᄒ야 션쳐
(善處)ᄒ미 올커늘 엇딘 고(故)로 그 실셩(失性)ᄒᆞᆫ 힝ᄉᆞ(行事)와 광패
(狂悖)ᄒᆞᆫ 거동(擧動)을 도아 무죄(無罪)ᄒ 아올 티리오? 경문이 본ᄃᆡ
(本-) 화란(禍亂)과 풍상(風霜)을 ᄀᆞ초 겻거 구ᄉᆞ일ᄉᆡᆼ(九死一生)ᄒᆞᆫ 몸
이라 ᄂᆡ 샹히437) 가즁 어엿비 너기니 네 ᄯᅩ 그 텬뉸(天倫)의 ᄂᆞ호미
이셔 죄(罪) 이셔 닉티려 ᄒ야도 간(諫)ᄒᆞᆯ 시 올커늘 무죄(無罪)ᄒ미
쇼연(昭然)ᄒ고 당(當)티 아닌 일의 보채여 토혈증(吐血症)438)

이 듕(重)ᄒ거늘 네 죠곰도 슬피디 아냐 무상패려(無狀悖戾)439)ᄒᆞᆫ 의
모(義母)의 말을 드러 짐즛 핀계를 어든 ᄃᆞ시 듕(重)히 티고 위 시

---

435) 수죄(數罪): 죄를 하나하나 따짐.
436) 블공ᄃᆡ텬지쉬(不共戴天之讎 ㅣ): 불공대천지수. 하늘을 같이 일 수 없는 원수.
437) 샹히: 항상.
438) 토혈증(吐血症): 피를 토하는 병.
439) 무상패려(無狀悖戾): 무상패려. 사리에 밝지 못하고 도리에 어긋남.

(氏)를 틱벌(笞罰)ᄒ기를 계교(計巧)ᄒ니 이십(二十) 년(年) 경셔(經
書)를 닑으미 므어슬 비로셧ᄂ뇨? 친ᄉᆡᆼ(親生) 부뫼(父母ㅣ) 무도(無
道)ᄒ야 그런 거조(擧措)를 ᄒ야도 죽기로 간(諫)ᄒ야 도(道)의 합
(合)게 ᄒ미 올흐니 너의 죄(罪) 경(輕)티 아닌디라. 쾌(快)히 마자 경
문 틴 죄(罪)를 속(贖)ᄒ라."

셜파(說罷)의 소ᄅᆡ 엄정(嚴正) 밍녈(猛烈)ᄒ고 긔운이 셔리 ᄀᆞᆺ트니
좌위(左右ㅣ) 숑연(悚然)ᄒ딕 샹셰(尙書ㅣ) 일호(一毫)도 안ᄉᆡᆨ(顏色)
을 변(變)티 아니ᄒ고 의관(衣冠)을 글러 계하(階下)의 ᄂᆞ릴ᄉᆡ 흔 말
을 ᄒ야 그 곡딕(曲直)을 ᄒᆡ셕(解析)⁴⁴⁰디 아니ᄒ니 진실로(眞實-)
긔직(奇子ㅣ)러라.

태뷔(太傅ㅣ) 부친(父親) 위엄(威嚴)을 보고 대경(大驚)ᄒ야 급(急)
히 면관(免冠) 돈슈(頓首)ᄒ야 굴오딕,

"쇼직(小子ㅣ) 블쵸(不肖)ᄒ야 형(兄)이 져근 틱댱(笞杖)을 더으미
믄득 엄하(嚴下)

• • •

79면

의 득죄(得罪)ᄒ니 ᄒᆡ이(孩兒ㅣ) 어ᄂ ᄂᆞᆺ츠로 셰(世)의 닙(立)ᄒ리잇
고? ᄇᆞ라ᄂ니 대인(大人)은 관뎐(寬典)⁴⁴¹을 드리오시믈 ᄇᆞ라ᄂ이다."

왕(王)이 정ᄉᆡᆨ(正色) 왈(曰),

"블쵸익(不肖兒ㅣ) 원간(元間) 요ᄉᆞ이 소ᄒᆡᆼ(所行)이 고이(怪異)ᄒ
야 규방(閨房) 은익(恩愛) 편ᄉᆡᆨ(偏塞)⁴⁴²ᄒ니 두로 죄(罪) 가ᄇᆡ얍디

---

440) ᄒᆡ셕(解析): 해석. 풀어서 밝힘.
441) 관뎐(寬典): 관전. 너그러운 은전.
442) 편ᄉᆡᆨ(偏塞): 편색. 치우쳐 막힘.

아닌디라. 금일(今日) 틱댱(笞杖)은 도망(逃亡)티 못ᄒ리라.”

셜파(說罷)의 티기를 직쵹ᄒ니 위 시(氏) 이째 좌듕(座中)의 이셔 ᄌᄀᆡ(自己) 부부(夫婦)의 연고(緣故)로 샹셰(尙書ㅣ) 죄(罪)를 당(當)ᄒ니 황공(惶恐)ᄒ미 욕ᄉ무디(欲死無地)[443]라 이에 관(冠)을 벗고 왕(王)의 알ᄑᆡ ᄭ러 옥셩(玉聲)을 ᄂ즉이 ᄒ야 샹셔(尙書)의 태부(太傅) 티미 본심(本心)이 아니나 도리(道理) 당당(堂堂)홈과 ᄌᄀᆡ(自己) 고모(姑母)[444]의게 시침(侍寢)ᄒ미 남ᄉ(濫事ㅣ)[445] 아니오 더옥 맛디 아닌 틱벌(笞罰)로 샹셔(尙書)를 티미 몸 둘 고디 업스믈 셰셰(細細)히 고(告)ᄒ매 도도(滔滔)ᄒ 말ᄉᆞᆷ은 삼협(三峽)의 누쉬(淚水ㅣ) ᄡᅥ러디고 졀당(切當)[446]ᄒ 언ᄉ(言辭)ᄂ 옥반(玉盤)의 구슬이

•••
80면

징징(鏗鏗)[447]ᄒ 듯 언에(言語ㅣ) 눈니(倫理) 잇고 니해(利害) 곡졀(曲折)이 분명(分明)ᄒ미 일ᄉᆼ(一生) 경셔(經書)를 니긴 재(者ㅣ)라도 능히(能-) 못ᄒᆞᆯ디라. 왕(王)이 듯기를 ᄆᆞᄎ매 크게 경듕(傾重)[448]ᄒ고 더옥 ᄉ랑ᄒ야 믁연(默然)이 ᄂᆺ쳐 희ᄉᆨ(喜色)을 ᄯᅴ여 시노(侍奴)를 명(命)ᄒ야 샹셔(尙書)의 믠 거슬 그ᄅ고 다시 졀칙(切責)[449]ᄒᄃᆡ,

“너의 죄(罪) ᄌᄆᆞᆺ 듕(重)ᄒᄃᆡ 현부(賢婦)의 간징(諫爭)[450]이 죡

---

443) 욕ᄉ무디(欲死無地): 욕사무지. 죽으려 해도 죽을 곳이 없음.
444) 고모(姑母): 시어머니.
445) 남ᄉ(濫事ㅣ): 남사. 외람된 일.
446) 졀당(切當): 절당. 사리에 꼭 들어맞음.
447) 징징(鏗鏗): 쟁쟁. 쇠붙이 따위가 맞부딪쳐 맑게 울리는 소리.
448) 경듕(傾重): 경중. 깊이 사랑함.
449) 졀칙(切責): 매우 꾸짖음.
450) 간징(諫爭): 간쟁. 어른이나 임금에게 옳지 못하거나 잘못된 일을 고치도록 간절히 말함.

(足)히 너의 잇는 죄(罪)를 업게 훌시 샤(赦)ᄒ거니와 ᄎ후(此後) 그
런 일이 이실딘대 결연(決然)이 용샤(容赦)티 아닐 거시오, 규ᄂᆡ(閨
內) 편식(偏塞)ᄒ믈 다시 힝(行)ᄒ라. 당당(堂堂)이 쳐티(處置) 이시
리라."

샹셰(尙書ㅣ) 돈슈(頓首) 샤죄(謝罪)ᄒ고 올나 시좌(侍坐)ᄒ매 감
히(敢-) ᄂᆺ츨 우러러보디 못ᄒ더라.

왕(王)이 ᄯᅩ 양츈각(--閣) ᄉ디시비(事知侍婢)451)를 블러 계틱(戒
飭)452)ᄒ야 ᄎ후(此後) 문안(問安)의 참예(參預)티 말고 회과(悔過)ᄒ
믈 분부(分付)ᄒ고 낭문을 블러 알ᄑᆡ 니ᄅᆞ매 긔운을 싁싁이 ᄒ고 굴
오ᄃᆡ,

"네 어미

. . .

81면

당년(當年) 죄악(罪惡)이 칠거(七去)453)를 디나고 강샹(綱常)을 범
(犯)ᄒ야 하늘과 귀신(鬼神)이 ᄒᆞᆫ가지로 노(怒)ᄒ야 ᄆᆞ츰ᄂᆡ 무궁(無
窮)ᄒ 고초(苦楚)를 격고 그 여얼(餘孼)454)이 여등(汝等)의게 미쳐
화란(禍亂)을 ᄀᆞ초 겻근 후(後) 고토(故土)의 도라오니 네 어미 날로
더브러 애ᄌᆞ지원(睚眦之怨)455)이 이시나 여등(汝等)의 ᄂᆺ츨 보와 부
듕(府中)의 머므ᄅᆞ니 져그나 사ᄅᆞᆷ의 념티(廉恥) 이실딘대 당당(堂堂)

---

451) ᄉ디시비(事知侍婢): 사지시비. 일을 맡은 시비.
452) 계틱(戒飭): 계칙. 경계하여 타이름.
453) 칠거(七去): 예전에, 아내를 내쫓을 수 있는 이유가 되었던 일곱 가지 허물. 시부모에게 불손
함, 자식이 없음, 행실이 음탕함, 투기함, 몹쓸 병을 지님, 말이 지나치게 많음, 도둑질을 함
따위.
454) 여얼(餘孼): 이미 당한 재앙 외에 아직 남아 있는 재앙이나 액운.
455) 애ᄌᆞ지원(睚眦之怨): 애자지원. 한 번 흘겨보는 정도의 원망이란 뜻으로, 아주 작은 원망.

이 머리를 움치고[456] 심규(深閨)의 드러 인뉸(人倫)을 샤졀(謝絕)ᄒ고 듕회(衆會)예 나ᄃᆞᆫ니디 아니미 올커ᄂᆞᆯ 가디록 실셩(失性)ᄒᆞᆫ 인ᄉ(人事)와 미친 긔운을 이긔디 못ᄒ야 동셔(東西)로 분주(奔走)ᄒ야 ᄒᆡ연(駭然)[457]ᄒᆞᆫ ᄒᆡᆼᄉᆞ(行事ㅣ) 무족가관(無足可觀)[458]이로ᄃᆡ 네 ᄆᆞᄎᆞᆷ ᄂᆡ ᄒᆞᆫ 말을 토(吐)ᄒ야 닐러 고티게 아니ᄒ고 경문이 나히 이십(二十)의 둘히 업고 쟉위(爵位) 금ᄌᆞ(金紫)[459] 틱각(臺閣) 대신(大臣)이라, 친싱(親生) 어미라도 티ᄎᆡᆨ(治責)[460]을 임의(任意)로 못 ᄒ거ᄂᆞᆯ 네

•••
82면

어미 ᄒᆡᆼ혀(幸-) ᄂᆡ의 헛 명호(名號)를 어더시므로 경문 등(等)이 어미로 칭(稱)ᄒ나 셕ᄉ(昔事)를 싱각ᄒ면 므어시 ᄯᆞᆮ겁고[461] 쾌(快)ᄒ며 몸이 커 딜녀(姪女)로 부부(夫婦) 듕졍(重情)을 권(勸)ᄒ며 위 시(氏)를 아사다가 굼초고 ᄯᅩ 틱벌(笞罰)을 더으며 위 시(氏) 티기를 계교(計巧)ᄒ리오? 이 도시(都是) 네 혼약(昏弱)ᄒ야 강단(剛斷)이 업ᄉ니 네 어미 실셩(失性)ᄒᆞᆫ 긔운의 더옥 호승(好勝)[462]과 광증(狂症)이 겸발(兼發)ᄒᆞ미라. 인언(人言)[463]이 ᄉᆞ린(四隣)의 회자(膾炙)ᄒ니 네 하(何) 면목(面目)으로 닙어ᄒᆡᆼ셰(立於行世)[464]ᄒ리오? ᄂᆡ 쾌(快)히 이런 고이(怪異)ᄒᆞᆫ 자최를 부듕(府中)의 업시코져 ᄒᆞᄃᆡ 스ᄉᆞ로 네 어미를

---

456) 움치고: 움츠리고.
457) ᄒᆡ연(駭然): 해연. 몹시 이상스러워 놀람.
458) 무족가관(無足可觀): 무족가관. 족히 볼 만한 것이 없음.
459) 금ᄌᆞ(金紫): 금자. 금인(金印)과 자수(紫綬)라는 뜻으로, 존귀한 사람을 비유적으로 이르는 말.
460) 티ᄎᆡᆨ(治責): 치책. 다스려 꾸짖음.
461) ᄯᆞᆮ겁고: 찐덥고. 마음에 반갑고 흐뭇하고.
462) 호승(好勝): 남을 이기려는 마음.
463) 인언(人言): 세상에 오가는 소문.
464) 닙어ᄒᆡᆼ셰(立於行世): 입어행세. 세상에 나가 사람들 앞에 섬.

위(爲)ᄒ야 붓그려 믈시(勿施)[465]ᄒ니 이 ᄯᅩ 나의 약(弱)ᄒ미라. 만일(萬一) 추후(此後) 다시 이런 거죄(擧措ㅣ) 이실딘대 네 닉 싱견(生前)의 눈의 뵈디 못ᄒ리라."

말ᄉᆞᆷ을 파(罷)ᄒᆞ매 준엄(峻嚴)ᄒᆞᆫ 긔운이 일실(一室)을 움죽이니 낭문이

• • •

83면

다만 실성뉴톄(失聲流涕)ᄒ고 믈너나니,

왕(王)이 ᄯᅩ 구ᄎᆔ를 블러 하령(下令) 왈(曰),

"위부(-府) 승샹(丞相)과 태부인(太夫人)이 너를 이곳의 보닉시믄 쇼져(小姐)를 보호(保護)ᄒ과져 ᄒ시미어늘 네 쇼졔(小姐ㅣ) 벽셔뎡(--亭)의 가 고초(苦楚)를 겻그되 므ᄎ늬 닉게 알외미 업더뇨? 추후(此後) 이런 일이 잇거든 닉게 고(告)ᄒ고 힝(行)ᄒ게 ᄒ라. 블연(不然)즉 수죄(死罪)를 ᄂᆞ리오리라."

구ᄎᆔ 황공(惶恐) 빅샤(拜謝)ᄒ고 믈러나니,

왕(王)이 새로이 위 시(氏)와 태부(太傅)를 이련(哀憐)ᄒ야 쇼져(小姐)를 나오혀 겨티 안티고 ᄰᅳ다듬아 두굿기며 ᄉᆞ랑ᄒ믈 이긔디 못ᄒ고 ᄯᅩ 그 격졀(激切)[466]ᄒ 언ᄉᆞ(言辭)를 칭션(稱善)ᄒ야 도라 후(后)를 보니 단졍(端整)이 ᄒ ᄀᆞ의 안자 시ᄉᆞ(詩詞)를 뒤져기고 견혀(全-) 모르는 사ᄅᆞᆷ ᄀᆞᆺ더라. 왕(王)이 심하(心下)의 웃고 칭복(稱服)ᄒ되 짐짓 졍ᄉᆡᆨ(正色) 왈(曰),

---

465) 믈시(勿施): 물시. 하려던 일을 그만둠.
466) 격절(激切): 격절. 격렬하고 절절함.

"현휘(賢后]) 사름의 어미 되야 그 괴로오믈 슬피디

•••

84면

아니ᄒ시니 쟝ᄎᆞ(將次ㅅ) ᄆ어ᄉ로 그 고모(姑母) 소임(所任)을 ᄒ며 니 집 니상(內相)이 되엿ᄂ뇨?"

휘(后]) 날호혀 칙(册)을 덥고 졍ᄉᆞᆨ(正色) 념용(斂容)467) 왈(曰),

"사름이 나며 어미라 ᄒ기를 사름마다 ᄃ려468) 못 ᄒᄂ니 모ᄌᆞ(母 子)의 일홈이 이신 휘(後])야 티기 고이(怪異)ᄒ리오? ᄎᆞ(此)는 녜ᄉᆞ (例事])라, 쳡(妾)은 뎐하(殿下)의 거동(擧動)을 고이(怪異)히 너기 ᄂ이다."

왕(王)이 어히업셔 변ᄉᆞᆨ(變色)ᄒ고 ᄉ매를 ᄱ쳐 나가니,

휘(后]) 이에 월쥬를 블러 계틱(戒飭)ᄒᄃᆡ,

"믈읏 녀ᄌᆡ(女子]) 단469)일(端佚)470)ᄒ고 믁믁(默默)ᄒ미 그 되 (道])어늘 네 엇디 의모(義母)의 허믈을 왕(王)의게 하리471)ᄒ야 오 놀날을 니ᄅ혀ᄂ뇨? ᄎᆞ후(此後) 이런 일이 이실딘대 요ᄃᆡ(饒待)472)티 아니ᄒ리라."

쇼졔(小姐]) 샤죄(謝罪)ᄒ고 낭낭(朗朗)이 우서 ᄀᆞᆯ오ᄃᆡ,

"쇼녜(小女]) 언제 됴 모친(母親) 허믈을 야야(爺爺)긔 고(告)ᄒᄃ 니잇가? 됴 형(兄)의 언ᄉᆞᆨ(言辭]) 하 패악(悖惡)473)ᄒ거늘 우연(偶

---

467) 념용(斂容): 염용. 용모를 가다듬음.
468) ᄃ려: 다려. 좋아하는 마음이 일어나 저절로 끌려.
469) 단: [교] 원문에는 '란'으로 되어 있으나 오기로 보이므로 규장각본(13:74)과 연세대본(13:84) 을 따름.
470) 단일(端佚): 단정하고 편안함.
471) 하리: 남을 헐뜯어 윗사람에게 일러바침.
472) 요ᄃᆡ(饒待): 요대. 잘 대우함.

然)이 야야(爺爺)긔 고(告)ᄒ니 ᄉ단(事端)[474]이 그리 크

• • •
85면

게 니러날 줄 알리오?"

태뷔(太傅ㅣ) 원릭(元來) 연왕(-王)의 드릇미 위 공(公) 뎐엔(傳語
ㅣ) 줄로 아더니 ᄎ언(此言)을 듯고 쇼미(小妹)의 언경(言輕)[475]ᄒ민
줄 알고 위 공(公) 미안(未安)ᄒ던 ᄉ식(辭色)이 프러뎌 미쇼(微笑)ᄒ
고 샹셔(尙書)는 탄식(歎息)ᄒ더라.

샹셰(尙書ㅣ) ᄎ후(此後) 마디못ᄒ야 임 시(氏)를 ᄎ자 젼일(前日)
을 경계(警戒)ᄒ고 구졍(舊情)을 니으니 임 시(氏) 거ᄎ로 말을 아니
ᄒ나 심하(心下)의 닝쇼(冷笑)ᄒ더라.

ᄎ일(此日) 태뷔(太傅ㅣ) 쇼져(小姐)로 더브로 봉각(-閣)의 도라가
새로온 은이(恩愛) 여산여슈(如山如水)ᄒ딕 무춤닉 왕ᄉ(往事)를 졔
긔(提起)티 아니ᄒ고 쇼졔(小姐ㅣ) ᄯ흔 녀ᄂ 말 아니ᄒ더라.

낭문이 벽셔뎡(--亭)의 니ᄅ러 부친(父親) 쳐티(處置)와 ᄌ긔(自己)
칙(責)ᄒ던 말을 옴겨 고(告)ᄒ고 눈믈을 흘리며 굴오딕,

"히익(孩兒ㅣ) 이럴 줄 알고 처엄브터 간(諫)ᄒ던 배라. 모친(母親)
이 다시 그런 거조(擧措)를 ᄒ실딘대 히익(孩兒ㅣ) 당하(堂下)의셔
죽으믈 원(願)

---

473) 패악(悖惡): 사람으로서 마땅히 하여야 할 도리에 어그러지고 흉악함.
474) ᄉ단(事端): 사단. 사고나 탈.
475) 언경(言輕): 말이 경솔함.

ᄒᆞᄂᆞ이다."

됴 시(氏) 텽파(聽罷)의 크게 놀라고 두려 감히(敢-) 입을 벙웃도 못 ᄒᆞ거늘 벽쥐 쏘흔 울고 드러와 ᄉᆞ리(事理)로 간(諫)ᄒᆞ거늘 됴 시(氏) ᄆᆞᄎᆞ니 입으로 말을 아니나 심듕(心中)은 쾌(快)티 아냐 쏘 므슴 ᄉᆞ단(事端)을 짓고져 ᄒᆞ고,

쇼됴(小-) 시(氏) 왕(王)의 쳐티(處置)ᄒᆞ믈 블의(不意)예 만나니 당초(當初) 위 시(氏)를 벽셔뎡(--亭)의 줌으고 태부(太傅)를 독당(獨當)476)ᄒᆞ야 쥬야(晝夜)의 ᄃᆡ(對)ᄒᆞ니 흔흔(欣欣) 쾌락(快樂)ᄒᆞ믈 이긔디 못ᄒᆞ다가 일시(一時)의 뇌뎡(雷霆)477)ᄀᆞ티 엄틱(嚴飭)478)ᄒᆞ믈 보니 대경(大驚)ᄒᆞ야 감히(敢-) 입으로 말을 못 ᄒᆞ나 심듕(心中)은 크게 분(憤)ᄒᆞ야ᄒᆞ더니,

ᄎᆞ일(此日) 져녁 태뷔(太傅ㅣ) 아니 드러오ᄂᆞᆫ디라, 더옥 노(怒)ᄒᆞ야 이튼날 밤은 ᄀᆞ만이 봉셩각(--閣)의 니ᄅᆞ러 여어보니 쇼졔(小姐ㅣ) 홀로 쵹하(燭下)의 안잣더니 이윽고 태뷔(太傅ㅣ) 편편(扁扁扁)479)ᄒᆞᆫ 광슈(廣袖)480)를 브텨 드러오매 쇼졔(小姐ㅣ) 쳔연(天然)481)이 니러 마즈니 태뷔(太傅ㅣ) 스스로

---

476) 독당(獨當): 홀로 차지함.
477) 뇌뎡(雷霆): 뇌정. 우레.
478) 엄틱(嚴飭): 엄칙. 엄히 경계함.
479) 편편(扁扁扁): 풍채가 멋스럽고 좋음.
480) 광슈(廣袖): 광수. 넓은 소매.
481) 쳔연(天然): 천연. 꾸밈이 없음.

팀듕(沈重)⁴⁸²⁾흔 눗빗치 열리여 셜리 나아가 옥슈(玉手)롤 잇그러 흔 가지로 안자 이듕(愛重)흐는 긔식(氣色)이 안뎌(眼底)⁴⁸³⁾의 어리여시니 됴 시(氏) 뎌룰 보매 대로(大怒)흐야 노긔(怒氣) 블 니둧 흐야 능히(能-) 참디 못흐고 드리드라 발쟉(發作)고져 흐더니,

홀연(忽然) 흔 의ᄉ(意思)룰 싱각흐고 급급(急急)히 침소(寢所)의 도라와 시비(侍婢) 형옥과 춘옥을 블러 측간(廁間)의 가 즌똥을 큰 그릇시 프러 들리고 봉셩각(--閣)의 가니 태부(太傅)는 볼셔 의관(衣冠)을 그릇고 봉침(鳳枕)의 지혀 녹운금(綠雲衾)을 덥고 당건(唐巾)⁴⁸⁴⁾을 반탈(半脫)⁴⁸⁵⁾흐야 몽농(朦朧)흔 셩안(星眼)으로 쇼져(小姐)의 눕기룰 지촉흐디 쇼졔(小姐ㅣ) 즐겨 수이 눕디 아니흐거늘,

됴 시(氏) 더옥 분흔(憤恨)⁴⁸⁶⁾이 츙식(充塞)⁴⁸⁷⁾흐야 급(急)히 창(窓)을 흔 발로 ᄎ고 드리드라 블분시비(不分是非)⁴⁸⁸⁾흐고 분즙(糞汁)을 샹(牀)을 향(向)흐야 ᄶᅵ티니 태뷔(太傅ㅣ) 무망(無妄)⁴⁸⁹⁾의 이변(變)을 당(當)흐야 대경(大驚)흐야

---

482) 팀듕(沈重): 침중. 성격, 마음, 목소리 따위가 가라앉고 무게가 있음.
483) 안뎌(眼底): 안저. 눈바닥.
484) 당건(唐巾): 예전에, 중국에서 쓰던 관(冠)의 하나.
485) 반탈(半脫): 반을 벗음.
486) 분흔(憤恨): 분한. 분노와 한.
487) 츙식(充塞): 충색. 가득함.
488) 블분시비(不分是非): 불분시비. 옳고 그름을 구분하지 않음.
489) 무망(無妄): 별 생각이 없이 있는 상태.

급(急)히 머리를 드러 보니 됴 시(氏) 투목(投目)을 브릇쎳고 셧거늘 심듕(心中)의 어히업서 날호여 니러 안즈매 금침(衾枕) 의관(衣冠)의 다 분즙(糞汁)이 무더 악취(惡臭) 스면(四面)의 진동(振動)흐매 흔 낫 오시 남은 거시 업는디라. 쇼져(小姐)는 임의 나는 듯 협실(夾室)로 들고 업스니 그 영혜(英慧)⁴⁹⁰⁾흐고 놀나미 여ᄎ(如此)흔디라.

태뷔(太傅ㅣ) 좌우(左右)를 블러 다른 오슬 가져오라 흐니 이러 굴 제(諸) 봉셩⁴⁹¹⁾각(--閣)이 진동(震動)흐야 빅여(百餘) 인(人) 시비(侍婢) 발이 짜히 붓디 아니흐고 됴 시(氏)는 악악⁴⁹²⁾흔 언어(言語)로 태부(太傅)와 위 시(氏)를 욕(辱)흐고 좌우(左右) 긔물(器物)을 두드리더니 난혜 협실(夾室)의 드러가 함듕(緘中)의 오슬 닉여 오매 태뷔(太傅ㅣ) 몸을 니러 좌우(左右) 시비(侍婢)를 블러 됴 시(氏)를 씌어 닉라 흐니 됴 시(氏) 대로(大怒) 왈(曰),

"너 적지(賊子ㅣ) 날을 이대도록 박디(薄待)흐리오? 요녜(妖女ㅣ) 요괴(妖怪)로온 슐(術)을 가져 어느 스이 그림쟈도 업스니 닉 엇디 쓰

와 드러가디 못흐리오?"

흐고 협실(夾室) 문(門)을 열고 드리둧고져 흐거늘, 난혜 문(門)의

---

490) 영혜(英慧): 영민하고 지혜로움.
491) 셩: [교] 원문에는 '샹'으로 되어 있으나 앞의 예를 따라 이와 같이 수정함.
492) 악악: 억지를 부리고 고함을 지르며 떠들썩거림.

막아 셔셔 밀티고 녀셩(戾聲)[493] 왈(曰),

"투뷔(妬婦 l) 눌을 범(犯)코져 ᄒᄂ뇨?"

드듸여 크게 블러 왈(曰),

"구랑(-娘)은 어듸 잇관듸 모든 시녀(侍女)를 블러 ᄎ인(此人)을 ᄯ어듸디 아닛ᄂ뇨?"

언미필(言未畢)의 구취 십여(十餘) 인(人) 시녀(侍女)를 두리고 드러와 됴 시(氏)를 우김질로 ᄯ어ᄂ여 양각(-閣)으로 휘조ᄎ매[494] 태뷔(太傅 l) 난간(欄干)의 나오고 시비(侍婢)를 명(命)ᄒ야 어ᄌ러온 거슬 서르져[495] 아ᄉ라 ᄒ고 쇼져(小姐)를 쳥(請)ᄒ니,

쇼제(小姐 l) ᄉᄉ(事事)의 어ᄌ러옴과 금야(今夜) 거죄(擧措 l) 샹한쳔뉴(常漢賤類)의 질투(嫉妬)ᄒᄂ 거동(擧動)이니 심한골경(心寒骨驚)[496]ᄒ고 눈결의 뎌의 거조(擧措)를 잘 아라보아 요힝(僥倖) 피(避)ᄒ여시나 사오나온 닉 코히 ᄶ이니 그윽이 태부(太傅)를 흔(恨)ᄒ더니, 쳥(請)ᄒ믈 듯고 졍ᄉ(正色)고 동(動)티 아니ᄒ더니,

샹셰(尙書 l) 마ᄎ 치셩각(--閣)

•••

90면

의 드러왓더니 봉각(-閣)이 요란(擾亂)ᄒ믈 듯고 놀라 급(急)히 이에 오니 태뷔(太傅 l) 난두(欄頭)의 안잣다가[497] 니러 맛거ᄂ 샹셰(尙書 l) 문왈(問曰),

---

493) 녀셩(戾聲): 여성. 소리를 사납게 함.
494) 휘조ᄎ매: 마구 쫓아냄.
495) 서르져: 치워.
496) 심한골경(心寒骨驚): 몹시 놀라 마음이 서늘하고 뼈가 놀라는 듯함.
497) 가: [교] 원문에는 '기'로 되어 있으나 문맥을 고려해 규장각본(13:79)과 연세대본(13:90)을 따름.

"므스 일이 잇관대 그대도록 지져괴느뇨?"

태뷔(太傅ㅣ) 미쇼(微笑)ᄒ고 연고(緣故)를 고(告)ᄒ니 샹셰(尙書ㅣ) 어히업서 이윽이 줌줌(潛潛)ᄒ엿다가 닐오듸,

"ᄎ(此)는 규늬(閨內) 대변(大變)이라. 천승(千乘)[498] 귀가(貴家) 법문(法門)의 이런 일이 이시니 한심(寒心)티 아니ᄒ리오? 당당(堂堂)이 됴 모친(母親)긔 고(告)ᄒ고 다ᄉ려 후일(後日)을 경계(警戒)ᄒ라."

태뷔(太傅ㅣ) 비샤(拜謝) 슈명(受命)ᄒ더라.

샹셰(尙書ㅣ) 도라간 후(後) 태뷔(太傅ㅣ) 다시 방듕(房中)의 드러가 취침(就寢)ᄒᆯᄉᆡ 쇼졔(小姐ㅣ) 협실(夾室)의셔 자고 ᄆᆞᄎᆷᄂᆡ 아니 나오거늘, 태뷔(太傅ㅣ) 친(親)히 드러가 쇼져(小姐)를 보고 굴오듸,

"찰녀(刹女)[499]의 형샹(形狀)이 극(極)히 통ᄒᆡ(痛駭)[500]ᄒ나 각별(各別) 붓그러오미 업거늘 부인(夫人)이 므슴 연고(緣故)로 혹ᄉᆡᆼ(學生)을 티원(置怨)[501]ᄒᆞ느뇨?"

쇼졔(小姐ㅣ) 쳑연(戚然)[502] 냥구(良久)의

• • •

91면

ᄂᆞ죽이 샤례(謝禮) 왈(曰),

"첩(妾)이 블쵸무샹(不肖無狀)ᄒ야 변(變)이 오늘날의 미ᄎᆞ니 스스

---

498) 천승(千乘): 천 대의 병거라는 뜻으로, 제후를 이르는 말. 제후는 천 대의 병거를 낼 만한 나라를 소유하였음.

499) 찰녀(刹女): 여자 나찰. 나찰(羅刹)은 푸른 눈과 검은 몸, 붉은 머리털을 하고서 사람을 잡아 먹으며, 지옥에서 죄인을 못살게 군다고 함. 여기에서는 못된 여자의 뜻으로 쓰임.

500) 통ᄒᆡ(痛駭): 통해. 몹시 이상스러워 놀람.

501) 티원(置怨): 치원. 원망을 둠.

502) 쳑연(戚然): 척연. 슬퍼하는 모양.

로 일신(一身)을 도라보매 붓그러오미 욕ᄉ무디(欲死無地)ᄒ니 ᄂᆞᆺ츨
드러 빅일(白日)을 보미 붓그려ᄒᄂ니 눔을 엇디 흔(恨)ᄒ리오?"

싱(生)이 졍ᄉᆡᆨ(正色) 왈(曰),

"부인(夫人)의 ᄎᆞ언(此言)은 싱(生)을 흔(恨)ᄒ미로다. 싱(生)이 뎌
대악(大惡) 투부(妬婦)ᄅᆞᆯ 죠곰도 박(薄)히 ᄒ미 업시셔 작난(作亂)이
여ᄎᆞ(如此)ᄒ니 혹싱(學生)의 타시리오?"

셜파(說罷)의 손을 잡아 나가기ᄅᆞᆯ 직쵹ᄒᄃᆡ 쇼졔(小姐ㅣ) ᄆᆞᆸᄎᆞᆷ니
동(動)티 아니ᄒ니 태뷔(太傅ㅣ) 노(怒)ᄒ야 ᄂᆞᆺ비츨 졍(正)히 ᄒ고 블
슌(不順)ᄒᄆᆞᆯ 칙(責)ᄒᄃᆡ 쇼졔(小姐ㅣ) 날호여 ᄃᆡ왈(對曰),

"방듕(房中)의 더러온 닉 오히려 업디 아냐실 거시니 군ᄌᆡ(君子ㅣ)
외당(外堂)으로 나가 ᄎᆔ침(就寢)ᄒ쇼셔."

싱(生) 왈(曰),

"닉 ᄯᅩ 이 ᄯᅳᆺ이 이시ᄃᆡ 야긔(夜氣)[503] 깁ᄒ니 운동(運動)ᄒ미 어
려온디라. 협닉(夾內)[504] 누츄(陋醜)ᄒ야 ᄎᆔ침(就寢)ᄒᆯ 곳이 아니니
ᄌᆞ(子)

•••
92면

의 ᄯᅳᆺ이 그러면 안자 새오고져 ᄒ미로다."

인(因)ᄒ야 난혜로 쵹(燭)을 붉히라 ᄒ고 술을 가져오라 ᄒ야 두어
잔(盞) 먹고 시졀(時節) 과실(果實)을 닉여 쇼져(小姐)ᄅᆞᆯ 권(勸)ᄒ니
쇼졔(小姐ㅣ) 비록 거ᄎᆞ로 긔ᄉᆡᆨ(氣色)을 화열(和悅)이 ᄒ나 엇디 음

---

503) 야긔(夜氣): 야기. 밤기운.
504) 협닉(夾內): 협내. 협실 안.

식(飮食) 먹고 시븐 뜻이 이시리오. 소양(辭讓)ᄒ고 먹디 아닌대 싱(生)이 구틔야 두어 낫츨 먹은 후(後) 그릇을 믈리고 듁침(竹枕)을 나오혀 베고 쇼져(小姐)의 옥슈(玉手)를 어ᄅᆞᆮ져 새로이 익듕(愛重)ᄒ믈 이긔디 못ᄒ야 그 졍(情)이 무릇녹고 견권(繾綣)505)ᄒᆫ 뜻이 과도(過度)ᄒ니 쇼졔(小姐ㅣ) 본ᄃᆡ(本-) 쇽어(俗語)의 부뷔(夫婦ㅣ) 너모 ᄉᆞ랑ᄒ미 길(吉)티 아니타 ᄒ믈 드럿ᄂᆞᆫ디라 태부(太傅)의 이러ᄒ믈 더옥 깃거 아냐 미우(眉宇)를 삥긔고 믁믁(默默)히 말이 업ᄉ니 싱(生)이 냥구(良久)히 ᄂᆞᆺ츨 우러러보다가 글오ᄃᆡ,

"젼일(前日) 화란(禍亂) 가온대도 근심ᄒᄂᆞᆫ ᄉᆞ식(辭色)을 못 볼너니 근간(近間)

●●●

93면

긔ᄉᆡᆨ(氣色)이 쳐연(悽然)506)ᄒ야 고이(怪異)히 복(福) 업시 구니 긔어인 연괴(緣故ㅣ)뇨?"

쇼졔(小姐ㅣ) 믁믁브답(默默不答)이러니 믄득 졍신(精神)이 아득ᄒ야 그릇슬 나오혀 구토(嘔吐)ᄒ야 좌(座)의 업더디니 태뷔(太傅ㅣ) 황망(慌忙)이 붓드러 누이고 구호(救護)ᄒ더니,

이윽고 효계(曉鷄) 챵효(唱曉)507)ᄒ매 태뷔(太傅ㅣ) 의관(衣冠)을 ᄀᆞ초고 졍당(正堂)의 드러가 신셩(晨省)ᄒ고 위 시(氏)의 유병(有病)ᄒ믈 고(告)ᄒ니 왕(王)이 놀라 싱(生)을 명(命)ᄒ야 쪄나디 말고 이셔 긔거(起居)를 술피라 ᄒ고 스스로 샹부(相府)의 가 문안(問安)ᄒ다.

---

505) 견권(繾綣): 생각하는 정이 두터움.
506) 쳐연(悽然): 처연. 슬픈 모양.
507) 챵효(唱曉): 창효. 새벽이 되었음을 알림.

난혜, 여구의 거동(擧動)을 블승분노(不勝憤怒)508)ᄒ야 ᄀ만이 글월을 닷가 위부(-府)로 보닉야 승상(丞相)이 니ᄅ러 연왕(-王)으로 혼동509)ᄒ믈 베프니라.

싱(生)이 부명(父命)을 인(因)ᄒ야 봉각(-閣)의 드러오니 쇼제(小姐 ㅣ) 혼곤(昏困)510)ᄒ야 줌드럿거늘 쏘ᄒᆫ 종야(終夜)토록 새와 긔운이 곤궤(困匱)511)ᄒᆫ 고(故)로 원침(鴛枕)의 비겨 쇼져(小姐)의 옥슈(玉手)ᄅᆯ 잡고 쏘ᄒᆫ 자더니,

•••
94면

날이 붉으매 연왕(-王) 등(等) 오(五) 인(人)과 녜부(禮部) 등(等)이 니음차 봉셩512)각(--閣)의 모다 문병(問病)흟식 난혜 나아가 쟉야(昨夜)의 태뷔(太傅ㅣ) 줌 못 잣다가 잠간(暫間) 줌드럿ᄂᆫ 연고(緣故)ᄅᆯ 고(告)ᄒ니 남공(-公) 등(等)이 버러 안자 말슴ᄒ니 녜부(禮部) 등(等)이 시립(侍立)ᄒ엿더니 이윽ᄒ매 녜뷔(禮部ㅣ) 춤디 못ᄒ야 좌(座)의 화쇠 잇ᄂᆫ디라 미미(微微)히 닐오디,

"네 슉뷔(叔父ㅣ) 씌엿ᄂᆫ가 드러가 보고 오라."

화쇠 슈명(受命)ᄒ야 드리닷더니 나와 낭낭(朗朗)이 닐오디,

"슉뷔(叔父ㅣ) 침금(寢衾)의 ᄇ려 노곤(勞困)ᄒ야 누엇고 슉뷔(叔父ㅣ) 슉모(叔母) 손을 잡고 든잠이 ᄇ야히러이다."

녜뷔(禮部ㅣ) ᄎ언(此言)을 듯고 우읍기ᄅᆯ 춤디 못ᄒ디 야야(爺爺)

---

508) 블승분노(不勝憤怒): 불승분노. 분노를 이기지 못함.
509) 혼동: 큰 소리로 꾸짖거나 소란스럽게 재촉함.
510) 혼곤(昏困): 정신이 흐릿하고 고달픔.
511) 곤궤(困匱): 힘이 다함.
512) 셩: [교] 원문에는 '샹'으로 되어 있으나 앞의 예를 따라 이와 같이 수정함.

와 슉뷔(叔父ㅣ) 좌(座)의 이시니 다만 고개롤 수겨 미쇼(微笑)ᄒ고 남공(-公)과 연왕(-王)은 잠쇼(暫笑)ᄒ되 긔국공(--公) 등(等) 삼(三)인(人)이 ᄀ장 대쇼(大笑) 왈(曰),

"경문이 원릭(元來) 이쳐(愛妻)ᄒ기 너모 병(病)이 되여시니 필

경(畢竟) 쇼ᄋ빅(小兒輩)의게지이 시비(是非)롤 듯는도다."

언미필(言未畢)의 태뷔(太傅ㅣ) 놀라 씨야 야야(爺爺)와 제슉(諸叔)의 니르러시믈 알고 급(急)히 의관(衣冠)을 념의여 나와 시좌(侍坐)ᄒ매 그으기 황괴(惶愧)[513)]ᄒ야ᄒ는 빗치 옥면(玉面)의 어리여시니 왕(王)이 문왈(問曰),

"ᄋ뷔(阿婦ㅣ) 밤 ᄉ이 어딕룰 블평(不平)ᄒ야ᄒᄂ뇨?"

태뷔(太傅ㅣ) ᄭ러 쟉야(昨夜) 소유(所由)룰 고(告)ᄒ고 놀라 신음(呻吟)ᄒ믈 고(告)ᄒ고 다ᄉ리믈 청(請)ᄒ니 왕(王)이 어히업서 글오되,

"이ᄂᆫ 네 다ᄉ릴 배라 닉 엇디 알리오? 연(然)이나 ᄋ뷔(阿婦ㅣ) 혹(或) 슈팅(受胎)ᄒ미 잇더냐?"

태뷔(太傅ㅣ) 믄득 슈괴(羞愧)ᄒ믈 씌여 유유(儒儒)[514)]ᄒ다가 딕왈(對曰),

"일즉 아디 못ᄒᄂ이다."

언미필(言未畢)의 위 승샹(丞相)과 위 어ᄉ(御使) 등(等)이 일시(一時)의 니르러 녈좌(列坐)[515)]ᄒ매 위 승샹(丞相)이 난혜 셔ᄉ(書辭)룰

---

513) 황괴(惶愧): 부끄러움.
514) 유유(儒儒): 모든 일에 딱 잘라 결정을 내리지 못하고 어물어물한 데가 있음.
515) 녈좌(列坐): 열좌. 벌여 앉음.

보고 됴 시(氏)를 통흔(痛恨)[516]ᄒ고 됴훈을 믜이 너겨 연왕(-王)을 보

고 쾌(快)히 파셜(播說)ᄒ려 ᄒ더니 태뷔(太傅ㅣ) 이에 잇고 ᄯᅩ 밤ᄉ
이 일을 능히(能-) 알미 녀ᄋ(女兒)의 뎐어(傳語) ᄀᆞᄐᆞ야 다만 닐오ᄃᆡ,

"앗가 드르니 녀이(女兒ㅣ) 유병(有病)타 ᄒ니 즉금(卽今)은 엇더
ᄒ니이가?"

왕(王)이 글오ᄃᆡ,

"현뷔(賢婦ㅣ) 줌드럿다 ᄒ매 아직 드러가 보디 못ᄒ여시니 아디
못ᄒᄂ이다."

ᄯᅩ 시녀(侍女)로 ᄭᅵ엿ᄂ가 무르니 그저 잔다 ᄒ거늘 졔공(諸公)이
안자 말ᄉᆞᆷᄒ더니,

홀연(忽然) 궐ᄂᆡ(闕內) 명패(命牌)[517] ᄂᆞ려 위 승샹(丞相), 연왕(-
王), 남공(-公)을 명초(命招)[518]ᄒ시니 삼(三) 공(公)이 니러나고 기국
공(--公) 등(等)이 ᄯᅩ 침소(寢所)로 도라가니,

위 어시(御史ㅣ) 드ᄃᆡ여 태부(太傅)를 향(向)ᄒ야 쇼이문왈(笑而
問日),

"이뵈 금야(今夜)를 엇디 디ᄂᆡ뇨?"

태뷔(太傅ㅣ) ᄃᆡ쇼(大笑)ᄒ고 녜뷔(禮部ㅣ) 혀 차 글오ᄃᆡ,

"대댱뷔(大丈夫ㅣ) 졔가(齊家)[519]를 용녈(庸劣)이 ᄒ야 그 더러온

---

516) 통흔(痛恨): 통한. 몹시 분하거나 억울하여 한스럽게 여김.
517) 명패(命牌): 임금이 벼슬아치를 부를 때 보내던 나무패. '命' 자를 쓰고 붉은 칠을 한 것으로, 여기에 부르는 벼슬아치의 이름을 써서 돌림.
518) 명툐(命招): 명초. 임금의 명으로 신하를 부름.
519) 졔가(齊家): 제가. 집안을 가지런히 함.

거슬 쓰고 그곳의 위수(-嫂)를 잇그러 줌만 자니 긔 어인 일이뇨?"

태븨(太傅ㅣ) 왈(曰),

"투

●●●
97면

악(妬惡)[520]흔 녀즈(女子)의 작난(作亂)으로 줌을 못 잣다가 신셩(晨
省)[521]ᄒ고 도라와 잠간(暫間) 줌드니 형(兄)은 그룰 쏘 흉보시ᄂ냐?"

녜븨(禮部ㅣ) 왈(曰),

"네 말 니르디 말라. 수쉬(嫂嫂ㅣ) 블평(不平)ᄒ실 제나 보채디 말
고 부려두는 거시 아냐 허리를 안고 냥슈(兩手)를 잡아 힝혀(幸-) 줌
든 덧 ᄃ라날가 두리니 너의 힝시(行事ㅣ) 히괴망측(駭怪罔測)[522]ᄒ
도다."

태븨(太傅ㅣ) 박장(拍掌) 쇼왈(笑曰),

"형댱(兄丈)이 더러틋 허언(虛言)을 즐기시니 쇼뎨(小弟) 유구무언
(有口無言)이로소이다."

녜븨(禮部ㅣ) 쏘 쇼왈(笑曰),

"닉 본 거시 아냐 화쇠 니르거놀 드르시니 므러 보리라."

드듸여 좌우(左右)로 화소룰 브르니,

화쇠 이재 오(五) 셰(歲)라. 위 시랑(侍郎) 등(等)의 이시믈 보고
댱닉(帳內)의 숨고 아니 나오거놀 위듕냥이 댱(帳)을 들혀고 드리쳐
나 안아 나오니 화쇠 크게 울고 굴오딕,

---

520) 투악(妬惡): 투기하고 악함.
521) 신셩(晨省): 신성. 아침 일찍 부모의 침소에 가서 밤사이의 안부를 살핌. 아침 문안.
522) 히괴망측(駭怪罔測): 해괴망측. 말할 수 없이 괴상하고 야릇함.

"부친(父親)아, 이 엇던 미친 사름이니잇가?"

샹셰(尚書ㅣ) 웃고 왈(曰),

"그 사

•••

98면

름이 닉 형뎨(兄弟) ᄀ튼 벗이니 네게 슉뷔(叔父ㅣ)라. 절ᄒ고 무례
(無禮)히 구지 말라."

화쇠 즉시(卽時) 절ᄒ고 샹셔(尚書)의게 안기며 ᄀ오ᄃᆡ,

"부친(父親)이 명(命)ᄒ시니 마디못ᄒ야 ᄒ엿디 그 손이 믜오니 절
ᄒ고 시브디 아니ᄒ이다."

좌위(左右ㅣ) 웃고 녜뷔(禮部ㅣ) 나오혀 안고 문왈(問曰),

"네 슉뷔(叔父ㅣ) 앗가 일뎡(一定) 위 슉모(叔母) 손을 잡아시며
갓갑기 어ᄃᆡ만티 누엇더뇨?"

쇠 ᄃᆡ왈(對曰),

"슉뷔(叔父ㅣ) 슉모(叔母) 손을 잡고 ᄂᆞ출 다혀 누어 계시니 그 갓
가오믈 뭇디 아냐 알디라 ᄯᅩ 므릭시믄 어인 일이니잇고?"

좌위(左右ㅣ) 박댱대쇼(拍掌大笑)ᄒ고 녜뷔(禮部ㅣ) ᄭᅮ지저 왈(曰),

"네 이제도 발명(發明)ᄒᆞ다?"

태뷔(太傅ㅣ) 완쇼(莞笑)[523] 왈(曰),

"화ᄉᆞᄂᆞᆫ 쇼ᄋᆡ(小兒ㅣ)라 그 말을 신텽(信聽)[524]ᄒ리오?"

화쇠 ᄂᆞᆺ두라 ᄀ오ᄃᆡ,

---

523) 완쇼(莞笑): 완소. 빙그레 웃음.
524) 신텽(信聽): 신청. 믿고 곧이들음.

"슉뷔(叔父ㅣ) 날을 엇디 아히(兒孩)라 업슈이 너기ᄂ뇨?"

제 ᄂ출 샹셔(尙書)의 ᄂ치 다히며 ᄀᆞ로ᄃᆡ,

"슉뷔(叔父ㅣ) 일뎡(一定) 이리 아냐 계시더니잇가? 그

* * *

99면

만 일을 발명(發明)ᄒᆞ셔 므엇ᄒᆞ리오?"

좌위(左右ㅣ) 대쇼(大笑)ᄒᆞ고 ᄀᆞ로ᄃᆡ,

"졈디 아닌 거시 아히(兒孩)라 업슈이 너겨 말이 쾌(快)ᄒᆞᄃᆡ 본젹(本跡)[525]이 더옥 드러나ᄂᆞᆫ도다. 화소의 말 ᄀᆞ트야 ᄎᆞ 아냐 몸을 졉(接)ᄒᆞ엿다 ᄒᆞ여든 관겨(關係)ᄒᆞ냐?"

녜뷔(禮部ㅣ) 왈(曰),

"관겨(關係)ᄂᆞᆫ 아니ᄃᆡ 그 ᄋᆡ쳐(愛妻)ᄒᆞ기 고이(怪異)ᄒᆞ니 니ᄅᆞᄂᆞᆫ 말이라. 뎌 봉두귀면(蓬頭鬼面)[526]을 수수(嫂嫂) 옥안(玉顔)의 다혀든 어이 아니 놀라시리오?"

좌위(左右ㅣ) 크게 웃고 위싱(-生) 등(等)이 화소ᄅᆞᆯ 보니 쳥안화미(淸眼畫眉)[527] 교교(嬌嬌)[528]ᄒᆞ야 샹셔(尙書)의 ᄯᆞᆯ인 줄 가(可)히 알디라. 위 어ᄉᆡ(御史ㅣ) 쇼왈(笑曰),

"현보의 샹시(常時) 긔ᄉᆡᆨ(氣色)으로ᄂᆞᆫ 뎌 ᄌᆞ식(子息)이 실로(實-) 고이(怪異)ᄒᆞ도다."

샹셰(尙書ㅣ) 미쇼(微笑) 브답(不答)이러니 위 흑ᄉᆞ(學士ㅣ) 듕냥이

---

525) 본젹(本跡): 본적. 본래의 자취.
526) 봉두귀면(蓬頭鬼面): 쑥대머리에 귀신의 얼굴.
527) 쳥안화미(淸眼畫眉): 청안화미. 맑은 눈과 그린 것처럼 아름다운 눈썹.
528) 교교(嬌嬌): 아리따움.

샹셔(尙書)롤 향(向)ᄒ야 굴오ᄃᆡ,

"쇼뎨(小弟) 외람(猥濫)[529]ᄒ나 댱ᄌᆞ(長子ㅣ) 눆(六) 셰(歲)니 가(可)히 녕ᄋᆡ(令愛)의 호구(好逑)[530]롤 삼으미 엇더뇨?"

샹셰(尙書ㅣ) 잠쇼(暫笑) 왈(曰),

"이 우환(憂患) 듕(中) 혼인(婚姻) 말이 브졀업도다."

태뷔(太傅ㅣ)

쇼왈(笑曰),

"그ᄃᆡ 돈견(豚犬) ᄀᆞ튼 아ᄃᆞᆯ이 엇디 닉 딜ᄋᆞ(姪兒)의 ᄣᅡᆼ(雙)이 되리오?"

언미필(言未畢)의 쇼제(小姐ㅣ) ᄢᅵ야 급(急)히 알는 소ᄅᆡ 나거ᄂᆞᆯ 후량 등(等)이 급(急)히 태부(太傅)로 더브러 드러가니, 쇼제(小姐ㅣ) 신ᄉᆡᆨ(神色)[531]이 ᄎᆞᆫ ᄌᆡ ᄀᆞᄐᆞ야 고통(苦痛)ᄒ거ᄂᆞᆯ 위 혹ᄉᆡ(學士ㅣ) 급문(急問) 왈(曰),

"어ᄃᆡ가 알프뇨?"

쇼제(小姐ㅣ) ᄃᆡ왈(對曰),

"복통(腹痛)이 ᄀᆞ장 듕(重)ᄒ이다."

태뷔(太傅ㅣ) 믄득 의심(疑心)ᄒ야 겨ᄐᆡ 나아가 손을 ᄣᅡ혀 믹(脈)을 보니 이 곳 틱믹(胎脈)이오, 복ᄋᆞ(腹兒ㅣ)[532] ᄶᅥ러졋ᄂᆞᆫ디라. 대경차악

---

[529] 외람(猥濫): 하는 행동이나 생각이 분수에 지나침.
[530] 호구(好逑): 좋은 짝.
[531] 신ᄉᆡᆨ(神色): 신색. 낯빛.
[532] 복ᄋᆞ(腹兒ㅣ): 복아. 뱃속의 아이.

(大驚嗟愕)533)ᄒ야 신ᄉᆡᆨ(神色)이 츤 지 ᄀᆞᆮ야 ᄂᆞ족이 문왈(問曰),

"부인(夫人)이 아니 잉ᄐᆡ(孕胎)ᄒ미 잇더냐?"

쇼졔(小姐ㅣ) 혼혼(昏昏)534) 듕(中) ᄎᆞ언(此言)을 듯고 크게 븟그려 졍신(精神)을 뎡(定)ᄒ야 답(答)디 아니ᄒ니 위 훅ᄉᆞ(學士) 등(等)이 ᄯᅩ 문왈(問曰),

"이ᄂᆞᆫ 븟그려 은휘(隱諱)ᄒᆞᆯ 배 아니니 ᄌᆞ시 닐러 약(藥)을 ᄒ게 ᄒ라."

쇼졔(小姐ㅣ) ᄌᆞ약(自若)히 ᄃᆡ왈(對曰),

"그런 배 업ᄂᆞ니 분요(紛擾)535)히 구디 마ᄅᆞ쇼셔."

태뷔(太傅ㅣ) 졍ᄉᆡᆨ(正色)

●●●
101면

왈(曰),

"부인(夫人)이 쇼ᄋᆡ(小兒ㅣ) 아니어늘 이러틋 고집(固執)히 구ᄂᆞ뇨?"

졍언간(停言間)의 연왕(-王)과 위 승샹(丞相)이 이에 니ᄅᆞ러 바로 병소(病所)의 드러오매, 태뷔(太傅ㅣ) 밐(脈)이 고이(怪異)ᄒᆞᆷ믈 주(奏)ᄒ니 왕(王)이 대경(大驚)ᄒ야 친(親)히 간믹(看脈)536)ᄒ매 과연(果然) 의심(疑心) 업ᄂᆞᆫ디라. 막블차악(莫不嗟愕)537)ᄒ고 위 공(公)이 놀라 신ᄉᆡᆨ(神色)이 뎌샹(沮喪)538)ᄒ야 친(親)히 븟드러 구(救)ᄒ며 남공

---

533) 대경차악(大驚嗟愕): 크게 놀람.
534) 혼혼(昏昏): 정신이 가물가물하고 희미함.
535) 분요(紛擾): 어수선하고 소란스러움.
536) 간믹(看脈): 간맥. 맥을 봄.
537) 막블차악(莫不嗟愕): 막불차악. 놀라움을 이기지 못함.
538) 뎌샹(沮喪): 저상. 기운을 잃음.

(-公) 등(等) 졔인(諸人)이 우연(偶然)흔 샹한(傷寒)으로 아랏다가 분분(紛紛)539)이 모다 약(藥)을 다ᄉ려 서너 복540)을 쓰디 효험(效驗)이 업ᄉ니 왕(王)의 경참(驚慘)541)흔 긔ᄉᆨ(氣色)과 태부(太傅)의 쵸조(焦燥)ᄒᄂᆫ 형샹(形狀)이며 샹셔(尙書)와 소후(-后)의 경희(驚駭)542) ᄒ미야 더옥 측냥(測量)ᄒ리오.

위 공(公)이 ᄀ급ᄀ급 쵸조(焦燥)ᄒ야 ᄎ마 못 견듸여 알ᄂᆫ 양(樣)을 능히(能-) 보디 못ᄒ야 속슈(束手)543)ᄒ고 혹(或) 딘뎡(鎭靜)키를 ᄇ라더니 셕양(夕陽) ᄶᅢ 쇼졔(小姐ㅣ) 긔졀(氣絕)ᄒ며 ᄉ틱(死胎)544)ᄒ니 쇼졔(小姐ㅣ) 잉틱(孕胎) 팔(八) 삭(朔)이로듸 가ᄂᆡ인(家內人)이 알믄커니와

• • •

102면

태뷔(太傅ㅣ) 모ᄅ던 배라. 흔 자옥 덩이 ᄀᄐᆫ 남ᄌᆡ(男子ㅣ) 블의(不意)예 죽어 나니 졔인(諸人)이 대경차악(大驚嗟愕)545)ᄒ고 왕(王)과 후(后)ᄂᆫ 어린 ᄃᆺᄒ고 위 공(公)은 혼비ᄇᆨ산(魂飛魄散)ᄒ야 누쉬(淚水ㅣ) 니음차 ᄀᆯ오듸,

"녀이(女兒ㅣ) 엇디 명박(命薄)546)ᄒ미 여ᄎ(如此)ᄒ야 혼인(婚姻)흔 칠(七) 지(載)의 겨유 잉틱(孕胎)ᄒ야 이런 경샹(景狀)이 잇ᄂᆞ뇨?

---

539) 분분(紛紛): 어지러운 모양.
540) 복: 폭. 첩.
541) 경참(驚慘): 놀라고 참혹함.
542) 경희(驚駭): 경해. 뜻밖의 일로 몹시 놀람.
543) 속슈(束手): 속수. 손을 묶은 것처럼 어찌할 도리가 없어 꼼짝 못 함.
544) ᄉ틱(死胎): 사태. 배 속에서 이미 죽어서 나온 태아(胎兒).
545) 대경차악(大驚嗟愕): 크게 놀람.
546) 명박(命薄): 운명이 기박함.

만일(萬一) 이런 줄 아던들 너 집의 두려다가 보호(保護) 홀낫다."

셜파(說罷)의 실셩비읍(失聲悲泣)547)ᄒ며 쇼져(小姐)를 구(救)ᄒ니 식경(食頃) 후(後) 겨유 인ᄉ(人事)를 출혀 눈을 떠 야야(爺爺)의 슬허ᄒ믈 보고 위로(慰勞) 왈(曰),

"이 다 명(命)이니 야야(爺爺)는 무익(無益)히 번뇌(煩惱)티 마르쇼셔."

공(公)이 탄식(歎息)ᄒ고 녀ᄋ(女兒)를 편(便)히 누이고 난간(欄干)의 나와 싱ᄋ(生兒)를 금슈(錦繡)의 ᄡᅡ 급(急)히 션산(先山)으로 너여 보ᄂ고 눈믈이 븩포(白袍) 스매를 젹시니 왕(王)이 역시(亦是) 신ᄉᆨ(神色)이 비졀(悲絶)ᄒ고 태부(太傅)는 셔당(書堂)의 눕고 드러오디 아니ᄒ더라.

남

●●●
103면

공(-公)이 위로(慰勞)ᄒ야 글오디,

"금일(今日) 경ᄉᆨ(景色)548)이 비록 참담(慘憺)ᄒ나 져히 부뷔(夫婦) ㅣ 이제야 십팔(十八)이니 싱산(生産)ᄒ미 므어시 어려워 위 형(兄)이 이대도록 번뇌(煩惱)ᄒᄂ뇨?"

승샹(丞相)이 탄식(歎息) 왈(曰),

"눕은 주졉드리 너기나 쇼뎨(小弟)는 일(一) 녀(女)로 여러 히 샹니(相離)549)ᄒ여 싱사(生死) 거쳐(去處)를 몰라 슬허ᄒ더니 비환(悲

---

547) 실셩비읍(失聲悲泣): 실셩비읍. 목이 셜 정도로 슬피 욺.
548) 경ᄉᆨ(景色): 경색. 광경.
549) 샹니(相離): 상리. 서로 떨어짐.

患)을 ᄀ초 격고 요힝(僥倖) 모다 저히 죵요로이550) 화락(和樂)ᄒᄆᆯ 볼가 ᄒ더니 이제 잔잉흔 경상(景狀)을 목도(目睹)ᄒ니 명운(命運)의 험조(險阻)551)ᄒ미 여ᄎᆞ(如此)ᄒ더라 엇디 탄(嘆)홉디 아니리오?"

왕(王)이 니어 탄식(歎息) 왈(曰),

"이거시 역시(亦是) 운익(運厄)이라, 흔(恨)ᄒ야 엇디ᄒ리오? 식부(息婦)의 몸이 무ᄉᆞ(無事)ᄒ니 긔 다힝(多幸)ᄒ더라 형(兄)은 과려(過慮)티 말라."

승샹(丞相)이 탄식(歎息) 톄루(涕淚)ᄒ야 ᄎᆞ마 진뎡(鎮靜)티 못ᄒ더라.

인(因)ᄒ야 이에 이셔 녀ᄋᆞ(女兒)를 븟드러 구호(救護)ᄒ고 태부(太傅)ᄂᆞ 그 경상(景狀)을 보고

●●●
104면

앗가옴과 가슴 알프미 측냥(測量)업서 셔당(書堂)의 와 누엇더니, 녜부(禮部) 흥문이 니ᄅᆞ러 우으며 혼동552)ᄒ야 굴오ᄃᆡ,

"슈쉬(嫂嫂ㅣ) 긔졀(氣絕)ᄒ야 계시니 네 드러가 보라."

태뷔(太傅ㅣ) 드른 톄 아니ᄒ니 남 흑ᄉᆡ(學士ㅣ) 니ᄅᆞ러 쇼왈(笑曰),

"ᄌᆞ식(子息) 죽인 어룬이 심난(心亂)ᄒ야ᄒᄂᆞᄃᆡ 셩보 형(兄)은 희롱(戲弄)은 엇디오? 긔 엇던 일이러뇨? 시운(時運)이 블힝(不幸)ᄒ미냐, 시졀(時節)을 만나디 못ᄒ미냐?"

태뷔(太傅ㅣ) ᄉᆞ매로 ᄂᆞᆾ츨 덥고 누어 쏘흔 답(答)디 아니ᄒ니 녜뷔

---

550) 죵요로이: 긴요하게.
551) 험조(險阻): 지세가 가파르거나 험하여 막히거나 끊어져 있음.
552) 혼동: 큰 소리로 꾸짖거나 소란스럽게 재촉함.

(녜부(禮部)]) 크게 웃고 말을 ᄒ고져 ᄒ더니 위 어ᄉ(御使) 등(等)이 나오며 닐오ᄃᆡ,

"대인(大人)이 하 비익(悲哀)[553]ᄒ시니 우민(憂悶)ᄒ고 이뵈 비록 나히 져므나 목젼(目前)의 참혹(慘酷)ᄒᆫ 경샹(景狀)을 보앗거든 심ᄉ(心思])이 오죽ᄒᆯ 거시라 형(兄) 등(等)이 위문(慰問)도 아니코 쳘업ᄉ 희롱(戲弄)은 므ᄉ 일이뇨?"

녜뷔(禮部]) 쇼왈(笑曰),

"제 이제 나히 구샹유취(口尙乳臭)[554]어늘 쏘 아니 나흘 거시라

• • •

105면

낙튀(落胎)ᄒᆫ 거슬 다 슬프믈 삼으리오? 그 형샹(形狀)이 하 가쇼(可笑)로오니 우ᄉ미라."

태뷔(太傅]) ᄇ야흐로 니러 안ᄌᆞ며 굴오ᄃᆡ,

"형댱(兄丈)은 보쇼셔. 쇼뎨(小弟) 우ᄂᆞ니잇가?"

위 어ᄉ(御史]) 쇼왈(笑曰),

"ᄌᆞ식(子息) 죽이고 운다 ᄒ여도 대ᄉ(大事]) 아니로다."

태뷔(太傅]) 안연(晏然)[555] 미쇼(微笑)ᄒ고 ᄉ매롤 ᄯᅥᆯ쳐 벽셔뎡(--亭)의 드러가 됴 부인(夫人)긔 여구의 젼후(前後) 악ᄉ(惡事)롤 ᄌᆞ시 고(告)ᄒ고 다시 절ᄒ야 굴오ᄃᆡ,

"사ᄅᆞᆷ이 죄(罪) 이시나 인명(人命)은 지극(至極)히 관듕(關重)[556]

---

553) 비익(悲哀): 비애. 슬퍼함.
554) 구샹유취(口尙乳臭): 구상유취. 입에서 아직 젖비린내가 남.
555) 안연(晏然): 평안한 모양.
556) 관듕(關重): 관중. 매우 중요함.

ᄒᆞ온디라 복이(腹兒ㅣ) 히ᄋᆞ(孩兒)의 골육(骨肉)으로 됴녀(-女)의 마얼(魔孼)557)의 참ᄉᆞ(慘死)558)ᄒᆞ니 극(極)ᄒᆞᆫ 지통(至痛)이온디라. 삼가 모친(母親) 허락(許諾)을 기ᄃᆞ려 다ᄉᆞ리고져 ᄒᆞᄂᆞ이다."

됴 시(氏) 듯기ᄅᆞᆯ 맛고 크게 놀라 골오ᄃᆡ,

"닉 비록 ᄉᆞ졍(私情)이 이시나 이런 일이야 닉 엇디 알리오? 너는 임의(任意)로 ᄒᆞᆯ디어다. 졀로 인(因)ᄒᆞ야 네 부친(父親)긔 더 득죄(得罪)ᄒᆞ니 닉 엇디 이제야 알리오?"

태

106면

뷔(太傅ㅣ) 샤례(謝禮)ᄒᆞ고 믈러나니, 당초(當初) 됴 시(氏) ᄯᅳ시 므ᄉᆞᆷ 변괴(變怪)559)ᄅᆞᆯ 일워ᄂᆡ랴 ᄒᆞ다가 ᄎᆞ언(此言)을 듯고 놀라고 금즉이560) 너겨 흉(凶)ᄒᆞᆫ 의ᄉᆞ(意思)ᄅᆞᆯ 그치니라.

태뷔(太傅ㅣ) 외당(外堂)의 나와 창두(蒼頭) 아역(衙役)을 모호고 양츈당(--堂) 시비(侍婢)ᄅᆞᆯ 다 잡아 ᄂᆡ여 몬져 봉셩각(--閣)의 갓더니ᄅᆞᆯ 무ᄅᆞ니 모든 시비(侍婢) 태부(太傅)의 츄텬(秋天) ᄀᆞ튼 안ᄉᆡᆨ(顔色)의 노긔(怒氣) 엄엄(嚴嚴)ᄒᆞ야 저희ᄅᆞᆯ 일(一) 댱(杖)의 맛고져 ᄯᅳ시 이시니 크게 두려 ᄯᅥᆯ며 형옥과 츈옥을 ᄀᆞᄅᆞ치니 태뷔(太傅ㅣ) 이에 냥인(兩人)을 형판(刑板)의 결박(結縛)ᄒᆞ라 ᄒᆞ고 챵두(蒼頭)ᄅᆞᆯ 호령(號令)ᄒᆞ야 ᄒᆞᆫ 말도 뭇디 아니ᄒᆞ고 이ᄇᆡᆨ여(二百餘) 댱(杖)을 티니 냥

---

557) 마얼(魔孼): 귀신의 재앙.
558) 참ᄉᆞ(慘死): 참사. 참혹히 죽음.
559) 변괴(變怪): 이상야릇한 일이나 재변.
560) 금즉이: 끔찍하게.

(兩) 시비(侍婢) 댱하(杖下)의 죽은디라.

드딕여 쓰어 니티고 됴 시(氏) 유모(乳母)를 잡아 니여 쏘흔 일언(一言)을 아니코 텨 죽이고져 ᄒᆞ니 뉘 그 쯧을 히유(解諭)561)ᄒᆞ리오. 군관(軍官) 쇼연이 급(急)히 ᄭ우러 간왈(諫曰),

"츈옥 등(等)은 봉각(-閣)을 범(犯)흔 죄(罪) 죽여

•••
107면

ᄲᅥ거니와 ᄎᆞ인(此人)은 무죄(無罪)ᄒᆞ미 쇼연(昭然)562)ᄒᆞ거늘 엇디 죽이시리오? 일직(一刻)563)의 세흘 ᄆᆞᄎᆞ미 너모 심(甚)ᄒᆞ니 노야(老爺)ᄂᆞᆫ 술피쇼셔."

태뷔(太傅ㅣ) 츄파(秋波)를 ᄂᆞ초고 못 듯는 사름 ᄀᆞᄐᆞ야 다함564) 집댱ᄉᆞ예(執杖使隸)를 ᄭ우지저 고찰(考察)ᄒᆞ니, 연이 초조(焦燥)ᄒᆞ야 급(急)히 샹셔(尙書)를 ᄎᆞ자 고(告)ᄒᆞ매 샹세(尙書ㅣ) 마디못ᄒᆞ야 동ᄌᆞ(童子)로 뎐어(傳語)ᄒᆞ야 샤(赦)ᄒᆞ라 ᄒᆞ니 태뷔(太傅ㅣ) 구산(丘山) ᄀᆞᄐᆞᆫ 노긔(怒氣)를 강잉(强仍)565)ᄒᆞ야 그어 니티라 ᄒᆞ고,

양츈당(--堂)의 니ᄅᆞ러 난간(欄干)의 셔서 모든 시녀(侍女)를 명(命)ᄒᆞ야 여구를 미러 심당(深堂)의 가도고 큰 쇠를 뎜고(點考)566)ᄒᆞ야 ᄌᆞ믄 후(後) ᄉᆞ매를 쩔텨 나가니 됴 시(氏) 크게 발악(發惡)코져 ᄒᆞ나 태부(太傅)의 긔샹(氣像)이 광풍졔월(光風霽月) ᄀᆞᄐᆞ니 소릭 스

---

561) 히유(解諭): 해유. 타이름.
562) 쇼연(昭然): 소연. 밝은 모양.
563) 일직(一刻): 일각. 짧은 시간.
564) 다함: 그저.
565) 강잉(强仍): 억지로 참음.
566) 뎜고(點考): 점고. 점을 찍어 가며 헤아림.

스로 나디 아냐 듀뎌(躊躇)홀 ᄎ(次) 몸이 볼셔 심당(深堂)의 너힌디라 다만 ᄯᅡ흘 두드려 호곡(號哭)홀 분이러라.

소후(-后)는 가간(家間)의 변난(變亂)이 샹ᄉᆡᆼ(相生)ᄒ야 이러툿 요

란(擾亂)ᄒ믈 탄(嘆)ᄒ고 위 시(氏) 낙틱(落胎)ᄒ믈 참혹(慘酷)ᄒ야 식음(食飮)을 폐(廢)ᄒ고 번뇌(煩惱)ᄒ더라.

쇼제(小姐ㅣ) 날로 병(病)이 극듕(極重)ᄒ니 일개(一家ㅣ) 쇼요(騷擾)ᄒ딕 태부(太傅)는 잇다감 놈과 ᄀᆞ티 드러가 문병(問病)홀 ᄯᆞ름이오, 눈을 드러 그 얼골 보기도 아니ᄒ더라.

십여(十餘) 일(日) 후(後) 져기 여샹(如常)⁵⁶⁷⁾ᄒ니 위 공(公)이 져기 ᄆᆞᄋᆞᆷ 프러 도라가,

됴 시(氏)ᄅᆞᆯ 통훈(痛恨)ᄒ야 명일(明日) 탑젼(榻前)의셔 주(奏)ᄒ딕,

"시임(時任) 태ᄌᆞ태부(太子太傅) 병부샹셔(兵部尙書) 니경문의 쳐(妻)는 신(臣)의 ᄯᆞᆯ이러니 시랑(侍郞) 됴훈의 녀ᄋᆡ(女兒ㅣ) 경문의 ᄌᆡ실(再室)이라. 신(臣)의 ᄯᆞᆯ이 잉틱(孕胎) 팔(八) 삭(朔)의 됴훈의 녜(女ㅣ) 여ᄎᆞ여ᄎᆞ(如此如此)ᄒ야 수일(數日) 젼(前) ᄉᆞ틱(死胎)ᄒ고 병(病)이 듕(重)ᄒᆞ더라. 가(可)히 됴녜(-女ㅣ) 딕ᄉᆞ(大死)⁵⁶⁸⁾ᄒᆞ미 올흐니 셩샹(聖上)은 슬피쇼셔."

언파(言罷)의 죵두지미(從頭至尾)히 시말(始末)을 ᄌᆞ시 주(奏)ᄒ고 됴훈이 ᄌᆞ식(子息) 못 ᄀᆞᄅᆞ친 죄(罪)ᄅᆞᆯ 논힉(論劾)⁵⁶⁹⁾ᄒᆞᆫ대 샹(上)이

---

567) 여샹(如常): 여상. 평소와 같음.
568) 딕ᄉᆞ(大死): 대사. 사형을 내림.
569) 논힉(論劾): 논핵. 잘못이나 죄과를 논하여 꾸짖음.

경히(驚駭)[570]ᄒ샤 즉시(卽時) 됴훈을 삭탈관쟉(削奪官爵)의 문

109면

외튤숑(門外黜送)[571]ᄒ시니 위 공(公)이 심하(心下)의 깃거 다시 됴시(氏) 다ᄉ리시믈 쳥(請)ᄒ니 샹(上) 왈(曰),

"이ᄂ 그 구개(舅家ㅣ) 다ᄉ릴 거시니 큰일과 달라 국가(國家) 쳐분(處分)이 밋디 못ᄒᆯ 거시니 경(卿)은 안심믈사(安心勿思)[572]ᄒ라."

승샹(丞相)이 블열(不悅) 샤은(謝恩)ᄒ고 믈러나니,

태뷔(太傅ㅣ) 반녈(班列)의셔 위 승샹(丞相) 주ᄉ(奏辭)를 듯고 심하(心下)의 언경(言輕)ᄒ믈 개탄(慨嘆)ᄒ야 부듕(府中)의 도라오니 아직 위 공(公)과 졔(諸) 형뎨(兄弟) 됴회(朝會)로셔 오디 아냣거ᄂᆯ 모친(母親)긔 뵈옵고 봉셩각(--閣)의 니ᄅ니 위 시(氏) 금금(錦衾)의 ᄲ여 누엇다가 강잉(强仍)ᄒ야 니러 마ᄌ매 태뷔(太傅ㅣ) 날호여 졍식(正色)고 골오ᄃᆡ,

"부인(夫人)이 유신(有娠)ᄒ미 이실딘대 엇디 미리 닐너 본부(本府)의 나가셔 됴양(調養)[573]ᄒ디 아니코 오ᄂᆯ날 잔잉ᄒᆫ 일을 스스로 져즐게 ᄒᄂ뇨?"

쇼졔(小姐ㅣ) 원릭(元來) 나히 졈고 텬셩(天性)이 활발(活潑)티 못ᄒᄆ로 심(甚)히 붓그리ᄂᆫ디라 참슈(慙羞)[574] 믁연(默然)이어ᄂᆯ 싱

---

570) 경히(驚駭): 경해. 뜻밖의 일로 몹시 놀람.
571) 문외튤숑(門外黜送): 문외출송. 죄지은 사람의 관작(官爵)을 빼앗고 도셩(都城) 밖으로 추방하던 형벌.
572) 안심믈사(安心勿思): 안심물사. 안심하고 다시 염려하지 않음.
573) 됴양(調養): 조양. 건강이 회복되도록 몸을 보살피고 병을 다스림.
574) 참슈(慙羞): 참수. 부끄러움.

(生)이

•••
110면

다시 졍식(正色) 왈(曰),

"붓그릴 째도 곡졀(曲折)이 잇ᄂᆞ니 혹싱(學生)으로 결발(結髮)575) ᄒᆞ연 디 눅(六) 진(載) 되엿거늘 ᄒᆡ 깁흘ᄉᆞ록 붓그리미 더ᄒᆞ니 용녈(庸劣)ᄒᆞᆫ 인믈(人物)이로다."

쇼제(小姐]) 고개ᄅᆞᆯ 수겨 답(答)디 못ᄒᆞ니 싱(生)이 뎌 거동(擧動)을 보고 ᄒᆞᆯ일업서 냥구(良久) 후(後) ᄆᆞᆯᄋᆞ딕,

"오늘은 긔운이 엇더ᄒᆞ뇨?"

쇼제(小姐]) 머믓기다가 딕왈(對曰),

"구ᄐᆞ여 대단티 아니ᄒᆞᆫ 일의 그딕도록 과려(過慮)ᄅᆞᆯ ᄒᆞ시니 쳡(妾)의 황송(惶悚)ᄒᆞ미 심연박빙(深淵薄氷)576) ᄀᆞᄐᆞ여이다. 쳡(妾)의 블평(不平)ᄒᆞᆷ 금일(今日)은 다 낫거이다."

태뷔(太傅]) 텽파(聽罷)의 완이(莞爾)히577) 쇼왈(笑曰),

"사름이 어이 뎌대도록 용녈(庸劣)ᄒᆞ뇨? 그딕 이제 약질(弱質)로 ᄉᆞ틱(死胎)ᄒᆞ고 더옥 유병(有病)ᄒᆞ니 엇디 념녀(念慮)티 아니리오? 혹싱(學生)을 결발(結髮) 눅(六) 진(載)의 계유 회신(懷娠)578)ᄒᆞ미 잇다가 ᄇᆞ람의 놀려 ᄇᆞ리고 그 앗갑고 잔잉흔 줄 모르니 진실로(眞實-) 토괴(土塊)579)로다. 금됴(今朝)의

---

575) 결발(結髮): 상투를 틀고 머리에 쪽을 껴서 정식으로 혼인하는 것.
576) 심연박빙(深淵薄氷): 심연박빙. 깊은 못과 얇은 얼음을 대한다는 뜻으로, 매우 조심함을 이르는 말.
577) 완이(莞爾)히: 빙그레.
578) 회신(懷娠): 임신.

악댱(岳丈)이 탑젼(榻前)의셔 여추여추(如此如此) 주(奏)ᄒ시니 진실
로(眞實-) 이둘온지라. 뎌 쇼인(小人)을 거워580) 문외츌숑(門外黜送)
ᄒᄂᆫ 거슨 쏘흔 쇼ᄉᆡ(小事ㅣ)니 구ᄐ야 대스롭디 아니코 타일(他日)
그 해(害)를 바드시리니 엇디 흔(恨)홉디 아니리오?"

쇼졔(小姐ㅣ) 텽흘(聽訖)581)의 십분(十分) 놀라 말을 ᄒ고져 ᄒ더
니 위 공(公)이 금포옥ᄃᆡ(錦袍玉帶)582)로 댱(帳)을 들고 드러오ᄂᆫ다
라. 태뷔(太傅ㅣ) 니러 마자 좌(座)를 뎡(定)ᄒ매 승샹(丞相)이 믁연
(默然)이 태부(太傅)ᄃ려 골오ᄃᆡ,

"사름이 닉일(來日) 죽으나 입을 닷고 말을 춤으믄 나의 원(願)이
아니라. 향긱(向刻)583) 네 말을 닉 실로(實-) 고이(怪異)히 너기노라."

태뷔(太傅ㅣ) 공슈(拱手)584) 샤왈(謝曰),

"다 각각(各各) 셩품(性品)이 다ᄅᆞ니 가ᄐ라 ᄒᄆᆡ 아니로ᄃᆡ 범ᄉᆞ
(凡事ㅣ) 언경(言輕)ᄒᆞᆷ은 가(可)티 아닌디라. 됴훈이 일시(一時) 톄직
(遞職)585)ᄒᆞ나 황휘(皇后ㅣ) 안ᄒ로 도으시니 타일(他日) 필연(必然)
원(怨)을 갑고 그치리니 혹싱(學生)의게 년누(連累)홀가 근심ᄒᆞ미로
소이다."

위 공(公)

---

579) 토괴(土塊): 흙덩어리.
580) 거워: 집적거려 성나게 해.
581) 텽흘(聽訖): 청흘. 다 들음.
582) 금포옥ᄃᆡ(錦袍玉帶): 금포옥대. 비단 도포와 옥으로 만든 띠.
583) 향긱(向刻): 향각. 접때.
584) 공슈(拱手): 공수. 절을 하거나 웃어른을 모실 때, 두 손을 앞으로 모아 포개어 잡음. 또는 그
   런 자세.
585) 톄직(遞職): 체직. 벼슬을 갈아 냄.

이 냥구(良久)히 싱각다가 글오딕,

"과연(果然) 닉 그릇ㅎ도다. 연(然)이나 져근 일도 운쉬(運數ㅣ)니 현마 엇디ㅎ리오?"

태뷔(太傅ㅣ) 쇼이브답(笑而不答)이러라.

위 공(公)이 인(因)ㅎ야 태부(太傅)의 쇼져(小姐)드려 ㅎ던 말을 두 굿겨 웃고 글오딕,

"흉인(凶人)의 작난(作亂)이 너의 농쟝(弄璋)[586]ㅎ는 경亽(慶事)를 번듸텨[587] 슬프믈 믿드니 가(可)히 통탄(痛嘆)ㅎ거니와 너는 제가(齊家)[588]를 잘못ㅎ야 두고 엇디 녀아(女兒)를 칙(責)ㅎ는다?"

태뷔(太傅ㅣ) 미쇼(微笑) 딕왈(對曰),

"구틱야 칙(責)ㅎ는 거시 아냐 그 완(緩)ㅎ믈 니르미로소이다."

공(公)이 쇼왈(笑曰),

"녀이(女兒ㅣ) 원릭(元來) 텬셩(天性)이 그러ㅎ니 칙(責)ㅎ야 고틸 배 아니라."

쇼져(小姐)드려 글오딕,

"닉 쏘 너를 이러케 너기느니 미리 아던들 닉 부듕(府中)의 드려 와실러니라."

인(因)ㅎ야 그 옥슈(玉手)를 잡고 운환(雲鬟)을 쓰다드마 亽랑ㅎ미 젹亽(赤子)[589] フ트니 태뷔(太傅ㅣ) 쇼왈(笑曰),

---

586) 농쟝(弄璋): 농장. 구슬을 가지고 놂. 예전에, 중국에서 아들을 낳으면 규옥(圭玉)으로 된 구슬의 덕을 본받으라는 뜻으로 구슬을 장난감으로 주었다는 데서 유래함. 농장지경(弄璋之慶).

587) 번듸텨: 뒤집어.

588) 제가(齊家): 제가. 집안을 가지런히 함.

589) 젹亽(赤子): 적자. 갓난아이.

"악댱(岳丈)이 려리ᄒ시거든 위 시(氏) ᄌ식(子息) 귀(貴)ᄒᆫ

•••
113면

념(念)을 아니 모ᄅ리잇가?"

공(公)이 대쇼(大笑) 왈(曰),

"제 빅발(白髮)이 파파(皤皤)590)ᄒ다 니 ᄉ랑과 교무(巧撫)591)ᄒ미
야 어딘 가리오?"

태뷔(太傅ㅣ) 미쇼(微笑)ᄒ더라.

이후(以後) 십여(十餘) 일(日) 후(後)의 쇼졔(小姐ㅣ) 향차(向差)592)
ᄒ야 니러나 졍당(正堂) 구고(舅姑)긔 문안(問安)ᄒ매 일개(一家ㅣ)
각각(各各) 말ᄉᆷ을 베퍼 티위(致慰)593)ᄒ니 쇼졔(小姐ㅣ) 슈괴(羞愧)
ᄒ야 운환(雲鬟)을 수기고 유유(唯唯)594)ᄒᆯ 분이러라.

쇼졔(小姐ㅣ) 브야흐로 됴 시(氏) 가티임과 두 시비(侍婢) 죽으믈
알고 크게 놀라며 블평(不平)ᄒ야 심하(心下)의 태뷔(太傅ㅣ) 너모
모딜고 인졍(人情)이 업ᄉ믈 흔(恨)ᄒ야 그 블가(不可)ᄒᆷ믈 간(諫)코
져 ᄒ나 뎌의 위인(爲人)을 붉이 아ᄂᆫ디라 ᄒᆫ 번(番) 뜻을 뎡(定)ᄒᆫ
후(後)ᄂᆫ 쳔(千) 인(人)이 권(勸)ᄒ고 만(萬) 인(人)이 프러도 듯디 아
니코 다만 그 부뫼(父母ㅣ) ᄒᆫ 말을 흔즉 승명(承命)595)ᄒᆷ믈 보왓ᄂᆫ
고(故)로 무익(無益)히 입을 여디 아니ᄒ니 태뷔(太傅ㅣ) ᄌ못 디긔

---

590) 파파(皤皤): 머리털이 하얗게 센 모양. 또는 그런 머리털.
591) 교무(巧撫): 어여뻐해 어루만짐.
592) 향차(向差): 병에서 회복함.
593) 티위(致慰): 치위. 위로함.
594) 유유(唯唯): 짧게 대답하는 모양.
595) 승명(承命): 명령을 받듦.

(知機)596)ᄒ나 아른 톄 아니ᄒ고 다만 은의(恩愛) 최듕(最重)597)ᄒᆯ ᄯᄅᆞᆷ이러라.

ᄎ후(此後) 다시

•••
114면

회틱(懷胎)ᄒ기ᄅᆞᆯ 일개(一家ㅣ) ᄇᆞ라되 ᄆᆞᄎᆞᆷ닉 긔쳑 업스니 구괴(舅姑ㅣ) 크게 실망(失望)ᄒ고 태뷔(太傅ㅣ) 심하(心下)의 탄식(歎息)ᄒ더라.

됴 시(氏) 이ᄯᅢ 무망(無妄)598)의 위 시(氏) 낙틱(落胎)ᄒ니 크게 깃거ᄒ다가 ᄌᆞ긔(自己) 두 시녜(侍女ㅣ) 죽고 스스로 심당(深堂)의 가 도니 낙심실혼(落心失魂)599)ᄒ야 머리ᄅᆞᆯ ᄇᆞ듯잇고 듀야(晝夜) 우러 죽고져 ᄒ되 시비(侍婢)들이 딕희여시니 ᄌᆞ결(自決)티 못ᄒ고 셰월(歲月)이 졈졈(漸漸) 오라매 져기 뉘웃ᄂᆞᆫ ᄯ디 이시니 이 가(可)히 아름다온 ᄆᆞ되로되 요인(妖人)의 간계(奸計) 참혹(慘酷)ᄒ야 ᄆᆞᄎᆞᆷ닉 몸을 보젼(保全)티 못ᄒ니 엇디 가셕(可惜)디 아니리오.

원릭(元來) 니문(李門)이 여러 십(十) 년(年)을 금ᄌᆞ옥듸(金紫玉帶)600)로 누리믈 심(甚)히 ᄒ고 녜부(禮部) 홍문이 빅ᄒᆡᆼ(百行)이 미진(未盡)ᄒ미 업스되 일즉 등양(騰揚)601)ᄒ야 쇼년(少年)의 쟉위(爵

---

596) 디긔(知機): 지기. 기미를 앎.
597) 최듕(最重): 최중. 가장 깊음.
598) 무망(無妄): 별 생각이 없이 있는 상태.
599) 낙심실혼(落心失魂): 마음이 상하고 넋이 나감.
600) 금ᄌᆞ옥듸(金紫玉帶): 금자옥대. 금자(金紫)는 금인(金印)과 자수(紫綬)로, 금인은 관직의 표시로 차고 다니던 금으로 된 조각물이고 자수는 고위 관료가 차던 호패(號牌)의 자줏빛 술임. 옥대는 임금이나 관리의 공복(公服)에 두르던, 옥으로 장식한 띠임.
601) 등양(騰揚): 과거에 급제함.

位) 고대(高大)ᄒ고 부귀(富貴) 당시(當時)의 결우리 업ᄉ되 조믈(造物)이 다싀(多猜)[602]ᄒ야 노녜(-女ㅣ) 가온대로조차 닉ᄃ라 쳔(千) 가지 변화(變化)ᄅᆞᆯ

•••
115면

지어 니문(李門)을 업티려 ᄒ니 빅문은 ᄒᆞᆫ 어린 농괴(聾瞽ㅣ)[603] 되야 골육지친(骨肉至親)을 대화(大禍)ᄅᆞᆯ 보게 ᄒ니 텬의(天意) 엇디 무심(無心)티 아니ᄒ리오. 이 가온대 경문, 흥문 등(等)의 뭇 사름의 화란(禍亂)이 니러나 크게 어ᄌᆞ로오니 가화(家禍ㅣ) 참혹(慘酷)ᄒ더라 일댱(一場) 긔관(奇觀)[604]이 아니리오. 하회(下回)ᄅᆞᆯ 분히(分解)[605]ᄒ라.

---

602) 다싀(多猜): 다시. 시기가 많음.
603) 농괴(聾瞽ㅣ): 귀머거리와 소경.
604) 긔관(奇觀): 기관. 기이한 광경.
605) 분히(分解): 분해. 나누어 봄.

니시셰디록(李氏世代錄) 권지십수(卷之十四)

●●●
1면

차셜(且說). 하람공(--公) 뎨오즈(第五子) 진문의 즈(字)는 슉뵈니 쥬비(朱妃) 소싱(所生)이오, 뉵자(六子) 윤문의 즈(字)는 홍뵈니 댱시(氏) 소싱(所生)이라. 년(年)이 십오(十五), 십수(十四)의 니르니 두 아히(兒孩) 얼골의 긔이(奇異)ᄒ미 냥금(良金)[606]과 빅벽(白璧) ᄀᆺ고 풍치(風采) 녕농슈려(玲瓏秀麗)ᄒ미 계뎐(階前) 년화(蓮花)와 슈듕(水中) 명월(明月) ᄀᆺᄐ니 조부뫼(祖父母])) 혹이(惑愛)[607]ᄒ고 하람공(--公)이 ᄉ랑ᄒ야 이히 츄구월(秋九月)의 진문으로 오 시(氏)ᄅᆯ 취(娶)ᄒ고 동시월(冬十月)의 윤문으로 조 시(氏)ᄅᆯ 취(娶)ᄒ니 냥 신뷔(新婦])) 익용(愛容)[608]이 슈려(秀麗)ᄒ고 ᄐ되(態度])) 빙뎡(娉婷)[609]ᄒ야 월뎐소애(月殿素娥])[610] 강님(降臨)ᄒ ᄃᆺᄒ니 구괴(舅姑])) 크

---

606) 냥금(良金): 양금. 좋은 금.
607) 혹이(惑愛): 혹애. 매우 사랑함.
608) 익용(愛容): 애용. 사랑스러운 용모.
609) 빙뎡(娉婷): 빙정. 자태가 아름다움.
610) 월뎐소애(月殿素娥]): 월전소아. 달 속에 있다는 전설 속의 선녀. 항아(姮娥).

게 깃거ᄒ고 사롬마다 블워ᄒ야 쥬비(朱妃)와 댱 시(氏)긔 티하(致
賀)ᄒᄂ 비치러라.

연왕(-王)의 삼ᄌ(三子) 빅문의 ᄌ(字)ᄂ 운뵈니 졍궁(正宮) 소 시
(氏) 소싱(所生)이라. 싱셩(生成)ᄒ매 신치(神彩)611) 쥰매(俊邁)612) ᄒ
고 옥안봉목(玉顔鳳目)613)이 녕형신이(瑩炯神異)614) ᄒ야 풍치(風采)
늠늠쇄락(凜凜灑落)615) ᄒ야 츄텬(秋天) 망월(望月)을 ᄲᅥ온616) 닷ᄒ니
냥비(兩臂) 과슬(過膝)617) ᄒ고 단사(丹沙) ᄀᄐᆫ 입이 모지고 신댱(身
長)이 칠(七) 쳑(尺) 오(五) 촌(寸)이니 비록 빅형(伯兄)의 조코 놉흔
긔질(氣質)과 ᄎᄒ형(次兄)의 텬일지풍(天日之風)618)을 쏠오디 못ᄒ나
범인(凡人)은 쏠오디 못ᄒ고 ᄌ죄(才操ㅣ) 긔이(奇異)ᄒ야 조ᄌ건(曹
子建)619)의 칠보시(七步詩)620)와 니쳥년(李靑蓮)621)의 쥬일두(酒一
斗) 시

---

611) 신치(神彩): 신채. 뛰어나게 훌륭한 풍채.
612) 쥰매(俊邁): 준매. 재주와 지혜가 뛰어남.
613) 옥안봉목(玉顔鳳目): 옥처럼 아름다운 얼굴과 봉황의 눈같이 가늘고 길며 눈초리가 위로 째지
고 붉은 기운이 있는 눈.
614) 녕형신이(瑩炯神異): 영형신이. 빛나고 기이함.
615) 늠늠쇄락(凜凜灑落): 늠름쇄락. 늠름하고 시원함.
616) ᄲᅥ온: 쓰인.
617) 과슬(過膝): 무릎을 지남.
618) 텬일지풍(天日之風): 천일지풍. 하늘의 태양처럼 빛나는 풍채.
619) 조ᄌ건(曹子建): 조자건. 조식(曹植, 192-232)을 이름. 자건은 조식의 자. 중국 삼국시대 위나
라 조조의 셋째 아들로 문장이 뛰어났음.
620) 칠보시(七步詩): 조식이 지은 시. 형 문제(文帝)가 일곱 걸음을 걷는 사이에 시 한 수를 짓지
못하면 대법(大法)으로 다스리겠다고 하자, 곧바로 칠보시를 지었다 함. "콩을 삶기 위하여
콩대를 태우니, 콩이 가마 속에서 소리 없이 우는구나. 본디 한 뿌리에서 같이 났거늘 서로
괴롭히기가 어찌 이리 심한고. 煮豆燃豆其, 豆在釜中泣. 本是同根生 相煎何太急."『세설신어
(世說新語)』에 실려 있음.
621) 니쳥년(李靑蓮): 이청련. 이백(李白, 701-762)을 말함. 청련은 이백의 호이고 본명은 이태백
(李太白)임. 젊어서 여러 나라를 돌아다니고, 뒤에 출사(出仕)하였으나 안녹산의 난으로 유배
되는 등 불우한 만년을 보냄. 시성(詩聖) 두보(杜甫)에 대하여 시선(詩仙)으로 칭하여짐.

빅편(詩百篇)[622]을 우이 너기니 그 능(能)ᄒ미 여ᄎ(如此)ᄒ더라.

빅문의 얼골 ᄌ죄(才操ㅣ) 이러ᄒ디 ᄒᆞᆫ 가지 흠체(欠處ㅣ)[623] 이시니 성품(性品)이 술을 즐기고 식(色)을 됴히 너기며 언식(言辭ㅣ) 풍늉(豊隆)[624]ᄒ고 언에(言語ㅣ) 방ᄌ(放恣)ᄒ야 일디(一代) 풍뉴랑(風流郎)이오 교만(驕慢)ᄒᆞᆫ 협긱(俠客)이라. 왕(王)이 크게 근심ᄒ야 어려셔브터 엄(嚴)히 ᄀᆞᄅ치고 튀벌(笞罰)이 ᄌ로 ᄂᆞ리며 이(二) 형(兄)이 듀야(晝夜) 힘뼈 정도(正道)로 인도(引導)ᄒ디 볼셔 니문(李門)이 어ᄌ러오려 ᄒ고 빅문이 응시(應時)[625]ᄒ여 낫ᄂᆞᆫ디라 엇디 사름이 되리오.

나히 십삼(十三)의 니ᄅᆞ매 믄득 능휼(能譎)[626]ᄒᆞᆫ 의식(意思ㅣ) 내ᄃᆞ라 ᄆᆞ음을 ᄀᆞ다듬고 긔운을 주리

혀[627] 부형(父兄) 안젼(案前)의ᄂᆞᆫ 슈힝(修行) 군ᄌ(君子ㅣ)녜ᄒ고 나가셔ᄂᆞᆫ 모든 ᄋᆞ시녀(兒侍女)를 다 더러이고 술을 도적(盜賊)ᄒ여 먹

---

622) 쥬일두(酒一斗) 시빅편(詩百篇): 주일두 시백편. 술 한 말을 마시고 시 백 편을 지음. 두보(杜甫, 712-770)가 <음중팔선가(飮中八仙歌)>에서 이백을 두고 한 말로 원문에는 일두시백편(一斗詩百篇)이라 되어 있음. "한 말 술에 시 백 편을 짓는 이백, 장안의 저자 주막에서 잠을 자는구나. 李白一斗詩百篇, 長安市上酒家眠."
623) 흠체(欠處ㅣ): 흠처. 단점.
624) 풍늉(豊隆): 풍륭. 풍성함.
625) 응시(應時): 때에 응함.
626) 능휼(能譎): 능란하게 속임.
627) 주리혀: 낮추어.

고 궁노(宮奴)들과 쟝긔(將棋) 투젼(投錢)ᄒ고 은ᄌ(銀子)ᄅᆯ 츠고 푸
ᄌ628)의 가 나기ᄒ고 굴애고629) 죠곰이나 미온(未穩)630)ᄒ면 두 주
머괴로 노쇼(老少)ᄅᆯ 혜디 아니ᄒ고 두드리니 궁관(宮官), 궁뇌(宮奴
ㅣ) 심(甚)히 원망(怨望)ᄒ되 뎨왕(帝王) 부귀(富貴) 공진(公子ㅣ) 줄
두려 감히(敢-) 말을 못 ᄒ니 왕(王)과 휘(后ㅣ) 돈연(頓然)631)이 모
ᄅᆯ ᄲᅳᆫ 아냐 냥형(兩兄)이 국ᄉ(國事)로 분주(奔走)ᄒ고 공진(公子ㅣ)
틈을 타 능녀(能麗)632)히 노니, 이런 일은 아디 못ᄒ나 원ᄂᆡ(元來)
그 호방(豪放)ᄒᄆᆯ 근심ᄒ여 집의 든 후(後)ᄂᆫ 알플 ᄡᅥ

・・・

5면

나디 못ᄒ게 ᄒ더라.

일″(一日)은 태뷔(太傅ㅣ) 샴츈(三春) 화시(花時)ᄅᆯ 당(當)ᄒ야 진
문과 운문을 ᄃᆞ리고 공쥬궁(公主宮) 화원(花園)의 오르니, 냥싱(兩生)
이 취쳐(娶妻)ᄒ연 디 히 진(盡)ᄒ엿ᄂᆞᆫ디라 태부(太傅)ᄅᆯ 뫼셔 만화
ᄃᆡ(--臺)의 올나 ᄉ면(四面)을 쳠관(瞻觀)633)ᄒ니 원ᄂᆡ(元來) 이 화원
(花園) 뒤히 큰 길이 이시되 니부(李府)로셔 대궐(大闕)노 가ᄂᆫ 길흔
아니라. 태뷔(太傅ㅣ) 위연(偶然)이 ᄂᆞ리미러보니 십여(十餘) 개(個)
한쥐(漢子ㅣ)634) ᄇᆞ러 안자 쟝긔(將棋)ᄒᄂᆞᆫ디 빅문도 게 안자 ᄒ거ᄂᆞᆯ
태뷔(太傅ㅣ) ᄒ번(-番) 보고 대경(大驚)ᄒ야 ᄀᆞ마니 숨어 셔″ 그 나

---

628) 푸ᄌ: 전방. 가게.
629) 굴애고: 장난치고. 까불고.
630) 미온(未穩): 기분이 나쁨.
631) 돈연(頓然): 아득한 모양.
632) 능녀(能麗): 능려. 능란하게 일을 잘 처리함.
633) 쳠관(瞻觀): 첨관. 바라봄.
634) 한쥐(漢子ㅣ): 한자. 사내.

종을 보니 여러 판 두다가 빅문이 다 디니 허리틈으로서 은(銀)을
내여 혜여 주다가 모즈라니

한지(漢子 |) 더 달나 흐딕 공지(公子 |) 왈(曰),

"뇌 마춤 가져온 거시 업스니 갓다가 주마."

흐딕 한지(漢子 |) 노왈(怒曰),

"너를 왕부(王府) 공지(公子 |)라 흐고 젼(前)의도 밋더니 므양 소
기니 이번(-番)은 오슬 버서 주고 가라."

빅문이 추언(此言)을 듯고 대로(大怒)흐야 드라드러 기인(其人)을
무수(無數)히 티거늘 태뷔(太傅 |) 막블차악(莫不嗟愕)635)흐야 급
(急)히 셔당(書堂)의 도라가 셔동(書童)을 명(命)흐여 브르고져 흐더
니 어느 스이 빅문이 드라오거늘, 태뷔(太傅 |) 이에 문왈(問曰),

"현뎨(賢弟) 어딕 갓더뇨?"

공지(公子 |) 딕왈(對曰),

"샹부(相府)의 갓더니이다."

태뷔(太傅 |) 어히업서 꾸지저 왈(曰),

"네 엇디 차마 길ㄱ의 가 무뢰비(無賴輩)로 더브러 쟝긔(將棋) 두
고 은젼(銀錢)을 씌

---

635) 막블차악(莫不嗟愕): 막불차악. 놀라움을 이기지 못함.

여 나기홀 줄을 알니오? 그것들의 말이 야″(爺爺)긔 욕(辱)이 비경(非輕)ᄒ더라 이졔 고(告)ᄒ여 다스리시게 ᄒ리라."

빅문이 믄득 졍식(正色) 왈(曰),

"뉘 져런 거즛말을 형댱(兄丈)긔 고(告)ᄒ더니잇고? 쇼뎨(小弟)ᄂᆞᆫ 듯ᄂᆞ니 쳐엄이로소이다."

태뷔(太傅ㅣ) 어히업시 너겨 답왈(答曰),

"내 앗가 계양궁(--宮) 동산의 가 너의 여ᄎᆞ″(如此如此)ᄒ 거동(擧動)을 보왓거든 뉘 날ᄃᆞ려 닐러시리오?"

빅문이 그졔야 발명(發明)홀 말이 업서 야″(爺爺)긔 고(告)티 아니믈 익긍(哀矜)636)히 빌거늘,

태뷔(太傅ㅣ) ᄯᅩᄒ 야얘(爺爺ㅣ) 알딘딕 즁(重)히 칠 줄 혜아리고 ᄃᆞ리고 드러가 모후(母后)긔 고(告)ᄒ고 ᄎᆞ후(此後) 내여보내디 아니믈 쳥(請)ᄒ니 휘(后ㅣ) 어히업서

ᄀᆞᆯ오딕,

"ᄎᆞ익(此兒ㅣ) 벅″이637) 니시(李氏) 명풍(名風)638)을 ᄭᅥ러 ᄇ리″로다. 연(然)이나 너의 약(弱)ᄒ미 고이(怪異)ᄒ다라. 삼ᄋᆞ(三兒)의

---

636) 익긍(哀矜): 애긍. 불쌍히 여김.
637) 벅″이: 반드시.
638) 명풍(名風): 이름난 가풍.

거동(舉動)이 부모(父母)롤 욕(辱) 먹이고 제 몸을 무뢰(無賴) 악쇼년
(惡少年)으로 벗ᄒ니 그 죄(罪) 죡(足)히 죽엄 즉ᄒᆫ디라 엇디 아니
다ᄉ리"오?"

언필(言畢)의 츄파(秋波) 셩안(星眼)의 노긔등"(怒氣騰騰)ᄒ야 좌
우(左右)로 공ᄌ(公子)롤 밀여 왕(王)의게 보내여 ᄀᆯ오딕,

"쳡(妾)이 여러 ᄌ녀(子女)롤 두매 힝실(行實)이 닐넘 죽디 아닌디
라 듀야(晝夜) 죄(罪)롤 셩문(盛門)의 어들가 ᄒ더니 과연(果然) 빅문
의 소힝(所行)이 여ᄎ"(如此如此)ᄒ더라 한심(寒心) 경희(驚駭)[639]
ᄒᄆᆯ 욕ᄉ무디(欲死無地)[640]라. 쾌(快)히 다ᄉ려 ᄆᆰ은 가문(家門)의
욕(辱)이 밋게 마ᄅ쇼셔."

왕(王)이 텽파(聽罷)의 대경대로(大驚大怒)ᄒ

• • •
9면

야 이에 답왈(答曰),

"ᄌ식(子息)을 ᄀᄅ치디 못ᄒ미 아븨게 잇ᄂᆫ디라, 엇디 부인(夫人)
이 죄(罪)롤 일ᄏᄅ시리오? 쇼려(消慮)[641]ᄒ쇼셔."

ᄒ더라.

셜파(說罷)의 셔동(書童)을 명(命)ᄒ야 공ᄌ(公子)롤 ᄭᅮᆯ니고 틱쟝
(笞杖)ᄒᆯ시 수죄(數罪) 왈(曰),

"아ᄒᆡ(兒孩) 힝ᄉ(行事ㅣ) 패악(悖惡)[642]ᄒᆫ믄 니ᄅ도 말고 크게 외

---

639) 경희(驚駭): 경해. 뜻밖의 일로 몹시 놀라 괴이하게 여김.
640) 욕ᄉ무디(欲死無地): 욕사무지. 죽으려 해도 죽을 곳이 없음.
641) 쇼려(消慮): 소려. 근심을 없앰.
642) 패악(悖惡): 사람으로서 마땅히 하여야 할 도리에 어그러지고 흉악함.

입(外人)ᄒ여시니 쟝ᄂᆡ(將來)를 가디(可知)라. 노년(老年) 부모(父母)
긔 블효(不孝)를 기칠 거시니 이제 쾌(快)히 죽이미 올흐니 네 가(可)
히 젼일(前日)을 뉘웃고 셥심슈ᄒᆡᆼ(攝心修行)643)홀진ᄃᆡ 만ᄒᆡᆼ(萬幸)이
어니와 블연(不然)즉 내 죽디 아닌 젼(前) 큰 쳐치(處置) 이시리라.”

인(因)ᄒ야 고찰(考察)ᄒ야 삼십여(三十餘) 댱(杖)을 즁타(重打)ᄒ
니 공ᄌᆞ(公子ㅣ) 비록 긔골(氣骨)이 슉셩(熟成)ᄒ나 십삼(十三) 셰
(歲) 티ᄋᆞ(稚兒ㅣ)라, 신ᄉᆡᆨ(神色)이 춘

• • •
10면

디 ᄀᆞᆺ고 호흡644)(呼吸)이 그처디니 태부(太傅ㅣ) 안젼(案前)의 니ᄅ
러 머리를 두ᄃᆞ려 간(諫)ᄒ니 왕(王)이 이의 샤(赦)ᄒ여 ᄯᅳ어 내티니,

태부(太傅ㅣ) 붓드러 셔당(書堂)의 도라와 약(藥)으로ᄡᅥ 구호(救
護)ᄒ니 반ᄒᆞᆼ(半晌) 후(後) 인ᄉᆞ(人事)를 출히거ᄂᆞᆯ 태부(太傅ㅣ) 이에
크게 칙(責)ᄒ여 후일(後日)을 경계(警戒)ᄒ니 공ᄌᆞ(公子ㅣ) 샤례(謝
禮)ᄒ더라.

수이 소셩(蘇醒)645)ᄒ야 십여(十餘) 일(日) 후(後) 니러나 부모(父
母)긔 쳥죄(請罪)ᄒ니 왕(王)이 대칙(大責)ᄒ고 ᄎᆞ후(此後) 잡쥐미646)
더ᄒ니 공ᄌᆞ(公子ㅣ) ᄯᅩᄒᆞᆫ 져기 뉘우처 젼일(前日)을 ᄇᆞ리고 온즁졍
대(穩重正大)647)ᄒ기를 힘쓰더라.

---

643) 셥심슈ᄒᆡᆼ(攝心修行): 셥심수행. 마음을 다잡고 몸을 닦음.
644) 흡: [교] 원문과 규장각본(14:7), 연세대본(14:10)에 모두 ‘읍’으로 되어 있으나 문맥을 고려해
    이와 같이 수정함.
645) 소셩(蘇醒): 소성. 중병을 치르고 난 뒤에 다시 회복함.
646) 잡쥐미: 잡아쥠이. 제어함이.
647) 온즁졍대(穩重正大): 온중정대. 조용하고 침착하며 행동이 올바르고 당당함.

공지(公子ㅣ) 비록 십삼(十三) 셰(歲)나 신댱거지(身長舉止) 언건(偃健)⁶⁴⁸⁾혼 대댱뷔(大丈夫ㅣ)라. 화 공(公)이 일시(一時)를 밧바 길소(吉事)⁶⁴⁹⁾를 직촉후니 왕(王)이⁶⁵⁰⁾ 굴오딕,

"돈ᄋ(豚兒)는 십삼(十三)

• • •
11면

셰(歲)나 녕이(令愛) 십이(十二) 셰(歲)니 조혼(早婚)이 가(可)티 아닌디라. 명년(明年)을 기득리미 올토다."

화 공(公)이 감히(敢-) 강청(强請)티 못후더라.

이적의 니(李) 슉비(-妃) 심궁(深宮)의 이셔 셰월(歲月)을 보내며 부모(父母)를 그려 슬허후나 태직(太子ㅣ) 견권(繾綣)⁶⁵¹⁾혼 은익(恩愛) 산히(山海) ᄀᆺ후샤 일시(一時)를 쪄나디 못후시니 비(妃) 더옥 괴로이 너겨 입을 여러 화답(和答)후미 업더니,

일″(一日)은 태직(太子ㅣ) 이에 니ᄅ샤 식상(食床)을 진어(進御)⁶⁵²⁾후실시 마춤 음식(飮食)의 돌히 드럿ᄂ디라. 태직(太子ㅣ) ᄀ장 노(怒)후샤 됴·가 이(二) 샹궁(尙宮)을 츄고(推考)⁶⁵³⁾후시고 음식(飮食) ᄀ움아던⁶⁵⁴⁾ 시녀(侍女)를 ᄉ옥(司獄)의 너흐라 후시며 식상(食床)을 믈니치시니 식″혼 위풍(威風)이 풍듕뇽(風中龍)⁶⁵⁵⁾이라.

---

648) 언건(偃健): 굳세고 건장함.
649) 길ᄉ(吉事): 길사. 혼인.
650) 이: [교] 원문에는 '미'로 되어 있으나 오기로 보이므로 규장각본(14:7)과 연세대본(14:10)을 따름.
651) 견권(繾綣): 생각하는 정이 두터움.
652) 진어(進御): 임금이 먹고 입는 일을 높여 이르던 말.
653) 츄고(推考): 추고. 허물을 추문해서 고찰함.
654) ᄀ움아던: 맡은.
655) 풍듕뇽(風中龍): 풍중용. 바람 속의 용.

비(妃) 놀나

•••
12면

고 블평(不平)ᄒ며 모든 궁인(宮人)이 죄(罪) 닙으믈 민망(憫惘)이 너겨 이에 옷기슬 녑의고 좌(座)의 ᄂᆞ려 쳥죄(請罪)ᄒ딕 태ᄌᆡ656)(太子ㅣ) 경왈(驚曰),

"현비(賢妃) 이 엇딘 거죄(擧措ㅣ)니잇고?"

비(妃) 돈슈(頓首)ᄒ야 ᄀᆞᆯ오딕,

"쳡(妾)이 무상(無狀)ᄒ야 오늘날 뇽톄(龍體) 블안(不安)ᄒ시게 ᄒ니 이 다 쳡(妾)의 죄(罪)어늘 익미ᄒᆞᆫ 궁녜(宮女ㅣ) 죄(罪) 닙으믈 안심(安心)티 못ᄒᆞ이다."

태ᄌᆡ(太子ㅣ) 텽파(聽罷)의 슉비(-妃) ᄌᆞ가(自家)를 만난 디 삼(三)ᄌᆡ(載)의 쳐음으로 입 열믈 보시니 크게 칭찬(稱讚)ᄒ야 ᄀᆞᆯ오샤딕,

"궁인비(宮人輩) 무상(無狀)ᄒ야 슬피디 못ᄒᆞ미 통ᄒᆡ(痛駭)657)ᄒ니 다ᄉᆞ리고져 ᄒ거늘 현휘(賢后ㅣ) 독당(獨當)658)ᄒ시믄 무슴 쯧이며 만일(萬一) 다ᄉᆞ리디 아니ᄒᆞᆯ진딕 긔강(紀綱)이 믄허디리니

•••
13면

현비(賢妃) 블기 ᄀᆞᄅᆞ치라."

---

656) ᄌᆡ: [교] 원문에는 '식'로 되어 있으나 오기로 보이므로 규장각본(14:8)과 연세대본(14:12)을 따름.
657) 통ᄒᆡ(痛駭): 통해. 몹시 이상스러워 놀람.
658) 독당(獨當): 홀로 감당함.

비(妃) 고두(叩頭) 샤왈(謝曰),

"녜 당외(唐堯ㅣ)[659] 토[660]계삼척[661](土階三尺)이오 모즈부젼(茅
茨不剪)[662]이로딕 셩군(聖君)이 되고 목동(牧童)이 강구(康衢)[663]의
노래ᄒ며 빅셩(百姓)이 함포고복(含哺鼓腹)[664]ᄒ여 격양이가(擊壤而
歌)[665]ᄒ니 엇디 흔 궁녀(宮女) 다ᄉ리매 긔강(紀綱)이 더 셔리잇고?
뎐해(殿下ㅣ) 만일(萬一) 관뎐(寬典)[666]을 쓰샤 궁녀(宮女)를 샤(赦)
ᄒ시면 힝심(幸甚)ᄒ리로소이다. ᄯ 됴·가 이(二) 샹궁(尙宮)은 쵸방
(椒房)[667] 승지인(承旨人)[668]으로 황명(皇命)을 밧ᄌ와 신(臣)을 보
익(輔翼)[669]ᄒ거늘 일됴(一朝)의 츄고(推考)[670]를 당(當)ᄒ니 쳡(妾)
이 엇디 안〃(晏晏)[671]ᄒ리잇고?"

태지(太子ㅣ) 텽파(聽罷)의 그 옥셩(玉聲)이 도〃(滔滔)ᄒ고 말ᄉ
이 격졀(激切)ᄒᄆᆯ 칭복(稱服)ᄒ샤 흔연(欣然) 샤왈(謝曰),

---

659) 당외(唐堯ㅣ): 중국의 요(堯)임금을 달리 이르는 말. 당(唐)이라는 땅에서 봉(封)함을 받은 데
서 유래함.
660) 토 [교] 원문에는 '됴'로 되어 있으나 출처인『태평어람(太平御覽)』을 따라 이와 같이 수정함.
661) 척: [교] 원문에는 '층'으로 되어 있으나 출처인『태평어람(太平御覽)』을 따라 이와 같이 수정함.
662) 토계삼척(土階三尺)이오 모즈부젼(茅茨不剪): 토계삼척이요, 모자부젼. 섬돌은 석 자의 흙이
요, 지붕의 띠풀은 가지런히 자르지 않음. 중국 요임금의 검소함을 형용한 말로『태평어람(太
平御覽)』에 나오는 표현임. "요임금은 천자가 되어서도 옷은 비단옷을 겹으로 입지 않았고
밥상에는 두 가지의 맛있는 반찬을 놓지 않았으며, 섬돌은 석 자 높이의 흙으로 만들었고, 지
붕의 띠풀도 가지런히 자르지 않았다. 堯爲天子, 衣不重帛, 食不兼味, 土階三尺, 茅茨不剪.'
663) 강구(康衢): 사방으로 두루 통하는 번화한 큰 길거리.
664) 함포고복(含哺鼓腹): 배불리 먹고 배를 두드림. 태평성대를 이름.『십팔사략(十八史略)』,「제
요도당(帝堯陶唐)」에 "배불리 먹고 배를 두드리며 노래하기를, '임금이 나에게 힘써 준 것이
무엇이 있는가.'라 하였다. 含哺鼓腹而歌曰帝力何有於我哉."라는 구절이 있음.
665) 격양이가(擊壤而歌): 격양 놀이를 하며 노래함. 여기에서의 노래는 요임금 때 어느 노인이 불
렀다는 <격양가(擊壤歌)>를 이름.『논형(論衡)』,「예증(藝增)」에 "해가 뜨면 일어나고 해가 지
면 쉬고, 우물 파서 물 마시고 밭을 갈아서 밥 먹으니, 임금이 나에게 힘써 준 것이 무엇이
있는가! 日出而作, 日入而息, 鑿井而飲, 耕田而食, 帝力於我何有哉"라는 구절이 있음. 백성들
이 임금의 고마움을 느끼지 못할 정도로 정치가 훌륭하다는 뜻임.
666) 관뎐(寬典): 관전. 너그러운 은전.
667) 쵸방(椒房): 초방. 왕비를 달리 이르는 말.
668) 승지인(承旨人): 명령의 출납을 맡아 보는 사람.
669) 보익(輔翼): 도와서 올바른 데로 이끌어 감.
670) 츄고(推考): 추고. 허물을 캐물으며 고찰함.
671) 안〃(晏晏): 편안한 모양.

"과인(寡人)의 일시(一時) 슬피디 못ᄒ미 실톄(失體)ᄒ미 만커

•••
14면

늘 현비(賢妃) 만일(萬一) 규정(糾正)672) 홈곳 아니런들 씌드ᄅ리오?"

드듸여 궁인(宮人)을 다 샤(赦)ᄒ시니 됴·가 이(二) 샹궁(尙宮)은 니ᄅ도 말고 모든 궁애(宮兒ㅣ) 천셰(千歲)를 블너 죽기로 갑흘 ᄯᅳᆺ이 잇더라.

태직(太子ㅣ) ᄀ장 쾌(快)ᄒ샤 죠용히 비(妃)로 문답(問答)ᄒ실시 비(妃) 입으로조차 나는 빈 다 셩언현에(聖言賢語ㅣ)673)니 태직(太子ㅣ) 크게 경듕(敬重)674)ᄒ샤 감히(敢-) 풍늉(豊隆)ᄒᆫ 비출 뵈디 못ᄒ시고 녜(禮)로써 딕졉(待接)ᄒ시며 ᄎ후(此後) 더옥 잠시ᄀᆡᆨ(暫時刻)675)을 ᄯᅥ나디 아니시니 비(妃) 그윽이 블열(不悅)ᄒ시나 입을 열미 업더니,

일″(一日)은 양비(-妃)긔 문안(問安)ᄒ고 죠용이 주(奏)ᄒ딕,

"신(臣)이 본딕(本-) 몸의 병(病)이 ″셔 긔거(起居)를 능히(能-) 못 ᄒ올 듯시브온

•••
15면

디라. 낭″(娘娘)은 셩샹(聖上)긔 주(奏)ᄒ셔 서너 돌 죠용ᄒᆫ 딕셔 양

---

672) 규정(糾正): 규정. 잘못을 밝혀 바로잡음.
673) 셩언현에(聖言賢語ㅣ): 성언현어. 성인과 현인의 말.
674) 경듕(敬重): 경중. 공경하여 소중히 여김.
675) 잠시ᄀᆡᆨ(暫時刻): 잠시각. 잠깐 동안.

병(養病)676)ᄒ게 ᄒ시면 텬은(天恩)을 닙ᄉ와 회두(回頭)677)ᄒᆞᆯ가 ᄇᆞ
라나이다."

양비(-妃) 놀나 ᄀᆞᆯᄋ샤ᄃᆡ,

"그럴진ᄃᆡ 태의(太醫)로 간병(看病)ᄒ야 곳치미 올흘가 ᄒᄂᆞ이다."

슉비(-妃) 고두(叩頭) 주왈(奏曰),

"낭〃(娘娘) 일월(日月) ᄀᆞ트시므로 엇디 아디 못ᄒ시리잇고? 신
(臣)의 병(病)은 서너 ᄃᆞᆯ 후(後) 나으리니 즉금(卽今) 간인(奸人)의 해
(害)ᄅᆞᆯ 피(避)ᄒ미로소이다."

양비(-妃) 홀연(忽然) 의심(疑心)ᄒ샤 슉비(-妃) 겨틱 가 비ᄅᆞᆯ 믄져
보시니 잉틱(孕胎) 칠팔(七八) 삭(朔)인 줄 가(可)히 알디라. 크게 환
희(歡喜)ᄒ야 ᄀᆞ마니 칭하(稱賀) 왈(曰),

"낭〃(娘娘)이 이런 미세(微細)ᄒᆞᆫ 나히 닌몽(麟夢)678)을 쑴ᄭᆞ는
경ᄉᆡ(慶事])이시니 이ᄂᆞ 종샤(宗社)의 만ᄒᆡᆼ(萬幸)이라. 이 긔미(幾
微)ᄅᆞᆯ

• • •
16면

간인(奸人)이 알진ᄃᆡ 해(害)ᄒ미 두리오니 ᄒᆡ산(解産) 젼(前)은 츌입
(出入)디 마ᄅᆞ시고 신듕〃(愼重愼重)ᄒ쇼셔. 먼니 혜아리미 맛당ᄒ니
엇디 좃디 아니ᄒ리잇가?"

슉비(-妃) 슈괴(羞愧)ᄒ믈 ᄯᅴ여 샤례(謝禮) 하딕(下直)고 믈너나니,
양비(-妃) 이에 샹(上)의 드러오시믈 타 슉비(-妃) 병(病)이 〃셔

---

676) 양병(養病): 병을 잘 다스려 낫게 함.
677) 회두(回頭): 다시 돌아옴.
678) 닌몽(麟夢): 인몽. 기린 같은 아들을 낳는 꿈.

됴리(調理)코져 ᄒᆞᆯ믈 주(奏)ᄒᆞ시니 샹(上)이 흔연(欣然)이 허(許)ᄒᆞ시고,

태ᄌᆞ(太子)ᄅᆞᆯ 블러 이 말을 니ᄅᆞ시고 셔궁(西宮)의 가디 말나 ᄒᆞ시니 태ᄌᆡ(太子ㅣ) 심(甚)히 고이(怪異)히 넉이나 샹명(上命)이 겨시고 셔궁(西宮) 문(門)을 임의 태감(太監)이 졀월(節鉞)[679]을 잡아 딕희여시니 위의(威儀) 톄〃(遞遞)[680]ᄒᆞ시므로 구〃(區區)ᄒᆞᆫ 거조(擧措)ᄅᆞᆯ 못 ᄒᆞ샤 동궁(東宮)의 가 죠용히 겨시고 됴비(-妃)ᄅᆞᆯ 춪디 아니ᄒᆞ시

니,

됴비(-妃) 원흔(怨恨)이 날노 더으나 슉비(-妃) 잉팅(孕胎)ᄒᆞᆷ믄 아디 못ᄒᆞ니 만일(萬一) 알진딕 해(害) 층냥〃〃(測量測量)ᄒᆞ리오마ᄂᆞᆫ 슉비(-妃) 총명(聰明)ᄒᆞ므로 볼셔 알고 그 해(害)ᄅᆞᆯ 뎨방(制防)[681]ᄒᆞ야 고요히 드러더니,

이히 츄팔월(秋八月)의 원손(元孫)을 탄싱(誕生)ᄒᆞ시니 날 ᄣᅢ의 경운(慶雲)[682]이 만실(滿室)ᄒᆞ고 경셩(景星)[683]이 츌(出)ᄒᆞ니 됴·가 이(二) 샹궁(尙宮)이 경희(驚喜)ᄒᆞᆷ믈 이긔디 못ᄒᆞ야 급(急)히 샹(上)긔 고(告)ᄒᆞ매 샹(上)이 대열(大悅)ᄒᆞ시고 태ᄌᆡ(太子ㅣ) 깃브미 극(極)ᄒᆞ샤 도로혀 어린 ᄃᆞᆺᄒᆞ더라.

---

679) 졀월(節鉞): 절월. 절부월(節斧鉞). 관리가 지방에 부임할 때에 임금이 내어 주던 물건. 절은 수기(手旗)와 같이 만들고 부월은 도끼와 같이 만든 것으로, 군령을 어긴 자에 대한 생살권(生殺權)을 상징함.
680) 톄〃(遞遞): 체체. 지극함.
681) 뎨방(制防): 제방. 제어하여 막음.
682) 경운(慶雲): 상서로운 구름.
683) 경셩(景星): 경성. 상서로운 별. 태평성대에 나타난다고 함.

이에 태의(太醫)와 의녀(醫女)로 간병(看病)ᄒᆞ시고 듕외(中外) 반포(頒布)ᄒᆞ시니 빅관(百官)이 궐하(闕下)의 모다 쳔츄(千秋) 딘하(進賀)684)를 ᄆᆞᄎᆞ니 샹(上)이 됴셔(詔書)ᄒᆞ야 ᄀᆞᆯᄋᆞ샤ᄃᆡ,

'딤(朕)이 〃제 나히 늙고 태

• • •
18면

ᄌᆡ(太子ㅣ) 이십이(二十二) 셰(歲) 되여시ᄃᆡ 뎌ᄉᆡ(儲嗣ㅣ)685) 업ᄉᆞ니 듀야(晝夜) 수고(愁苦)ᄒᆞᄆᆞᆯ 이긔디 못ᄒᆞ더니 이제 슉비(-妃) 니(李)시(氏) 싱남(生男)ᄒᆞ여ᄂᆞᆫ디라 칙봉(冊封)ᄒᆞ야 졍비(正妃)를 삼으리니 흠텬감(欽天監)686)이 퇵일(擇日)ᄒᆞ고 녜부(禮部ㅣ) 거힝(擧行)ᄒᆞ라.'

제신(諸臣)이 교무(交舞)687)ᄒᆞ야 믈너나니,

됴비(-妃) 쳔만의외(千萬意外)에 이 거동(擧動)을 당(當)ᄒᆞ야 대경실ᄉᆡᆨ(大驚失色)688)ᄒᆞ며 여췌여치(如醉如痴)689)ᄒᆞ야 발을 구르고 애ᄃᆞᆯ아흔들 엇디 ᄒᆞᆯ 일이 〃시리오.

삼(三) 일(日) 후(後) 태ᄌᆡ(太子ㅣ) 쇼여(小轝)690)를 ᄐᆞ시고 셔궁(西宮)의 니르샤 비(妃)를 보시니 비(妃) 밧비 의샹(衣裳)을 졍돈(整頓)ᄒᆞ고 니러 마ᄌᆞ시니 태ᄌᆡ(太子ㅣ) 밧비 원손(元孫)을 안아 ᄒᆞᆫ번(-番) 눈을 ᄃᆞ르시매 늉준일각(隆準日角)691)이오 봉안줌미(鳳眼蠶

---

684) 딘하(進賀): 진하. 나라에 경사가 있을 때에 벼슬아치들이 조정에 모여 임금에게 축하를 올리던 일.

685) 뎌ᄉᆡ(儲嗣ㅣ): 저사. 원래 제후국에서, 임금의 자리를 이을 임금의 아들을 가리키나 여기에서는 태자의 아들을 이름.

686) 흠텬감(欽天監): 흠천감. 천문·역수(曆數)·점후(占候) 따위를 맡아보던 관아.

687) 교무(交舞): 번갈아 춤을 춤.

688) 대경실ᄉᆡᆨ(大驚失色): 대경실색. 크게 놀라 얼굴빛이 변함.

689) 여췌여치(如醉如痴): 여취여치. 술에 취한 듯하고 멍한 듯함.

690) 쇼여(小轝): 소여. 작은 가마.

眉)[692]며 녕형신이(瑩炯神異)ᄒ

야 이 진짓 만셰군왕(萬歲君王)인 줄 가(可)히 알디라. 크게 환희(歡喜)ᄒ야 비(妃)를 향(向)ᄒ야 칭지(稱之) 왈(曰),

"현비(賢妃) 미셰(微細)ᄒᆫ 나히 엇디 이런 경ᄉ(慶事ㅣ) 이실 줄 알니오? 틱잉(胎孕)ᄒ시믈 과인(寡人)이 아디 못ᄒ고 념녀(念慮)ᄒ더니 듕간(中間)의 큰 깃븐 일은 싱각도 아닌 배라. 일노조차 만셰국뫼(萬歲國母ㅣ) 되리로소이다."

비(妃) 슈괴(羞愧)ᄒ야 운환(雲鬟)을 ᄂᆞ초고 취미(翠眉)[693]를 ᄂᆞ초아 감히(敢-) 답(答)디 못ᄒ더라.

ᄇᆡ야흐로 칭질(稱疾)ᄒ고 깁히 드러 무ᄉ(無事)히 원손(元孫)을 싱(生)ᄒ매 그 원녜(遠慮ㅣ) 깁흔 줄 혜아리시고 더옥 탄복(歎服) 익련(愛戀)[694]ᄒ샤 죵일(終日)토록 원손(元孫)을 희롱(戲弄)ᄒ샤 만ᄉ(萬事ㅣ) 무심(無心)ᄒ시더라.

칠(七) 일(一) 후(後), 샹(上)과 휘(后ㅣ) 졍

---

691) 늉쥰일각(隆準日角): 융준일각. 우뚝 솟은 왼쪽 이마. 융준은 우뚝 솟은 모양을 의미함. 일각(日角)은 이마 왼쪽의 두둑한 뼈 또는 이마 뼈가 불쑥 나온 모양으로 왕자(王者)나 귀인의 상(相)이라고 함. 이에 비해 월각(月角)은 오른쪽 이마의 불쑥 나온 모양을 의미함. 크게 귀하게 될 골상.

692) 봉안줌미(鳳眼蠶眉): 봉안잠미. 봉황의 눈에 누워 있는 누에눈썹이라는 뜻으로 잘생긴 남자의 얼굴을 비유한 말.

693) 취미(翠眉): 취미. 푸른 눈썹이라는 뜻으로, 화장한 눈썹을 이르는 말.

694) 익련(愛戀): 애련. 사랑함.

뎐(正殿)의 좌(坐)ᄒ시고 비(妃)를 명툐(命招)⁶⁹⁵⁾ᄒ시니 비(妃) 신장
(新粧)⁶⁹⁶⁾을 일우고 ᄋᄌ(兒子)를 거ᄂ려 드러가 됴회(朝會)ᄒᆫ대 샹
(上)이 친(親)히 안아 그 긔골(氣骨)이 비샹(非常)ᄒ믈 대열(大悅)ᄒ
샤 됴.가 이(二) 샹궁(尙宮)을 크게 샹(賞) 주시고 이날이 쏘 길일(吉
日)이라, 졀월(節鉞) 잡은 샹궁(尙宮)이 ᄭ러 옥척(玉冊)⁶⁹⁷⁾을 넑고
녜복(禮服)을 드린대 비(妃) 냥뎐(兩殿)의 ᄉ비(四拜) 샤례(謝禮)ᄒ시
고 모든 후궁(後宮)이 녜(禮)⁶⁹⁸⁾를 ᄒᆡᆼ(行)ᄒᆞᆯᄉᆡ 됴비(-妃)를 봉(封)ᄒ
야 귀비(貴妃)를 삼으시니, 됴비(-妃) 대로대훈(大怒大恨)ᄒ나 뎐위지
쳑(天威咫尺)⁶⁹⁹⁾의 무어시라 징단(爭端)⁷⁰⁰⁾ᄒ리오. ᄒᆞᆫ갓 원(怨)을 품
고 흔(恨)을 서리담아 믈너나다.

  샹(上)이 드듸여 대샤텬하(大赦天下)⁷⁰¹⁾ᄒ실ᄉᆡ 태뷔(太傅ㅣ) 일념
(一念)의 뉴 공(公)을 닛디 못ᄒ던디라, 각노(閣老) 양셰뎡을 가

보고 졍ᄉ(情事)를 익걸(哀乞)ᄒ야 도모(圖謀)ᄒ믈 비니 양 공(公)이

---

695) 명툐(命招): 명초. 임금의 명으로 신하를 부름.
696) 신장(新粧): 새로운 단장.
697) 옥척(玉冊): 옥책. 제왕이나 후비(后妃)의 존호를 올릴 때에 그 덕을 기리는 글을 새긴 옥 조
    각을 엮어서 만든 책.
698) 녜: [교] 원문에는 '뎨'로 되어 있으나 문맥을 고려해 규장각본(14:14)과 연세대본(14:20)을 따름.
699) 뎐위지쳑(天威咫尺): 천위지척. 천자의 위광이 지척에 있다는 뜻으로, 임금과 매우 가까운 곳
    또는 제왕의 앞을 이르는 말.
700) 징단(爭端): 쟁단. 다툼.
701) 대샤텬하(大赦天下): 대사천하. 천하의 죄인을 크게 사면함.

그 의긔(義氣)와 현심(賢心)을 감동(感動)ᄒ야 글오딕,

"노뷔(老夫ㅣ) 당〃(堂堂)이 탑젼(榻前)의 알외와 뉴 공(公)을 노화 븍경(北京)의 도라오게 ᄒ리니 그딕는 쇼려(消慮)702)ᄒ라."

태뷔(太傅ㅣ) 크게 깃거 칭샤(稱謝)ᄒ고 도라오니,

이튼날 빅관(百官)이 됴회(朝會)ᄒ매 즁셰(中書ㅣ)703) 십삼(十三) 싱(省) 반포(頒布)를 써 올니매 양 공(公)이 일〃이(一一-) 보다가 주(奏)ᄒ야 글오딕,

"젼임(前任) 승샹(丞相) 뉴영걸이 져근 죄(罪)를 인(因)ᄒ야 뎐니(田里)의 내쳔 디 오라니 그 죄(罪)를 쇽(贖)ᄒ미 ᄌ못 경(輕)치 아니ᄒ고 금일(今日)은 원손(元孫)을 탄싱(誕生)ᄒ샤 텬하(天下) 죄인(罪人)을 노ᄒ시는 ᄆ딕니 뉴영걸을 노화 경ᄉ(京師)의 도라오게 ᄒ여지이다."

샹(上)이 윤죵(允從)704)ᄒ시고 크게 샹ᄉ(賞賜)를 시

* * *

22면

러 니부(李府)로 보내시니 연왕(-王)이 샹소(上疏)ᄒ야 ᄉ양(辭讓)ᄒ고 ᄆ춤내 밧디 아니ᄒ고,

원손(元孫) 어드믈 경하(慶賀)ᄒ야 진연(進宴)을 베프시니 황친(皇親), 국쳑(國戚)705)과 공경(公卿) 명뷔(命婦ㅣ) 다 드러가딕 소휘(-后ㅣ) ᄆ춤내 칭질블츌(稱疾不出)706)ᄒ니 비(妃) 악연(愕然)707)ᄒ야 슈

---

702) 쇼려(消慮): 소려. 근심을 없앰.
703) 즁셰(中書ㅣ): 중서. 중국 한나라 이후에, 궁정의 문서·조칙(詔勅) 따위를 맡아보던 벼슬.
704) 윤죵(允從): 윤종. 남의 말을 좇아 따름.
705) 국쳑(國戚): 국척. 임금의 인척(姻戚).
706) 칭질블츌(稱疾不出): 칭질불출. 병을 핑계하고 집 밖으로 나가지 않음.

셔(手書)로 조각의 모녀(母女ㅣ) 반겨지라 ᄒᆞ니 휘(后ㅣ) 답셔(答書)
왈(曰),

'낭〃(娘娘)이 비록 텬명(天命)이나 몸이 존(尊)ᄒᆞ고 눕을 ᄂᆞ리친
후(後) 그 하례(賀禮)를 내 ᄎᆞ마 보디 못ᄒᆞᄂᆞ니 낭〃(娘娘)은 쇼려(消
慮)ᄒᆞ라.'

ᄒᆞ니 비(妃) 다시 쳥(請)티 못ᄒᆞ더라.

태뷔(太傅ㅣ) 이에 근신(勤信)708) ᄒᆞᆫ 가뎡(家丁)과 셔뎨(庶弟) 취문
을 보내여 뉴 공(公)을 ᄃᆞ려오매 십(十) 니(里) 댱뎡(長亭)709)의 가
마자 반기믈 이긔디 못ᄒᆞ고 녯 집의셔 봉양(奉養)ᄒᆞ믈 게얼니 아니
ᄒᆞ며 연왕(-王) 등(等)

* * *

23면

이 니음차 니ᄅᆞ러 은혜(恩惠)를 샤례(謝禮)ᄒᆞ니 뉴 공(公)이 스스로
닉괴(內愧)710) ᄒᆞ야 감히(敢-) 디답(對答)ᄒᆞᆯ 말을 아디 못ᄒᆞ더라.

위 승샹(丞相)이 ᄯᅩᄒᆞᆫ 사회 쓰들 바다 와셔 보고 진찬(珍饌)711)을
보내며 위712) 시(氏) 금거옥뉸(金車玉輪)713)으로 이에 니ᄅᆞ러 뵈매,
뉴 공(公)이 눈물을 흘녀 ᄀᆞᆯ오ᄃᆡ,

"젼일(前日) 내 아득 블명(不明)ᄒᆞ야 부인(夫人)과 이보를 곤(困)케

---

707) 악연(愕然): 놀라는 모양.
708) 근신(勤信): 부지런하고 믿음직함.
709) 댱뎡(長亭): 장정. 먼 길을 떠나는 사람을 전송하던 곳. 과거에 5리와 10리에 정자를 두어 행
    인들이 쉴 수 있게 했는데, 5리에 있는 것을 '단정(短亭)'이라 하고 10리에 있는 것을 '장정'이
    라 함.
710) 닉괴(內愧): 내괴. 속으로 부끄러워함.
711) 진찬(珍饌): 맛있는 음식.
712) 위: [교] 원문에는 '악'로 되어 있으나 오기로 보이므로 이와 같이 수정함.
713) 금거옥뉸(金車玉輪): 금거옥륜. 매우 화려한 수레.

ᄒᆞ엿더니 오늘날 이뫼 구ᄉᆞ일ᄉᆡᆼ(九死一生)을 건뎌 영화(榮華)ᄅᆞᆯ 보게 ᄒᆞ고 부인(夫人)이 ᄯᅩᄒᆞᆫ 귀가(貴駕)714)ᄅᆞᆯ 굴(屈)ᄒᆞ여 이 무용(無用) 인ᄉᆡᆼ(人生)을 보니 감격(感激)ᄒᆞᆷᆯ 이긔디 못ᄒᆞ리로소이다."

쇼졔(小姐ㅣ) 졍금(整襟)715) 샤례(謝禮)ᄒᆞ고 태뷔(太傅ㅣ) ᄀᆞ의 뫼셔 담쇼(談笑)ᄒᆞ여 인ᄌᆞ(人子)의 도(道)ᄅᆞᆯ ᄒᆞ더라.

수일(數日) 후(後) 쇼졔(小姐ㅣ) 도라오고 태뷔(太傅ㅣ) 빈

• • •

24면

빈(頻頻)이 왕ᄂᆡ(往來)ᄒᆞ여 셤기미 지극(至極)ᄒᆞ니 경셩(京城) ᄉᆞ셔인(士庶人)716)이 니(李) 태부(太傅)의 의긔(義氣)ᄅᆞᆯ 아니 일ᄏᆞᆯ리 업ᄉᆞ나 최ᄉᆡᆼ(-生)과 빅만이 그으기 블열(不悅)ᄒᆞ더라.

챠셜(且說). 션시(先時)의 노 시(氏) 혜션 니고(尼姑)ᄅᆞᆯ ᄯᅩᆯ와 종남산(終南山)의 드러가매 니가(李家)로 인연(因緣)이 그쳐져시나 일단(一端) 애ᄌᆞ지원(睚眥之怨)717)이 업디 못ᄒᆞ야 듀야(晝夜) 해(害)ᄒᆞᆯ 계교(計巧)ᄅᆞᆯ 의논(議論)ᄒᆞᄃᆡ 혜션이 ᄀᆞᆯ오ᄃᆡ,

"아직 운쉬(運數ㅣ) 다ᄃᆞᆺ디 못ᄒᆞ여시니 쇼져(小姐)ᄂᆞᆫ 춤으라."

ᄒᆞ니 노 시(氏) 괴로이 머리ᄅᆞᆯ 움치고 흔(恨)을 서리담아 셰월(歲月)을 디내매, 져근덧ᄒᆞᆫ 광음(光陰)이 슌식(瞬息) ᄉᆞ이 칠(七) 년(年)이 되니,

혜션이 일〃(一日)은 민가(民家)의 나가 ᄃᆞᆫ녀와 ᄀᆞᆯ오ᄃᆡ,

---

714) 귀가(貴駕): 귀한 가마.
715) 졍금(整襟): 졍금. 옷깃을 여미어 모양을 바로잡음.
716) ᄉᆞ셔인(士庶人): 사서인. 뭇 선비들.
717) 애ᄌᆞ지원(睚眥之怨): 애자지원. 한 번 흘겨보는 정도의 원망이란 뜻으로, 아주 작은 원망.

"쇼제(小姐ㅣ) 원닉(元來) 졍목간(井木犴)[718]이란 별과

•••

25면

인연(因緣)이 이시니 쇼승(小僧)이 쳔신만고(千辛萬苦)ᄒ여 듯보니 졍목간(井木犴)이 연왕(-王) 니몽챵의 뎨삼ᄌ(第三子) 빅문이 되여시니 쇼제(小姐ㅣ) 당〃(堂堂)이 인간(人間)의 ᄂᆞ려가 져룰 마자 빅(百)년(年)을 화락(和樂)ᄒ쇼셔."

노 시(氏) 경왈(驚曰),

"뎌 빅문은 이제야 졔요 십삼(十三)이오 나ᄂᆞ 이십삼(二十三) 셰(歲)니 년치(年齒) 다쇼(多少ㅣ) 닉도(乃倒)[719]ᄒ디라, 이런 블가(不可)ᄒ 노ᄅᆞ슬 ᄒ리오?"

혜션이 쇼왈(笑曰),

"쇼제(小姐ㅣ) 년긔(年紀) 만하시나 빈되(貧道ㅣ) 도슐(道術)이 능히(能-) 아히(兒孩)룰 밀들 거시오, 쇼져(小姐)의 인연(因緣)이 쇽(屬)ᄒ 디 빅문곳 아니면 가(可)티 아닐디라. 빈되(貧道ㅣ) 엇디 져그나 못될 일이면 쇼져(小姐)룰 권(勸)ᄒ리오? 이제 졍목간(井木犴)이 니부시랑(吏部侍郞) 화진의 녀ᄋ(女兒)와 졍혼(定婚)ᄒ야 길긔(吉期)[720] 명년(明年)이라.

---

718) 졍목간(井木犴): 졍목간. 졍목안. 졍목한이라고도 함. 남방7수 중 졍수(井宿)에, 칠요(七曜) 중 목(木)과 동물인 안(犴, 용의 일종)이 결합해 만들어진 글자.
719) 닉도(乃倒): 내도. 차이가 큼.
720) 길긔(吉期): 길기. 길일. 혼인하는 날.

쇼졔(小姐ㅣ) 당"(堂堂)이 여츳"(如此如此) 계교(計巧)를 베프샤 니문(李門)의 드러가 그째 니흥문을 죽도록 흐야 셕일(昔日) 원(怨)을 갑플 거시니이다."

노 시(氏) 과연(果然)흐야 좃거늘 혜션이 샹협(箱匧)[721]으로셔 흔 환약(丸藥)을 내여 노 시(氏)를 먹이고 진언(眞言)[722]을 념(念)흐며 입으로 김을 내여 부니 킈 큰 노 시(氏) 변(變)흐야 오뉵(五六) 쳑(尺)은 흐고 십스삼(十四三)은 흔 쇼녀즈(小女子ㅣ) 되고 가증(可憎)턴 긔골(氣骨)이 도로 도라 ᄀ늘기 부칠 둣흐고 굴근 쌔 화(化)흐야 슈졍(水晶)과 어름 ᄀ치니 혜션이 웃고 글오듸,

"니흥문이 아홉 눈이 "쎠도 엇디 분변(分辨)[724]흐리오?"

쏘 져근 호로(葫蘆)[725]를 열고 형샹(形像) 업슨 피를 섇다 노 시(氏) 풀 우희 잉혈(鶯血)[726]텨로 딕으며 쏘 진언(眞言)흐니 아모리 쓰서도 업

---

721) 샹협(箱匧): 상협. 상자.
722) 진언(眞言): 진실하여 거짓이 없는 말이라는 뜻으로, 비밀스러운 어구를 이르는 말.
723) 념(念): 염. 조용히 불경이나 진언(眞言) 따위를 외움.
724) 분변(分辨): 세상 물정에 대한 바른 생각이나 판단을 함.
725) 호로: 호리병. 위와 아래가 둥글며 가운데가 잘록한 모양으로 생긴 병. 보통 윗부분의 지름이 더 작으며, 술이나 약 따위를 담아 가지고 다니는 데 씀.
726) 잉혈(鶯血): 앵혈. 순결의 표식. 장화(張華)의 『박물지』에서 그 출처를 찾을 수 있음. 근세 이전에 나이 어린 처녀의 팔뚝에 찍던 처녀성의 표시를 말하는 것으로 도마뱀에게 주사(朱沙)를 먹여 죽이고 말린 다음 그것을 찧어 어린 처녀의 팔뚝에 찍으면 첫날밤에 남자와 잠자리를 할 때에 없어진다고 함.

디 아니ᄒ더라. ᄯ 부시 디거 ᄀ늘게 쓰딕, '텬샹(天上) 도홰(桃花ㅣ)
ᄻ러디니 노문(-門)의 경ᄉᆡ(慶事ㅣ)라. 명(名)을 몽되라 ᄒ고 ᄌᆞ(字)
를 ᄎᆔ희라 ᄒ노라.' ᄒ니 노 시(氏) ᄀ장 깃거 부모(父母)긔 이 ᄠᆞ들
통(通)ᄒ고 타일(他日) 계교(計巧)를 ᄀᄅ친 후(後),

이에 혜션으로 더브러 녀염(閭閻)의 나와 화 시랑(侍郎) 집의 니ᄅ
매, 혜션이 문니(門吏)ᄃ려 ᄀᆞᆯ오딕,

"나ᄂᆞᆫ 원방(遠方) 녀승(女僧)이러니 잠간(暫間) 노야(老爺)긔 뵈와
ᄆᆡ매(賣買)ᄒᆞᆯ 일이 잇노라."

문니(門吏) 즉시(卽時) 화 시랑(侍郎)긔 고(告)ᄒᆫ대, 화 공(公)이 즉
시(卽時) 브ᄅᆞ니 혜션이 폴을 고자 만복(萬福)을 일ᄏᆞᆺ고 ᄀᆞᆯ오딕,

"쇼리(小尼)ᄂᆞᆫ 원방(遠方) 녀승(女僧)이러니 경ᄉᆞ(京師) 풍경(風景)
을 귀경ᄒ라 쳔(千) 니(里) 발셥(跋涉)727)ᄒ야 니ᄅ럿더니 냥식(糧食)
이 ᄡᆞᆫᄒᆡ디고 쳔(賤)ᄒᆫ 족해 귀(貴)ᄒᆫ 딕(宅)의 폴니

기를 원(願)ᄒᆞᄂᆞᆫ디라 특별(特別)이 뵈ᄂᆞ이다."

화 공(公)이 경왈(驚曰),

"원ᄂᆡ(元來) 이런 ᄉ괴(事故ㅣ)728) 잇닷다. 쾌(快)히 네 딜ᄋᆞ(姪兒)
를 부ᄅᆞ라."

---

727) 발셥(跋涉): 발섭. 산을 넘고 물을 건너 길을 감.
728) ᄉ괴(事故ㅣ): 사고. 연고.

혜션이 〃에 노 시(氏)룰 손 쳐 부르니 노 시(氏) 느는 드시 청하(廳下)의 다드르니 옥안(玉顔)이 소담[729]호고 취미(翠眉)[730] 노라(嫋娜)[731]호야 월뎐소애(月殿素娥ㅣ)[732] 인셰(人世)룰 희롱(戲弄)호는 둣 교퇴(嬌態)룰 머금고 머리룰 조아 절호매 비연(飛燕)[733]이 슈졍반(水晶盤)[734] 우희 느는 둣호니 화 공(公)이 대경(大驚) 왈(曰),

"네 엇던 사룸이완디 져러툿 즈싁(姿色)이 특츌(特出)호야 향촌(鄉村) 녀민(黎民)[735]의 틱(態) 업느뇨?"

노 시(氏) 목셩(-聲)을 쳥아(淸雅)히 호야 딕왈(對曰),

"쇼인[736](小人)은 소쥬인(蘇州人)으로 일즉 부뫼(父母ㅣ) 구몰(俱沒)[737]호고 아즈미룰 쫄와 스방(四方)의 유협(遊俠)[738]호더니 마춤 경스(京師)의 니르매 귀부(貴府)의셔 쳔금(千金) 쇼져(小姐)룰

• • •
29면

위(爲)호야 시녀(侍女)룰 뽀신다[739] 호니 스스로 뫼셔 일싱(一生)을 향규(香閨)[740]의셔 뭇고져 호느이다."

---

729) 소담: 생김새가 탐스러움.
730) 취미(翠眉): 취미. 푸른 눈썹이라는 뜻으로, 화장한 눈썹을 이르는 말.
731) 노라(嫋娜): 요나. 부드럽고 가냘픔.
732) 월뎐소애(月殿素娥ㅣ): 월전소아. 달 속에 있다는 전설 속의 선녀. 항아(姮娥).
733) 비연(飛燕): 중국 전한(前漢) 때 성제(成帝)의 후궁(皇后)인 조비연(趙飛燕). 절세의 미인으로 몸이 가볍고 가무(歌舞)에 능해 본명 조선주(趙宜主) 대신 '나는 제비'라는 뜻의 비연(飛燕)으로 불림. 후궁인 여동생 합덕(合德)과 함께 총애를 다투다가 성제가 죽은 후 동생 합덕이 자살하고, 비연도 평제(平帝) 때에 내쳐져 서민으로 강등되자 자살함.
734) 슈졍반(水晶盤): 수정반. 수정 쟁반.
735) 녀민(黎民): 여민. 백성이나 민중.
736) 인: [교] 원문과 연세대본(14:28)에는 '민'으로 되어 있으나 뜻을 명확히 하기 위해 규장각본(14:20)을 따름.
737) 구몰(俱沒): 다 죽음.
738) 유협(遊俠): 목숨보다 의(義)를 더 중요하게 여김.
739) 뽀신다: 뽑으신다.

언ᄉᆡ(言辭ㅣ) 쳥아(淸雅)ᄒ고 옥셩(玉聲)이 낭〃(朗朗)ᄒ니 화 공
(公)이 총명(聰明)ᄒ나 이 됴미경(照魔鏡)741)이 아니어니 뎌 요술(妖
術)노 변화(變化)ᄒ 요인(妖人)을 엇디 알니오. ᄀᆞ장 의긔(義氣)로이
너겨 듯고 에엿비 너겨 닐오ᄃᆡ,

"네 ᄯᅳᆺ이 이러톳 아름다오니 엇디 천금(千金)을 앗기리오? 과연(果
然) 내 녀이(女兒ㅣ) 나히 십이(十二) 셰(歲)오, 명년(明年)으로 셩혼
(成婚)ᄒ려 ᄒ매 지뫼(才貌ㅣ) ᄀᆞ즌 시녀(侍女)를 ᄲᅢᆻ더니 뎐ᄒᆡᆼ(天幸)
으로 네 얼골 표치(標致)742)를 보니 쳥의(靑衣)743) 가온ᄃᆡ 녈협(烈
俠)744) 가인(佳人)이라 깃브믈 이긔디 못ᄒᆞ리로다."

드ᄃᆡ여 ᄉᆞ디노ᄌᆞ(事知奴子)745)를 블너 ᄇᆡᆨ금(百金)을 내여다가 혜
션을 주고 명문(明文)746)을 ᄆᆡᆼ그니 혜션

●●●
30면

이 고두(叩頭) 샤례(謝禮)ᄒ고 쇼져(小姐)로 더브러 거즛 눈믈을 ᄲᅳ
려 니별(離別)ᄒ고 표연(飄然)747)이 가니,

화 공(公)이 노 시(氏)를 ᄃᆞ리고 ᄂᆡ당(內堂)의 드러가 부인(夫人)
쇼 시(氏)를 보아 슈말(首末)을 니ᄅᆞ니 쇼 시(氏), 노 시(氏) 지뫼(才

---

740) 향규(香閨): 향기로운 규방.
741) 됴미경(照魔鏡): 조마경. 마귀의 본성을 비추어서 그의 참된 형상을 드러내 보인다는 신통한
거울.
742) 표치(標致): 얼굴이 매우 아름다움.
743) 쳥의(靑衣): 청의. 푸른 빛깔의 옷이라는 뜻으로 천한 사람을 이름. 예전에 천한 사람이 푸른
옷을 입었던 데서 유래함.
744) 녈협(烈俠): 열협. 의리를 중요하게 여김.
745) ᄉᆞ디노ᄌᆞ(事知奴子): 사지노자. 일을 맡은 노자.
746) 명문(明文): 명백하게 기록된 문구.
747) 표연(飄然): 가볍고 날랜 모양.

貌)748)를 보고 깃거 왈(曰),

"이 진짓 녀♡(女兒)의 시녜(侍女ㅣ)라 엇디 깃브디 아니ᄒᆞ리오? 너의 일홈이 무어신다?"

노 시(氏) 념용(斂容)749) 딕왈(對曰),

"쳔(賤)ᄒᆞᆫ 일홈은 화되오, 나흔 십삼(十三)이로소이다."

부인(夫人)이 쇼왈(笑曰),

"녀♡(女兒)의 일(一) 년(年) 쟝(長)이로다."

셜파(說罷)의 시녀(侍女)로 쇼져(小姐)를 부르라 ᄒᆞ니,

원늬(元來) 화 쇼져(小姐)의 명(名)은 치옥이오 ᄌᆞ(字)ᄂᆞᆫ 홍셜이니, 부인(夫人)이 ᄭᅮᆷ의 홍운(紅雲)이 어릭엿ᄂᆞᆫ 양(樣)을 보고 고이(怪異)히 너겨 ᄌᆞᆷ탁(潛度)750)ᄒᆞ여 볼 ᄉᆞ이의 ᄒᆞᆫ 도인(道人)이 운관무의(雲冠舞衣)751)로 알픽 셔 〃

● ● ●

31면

ᄀᆞᆯ오딕,

"벽옥(璧玉) 션녜(仙女ㅣ) 옥뎨(玉帝)긔 큰 죄(罪)를 짓고 인간(人間)의 ᄂᆞ려오매 부인(夫人)긔 의탁(依託)ᄒᆞᄂᆞ니 조심(操心)ᄒᆞ야 길너 니가(李家)의 몸을 허(許)ᄒᆞ라. 연(然)이나 젼ᄉᆡᆼ(前生)의 죄(罪) 듕(重)ᄒᆞ야 초년(初年) 운쉬(運數ㅣ) 참혹(慘酷)ᄒᆞ니 그 몸을 보젼(保全)ᄒᆞ미 어려온디라. 부인(夫人)은 힘뼈 도가(道家)의 공(功)을 드려

---

748) ᄌᆡ모(才貌): 재모. 재주와 용모.
749) 념용(斂容): 염용. 얼굴을 단정히 가다듬음.
750) ᄌᆞᆷ탁(潛度): 잠탁. 가만히 헤아림.
751) 운관무의(雲冠霧衣): 신선들이 쓰는 관과 옷. '운관'은 모자와 같은 모양을 본떠 덮개가 위쪽에 있는 관이고, '무의'는 가볍고 부드러우며 나부끼는 아름다운 옷.

그 명(命)을 니으라.”

ᄒᆞ거늘 놀나 ᄭᆡ야 고이(怪異)히 너기더니,

잉ᄐᆡ(孕胎)ᄒᆞ야 쇼져(小姐)를 ᄉᆡᆼ(生)ᄒᆞ니 나며브터 긔질752)(氣質)이 옥(玉) ᄀᆞᆺ고 어름 ᄀᆞᆺᄐᆞ며 일신(一身)의 긔이(奇異)ᄒᆞᆫ 향ᄎᆔ(香臭) 옹비(齆鼻)753)ᄒᆞ니 화 공(公) 부쳐(夫妻ㅣ) 크게 ᄉᆞ랑ᄒᆞ나 ᄒᆡᆼ혀(幸-) 댱원(長遠)754)치 못ᄒᆞᆯ가 두려 부인(夫人)이 쳥운ᄉᆞ(--寺) 녀관(女冠)755)의 슈록(受籙)756)ᄒᆞ기를 일삼더니,

쇼졔(小姐ㅣ) 곳다온 나히 십이(十二) 셰(歲)의 니르니 도디(桃枝)757) 작〃(灼灼)758)ᄒᆞ야 셤궁(蟾宮)759) 옥년(玉蓮) ᄀᆞᆺ고 소담

• • •

32면

ᄒᆞᆫ 용뫼(容貌ㅣ) 셜듕ᄆᆡ화(雪中梅花)760) ᄀᆞᆺ고 듕텬(中天) 상월(霜月)761) ᄀᆞᆺᄒᆞ며 긔이(奇異)ᄒᆞᆫ 안ᄉᆡᆨ(顔色)이 ᄒᆞᆫ 조각 옥(玉)을 아롬다이 다ᄉᆞ린 ᄃᆞᆺ 슈졍(水晶) ᄀᆞᆺ치 ᄆᆞᆰ고 조ᄒᆞ며 두 눈이 ᄆᆞᆯ가 효셩(曉星) ᄀᆞᆺ고 ᄒᆡᆼ신(行身)762)이 도타와 ᄒᆞᆫ 거름, ᄒᆞᆫ 말ᄉᆞᆷ이 녜(禮) 밧기 업고 쵸강(楚剛)763)ᄒᆞ고 닝담(冷淡)ᄒᆞᆷ이 어름 우히 눈을 더은 ᄃᆞᆺᄒᆞ니 화

---

752) 질: [교] 원문에는 '실'로 되어 있으나 문맥을 고려해 규장각본(14:23)과 연세대본(14:31)을 따름.
753) 옹비(齆鼻): 코를 찌름.
754) 댱원(長遠): 장원. 오래 삶.
755) 녀관(女冠): 여관. 여자 도사.
756) 슈록(受籙): 수록. 부적을 받음.
757) 도디(桃枝): 도지. 복숭아나무 가지.
758) 작〃(灼灼): 작작. 꽃이 핀 모양이 몹시 화려하고 찬란함.
759) 셤궁(蟾宮): 섬궁. 월궁(月宮)의 다른 말. 달에 두꺼비가 산다 하여 붙여진 이름.
760) 셜듕ᄆᆡ화(雪中梅花): 설중매화. 눈속에 핀 매화.
761) 상월(霜月): 서리가 내리는 밤의 달.
762) ᄒᆡᆼ신(行身): 행신. 세상을 살아가는 데 가져야 할 몸가짐이나 행동.
763) 쵸강(楚剛): 초강. 독하고 맹렬함.

공(公) 부뷔(夫婦ㅣ) 심(甚)히 ᄉᆞ랑ᄒᆞ나 그 화긔(和氣) 져거 그 부덕(婦德)이 낫브믈 경계(警戒)ᄒᆞ되 쇼졔(小姐ㅣ) 능히(能-) 고치디 못ᄒᆞ더라.

이날 침소(寢所)의셔 시ᄉᆞ(詩詞)ᄅᆞᆯ 음영(吟詠)ᄒᆞ더니 부인(夫人) 명(命)을 듯고 쇼졔(小姐ㅣ) 쵝(册)을 덥고 날호여 졍당(正堂)의 니르매 공(公)과 부인(夫人)이 웃는 ᄎᆞᆺᄎᆞ로 나아오라 ᄒᆞ야 시녀(侍女) 산 연고(緣故)ᄅᆞᆯ 니르고 우왈(又曰),

"뎌 시녀(侍女)의 ᄌᆡ용(才容)이 뎌러ᄐᆞᆺ 관셰(冠世)[764]ᄒᆞ

•••
33면

니 엇기 어려온 재(者ㅣ)라. 네 모ᄅᆞ미 규방(閨房) ᄉᆞ우(師友)[765]ᄅᆞᆯ 삼아 등한(等閑)이 ᄃᆡ졉(待接)디 말나."

쇼졔(小姐ㅣ) 샤례(謝禮)ᄒᆞ고 잠간(暫間) 눈을 드러 노 시(氏)ᄅᆞᆯ 보고 경아(驚訝)[766]ᄒᆞ야 부모(父母)ᄭᅴ 샤례(謝禮) 왈(曰),

"이런 긔이(奇異)ᄒᆞᆫ 녀ᄌᆞ(女子)ᄅᆞᆯ 쇼녀(小女)ᄅᆞᆯ 주시니 황공(惶恐)ᄒᆞ오나 다만 ᄎᆞ인(此人)이 안뫼(顏貌ㅣ) 용(庸)[767]치 못ᄒᆞᆫ 사ᄅᆞᆷ이니 쇼녜(小女ㅣ) 갓가이 못 ᄒᆞᆯ소이다."

공(公)이 경왈(驚曰),

"네 엇디 너모 즈레짐작ᄒᆞᆫ다? 져믄 녀ᄌᆡ(女子ㅣ) 혬 업서 져근 블쵸(不肖)ᄒᆞᆷ이 잇다 네 잘 인도(引導)ᄒᆞ면 엇디 소견(所見)의 ᄀᆞᆺ디

---

764) 관셰(冠世): 관세. 세상의 으뜸임.
765) ᄉᆞ우(師友): 사우. 스승으로 삼을 만한 벗.
766) 경아(驚訝): 놀라고 의아해함.
767) 용(庸): 성질이 순하고 어리석음.

못홀가 근심ᄒ리오? 너는 고이(怪異)ᄒᆫ 의ᄉᆞ(意思)ᄅᆞᆯ 내디 말나.”

쇼제(小姐ㅣ) 미쇼(微笑) 브답(不答)ᄒᆞ고 ᄆᆞ음의 블평(不平)ᄒᆞ나 부모(父母) 명(命)이라 두 번(番) ᄉᆞ양(辭讓)치 못ᄒᆞ고 화도ᄅᆞᆯ ᄃᆞ리고 침소(寢所)의 도라오니, 노 시(氏) 갓가이셔 쇼져(小姐)ᄅᆞᆯ 보니

•••
34면

용뫼(容貌ㅣ) 달 ᄀᆞᆺᄒᆞ야 저의 ᄇᆞ랄 배 아니라. 싀심(猜心)[768]이 대발(大發)ᄒᆞ야 속으로 믜오미 고ᄃᆡ 숨길 ᄃᆞᆺᄒᆞᄃᆡ 안ᄉᆡᆨ(顔色)을 공슌(恭順)이 ᄒᆞ고 ᄒᆞᆫ ᄀᆞ의 ᄡᅮ러 명(命)을 기ᄃᆞ리더니,

쇼제(小姐ㅣ) ᄲᅡᆼ셩(雙星)을 둘러 보기ᄅᆞᆯ 이윽이 ᄒᆞ고 팀음(沈吟)ᄒᆞ다가 무러 ᄀᆞᆯ오ᄃᆡ,

“네 원ᄂᆡ 어ᄃᆡ 사ᄅᆞᆷ이며 셩명(姓名)이 무어신다?”

노 시(氏) 졍금(整襟) ᄃᆡ왈(對曰),

“쳡(妾)의 셩(姓)은 노요, 일홈은 화되오, 나흔 십삼(十三) 셰(歲)니 졀강(浙江) 소쥐인(蘇州人)이로소이다.”

쇼제(小姐ㅣ) 잠쇼(暫笑) 왈(曰),

“내 잠간(暫間) 보건ᄃᆡ 너의 거동(擧動)이 죠곰도 쳔인(賤人)의 거동(擧動)이 업ᄉᆞ니 의심(疑心)컨ᄃᆡ ᄉᆞ족(士族) 녀ᄌᆡ(女子ㅣ) 뉴락(流落)[769]ᄒᆞ미 잇는가 ᄒᆞ노라. 네 긔이디 말고 ᄌᆞ시 니ᄅᆞ라.”

노 시(氏) 뎌의 아라보믈 크게 저허[770] 담(膽)을 크게 ᄒᆞ고 ᄃᆡ왈(對曰),

---
768) 싀심(猜心): 시심. 시기심.
769) 뉴락(流落): 유락. 떠돌아다님.
770) 저허: 두려워.

"첩(妾)은 본딕(本-) 냥민(良民)의 주식(子息)이라 엇디 이런 일이 이시리잇고? 쇼져(小姐)의 아라보시미 그릇ᄒ시민가 ᄒᄂ이다."

쇼제(小姐ㅣ) 미쇼(微笑) 왈(曰),

"타일(他日) 네 져 말이 온젼(穩全)티 못ᄒ고 차실(差失)[771]ᄒ미 이신즉 엇디ᄒ려 ᄒᄂ다?"

노 시(氏) 고개를 수기고 답(答)디 못ᄒ더라.

쇼제(小姐ㅣ) ᄯᅩᄒ 다시 뭇디 아니ᄒ고 제(諸) 시ᄋ(侍兒)과 ᄒ가지로 신임(身任)[772]케 ᄒ니 노 시(氏) 듀야(晝夜) 칼흘 숨킨 듯ᄒ야 수이 져를 업시코져 ᄒ딕 ᄀ장 참아 그째를 기드리노라 슈션(修繕)의 아니 능(能)ᄒ 고디 업고 직문(才文)을 달통(達通)ᄒ니 쇼제(小姐ㅣ) 그 인믈(人物)을 심복(心服)디 아니ᄒ나 그 직조(才操)를 ᄀ장 ᄉ랑ᄒ야 ᄌ연(自然) 칭신(稱信)[773]ᄒ미 되니, 노 시(氏) 화 쇼져(小姐)의 일동일졍(一動一靜)을 모를 일이

업더라.

슬프다! 노 시(氏) ᄉ문(斯文)[774] 녀ᄌ(女子)로 뉵녜(六禮)[775] 빅냥

---

771) 차실(差失): 어긋남.
772) 신임(身任): 곁에서 책임 지고 일을 함.
773) 칭신(稱信): 칭찬하고 믿음.
774) ᄉ문(斯文): 사문. 이 학문, 이 도(道)라는 뜻으로, 유학의 도의나 문화를 이르는 말.
775) 뉵녜(六禮): 육례. 『주자가례』를 따른 혼인의 여섯 가지 의식. 곧 납채(納采)·문명(問名)·납길(納吉)·납징(納徵)·청기(請期)·친영(親迎)을 말함. 납채는 신랑 집에서 청혼을 하고 신부 집에

(百兩)776)으로 니(李) 녜부(禮部)의게 도라와 뎍국(敵國)777)을 모해(謀害)ᄒ다가 츌뷔(黜婦ㅣ) 되여 산간(山間)의 드러 업듸여다가 요승(妖僧)으로 동심(同心)ᄒ여 ᄂᆞᆷ의 집 노예(奴隷) 되여 필경(畢竟)의 싀아ᄌᆞ비(媤---)를 음간(淫姦)ᄒ니 그 요괴(妖怪)롭고 더러오미 쳔만고(千萬古)의 업는 찰녜(刹女ㅣ)778)라 엇디 흔(恨)홉디 아니ᄒ리오.

뉴광(流光)이 살 ᄀᆞᆺᄒ야 어ᄂᆞ ᄉᆞ이 히 밧고이니 화 공(公)이 퇵일(擇日)ᄒ야 니부(李府)의 통(通)ᄒ니 춘이월(春二月) 슌간(旬間)이러라.

냥가(兩家)의셔 긔구(器具)를 셩비(盛備)779)ᄒ야 길일(吉日)이 다ᄃᆞ르니 니(李) 공ᄌᆞ(公子) 빅문이 위의(威儀)를 거ᄂᆞ려 화가(-家)의 니ᄅᆞ러 뎐안(奠雁)780)ᄒ고 신부(新婦) 샹교(上轎)를 기ᄃᆞ릴시, 일좨(一座ㅣ) 밧비 눈을 드러 신낭(新郎)을 보매 관옥(冠玉)

●●●

37면

이 졍윤(爭潤)781)ᄒ고 일월(日月)이 무광(無光)ᄒ니 쳔고(千古) 호걸(豪傑)이오 옥인(玉人) 가랑(佳郎)이라. 만좨(滿座ㅣ) 막블칭찬(莫不

서 허혼(許婚)하는 의례이고, 문명은 납채가 끝난 뒤에 남자 집의 주인(主人)이 서신을 갖추어 사자를 여자 집에 보내어 여자 생모(生母)의 성(姓)을 묻는 의례며, 납길은 문명한 것을 가지고 와서 가묘(家廟)에 점쳐 얻은 길조(吉兆)를 다시 여자 집에 보내어 알리는 의례고, 납징은 남자 집에서 여자 집에 빙폐(聘幣)를 보내어 혼인의 성립을 더욱 확실하게 해주는 절차이며, 청기는 성혼(成婚)의 길일(吉日)을 정하는 의례이고, 친영은 신랑이 신부 집에 가서 신부를 맞이하여 신랑 집에 돌아오는 의례임.

776) 빅냥(百兩): 백량. 신부를 맞아 오는 일. 백 대의 수레로 신부를 맞이한다 하여 이와 같이 씀. 『시경(詩經)』, <작소(鵲巢)>에 "새아씨가 시집옴에 백량으로 맞이하도다. 之子于歸, 百兩御之."라는 구절이 있음.

777) 뎍국(敵國): 적국. 남편의 다른 처나 첩을 부르는 표현.

778) 찰녜(刹女ㅣ): 여자 나찰. 나찰(羅刹)은 푸른 눈과 검은 몸, 붉은 머리털을 하고서 사람을 잡아먹으며, 지옥에서 죄인을 못살게 군다고 함. 여기에서는 못된 여자의 뜻으로 쓰임.

779) 셩비(盛備): 성비. 성대하게 갖춤.

780) 뎐안(奠雁): 전안. 혼인 때 신랑이 신부 집에 기러기를 가져가서 상위에 놓고 절하는 예.

781) 졍윤(爭潤): 쟁윤. 윤택함을 다툼.

稱讚(칭찬)⁷⁸²⁾ᄒ고 화 공(公)이 크게 두긋겨 손을 잡고 닐오딕,

"아셔(我壻)ᄂᆞᆫ 인듕긔린(人中麒麟)⁷⁸³⁾이라 녀ᄋᆡ(女兒ㅣ) 당(當)치 못홀가 저허ᄒ노라. 신낭(新郎)의 최장⁷⁸⁴⁾시(催裝詩)⁷⁸⁵⁾ᄂᆞᆫ 본딕(本-) 덧덧ᄒ니 ᄒᆞᆫ번(-番) 낙필(落筆)⁷⁸⁶⁾ᄒ야 좌듕(座中) 눈을 쾌(快)히 ᄒ미 엇더뇨?"

공ᄌᆡ(公子ㅣ) 미처 답(答)디 못ᄒᆞ여셔 태ᄌᆞ태부(太子太傅) 병부샹셔(兵部尙書) 니경문이 옥딕(玉帶)ᄅᆞᆯ 도도고 각모(角帽)ᄅᆞᆯ 슈렴(收斂)⁷⁸⁷⁾ᄒ야 딕왈(對曰),

"최장시(催裝詩)ᄂᆞᆫ 가인(歌人) 직ᄌᆞ(才子)의 홀 배라. 샤뎨⁷⁸⁸⁾(舍弟) 소힝(所行)이 군ᄌᆞ(君子)의 되(道ㅣ) 업스나 수수(嫂嫂)ᄂᆞᆫ 슉녀(淑女)의 묽ᄋᆞᆫ 덕(德)을 잡아 합증시(合蒸詩)⁷⁸⁹⁾ᄅᆞᆯ 짓지 아니시리니 대인(大人)은 짐쟉(斟酌)ᄒ쇼셔."

화 공(公)이 쇼왈(笑曰),

"병부(兵部)의 말이

●●●

38면

올ᄒ니 엇디 좃디 아니ᄒ리오?"

---

782) 막블칭찬(莫不稱讚): 막불칭찬. 칭찬하지 않는 이가 없음.
783) 인듕긔린(人中麒麟): 인중기린. 사람 가운데 기린처럼 뛰어난 인물.
784) 쟝: [교] 원문에는 '샹'으로 되어 있으나 오기로 보이므로 규장각본(14:27)과 연세대본(14:37)을 따름.
785) 최장시(催裝詩): 신부에게 옷을 입기를 재촉하는 시.
786) 낙필(落筆): 붓을 놀림.
787) 슈렴(收斂): 수렴. 가다듬음.
788) 뎨: [교] 원문에는 '례'로 되어 있으나 오기로 보이므로 규장각본(14:27)과 연세대본(14:37)을 따름.
789) 합증시(合蒸詩): 신랑과 신부가 술을 주고받을 때 짓는 시.

좌위(左右ㅣ) 다 태부(太傅)의 정대(正大)흔 말솜의 뉴연(犂然)790)
이 갓비츨 고치더라.

이윽고 신뷔(新婦ㅣ) 칠보(七寶)룰 일워791) 교즈(轎子)의 오르니 신
낭(新郎)이 봉교(封轎)792)흐기룰 못고 위의(威儀)룰 휘동(麾動)793)흐
야 니부(李府)의 니르러 독좌(獨坐)흐고 구고(舅姑)긔 폐빅(幣帛)을
나을시 신뷔(新婦ㅣ) 옥안취미(玉顔翠眉)794) 소담셕셕795)흐고 닝담쵸
강(冷淡楚剛)796)흐야 벽공(碧空) 소월(素月)이 혼자 볼가는 듯 셜샹
(雪上) 믹홰(梅花ㅣ) 초게 픠엿는 듯, 조흔미 눈 가온디 옥년(玉蓮) 굿
고 믈그미 어름과 슈정(水晶) 굿흐야 진짓 경국식(傾國色)797)이로디
위 시(氏), 녀 시(氏)로 비(比)컨디 냥798)인(兩人)의 무궁(無窮)이 쇄
락슈려(灑落秀麗)799)흔 틱도(態度)와 유한800)뎡뎡(幽閑貞靜)801)흐므
로도 화 시(氏)룰 브라디 못흐니 왕(王)이 심듕(心中)의 블

●●●
39면

열(不悅)흐야 화긔(和氣) 스연(捨然)802)흐니 이 곳 부듕(府中)의 직앙

---

790) 뉴연(犂然): 유연. 깨닫는 모양.
791) 워: [교] 원문에는 '위'로 되어 있으나 문맥을 고려해 규장각본(14:28)과 연세대본(14:38)을 따름.
792) 봉교(封轎): 가마를 봉함.
793) 휘동(麾動): 지휘하여 움직이게 함.
794) 옥안취미(玉顔翠眉): 옥안취미. 옥처럼 아름다운 얼굴과 푸른 눈썹.
795) 소담셕셕: 생김새가 탐스럽고 엄숙함.
796) 닝담쵸강(冷淡楚剛): 냉담초강. 냉담하고 매서움.
797) 경국식(傾國色): 경국색. 나라를 망하게 할 정도의 아름다운 얼굴.
798) 냥: [교] 원문에는 '냥'으로 되어 있으나 오기로 보이므로 규장각본(14:28)과 연세대본(14:38)을 따름.
799) 쇄락슈려(灑落秀麗): 쇄락수려. 시원하고 빼어나게 아름다움.
800) 한: [교] 원문과 규장각본(14:28), 연세대본(14:38)에 모두 '환'으로 되어 있으나 오기로 보이므로 이와 같이 수정함.
801) 유한뎡뎡(幽閑貞靜): 유한정정. 그윽하며 곧고 고요하다는 뜻으로, 부녀의 인품이 매우 얌전하고 점잖음을 말함.

(災殃)을 니룩혈 줄 ㅈ못 알미라. 또혼 승샹(丞相)과 남공(-公) 등(等)이 디긔(知機)[803]호나 흥문의게 마얼(魔孽)[804]이 도라오미야 숨의나 싱각호여시리오.

셕양(夕陽)의 파연(罷宴)호고 신부(新婦) 숙소(宿所)를 운셩각(--閣)의 뎡(定)호고 소휘(-后ㅣ) 시녀(侍女) 이십여(二十餘) 인(人)과 므룻 즙믈(什物)[805]을 ㄱ초아 안둔(安屯)[806]케 호다.

빅문이 신부(新婦)의 텬향미식(天香美色)을 보딕 믄득 깃븐 줄을 닛고 셔당(書堂)의 도라오니 녜부(禮部) 등(等) 모든 형뎨(兄弟) 쵹(燭)을 닛고 나믄 쥬찬(酒饌)을 가져와 야화(夜話)호더니 녜뷔(禮部ㅣ) 쇼왈(笑曰),

"현뎨(賢弟) 엇디 신방(新房)의 가디 아니호고 이에 니룩럿ᄂ뇨?"

빅문이 눈섭을 찡긔고 밍셩(猛聲)[807]으로 닐으디,

"쇼뎨(小弟) 오늘 화 시(氏)

●●●
40면

룰 보니 쇼군(昭君)[808]의 복(福) 업순 샹(相)이라. 쇼뎨(小弟)룰 필연(必然) 잡아먹으리니 보기 슬호여호ᄂ이다."

녜뷔(禮部ㅣ) 대경(大驚)호야 말을 그치고 니부(吏部)룰 도라보아

---

802) ᄉ연(捨然): 사연. 사라짐.
803) 디긔(知機): 지기. 기미를 앎.
804) 마얼(魔孽): 귀신의 재앙.
805) 즙믈(什物): 집물. 집 안에서 쓰는 온갖 기구.
806) 안둔(安屯): 편안하게 지냄.
807) 밍셩(猛聲): 맹성. 사나운 소리.
808) 쇼군(昭君): 소군. 중국 전한 원제(元帝)의 후궁(?-?). 성은 왕(王)이고 이름은 장(嬙)이며 소군 은 그의 자(字). 기원전 33년 흉노와의 화친 정책으로 흉노의 호한야선우(呼韓邪單于)와 정략 결혼을 하였으나 자살함.

왈(曰),

"한심(寒心)ᄒ다, 운뵈여! 슉부(叔父) 블근 교훈(教訓)이 이에 이저디리로다."

샹셰(尚書ㅣ) 밧비 ᄶ러 샤례(謝禮) 왈(曰),

"이 다 쇼뎨(小弟) 등(等) 블쵸(不肖)ᄒ미로소이다."

도라 공ᄌ(公子)ᄃ려 닐오ᄃᆡ,

"현뎨(賢弟) 말ᄉᆞᆷ과 의ᄉᆞ(意思ㅣ) ᄀᆞ장 쾌(快)ᄒ니 다ᄅᆞᆫ 곳의 가 베프고 이에 잇디 말나."

셜파(說罷)의 긔ᄉᆡᆨ(氣色)이 동텬(冬天) 한월(寒月) ᄀᆞᆺᄒ니 공ᄌ(公子ㅣ) 크게 황공(惶恐)ᄒ야 ᄂᆞᆺ출 븕히고 니러 드러가니 녜뷔(禮部ㅣ) 이윽이 줌줌(潛潛)ᄒ다가 굴오ᄃᆡ,

"현뎨(賢弟)야, 빅문의 거동(舉動)이 가셩(家聲)을 튜락809)(墜落) ᄒᆯ 줄 아ᄂᆞ냐?"

샹셰(尚書ㅣ) 쳐연(悽然) ᄃᆡ왈(對曰),

"져근

• • •

41면

일도 운쉬(運數ㅣ)니 샴뎨(三弟) 긔골(氣骨)이 져러ᄒ고 위인(爲人)의 혼암(昏闇)810)ᄒ미 극(極)ᄒ니 형댱(兄丈)은 언필찰(言必察)811)ᄒ셔 필경(畢竟)을 볼 ᄯᆞᆫ이니이다."

---

809) 락: [교] 원문과 규장각본(14:30), 연세대본(14:40)에 모두 '탁'으로 되어 있으나 문맥을 고려해 이와 같이 수정함.
810) 혼암(昏闇): 어리석음.
811) 언필찰(言必察): 말을 반드시 살핌.

녜뷔(禮部ㅣ) 고개 좃고 쪼흔 탄식(歎息)ᄒᆞ더라.

공ᄌᆡ(公子ㅣ) 담(膽)을 크게 ᄒᆞ고 운각(-閣)의 드러가니 쇼제(小姐ㅣ) 단의홍샹(單衣紅裳)812)으로 쵹하(燭下)의 단좌(端坐)러니 쳔연(天然)813)이 니러 마ᄌᆞ니 소담흔 용ᄎᆡ(容彩) 빅월(白月)이 누실(樓室)의 ᄇᆞᆰ앗ᄂᆞᆫ디라 공ᄌᆡ(公子ㅣ) 쪼흔 긔이(奇異)히 너겨 나아가 옥슈(玉手)ᄅᆞᆯ 잡고 우어 왈(曰),

"쇼져(小姐)ᄂᆞᆫ 계궁(桂宮) ᄒᆞᆼ애(姮娥ㅣ)오, 요디(瑤池)814) 션ᄌᆡ(仙子ㅣ)라 나 빅문의 슈(壽)ᄅᆞᆯ 단(短)ᄒᆞᆯ 딩됴(徵兆ㅣ)로다. 연(然)이나 셕샹(席上)의 션ᄉᆡᆼ(先生) 명(命)으로 최장시(催裝詩)ᄅᆞᆯ 지엇더니 쇼져(小姐)의 합증시(合蒸詩)ᄅᆞᆯ 기ᄃᆞ리노라."

쇼제(小姐ㅣ) 뎌의 춰관(醉觀)이 방탕(放蕩)ᄒᆞ고 거지(擧止)

• • •

42면

무례(無禮)ᄒᆞᆷᄅᆞᆯ 보고 크게 히연(駭然)815)ᄒᆞ야 밧비 손을 ᄲᅥ리치고 믈너안ᄌᆞ니 ᄉᆡᆼ(生)이 쇼왈(笑曰),

"쇼제(小姐ㅣ) 아니 혹ᄉᆡᆼ(學生)을 더러이 너기ᄂᆞ냐? 연(然)이나 합증시(合蒸詩)ᄂᆞᆫ 마디못ᄒᆞ리라."

ᄒᆞ고 연갑(硯匣)816)을 열고 붓슬 잡아 옥슈(玉手)의 쥐이고 핍박(逼迫)ᄒᆞ니 쇼제(小姐ㅣ) 긔운이 ᄉᆞᆨᄉᆞᆨᄒᆞ야 글 지으믄커니와 츄상(秋

---

812) 단의홍샹(單衣紅裳): 단의홍상. 홑옷과 붉은 치마.
813) 쳔연(天然): 천연. 자연스러움.
814) 요디(瑤池): 요지. 중국 곤륜산(崑崙山)에 있다는 연못으로 서왕모(西王母)가 사는 곳으로 전해짐.
815) 히연(駭然): 해연. 몹시 이상스러워 놀람.
816) 연갑(硯匣): 벼루, 먹, 붓, 연적 따위를 넣어 두는 납작한 상자.

霜)ᄀᆞᆺᄒᆞᆫ 안식(顔色)이 뎌의 화려(華麗)ᄒᆞᆷ믈 용납(容納)디 아니ᄒᆞ니, 싱(生)이 무류(無聊)코 노(怒)ᄒᆞ야 부술 더디고 번연(飜然)[817] 작식 (作色)ᄒᆞ여 상(牀)의 가 잠간(暫間) 누어 계셩(鷄聲)을 기ᄃᆞ려 몸을 번뒤쳐[818] 밧그로 나가ᄂᆞᆫ디라. 쇼져(小姐)의 유모(乳母) 계 시(氏) 고이(怪異)히 너기고 념녀(念慮)ᄒᆞ더라.

쇼졔(小姐ㅣ) 인(因)ᄒᆞ여 머므러 구고(舅姑) 셤기ᄂᆞᆫ 녜(禮)와 금댱 (錦帳)[819]을 돈목(敦睦)ᄒᆞᄂᆞᆫ 힝실(行實)이 규구(規矩)[820]의 맛ᄂᆞᆯ 며[821]

•••

43면

빅희(伯姬)[822]의 블 타 죽으믈 감심(甘心)ᄒᆞᄂᆞᆫ 고집(固執)이 잇고 셩 되(性度ㅣ)[823] 닝담(冷淡)ᄒᆞ여 화긔(和氣) 젹으니 구괴(舅姑ㅣ) 더옥 ᄉᆞ랑ᄒᆞ딕 이 일의 흠(欠)을 삼으나 아른 쳬 아니ᄒᆞ고 녀 시(氏), 위 시(氏) 등(等)이 지극(至極) ᄉᆞ랑ᄒᆞ야 동포(同胞) 형민(兄妹) ᄀᆞᆺᄐᆞᄃᆡ, 공직(公子ㅣ) 홀노 금슬우지[824](琴瑟友之)[825]의 낙(樂)이 업서 친

---

817) 번연(飜然): 갑작스러운 모양.
818) 번뒤쳐: 몸을 뒤집어.
819) 금댱(錦帳): 금장. 동서.
820) 규구(規矩): 그림쇠와 곱자라는 뜻으로 일상생활에서 지켜야 할 법도를 말함.
821) 맛ᄂᆞᆯ며: 꼭 맞으며.
822) 빅희(伯姬): 백희. 중국 춘추시대 노(魯)나라 선공(宣公)의 딸로 송(宋)나라 공공(共公)의 부인이 되어 공희(共姬) 또는 공백희(恭伯姬)라고도 불림. 공공이 죽은 후 수절하다가 경공(景公) 때에 궁전에 불이 났을 때 좌우에서 피하라고 권하였으나 백희는, 부인은 보모와 함께가 아니면 밤에 당 아래로 내려가지 않는다 하며 불에 타 죽음. 유향(劉向), 『열녀전(列女傳)』, <송공백희(宋恭伯姬)>.
823) 셩도(性度ㅣ): 성도. 성품과 도량.
824) 지: [교] 원문과 규장각본(14:32), 연세대본(14:43)에 모두 '비'로 되어 있으나 오기로 보이므로 이와 같이 수정함.
825) 금슬우지(琴瑟友之): 금과 슬처럼 사이 좋게 지냄. 부부 사이가 좋음을 이름. 『시경(詩經)』, <관저(關雎)>에 나오는 구절.

영(親迎)826)혼 수오(四五) 삭(朔)의 드리미러 보도 아니ᄒᆞ니 냥형(兩兄)이 아모리 계칙827)(戒勅)828)ᄒᆞ야도 듯디 아닐 분 아니라 죠용이 안잣다가도 샹셔(尙書)와 태뷔(太傅ㅣ) 화 시(氏) 박ᄃᆡ(薄待)ᄒᆞ미 가(可)티 아니믈 니ᄅᆞᆫ즉 번연(飜然)이 니러 밧그로 나가니,

냥인(兩人)이 홀일업서 모친(母親)긔 고(告)ᄒᆞ고 션쳐(善處)ᄒᆞ시믈 청(請)ᄒᆞ니, 휘(后ㅣ) 크게 경아(驚訝)ᄒᆞ야 ᄲᆞᆯ니 공ᄌᆞ(公子)를 블너 대칙(大責)ᄒᆞ며 화 시(氏) 박ᄃᆡ(薄待)ᄒᆞᄂᆞᆫ 연

• • •
44면

고(緣故)를 무ᄅᆞ니 공ᄌᆡ(公子ㅣ) 믄득 쳐연(悽然)이 화긔(和氣)를 쇼삭(蕭索)829)ᄒᆞ고 ᄀᆞᆯ오ᄃᆡ,

"ᄒᆡ익(孩兒ㅣ) 운익(運厄)이 고이(怪異)ᄒᆞ와 뎌 화 시(氏)의 긔이(奇異)ᄒᆞ믈 모ᄅᆞ디 아니ᄒᆞ오ᄃᆡ ᄌᆞ연(自然) ᄆᆞ음이 놀납고 그 고은 용모(容貌)를 보면 샤믈스러워830) 뵈니 ᄎᆞ마 ᄒᆞᆫ가지로 쳐(處)홀 ᄯᅳ디 업서이다."

부인(夫人)이 더옥 경녀(驚慮)831)ᄒᆞ야 변식(變色) 왈(曰),

"아ᄒᆡ(兒孩) 실셩(失性)ᄒᆞ미 이 디경(地境)의 미처시니 엇디 한심(寒心)티 아니ᄒᆞ리오? 네 만일(萬一) 어미 잇ᄂᆞᆫ 줄 알던ᄃᆡ ᄆᆞ음을 ᄀᆞ다듬아 금일(今日)노브터 운각(-閣)의 깃드리라."

---

826) 친영(親迎): 육례의 하나로, 신랑이 신부의 집에 가서 신부를 직접 맞이하는 의식.
827) 칙: [교] 원문과 규장각본(14:32), 연세대본(14:43)에 모두 '척'으로 되어 있으나 오기로 보이므로 이와 같이 수정함.
828) 계칙(戒勅): 경계하여 타이름.
829) 쇼삭(蕭索): 소삭. 생기가 사라짐.
830) 샤믈스러워: '사악해'의 의미로 보이나 미상임.
831) 경녀(驚慮): 경려. 놀라고 염려함.

싱(生)이 빅샤(拜謝)ᄒᆞ고 믈너나 셔당(書堂)의 가 자고 드러오디 아니ᄒᆞ니,

휘(后 ㅣ) 홍아로 규시(窺視)ᄒᆞ여 알고 어히업서 낭문을 블너 죠용이 왕(王)긔 이런 연고(緣故)를 고(告)ᄒᆞ라 ᄒᆞ

•••
45면

니 낭문이 셔헌(書軒)의 니르러 후(后)의 말ᄉᆞᆷ으로 빅문의 거디(擧止) 고이(怪異)ᄒᆞ믈 고(告)ᄒᆞ니,

왕(王)이 십분(十分) 놀나 좌우(左右)로 샹셔(尚書)와 태부(太傅)를 부르니 샹셔(尚書)ᄂᆞᆫ 신긔(神氣) 블평(不平)ᄒᆞ야 셔당(書堂)의셔 됴리(調理)ᄒᆞ노라 일쥭 침금(寢衾)의 누엇더니 년망(連忙)이 니러 오슬 닙고 태부(太傅)ᄂᆞᆫ 봉셩각(--閣)의 드러가 자려 ᄒᆞ더니 동ᄌᆡ(童子 ㅣ) 니르러 왕(王)의 명(命)을 고(告)ᄒᆞᄂᆞᆫ디라 급(急)히 니러 오운뎐(--殿)의 니르니 샹셰(尚書 ㅣ) 아딕 오디 아니ᄒᆞ엿더라. 왕(王)이 팀음(沈吟)ᄒᆞ야 말ᄉᆞᆷ을 아니ᄒᆞ더니 이윽고 샹셰(尚書 ㅣ) 드러오매 두발(頭髮)이 허틀고 의ᄃᆡ(衣帶) 급(急)히 닙은 형상(形像)이어늘 왕(王)이 이에 졍ᄉᆡᆨ(正色) 왈(曰),

"너히 져믄 션빅로 이리 일쥭 자 힝실(行實)을 믄허ᄇᆞ리ᄂᆞ뇨?"

샹셰(尚書 ㅣ) 직

•••
46면

비(再拜) 샤왈(謝曰),

"마춤 쵹풍(觸風)832)ᄒ고 셔열(暑熱)833)의 샹(傷)ᄒ여 일쥭 누어습더니 존명(尊命)을 듯ᄌ오니 황공(惶恐)ᄒ여이다."

왕(王)이 냥구(良久)히 줌줌(潛潛)ᄒ엿다가 글오ᄃᆡ,

"너희 빅문의 소힝(所行)을 일쥭 아ᄂᆞ냐?"

샹셰(尙書ㅣ) 복슈(伏首) 왈(曰),

"삼뎨(三弟) 요ᄉᆞ이 박쳐(薄妻) 무식(無識)ᄒᆫ 힝실(行實)이 크게 닐넘 죽디 아니ᄒ온디라 ᄒᆡ♀(孩兒) 등(等)이 듀야(晝夜) 우민(憂悶)ᄒ믈 이긔디 못ᄒ와 칙(責)ᄒᄃᆡ 듯디 아니ᄒ올 분 아니라 우이 너기ᄂᆞᆫ디라 홀일업서 아춤의 ᄌᆞ당(慈堂)의 고(告)ᄒ여 칙(責)ᄒ시게 ᄒ여숩더니 봉승(奉承)834)ᄒᆫ디 아디 못ᄒᆯ소이다."

왕(王)이 졍식(正色) 왈(曰),

"빅문의 무샹(無狀)ᄒᆫ 거지(擧止)ᄅᆞᆯ ᄆᆡ양 날ᄃᆞ려 니ᄅᆞ미 업서 네 어미ᄅᆞᆯ 몬져 알외835)니 그 엇던 도리(道理)

* * *

47면

뇨?"

샹셰(尙書ㅣ) ᄌᆡ비(再拜) 샤례(謝禮) 왈(曰),

"ᄒᆡ♀(孩兒ㅣ) ᄯᅩᄒᆫ 블가(不可)ᄒᆫ 줄 아오ᄃᆡ 엄하(嚴下)의 당돌(唐突)이 ᄒ믈 츅쳑(蹙慽)836)ᄒ와 ᄌᆞ당(慈堂)의 고(告)ᄒ야 대인(大人)긔

---

832) 쵹풍(觸風): 촉풍. 찬 바람을 쐼.
833) 셔열(暑熱): 서열. 뜨거운 열.
834) 봉승(奉承): 삼가 명령을 받듦.
835) 외: [교] 원문과 연세대본(14:46)에는 '뇌'로 되어 있으나 오기로 보이므로 규장각본(14:34)을 따름.

알외고져 ᄒᆞ미로소이다.”

왕(王) 왈(曰),

“사름이 부부(夫婦) ᄉᆞ이 소(疎)ᄒᆞ미 고이(怪異)티 아니ᄒᆞ고 운익
(運厄)이어니와 빅문은 녀ᄉᆡ(女色)의 무심(無心)티 아닌 위인(爲人)
이오 이런 거죄(擧措ㅣ) 이시니 엇디 통히(痛駭)티 아니리오? 내 셩
품(性品)이 ᄌᆞ식(子息)이라도 부졍(不正)ᄒᆞᆫ 것과 말ᄒᆞ기를 못 ᄒᆞᄂᆞᆫ디
라. 너희 등(等)이 내 명(命)으로 닐너 만일(萬一) 듯디 아니ᄒᆞ거든
다시 고(告)ᄒᆞ라. 쾌(快)히 다ᄉᆞ리리라.”

샹셔(尙書)와 태부(太傅ㅣ) 슈명(受命)ᄒᆞ고 믈너와 빅문을 ᄎᆞᄌᆞ니
동녁(東-) 쇼당(小堂)의셔 시여(侍女) 슈옥을 ᄃᆞ리고 ᄃᆞ줌이 ᄇᆞ야히
라 ᄒᆞ거ᄂᆞᆯ 냥

•••
48면

인(兩人)이 블승통흔(不勝痛恨)[837]ᄒᆞ야 씨와 블너오니 빅문이 의관
(衣冠)을 허틀고 망건(網巾)을 버서 ᄇᆞ리고 어ᄌᆞ러온 ᄎᆔ안(醉顔)으로
드러왓거ᄂᆞᆯ 샹셰(尙書ㅣ) 졍ᄉᆡᆨ(正色) 왈(曰),

“아ᄎᆞᆷ의 ᄌᆞ당(慈堂)이 너ᄃᆞ려 무어시라 ᄒᆞ시더뇨?”

공ᄌᆡ(公子ㅣ) 머리ᄅᆞᆯ 수기고 ᄌᆞᆷᄌᆞᆷ(潛潛)ᄒᆞ엿다가 ᄃᆡ왈(對曰),

“모친(母親)이 무어시라 ᄒᆞ시던디 싱각디 못ᄒᆞᆯ소이다.”

샹셰(尙書ㅣ) 블연(勃然)[838] ᄌᆞᆨᄉᆡᆨ(作色) 왈(曰),

“네 엇디 이딕도록 무샹(無狀)ᄒᆞ뇨? 인ᄌᆡ(人子ㅣ) 되여 블가(不可)

---

836) ᄎᆕᄎᆕᆨ(踧感): 축척. 위축되어 근심함. 송구함.
837) 블승통흔(不勝痛恨): 불승통한. 괘씸함을 이기지 못함.
838) 블연(勃然): 발연. 왈칵 성을 내는 태도나 일어나는 모양이 세차고 갑작스러움.

혼 일이라도 부모(父母) 명(命)호시는 일은 거역(拒逆)디 아니미 올커놀 관관(關關)혼 호구(好逑)로 금슬우지839)(琴瑟友之)의 즐거우믈840) 니르시거놀 그 말숨을 홍모(鴻毛)841)ᄀ치 듯고 쳔비(賤婢)롤 권년(眷戀)호야 추잡(醜雜)히 줌을 자니 긔 엇던 도리(道理)뇨? 앗가야애(爺爺ㅣ) 너의

●●●
49면

소힝(所行)을 드르시고 한심(寒心)이 너기샤 이러틋 칙(責)호시니 이제 쟝춧(將次ㅅ) 엇디려 호는다?"

공지(公子ㅣ) 눗출 븕히고 유유(儒儒)842)호거놀 태뷔(太傅ㅣ) 변식(變色) 왈(曰),

"빅형(伯兄)은 니러틋 니르디 마르쇼서. 삼뎨(三弟)는 부모(父母) 동싱(同生) 모로는 사롬이니 무익(無益)히 스리(事理)로 니르미 브졀업디 아니호리오? 마춤 엄녕(嚴令)이 겨시니 뎐(傳)홀 ᄯ롬이라 우리 져드려 개유(開諭)호미 엇디 욕(辱)되디 아니호리잇고?"

공지(公子ㅣ) 추형(次兄)의 엄졀(嚴切)843)혼 말을 듯고 크게 붓그려 믄득 닐오디,

"뎌 화 시(氏) 얼골이 니고(尼姑)844)의 샹(相) ᄀ호여 냥수(兩嫂)의

---

839) 지: [교] 원문과 규장각본(14:36), 연세대본(14:48)에 모두 '비'로 되어 있으나 오기로 보이므로 이와 같이 수정함.
840) 관관(關關)혼–즐거우믈: 끼룩끼룩 우는 물수리와 같은 좋은 짝으로서 금과 슬을 타면서 잘 지내는 즐거움. 부부 사이가 좋음을 이름. 『시경』, <관저(關雎)>에 나오는 구절.
841) 홍모(鴻毛): 기러기의 털이라는 뜻으로, 매우 가벼운 사물을 이르는 말.
842) 유유(儒儒): 모든 일에 딱 잘라 결정을 내리지 못하고 어물어물한 데가 있음.
843) 엄졀(嚴切): 엄절. 태도가 매우 엄격함.
844) 니고(尼姑): 이고. 비구니.

화열(和悅)흔 심과 다르니 내 명(命)을 기르고져 흐야 동낙(同樂)을
아니려 흐더니 부모(父母) 제형(諸兄)이 나 이러 구르시니 삶

●●●

굿도다. 죽으나 사나 어듸 드러가 보쟈."

흐고 안흐로 드리드르니, 이(二) 인(人)이 어히업서 서로 보고 도
로혀 웃고 셔당(書堂)의 가 자더라.

빅문은 운각(-閣)의 니르니 볼셔 쇼제(小姐ㅣ) 상(牀)의 누어 자고
시녀(侍女)들도 다 줌드럿거늘 싱(生)이 블분시비(不分是非)[845]흐고
드라드러 쇼져(小姐)의 겨틱 누으니, 자최 죠용티 아닌 고(故)로 쇼
제(小姐ㅣ) 놀나 씨드르니 싱(生)이 즈가(自家)의 겨틱 눕는디라 크
게 놀나 밧비 몸을 니러 안즈려 흐는디라 싱(生)이 돈〃이 안고 폴
아릭 껴 닐오딕,

"내 그딕롤 이리 아니흔다 흐고 그딕 원망(怨望)흐거늘 부뫼(父母
ㅣ) 그릇 너기시니 오늘은 시험(試驗)흐야 그딕 뜨들 조츠랴 흐거늘
니러나믄 엇디오?"

쇼제(小姐ㅣ)

●●●

뎌의 음탕(淫蕩) 패려(悖戾)[846]흔 말을 듯고 담(膽)이 츠고 넉시 쒸
노니 블연(勃然)이 니러나 뿌리치니 싱(生)이 짐짓 노화 브리고 노왈

---

845) 블분시비(不分是非): 불분시비. 옳고 그름을 구분하지 않음.
846) 패려(悖戾): 언행이나 성질이 도리에 어그러지고 사나움.

(怒曰),

"그딕 짐줓 댱부(丈夫)의 비놀 거동(擧動)을 보려 ㅎ야 뎌러툿 ㅎ나 내 셰샹(世上) 어린 남직(男子 l) 아니니라."

쇼졔(小姐 l) 또흔 답(答)디 아니ㅎ고 의샹(衣裳)을 정돈(整頓)ㅎ고 멀니 가 단좌(端坐)ㅎ거늘 싱(生)이 또흔 본 톄 아니ㅎ고 혼자 쇼져(小姐)의 자리의셔 누어 자고 평명(平明)의 나오니 부모(父母) 졔형(諸兄)이 아못 말도 아니ㅎ더라.

싱(生)이 모쳐847) 부명(父命)을 인(因)ㅎ여 흔 번(-番) 들너 나온 후(後)는 다시 드러가디 아니ㅎ니,

이러구러 십여(十餘) 일(日)이 된디라. 왕(王)이 부야흐로 그 무상(無狀)ㅎ믈 통히(痛駭)848)ㅎ야 안젼(眼前)의 블너 대칙(大責)ㅎ고 노즈(奴子)를

•••
52면

블너 틱벌(笞罰)ㅎ고져 ㅎ니 싱(生)이 크게 두려 머리를 두드려 후(後)의는 명(命)을 봉승(奉承)ㅎ믈 익고(哀告)849)흔딕 왕(王)이 이에 그치고 꾸지져 믈니치니,

싱(生)이 부친(父親)의 엄정(嚴正)ㅎ믈 두려 추후(此後)로 운각(-閣)의 가 밤나즈로 이시딕 운우지락(雲雨之樂)850)이 식연(捨然)851)

---

847) 모쳐: 모처럼. 마침.
848) 통히(痛駭): 통해. 몹시 이상스러워 놀람.
849) 익고(哀告): 애고. 슬피 고함.
850) 운우지락(雲雨之樂): 구름과 비를 만나는 즐거움이라는 뜻으로, 남녀의 정교(情交)를 이르는 말. 중국 초나라의 회왕(懷王)이 꿈속에서 자신을 무산(巫山)의 여자라 소개한 여인과 잠자리를 같이했는데, 그 여인이 떠나면서 아침에는 구름이 되고 저녁에는 비가 되어 양대(陽臺) 아래에 있겠다고 했다는 고사에서 유래함. 『문선(文選)』에 실린 송옥(宋玉)의 <고당부(高唐賦)> `

ᄒᆞ여 완연(宛然)이 힝노(行路) 보ᄃᆞᆺ ᄒᆞ고 밤의 먼리ᄒᆞ미 쳔(千) 니(里) ᄀᆞᆺᄒᆞ니 부뮈(父母ㅣ)들 니ᄅᆞ 엇디 다 니ᄅᆞ리오.

쇼제(小姐ㅣ) 원ᄂᆡ(元來) 싱(生)을 만나던 날브터 슬흐미 샤갈(蛇蝎)852) ᄀᆞᆺ고 믜오미 구슈(仇讎) ᄀᆞᆺᄒᆞ여 그 얼골 보기ᄅᆞᆯ 무셔히 너기고 소ᄅᆡ 듯기 금쥭ᄒᆞ여 ᄒᆞ니 아니 드러오는 일을 다힝(多幸)이 너기고 동금동셕(同衾同席)을 먼니ᄒᆞ믈 역시(亦是) 깃거ᄒᆞ더니, 근ᄂᆡ(近來)에 듀야(晝夜) 이셔 ᄣᆡ 업손 술을 먹

•••
53면

고 느려뎌 발은 챵젼(窓前)의 걸고 가슴을 헤치고 혹(或) 좌우(左右) 그ᄅᆞᆺ슬 두드려 쥬뎡(酒酊)ᄒᆞ며 곡졀(曲折) 업손 시귀(詩句)ᄅᆞᆯ 읇쥬어려 그 힝실(行實)의 무샹(無狀)ᄒᆞ미 얼골이 앗갑고 션비 두 ᄌᆞ(字ㅣ) 더로온디라.

쇼제(小姐ㅣ) 면ᄃᆡ(面對)853)ᄒᆞ기ᄅᆞᆯ 아니ᄭᅩ이 너겨 나죤 피(避)ᄒᆞ야 아모 ᄃᆡ나 가 이시니 싱(生)이 역시(亦是) 싀훤이 너겨 춧디 아니ᄒᆞ고 문안(問安) ᄣᆡ의ᄂᆞᆫ 의관(衣冠)을 단졍(端整)이 ᄒᆞ고 거름과 말슴을 지어 ᄃᆞᆫ니니 졔(諸) 형뎨(兄弟)ᄂᆞᆫ 이ᄃᆡ도록 ᄒᆞᆫ 줄 아디 못ᄒᆞ고 게가 잇ᄂᆞᆫ 줄만 깃거ᄒᆞ더라.

이ᄯᆡ 노 시(氏) 협실(夾室)의셔 빅문의 풍치(風采) 긔이(奇異)ᄒᆞ믈 보고 크게 깃거 음심(淫心)이 발(發)ᄒᆞ니 싱(生)이 이에 드러완 디

에 나오는 이야기.
851) 싀연(撕然): 사연. 사라짐.
852) 샤갈(蛇蝎): 사갈. 뱀과 전갈.
853) 면ᄃᆡ(面對): 면대. 얼굴을 마주함.

사나흘은 ᄒᆞ여 유모(乳母) 계 시(氏) 미

양(微恙)으로 밧 집으로 나고 쇼져(小姐) 친신(親信)[854] 시녀(侍女) 영딕, 됴딕ᄂᆞᆫ 쇼져(小姐)ᄅᆞᆯ 뫼셔 ᄃᆞᆫ니고 기여(其餘) 여러 시녀(侍女) ㅣ 먼니 이시니 싱(生)의 술 시종을 계 시(氏) 드더니 병(病)드러 나가매 다ᄅᆞ니 아모도 업ᄉᆞᆫ디라.

노 시(氏) 크게 깃거 그 술 츳ᄂᆞᆫ 쌔ᄅᆞᆯ 당(當)ᄒᆞ야 얼골을 아름다이 다듬고 옥잔(玉盞)의 술을 부어 나아가매 싱(生)이 취안(醉眼)을 흘니쪄 술을 밧다가 노 시(氏)의 텬향국식(天香國色)[855]을 보고 대경(大驚)ᄒᆞ야 술을 노화 ᄇᆞ리고 문왈(問曰),

"네 엇던 사ᄅᆞᆷ인다?"

노 시(氏) 교틱(嬌態)ᄅᆞᆯ 머금고 아리ᄯᅡ이 딕왈(對曰),

"쇼비(小婢)ᄂᆞᆫ 화부(-府) 쳥의(靑衣)[856]니 쇼져(小姐) 시녀(侍女)로소이다."

싱(生) 왈(曰),

"네 쇼져(小姐) 시일(侍兒ㅣ)딘딕 내 엇디 보디 못ᄒᆞᆯ너뇨?"

노 시(氏) 딕왈(對曰),

"쇼제(小姐ㅣ) 투긔(妬忌) 심(甚)ᄒᆞ야 쇼비(小婢)ᄅᆞᆯ 깁히 두

•••

---

854) 친신(親信): 가까이 여겨 신임함.
855) 텬향국식(天香國色): 천향국색. 여인의 매우 아름다운 외모.
856) 쳥의(靑衣): 청의. 천한 사람을 이르는 말. 예전에 천한 사람이 푸른 옷을 입었던 데서 유래함.

어 겨시니 감히(敢-) 샹공(相公)긔 발뵈디857) 못ᄒᆞᄂᆞ이다."

싱(生)이 쇼왈(笑曰),

"부인(夫人)의 투긔(妬忌)ᄂᆞᆫ 녜ᄉᆞ(例事ㅣ)라 엇디 죡가858)ᄒᆞ리오? 연(然)이나 너의 긔질(氣質)을 보니 나의 평싱(平生) 원(願)ᄒᆞ던 배라. 가(可)히 금차(金釵)859) 쇼실(小室)을 빗내미 엇더ᄒᆞ뇨?"

노 시(氏) 미미(微微)히 웃고 답(答)디 아니ᄒᆞ니, 싱(生)이 뎌의 셤셤(纖纖)860)ᄒᆞᆫ 긔질(氣質)을 보고 불셔 ᄆᆞ음이 크게 동(動)ᄒᆞ니 엇디 참으며 하ᄂᆞᆯ 쉬(數ㅣ) 불셔 뎡(定)ᄒᆞ여시니 크게 어ᄌᆞ럽기ᄅᆞᆯ 마디못ᄒᆞᆯ디라. 흔연(欣然)이 웃고 ᄒᆞᆫ가지로 누어 희롱(戲弄)ᄒᆞ니 ᄉᆞ면(四面)의 아모 사ᄅᆞᆷ도 업ᄂᆞᆫ디라 빅듀(白晝)의 음난(淫亂)ᄒᆞᆫ 거동(擧動)이 히참(駭慙)861)ᄒᆞ나 뉘 알고 금(禁)ᄒᆞ리오.

싱이862) 노 시(氏)와863) 졍(情)을 미ᄌᆞ매 ᄡᅳ디 무릭녹고 의ᄉᆞ(意思ㅣ) 어려 ᄎᆞ후(此後)ᄂᆞᆫ 날마다 쇼져(小姐) 당듕(堂中)의셔 동낙(同樂)ᄒᆞ듸 쇼져(小姐)ᄂᆞᆫ 이 일

• • •
56면

을 무심(無心)ᄒᆞ나 대강(大綱) 아모 듸도 의ᄉᆞ(意思ㅣ) 밋디 못ᄒᆞ고 싱(生)의 거동(擧動)만 한심(寒心)ᄒᆞ야 계셩(鷄聲)의 니러 신셩(晨

---

857) 발뵈디: 드러내 보이지.
858) 죡가: 따짐.
859) 금차(金釵): 금비녀라는 뜻으로, 첩을 이르는 말.
860) 셤셤(纖纖): 섬섬. 가냘프고 여림.
861) 히참(駭慙): 해참. 놀랍고 부끄러워할 만함.
862) 싱이: [교] 원문과 연세대본(14:55)에는 없으나 의미를 명확히 하기 위해 규장각본(14:41)을 따라 첨가함.
863) 와: [교] 원문과 규장각본(14:41), 연세대본(14:55)에 모두 '과'로 되어 있으나 의미를 명확히 하기 위해 이와 같이 수정함.

省)864)ᄒ고는 봉셩각(--閣)의 잇거나 치셩각(--閣)의 가 잇거나 ᄒ야
ᄌ긔(自己) 침소(寢所)를 드리미러 보디 아니ᄒ니 젹연(寂然)865)이
모ᄅ더니,

일일(一日)은 문안(問安)을 뭇고 침소(寢所)의 낼 것 이셔 마디못
ᄒ여 운각(-閣)의 니ᄅ러 문(門)을 여니 싱(生)이 의관(衣冠)을 다 프
러 헤치고 관(冠)을 버서 ᄇ리며 술을 대취(大醉)ᄒ고 시녀(侍女) 화
도를 녑히 끼고 누어 부부(夫婦)의 도(道)를 힝(行)ᄒ니 그 더럽고
참혹(慘酷)ᄒ미 ᄎ마 보디 못ᄒᆯ디라. 쇼졔(小姐ㅣ) 실ᄉ긱대경(失色大
驚)866)ᄒ야 밧비 문(門)을 닷고 거롬을 두로혀니, 영딕와 됴딕 고이
(怪異)히 너겨 믄(門) 틈으로조차 져를 보고 역시(亦是) 실ᄉ긱ᄒᆡ연(失
色駭然)867)ᄒ야 급(急)히 드

57면

리ᄃ라 발작(發作)고져 ᄒ거ᄂᆞᆯ 쇼졔(小姐ㅣ) 졍ᄉ긱(正色)고 잇그러 드
리고 졍당(正堂)의 드러가니,

소휘(-后ㅣ) 졔부(諸婦)를 블너 알픠 버리고 박혁(博奕)868) 투호
(投壺)869)로 죵일(終日)ᄒ야 쵹(燭)을 닛도록 졔(諸) 쇼졔(小姐ㅣ) 승
부(勝負)를 결워 긋티디 못ᄒ니 ᄌ연(自然) 밤이 반(半)이나 ᄒᆫ 후
(後) 흐터딜ᄉᆡ 월쥐 굴오딕,

---

864) 신셩(晨省): 신성. 아침 일찍 부모의 침소에 가서 밤사이의 안부를 살피는 일.
865) 젹연(寂然): 적연. 까마득한 모양.
866) 실ᄉ긱대경(失色大驚): 실색대경. 매우 놀라 낯빛이 변함.
867) 실ᄉ긱ᄒᆡ연(失色駭然): 실색해연. 놀라서 낯빛이 변함.
868) 박혁(博奕): 장기와 바둑.
869) 투호(投壺): 두 사람이 일정한 거리에서 청·홍의 화살을 던져 병 속에 많이 넣는 수효로 승
부를 가리는 놀이.

"오늘 거게(哥哥ㅣ) 혼정(昏定)ᄒᆞ시고 셔실(書室)노 가시니 쇼미 (小妹) 뫼셔 밤을 디내사이다."

화 쇼졔(小姐ㅣ) 흔연(欣然)이 손을 잇글고 침소(寢所)의 니ᄅᆞ매,

방듕(房中)의 쵸블이 붉앗거ᄂᆞᆯ 쇼졔(小姐ㅣ) 혹쟈(或者) 나ᄌᆞᆨ 거조 (擧措) ᄀᆞᆺᄒᆞᆫ 거조(擧措)ᄅᆞᆯ 볼가 저허 수이 문(門)을 드디 아니코 월 쥐 몬져 댱(帳)을 드니 싱(生)이 취안(醉眼)이 몽농(朦朧)ᄒᆞ야 화도의 손을 잡고 쇼져(小姐) 금팀(衾枕)을 덥고 언연(偃然)870)이 상(牀) 우 히 둘이 ᄡᅡᆼ(雙)으로 누어시니 쇼졔(小姐ㅣ) 나히

• • •
58면

어리고 본ᄃᆡ(本-) 부부(夫婦)의 ᄌᆞ자는 거조(擧措)ᄅᆞᆯ 보디 아녓ᄂᆞᆫ디 라 실ᄉᆡᆨ(失色)ᄒᆞ야 급(急)히 내ᄃᆞ라 화 쇼져(小姐)ᄅᆞᆯ 븟잡고 골오ᄃᆡ,

"고이(怪異)코 고이(怪異)ᄒᆞ니 거게(哥哥ㅣ) 여ᄎᆞ여ᄎᆞ(如此如此)ᄒᆞᆫ ᄌᆞ슬 ᄒᆞ여 겨시니 ᄎᆞ마 못 드러갈 거시니 도로 졍당(正堂)으로 가사 이다."

화 시(氏) ᄎᆞ언(此言)을 드ᄅᆞ매 골경신ᄒᆡ(骨驚神駭)871)ᄒᆞ야 급(急) 히 월쥬의 손을 잇글고 듕당(中堂)의 와 즐겨 졍당(正堂)의 가디 아 니코 머므러 안준대 쇼졔(小姐ㅣ) 왈(曰),

"엇디 이곳의 안즈시ᄂᆞ뇨?"

화 시(氏) 왈(曰),

"쳡(妾)이 굿ᄐᆞ여 투긔(妬忌) 업ᄉᆞ라 ᄒᆞ미 아녀 녕형(令兄)의 거동

---

870) 언연(偃然): 거만한 모양.
871) 골경신ᄒᆡ(骨驚神駭): 골경신해. 뼈가 저리고 넋이 놀람.

(擧動)이 스스로 붓그러오미 닛 둘 고디 업스니 춤마 언두(言頭)[872]의 올념 죽디 아닌디라 쇼져(小姐)는 규리(閨裏)[873]의 분(分)을 딕희여 구고(舅姑긔 고(告)치 마르쇼셔."

월쥐 텽파(聽罷)의 비샤(拜謝) 왈(曰),

"금일(今日) 거거(哥哥)

···

59면

의 힝스(行事)를 보매 쇼미(小妹) 형(兄)을 딕(對)ᄒ여 안면(顔面)이 업스딕 형(兄)의 통달(通達)ᄒ신 소견(所見)이 여ᄎ(如此)ᄒ시니 엇디 좃디 아니리오? 형(兄)의 방탕(放蕩)홈도 희연(駭然)[874]ᄒ나 화되 엇디 힝실(行實)이 이런 줄 알니오?"

쇼졔(小姐ㅣ) 미쇼(微笑) 브답(不答)ᄒ고 그곳의셔 새와 평명(平明)의 침소(寢所)의 도라와 화도를 거두어 밧그로 내티니 이는 정(正)히 소원(所願)을 죠찻ᄂ디라. 싱(生)이 비록 실셩(失性)ᄒ 광심(狂心)의나 혹(或) 알오미 잇는가 붓그려 이에 무르딕,

"화되 닉당(內堂) 시녜(侍女ㅣ)어늘 무고(無故)히 밧그로 내티믄 엇디오?"

쇼졔(小姐ㅣ) 원닉(元來) 져과 말ᄒ믈 더러이 너기ᄂ디라 츄파(秋波)를 ᄂ초와 답(答)디 아니ᄒ니 싱(生)이 쇼왈(笑曰),

"이는 내 갓가이 홀가 의심(疑心)ᄒ미로다."

쇼져(小姐)는 닝연(冷然) 브답(不答)이오, 영딕 분

---

872) 언두(言頭): 말끝.
873) 규리(閨裏): 규방.
874) 희연(駭然): 해연. 몹시 이상스러워 놀람.

연(憤然)[875] 호야 글오디,

"쥬군(主君)이 스류(士類) 식견(識見)으로 정실(正室) 침소(寢所)의셔 빅듀(白晝)의 혜디 아니코 천비(賤婢)로 음난(淫亂) 호시니 쇼뎌(小姐)의 고졀(高絶)[876]호신 청심(淸心)이 골경신히(骨驚神駭) 호샤 화도를 밧그로 내치시미니 지원(至願)을 조츠시미라 샹공(相公)은 너모 어둡게 너기디 마르쇼셔."

싱(生)이 텽파(聽罷)의 대경(大驚) 참괴(慙愧)[877]호나 것추로 안식(顔色)을 싁싁이 호야 크게 꾸지저 왈(曰),

"천비지(賤婢子ㅣ) 엇디 쥬군(主君)을 모함(謀陷)호ᄂ뇨? 당당(堂堂)이 오형(五刑)[878]으로 다스리리라."

쇼제(小姐ㅣ) 츄파(秋波)를 무이 쎠 디를 보니, 디 다시 말을 못호고 믁연(默然)이 믈러나니,

싱(生)이 스매를 쩔텨 밧긔 나와 노 시(氏)를 추자 보니, 노 시(氏) 졍(正)히 쇼져(小姐)의게 내치미 저의 소원(所願)의 마자 흔흔양양(欣欣揚揚)[879]호더니 싱(生)을

---

875) 분연(憤然): 성을 내는 모양.
876) 고절(高絶): 고절. 더할 수 없이 높고 뛰어남.
877) 참괴(慙愧): 매우 부끄러워함.
878) 오형(五刑): 다섯 가지 형벌. 묵형(墨刑), 의형(劓刑), 월형(刖刑), 궁형(宮刑), 대벽(大辟)을 이르는데, 묵형은 죄인의 이마나 팔뚝 따위에 먹줄로 죄명을 써넣던 형벌이고 의형은 코를 베는 형벌이며 월형은 발꿈치를 자르는 형벌이고, 궁형은 생식기를 자르는 형벌이며, 대벽은 목을 베는 형벌임.
879) 흔흔양양(欣欣揚揚): 기뻐서 의기양양함.

보고 진정(眞情)을 펴 글오딕,

"쳡(妾)은 과연(果然) 스족(士族) 규슈(閨秀)로 어려셔 부모(父母)를 일코 화 시랑(侍郞)의 거두어티시믈 입어 쇼져(小姐)를 조차 이에 왓더니 의외(意外)에 샹공(相公)의 거두시믈 닙으니 비록 지우(知遇)⁸⁸⁰⁾를 감은(感恩)ᄒ나 쥬인(主人)을 져ᄇ렷ᄂ디라. 이제 남의(男衣)를 개탹(改着)⁸⁸¹⁾ᄒ고 쥬류(周流)⁸⁸²⁾ᄒ여 든녀 부모(父母)를 춧고져 ᄒᄂ이다."

셜파(說罷)의 ᄉ매를 거더 쥬필(朱筆)노 쓴 글과 잉혈(鸎血)을 내여 뵈여 왈(曰),

"이거시 부모(父母) 춫줄 증험(證驗)이라. 샹공(相公)의 만은 은익(恩愛)를 믈니티믄 이를 미흡(未洽)ᄒ미니이다."

싱(生)이 텽파(聽罷)의 황망(慌忙)이 빈례(拜禮) 왈(曰),

"일즉 아디 못ᄒ야 셜만(褻慢)⁸⁸³⁾ᄒ미 만흐니 용샤(容赦)ᄒ쇼셔. 당당(堂堂)이 노션(路線)⁸⁸⁴⁾을 춫자 쇼제(小姐ㅣ) 부뫼(父母ㅣ) 못게 ᄒ리니

---

880) 지우(知遇): 남이 자신의 인격이나 재능을 알고 잘 대우함.
881) 개탹(改着): 개착. 갈아입음.
882) 쥬류(周流): 주류. 두루 돌아다님.
883) 셜만(褻慢): 설만. 하는 짓이 무례하고 거만함.
884) 노션(路線): 노선. '방법'의 의미로 보이나 미상임.

다만 나히 몃치 존튁(尊宅)을 쩌나시며 져근 일이라도 그째 일을 닛
디 아니ᄒ시ᄂ니잇가?"

노 시(氏) 눈믈을 쑤려 굴오듸,

"쳡(妾)을 폰 니괴(尼姑ㅣ) ᄆ양 닐오듸, '산셔(山西) 하븍(河北) ᄭ
히셔 어들와.' ᄒ고 그째 나히 오(五) 셰(歲)라 녀나믄 일은 아디 못
ᄒ듸 모친(母親)은 부인(夫人)이라 ᄒ고 부친(父親)은 태슈(太守ㅣ)
라 ᄒ던 거시오, 우흐로 형뎨(兄弟) 번셩(繁盛)턴 거시니 기여(其餘)
ᄂ 싱각디 못ᄒ소이다."

싱(生)이 팀음(沈吟)885)ᄒ다가 굴오듸,

"쇼져(小姐)의 폴히 쥬표(朱標)와 용모(容貌) 음셩(音聲)을 긔록(記
錄)ᄒ야 흔 방(榜)을 쎠 죵노(鐘路)의 븟치면 쇼져(小姐)의 부뫼(父母
ㅣ) 경ᄉ(京師)의 겨실진듸 쇼식(消息)을 가(可)히 알니니 쇼졔(小姐
ㅣ) 부모(父母)를 ᄎ즈신 후(後) 쇼싱(小生)의 졍(情)을 엇디려 ᄒ시
ᄂ니잇가?"

노 시(氏) 울며 샤례(謝禮)

왈(曰),

"군ᄌ(君子ㅣ) 만일(萬一) 이리ᄒ샤 부모(父母)를 ᄎᄌ게 ᄒ신죽 당

---

885) 팀음(沈吟): 침음. 속으로 깊이 생각함.

당(堂堂)이 쎠룰 무아 은혜(恩惠)룰 갑흐리니 엇디 죵신(終身)토록 니즈리오?"

싱(生)이 그 이원(哀怨)886)흔 틱도(態度)룰 더옥 익련(愛戀)ᄒ야 옥슈(玉手)룰 잡고 우어 갈오딕,

"낭직(娘子ㅣ) 규리(閨裏) 샹문(相門) 녀직(女子ㅣ)나 나의 그믈의 쇽(屬)ᄒ야 동쳐(同處)ᄒ얀 디 협슌(浹旬)887)이 되야시니 의(義)예 져 ᄇ리디 못홀디라. 첫 뜻은 화 시(氏)의 시녀(侍女)로 아라 금츠(金釵)룰 빗내고져 ᄒ더니 이제 근본(根本)을 듯즈오매 빅냥(百兩)888)으로 마자 금슬우지889)(琴瑟友之)의 죵고지락(鐘鼓之樂)890)을 일워 빅년(百年) 동쥬(同住)ᄒ리니 쇼져(小姐)ᄂ 쎠 곰 엇더케 너기ᄂ뇨?"

노 시(氏) 익이(哀哀)891)히 함틱(含態)892) 왈(曰),

"샹공(相公)이 만일(萬一) ᄇ리디 아니실진딕 엇디 ᄉ양(辭讓)ᄒ리오?"

싱(生)이 대희(大喜)ᄒ야 후일(後日)을 언약(言約)ᄒ고

• • •
64면

원비(猿臂)룰 느리혀 져룰 녑히 쎠 스랑ᄒᄂ 쓰디 무궁(無窮)ᄒ니 노

---

886) 익원(哀怨): 애원. 슬피 원망함.

887) 협슌(浹旬): 협순. 열흘 동안.

888) 빅냥(百兩): 백량. 신부를 맞아 오는 일. 백 대의 수레로 신부를 맞이한다 하여 이와 같이 씀. 『시경(詩經)』, <작소(鵲巢)>에 "새아씨가 시집옴에 백량으로 맞이하도다. 之子于歸, 百兩御 之."라는 구절이 있음.

889) 지: [교] 원문과 규장각본(14:48), 연세대본(14:63)에 모두 '비'로 되어 있으나 오기로 보이므로 이와 같이 수정함.

890) 금슬우지(琴瑟友之)의 죵고지락(鐘鼓之樂): 금슬우지의 종고지락. 금과 슬을 타며 잘 지내고 종과 북을 울리며 즐김. 부부의 사이가 좋음을 이름. 『시경』, <관저>에 나오는 구절.

891) 익이(哀哀): 애애. 슬픔.

892) 함틱(含態): 함태. 교태를 머금음.

시(氏) 만시(萬事ㅣ) 여의(如意)ᄒᆞ야 음탕(淫蕩)ᄒᆞᆫ 뜻으로 져를 ᄌᆞᆺ더라.

빅문이 즉시(卽時) 방(榜)을 뼈 큰 길ᄀᆞ의 붓치니 노 부시(府使ㅣ) 임의 쓸노 더브러 맛초왓ᄂᆞᆫ디라 급(急)히 니부(李府)의 니ᄅᆞ러 연왕(-王)으로 녜필한훤(禮畢寒暄)[893] 후(後) 부시(府使ㅣ) 눈믈을 ᄲᅳ려 닐오ᄃᆡ,

"복(僕)이 젼일(前日) 산셔(山西) 하븍(河北) 태슈(太守)로 가실 제 ᄉᆞ(四) 셰(歲) 녀ᄋᆞ(女兒)를 일흐니 이제 십(十) 년(年)이 되야시ᄃᆡ 쇼식(消息)을 어더 듯디 못ᄒᆞ더니 앗가 십ᄌᆞ가(十字街)를 디나노라 ᄒᆞ니 이 방(榜)이 붓치이여시니 삼가 존부(尊府)의 와 ᄎᆞᆺᄂᆞ이다[894]."

왕(王)이 경아(驚訝)[895]ᄒᆞ야 보니 ᄒᆞ여시ᄃᆡ,

'젼일(前日) 하븍(河北)의셔 일흔 쇼녀(小女) 몽도ᄂᆞᆫ 혈읍(血泣)ᄒᆞ야 부모(父母)긔 고(告)ᄒᆞᄂᆞ니 풀히 여ᄎᆞ여

• • •
65면

ᄎᆞ(如此如此)ᄒᆞᆫ 쁜 거시 잇고 ᄌᆞ(字)ᄂᆞᆫ 취희라. 눔의 쳥의(靑衣) 되야 고초(苦楚)를 격그미 태심(太甚)ᄒᆞ니 부뫼(父母ㅣ) 만일(萬一) 경ᄉᆞ(京師)의 겨실진ᄃᆡ 쇼녀(小女)를 연왕부(-王府)로 ᄎᆞᄌᆞ쇼셔.'

ᄒᆞ엿더라.

왕(王)이 남필(覽畢)의 대경(大驚) 왈(曰),

"나의 부듕(府中)의ᄂᆞᆫ 일즉 몽되란 시녜(侍女ㅣ) 업ᄉᆞ니 이 엇진

893) 녜필한훤(禮畢寒暄): 예필한훤. 날이 찬지 따뜻한지 여부 등의 인사를 하며 예를 마침.
894) 다: [교] 원문에는 '나'로 되어 있으나 오기로 보이므로 규장각본(14:48)과 연세대본(14:64)을 따름.
895) 경아(驚訝): 놀라고 의아해함.

일이뇨?"

빅문이 좌(座)의 잇다가 즉시(卽時) 딕왈(對曰),

"화 시(氏) 시녀(侍女) 화되 요ㅅ이 화 시(氏)의게 득죄(得罪)ᄒ여 밧긔 내쳣더니 이거신가 시브이다."

왕(王)이 놀나 왈(曰),

"대강(大綱) 이러ᄒ닷다. 명공(明公)이 맛당이 그곳의 가 친(親)히 보와 텬뉸지졍(天倫之情)을 펴쇼셔."

부ᄉ(府使ㅣ) 칭샤(稱謝)ᄒ고 즉시(卽時) 월랑896)(月廊)897)의 가 노 시(氏)ᄅᆞᆯ 보고 거줏 븟들고 통곡(慟哭) 왈(曰),

"이 진짓 내 ᄯᆞᆯ이로다. 엇디 이곳의 뉴락(流落)898)ᄒ엿ᄂᆞᆫ 줄 알니오?"

부녜(父女ㅣ) 일댱(一場)

•••
66면

을 크게 울고 교부(轎夫)ᄅᆞᆯ ᄀᆞ초와 도라가니 빅문은 일흔 거시 잇ᄂᆞᆫ 듯ᄒ고 왕(王)은 심(甚)히 고이(怪異)히 너겨 ᄂᆡ당(內堂)의 드러가 화 시(氏)ᄅᆞᆯ 블너 문왈(問曰),

"내 일즉 아디 못ᄒ얏더니 너의 시녀(侍女) 화되 엇던 사름고?"

쇼졔(小姐ㅣ) 부복(俯伏) 딕왈(對曰),

"져년(-年)의 엇던 녀승(女僧)이 부듕(府中)의 와 ᄑᆞᆯ거늘 가친(家

---

896) 랑: [교] 원문과 규장각본(14:49), 연세대본(14:65)에는 '양'으로 되어 있으나 의미를 명확히 하기 위해 이와 같이 수정함.
897) 월랑(月廊): 예전에, 대문 안에 죽 벌여서 지어 주로 하인이 거처하던 방.
898) 뉴락(流落): 유락. 자기 고향이 아닌 고장에서 삶.

親)이 즁가(重價)⁸⁹⁹⁾를 주시고 사 겨시더니이다."

왕(王)이 고개 좃고 다시 뭇디 아니ᄒᆞ더라.

노 시(氏) 도라간 수삼(數三) 일(日) 만의 노 부ᄉᆡ(府使ㅣ) 연왕(-王)을 보라 이에 니르니, 마ᄎᆞᆷ 연왕(-王)이 악부(岳父) 소 샹셔(尙書)를 보라 가고 샹셔(尙書)ᄂᆞᆫ 니부(李府)의 가고 태뷔(太傅ㅣ) 혼자 잇다가 마자 한훤녜필(寒暄禮畢)의 부ᄉᆡ(府使ㅣ) ᄀᆞᆯ오ᄃᆡ,

"노뷔(老夫ㅣ) 오ᄂᆞᆯ 이리 오믄 연뎐하(-殿下)를 보오와 ᄒᆞᆯ 말ᄉᆞᆷ이 잇더니 이제 댱ᄎᆞᆺ(將次ㅅ)

어ᄃᆡ로 가시뇨?"

태뷔(太傅ㅣ) 공슈(拱手) ᄃᆡ왈(對曰),

"가친(家親)이 외조부(外祖父)를 보오라 가 겨시거니와 대인(大人)이 무슴 말ᄉᆞᆷ을 ᄒᆞ고져 ᄒᆞ시ᄂᆞ뇨? 쇼ᄉᆡᆼ(小生)ᄃᆞ려 니ᄅᆞ실진ᄃᆡ 밧드러 뎐(傳)ᄒᆞ미 이시리이다."

부ᄉᆡ(府使ㅣ) 거즛 츄연(惆然)⁹⁰⁰⁾ 탄식(歎息)ᄒᆞ고 ᄀᆞᆯ오ᄃᆡ,

"져즈음긔 쇼녜(小女ㅣ) 귀부(貴府)의 뉴락(流落)ᄒᆞ매 빅문이 년딜(聯迭)⁹⁰¹⁾의 희롱(戲弄)ᄒᆞ미 잇다 ᄒᆞ고 쇼녜(小女ㅣ) 겨유 쥬표(朱標)를 보젼(保全)ᄒᆞ야시나 타문(他門)의 가기를 원(願)티 아니ᄒᆞᄂᆞᆫ디라 이제 감히(敢-) 슈건(手巾)과 빗 밧들기를 원(願)ᄒᆞ노라."

태뷔(太傅ㅣ) 텽파(聽罷)의 골경신히(骨驚神駭)ᄒᆞ여 손을 곳고 샤

---

899) 즁가(重價): 중가. 많은 돈.
900) 츄연(惆然): 추연. 슬퍼하는 모양.
901) 년딜(聯迭): 연질. 연이음.

례(謝禮) 왈(曰),

"블효뎨(不肖弟) 본(本-) 힝실(行實)이 무상(無狀)호야 필경(畢竟) 이런 일이 이시니 엇디 한심(寒心)티 아니호리오? 이제 쾌(快)히 대인(大人)이 보시는 딕 죄(罪)를 다스

• • •
68면

려지이다."

셜파(說罷)의 시노(侍奴)를 블너 공ᄌ(公子)를 잡아 ᄂ리오라 ᄒ고 스스로 좌(座)를 ᄠ나 부ᄉ(府使)긔 샤죄(謝罪)ᄒ야 굴오ᄃᆡ,

"쇼싱(小生) 등(等)이 블효(不肖)ᄒ야 아을 잘 인도(引導)ᄒ디 못ᄒ야 대인(大人)의 천금(千金) 규슈(閨秀)를 능만(凌慢)⁹⁰²⁾ᄒ니 그 죄(罪)를 잠간(暫間) 다스리고져 ᄒ옵ᄂ니 대인(大人)은 당돌(唐突)ᄒ믈 용셔(容恕)ᄒ쇼셔."

인(因)ᄒ야 시노(侍奴)를 ᄭᅮ지저 공ᄌ(公子)를 치라 ᄒ니 부ᄉᆞ(府使ㅣ) 급(急)히 말녀 굴오ᄃᆡ,

"이는 홀노 녕뎨(令弟)의 죄(罪) 아니오, 녀ᄋ(女兒)의 운슈(運數ㅣ) 긔구(崎嶇)히 블니(不利)ᄒ미라 명공(明公)은 식노(息怒)⁹⁰³⁾ᄒ라."

태뷔(太傅ㅣ) 졍식(正色) 딕왈(對曰),

"샤뎨(舍弟) 몸이 ᄉ류(士類ㅣ)어늘 정실(正室)의 시비(侍婢)를 도적(盜賊)ᄒ니 그 힝실(行實)이 닐넘 죽디 아니ᄒᄃ라 왕교랑(王嬌娘)과 신싱(申生)⁹⁰⁴⁾을 죡(足)히 니ᄅ리오? 합해(閤下ㅣ) ᄯ오흔 일국(一

---

902) 능만(凌慢): 업신여겨 만만하게 봄.
903) 식노(息怒): 분노를 삭임.
904) 왕교랑(王嬌娘)과 신싱(申生): 왕교랑과 신생. 중국 원나라 송매동(宋梅洞)이 지은 소설 『교홍

國) 지

69면

샹(宰相)으로 녕녜(令女ㅣ) 시운(時運)이 블힝(不幸)ᄒ야 그릇 가수
(家嫂)905)의 시비(侍婢) 되여시나 고절쳥심(孤節淸心)906)이 스문(斯
文) 규슈(閨秀)의 틱(態) 이실 거시니 뎌 탕ᄌ(蕩子)의 욕(辱)을 보시
미 통히(痛駭)907)ᄒᄂ다. 녕녀(令女)를 위(爲)ᄒ야 다스리고져 ᄒᄂ
니 고이(怪異)히 너기디 마ᄅ쇼셔.”

부ᄉᆡ(府使ㅣ) 니(李) 태부(太傅) 말ᄉᆞᆷ이 닉괴(內愧)908)ᄒᆞᆫ 줄 모ᄅ
고 친(親)히 계하(階下)의 ᄂ려 빅문을 붓잡고 말니니 태뷔(太傅ㅣ)
더옥 통히(痛駭)ᄒᄃᆡ 체면(體面)의 가(可)티 못ᄒ야 ᄯᅩᄒᆞᆫ 당(堂)의 ᄂ
려 읍샤(揖謝) 왈(曰),

“대인(大人)은 존듕(尊重)ᄒᆞ쇼셔. 쇼싱(小生)이 블쵸뎨(不肖弟)ᄅᆞ
샤(赦)ᄒ리이다.”

셜파(說罷)의 미러 ᄒᆞᆫ가지로 당(堂)의 올나 좌뎡(坐定)ᄒ니 부ᄉᆡ
(府使ㅣ) 언언(言言)이 녀ᄋ(女兒)의 졀의(節義)ᄅᆞᆯ 일ᄏ고 ᄌᆡ취(再娶)
ᄅᆞᆯ 구(求)ᄒᆞᄂ다. 태뷔(太傅ㅣ) 더옥 히연(駭然)ᄒ야 ᄂᆺ빗출

전」과 명나라 맹칭순(孟稱舜)이 개편한 희곡 『교홍기(嬌紅記)』에 나오는 여주인공과 남주인
공. 신생은 곧 서생 신순(申純). 이종사촌 사이인 두 사람이 사랑해 정을 통했으나 부모에게
서 혼인을 허락받지 못해 함께 죽는다는 내용임. 여기에서는 이종사촌 사이에 정을 통한 것
을 비판한 것임.

905) 가수(家嫂): 자기 집의 제수(弟嫂).
906) 고절쳥심(孤節淸心): 고절청심. 홀로 깨끗하게 지키는 절개와 맑은 마음.
907) 통히(痛駭): 통해. 몹시 이상스러워 놀람.
908) 닉괴(內愧): 내괴. 속으로 부끄럽게 함.

거두고 준졀(峻截)⁹⁰⁹⁾ᄒᆞᆫ 싴(色)으로 닐ᄋᆞ딕,

"가친(家親)의 엄(嚴)ᄒᆞ시미 ᄉᆞ졍(私情)을 용납(容納)디 아니ᄒᆞ실 분 아니라 더옥 비례(非禮)ᄅᆞᆯ 요딕(饒貸)⁹¹⁰⁾티 아니실디라. 뎌 블쵸뎨(不肖弟) 비록 무상(無狀)ᄒᆞᆫ ᄒᆡᆼ실(行實)이 이신들 녕녜(令女ㅣ) 몸 곱초믈 잘ᄒᆞ여시면 한슈(韓壽)의 향(香) 도적(盜賊)⁹¹¹⁾ᄒᆞ미 이시리오? 녜브터 ᄇᆞ람이 부디 아니ᄒᆞ면 남기 움즉이디 아니ᄒᆞᄂᆞ니 이제 녕녀(令女)와 블쵸뎨(不肖弟) ᄒᆡᆼ실(行實)이 긔괴(奇怪)ᄒᆞᆫ디라 대인(大人)이 드르실진딕 샤뎨(舍弟) 목슘이 엄하(嚴下)의 남디 못ᄒᆞ리니 션싱(先生)은 함구블언(緘口不言)ᄒᆞ쇼셔. ᄒᆞ믈며 블쵸뎨(不肖弟) 년유(年幼) 유싱(儒生)이라. 오문(吾門)이 딕딕(代代)로 번화(繁華) 샤치(奢侈)ᄅᆞᆯ 구(求)치 아니ᄒᆞ고 여러 형뎨(兄弟) 금ᄌᆞ옥ᄯᅴ(金紫玉帶)⁹¹²⁾로 틱각대신(臺閣大臣)

이나 여러 부인(夫人)이 업손 줄 붉이 아ᄅᆞ실디라. 샤뎨(舍弟) 몸이

---

909) 준졀(峻截): 준절. 매우 위엄이 있고 정중함.
910) 요딕(饒貸): 요대. 너그러이 용서함.
911) 한슈(韓壽)의 향(香) 도적(盜賊): 한수의 향 도적. 한수(韓壽)는 중국 진(晉)나라 사람으로서, 가충(賈充)의 딸 오(午)와 몰래 정을 통하였는데 오(午)가 그 아버지의 향을 한수에게 훔쳐다 주었고, 후에 그 아버지가 한수에게서 나는 향 냄새를 맡고 두 사람을 결혼시킴. 『진서(晉書)』, <가충전(賈充傳)>.
912) 금ᄌᆞ옥ᄯᅴ(金紫玉帶): 금자옥대. 금자(金紫)는 금인(金印)과 자수(紫綬)로, 금인은 관직의 표시로 차고 다니던 금으로 된 조각물이고 자수는 고위 관료가 차던 호패(號牌)의 자줏빛 술임. 옥대는 임금이나 관리의 공복(公服)에 두르던, 옥으로 장식한 띠임.

청운(青雲)의 오른 후(後) 셰셰(細細)히 도모(圖謀)ᄒ야 혹(或) 긔회 (機會)ᄅᆞᆯ 어더 녕쇼제(令小姐ㅣ) 니문(李門)의 드러오시미 가(可)ᄒ 니 대인(大人)은 녕쇼져(令小姐)ᄅᆞᆯ 경계(警戒)ᄒ샤 유슌(柔順) 정대 (正大)ᄒᆞᆷᆯ 힘쓰라 ᄒᆞ쇼셔. 녕ᄋᆞ쇼제(令兒小姐ㅣ) 급(急)히 오문(吾 門)의 오고져 ᄒ시므로 못 되리니 대인(大人)은 ᄌᆡ삼(再三) 슬퍼 후 (後)의 뉘웃디 마ᄅᆞ쇼셔."

노 부ᄉᆡ(府使ㅣ) 텽파(聽罷)의 크게 붓그려 믁연(默然)이 샤례(謝 禮)ᄒ고 도라가 노 시(氏)ᄃᆞ려 니ᄅᆞ니 노 시(氏) 악연(愕然)[913] 실망 (失望)ᄒ야 태부(太傅)ᄅᆞᆯ 무러먹고져 쓰디 이시ᄃᆡ 저히 ᄒᄂᆞ 일이 참 혹(慘酷)ᄒ므로 ᄯᅩᄒᆞᆫ 다시 급(急)히 셔도디 못ᄒ고 잠간(暫間) 춤아 그 ᄣᆡᄅᆞᆯ 기ᄃᆞ리ᄂᆞᆫ다라.

태뷔(太傅ㅣ) 노 공(公)을 엄졀(嚴切)이 닐

너 보내믄 빅문이 노 시(氏)로 음난(淫亂)ᄒ던 말을 잠간(暫間) 드러 시매 쾌(快)히 비우(誹愚)[914]ᄒ여 닐너 보내고 빅문을 크게 ᄭᅮ지저 그 ᄒᆡᆼ실(行實)을 애ᄃᆞᆯ와ᄒᆞᆷᆯ 마디아니ᄒ니, 빅문이 ᄯᅩᄒᆞᆫ 제 일이 ᄌᆞ 못 그ᄅᆞ고 부친(父親)을 ᄯᅩᄒᆞᆫ 두리ᄂᆞᆫ다라 ᄒᆞᆫ 말도 못 ᄒ고 믈너나니 태뷔(太傅ㅣ) ᄯᅩᄒᆞᆫ 이런 말을 구외(口外)에 내미 업ᄉᆞ나 심듕(心中) 의 깁흔 념녜(念慮ㅣ) 무궁(無窮)ᄒ더라.

빅문이 이후(以後) 화 시(氏) 당듕(堂中)의 가디 아니ᄒ고 듀야(晝

---

913) 악연(愕然): 놀라는 모양.
914) 비우(誹愚): 힐뜯고 우롱함.

夜) 셔당(書堂)의셔 글을 힘쓰니 이 곳 그히 팔월(八月)의 알셩(謁
聖)915)이 잇ᄂᆞᆫ디라 수이 급뎨(及第)ᄒᆞ야 노 시(氏)를 취(娶)코져 ᄒᆞ
니 왕(王)이 잠간(暫間) 깃거ᄒᆞ나 태부(太傅)ᄂᆞᆫ 잠간(暫間) 짐작(斟
酌)ᄒᆞ고 더옥 근심ᄒᆞ더라.

이째 님 시(氏) 댱ᄌᆞ(長子) 취문이 댱셩(長成)ᄒᆞ

* * *

73면

매 노 부시(府使ㅣ) 그 쳡녀(妾女)로 구혼(求婚)ᄒᆞ니 왕(王)이 젼일
(前日)은 싱각디 아니ᄒᆞ고 쏘흔 블관(不關)916)이 너기매 허락(許諾)
고 셩녜(成禮)ᄒᆞ니 이 곳 취옥이라. 부듕(府中)의 도라오매 그 흉(凶)
ᄒᆞᆫ 거동(擧動)이 ᄎᆞ마 바로 보기 무셔오니 엇디 다 모착(模着)917)ᄒᆞ
여 니ᄅᆞ리오. 잠간(暫間) 형용(形容)ᄒᆞ매 두 눈은 금골히918) ᄀᆞᆺ고 큰
입은 귀ᄀᆞ지 도라오며 ᄂᆞᆺ치 검기 먹을 칠흔 듯 거믄 혹이 스믈이나
도다 흔 곳도 반반흔 고디 업고 몸픠919) 열 아름이나 ᄒᆞ니 분명(分
明) 사ᄅᆞᆷ은 져러치 아니홀 거시니 필연(必然) 녕쇼뎐(靈霄殿)920) 하
(下)의 아귀(餓鬼)921) 대신(大臣)이 아닌즉 슈졍궁(水晶宮)922) 야채

---

915) 알셩(謁聖): 알성. 황제가 문묘에 참배한 뒤 실시하던 비정규적인 과거 시험. 알성과(謁聖科).
916) 블관(不關): 불관. 중요하지 않음.
917) 모착(模着): 묘사함.
918) 금골히: 검은 고리눈.
919) 몸픠: 몸피. 몸통의 굵기.
920) 녕쇼뎐(靈霄殿): 영소전. 옥황상제가 사는 궁전. 중국 명나라 허중림(許仲琳)의 『봉신연의(封
神演義)』에 등장함.
921) 아귀(餓鬼): 계율을 어기거나 탐욕을 부려 아귀도에 떨어진 귀신으로, 몸이 앙상하게 마르고
배가 엄청나게 큰데, 목구멍이 바늘구멍 같아서 음식을 먹을 수 없어 늘 굶주림으로 괴로워
한다고 함.
922) 슈졍궁(水晶宮): 수정궁. 중국 명나라 허중림(許仲琳)의 『봉신연의(封神演義)』에 나오는, 동해
용왕 오광(吳廣)이 사는 궁전.

(夜叉ㅣ)923)오, 흉녕(凶獰)924) 후고 녕악(獰惡)925) 후미 금강(金剛)926)
오악신(五嶽神) 굿튼디라. 일개(一家ㅣ) 대경(大驚)후야 기듕(其中)
약(弱)후니는

•••
74면

드라나고 긔졀(氣絶)후니 왕(王)이 역시(亦是) 히연(駭然)이 너기나
님 시(氏) 조곰도 개의(介意)티 아니후고 스랑후믈 극(極)히927) 후고
취문을 경계(警戒)후야 박(薄)히 말나 후니,

취문이 그 어믜 너르믈 빗화 극(極)히 슬거은디라928) 스스로 웃고
사롬드려 닐오디,

"고은 안해롤 어더든 그리 됴흐랴?"

후고 금슬지졍(琴瑟之情)이 지극(至極)후디 다만 취문은 십뉵(十
六)이오 취옥은 이십(二十)이라, 일개(一家ㅣ) 그 년치(年齒) 닉도(乃
倒)929)후믈 더옥 아니 고이(怪異)히 너기리 어부니 기국공(--公)이
쇼왈(笑曰),

"형댱(兄丈)은 엇더케 너기시느뇨? 흥문이 져 귀상(鬼相)을 보와거
든 즐겨 취(娶)후려 후리잇고?"

---

923) 야채(夜叉ㅣ): 모질고 사나운 귀신의 하나.
924) 흉녕(凶獰): 성질이 흉악하고 사나움.
925) 녕악(獰惡): 영악. 매우 모질고 사나움.
926) 금강(金剛): 금강신. 여래의 비밀 사적을 알아서 오백 야차신을 부려 현겁(賢劫) 천불의 법을
지킨다는 두 신. 절 문 또는 수미단 앞의 좌우에 세우는데, 허리에만 옷을 걸친 채 용맹스러
운 모습을 하고 있음. 왼쪽은 밀적금강으로 입을 벌린 모양이며, 오른쪽은 나라연금강으로 입
을 다문 모양임.
927) 히: [교] 원문에는 '히'로 되어 있으나 문맥을 고려해 규장각본(14:56)과 연세대본(14:74)을 따름.
928) 슬거은디라: 마음씨가 너그럽고 미더우므로.
929) 닉도(乃倒): 내도. 차이가 큼.

남공(-公)이 미쇼(微笑) 왈(曰),

"취문의 긔특(奇特)ᄒᆞ미 경식취덕(輕色取德)930)ᄒᆞ미 여ᄎᆞ(如此)ᄒᆞ니 새로

•••
75면

이 훙문을 증흔(憎恨)931)ᄒᆞ노라."

공(公)이 대쇼(大笑) 왈(曰),

"사름마다 취문쳐로 비위(脾胃) 됴키 쉬오리오? 뎌 형상(形像)을 보와ᄂᆞ 머리 뷔미932) 쉬올소이다."

남공(-公)이 잠쇼(暫笑)ᄒᆞ고 훙문은 새로이 증흔(憎恨)ᄒᆞ여 흉(凶)히 너겨 취문을 비위(脾胃) 더러온 거시라 논박(論駁)ᄒᆞ니 취문 왈(曰),

"그러타고 뎐하(殿下)와 어미 굴ᄒᆞ여 맛디시ᄂᆞᆫ 거슬 엇디ᄒᆞ리잇가?"

샹셰(尚書ㅣ) 쇼왈(笑曰),

"취문은 진짓 군ᄌᆡ(君子ㅣ)니 형댱(兄丈)은 염박(厭薄)933)디 마ᄅᆞ쇼셔."

훙문 왈(曰),

"아모리 쳔산(賤産)934)인들 그거슬 동쳐(同處)ᄒᆞᄂᆞᆫ 거시 개즘싱이나 다ᄅᆞ랴? 취문을 볼 적이면 십(十) 년(年) 젼(前) 먹은 거시 다 토(吐)ᄒᆞ이노라."

---

930) 경식취덕(輕色取德): 경색취덕. 여자의 색을 가볍게 여기고 덕을 중요하게 여김.
931) 증흔(憎恨): 증한. 미워하고 한스러워함.
932) 뷔미: 베는 것이.
933) 염박(厭薄): 밉고 싫어서 쌀쌀하게 대함.
934) 쳔산(賤産): 천산. 천한 출신.

ᄒᆞ더라.

위 시(氏) ᄆᆞ양 됴 시(氏)ᄅᆞᆯ 구(救)코져 ᄒᆞ되 구괴(舅姑ㅣ) 기구(開口)티 아

•••
76면

니ᄒᆞ고 태부(太傅)의 긔샹(氣像)이 엄위(嚴威)935)ᄒᆞ니 거츠로 내든 아니나 심(甚)히 민망(憫惘)이 너기더니,

일일(一日)은 좌위(左右ㅣ) 죠용ᄒᆞᆯ 타 소후(-后)긔 니해(利害)로 고(告)ᄒᆞ야 노ᄒᆞᆯ믈 쳥(請)ᄒᆞ니 휘(后ㅣ) 텽파(聽罷)의 그 현심(賢心)을 긔특(奇特)이 너겨 글오되,

“내 쏘ᄒᆞᆫ 아디 못ᄒᆞ미 아니라 혹(或) 기과(改過)티 아녀시면 후일(後日)을 두려 ᄋᆞᄌᆞ(兒子)ᄃᆞ려 니ᄅᆞ디 못ᄒᆞ엿더니 현부(賢婦)의 어딘 쁘디 여ᄎᆞ(如此)ᄒᆞ니 당〃(堂堂)이 기유(開諭)ᄒᆞ리라.”

쇼졔(小姐ㅣ) 샤례(謝禮)ᄒᆞ고 믈너나매,

휘(后ㅣ) 이에 태부(太傅)ᄅᆞᆯ 블너 됴 시(氏)ᄅᆞᆯ 노ᄒᆞ라 ᄒᆞ니 태뷔(太傅ㅣ) 블쾌(不快)ᄒᆞ야 이에 ᄂᆞᆨ죽이 고왈(告曰),

“됴 시(氏) 극악(極惡)ᄒᆞᆫ 찰녜(刹女ㅣ)936)니 뉘읓는 쁘디 업서 노ᄒᆞ면 후일(後日)이 두리오니 ᄒᆡ익(孩兒ㅣ) ᄆᆞ춤내 뎌룰 보디 아니ᄒᆞ오리니

---

935) 엄위(嚴威): 엄격하고 위엄 있음.
936) 찰녜(刹女ㅣ): 여자 나찰. 나찰(羅刹)은 푸른 눈과 검은 몸, 붉은 머리털을 하고서 사람을 잡아먹으며, 지옥에서 죄인을 못살게 군다고 함. 여기에서는 못된 여자의 뜻으로 쓰임.

모친(母親)은 간예(干預)937) 마르시믈 브라느이다."

휘(后ㅣ) 졍쉭(正色) 블열(不悅) 왈(曰),

"내 네 어밀시 블가(不可)혼 일의 간예(干預)ㅎ느니 네 이러틋 서의(鉏鋙)938)히 너기면 입을 줌을 거시로다."

태뷔(太傅ㅣ) 밧비 고두(叩頭) 샤죄(謝罪)ㅎ고 우어 굴오되,

"금일(今日) ᄌᆞ괴(慈敎ㅣ) 본심(本心)이 아니신 줄 아옵느니 뉘 모친(母親)을 쵹(囑)ᄒᆞ더니잇고?"

휘(后ㅣ) 졍쉭(正色) 왈(曰),

"내 이제 유하(乳下) 쇼의(小兒ㅣ) 아니어든 ᄂᆞᆷ의 쵹(囑)을 듯고 ᄌᆞ식(子息)을 ᄀᆞᄅᆞ치리오? 네 거동(擧動)이 극(極)히 한심(寒心)ᄒᆞ디라 믈너갈디어다."

태뷔(太傅ㅣ) 다시 뭇줍디 못ᄒᆞ고 믈너 봉셩각(--閣)의 도라와 쇼져(小姐)ᄅᆞᆯ 딕(對)ᄒᆞ야 무르되,

"앗가 ᄌᆞ괴(慈敎ㅣ) 여ᄎᆞ(如此)ᄒᆞ시니 이ᄂᆞᆫ 부인(夫人)의 조언(助言)ᄒᆞ미라. 사ᄅᆞᆷ의 인ᄉᆡ(人事ㅣ) ᄌᆞ식(子息)의게 박(薄)ᄒᆞ미 금

슈(禽獸)도 아닐 ᄒᆡᆼ실(行實)이라 흑ᄉᆡᆼ(學生)도 듯고져 ᄒᆞ느이다."

쇼졔(小姐ㅣ) 뎌의 말이 뎌러틋 ᄒᆞᆯ믈 듯고 고(告)ᄒᆞ여939)노라 ᄒᆞ

---

937) 간예(干預): 어떤 일에 간섭하여 참여함.
938) 서의(鉏鋙): 서어. 뜻이 맞지 아니하여 조금 서먹함.

기도 어렵고 아니ᄒ여노라 ᄒ기도 부허(浮虛)[940]ᄒᆫ 듯ᄒ야 뎨슈(低首)[941] 믁연(默然)이어늘 태뷔(太傅ㅣ) 정ᄉᆡᆨ(正色) 왈(曰),

"ᄌᆞ교(慈敎)로 인(因)ᄒ야 됴 시(氏)ᄅᆞᆯ 노ᄒᆞ믄 노ᄒ려니와 ᄎᆞ후(此後) 만일(萬一) 고이(怪異)ᄒᆫ 화란(禍亂)이 니러날진ᄃᆡ 그ᄃᆡ 알리니 미리 니ᄅᆞ노라."

쇼제(小姐ㅣ) 비로소 ᄂᆞ즉이 닐오ᄃᆡ,

"됴 부인(夫人) 텬셩(天性)이 본ᄃᆡ(本-) 블슌(不順)ᄒᆫ 거시 아니로ᄃᆡ 좌우(左右)의 돕ᄂᆞ니 어디디 아니ᄒ야 ᄒᆫ 번(番) 실체(失體)ᄒ여시나 이제 기과(改過)ᄒ션 디 오라다 ᄒ니 굿ᄐᆞ여 일(一) 개(個)로 ᄎᆡᆨ망(責望)ᄒ리오?"

태뷔(太傅ㅣ) 미안(未安)ᄒ야 눈으로 보아 ᄀᆞᆯ오ᄃᆡ,

"부인(夫人) 말이 흑ᄉᆡᆼ(學生)을 사오나이

● ● ●

79면

너기고 뎌를 착다 ᄒᄂᆞ냐? 그ᄃᆡ 말이 져러툿 졍녕(丁寧)[942]ᄒ니 만일(萬一) 이후(以後) 어려온 일이 이시면 ᄉᆡᆼ(生)이 용녈(庸劣)ᄒ나 그ᄶᆡ 쳐치(處置) 이시리라."

쇼제(小姐ㅣ) 칭샤(稱謝)ᄒ거늘 태뷔(太傅ㅣ) 드ᄃᆡ여 됴 시(氏)ᄅᆞᆯ 노화 녯 침소(寢所)로 가라 ᄒ니,

이ᄶᆡ 됴 시(氏) 가치연 디 ᄒᆡ 진(盡)ᄒ고 봄이 밧고여 녀름이 되니

---

939) 여: [교] 원문에는 '며'로 되어 있으나 문맥을 고려해 규장각본(14:59)과 연세대본(14:78)을 따름.
940) 부허(浮虛): 마음이 들떠 있어 미덥지 못함.
941) 뎨슈(低首): 저수. 고개를 숙임.
942) 졍녕(丁寧): 정녕. 충고하거나 알리는 태도가 매우 간곡함.

스스로 젼일(前日)을 뉘웃고 심당(深堂) 그림재로 벗ᄒᆞ야 쳐량(凄涼)
ᄒᆞᆫ 심ᄉᆞ(心思ㅣ) 날노 더ᄒᆞ야 흔(恨)ᄒᆞ믈 이긔디 못ᄒᆞ더니, 몽듕(夢
中)의 태부(太傅)의 샤(赦)ᄒᆞ믈 깃브고 슈괴(羞愧)ᄒᆞ며 다힝(多幸)ᄒᆞ
야 급(急)히 졍당(正堂)의 니르러 구고(舅姑긔 쳥죄(請罪)ᄒᆞ니 구괴
(舅姑ㅣ) 그 츅쳑(蹙慽)[943)ᄒᆞ야 뉘우ᄎᆞ믈 보고 에엿비 너겨 위로(慰
勞)ᄒᆞ며 경계(警戒)ᄒᆞ니 됴 시(氏) 츅쳑(蹙慽) 샤례(謝禮)ᄒᆞ고 믈너
위 시(氏)를

보고 만만샤례(萬萬謝禮)ᄒᆞ니 위 시(氏) ᄌᆞ약(自若)히 닐오ᄃᆡ,
　"젼일(前日)은 피ᄎᆞ(彼此ㅣ) 다 무심듕(無心中) 실톄(失體)ᄒᆞ미라
긔 므ᄉᆞᆷ 대단ᄒᆞᆫ 허믈이 되리오마ᄂᆞᆫ 가군(家君)의 다ᄉᆞ리시미 ᄌᆞᄆᆞᆺ
두박[944)ᄒᆞ야 부인(夫人)이 수년(數年) 고초(苦楚)를 보시니 쳡(妾)이
졍(正)히 참괴(慚愧)ᄒᆞ여ᄒᆞ거늘 부인(夫人)이 도로혀 이런 말ᄉᆞᆷ을 ᄒᆞ
시ᄂᆞ뇨?"
　됴 시(氏) 더옥 감격(感激)ᄒᆞ야 지삼(再三) 샤례(謝禮)ᄒᆞ고 쇼졔(小
姐ㅣ) ᄎᆞ후(此後) 됴 시(氏)를 졍도(正道)로 인(囚)ᄒᆞ야 일마다 ᄀᆞᄅᆞ
치니 됴 시(氏) 크게 ᄭᆡᄃᆞ라 극(極)히 쳥한(淸閑)[945)ᄒᆞ고 냥슌(良
順)[946)ᄒᆞᆫ 부인(夫人)이 되딕 태뷔(太傅ㅣ) ᄆᆞᄎᆞᆷ내 긔ᄉᆡᆨ(氣色)이 ᄉᆡᆨᄉᆡᆨ
ᄒᆞ야 미연(昧然)[947)이 긋쳐 못디 아니ᄒᆞ니 됴 시(氏) 그윽이 슬허ᄒᆞ

---

943) 츅쳑(蹙慽): 축척. 위축되어 근심하는 모양.
944) 두박: 투박.
945) 쳥한(淸閑): 청한. 맑고 깨끗하며 한가함.
946) 냥슌(良順): 양순. 어질고 순함.
947) 미연(昧然): 매연. 아득한 모양.

고 대됴(大-) 시(氏)는 감히(敢-) 권(勸)티 못ᄒᆞ더라.

각셜(却說). 나라히셔 셜댱(設場) 인ᄌᆡ(人材)ᄒᆞ

●●●
81면

시니 기시(其時) 팔월(八月)이라. ᄉᆞ방(四方) 거ᄌᆡ(擧子ㅣ)[948] 구름 ᄀᆞᆺᄃᆞᆺ ᄒᆞ니 니부(李府)의셔 진문, 유문, 원문, 낭문 등(等)이 드러갈ᄉᆡ 왕(王)이 빅문을 명(命)ᄒᆞ야 ᄀᆞᆯ오ᄃᆡ,

"네 나히 어리고 혹문(學問)이 진ᄎᆔ(進就)티 못ᄒᆞ여시니 과게(科擧ㅣ) 밧브디 아니ᄒᆞᆫ디라. 맛당이 고요히 드러 글을 힘써 ᄒᆞ야 군샹(君上)을 돕ᄉᆞ올 지죄(才操ㅣ) 분호(分毫)나 이신 후(後)의 응과(應科)ᄒᆞ게 ᄒᆞ라."

빅문이 텽파(聽罷)의 악연(愕然) 실망(失望)ᄒᆞ여 년망(連忙)이 ᄭᅮ러 ᄃᆡ왈(對曰),

"ᄒᆡ이(孩兒ㅣ) 이번(-番) 과거(科擧)의 구ᄐᆞ여 ᄲᆡ일동 엇디 알니잇고? 다만 셩과(盛科)ᄅᆞᆯ 귀경코져 ᄒᆞ미로소이다."

왕(王)이 텽파(聽罷)의 노즐(怒叱) 왈(曰),

"네 이제 구샹유ᄎᆔ(口尙乳臭)[949]ᄅᆞᆯ 면(免)티 못ᄒᆞ엿거ᄂᆞᆯ 범ᄉᆞ(凡事)ᄅᆞᆯ ᄆᆞ옴으로 ᄒᆞ기ᄅᆞᆯ 계규(稽揆)[950]ᄒᆞ니 이 므ᄉᆞᆷ 도리(道理)뇨? 너의 미

---

948) 거ᄌᆡ(擧子ㅣ): 거자. 과거를 보던 선비.
949) 구샹유ᄎᆔ(口尙乳臭): 구상유취. 입에서 아직도 젖비린내가 남.
950) 계규(稽揆): 살피고 헤아림.

치고 실셩(失性)혼 긔운으로 요힝(僥倖) 석은 글귀(-句)로 셩과(成科)
ᄒ미 이실진딕 더옥 그 방탕(放蕩) 화려(華麗)혼 힝ᄉ(行事)를 도아
내 집을 망(亡)ᄒ이오고 그칠 거시니 여뷔(汝父ㅣ) 죽은 후(後) 아모리
나 ᄒ랴.”

셜파(說罷)의 봉안(鳳眼)의 노긔등등(怒氣騰騰)ᄒ니 문이 황연(惶
然)ᄒ야 믈너나더니,

ᄎ일(此日) 계명(雞鳴)의 모든 졔형(諸兄)이 분분(紛紛)이 댱옥졔
구(場屋諸具)951)를 출혀 드려가거늘 싱(生)이 ᄆᆞ음을 것잡디 못ᄒ야
싱각ᄒ딕,

‘아모리 ᄂᆞᆷ의 ᄌᆞ식(子息)이 되여 매 맛기 면(免)ᄒ랴? 급뎨(及第)혼
후(後) 죽어도 관겨(關係)티 아니타952).’

ᄒ고 혼 무리의 섯겨 대궐(大闕)노 드리ᄃᆞ르니 빅문의 소힝(所行)
이 구ᄐᆞ여 이러티 아닐 거시로딕 니개(李家ㅣ) 크게 어ᄌᆞ러오려 응
시(應時)ᄒ여 나돗더라953).

시댱(試場)의 나아가매 날이

불근 후(後) 원문 등(等)이 ᄇᆞ야흐로 빅문인 줄 출혀 보고 놀나 왈(曰),

---

951) 댱옥졔구(場屋諸具): 장옥제구. 과거장에서 쓰는 여러 가지 도구.
952) 타: [교] 원문과 규장각본(14:62)과 연세대본(14:82)에 모두 빠져 있으나 문맥을 고려해 보충함.
953) 나돗더라: 내닫더라.

"슉뷔(叔父ㅣ) 너를 드러가디 말나 ᄒᆞ시더니 엇디 이에 왓ᄂᆞᆫ다?"

빅문이 쇼왈(笑曰),

"야애(爺爺ㅣ) 쇼뎨(小弟)를 과도(過度)히 의심(疑心)ᄒᆞ셔 과거(科擧) 보기를 허(許)티 아니시니 ᄎᆞ마 답답 굼굼954)ᄒᆞ여 춤다가 못ᄒᆞ여 왓ᄂᆞ이다."

원문이 어히업서 글오ᄃᆡ,

"슉뷔(叔父ㅣ) 엄졍(嚴正)ᄒᆞ시미 타뉴(他類)와 다르시니 네 져리ᄒᆞ고 필경(畢竟)을 엇디려 ᄒᆞᄂᆞᆫ다?"

빅문이 브답(不答)고 엉동이의 민 주머니로셔 부술 ᄲᅢ히고 명디(名紙)955)를 내여 펼텨 왈(曰),

"형(兄)의 알 배 아니니 급뎨(及第)ᄒᆞ거든 볼 만홀 거시니 시비(是非)ᄒᆞ기 브졀업도다. 형(兄)의게만 ᄌᆡ죄(才操ㅣ) 잇더냐? 부친(父親) 말ᄉᆞᆷ 밧 졔형(諸兄)

•••

84면

등(等)은 형용(形容)도 보기 슬타. ᄌᆞ가(自家)의 글이나 지을 거시디 ᄌᆞᆫ말은 므ᄉᆞ 일 ᄒᆞᄂᆞ뇨?"

원문이 텽파(聽罷)의 노왈(怒曰),

"우리 비록 블쵸(不肖)ᄒᆞ나 네게ᄂᆞᆫ 댱형(長兄) 두 ᄌᆡ(字ㅣ) 잇거늘 이러틋 말ᄉᆞᆷ이 능만(凌慢)ᄒᆞ저956) ᄌᆡ계957) ᄒᆞ니 그ᄃᆡ 므ᄉᆞᆷ 죄(罪)예 가

---

954) 굼굼: 궁금함.
955) 명디(名紙): 명지. 과거 시험에 쓰던 종이.
956) 능만(凌慢)ᄒᆞ저: 업신여겨 만만하게 보아.
957) ᄌᆡ계: 잘난 척하며 으스대거나 뽐내게.

(可)ᄒᆞ뇨? 슉부(叔父)긔 고(告)ᄒᆞ니라."

빅문이 앙텬(仰天) 대로(大怒) 왈(曰),

"그리ᄒᆞ니 형(兄)을 누고 티던가? 아모리 아인들 ᄒᆞᆯ 말이야 아니
ᄒᆞ며 죄(罪) 잇거든 틸 거시디 준말ᄒᆞ여든 쾌(快)ᄒᆞᆫ가? 댱옥(場屋)의
든 션ᄇᆡ 티고 하ᄂᆞᆯ노 오ᄅᆞᆯ실가 ᄯᅡ흐로 드ᄅᆞᆯ실가? 부친(父親)긔 고
(告)ᄒᆞ랴 져히디958) 말고 고(告)ᄒᆞ디 이리 을러든959) 더 됴ᄒᆞᆫ가? 내
당당(堂堂)이 시관(試官)긔 발궐960)ᄒᆞ리라."

셜파(說罷)의 분연(憤然)이 명디(名紙)를 휘마라 녑히

●●●
85면

ᄡᅵ고 뎐(殿) 알프로 드리드ᄅᆞ랴 ᄒᆞ거ᄂᆞᆯ 유문이 밧비 븟들고 글오듸,

"홍문관(弘文館) 태흑ᄉᆞ(太學士)과 칠(七) 각뇌(閣老ㅣ) 다 슉부(叔
父) 친붕(親朋)이어ᄂᆞᆯ 네 이 거조(擧措)를 ᄒᆞ고 엇디려 ᄒᆞᄂᆞᆫ다? 죠용
이 안자 글을 지어 밧치쟈."

최빅만이 쏘흔 한심(寒心)이 너겨 ᄉᆞ리(事理)로 기유(開諭)ᄒᆞ듸 낭
문이 머리를 수기고 ᄒᆞᆫ 말도 아니ᄒᆞ더라.

빅문이 그제야 노긔(怒氣)를 딘뎡(鎭靜)ᄒᆞ야 안자 옥슈(玉手)의 ᄎᆡ
필(彩筆)을 ᄲᅢ혀 ᄒᆞᆫ 부ᄉᆡ 느리그으매 볼셔 명디(名紙)의 ᄌᆞ옥ᄒᆞ엿더
라. 제인(諸人)이 일시(一時)의 밧티고 뎜심(點心)을 먹을ᄉᆡ 빅문이
원문 등(等)의 술 그릇을 다 마시고 밥만 준대 유문 왈(曰),

"우리 ᄒᆡ갈(解渴)961)ᄒᆞ려 ᄒᆞ거ᄂᆞᆯ ᄒᆞᆫ 잔(盞)식이나 주면 네 덕(德)일

---

958) 져히디: 위협하지.
959) 을러든: 협박하거든.
960) 발궐: 발괄. 부탁하거나 하소연함.

가 ᄒ노라.”

빅문 왈(曰),

“나ᄂᆞᆫ 술을 즐기니 형(兄) 등(等)ᄂᆞᆫ 밥이나 챡실(着實)이 먹디 아니ᄒ고 이 술 서너 병(瓶)을 아ᅀᆞ려 ᄒ니 그 심술(心術)이 브졍(不正)토다.”

셜파(說罷)의 서너 번(番)의 다 마신대 진문이 노왈(怒曰),

“네 과댱(科場)의 드러와 집의셔 궁노(宮奴) 듕(中)의게 ᄒ던 버릇슬 브리랴 ᄒ니 이 므슴 도리(道理)뇨? 우리 등(等)이 먹고 주어든 먹으미 네 도리(道理)라.”

최ᄉᆡᆼ(-生)이 ᄯᅩ 즐왈(叱曰),

“뎌만치 드러올 거시면 네도 다져 빈962) ᄀᆞᆺᄐᆞᆫ 속을 치오게 술을 가져오디 아니코 ᄂᆞᆷ의 거슬 아사 무례(無禮)히 구니 금슈(禽獸)도곤 심(甚)ᄒ도다. 네 댱형(長兄)을 져리 ᄒ고 나가셔 니부(吏部) 등(等)ᄃᆞ려 므어시라 ᄒ랴 ᄒᄂᆞᆫ다?”

빅문이 대로(大怒)ᄒ야 ᄒᆞᆫ ᄶᅡᆼ(雙) 봉

---

961) 히갈(解渴): 해갈. 목마름을 해소함.
962) 다져 빈: ‘큰솥 같은 배’의 의미로 보이나 미상임.

안(鳳眼)을 두려디 쓰고 술병(-瓶)을 드러 최싱(-生)의 ᄂ츠치 ᄭㅣ치며 대매(大罵) 왈(曰),

"너 쇼쵹싱(小畜生)963)이 남챵(南昌) 거어디어ᄂᆞᆯ 마춤 미뎨(妹弟) 시운(時運)이 블니(不利)ᄒᆞᆫ ᄯᅢᄅᆞᆯ 만나 네게 쇽현(續絃)964) ᄒᆞ여신들 너만 놈이 어ᄉᆞ(御史ㄴ) 톄ᄒᆞ고 감히(敢-) 나 노야(老爺)ᄅᆞᆯ 거울다965)?"

최싱(-生)이 ᄯᅩ흔 대로(大怒)ᄒᆞ야 넓더나 빅문을 잡고 대즐(大叱) 왈(曰),

"네 일뎡(一定)966) 이리 ᄒᆞ려 ᄒᆞᄂᆞᆫ다? 내 엇디ᄒᆞ야 거어디러뇨?"

문이 ᄲᆞ리치고 주머괴로 최싱(-生)을 치고져 ᄒᆞ거ᄂᆞᆯ 낭문이 쳔쳔이 나아가 ᄉᆞ매ᄅᆞᆯ 잡아 말녀 왈(曰),

"날 ᄀᆞ튼 잔약(孱弱)967)ᄒᆞᆫ 형(兄)이 너ᄃᆞ려 말ᄒᆞ기 무셔오니 날을 치고 최 형(兄)을 치디 말나."

빅문이 비록 취듕(醉中)이나 그 형(兄)은 거우디

못ᄒᆞ여 가온ᄃᆡ ᄂᆞ러디며 굴오ᄃᆡ,

---

963) 쇼쵹싱(小畜生): 소축생. 작은 짐승.
964) 쇽현(續絃): 속현. 거문고와 비파의 끊어진 줄을 다시 잇는다는 뜻으로, 아내를 여읜 뒤에 다시 새 아내를 맞는 일을 비유적으로 이르는 말. 여기에서는 혼인의 의미로 쓰임.
965) 거울다: 집적거려 성나게 하느냐.
966) 일뎡(一定): 일정. 반드시.
967) 잔약(孱弱): 가냘프고 약함.

"빅만 튝싱(畜生)이 오늘은 내 주머괴를 면(免)ᄒ여거니와 타일(他日) 보쟈."

말을 뭇고 코 고으는 소릭 우레 ᄀᆞᆺ더라.

최싱(-生)은 본딕(本-) 관대(寬大)ᄒᆞᆫ 댱뷔(丈夫ㅣ)라 그 무지(無知)ᄒᆞᆫ 말을 노(怒)ᄒᆞᆯ 거슨 아니로딕 스스로 탄왈(歎曰),

"악댱(岳丈)의 붉은 교훈(敎訓)이 ᄎᆞ인(此人)의 밋디 못ᄒᆞ도다."

스스로 위(爲)ᄒᆞ야 앗기고 진문 등(等)이 블열(不悅) 왈(曰),

"뎌런 몹쓸 거시 니문(李門) 욕(辱)먹이려 나시니 슉부(叔父)긔 고(告)ᄒᆞ고 칙(責)을 어더 주리라."

ᄒᆞ더라.

빅문이 비록 제 운익(運厄)으로 즉금(卽今) 포려(暴厲)[968] 강악(强惡)ᄒᆞ나 제 쟝닉(將來) 긴 복(福)이 그음업고 명디(名紙)[969] 우희 글이 귀귀(句句) 쇄락(灑落)[970]ᄒᆞ고 ᄌᆞᄌᆞ(字字) 경발(警拔)[971]ᄒᆞ니 시관(試官)이 눈이 머디 아니ᄒᆞ

•••

89면

엿거니 엇디 몰나보리오. 일일이(一一-) 쇼노아[972] 쟝원(壯元)을 호명(呼名)ᄒᆞᆯ싀 뎐두관(殿頭官)[973]이 홍포(紅袍)를 도도고 오사(烏紗)[974]를 졍(正)히 ᄒᆞ야 구층(九層) 빅옥셤(白玉-) 우희서 외외(巍巍)

---

968) 포려(暴厲): 포악하고 사나움.
969) 명디(名紙): 명지. 과거 시험에 쓰던 종이.
970) 쇄락(灑落): 기분이나 몸이 상쾌하고 깨끗함.
971) 경발(警拔): 착상 따위가 아주 독특하고 뛰어남.
972) 쇼노아: 잘잘못을 가려 평가해.
973) 뎐두관(殿頭官): 전두관. 궁전에서 임금의 명을 받아 널리 알리거나 일을 하는 내시.
974) 오사(烏紗): 오사모. 벼슬아치들이 관복을 입을 때에 쓰던 모자로, 검은 사(紗)로 만들었음.

히975) 웨여 왈(曰),

"쟝원(壯元)은 금쥐인(錦州人) 니빅문이오, 부(父)는 연왕(-王) 니몽챵이라."

ᄒᆞ니 연왕(-王)이 반녈(班列)976)의셔 이 소ᄅᆡᄅᆞᆯ 듯고 심하(心下)의 대경대로(大驚大怒)977)ᄒᆞ나 ᄉᆞ식(辭色)디 아니ᄒᆞ고 그 거동(擧動)을 볼ᄉᆡ 원문 등(等)이 이 소ᄅᆡᄅᆞᆯ 듯고 경희(驚喜)ᄒᆞ야 급(急)히 빅문을 씨오ᄃᆡ, 드른 체 아니ᄒᆞ고 자고 뎐듕(殿中)의셔 브ᄅᆞᄂᆞᆫ 소ᄅᆡ 급(急)히 ᄒᆞ니 쵸조(焦燥)ᄒᆞ야 모다 드러 위김질노 ᄭᅳ어 니러 안치니 문이 취안(醉眼)이 몽농(朦朧)ᄒᆞ여 닐으ᄃᆡ,

"이 어인 일이뇨?"

진문이 급(急)히 흔드러 왈(曰),

"네 갑

● ● ●

90면

과(甲科)의 ᄲᅢ여 뎐샹(殿上)의셔 브ᄅᆞᄂᆞᆫ 소ᄅᆡᄅᆞᆯ 드르라."

빅문이 고개 좃고 ᄯᅩ 잣바져 자거ᄂᆞᆯ 제인(諸人)이 민망(憫惘)ᄒᆞ여 ᄯᅩ ᄭᅳ집어 니ᄅᆞ혀 안치고 닐으ᄃᆡ,

"네 아모리 취듕(醉中)인들 이리ᄒᆞᄂᆞᆫ다?"

언미필(言未畢)의 집ᄉᆞ(執事)와 하리(下吏) 모다 빅문의 뎌 거동(擧動)을 보고 일시(一時)의 ᄭᅵ들어978) 옥계(玉階) 아ᄅᆡ 니ᄅᆞ매,

---

975) 외외(巍巍)히: 높이.
976) 반녈(班列): 반열. 품계나 신분, 등급의 차례.
977) 대경대로(大驚大怒): 크게 놀라고 분노함.
978) ᄭᅵ들어: 끌어.

연왕(-王)이 뎐두관(殿頭官)이 목이 터디도록 웨고 소리 진(盡)토
록 블너도 응(應)ᄒᆞ미 업고 집ᄉᆞ(執事ㅣ) ᄉᆞ모979)흐로 분주(奔走)ᄒᆞ
다가 장원(壯元)이란 거ᄉᆞᆯ 뫼셔 오거늘 보니 구롬 ᄀᆞᆺᄐᆞᆫ 운발(雲髮)이
어즈러워 ᄂᆞᆺ출 덥고 의관(衣冠)을 다 프러 가슴을 헤치고 크게 취
(醉)ᄒᆞ야 냥녁(兩-)흐로 뷔드ᄅᆞ며980) 고개ᄅᆞᆯ 그덕이고 눈을 반(半)만
쪄으다가 옥계(玉階)

• • •
91면

예 다ᄃᆞ라ᄂᆞᆫ ᄯᅩ 머리ᄅᆞᆯ 섬 우희 언저 업더져 자거늘, 왕(王)이 대경
실식(大驚失色)ᄒᆞ야 면관(免冠) 히의ᄃᆡ(解衣帶)ᄒᆞ고 뎐하(殿下)의 ᄂᆞ
려 고두(叩頭) 쳥죄(請罪) 왈(曰),

"신(臣)이 무상(無狀)ᄒᆞ와 ᄌᆞ식(子息)을 ᄀᆞᄅᆞ치디 못ᄒᆞ와 금일(今日)
알셩(謁聖)981)ᄒᆞ샤 현ᄉᆞ(賢士)ᄅᆞᆯ 틱(擇)ᄒᆞ시ᄂᆞᆫ 날 뎌 협긱(俠客) 탕ᄌᆞ
(蕩子ㅣ) 쎤이ᄂᆞᆫ 가온ᄃᆡ 드러 형상(形像)이 추악(醜惡) 히연(駭然)982)
ᄒᆞ미 죽여 ᄲᅥᆺ온디라. 폐하(陛下)ᄂᆞᆫ 원(願)컨ᄃᆡ 신(臣)을 죄(罪) 주시고
시관(試官)을 츄고(推考)983)ᄒᆞ샤 뎌런 고이(怪異)ᄒᆞᆫ 거ᄉᆞᆯ 장원(壯元)
탐화(探花)ᄅᆞᆯ 주어 금방(金榜)984)의 올닌 죄(罪)ᄅᆞᆯ 무러디이다."

상(上)이 ᄯᅩᄒᆞᆫ 뎌 거동(擧動)을 ᄂᆞ리미러보시고 믄득 의아(疑訝)ᄒᆞ
야 ᄀᆞᆯ오ᄃᆡ,

---

979) ᄉᆞ모: 사방.
980) 뷔드ᄅᆞ며: 비틀거리며.
981) 알셩(謁聖): 알성. 황제가 문묘에 참배한 뒤 실시하던 비정규적인 과거 시험. 알성과(謁聖科).
982) 히연(駭然): 해연. 몹시 이상스러워 놀람.
983) 츄고(推考): 추고 허물을 추문해서 고찰함.
984) 금방(金榜): 과거에 급제한 사람의 이름을 써서 거리에 붙이던 글.

"십스(十四) 셰 아히(兒孩) 긔 므슴 허믈이리오? 글을 잘ᄒᆞ니 시관(試官)이 눈 붉으미라 칙망(責望)ᄒᆞᆯ

•••
92면

배 아니라."

좌우(左右)를 명(命)ᄒᆞ야 씌오라 ᄒᆞ시니 모든 관원(官員)이 아모리 겨튀 가 흔드나 ᄯᅩᄒᆞᆫ 웅(應)티 아니ᄒᆞ니 왕(王)이 더옥 황공(惶恐)ᄒᆞ고 욕ᄉᆞ무디(欲死無地)985) ᄒᆞ야 다시 돈슈(頓首)986) 왈(曰),

"뎌 고이(怪異)ᄒᆞᆫ 한ᄌᆞ(漢子)를 ᄎᆞ마 장원(壯元)이라 ᄒᆞ미 나라흘 욕(辱)ᄒᆞ미오니 파츌(罷黜)987) ᄒᆞ시고 다시 션퇵(選擇)ᄒᆞ시믈 ᄇᆞ라ᄂᆞ이다."

샹(上)이 쇼왈(笑曰),

"경(卿)은 ᄉᆞ양(辭讓) 말나. 쇽어(俗語)의 줌 즐기ᄂᆞ니ᄂᆞᆫ 유복(有福)다 ᄒᆞ니 이제 그 자ᄂᆞᆫ 줌을 쵹노(觸怒)988) ᄒᆞᆯ 거시 아니오, 빅문의 문장(文章)이 됴ᄒᆞ니 딤(朕)이 ᄉᆞ랑ᄒᆞᄂᆞ니 경(卿)은 경조(輕躁)989) 히 구디 말나."

ᄯᅩ ᄌᆞ촉ᄒᆞ야 씌오라 ᄒᆞ시니 모든 사ᄅᆞᆷ이 귀예 다히고 웨여 왈(曰),

"장원(壯元) 노야(老爺)ᄂᆞᆫ 이거시 황극뎐(皇極殿)이로소이다. 줌

---

985) 욕ᄉᆞ무디(欲死無地): 욕사무지. 죽으려 해도 죽을 곳이 없음.
986) 돈슈(頓首): 고개를 조아림.
987) 파츌(罷黜): 파출. 잘못을 저지른 사람에게 직무나 직업을 그만두게 함. 파면.
988) 쵹노(觸怒): 촉노. 윗어른의 마음을 거슬러서 성을 내게 함.
989) 경조(輕躁): 가볍고 성급함.

잘 고디 아니니 씨쇼셔.”

빅문이 눈을 쪄 보고 믄득 대로(大怒) 왈(曰),

“네 엇던 요귀(妖鬼)완듸 내 줌을 씨오느뇨?”

발노 박차 것구르치고 쏘 구러져 자니 왕(王)이 챡급(着急)990)ㅎ야 주왈(奏曰),

“신(臣)이 블쵸즈(不肖子)의 줌을 씨여 오리이다.”

샹(上)이 허(許)ㅎ시니 왕(王)이 즉시(卽時) 옥당(玉堂)의 안고 장원(壯元)을 드려오라 ㅎ야 좌우(左右)로 큰 매를 가져오라 ㅎ여 왕(王)이 소릭를 ᄂᆞ죽이 ㅎ야 흔 매에 죽도록 치라 ㅎ니 빅문이 일싱(一生) 두리는 거시 부친(父親)이라 믄득 이 소릭를 듯고 놀나 눈을 쪄 보니 왕(王)이 홍포옥쯰(紅袍玉帶)로 신식(神色)이 츈 직 ᄀᆞᆺㅎ야 분안(憤眼)991)을 ᄂᆞ리쪄 즈가(自家)를 향(向)ㅎ여시니 대경(大驚)ㅎ야 밧비 쳥죄(請罪) 왈(曰),

“히익(孩兒ㅣ) 과연(果然) 야야(爺爺)를

긔망(欺罔)992)ㅎ고 과거(科擧)를 보아시나 집의나 가 맛거디이다.”

왕(王)이 쏘 소릭를 ᄀᆞ마니 ㅎ여 닐오듸,

---

990) 챡급(着急): 착급. 매우 급함.
991) 분안(憤眼): 성난 눈.
992) 긔망(欺罔): 기망. 남을 속여 넘김.

"네 긔망지죄(欺罔之罪)는 시방(時方) 다스릴 비 아니니 다만 텬위지쳑(天威咫尺) 어젼(御前)의셔 긔 므슴 거동(擧動)이며 신즈(臣子)의 될너뇨? 그 죄(罪)로 마즈라."

셜파(說罷)의 삼십(三十) 결곤(決棍)993)을 쳐 셜리 뎐폐(殿陛)에 복명(服命)994)ᄒ라 ᄒ니 쟝원(壯元)이 부친(父親)의 소리를 ᄀ마니 ᄒ실ᄉ록 더옥 넉술 일허 황황(遑遑)995)이 슈명(受命)ᄒ고 ᄂ는 ᄃ시 관복(官服)을 닙어 추이진(趨而進)996)ᄒ야 옥계(玉階)에 다ᄃ라 ᄉ비(四拜) 슉샤(肅謝)997)ᄒ매 그 알픈 줄 닛고 그 거동(擧動)이 삼십(三十) 별곤(別棍)998) 마즌 사름ᄀᆺ디 아니ᄒ니 좌위(左右ㅣ) 칙칙(嘖嘖)999)이 일ᄏᆞᆯ 왈(曰),

"연뎐하(-殿下)의 엄(嚴)ᄒ시미 진실로(眞實-) 츤 서리 프른 닙

. . .
95면

흘 죽이심 ᄀᆺ도다. 그ᄃᆡ토록 적신 줌이 어ᄃᆡ 간고?"
ᄒ더라.

샹(上)이 쏘혼 빅문의 거동(擧動)이 앗가보다가 두 사름이 되여시믈 보시고 텬안(天顔)이 크게 우으시고 굴ᄋᆞ샤ᄃᆡ,

"ᄌᆞ식(子息)은 아비 업시ᄂᆞᆫ 못 되리로다. 네 앗가 어인 줌이 그ᄃᆡ도록 짓더뇨1000)?"

---

993) 결곤(決棍): 곤장으로 죄인을 치는 형벌을 집행하던 일.
994) 복명(復命): 명령을 받고 일을 처리한 사람이 그 결과를 보고함.
995) 황황(遑遑): 갈팡질팡 어쩔 줄 모르게 급함.
996) 추이진(趨而進): 잰걸음으로 앞으로 나감.
997) 슉샤(肅謝): 숙사. 임금의 은혜에 감사하며 공손하고 경건하게 절을 올림. 사은숙배.
998) 별곤(別棍): 아주 크고 단단하게 만든 곤장.
999) 칙칙(嘖嘖): 책책. 크게 외치거나 떠드는 소리.

장원(壯元)이 복디(伏地) 딕왈(對曰),

"신(臣)이 본딕(本-) 나히 어리고 혈긔(血氣) 미정(未定)[1001]ᄒ거늘 모든 형(兄)들이 술을 먹으며 권(勸)ᄒ거늘 마디못ᄒ야 두어 잔(盞)을 먹으며 일신(一身)을 다 좀가 탑하(榻下)의 실녜(失禮)ᄒ 죄(罪) 만ᄉ유경(萬死猶輕)[1002]이로소이다."

샹(上)이 우으시고 명(命)ᄒ야 ᄎ례(次例)로 블너드리시니 둘재ᄂ 최빅만이오 셋재ᄂ 니원문이오 넷재ᄂ 니낭문이오 다ᄉᆺ재ᄂ 니유문이오 여ᄉᆺ재ᄂ 니

•••
96면

진문이오 닐곱재ᄂ 니부시랑(吏部侍郎) 화진의 ᄌ(子) 화슌이라. 다 일딕직ᄌ(一代才子)로 옥면영풍(玉面英風)이 하안(何晏),[1003] 반악(潘岳)[1004] ᄀᆺ거늘 빅문의 웅위(雄偉)[1005] 발월(發越)[1006]ᄒ 풍치(風采) 크게 동탕(動蕩)[1007]ᄒ야 좌샹(座上)이 빗출 일코 녕녕(盈盈)[1008]

1000) 짓더뇨: 일정한 기간이 지날 때까지 시간을 보내더냐.
1001) 미정(未定): 미정. 안정되지 않음.
1002) 만ᄉ유경(萬死猶輕): 만사유경. 만 번 죽어도 오히려 가벼움.
1003) 하안(何晏): 중국 삼국시대 위(魏)나라 사람(196-249)으로 자(字)는 평숙(平叔). 조조(曹操)의 의붓아들이자 사위. 노장(老莊)을 좋아해 하후현(夏侯玄), 왕필(王弼) 등과 청담(淸淡)을 숭상해 당시 사대부가 그들을 본받아 청담(淸淡)이 당대의 기풍(氣風)이 되기도 함. 후에 사마의(司馬懿)에게 죽임을 당함. 반하(潘何)라 하여 서진(西晉)의 반악(潘岳)과 함께 잘생긴 남자의 대명사로 불림.
1004) 반악(潘岳): 중국 서진(西晉)의 문인(247-300)으로 자는 안인(安仁), 하남성(河南省) 중모(中牟) 출생. 용모가 아름다워 낙양의 길에 나가면 여자들이 몰려와 그를 향해 과일을 던졌다는 고사가 있음. 문장이 뛰어났는데 <도망시(悼亡詩)>가 유명함. 후에 손수(孫秀)가 그가 모반했다는 무고를 해 일족이 주살당함.
1005) 웅위(雄偉): 웅장하고 훌륭함.
1006) 발월(發越): 용모가 깨끗하고 훤칠함.
1007) 동탕(動蕩): 활달하고 호탕함.
1008) 녕녕(盈盈): 영영. 매우 빛남.

혼 광휘(光輝) 뎐샹(殿上)의 비이니 샹(上)이 크게 ᄉ랑ᄒ샤 연왕(-王)을 각별(各別) ᄉ쥬(賜酒)ᄒ시고 ᄀ로샤디,

"경(卿)은 아ᄃ들마다 이러툿 긔특(奇特)ᄒ니 국가(國家)의 냥신(良臣)을 두미라 엇디 깃브디 아니ᄒ리오?"

왕(王)이 노(怒)ᄅ를 참고 샹(上)의 이러툿 ᄒ시믈 ᄌ빅(再拜) 샤은(謝恩)ᄒ니 샹(上)이 ᄯ혼 진문을 나아오라 ᄒ샤 함누(含淚) 왈(曰),

"태낭낭(太娘娘)이 겨시ᄃ면 엇디 깃거 아니ᄒ시리오? 황슉(皇叔)의 큰 ᄯ과 너른 덕(德)으로 너히 등(等) 삼(三) 인(人)이 혼갈ᄀ티 농계(龍階)ᄅ를 ᄇ르니 가(可)히 깃브도

•••

97면

다."

ᄯ 낭문과 최싱(-生)을 각별(各別) ᄉ쥬(賜酒)ᄒ시고 ᄀ로샤디,

"너히 등(等) 황이(皇姨)[1009] ᄌ셴(子壻ㄴ)[1010]다? ᄀ장 아름답도다."

제인(諸人)이 돈슈(頓首) 빅샤(拜謝)ᄒ더라.

샹(上)이 이에 특디(特旨)로 빅문을 한님ᄒᆨᄉ(翰林學士)ᄅ를 ᄒ이시고 원문을 시어ᄉ(侍御史)ᄅ를 ᄒ이시고 진문으로 박ᄉ(博士)ᄅ를 ᄒ이시고 유문으로 홍문딕ᄉ(弘文直司)ᄅ를 ᄒ이시고 최싱(-生)으로 뎌작[1011](著作)[1012]을 ᄒ이시고 낭문으로 듕셔샤인(中書舍人)을 ᄒ이

1009) 황이(皇姨): 황후의 자매. 여기에서는 조제염을 이름.
1010) ᄌ셴(子壻ㄴ): 자서. 아들과 사위. 이낭문은 조제염의 아들이고 최백만은 사위이므로 이와 같이 말한 것임.
1011) 작: [교] 원문에는 '략'으로 되어 있으나 뒷부분(15:42)에 '작'으로 나오므로 그것을 따름. 다른 이본들도 마찬가지임.

시고 화슌으로 홍문슈찬(弘文修撰)을 ㅎ이시니 칠(七) 인(人)이 고두
(叩頭) 샤은(謝恩)ㅎ고 믈너날식,

추시(此時) 셰문은 공부샹셔(工部尙書)오 긔문은 녜부시랑(禮部侍
郎)이오 듕문은 호부시랑(戶部侍郎)이러라. 연왕(-王)이 조딜(子姪)을
거느려 집으로 도라올식 문(門)의 다드라 빅문을 드리디 아녀 왈
(曰),

"너는 내 아디 못ㅎ는

* * *
98면

급뎨(及第)를 ㅎ여시니 아모 딕나 가 잇다가 칫는 날을 기드리라."
ㅎ고 낭문 등(等)을 드리고 바로 대셔헌(大書軒)의 가 승샹(丞相)
긔 뵐식,

승샹(丞相)이 회보(回報)를 몬져 드럿느디라 졔손(諸孫)의 관옥(冠
玉) 안면(顏面)의 계화(桂花)를 곳고 빵빵(雙雙)이 드러오믈 보고 두
굿거오믈 이긔디 못ㅎ여 빅문의 업스믈 놀나 연고(緣故)를 무르니
왕(王)이 되왈(對曰),

"빅문이 쇼조(小子)의 명(命)을 거역(拒逆)ㅎ야 득의(得意)ㅎ여시
니 엇디 안젼(眼前)의 브티리오?"

승샹(丞相) 왈(曰),

"비록 그러ㅎ나 이제 만됴(滿朝ㅣ) 다 모들 거시니 부조(父子) 소
이 일을 놈을 알뇌미 가(可)티 아니ㅎ니 후일(後日) 그 죄(罪)를 다
스리고 금일(今日)은 블너 좌(座)의 참예(參預)ㅎ게 ㅎ라."

1012) 뎌작(著作): 저작. 국사(國史) 편찬을 위하여 두었던 벼슬.

왕(王)이 감히(敢-) 거역(拒逆)디 못ᄒ야 좌우(左右)로 장원(壯元)을 브르매 뒤으로셔 만죠쳔관[1013](滿朝千官)[1014]

•••
99면

이 다 모다 셔헌(書軒)이 몌여시니 남공(-公) 등(等)이 일제(一齊)히 좌(座)를 뎡(定)ᄒ매 모다 일시(一時)의 하람공(--公) 등(等) 삼(三) 인(人)을 뒤(對)ᄒ야 티하(致賀)ᄒ고 각각(各各) 그 악댱(岳丈)[1015]은 그 녀셔(女壻)의 손을 잡고 탐탐(耽耽)[1016]이 깃거ᄒ며 더욱 화 시랑(侍郞)이 빅문의 손을 잡고 등을 두드려 왕(王)긔 고왈(告曰),

"아셔(我壻)는 인듕긔린(人中麒麟)이오 오쟉(烏鵲) 듕(中) 봉황(鳳凰)인 줄 아랏거니와 엇디 오늘날 어린 나히 경ᄉ(慶事) 이실 줄 알니잇고? 흑싱(學生)이 ᄒᆞᆫ 사회를 어드매 쾌(快)ᄒ미 놈의 열 사회를 블워 아니ᄒᄂ이다."

연왕(-王)이 강잉(强仍)ᄒ야 손ᄉᆞ(遜謝)[1017]ᄒ니 화 공(公)은 그디도록 무상(無狀)ᄒ믈 모르ᄂᆞᆫ디라, 그 얼골 직화(才華)[1018]를 크게 ᄉᆞ랑ᄒ야 뎐하(殿下)의 ᄂᆞ리와 일등(一等) 미인(美人)으로 뒤무(對舞)ᄒ라 ᄒ니 장원(壯元)이 앗가

1013) 쳔관: [교] 원문에는 없으나 뒤에 나오는 조사 '이'를 고려하여 규장각본(14:74)과 연세대본(14:98)을 따름.
1014) 만죠쳔관(滿朝千官): 만조천관. 조정의 모든 관리.
1015) 악댱(岳丈): 악장. 장인.
1016) 탐탐(耽耽): 깊고 그윽한 모양.
1017) 손ᄉᆞ(遜謝): 손사. 겸손히 사양함.
1018) 직화(才華): 재화. 뛰어난 재주.

매룰 ㄳ 맛고 즉금(卽今) 부친(父親)이 미안(未安)ㅎ믈 이긔디 못ㅎ
여 ㅎ듸 다 니져ㅂ리고 일싱(一生) 호승(豪勝)[1019]으로 금일(今日)
만됴(滿朝ㅣ) 다 모닷고 가관(歌管)[1020] 무쉬(舞袖ㅣ)[1021] 드레엿ᄂ
듸[1022] 미인(美人)을 절노 듸무(對舞)ㅎ라 ㅎ니 어이 아니 죠하ㅎ리
오. 기녀(妓女) 초옥의 손을 잇그러 춤추고 명(命)티 아닌 노래 블너
유희(遊戲)ㅎ니 가성(歌聲)이 청월(淸越)[1023]ㅎ고 곡됴(曲調ㅣ) 몱고
긔이(奇異)ㅎ니 인인(人人)이 실성칭찬(失聲稱讚)ㅎ듸 니부(李府) 형
뎨(兄弟) 한심(寒心)ㅎ야 눈을 드디 아니코 왕(王)은 ᄉ매로 귀룰 ᄀ
리오나 졔긱(諸客)이 싱(生)의 지조(才操)룰 보노라 미처 슬피디 못
ㅎ더라. 화 공(公)이 그 녀셔(女壻)의 호긔(豪氣) 츌듕(出衆)ㅎ믈 크
게 두굿겨 더옥 ᄉ랑ㅎ고 칭찬(稱讚)ㅎ믈 마디아니ㅎ더니,

　셕양(夕陽)의 파(罷)ㅎ여 헤여디고 졔싱(諸生)이 ᄂ당(內堂)의 드
러가

모친(母親)긔 뵈올시 쥬비(朱妃)와 댱 부인(夫人)이 그 영화(榮華)룰
깃거ㅎ고 됴 시(氏) 그 ᄌ셔(子壻)의 득의(得意)ㅎ믈 대희과망(大喜

1019) 호승(豪勝): 호방함.
1020) 가관(歌管): 노래와 악기를 아울러 이르는 말.
1021) 무쉬(舞袖ㅣ): 무수. 춤추는 사람.
1022) 드레엿ᄂ듸: 떠들썩한데. '드레다'는 '떠들썩하다'의 뜻임.
1023) 청월(淸越): 청월. 맑고 빼어남.

344 (이씨 집안 이야기) 이씨세대록 7

過望(과망)1024)ᄒᆞ야 거죄(擧措ㅣ) 실조(失措)1025)ᄒᆞ딕 소 부인(夫人)이 ᄆᆞ
ᄎᆞᆷ내 입을 여디 아니ᄒᆞ고 눈을 드러 빅문을 보디 아니ᄒᆞ니 그 준졀
(峻截)1026)ᄒᆞ미 연왕(-王)의 우히라 왕(王)이 더옥 칭복(稱服)ᄒᆞ믈 이
긔디 못ᄒᆞ더라.

최싱(-生)이 ᄒᆞᆫ 아들을 뎌리 길너 신뷔(新婦ㅣ) 아름답고 연부(-府)
의 의탁(依託)ᄒᆞᆷ도 과분(過分)이 너기다가 등뎨(登第)ᄒᆞ니 슬픔과 깃
브미 교집(交集)ᄒᆞ야 ᄃᆞ리고 ᄉᆞ당(祠堂)의 올나 부지(父子ㅣ) 실셩통
곡(失聲慟哭)ᄒᆞ고 벽쥬 쇼제(小姐ㅣ) 부듕(府中)의 니르러 므릇 범믈
(凡物)을 ᄀᆞ초아 셩연(盛宴)1027)ᄒᆞ야 최싱(-生)의게 영화(榮華)를 고
(告)ᄒᆞ니 최싱(-生)이 ᄯᅩᄒᆞᆫ 말니디 아니ᄒᆞ고 잔치를 바든 후(後) 즉시
(卽時) 싱(生)과 쇼져(小姐)

· · ·
102면

를 다 연부(-府)로 보닉여 셰간살게1028) ᄒᆞ니 ᄌᆞ뷔(子婦ㅣ) 감히(敢-)
거역(拒逆)디 못ᄒᆞ고 연왕(-王)은 더옥 깃거ᄒᆞ더라. 희(噫)라, 최싱(-
生)이 엇디 오늘날이 이시리라 ᄒᆞ여시며 뉴 공(公)이 즉금(卽今) 큰
집의셔 태부(太傅)의 효의(孝義) 극진(極盡)ᄒᆞ나 일(一) 뎜(點) 골육
(骨肉)이 업ᄉᆞ니와 ᄀᆞᆺᄒᆞ리오.

최싱(-生)이 벼슬의 나아가매 인믈(人物)이 졍딕(正直)ᄒᆞ고 디개
(志槪)1029) 쳥고(淸高)ᄒᆞ니 시인(時人)이 일ᄏᆞᆺ고 태직(太子ㅣ) 심(甚)

1024) 대희과망(大喜過望): 바라는 것보다 넘쳐 매우 기뻐함.
1025) 실조(失措): 처리를 잘못함.
1026) 준절(峻截): 준절. 매우 위엄이 있고 정중함.
1027) 셩연(盛宴): 성연. 잔치를 성대하게 베풂.
1028) 셰간살게: 집안 살림을 하도록.

히 스랑ㅎ샤 언언(言言)이 희롱(戲弄)ㅎ샤 황이뷔(皇姨夫ㅣ)[1030]니 각별(各別) 스랑ㅎ노라 ㅎ시더라.

연왕(-王)이 빅문의 죄(罪)를 티부(置簿)[1031]ㅎ고 그 거동(擧動)을 보더니 삼일유가(三日遊街)[1032]를 뭇고 집의 도라오니 동직(童子ㅣ) 일(一) 봉셔(封書)를 ㄱ마니 주거늘 싱(生)이 고이(怪異)히 너겨 사룸 업순 딕 가 펴 보니 이 곳 노 시(氏) 셔간(書簡)이라. 대강(大綱) 급

•••
103면

뎨(及第)ㅎ믈 티하(致賀)ㅎ고 수이 길일(吉日)을 틱(擇)ㅎ야 주가(自家)를 마주라 ㅎ여거늘, 싱(生)이 반기고 깃거 졉어 스매의 녀코 답셔(答書)를 쓰랴 ㅎ다가 날이 볼가눈디라 어둡기를 기두러더니,

추야(此夜)의 마춤 샹셔(尚書)는 ㅇ즈(兒子)의 병(病)들믈 인(因)ㅎ야 치셩각(--閣)의 가고 태부(太傅)는 봉셩각(--閣)의 드러가고 셔당(書堂)이 뷔여눈디라. 깃거 고요히 안자 만편셔간(滿篇書簡)[1033]을 써 졍(正)히 봉(封)ㅎ려 ㅎ더니 홀연(忽然) 신 소릭 나며 스공주(四公子) 챵문이 니르러 문(門)을 열거늘 한님(翰林)이 급(急)히 글을 거두어 스매의 녀흐니, 챵문이 이재 팔구(八九) 셰(歲)라 영오(穎悟)ㅎ기 뉴(類)다르고 셩졍(性情)이 온듕(穩重)[1034]ㅎ니 왕(王)이 극(極)히 스랑ㅎ더니 이날 그 형(兄)의 눈치를 보고 낭낭(朗朗)이 우어 왈(曰),

---

1029) 디개(志槪): 지개. 의지와 기개.
1030) 황이뷔(皇姨夫ㅣ): 황후나 태자비 자매의 남편. 여기에서는 최백만이 태자비 이일주의 동생 이벽주의 남편이므로 이와 같이 표현함.
1031) 티부(置簿): 치부. 마음속으로 그러하다고 보거나 여김.
1032) 삼일유가(三日遊街): 과거 급제자가 삼 일 동안 시험관과 선배 급제자, 친척을 방문하던 일.
1033) 만편셔간(滿篇書簡): 만편서간. 종이에 가득 쓴 서간.
1034) 온듕(穩重): 온중. 성격이 조용하며 침착함.

"형(兄)이 므어

•••
104면

슬 쇼뎨(小弟)룰 보고 곰초시ᄂᆞ뇨? 형뎨디간(兄弟之間)의 은휘[1035]
(隱諱)[1036] 홀 빅 아니니이다."

한님(翰林)이 쇼왈(笑曰),

"우연(偶然)이 고풍(古風) 지은 거시라."

"그럴진딕 쇼뎨(小弟) 흔번(-番) 어더 보ᄉᆞ이다."

한님(翰林) 왈(曰),

"보아 무엇ᄒᆞ리오? 내일 보라."

챵문이 더옥 슈샹(殊常)이 너겨 ᄉᆞ매룰 잡고 보아디라 보채니 한
님(翰林)이 다만 웃고 ᄲᅴ리티니 공ᄌᆡ(公子ㅣ) 다만 어ᄌᆞ러이 소릭ᄒᆞ
며 보채고 ᄉᆞ매룰 잡고 날쒸니 ᄌᆞ연(自然) 방(房) 안이 요난(擾亂)ᄒᆞ
ᄃᆞ라.

이러 굴 젹 연왕(-王)이 오운뎐(--殿)으로조차 닉뎐(內殿)으로 드러
가 슉침(宿寢)[1037]ᄒᆞ려 홀시 길이 셔당(書堂)을 디나ᄂᆞᆫᄃᆞ라 ᄋᆞ쥐(兒
子)의 어ᄌᆞ러이 날쒸며 소릭ᄒᆞᄃᆡ,

"형(兄)이 필연(必然) 졍인(情人)이 이셔 편지(便紙) 쓰다가 곰초
미라."

ᄒᆞ거ᄂᆞᆯ 왕(王)이 텽파(聽罷)의 빅문이 ᄯᅩ 무슨 히거(駭擧)[1038]룰

1035) 휘: [교] 원문과 규장각본(14:78), 연세대본(14:104)에 모두 '회'로 되어 있으나 문맥을 고려
     해 이와 같이 수정함.
1036) 은휘(隱諱): 감춤.
1037) 슉침(宿寢): 숙침. 잠을 잠.
1038) 히거(駭擧): 해거. 놀랄 만한 행동.

ᄒᆞᄂᆞᆫ 줄 알고 문(門)을 여니 냥ᄌᆞ(兩子ㅣ) 놀나 황망(慌忙)이 니러 맛거늘 왕(王)이 문왈(問曰),

"여등(汝等)이 무슨 일노 야반(夜半)의 지져괴ᄂᆞ뇨?"

챵문이 ᄂᆡᄃᆞ라 연고(緣故)ᄅᆞᆯ 고(告)ᄒᆞ니 왕(王)이 눈으로 빅문을 보며 굴오ᄃᆡ,

"동ᄉᆡᆼ(同生)의 친(親)ᄒᆞᆷ므로 무슴 밀ᄉᆞ(密事ㅣ)[1039] 잇관ᄃᆡ 긔이니 아븨 지극(至極)ᄒᆞᆷ므로써 뵈디 못ᄒᆞ랴?"

빅문이 황공(惶恐)ᄒᆞ여 ᄂᆞ출 븕히고 굴오ᄃᆡ,

"쇼ᄌᆞ(小子ㅣ) 므슨 비밀ᄉᆞ(秘密事ㅣ) 이시리잇고? ᄉᆞ뎨(舍弟) 짐 짓 희롱(戲弄)ᄒᆞ야 알외미로소이다."

왕(王)이 노왈(怒曰),

"닉 비록 블명(不明)ᄒᆞ나 너의 농언농어(弄言弄語)[1040]의 속디 아니ᄒᆞ리니 아모커나 네 ᄉᆞ매의 잇ᄂᆞᆫ 거슬 다 닐디어다."

빅문이 믄득 ᄉᆞ매로조차 슈지(手紙) ᄆᆞᆫ 거슬 내거늘 왕(王)이 거두어 일일이(一一-) 보ᄃᆡ 각별(各別) 볼 거시 업거늘 변ᄉᆡᆨ(變色) 왈(曰),

"이거슨 아니라.

ᄯᅩ 닉라."

1039) 밀ᄉᆞ(密事ㅣ): 밀사. 비밀스러운 일.
1040) 농언농어(弄言弄語): 희롱하는 말.

빅문이 믄득 스매롤 다 써는 체ᄒ야 다 니니, 이 곳 붕우(朋友)의
셔ᄉ(書辭) 다엿 장(張)이어늘, 왕(王)이 팀음(沈吟)ᄒ다가 닐오ᄃᆡ,

"네 니 겻틱 나아오라. 닉 어드리라."

빅문이 왕(王)의 엄(嚴)ᄒᆞᆷ믈 두리나 그 셔간(書簡)을 보실딘대 노
시(氏) 인연(因緣)이 가망(可望) 업슬 줄 아라 죽기롤 ᄀᆞ을삼고[1041]
몸을 니러 ᄃᆞ라나려 ᄒᆞ거놀 왕(王)이 대로(大怒)ᄒ여 셜니 손을 잡아
겻틱 나오치고 스매롤 뒤니 두 장(張) 셔간(書簡)이 ᄱᆡ디거놀 ᄇᆞ야ᄒᆞ
로 ᄉᆡᆼ(生)을 노코 거두어 블비취 보니 ᄒᆞᆫ 장(張)의 ᄒ여시ᄃᆡ,

'모년(某年) 모일(某日)의 박명지인(薄命之人) 몽도ᄂᆞᆫ 혈누(血淚)롤
먹음고 졍(情)을 품어 쟝원(壯元) 탐화(探花) 니(李) 한님(翰林) 안하
(案下)의 올니ᄂᆞ니, 슬프다! 쳡(妾)

•••
107면

이 젼ᄉᆡᆼ(前生)의 죄(罪) 듕(重)ᄒ여 ᄋᆞ시(兒時)의 부모(父母)롤 일코
화 시(氏)의 시ᄋᆡ(侍兒ㅣ) 되여 몸이 쳔누(賤陋)[1042]ᄒ고 욕(辱)이 태
심(太甚)[1043]ᄒ니 쾌(快)히 ᄌᆞ결(自決)ᄒ야 셜우믈 닛고져 ᄒ나 ᄎᆞ마
부모(父母)의 존문(存問)을 모ᄅᆞ고 결(決)티 못ᄒ야 듀져(躊躇)홀 ᄎᆞ
(次) 낭군(郎君)이 쳡(妾)의 비박지질(卑薄之質)[1044]을 더럽다 아니샤
갓가이ᄒ여 심곡(心曲)[1045]을 허(許)ᄒ시고 신긔묘산(神機妙算)[1046]

1041) ᄀᆞ을삼고: 각오하고.
1042) 쳔누(賤陋): 천루. 천하고 비루함.
1043) 태심(太甚): 매우 심함.
1044) 비박지질(卑薄之質): 비루하고 격이 낮은 기질.
1045) 심곡(心曲): 여러 가지로 생각하는 마음의 깊은 속.
1046) 신긔묘산(神機妙算): 신기묘산. 신기하고 묘한 계책.

으로 부모(父母)룰 추자 주시니 이 졍(正)히 죽은 남긔 플이 나미라. 무ᄉᆞ(無事)히 도라와 화당옥누(華堂玉樓)[1047]의 부귀(富貴) 죡(足)ᄒᆞ 딕 도라 싱각건대 쳡(妾)의 신셰(身世) 문(門)을 ᄇᆞ라는 과뷔(寡婦ㅣ) 되여ᄂᆞᆫ디라. 가뷔(家父ㅣ) 존틱(尊宅)의 나아가 녕존대왕(令尊大王)을 보아 구혼(求婚)ᄒᆞ고져 ᄒᆞ매 녕형(令兄) 태부공(太傅公)이 막아 고(告)티 아니ᄒᆞ고 도로혀 가부(家父)

•••

108면

룰 즐퇴(叱退)[1048]ᄒᆞ고 쳡(妾)의 빙옥(氷玉) ᄀᆞᇀᄐᆞ 졀개(節槪)룰 도로 혀 죠롱(嘲弄)ᄒᆞ니 이 곳 화가(-家) 요녀(妖女)의 부쵹(咐囑)[1049]이라 셟디 아니ᄒᆞ리오. 한ᄉᆞ(寒士)의 냥쳬(兩妻ㅣ) 블가(不可)ᄒᆞ다 ᄒᆞ더라 ᄒᆞ니 낭군(郎君)이 이제 쳥운(靑雲)의 등양(騰揚)ᄒᆞ연 디 오라되 믹 파(媒婆)로 길월(吉月) 냥신(良辰)을 보(報)ᄒᆞ미 업고 뉵녜(六禮)[1050] 빅냥(百兩)[1051]을 출히미 업스니 이만치 블관(不關)[1052]이 너길딘대 처음 므ᄉᆞ 일 나의 일싱(一生)을 희지어[1053] 공규(空閨) 단장(斷腸)

1047) 화당옥누(華堂玉樓): 화당옥루. 화려하고 큰 집.
1048) 즐퇴(叱退): 질퇴. 꾸짖어 물리침.
1049) 브쵹(咐囑): 부촉. 부탁하여 맡김.
1050) 뉵녜(六禮): 육례. 『주자가례』를 따른 혼인의 여섯 가지 의식. 곧 납채(納采)·문명(問名)·납길(納吉)·납징(納徵)·청기(請期)·친영(親迎)을 말함. 납채는 신랑 집에서 청혼을 하고 신부 집에서 허혼(許婚)하는 의례이고, 문명은 납채가 끝난 뒤에 남자 집의 주인(主人)이 서신을 갖추어 사자를 여자 집에 보내어 여자 생모(生母)의 성(姓)을 묻는 의례며, 납길은 문명한 것을 가지고 와서 가묘(家廟)에 점쳐 얻은 길조(吉兆)를 다시 여자 집에 보내어 알리는 의례고, 납징은 남자 집에서 여자 집에 빙폐(聘幣)를 보내어 혼인의 성립을 더욱 확실하게 해주는 절차이며, 청기는 성혼(成婚)의 길일(吉日)을 정하는 의례이고, 친영은 신랑이 신부 집에 가서 신부를 맞이하여 신랑 집에 돌아오는 의례임.
1051) 빅냥(百兩): 백량. 신부를 맞아 오는 일. 백 대의 수레로 신부를 맞이한다 하여 이와 같이 씀. 『시경(詩經)』, <작소(鵲巢)>에 "새아씨가 시집옴에 백량으로 맞이하도다. 之子于歸, 百兩御之."라는 구절이 있음.
1052) 블관(不關): 불관. 중요하지 않음.

의 청등(靑燈)을 딕(對)ᄒ야 슬허ᄒ게 ᄒᄂ뇨? 셜니 ᄒᆞᆫ 말을 ᄒ야 평싱(平生)을 결(決)ᄒ라.'

ᄒ여더라.

왕(王)이 보기를 못고 번연(飜然) 작싴(作色)ᄒ고 쏘 ᄒ나흘 보니 ᄒ여시딕,

●●●
109면

'분슈(分手)[1054) 스오(四五) 삭(朔)의 경향(京鄕)이 ᄂᆞᆫ호이디 아니 ᄒ여시딕 애각(涯角)[1055)이 즈음치고[1056) 샹게(相距ㅣ) 관산(關山)[1057)이 ᄀ리디 아니ᄒ여시딕 쳥뇌(靑鳥ㅣ) 신(信)을 뎐(傳)티 아니ᄒ니 약슈(弱手)[1058) 삼쳔(三千) 니(里)의 어린 빅문의 간댱(肝腸)이 몃 고빈나 싯처디뇨? 옥안(玉顔)을 하딕(下直)ᄒ고 옥슈(玉手)를 ᄒᆞᆫ 번(番) ᄂᆞᆫ호매 그림재 묘연(杳然)ᄒ니 츄파성안(秋波星眼)[1059)은 싱(生)을 보는 둧ᄒ고 도화(桃花) 보됴개와 잉슌호치(櫻脣晧齒)[1060) 스스로 열니이여 빅문의 ᄯᆺ을 어리오며 셤셤옥슈(纖纖玉手)[1061)로 나의 폴을 어ᄅᆞᆫ지며 구룸 운환(雲鬟)으로 나의 무릅ᄒᆡ 업딕여 정ᄉᆞ(情事)를 고(告)ᄒ던 일이 쳔빅(千百) 가지로 눈의 버러시니 시시

1053) 희지어: 방해하여.
1054) 분슈(分手): 분수. '손을 나누다'라는 뜻으로 이별함을 말함.
1055) 애각(涯角): 멀리 떨어져 있어 외지고 먼 땅.
1056) 즈음치고: 사이 두고 막히고.
1057) 관산(關山): 국경이나 주요 지점 주변에 있는 산.
1058) 약슈(弱手): 약수. 신선이 살았다는 중국 서쪽의 전설 속의 강. 길이가 3,000리나 되며 부력이 매우 약하여 기러기의 털도 가라앉는다고 함.
1059) 츄파성안(秋波星眼): 추파성안. 가을 물결 같고 별 같은 눈.
1060) 잉슌호치(櫻脣晧齒): 앵순호치. 앵두 같은 입술과 흰 이.
1061) 셤셤옥슈(纖纖玉手): 섬섬옥수. 가늘고 약한 부드러운 손.

(時時)로 넉시 놀납고 의식(意思]) 흐터져 죽어 넉시

●●●
110면

낭즈(娘子)의 고되 가믈 브라더니 쳔만의외(千萬意外)예 옥찰(玉
札)[1062]을 밧드니 평싱(平生)의 영힝(榮幸)이라 어두온 날이 붉음 굿
도다. 오회(嗚呼])라! 그되를 내여 나의 눈의 뵈게 ᄒ시고 인연(因
緣)을 업게 ᄒ시ᄂ뇨? 셔듕(書中)의 깁히 칙(責)ᄒ신 빅 즈당감쉬(自
當甘受])[1063]라 슌셜(脣舌)이 이시리오? 고요흔 당(堂)의 빅듀(白晝)
의 몸을 결워 동와(同臥)ᄒ여시나 미흡(未洽)ᄒ던 졍니(情理)로 볼셔
손을 ᄂ환 디 몃 둘이 되엿ᄂ뇨? 가형(家兄)이 녜의(禮義)로 녕옹(令
翁)의 구혼(求婚)을 믈리치시미 졍당(正當)ᄒ시니 화 시(氏) 어ᄂ ᄉ
이 촉(囑)ᄒ여시리오? 듀야(晝夜) 글을 힘뼈 ᄒ야 엄부(嚴父]) 폐과
(廢科)[1064]ᄒ라 ᄒ시는 거슬 긔망(欺罔)[1065]ᄒ고 보미 실노(實-) 그되
룰 위(爲)ᄒ미라. 만

●●●
111면

일(萬一) 그되곳 아니런들 나 왕부(王府) 공즈(公子)로 호치부귀(豪
侈富貴)[1066] 극(極)ᄒ니 므어시 낫바 어즈로온 환노(宦路)를 분주(奔

1062) 옥찰(玉札): 편지를 높여 이르는 말.
1063) 즈당감쉬(自當甘受]): 자당감수. 스스로 마땅히 달게 받아들임.
1064) 폐과(廢科): 과거를 보지 않음.
1065) 긔망(欺罔): 기망. 남을 속여 넘김.
1066) 호치부귀(豪侈富貴): 매우 사치스럽고 부귀함.

走)ᄒᆞ리오? 요힝(堯倖) 참방(參榜)[1067]ᄒᆞ여시나 그ᄃᆡ 취(娶)ᄒᆞ미 내 �ᆺ이 아니니 그ᄃᆡᄂᆞᆫ 녕옹(令翁)ᄭᅴ 고(告)ᄒᆞ야 말 잘ᄒᆞᄂᆞᆫ 듕ᄆᆡ(仲媒)로 가친(家親)ᄭᅴ 구혼(求婚)ᄒᆞ게 ᄒᆞ라. 내 엇디 그ᄃᆡ 졍(情)과 옥용(玉容)을 니ᄌᆞ리오? 그ᄃᆡᄅᆞᆯ 만나디 못ᄒᆞᆯ딘대 샹ᄉᆞ(相思)ᄒᆞᄂᆞᆫ 넉시 구원(九原)의 놀니니 기리 슬피라.'

그 아래 구구(區區)ᄒᆞᆫ ᄉᆞ연(事緣)과 음난(淫亂)ᄒᆞᆫ ᄉᆞ에(辭語ㅣ) 측냥(測量)업ᄉᆞᄃᆡ,

왕(王)이 다 보디 아니ᄒᆞ고 봉안(鳳眼)을 ᄂᆞ리ᄲᅥ 대즐(大叱) 왈(曰),

"블쵸ᄌᆞ(不肖子ㅣ) 샹시(常時) 무상(無狀)ᄒᆞᆷ은 아란 디 오라나 이디도록 ᄒᆞ미야 엇디 다 알니오?"

셜파(說罷)의 ᄉᆞ매ᄅᆞᆯ ᄲᅥᆯ치고 안ᄒᆞ로 드러가 좌

●●●
112면

우(左右)로 화 시(氏)ᄅᆞᆯ 부ᄅᆞ니, 쇼졔(小姐ㅣ) 승명(承命)[1068]ᄒᆞ야 알ᄑᆡ 다ᄃᆞᄅᆞ니 왕(王)이 문왈(問曰),

"내 일즉 뭇디 못ᄒᆞ여더니 네 젼일(前日) 시녀(侍女) 화도ᄅᆞᆯ 므ᄉᆞ 일노 밧긔 내쳐더뇨?"

쇼졔(小姐ㅣ) 존구(尊舅)의 졸연(猝然)[1069]이 무ᄅᆞᆷ믈 만나 일싱(一生) 셩품(性品)이 쳥소(淸素)[1070]ᄅᆞᆯ 읏듬으로 ᄒᆞᄂᆞᆫ디라 엄구(嚴舅)ᄅᆞᆯ 긔망(欺罔)ᄒᆞ기도 블가(不可)ᄒᆞ고 바로 고(告)코져 ᄒᆞ나 ᄎᆞ마 혜 돕

1067) 참방(參榜): 과거에 급제하여 이름이 방목(榜目)에 오름.
1068) 승명(承命): 명령을 받듦.
1069) 졸연(猝然): 갑작스러운 모양.
1070) 쳥소(淸素): 청소. 맑고 소박함.

디 아니니 샐니 피셕(避席)ᄒ야 믁믁(默默)ᄒ니,

왕(王)이 두어 번(番) 지쵹다가 즉시(卽時) 화 시(氏) 시녀(侍女) 됴딕를 블너 싱(生)의 거지(擧止)를 무른대 됴딕 즉시[1071](卽時) 싱(生)이 나지 화도로 몸을 결워 누어던 거조(擧措)를 고(告)ᄒ니 말이 믓디 못ᄒ여셔 월쥬 차악(嗟愕)[1072] 왈(曰),

"밤도 고이(怪異)ᄒᄃ 나지 더옥 그리ᄒ여 겨시더냐? 기야(其夜)의 거게(哥哥ㅣ) 화도로 더브러 져〃(姐姐) 샹(牀)

•••

113면

우희셔 져〃(姐姐) 금침(衾枕)을 덥고 누어시니 쇼녜(小女ㅣ) 참혹(慘酷)ᄒ믈 이긔디 못ᄒ여 즉시(卽時) 부모(父母)긔 고(告)ᄒ고져 ᄒ더니 화 형(兄)이 여ᄎ여ᄎ(如此如此) 니ᄅ거늘 지금(至今)[1073] 함구(緘口)ᄒ여더니이다."

왕(王)이 ᄎ언(此言)을 드ᄅ매 더옥 히연(駭然)ᄒ야 도로혀 ᄌ긔(自己) 화 시(氏) 보기도 참괴(慙愧)ᄒ더라 가연(慨然)이 탄식(歎息)고 태부(太傅)를 부ᄅ니 즉시(卽時) 드러왓거늘 왕(王) 왈(曰),

"내 일즉 아디 못ᄒ여더니 노 부시(府使ㅣ) 그 ᄯ로 빅문을 구(求)ᄒᄃ라 ᄒ니 언제 왓더뇨?"

태뷔(太傅ㅣ) 왈(曰),

"뎌젹 와셔 여ᄎ여ᄎ(如此如此) ᄒ거늘 히익(孩兒ㅣ) 쥰졀(峻截)이

1071) 시: [교] 원문에는 '지'로 되어 있으나 오기로 보이므로 규장각본(14:85)과 연세대본(14:112)을 따름.
1072) 차악(嗟愕): 몹시 놀람.
1073) 지금(至今): 지금까지.

닐너 믈니쳐습ᄂ니 하교(下敎ㅣ) 어인 일이니잇고?"

왕(王)이 그 셔간(書簡)을 더져 왈(曰),

"이거슬 볼디어다."

태뷔(太傅ㅣ) 썅슈(雙手)로 밧ᄌ와 반(半)은 보다가 믄

• • •

득 보디 아니ᄒ고 샤례(謝禮) 왈(曰),

"ᄒ이(孩兒ㅣ) 비록 블민(不敏)ᄒ오나 이런 셔간(書簡)을 보오매 한심(寒心)ᄒᄆᆯ 이긔디 못ᄒ리로소이다."

왕(王)이 잠쇼(暫笑) 왈(曰),

"나와 다못 너희 무상(無狀)ᄒ매 빅문의 힝실(行實)이 여ᄎ(如此)ᄒ니 그 셔간(書簡)이 그리 대스로오리오?"

드듸여 태부(太傅)와 화 시(氏)ᄅᆞᆯ 믈너가라 ᄒ고 죵야(終夜)토록 경〃(耿耿)[1074]ᄒ야 ᄌᆞᆷ을 일우디 못ᄒ고,

이튼날 샹부(相府) 문안(問安)의 참예(參預)ᄒ매 빅문이 좌(座)의 잇거ᄂᆞᆯ 왕(王)이 크게 비위(脾胃)[1075] 발(發)ᄒ야 좌우(左右)ᄅᆞᆯ 도라 보아 왈(曰),

"ᄎ인(此人)은 쳥명(淸明)ᄒᆫ 일월지하(日月之下)의 인뉸(人倫) 모ᄅᆞᄂᆞᆫ 죄인(罪人)이니 잡아 초실(草室)의셔 내 명(命)을 기ᄃᆞ리라."

셜파(說罷)의 문이 황공(惶恐)ᄒ여 믈너나니 좌위(左右ㅣ) 고이(怪異)히 너겨 연고(緣故)ᄅᆞᆯ 무ᄅᆞ니 왕(王)

1074) 경〃(耿耿): 마음에 잊혀지지 않고 염려됨.
1075) 비위(脾胃): 어떤 것을 좋아하거나 싫어하는 성미. 또는 그러한 기분.

이 디답(對答)디 아니ᄒᆞ더니 이윽고 원문을 블너 나아오라 ᄒᆞ야 굴오디,

"ᄒᆞᆫ 히라도 빅문의게 더ᄒᆞ며 ᄀᆞᆺ득 몹쓸 거슬 술을 만히 먹여 어젼(御前)의 실녜(失禮)ᄒᆞ게 ᄒᆞ뇨?"

원문이 지비(再拜) 왈(曰),

"쇼딜(小姪)이 엇디 이러틋 ᄒᆞ미 이시리오? 제 그리 알외오니잇가?"

왕(王)이 고개 조아 왈(曰),

"연(然)타."

어ᄉᆞ(御史ㅣ) 쇼이딕왈(笑而對曰),

"쇼딜(小姪) 등(等)이 진실노(眞實-) 저ᄅᆞᆯ 앗기딕 ᄎᆞ언(此言)은 마디못ᄒᆞ여 고(告)ᄒᆞᄂᆞ니 슉뷔(叔父ㅣ) 죄(罪) 주시기ᄅᆞᆯ 뎡(定)ᄒᆞ션 디오란디라, ᄒᆞᆫ가디로 니ᄅᆞ시ᄆᆞᆯ 부라ᄂᆞ이다."

인(因)ᄒᆞ야 과댱(科場)의 드러가 ᄒᆞ던 거동(擧動)을 가초 옴기고 뎌의게 속은 줄을 ᄌᆞ시 고(告)ᄒᆞ니 왕(王)이 더옥 희연(駭然)ᄒᆞ야 줌줌(潛潛)ᄒᆞ여시니 긔운이 심(甚)히 싁싁ᄒᆞ디

라.

제(諸) 쇼년(少年)이 이윽고 믈너난 후(後) 왕(王)이 승샹(丞相) 알픠 나아가 빅문의 죄상(罪狀)을 고(告)ᄒᆞ고 굴오디,

"이런 ᄌᆞ식(子息)을 두엇다가 문호(門戶)의 큰 욕(辱)이 미츠리니 ᄉᆞ정(私情)을 ᄆᆞᆽ처 ᄉᆞᄉᆞ(賜死)ᄒᆞ미 엇더ᄒᆞ니잇고?"

승샹(丞相)이 ᄯᅩᄒᆞᆫ 희연(駭然)ᄒᆞ며 놀나 굴오ᄃᆡ,

"원ᄂᆡ(元來) 빅ᄋᆞ(-兒ㅣ)의 거동(擧動)이 제 ᄒᆞᆫ 번(番) 긋기를 마디못ᄒᆞᆯ 거시니 텬쉬(天數ㅣ) 되여 가ᄂᆞᆫ 양(樣)만 볼 분이라 엇디 공연(空然)이 ᄌᆞ식(子息)을 죽이리오?"

왕(王)이 ᄉᆞ빅(四拜) 왈(曰),

"셩괴(盛敎ㅣ) 맛당ᄒᆞ시나 빅문의 미간(眉間)의 살긔등등(殺氣騰騰)ᄒᆞ야 사ᄅᆞᆷ마다 제 ᄒᆡ(害)ᄅᆞᆯ 닙을 ᄃᆞ시브온디라 ᄉᆞᄉᆞ(賜死)ᄒᆞ여 집안 ᄒᆡ(害) 업시 ᄒᆞ사이다."

승샹(丞相)이 잠쇼(暫笑) 왈(曰),

"이 말은 너므 쥰논(峻論)[1076]이라. 너ᄂᆞᆫ 아븨 말ᄃᆡ로 약간(若干) 처 내치고

● ● ●

117면

나죵을 보라. 빅익(-兒ㅣ) 그리 골몰[1077]치 아닐 거시오, ᄯᅩ ᄆᆞ양 블명(不明)티 아니리라."

왕(王)이 ᄌᆡ빅(再拜) 샤례(謝禮)ᄒᆞ고 믈너 좌뎡(坐定)ᄒᆞ매 쇼부(少傅ㅣ) 쇼왈(笑曰),

"빅문은 아비ᄅᆞᆯ 달마ᄂᆞᆫ디라 ᄎᆡᆨ(責)디 말고 샹(賞)을 주미 가(可)ᄒᆞ도다."

1076) 쥰논(峻論): 준론. 준엄한 의견.
1077) 골몰: 몸이나 처지가 몹시 고단함.

왕(王)이 쇼이디왈(笑而對曰),

"슉부(叔父)는 대단흔 말 마루쇼셔. 쇼딜(小姪)이 현마 뎌 고이(怪異)흔 거시 비(比)ᄒ리잇가?"

쇼뷔(少傅ㅣ) 대쇼(大笑) 왈(曰),

"니ᄅ디 말나. 난부난ᄌᆡ(難父難子ㅣ)[1078]오, 등하블명(燈下不明)이니 빅문은 안히 시녀(侍女)를 머므르고나 그러ᄒ거니와 빅쥬(白晝)의 도장[1079] 규슈(閨秀)를 언약(言約)고 오ᄂᆞ니는 더 엇더ᄒ며 블고이ᄎᆔ(不告而娶)[1080]ᄒᄂᆞᆫ 힝실(行實)은 더 나으며 혼셔(婚書)를 ᄎᆞ꼿고 빅냥(百兩) 쵸례(醮禮)흔 졍실(正室)을 ᄀᆡ가(改嫁)ᄒ라 ᄒ기는 승(勝)흔 고디냐?"

왕(王)이 옥면(玉面)을 숙

···

118면

이고 잠간(暫間) 웃고 답(答)디 아니ᄒ거늘, 쇼뷔(少傅ㅣ) 왈(曰),

"빅문이 너과 마치 ᄀᆞᆺᄒᄃᆡ 나은 고디 ᄯᅩ 이시니 듯고 시브냐?"

왕(王)이 쇼이디왈(笑而對曰),

"니ᄅ시면 듯기를 ᄉᆞ양(辭讓)ᄒ리잇가?"

쇼뷔(少傅ㅣ) 왈(曰),

"빅문이 네게 고(告)티 아니ᄒ고 과거(科擧) 보미 네 형댱(兄丈)긔 고(告)티 아니ᄒ고 소 시(氏) ᄎᆔ(娶)홈과 ᄀᆞᆺ고 화 시(氏)를 박ᄃᆡ(薄待)

1078) 난부난ᄌᆡ(難父難子ㅣ): 난부난자. 누구를 아비라 하기도 어렵고 누구를 자식이라 하기도 어려울 정도로 비슷함.
1079) 도장: 부녀자가 거처하는 방.
1080) 블고이ᄎᆔ(不告而娶): 불고이취. 아버지에게 고하지 않고 마음대로 혼인함.

ᄒᆞ미 네 옥난의 춤소(讒訴)ᄅᆞᆯ 듯고 소 시(氏)ᄅᆞᆯ 박ᄃᆡ(薄待)홈과 ᄀᆞᆺ고 노 시(氏)ᄅᆞᆯ ᄉᆞ통(私通)ᄒᆞ미 네 옥난 ᄉᆞ통(私通)홈과 ᄀᆞᆺᄒᆞᄃᆡ 다만 노 시(氏)의게 ᄒᆞᆫ 편지(便紙)의 듕ᄆᆡ(仲媒)로 네게 구혼(求婚)ᄒᆞ과져 ᄒᆞ미 정대(正大)ᄒᆞ고 우ᄒᆞᆯ 두리니 나은 고디 ᄒᆞ나히오, 뎌ᄂᆞᆫ 화 시(氏)ᄅᆞᆯ 춤소(讒訴)ᄒᆞ거늘 빅문은 벗겨 노ᄒᆞ니 그 총명(聰明)ᄒᆞ미 네게 나은디라. 빅문이 비록

•••
119면

방ᄌᆞ(放恣)ᄒᆞ나 네게셔 나은 ᄃᆞᆺᄒᆞ거늘 네 므ᄉᆞᆷ 긔승(氣勝)[1081]으로 다ᄉᆞ리려 ᄒᆞᄂᆞᆫ다?"

왕(王)이 쇼부(少傅)의 언변(言辯)이 능(能)ᄒᆞ믈 보고 봉안(鳳眼)의 미미(微微)히 우음을 먹음어 ᄃᆡ왈(對-),

"슉부(叔父) 말ᄉᆞᆷ이 진실노(眞實-) 올흐시니 아비 그럴ᄉᆞ록 ᄌᆞ식(子息)이나 사름이 되게 ᄒᆞ미 올흔디라. 쇼딜(小姪)이 무상(無狀)ᄒᆞ니 ᄌᆞ식(子息)의게나 위엄(威嚴)을 쟈랑코져 ᄒᆞᄂᆞ이다."

좌위(左右 ㅣ) 기쇼(皆笑)ᄒᆞ더라.

왕(王)이 이에 오운뎐(--殿)의 도라와 좌우(左右) 문(門)을 뎜고(點考)ᄒᆞ여 줌으고 빅문을 결박(結縛)ᄒᆞ여 꿀리매 심복(心服) 창두(蒼頭)[1082] 오뉵(五六) 인(人)을 명(命)ᄒᆞ야 형댱(刑場)을 빅셜(排設)ᄒᆞ라 ᄒᆞ고 소ᄅᆞᆯ 무이 ᄒᆞ여 싱(生)ᄃᆞ려 닐너 굴오디,

"블쵸ᄌᆞ(不肖子 ㅣ) 죄(罪)ᄅᆞᆯ 아ᄂᆞᆫ다?"

1081) 긔승(氣勝): 기승. 기운이나 힘 따위가 성해서 좀처럼 누그러들지 않음. 또는 그 기운이나 힘.
1082) 창두(蒼頭): 사내종.

싱(生)이 눗출 우러 " 골오딕,

"히

• • •
120면

익(孩兒ㅣ) 혹(或) 죄(罪) 이셔도 야야(爺爺)는 쳔뉸(天倫) 즈익지졍(慈愛之情)으로 죠용이 칙(責)ᄒ시믄 올커니와 이딕도록 즁댱(重杖)으로 다스리시믄 실노(實-) 쇼즈(小子)의 쯧ᄒ디 아니미로소이다."

왕(王)이 텽파(聽罷)의 크게 어히업서 도로혀 대쇼(大笑)ᄒ고 굴오딕,

"아히(兒孩) 실셩(失性)ᄒ미 여ᄎ(如此)ᄒ니 ᄯ흔 칙망(責望)ᄒ미 브졀업도다. 몸이 션비로셔 무고(無故)히 박쳐(薄妻)[1083]ᄒ는 쯧은 어인 쯧이뇨?"

싱(生)이 즉시(卽時) 딕왈(對曰),

"브러 그리ᄒ미 아니라 스스로 ᄆ음이 츤 지 굿ᄒ여 뎌를 딕(對)ᄒ즉 넉시 놀납고 ᄆ음이 떨니니 가(可)히 인녁(人力)으로 못 ᄒᄂ이다."

왕(王)이 ᄯ 문왈(問曰),

"빅듀(白晝)의 졍실(正室)의 시비(侍婢)를 통간(通奸)ᄒ야 그 방듕(房中)의셔 음난(淫亂)ᄒ고 졍실(正室)의 겻드리는 상(牀) 우

1083) 박쳐(薄妻): 박처. 아내를 박대함.

히셔 동낙(同樂)ᄒ니 그도 ᄆᆞᆷ으로 못 ᄒ며 인녁(人力)으로 못 ᄒ더냐?"

싱(生)이 ᄯᅩ 디왈(對曰),

"쇼ᄌᆡ(小子 ㅣ) 일시(一時) 춘졍(春情)으로 화도를 희롱(戲弄)ᄒ미이시나 그딕도록 ᄒ리잇고?"

왕(王)이 노왈(怒曰),

"블쵸ᄌᆡ(不肖子 ㅣ) 능휼(能譎)[1084]ᄒᆫ 언어(言語)로 내 말을 딕답(對答)ᄒ니 좌우(左右)ᄂᆞᆫ ᄲᆞᆯ니 미를 나오라."

ᄒᆫ 소릭 호령(號令)이 나며 집쟝ᄉᆡ예[1085](執杖使隸) 드라드러 칠시 왕(王)이 매마다 고찰(考察)ᄒ여 열흘 치고 ᄯᅩ ᄒᆫ 됴권(條件)[1086]을 무러 ᄀᆞᆯ오딕,

"네 처엄의 눔의 규쉬(閨秀 ㅣ) 줄 모르고 희롱(戲弄)ᄒ여시나 그 근본(根本)을 드른 후(後) 즉시(卽時) 공슈(拱手)ᄒ야 샤례(謝禮)ᄒ고 녜(禮)로 도라보낼 거시어늘 ᄒᆞᆫ가지로 음난(淫亂)ᄒ고 쇠ᄒ야 도라보내니 그도 인녁(人力)으로 못 ᄒ더냐?"

싱(生)이 졍신(精神)을 출혀 디왈(對曰),

"뎨 ᄉᆞ족(士族)인 줄 안 후(後)ᄂᆞᆫ 각별(各別) 친(親)ᄒᆫ

1084) 능휼(能譎): 능란하게 속임.
1085) 예: [교] 원문에는 '에'로 되어 있으나 문맥을 고려해 규장각본(14:92)과 연세대본(14:121)을 따름.
1086) 됴권(條件): 조건. 조목.

배 업고 그 부모(父母) 츠자 주기눈 비례(非禮) 아니로소이다."

왕(王)이 노왈(怒曰),

"너눈 비례(非禮) 아니라 ᄒ나 내 ᄯᅳᆺ은 비례(非禮)니 ᄯᅩ 마ᄌᆞ라."

ᄯᅩ 고찰(考察)ᄒ여 열흘 치니 셩혈(腥血)[1087)이 흐르더라. 왕(王)이 ᄯᅩ 문왈(問曰),

"내 당초(當初) 너ᄃᆞ려 과거(科擧)ᄅᆞᆯ 보디 말나 히엿더니 뉘셔 보라 ᄒᆞ관ᄃᆡ 시소(試所)[1088)의 드러갓던다?"

ᄉᆡᆼ(生)이 ᄃᆡ왈(對曰),

"쇼ᄌᆞ(小子ㅣ) 본ᄃᆡ(本-) 왕블(王勃)[1089)의 등왕각셔(滕王閣序)[1090)ᄅᆞᆯ ᄂᆞ지 너기고 ᄌᆞ건(子建)[1091)의 칠보시(七步詩)[1092)와 니쳥년(李靑蓮)[1093)의 쳥평ᄉᆞ(淸平詞)[1094)ᄅᆞᆯ 묘시(藐視)[1095)ᄒᆞ눈 ᄌᆡ죄(才操ㅣ)

1087) 셩혈(腥血): 성혈. 비린내가 나는 피.

1088) 시소(試所): 과거 보는 곳.

1089) 왕블(王勃): 왕발. 중국 당(唐)나라의 문학가(650 또는 649-676). 자(字)는 자안(子安). 양형(楊炯), 노조린(盧照鄰), 낙빈왕(駱賓王)과 함께 초당사걸(初唐四杰) 중의 한 명으로 불림. 대표작으로 <등왕각서(滕王閣序)>가 있음.

1090) 등왕각셔(滕王閣序): 등왕각서. 중국 당나라 왕발의 작품.

1091) ᄌᆞ건(子建): 자건. 조식(曹植, 192-232)을 이름. 자건은 조식의 자. 중국 삼국시대 위나라 조조의 셋째 아들로 문장이 뛰어났음.

1092) 칠보시(七步詩): 조식이 지은 시. 형 문제(文帝)가 일곱 걸음을 걷는 사이에 시 한 수를 짓지 못하면 대법(大法)으로 다스리겠다고 하자, 곧바로 칠보시를 지었다 함. "콩을 삶기 위하여 콩대를 태우니, 콩이 가마 속에서 소리 없이 우는구나. 본디 한 뿌리에서 같이 났거늘 서로 괴롭히기가 어찌 이리 심한고. 煮豆燃豆萁, 豆在釜中泣. 本是同根生, 相煎何太急."『세설신어(世說新語)』에 실려 있음.

1093) 니쳥년(李靑蓮): 이청련. 이백(李白, 701-762)을 말함. 청련은 이백의 호이고 본명은 이태백(李太白)임. 젊어서 여러 나라를 돌아다니고, 뒤에 출사(出仕)하였으나 안녹산의 난으로 유배되는 등 불우한 만년을 보냄. 시성(詩聖) 두보(杜甫)에 대하여 시선(詩仙)으로 칭하여짐.

1094) 쳥평ᄉᆞ(淸平詞): 청평사. 이백이 지은 사(詞). 당 현종(唐玄宗)이 침향정(沈香亭)에 작약(芍藥)을 심어 놓고 양 귀비(楊貴妃)와 함께 만발한 꽃을 구경하다가 당시 한림학사(翰林學士)였던 이백(李白)을 불러 악부를 짓게 하자 이백이 청평조사(淸平調詞) 3편을 지어 올림.『양태진외전(楊太眞外傳)』상(上).

1095) 묘시(藐視): 업신여김.

잇거늘 과거(科擧)를 보디 말나 ㅎ시니 울울(鬱鬱)ㅎ여 긔망(欺
罔)[1096]흔 죄(罪)를 닙을디언뎡 흔번(-番) 일홈을 나타내고져 ㅎ더니
이다."

왕(王)이 익노(益怒) 왈(曰),

"네 말이 다 올커니와 아븨 말 아니 드르미 역신(逆臣)과 흔가디
라 그 죄(罪)는 경(輕)티

● ● ●
123면

아닌디라."

坐 열흘 친 후(後) 굴오디,

"과거(科擧)는 답답ㅎ여 보왓거니와 원문은 네 댱형(長兄)이어늘
말솜이 패만(悖慢)[1097]ㅎ고 술병(-瓶)으로 민부(妹夫)를 치믄 엇던
일이뇨?"

빅문이 이째 틱장(笞杖)의 정신(精神)을 일허 눈을 금고 답(答)디
못ㅎ거늘 직쵹ㅎ야 무르니,

"이는 쥬후(酒後) 광심(狂心)이니 그 죄(罪)를 닙어디이다."

왕(王)이 명(命)ㅎ야 열흘 친 후(後) 坐 굴오디,

"빅만을 치고 원문을 욕(辱)ㅎ믄 쥬후(酒後) 광심(狂心)이어니와
어젼(御前)의셔 자고 옥계(玉階)예셔 구러졋던 형상(形像)은 엇던 연
괴(緣故 ㅣ)러뇨?"

빅문이 수십(數十) 쟝(杖)을 마즈니 뉴혈(流血)이 오술 즘으고 졍

1096) 긔망(欺罔): 기망. 남을 속여 넘김.
1097) 패만(悖慢): 사람됨이 온화하지 못하고 거칠며 거만함.

신(精神)이 ᄒ나토 업스ᄃᆡ 다시곰 강작(強作)[1098]ᄒ여 ᄀᆞᆯ오ᄃᆡ,

"술은 사름을 미치ᄂᆞᆫ 약(藥)이라 ᄒ여

•••

124면

시니 쥬후(酒後) 실녜(失禮)ᄒ믈 다 죄(罪)를 삼으시리오?"

왕(王)이 노즐(怒叱) 왈(曰),

"술을 뉘셔 먹으라 ᄒ더냐?"

빅문이 믄득 쾌(快)히 ᄃᆡ왈(對曰),

"뉘 먹이며 권(勸)ᄒ리잇가? 졔형(諸兄) 등(等)이 아니 주ᄂᆞᆫ 거슬 아사 먹어ᄂᆞ이다."

왕(王)이 쇼왈(笑曰),

"네 말이 쾌(快)ᄒ니 쾌(快)ᄒ 디로 마즈라."

명(命)ᄒ여 열흘 고찰(考察)ᄒ여 치고 이에 수죄(數罪) 왈(曰),

"네 몸이 ᄉ류(士類ㅣ)어ᄂᆞᆯ 뎌 녀지(女子ㅣ) 비록 음난(淫亂)ᄒ나 네 녜(禮)로 거졀(拒絕)ᄒ미 올커ᄂᆞᆯ 엇던 고(故)로 구구(區區)ᄒ 셔ᄉ(書辭)와 추악(醜惡)ᄒ 셔찰(書札)을 빈빈(頻頻)이 왕ᄂᆡ(往來)ᄒ여 뎌 음악지인(淫惡之人)을 가듕(家中)의 드려오랴 의ᄉ(意思)를 먹고 내 명(命)을 거역(拒逆)ᄒ야 과거(科擧)를 보고 신지(臣子ㅣ) 되여 어젼(御前)의셔 ᄒ던 거동(擧動)이 쳔만고(千萬古)의 듯디 못ᄒ던 빅니 그 죄(罪) 가(可)히 죽엄 즉

1098) 강작(強作): 억지로 기운을 냄.

호고 눔의 규슈(閨秀)로 더브러 음(淫)혼 셔ᄉ(書辭)와 히연(駭然)혼 셔간(書簡)을 누통(屢通)ᄒ야 가문(家門)을 욕(辱)먹이니 너 ᄀ혼 패ᄌ(悖子)[1099]를 살와 쁠 듸 업고 죽염 죽ᄒ디라.”

셜파(說罷)의 다시 뭇디 아니ᄒ고 노ᄌ(奴子)를 호령(號令)ᄒ야 매마다 고찰(考察)ᄒ여 뉵십여(六十餘) 쟝(杖)의 니ᄅ니 싱(生)이 혼졀(昏絕)ᄒ야 인ᄉ(人事)를 모ᄅᄂ디라 부야흐로 ᄭᅳ어 내치고 샹셔(尚書)와 태부(太傅)를 블너 경계(警戒)ᄒ되,

“닉 빅문의게 부ᄌ지졍(父子之情)이 젹은 거시 아니로되 회과(悔過)ᄒ기를 크게 넉여 박졀(迫切)혼 빗츨 ᄒ니 여등(汝等)이 가(可)히 보디 말고 췸문으로 구(救)ᄒ게 ᄒ라.”

냥인(兩人)이 빅샤(拜謝) 슈명(受命)ᄒ고 믈너 소당(小堂)의 니ᄅ러 빅문을 보니 옥(玉) ᄀ혼 안광(眼光)이 빗티 업고 뉴

혈(流血)이 돌돌ᄒ여 ᄒ낫 죽엄이 빗겻ᄂ디라. 이(二) 인(人)이 실셩뉴톄(失聲流涕) 왈(日),

“수오(數五) 개(個) 기력의 항녈(行列)이 무ᄉ(無事)티 못ᄒ여 삼뎨(三弟) 오늘날 이 거동(擧動)이 되여시니 시운(時運)의 블니(不利)ᄒ미냐? 너의 운익(運厄)이 긔괴(奇怪)ᄒ미냐?”

1099) 패ᄌ(悖子): 패자. 패륜의 자식.

셜파(說罷)의 눈믈이 십숏둧 ᄒ야 약(藥)을 펴 너코 구호(救護)ᄒ니 반일(半日) 만의 인ᄉ(人事)를 찰히거늘 이(二) 인(人)이 대희(大喜)ᄒ야 이에 손을 잡고 굴오ᄃᆡ,

"현뎨(賢弟) 상시(常時) 총명(聰明)ᄒ미 우리 등(等)이 밋디 못ᄒᆞᆯ너니 그ᄃᆡ도록 죄(罪)를 지어 엄하(嚴下)의 칰(責)ᄒ시믈 밧ᄌᆞ와 몸이 이 디경(地境)의 니르러느뇨?"

ᄉᆡᆼ(生)이 한숨 디고 도라누어 ᄃᆡ답(對答)디 아니〃 냥형(兩兄)이 오히려 뉘읏는 ᄯᅳᆺ이 업스믈 보고 칰(責)ᄒ고져 ᄒ더니 부명(父命)이 급(急)ᄒ믈

∙∙∙
127면

보고 니러 나오며 취문을 당보(當付)ᄒ야 ᄶᅥ나디 말고 구호(救護)ᄒ라 ᄒ고,

셔헌(書軒)의 니르러 슈명(受命)ᄒ니 왕(王)이 역명(逆命)ᄒ믈 크게 칰(責)ᄒ니 이(二) 인(人)이 황공(惶恐)ᄒ야 샤죄(謝罪)ᄒ고,

믈너 ᄂᆡ당(內堂)의 드러가니 휘(后ㅣ) ᄉᆞ식(辭色)이 여젼(如前)ᄒ야 빅문의 거쳐(居處)를 뭇디 아니ᄒ니 냥인(兩人)이 연고(緣故)를 고(告)ᄒᆞᄃᆡ 휘(后ㅣ) 졍식(正色) 왈(曰),

"내 원(原) 그런 ᄌᆞ식(子息)은 죽으미 죡(足)ᄒ니 살나 내치미 네 부친(父親)이 약(弱)ᄒ미로다."

이(二) 인(人)이 텽파(聽罷)의 숑연(悚然)ᄒ야 믈너나,

듕당(中堂)의 니르니 화 쇼졔(小姐ㅣ) 무식(無色)ᄒᆫ 의복(衣服)으로 ᄒᆫ ᄀᆞ의셔 말을 ᄒ고져 ᄒᆞᄃᆡ 참식(慙色)이 만면(滿面)ᄒ야 머믓거

리거늘 태뷔(太傅ㅣ) 아라보고 폴 미러 굴오딕,

"수쉬(嫂嫂ㅣ) 므슴 연고(緣故)로 듀뎌(躊躇)ᄒ시ᄂ뇨? 아모 말ᄉᆷ이라도

•••
128면

니르시믈 브라ᄂ이다."

드딕여 좌뎡(坐定)ᄒ고 화 쇼제(小姐ㅣ) 옷깃슬 녀믜고 ᄭ우러 굴오딕,

"첩(妾)이 블쵸(不肖)ᄒ 긔질(氣質)노 셩문(盛門)의 의탁(依託)ᄒ매 ᄒ 일도 보암 즉ᄒ 일이 업ᄉ믄 졔슉(諸叔)의 소공지(所共知)[1100]니 브졀업시 알외디 아니ᄒ거니와 금일(今日) 가군(家君)의 죄(罪) 닙으미 다 첩(妾)의 연괴(緣故ㅣ)라 밧비 쇼당(小堂)으로 가 가군(家君)의 병(病)을 구호(救護)코져 ᄒᄂ이다."

샹셰(尙書ㅣ) 공경(恭敬)ᄒ야 듯고 굴오딕,

"수수(嫂嫂)의 심ᄉᆞ(心思ㅣ) 이러ᄒ시미 올ᄒ나 샤뎨(舍弟) 수수(嫂嫂)의 연고(緣故)로 죄(罪)를 닙어시리오? 저의 블쵸(不肖)ᄒ 죄(罪) ᄒ두 가지 아니니 엄하(嚴下)의 칙(册)을 밧ᄌᆞ오미 ᄌᆞ취(自取)[1101]ᄒ미니이다."

태뷔(太傅ㅣ) 말ᄉᆷ을 니어 굴오딕,

"수수(嫂嫂)의 말ᄉᆷ이 인니(人理)의 당연(當然)ᄒ나 가친(家親)이 드르실 니(理) 업

1100) 소공지(所共知): 함께 아는 것.
1101) ᄌᆞ취(自取): 자취. 스스로 취함.

고 샤뎨(舍弟) 외입(外入)ᄒ미 극(極)ᄒ니 가수(家嫂)의 셩덕(盛德)을 감동(感動)홀 니(理) 업ᄂ디라 수수(嫂嫂)ᄂ 죠용이 쳐(處)ᄒ셔 타일(他日) 풍운(風雲)의 길시(吉時)ᄅᆞᆯ 기ᄃᆞ리쇼셔.”

쇼졔(小姐ㅣ) 쳑쳑(慼慼)[1102]이 슬프믈 ᄭᅴ여 옥뉘(玉淚ㅣ) 죵횡(縱橫)ᄒ니 취삼(翠衫)[1103]을 드러 ᄡᅵ스며 오열(嗚咽) 왈(曰),

“쳡(妾)의 시운(時運)이 그만ᄒ니 엇디 눔을 흔(恨)ᄒ리오? 녀ᄌᆡ(女子ㅣ) 되여 가군(家君)의 병후(病候)ᄅᆞᆯ 슬피디 아니미 ᄌᆞᆷ못 그른디라. 쳡(妾)이 구ᄐᆞ여 아요(阿諛)[1104]ᄒ며 쳠녕(諂佞)[1105]ᄒ야 그 ᄯᅳᆺ을 좃고져 ᄒ미 아니라 스ᄉᆞ로 도리(道理)ᄅᆞᆯ 출히고져 ᄒᄂᆞ이다.”

샹셰(尙書ㅣ) 칭샤(稱謝) 왈(曰),

“수수(嫂嫂)의 지극(至極)ᄒ신 ᄯᅳᆺ을 쇼ᄉᆡᆼ(小生) 등(等)이 엇디 모ᄅᆞ리잇고? 당당(堂堂)이 야야(爺爺)긔 픔쳥(稟請)[1106]ᄒ려니와 엇기 어려온 거ᄉᆞᆫ 텬쉬(天數ㅣ)라 수수(嫂嫂)ᄂ ᄉᆞ식(事事ㅣ) 되여 가ᄂᆞ 양(樣)만 보시고

ᄌᆞ레 슬허 마ᄅᆞ쇼셔.”

1102) 쳑쳑(慼慼): 척척. 슬퍼하는 모양.
1103) 취삼(翠衫): 취삼. 비췻빛 적삼.
1104) 아요(阿諛): 아유. 아첨함.
1105) 쳠녕(諂佞): 첨녕. 매우 아첨함.
1106) 픔쳥(稟請): 품청. 윗사람에게 여쭈어 청함.

화 시(氏) 샤례(謝禮)ᄒ고 니러나거ᄂᆞᆯ 냥인(兩人)이 그 졍ᄉᆞ(情事)를 츄연(惆然)ᄒ여 그 아의 혼암블명(昏闇不明)[1107]ᄒᆞᆯ 탄식(歎息)고,

이에 와 부친(父親)긔 화 시(氏) 일을 고(告)ᄒ니 왕(王)이 즉시(卽時) ᄂᆡ뎐(內殿)의 드러가 화 시(氏)를 블너 위로(慰勞) ᄋᆞᆯ(曰),

"ᄋ ᄌᆞ(兒子 ㅣ) 무상(無狀)ᄒ여 다ᄉᆞ리미 이시나 엇디 너의 연괴(緣故 ㅣ)리오? 너의 약질(弱質)을 내 심(甚)히 앗기ᄂᆞ니 엇디 밧긔 나가 근노(勤勞)ᄒ게 ᄒ리오? ᄋ ᄌᆞ(兒子 ㅣ) 비록 죄(罪)를 닙어시나 여러 동ᄉᆡᆼ(同生)이 구호(救護)ᄒ니 가(可)히 근심ᄒᆞᆯ 빅 아니라 너ᄂᆞᆫ 쇼려(消慮)[1108]ᄒ야 편(便)히 이시라."

쇼졔(小姐 ㅣ) 감히(敢-) 다시 쳥(請)티 못ᄒ고 믈러나니 왕(王)이 그 팔ᄌᆞ(八字)를 차탄(嗟歎)[1109]ᄒ야 팀음(沈吟)[1110] 믁연(默然)ᄒ더니 시녜(侍女 ㅣ) 보ᄋᆞᆯ(報曰),

"밧긔 손이 오시다 ᄒᆞᄂᆞ이다."

왕(王)이

•••
131면

밧비 나오니 노 부ᄉᆡ(府使 ㅣ) 니ᄅᆞ러더라. 왕(王)이 그윽이 블쾌(不快)ᄒ야 서로 녜필(禮畢)의 부ᄉᆡ(府使 ㅣ) ᄀᆞᆯ오디,

"젼일(前日)의 쇼녜(小女 ㅣ) 귀부(貴府)의 뉴락(流落)ᄒ여신 제 녕

1107) 혼암블명(昏闇不明): 혼암불명. 사리에 어두워 현명하지 못함.
1108) 쇼려(消慮): 소려. 근심을 없앰.
1109) 차탄(嗟歎): 탄식함.
1110) 팀음(沈吟): 침음. 속으로 깊이 생각함.

낭(슈郎) 빅문이 희롱(戲弄)ᄒ야 절(節)을 아ᄉ니 ᄎ마 다른 ᄃᆡ 보내디 못ᄒᆞᆯ디라, 이에 니르러 고(告)ᄒᆞᄂ니 태의(台意)[1111] 엇더ᄒᆞ시뇨?"

왕(王)이 텽파(聽罷)의 완연(莞然)이[1112] 미쇼(微笑)ᄒ야 ᄀᆞᆯ오ᄃᆡ,

"과인(寡人)은 미셰(微細)ᄒᆫ 몸으로 외람(猥濫)이 셩은(聖恩)을 닙ᄉ와 천승국군(千乘國君)이 되여시나 셩졍(性情)이 번화(繁華)를 숭샹(崇尙)티 못ᄒ야 ᄌᆞ식(子息)의 여러 안히를 두디 못ᄒᆞᄂ니 존형(尊兄)은 ᄒᆡᆼ혀(幸-) 고이(怪異)히 넉이디 말나."

부ᄉᆡ(府使ㅣ) 악연(愕然)ᄒ야 ᄀᆞᆯ오ᄃᆡ,

"대왕(大王)의 셩덕(盛德)으로 말솜이 이에 니르믄 ᄯᆺᄒ디 못ᄒᆞ미라. 녀ᄋᆞ(女兒)의 십ᄉ(十四) 쳥츈(靑春)을

•••
132면

댱ᄎᆞ(將次ㅅ) 엇디ᄒ리잇고? 졔 졀(節)이 숑빅(松柏) ᄀᆞᆺᄒ여 듀표(朱標)를 온젼(穩全)이 ᄒ여시나 심규(深閨)의셔 늙기를 원(願)ᄒᆞᄂ니 만ᄉᆡᆼ(晚生)이 므슴 팔ᄌᆞ(八字)로 댱녀(長女ㅣ) 산문(山門)의 도라가고 젹은ᄯᆯ이 팔직(八字ㅣ) 이러ᄒᆞᆫ고? 셜워ᄒᆞᄂ이다."

왕(王)이 텽파(聽罷)의 팀음(沈吟)ᄒ다가 ᄀᆞᆯ오ᄃᆡ,

"존형(尊兄)의 졍니(情理) 그러ᄒᆞ실 ᄉᆡ 당연(當然)ᄒ고 내 ᄯᅩ ᄋᆞᄌ(兒子)의 무상(無狀)ᄒᆞᆷ믈 칙(責)ᄒᆞᆯ디언졍 녕녀(슈女)ᄂᆞᆫ 무[1113]죄(無罪)ᄒᆫ 고졀졍부(孤節貞婦)[1114]로 아더니 명공(明公)은 이를 보라. 과

1111) 태의(台意): 상대방의 의견을 높여 이르는 말.
1112) 완연(莞然)이: 빙그레.
1113) 무: [교] 원문에는 '우'로 되어 있으나 오기로 보이므로 규장각본(14:100)과 연세대본(14:132)을 따름.
1114) 고졀졍부(孤節貞婦): 고절정부. 절개를 꿋꿋이 지키는 여자.

인(寡人)이 용녈(庸劣)호나 챵녀(娼女)도곤 더 심(甚)흔 녀즛(女子)룰 쵸례(醮禮) 빅냥(百兩)[1115]으로 슬하(膝下)의 두믈 원(願)티 아니호니 스스로 슬피고 과인(寡人)을 용녈(庸劣)이 넉이디 말디어다."

부식(府使]) 놀나 굴오딕,

"쇼녜(小女]) 그룻 시운(時運)의 블힝(不幸)호믈 만나

•••
133면

녕낭(슈郞)의게 잡혀 희롱(戲弄)호믈 면(免)티 못호여시나 챵녀(娼女)도곤 심(甚)타 호믄 지극(至極) 원민(冤悶)[1116]혼디라. 대왕(大王)의 명졍(明正)[1117]호시므로 츠마 이런 말숨을 호시느뇨? 쇼녜(小女]) 삼(三) 쳑(尺) 격은 녀즛(女子)로 더 휴휴(休休)[1118]혼 댱뷔(丈夫]) 겁틱(劫敕)[1119]호믈 엇디 면(免)호리오? 이제 저는 심규(深閨)의 늙고 존문(尊門)의 오기룰 원(願)티 아니호딕 만싱(晩生)이 부모지심(父母之心)으로 그 홍안(紅顔)을 공송(空送)[1120]호믈 츠마 보디 못호야 대왕(大王)의 관홍(寬弘)[1121]호시믈 밋고 혹(或) 녕낭(슈郞)의 돗ᄀᆞᆯ 허(許)호실가 서어(鉏鋙)[1122]혼 말을 내여더니 아니 허(許)호시믄 올커니와 이디도록 의외지언(意外之言)을 모함(謀陷)호시믄 뜻호

1115) 빅냥(百兩): 백량. 신부를 맞아 오는 일. 백 대의 수레로 신부를 맞이한다 하여 이와 같이 씀. 『시경(詩經)』, <작소(鵲巢)>에 "새아씨가 시집옴에 백량으로 맞이하도다. 之子丁歸, 百兩御之."라는 구절이 있음.

1116) 원민(冤悶): 원통함.

1117) 명졍(明正): 명정. 분명하고 바름.

1118) 휴휴(休休): 원래 마음이 커서 너그럽다는 의미이나 여기에서는 몸이 큰 것을 뜻함.

1119) 겁틱(劫敕): 겁칙. 겁박하여 탈취함.

1120) 공송(空送): 헛되이 세월을 보냄.

1121) 관홍(寬弘): 너그럽고 큼.

1122) 서어(鉏鋙): 익숙하지 아니하여 서름서름함.

디 못흐거이다."

셜파(說罷)의 긔운이 분분(紛紛)[1123]흐거늘 왕(王)이 쇼왈(笑曰),

"현형(賢兄)은

•••
134면

쇼뎨(小弟)롤 엄칙(嚴責)[1124]디 말나. 과인(寡人)이 비록 블명(不明)
흐나 녕녀(令女)의 업순 허믈을 쥬작(做作)[1125]흐미 이시리오? 이 셔
간(書簡)을 보면 가(可)히 녕녀(令女)의 소실(所失)[1126]을 알니라."

셜파(說罷)의 미위(眉宇ㅣ) 싁싁흐야 동텬(冬天) 한월(寒月) 굿흔
디라. 노 부싀(府使ㅣ) 참안(慙顔)[1127] 냥구(良久)의 셔간(書簡)을 펴
보니 이 믄득 녀ᄋ(女兒)의 필뎍(筆跡)이오 빅문의게 브친 셔간(書
簡)이라. ᄉ의(辭意) 음난(淫亂)흐야 보ᄂ 사롬으로 흐여곰 춤 밧트
믈 면(免)티 못홀디라 담(膽)이 말만 흔들 이롤 보매 므슴 말이 나리
오. 냥안(兩眼)을 두려지 쓰고 어린 드시 안자다가 추마 혜 돕디 아
냐 셔간(書簡)을 모라 가지고 어릐긔여[1128] 밧그로 나가니 왕(王)이
비록 팀듕(沈重)흐나 그 거동(擧動)을 보고 가쇼(可笑)롭기롤 이긔디

•••
135면

1123) 분분(紛紛): 어지러운 모양.
1124) 엄칙(嚴責): 엄책. 엄히 꾸짖음.
1125) 쥬작(做作): 주작. 없는 사실을 꾸며 만듦.
1126) 소실(所失): 잘못.
1127) 참안(慙顔): 부끄러운 얼굴.
1128) 어릐긔여: '멍한 듯하여'의 의미로 보이나 미상임.

못ᄒ야 미미(微微)히 웃더니,

네부(禮部) 흥문이 이에 니르럿다가 노 공(公)으로 서로 마조친디라 고이(怪異)히 넉여 연고(緣故)를 뭇ᄌ온대 왕(王)이 슈말(首末)을 니르니 흥문이 눈섭을 ᄢㅢ긔여 블열(不悅) 왈(曰),

"데 쏠노 쇼딜(小姪)을 주어 집을 망(亡)ᄒ일 번ᄒ고 ᄯㅗ 음난지인(淫亂之人)을 슉부(叔父) 안젼(案前)의 보내고져 ᄒ니 그 인ᄉ(人事ㅣ) 크게 한심(寒心)ᄒ다라. 슉부(叔父)ᄂᆫ ᄆᆞᄎᆞᆷ내 허(許)티 마르쇼셔."

왕(王)이 고개 조아 왈(曰),

"현딜(賢姪)의 말이 졍(正)히 올흔디라 엇디 알고 그런 음난지인(淫亂之人)으로 친ᄉ(親事)를 일우리오?"

ᄒ더라.

주요 인물

노강: 노몽화의 아버지. 추밀부사.

노몽화: 원래 이흥문의 아내였다가 쫓겨나 비구니 혜선 밑에 있다가
　　　모습을 바꿔 이백문의 재실이 됨.

여박: 여빙란의 오빠. 이성문의 손위처남. 한림학사.

여빙란: 이성문의 정실.

위공부: 위홍소의 아버지. 이경문의 장인.

위중량: 위공부의 둘째아들. 위홍소의 오빠. 어사.

위최량: 위공부의 첫째아들. 위홍소의 오빠. 시랑.

위홍소: 이경문의 정실.

이경문: 이몽창의 둘째아들. 소월혜 소생. 위홍소의 남편. 한림학사
　　　중서사인. 병부상서 대사마 태자태부. 어려서 부모와 헤어져
　　　유영걸의 밑에서 자라다가 후에 부모와 만남. 위홍소의 아버
　　　지 위공부가 유영걸을 친 것에 분노해 위공부, 위홍소와 갈
　　　등함.

이관성: 승상. 이현과 유 태부인의 첫째아들. 정몽홍의 남편. 이연성
　　　의 형. 이몽현 오 형제의 아버지.

이낭문: 이몽창의 재실 조제염이 낳은 쌍둥이 중 오빠. 어렸을 때 이
　　　름은 최현이었는데 이경문이 찾아서 낭문으로 고침. 어머니
　　　조제염과 함께 산동으로 가다가 도적을 만나 고옹 집에서

종살이하다가 이경문이 찾음.

이몽상: 이관성과 정몽홍의 넷째아들. 안두후 태상경. 자는 백안. 별
호는 유청. 아내는 화 씨.

이몽원: 이관성과 정몽홍의 셋째아들. 개국공. 자는 백운. 별호는 이
청. 아내는 최 씨.

이몽창: 이관성과 정몽홍의 둘째아들. 연왕. 자는 백달. 별호는 죽청.
아내는 소월혜.

이몽필: 이관성과 정몽홍의 다섯째아들. 강음후 추밀사. 자는 백명.
별호는 송청. 아내는 김 씨.

이몽현: 이관성과 정몽홍의 첫째아들. 하남공. 일천 선생. 자는 백균.
정실은 계양 공주. 재실은 장 씨.

이백문: 이몽창의 셋째아들. 소월혜 소생. 자는 운보. 화채옥의 남편.

이벽주: 이몽창의 재실 조제염이 낳은 쌍둥이 중 여동생. 어렸을 때
이름은 난심이었는데 이경문이 찾아서 벽주로 고침.

이성문: 이몽창의 첫째아들. 소월혜 소생. 여빙란의 남편. 자는 현보.
이부총재 겸 문연각 태학사.

이연성: 이관성의 막내동생. 태자소부 북주백. 자는 자경.

이원문: 이몽원의 첫째아들. 자는 인보. 아내는 김 씨.

이일주: 이몽창의 첫째딸. 자는 초벽. 태자비.

임 씨: 이성문의 재실.

조여구: 조 황후의 조카. 이경문의 재실. 이경문을 보고 반해 사혼으
로 이경문의 아내가 됨.

조여혜: 태자비. 조 황후의 조카.

조제염: 이낭문과 이벽주의 어머니. 이몽창의 재실. 전편 <쌍천기봉>
에서 이몽창과 소월혜 소생 영문을 죽이고 소월혜를 귀양

가게 했다가 죄가 발각되어 산동으로 가던 중 도적을 만남.
고옹의 집에서 종살이를 하다가 이경문이 찾음.

최백만: 최연의 아들. 이벽주의 남편. 자는 인석.

최 숙인: 유 태부인의 양녀. 이관성의 동생.

최연: 유영걸이 강간해 자결한 노 씨의 남편. 최백만의 아버지.

화진: 화채옥의 아버지. 이부시랑.

화채옥: 화진의 딸. 자는 홍설. 이백문의 아내.

역자 해제

1. 머리말

<이씨세대록>은 18세기에 창작된 것으로 추정되는 작가 미상의 국문 대하소설로, <쌍천기봉>[1]의 후편에 해당하는 연작형 소설이다. '이씨세대록(李氏世代錄)'이라는 제목은 '이씨 가문 사람들의 세대별 기록'이라는 뜻인데, 실제로는 이관성의 손자 세대, 즉 이씨 집안의 4대째 인물들인 이홍문・이성문・이경문・이백문 등과 그 배우자의 이야기에 서사가 집중되어 있다. 이는 전편인 <쌍천기봉>에서 이현[2](이관성의 아버지), 이관성, 이관성의 자식들인 이몽현과 이몽창 등 1대에서 3대에 걸쳐 서사가 고루 분포된 것과 대비되는 모습이다. 또한 <쌍천기봉>에서는 중국 명나라 초기의 역사적 사건, 예컨대 정난지변(靖難之變)[3] 등이 비중 있게 서술되고 <삼국지연의>의 영향을 받은 군담이 흥미롭게 묘사되는 가운데 가문 내적으로 혼인담, 부부 갈등, 처첩 갈등 등이 배치되어 있다면, <이씨세대록>에서는 역사적 사건과 군담이 대폭 축소되고 가문 내적인 갈등 위주로 서사가 전개된다는 점에서 큰 차이가 있다.

---

1) 필자가 18권 18책의 장서각본을 대상으로 번역 출간한 바 있다. 장시광 옮김, 『팔찌의 인연, 쌍천기봉』 1-9, 이담북스, 2017-2020.
2) <쌍천기봉>에서 이현의 아버지로 이명이 설정되어 있으나 실체적 인물이 등장하지 않고 서술 자의 요약 서술로 짧게 언급되어 있으므로 필자는 이현을 1대로 설정하였다.
3) 중국 명나라의 연왕 주체가 제위를 건문제(재위 1399-1402)로부터 탈취해 영락제(재위 1402-1424)에 오른 사건을 이른다. 1399년부터 1402년까지 지속되었다.

2. 창작 시기 및 작가, 이본

<이씨세대록>의 정확한 창작 연도는 알 수 없고, 다만 18세기의 초중반에 창작되었을 것으로 추정된다. 온양 정씨가 정조 10년 (1786)부터 정조 14년(1790) 사이에 필사한 것으로 추정되는 규장 각 소장 <옥원재합기연>의 권14 표지 안쪽에 온양 정씨와 그 시가 인 전주 이씨 집안에서 읽었을 것으로 보이는 소설의 목록이 적혀 있다. 그중에 <이씨세대록>의 제명이 보인다.[4] 이 기록을 토대로 보면 <이씨세대록>은 적어도 1786년 이전에 창작된 것으로 추측할 수 있다. 또, 대하소설 가운데 초기본인 <소현성록> 연작(15권 15 책, 이화여대 소장본)이 17세기 말 이전에 창작된바,[5] 그보다 분량 과 등장인물의 수가 훨씬 많은 <이씨세대록>은 <소현성록> 연작보 다는 후대의 작품일 가능성이 높다. 요컨대 <이씨세대록>은 18세기 초중반에 창작된 작품으로, 대하소설 중에서는 비교적 이른 시기의 창작물이다.

<이씨세대록>의 작가는 알려져 있지 않다. 다만 작품의 문체와 서 술시각을 고려하면 전편인 <쌍천기봉>과 마찬가지로 경서와 역사서, 소설을 두루 섭렵한 지식인이며, 신분의식이 강한 사대부가의 일원 으로 추정할 수 있다. <이씨세대록>은 여느 대하소설과 마찬가지로 국문으로 표기되어 있으나 문장이 조사나 어미를 제외하면 대개 한 자어로 구성되어 있고, 전고(典故)의 인용이 빈번하다. 비록 대하소 설 <완월회맹연>(180권 180책)의 수준에는 미치지 못하지만, 다른 유형의 고전소설에 비하면 작가의 지식 수준이 매우 높은 편이다.

---

4) 심경호, 「樂善齋本 小說의 先行本에 관한 一考察 -온양정씨 필사본 <옥원재합기연>과 낙선재 본 <옥원중회연>의 관계를 중심으로-」, 『정신문화연구』 38, 한국정신문화연구원, 1990.
5) 박영희, 「소현성록 연작 연구」, 이화여대 박사논문, 1994 참조.

<이씨세대록>에는 또한 강한 신분의식이 드러나 있다. 집안에서 주인과 종의 차이가 부각되어 있고 사대부와 비사대부의 구별짓기가 매우 강하다. 이처럼 <이씨세대록>의 작가는 학문적 소양을 갖추고 강한 신분의식을 지닌 사대부가의 남성 혹은 여성으로 추정되며, 온양 정씨의 필사본 기록을 통해 유추할 수 있듯이 사대부가에서 주로 향유된 것으로 보인다.

<이씨세대록>의 이본은 현재 3종이 알려져 있다. 한국학중앙연구원의 장서각에 소장된 26권 26책본과 서울대학교 규장각에 소장된 26권 26책본, 연세대학교 도서관에 소장된 26권 26책본[6]이 그것이다. 세 이본 모두 표제는 '李氏世代錄', 내제는 '니시셰ᄃᆡ록'으로 되어 있고 분량도 대동소이하고 문장이나 어휘 단위에서도 매우 흡사한 면을 보인다. 특히 장서각본과 연세대본의 친연성이 강한데, 두 이본은 각 권의 장수는 물론 장별 행수, 행별 글자수까지 거의 같다. 다만 장서각본에 있는 오류가 연세대본에는 수정되어 있는 경우가 적지 않아 적어도 두 이본에 한해 본다면 연세대본이 선본(善本)이라 말할 수 있다. 연세대본·장서각본 계열과 규장각본을 비교해 보면 오탈자(誤脫字)가 이본마다 고루 있어 연세대본·장서각본 계열과 규장각본 중 어느 것이 선본(善本) 혹은 선본(先本)인지 단언할수는 없다.

---

6) 연세대학교 도서관에 소장된 26권 26책본: <이씨세대록> 해제를 작성해 출간할 당시에는 역자의 불찰로 연세대 소장본의 존재를 알지 못했다가 최근에 알게 되어 5권의 교감 및 해제부터 이를 반영하게 되었음을 밝힌다.

3. 서사의 특징

<이씨세대록>에는 가문의 마지막 세대로 등장하는 4대째의 여러 인물이 병렬적으로 구성되어 있다는 서사적 특징이 있다. 인물과 그 사건이 대개 순차적으로 등장하지만 여러 인물의 사건이 교직되어 설정되기도 하여 서사에 다채로움을 더하고 있다. 이에 비해 <쌍천기봉>에서는 1대부터 3대까지 1명, 3명, 5명으로 남성주동인물의 수가 점차 확대되어 가고 서사의 양도 그에 비례해 세대가 내려갈수록 확장되어 있다. 곧, <쌍천기봉>에서는 1대인 이현, 2대인 이관성·이한성·이연성, 3대인 이몽현·이몽창·이몽원·이몽상·이몽필 서사가 고루 등장한다는 점에서 <이씨세대록>과 차이가 난다. <이씨세대록>에도 물론 2대와 3대의 인물이 등장하기는 하나 그들은 집안의 어른 역할을 수행할 뿐이고 서사는 4대의 인물 중심으로 전개된다. 이를 보면, '세대록'은 인물의 서사적 비중과는 무관하게 2대에서 4대까지의 인물을 등장시켰다는 점에서 붙인 제목으로 이해할 필요가 있다.

이처럼 <이씨세대록>에 가문의 마지막 세대 인물이 주로 활약한다는 설정은 초기 대하소설로 분류되는 삼대록계 소설 연작[7]과 유사한 면이다. <소씨삼대록>에서는 소씨 집안의 3대째[8] 인물인 소운성 형제 위주로, <임씨삼대록>에서는 임씨 집안의 3대째 인물인 임창흥 형제 위주로, <유씨삼대록>에서는 유씨 집안의 4대째 인물인 유세형 형제 위주로 서사가 전개된다.[9] <이씨세대록>이 18세기 초

---

7) 후편의 제목이 '삼대록'으로 끝나는 일군의 소설을 지칭한다. <소현성록>·<소씨삼대록> 연작, <현몽쌍룡기>·<조씨삼대록> 연작, <성현공숙렬기>·<임씨삼대록> 연작, <유효공선행록>·<유씨삼대록> 연작이 이에 해당한다.
8) 소운성의 할아버지인 소광이 전편 <소현성록>의 권1에서 바로 죽는 것으로 설정되어 있어 1대로 보기 어려운 면이 있으나 제명을 존중해 1대로 보았다.

중반에 창작된 초기 대하소설임을 감안하면 인물 배치가 이처럼 삼대록계 소설과 유사한 것은 이상하지 않다.

한편, <쌍천기봉>에서는 군담, 토목(土木)의 변(變)과 같은 역사적 사건, 인물 갈등 등이 고루 배치되어 있다. 구체적으로, 작품의 앞과 뒤에 역사적 사건을 배치하고 중간에 부부 갈등, 부자 갈등, 처첩(처처) 갈등 등 가문에서 벌어질 수 있는 다양한 갈등을 배치하였다. 이에 반해 <이씨세대록>에는 군담 장면과 역사적 사건이 거의 보이지 않는다. 군담은 전편 <쌍천기봉>에 이미 등장했던 장면을 요약 서술하는 데 그쳤고, 역사적 사건도 <쌍천기봉>에 설정된 사건을 환기하는 정도이고 새로운 사건은 보이지 않는다. <쌍천기봉>이 역사적 사실에 허구를 가미한 전형적인 연의류 작품인 반면, <이씨세대록>은 가문에서 발생할 수 있는 다양한 갈등, 예컨대 처처(처첩) 갈등, 부부 갈등, 부자 갈등 위주로 서사를 구성한 작품으로, <이씨세대록>은 <쌍천기봉>과는 다른 측면에서 대중에게 흥미를 유발할 만한 요소로 구성되어 있음을 알 수 있다.

여느 대하소설과 마찬가지로 <이씨세대록>에도 혼사장애 모티프, 요약 모티프 등 다양한 모티프가 등장해 서사 구성의 한 축을 이루고 있다. 이 가운데 가장 눈에 띄는 것은 기아(棄兒) 모티프이다. 대표적으로는 이경문의 경우를 들 수 있는데 기아 모티프가 매우 길게 서술되어 있다. <쌍천기봉>의 서사를 이은 것으로 <쌍천기봉>에서 간간이 등장했던 이경문의 기아 모티프를 본격적으로 다루고 있다. 즉, <쌍천기봉>에서 유영걸의 아내 김 씨가 어린 이경문을 사서 자기 아들인 것처럼 꾸미는 장면, 이관성과 이몽현, 이몽창이 우연히

---

9) 다만 <조씨삼대록>에서는 3대와 4대의 인물인 조기현, 조명윤 등이 활약한다는 점에서 차이가 난다.

이경문을 만나는 장면, 이경문이 등문고를 쳐 양부 유영걸을 구하는 장면이 나오는데, <이씨세대록>에서는 그 장면들을 모두 보여주면서 여기에 덧붙여 이경문이 유영걸과 그 첩 각정에게 박대당하지만 유영걸을 효성으로써 섬기는 모습이 강렬하게 나타나 있다. 이경문이 등문고를 쳐 유영걸을 구하는 장면은 효성의 정점에 해당한다. 이경문은 후에 친형인 이성문에 의해 발견돼 이씨 가문에 편입된다. 이때 이경문과 가족들과의 만남 장면은 매우 감동적으로 그려져 있다. 이처럼 이경문이 가족과 헤어졌다가 만나는 과정은 연작의 전후편에 걸쳐 등장하며 연작의 핵심적인 모티프 중의 하나로 기능하고 있고, 특히 <이씨세대록>에서는 결합에 초점이 맞춰져 있어 그 감동이 배가되어 있다.

4. 인물의 갈등

<이씨세대록>에는 다양한 갈등이 등장하는데 이 가운데 핵심은 부부 갈등이다. 대표적으로 이몽창의 장자인 이성문과 임옥형, 차자인 이경문과 위홍소, 삼자인 이백문과 화채옥의 갈등을 들 수 있다. 이성문과 이경문 부부의 경우는 반동인물이 개입되지 않은, 주동인물 사이의 갈등이라는 공통점이 있다. 이성문의 아내 임옥형은 투기 때문에 이성문의 옷을 불지르기까지 하는 인물이다. 이성문이 때로는 온화하게 때로는 엄격하게 대하나 임옥형의 투기가 가시지 않자, 그 시어머니 소월혜가 나서서 임옥형을 타이르니 비로소 그 투기가 사라진다. 이경문과 위홍소는 모두 효를 중시하는 인물인데 바로 그러한 이념 때문에 혹독한 부부 갈등을 벌인다. 이경문은 어려서 부모와 헤어져 양부(養父) 유영걸에게 길러지는데 이 유영걸은 벼슬은

높으나 품행이 바르지 못해 쫓겨나 수자리를 사는데 위홍소의 아버지인 위공부가 상관일 때 유영걸을 매우 치는 일이 발생한다. 이 때문에 이경문은 위공부를 원수로 치부하는데 아내로 맞은 위홍소가 위공부의 딸인 줄을 알고는 위홍소를 박대한다. 위홍소 역시 이경문이 자신의 아버지를 욕하자 이경문과 심각한 갈등을 벌인다. 효라는 이념이 두 사람의 갈등을 촉발시킨 원인이 된 것이다. 두 사람은 비록 주동인물로 설정되어 있지만, 이들을 통해 경직된 이념이 주는 부작용이 만만치 않음을 보여준다.

이백문 부부의 경우에는 변신한 노몽화(이홍문의 아내였던 여자)가 반동인물의 역할을 해 갈등을 벌인다는 특징이 있다. 이백문은 반동인물의 계략으로 정실인 화채옥을 박대하고 죽이려 한다. 애초에 이백문은 화채옥을 마음에 들어하지 않았는데 이유는 화채옥이 자신을 단명하게 할 상(相)이라는 것 때문이었다. 화채옥에게는 잘못이 없는데 남편으로부터 박대를 받는다는 설정은 가부장제의 질곡을 드러내 보이는 장면이다. 여기에 이홍문의 아내였다가 쫓겨난 노몽화가 화채옥의 시녀가 되어 이백문에게 화채옥을 모함하고 이백문이 곧이들어 화채옥을 끝내 죽이려고까지 하는 데 이른다. 이러한 이백문의 모습은 이몽현의 장자 이홍문과 대비된다. 이홍문은 양난화와 혼인하는데 재실인 반동인물 노몽화가 양난화를 모함한다. 이런 경우 대개 이백문처럼 남성이 반동인물의 계략에 속아 부부 갈등이 벌어지지만 이홍문은 노몽화의 계교에 속지 않고 오히려 노몽화의 술수를 발각함으로써 정실을 보호한다. <이씨세대록>에는 이처럼 상반되는 사례를 설정함으로써 흥미를 배가하는 동시에 가부장제의 문제점을 드러내고 있다.

5. 서술자의 의식

<이씨세대록>의 신분의식은 이중적이다. 사대부와 비사대부 사이의 구별짓기는 여느 대하소설과 마찬가지지만 사대부 내에서 장자와 차자의 구분은 표면적으로는 존재하나 서술의 실상은 그렇지 않다. 사대부로서 그렇지 않은 신분의 사람을 차별하는 모습은 경직된 효의 구현자인 이경문의 일화에서 두드러진다. 예컨대, 이경문은 자기 친구 왕기가 적적하게 있자 아내 위홍소의 시비인 난섬을 주어 정을 맺도록 하는데(권11) 천한 신분의 여성에게는 정절을 전혀 배려하지 않는 것을 엿볼 수 있다. 또한 이경문이 양부 유영걸의 첩 각정의 조카 각 씨와 혼인하게 되자 천한 집안과 혼인한 것을 분하게 여겨 각 씨에게 매정하게 구는 것(권8)도 그러한 신분의식이 여실히 드러나는 장면이다. 기실 이는 <이씨세대록>이 창작되던 당시의 사회적 모습이 반영된 것이라 추측할 수 있는 장면들이다.

사대부와 비사대부 사이의 구별짓기는 이처럼 엄격하나 사대부 내에서의 구분은 꼭 그렇지만은 않다. 서사적으로 등장인물들은 장자와 비장자의 구분을 하고 있고, 서술의 순서도 그러한 구분을 따르려 하고 있다. 서술의 순서를 예로 들면, <이씨세대록>은 이관성의 장손녀, 즉 이몽현 장녀 이미주의 서사부터 시작된다. 이미주가 서사적 비중이 그리 크지 않음에도 이미주부터 이야기가 시작되는 것은 그만큼 자식들 사이의 차례를 중시한다는 점을 의미한다. 다만, 특기할 만한 것은 남자부터 먼저 시작하지 않았다는 점이다. 여자든 남자든 순서대로 서술했다는 점이 중요하다. 이미주의 뒤로는 이몽현의 장자 이흥문, 이몽창의 장자인 이성문, 이몽창의 차자 이경문, 이몽창의 장녀 이일주, 이몽원의 장자 이원문, 이몽창의 삼자 이백

문, 이몽현의 삼녀 이효주 등의 서사가 이어진다. 자식들의 순서대로 서술하려 하는 강박증이 있다고 생각될 정도로 서술자는 순서에 집착한다. 이원문이나 이효주 같은 인물은 서사적 비중이 매우 미미하지만 혼인했다는 사실을 서술하고 있는 것이다. 그런데 이러한 순서 집착에도 불구하고 서사 내에서의 비중을 보면 장자 위주로 서술되어 있지 않음을 알 수 있다. 전편 <쌍천기봉>의 주인공이 이관성의 차자 이몽창이었던 것과 마찬가지로 후편에서도 주인공은 이성문, 이경문, 이백문 등 이몽창의 자식들로 설정되어 있다. 이몽현의 자식들인 이미주와 이흥문의 서사는 그들에 비하면 미미한 편이다. 이처럼 가문의 인물에 대한 서술 순서와 서사적 비중의 괴리는 <이씨세대록>을 특징짓는 한 단면이다.

<이씨세대록>에는 꿈이나 도사 등 초월계가 빈번하게 등장해 사건을 진행시키고 해결한다. 특히 사건이나 갈등의 해소 단계에 초월계가 유독 많이 보인다. 예를 들어 이경문이 부모와 만나기 전에 그 죽은 양모 김 씨가 꿈에 나타나 이경문의 정체를 말하고 그 직후에 이경문이 부모를 찾게 되는 장면(권9), 형부상서 장옥지의 꿈에 현아(이경문의 서제)에게 죽은 자객들이 나타나 현아의 죄를 말하고 이성문과 이경문의 누명을 벗겨 주는 장면(권9-10), 화채옥이 강물에 빠졌을 때 화채옥을 호위해 가던 이몽평의 꿈에 법사가 나타나 화채옥의 운명에 대해 말해 주는 장면(권17) 등이 있다. 이러한 초월계의 빈번한 등장은 이 세계의 질서가 현실적 국면으로는 해결할 수 없을 정도로 질곡에 빠져 있음을 의미한다. 현실계의 인물들은 얽히고설킨 사건들을 해결할 능력이 되지 않고 이는 오로지 초월계가 개입되어야만 해소될 수 있는 성질의 것임을 보여주고 있는 것이다.

6. 맺음말

<이씨세대록>은 조선 후기의 역동적인 사회에서 산생된 소설이다. 양반을 돈으로 살 수 있을 정도로 양반에 대한 권위가 땅에 떨어지고 양반과 중인 이하의 신분 이동이 이루어지던 때에 생겨났다. 설화 등 민중이 향유하던 문학에 그러한 면이 잘 드러나 있다. 그러나 이 작품에는 그러한 시대적 변동에 맞서 기득권을 유지하려는 사대부 계층의 의식이 강하게 드러나 있다. 사대부와 사대부 이하의 계층을 구별짓는 강고한 신분의식은 그 한 단면이다.

그렇지만 한편으로는 가부장제의 질곡에 신음하는 여성들의 목소리가 드러나 있기도 하다. 까닭 없이 남편에게 박대당하는 여성, 효라는 이데올로기 때문에 남편과 갈등하는 여성들을 통해 유교적 가부장제가 여성에게 가하는 억압적 모습이 서술의 이면에 흐르고 있다. <이씨세대록>이 주는 흥미와 그 서사적 의미는 바로 이러한 데에서 찾을 수 있지 않을까 한다.

장시광

서울대 강사, 아주대 강의교수 등을 거쳐 현재 경상대학교 국어국문학과 교수로 재직 중이다. 논문으로 「대하소설의 여성반동인물 연구」(박사학위논문), 「여성영웅소설에 나타난 여화위남의 의미」, 「대하소설 갈등담의 구조 시론」, 「운명과 초월의 서사」 등이 있고, 저서로 『한국 고전소설과 여성인물』이 있으며, 번역서로 『조선시대 동성혼 이야기 방한림전』, 『여성영웅소설 홍계월전』, 『심청전: 눈먼 아비 홀로 두고 어딜 간단 말이냐』, 『팔찌의 인연: 쌍천기봉 1-9』 등이 있다.

(이씨 집안 이야기) 이씨세대록 7

초판인쇄 2023년 10월 31일
초판발행 2023년 10월 31일

지은이 장시광
펴낸이 채종준
펴낸곳 한국학술정보㈜
주   소 경기도 파주시 회동길 230(문발동)
전   화 031) 908-3181(대표)
팩   스 031) 908-3189
홈페이지 http://ebook.kstudy.com
E-mail 출판사업부 publish@kstudy.com
등   록 2003년 9월 25일 제406-2003-000012호

ISBN 979-11-6983-770-5 04810
      979-11-6801-227-1 (전 13권)